# DÉBÂCLE

DU MÊME AUTEUR

*DÉBÂCLE*, 2018 ; Babel n° 1666.

Titre original :
*Het smelt*
Éditeur original :
Das Mag Uitgevers, Amsterdam

ISBN 978-2-330-13073-2

LIZE SPIT

# DÉBÂCLE

roman traduit du néerlandais (Belgique)
par Emmanuelle Tardif

BABEL

*Pour Tilde, Jornt et Saar.*

## 9 H 00

L'invitation est arrivée il y a trois semaines, affranchie à l'excès. En pensant à ces timbres, dont le poids avait justement dû alourdir les frais de port, j'ai d'abord ressenti une bouffée d'espoir : il reste donc des choses qui rendent possibles d'autres choses, et vice versa.

L'enveloppe était posée sur le courrier, une dizaine de lettres et de publicités réunies devant ma porte en deux petits tas égaux. La signature de mon voisin : un tas par service à rendre en contrepartie. Sous l'invitation surtimbrée se trouvaient l'offre promotionnelle d'un extralucide francophone et la brochure d'un magasin de jouets adressée à mes voisins du dessus – il arrive régulièrement que ma boîte aux lettres engloutisse le courrier indésirable qui fait geindre les enfants. Le tas d'à côté regroupait des factures et quatre exemplaires d'un dépliant de supermarché bas de gamme, avec à chaque fois la même dinde chichement farcie, la même bûche au moka, le même vin à petit prix. Je n'avais effectivement pas encore de projet pour le réveillon du Nouvel An.

J'ai ramassé le début de barricade, suis entrée dans mon appartement et, le courrier à la main, j'ai commencé ma petite ronde habituelle, en ouvrant les portes les unes après les autres sans savoir ce qui serait pire : tomber sur un intrus ou retrouver toujours les mêmes pièces vides.

Après avoir accroché mes moufles et mon manteau, j'ai épluché une pomme de terre pour le repas du soir, en enlevant les ramures qui avaient germé à la lumière du jour. Puis j'ai rempli la bouilloire et, pour qu'elle comprenne bien qu'il fallait se dépêcher, j'ai mis le faitout directement sur la flamme la plus forte, à sec.

En attendant, je pouvais me pencher sur cette lettre.

Mon nom et mon adresse avaient été écrits à l'encre noire par une main que je connaissais, mais que je n'arrivais pas immédiatement à situer. Avec la pointe de l'épluche-légumes, j'ai ouvert l'enveloppe. Sur une carte blanche, il y avait une photo de bébé et un prénom. Je n'avais pas besoin d'examiner véritablement l'image, le nom ou la date pour savoir qu'il ne s'agissait pas d'un faire-part de naissance, mais d'un portrait de Jan. Cette année, le 30 décembre, il aurait eu trente ans.

J'ai de nouveau posé mon regard sur l'adresse, sur le nom de ma rue. Les pattes de mouche avaient griffé le papier en profondeur, leurs jambages sautillaient juste au-dessus des lignes-guides. C'était l'écriture de Pim, évidemment. Pendant des années, j'avais été sa voisine de classe, je l'avais vu répondre aux interrogations écrites, mais jamais je n'ai compris pourquoi il appuyait si fort sur son stylo. Ses réponses n'en étaient pas plus justes.

Pim avait donc trouvé mon adresse. Il l'avait recopiée soigneusement, lettre par lettre. L'invitation elle-même était imprimée. À l'intérieur de la carte, il y avait un petit bloc de texte explicatif.

“Cher/Chère…” Les pointillés faisaient place à mon nom, écrit à la main.

> Comme vous le savez tous, c’est ce mois-ci que Jan aurait fêté son 30e anniversaire, mais aussi que nous inaugurons notre site de production laitière, presque entièrement automatisé. L’occasion de se retrouver autour du verre de l’amitié.

J’ai retiré mes chaussures pour sentir le bois tendre du parquet sous mes pieds. La fête posthume de Jan était devenue un coup publicitaire, histoire de faire venir le plus de monde possible au lancement d’une nouvelle boîte.

Je ne suis pas allée plus loin. L’invitation s’est retrouvée dans la poubelle avec les épluchures de pomme de terre et le reste du courrier. J’ai ouvert le robinet en grand, j’ai tendu mes poignets sous le jet d’eau froide et je me suis aspergé le visage.

Le faitout s’est mis à craquer, la fonte assoiffée réclamait elle aussi un peu d’eau. La bouilloire en avait terminé, mais j’ai quand même éteint le gaz. La faim m’avait passé.

Bien sûr, et avant même de m’être séché les joues au torchon, je savais que je n’allais pas en rester là.

J’ai récupéré l’invitation dans la poubelle.

L’amidon de pomme de terre avait sali la photo de Jan. De sa bouche partait une traînée noire qui étirait ses lèvres jusqu’au milieu du front. Avec un coin du torchon, j’ai essayé de rendre au sourire sa forme initiale.

15 h 00 : ouverture des étables. 15 h 15 : courte démonstration des robots de traite, suivie d'une réception. PS : se munir de vêtements chauds. N'apportez pas de fleurs, mais par exemple une photo ou une belle anecdote sur mon frère. Vous pouvez déjà les envoyer par e-mail à info@bienvenuealaferme.be ou les poster sur le compte Facebook de Jan. T.S.V.P. pour l'itinéraire.

Au verso, sous un plan schématisé, il y avait une citation dégoulinante de mièvrerie. J'avais beau la lire et la relire à haute voix, comme le voulait sans doute Pim, tout ça n'était qu'une suite de mots qui se donnaient bien trop de mal.

Il est maintenant un peu plus de neuf heures. Je viens de passer Vilvorde. L'horloge digitale de la voiture vacille toutes les deux ou trois secondes et avance de quelques minutes sur l'heure donnée par mon téléphone portable. C'est peut-être à cause du froid. Tant que je roule sur l'autoroute, le visage de Jan reste impassible à côté de moi sur le siège passager.

Ce n'est pas pour cette photo que j'ai pris l'invitation. Je n'ai pas non plus besoin des horaires ni du plan d'accès.

Seuls m'importent les timbres-poste, collés en couche épaisse sur l'enveloppe. Ils prouvent la volonté de Pim de s'assurer que sa lettre allait me parvenir. Évidemment, je sais bien que ce courrier n'est pas adressé à la personne que je suis aujourd'hui, mais à l'Eva d'avant l'été 2002, celle du temps où on s'adressait encore la parole. C'est pourquoi je fais exactement ce que j'aurais fait à l'époque : ignorer ma réticence et y aller quand même.

# 4 JUILLET 2002

La voix du présentateur résonne depuis le jardin. On est jeudi. Il y a tellement d'embouteillages sur les routes que le type ferait mieux d'énumérer les endroits où l'heure de pointe se déroule sans problème. La météo annonce quelques jours de canicule. Après le bulletin, on entend *Underneath Your Clothes*. La mélodie est étouffée par les battements d'ailes d'oiseaux qui prennent leur envol.

C'est peut-être parce que j'ai enfin passé une bonne nuit de sommeil ou parce qu'avec la musique, chaque mouvement tombe juste, mais pour la première fois depuis cet hiver, on dirait que je me réveille à la bonne place. J'ai devant moi un été encore intact. Les cloches de l'église veilleront à la durée de chaque heure, personne ne fera tourner les aiguilles plus vite ou plus lentement, pas même Laurens et Pim. Cette pensée m'apaise, ce qui ne m'était pas arrivé depuis l'enterrement de Jan. Je n'ai qu'à suivre la cadence indiquée et tout ira bien.

Je me redresse sur mon lit mezzanine. M'aperçois que Tessie est debout à côté du sien. Ses cheveux en épis collent à son crâne mouillé de sueur. Elle inspecte son drap, vérifie que les rabats ont exactement la même longueur de chaque côté.

“Tu as dormi cette nuit ?”

Elle fait oui de la tête.

C’est le jour idéal pour des boules magiques.

En allant chercher mon vélo, je tombe sur papa. Cigarette à la main, il écoute avec une certaine fierté les informations de onze heures diffusées haut et clair par le transistor qu’il vient d’accrocher au sommet du cerisier pour faire déguerpir les corbeaux. Il s’appuie contre le mur de ce que nous appelons “l’atelier”, même si on n’y travaille jamais.

Les bouchons en direction de la côte ne sont toujours pas résorbés à cause de deux accidents graves sur l’E40, je viens de glisser une pièce de cinquante centimes dans chacune de mes chaussettes. À mesure que j’avance, l’argent s’enfonce d’un cran.

Papa arrache de ses lèvres le mégot fumé jusqu’au filtre, l’écrase sous sa pantoufle, le ramasse.

Il porte un jean noir. C’est son ancien pantalon de travail, mais qui s’est déformé avec le temps. Le tissu bouffe au-dessus des genoux, révélateur de la position accroupie que mon père adopte le plus souvent, près de la caisse de bière.

“Ah ! Eva.”

Il tourne les talons, me fait signe de le suivre. Prononcé par lui, mon prénom ressemble à un commandement, ou bien à une question, rarement à quelque chose qui m’appartient.

Je lui emboîte le pas jusqu’à l’atelier. Les pièces de monnaie dégringolent le long de mes chevilles et terminent au fond des chaussettes.

Maman avait trouvé l'appellation "atelier" lorsqu'ils avaient acheté cette maison et que chaque espace vide se prêtait à devenir tout ce qu'ils voudraient, à condition de le répéter assez de fois. Ici, papa ferait de grandes choses : cultiver le jardin, tailler la haie, fabriquer du compost, rénover la salle de bains… Cette pièce, utilisée par les anciens propriétaires comme chambre d'enfant, était décorée d'un papier peint à motifs d'oursons. Au centre, papa avait construit un muret en brique perforée pour y accrocher le lavabo. Le tout devait être carrelé dès qu'il y aurait assez d'argent. Jolan s'est un jour rendu compte que les creux de la brique faisaient de très bons supports pour les brosses à dents.

"C'est bien pratique, entretemps", a conclu maman.

Jolan s'est empressé de vérifier : il n'y a pas de temps entre le temps.

Un peu partout dans l'atelier traînent des canettes vides et d'autres cochonneries. Les murs sont tapissés de champignons qui, pour la plupart, poussent de guingois. En lorgnant de sous leur chapeau, ils sont aux premières loges pour voir ce qui se trafique ici à longueur de journée.

Papa enfouit son mégot aplati dans une canette où subsiste encore un fond de bière.

"Autrement, ça va râler." Il désigne la porte qui communique avec la maison, avec la cuisine.

Les épaules de papa sont affaissées, elles donnent l'impression que ses aisselles pèsent trop lourd. Nous nous regardons, lui et moi, dans cet atelier jonché de gadgets promotionnels en tous genres, offerts par la Maison Peters pour tout achat d'une caisse de Maes Pils :

casquettes bleues, plateaux gonflables sur coussins bleus, ballons de plage bleus.

Est-ce qu'il voit ce que je vois ? Que l'atelier s'est transformé en une réserve de lots potentiels pour tombola ?

Mon regard s'arrête sur la perceuse qui, contrairement aux autres outils, n'est pas suspendue au plafond, mais repose sur une étagère assemblée puis fixée au mur il n'y a encore pas si longtemps. Elle n'a jamais resservi depuis. De la perceuse ou de l'étagère, difficile de dire laquelle a permis à l'autre d'exister.

Ces outils ne sont pas là par hasard. Nous n'habitons pas loin de chez Aldi – c'est un peu long à pied, mais très faisable à bicyclette. On y trouve chaque année au moins une chose qu'un père ne possède pas encore. Sur le pont qui enjambe l'autoroute pour relier notre village au bourg voisin, il est assez fréquent de voir zigzaguer des mamans sur leur vélo, le guidon lesté de scies sauteuses, de bras de massage Medion, de taille-haies ou de pinces à barbecue.

Cette perceuse, nous l'avons offerte à papa il y a un an. Elle lui a surtout plu tant qu'elle était encore dans son paquet-cadeau, posée sur le buffet. Après l'avoir déballée, il l'a mise sur une pile de torchons repassés, où elle est restée jusqu'à ce que les préparatifs de l'anniversaire suivant ne puissent plus être reportés.

“Une perceuse ne sert que onze minutes en moyenne durant toute sa vie, me dit papa.

— Ça fait court.”

J'essaie de voir si l'étiquette est toujours collée sur la boîte pour calculer le prix de revient par seconde. Ça pourrait intéresser Pim et Laurens tout à l'heure.

“Regarde, Evie. Je voulais que tu voies ça.”

Papa montre un nœud coulant qui pendille à la poutre du milieu, sous la charpente, à côté du taille-haie.

“Ça n’a pas l’air au premier abord, mais tu sais que c’est très compliqué à accrocher comme il faut ?”

Je réagis par un haussement d’épaules. Les gens haussent toujours les épaules devant des choses qui ne leur importent pas, ou qui leur importent beaucoup, mais pour lesquelles ils ne trouvent pas de mots. Je me dis à chaque fois qu’il serait urgent de choisir pour ça une autre partie du corps, ou à la limite un autre geste. L’anatomie des épaules, contrairement à celle des sourcils, ne laisse pas tout à fait assez de place aux nuances.

“N’importe qui n’est pas capable d’en faire autant, dit mon père. Il faut que le nœud soit à la bonne hauteur.

— Je vois. Et c’est quoi, la bonne hauteur ?”

Ma question tombe dans l’oreille d’un sourd.

“Avec un nœud raté, on dérouille. Et tu voudrais quand même pas que je dérouille ?”

Je regarde à nouveau la corde en faisant non de la tête.

“Si tu ne tombes pas d’assez haut, ta nuque ne va pas se briser. Du coup, ça traîne. Et si tu tombes de trop haut, ça te disloque la tête. Tu infligerais une chose pareille à ceux qui vont te trouver ?

— Non, ça se fait pas”, je dis.

Papa porte une casquette. La sueur de ces derniers jours, imprégnée dans la toile, a séché : des lignes blanches laissées par le sel sinuent au niveau du front. Plus la journée a été chaude, plus la trace est haute.

Il me regarde sans dire un mot, enlève sa casquette, l'examine pour voir si quelque chose cloche. Il ne voit rien. La casquette reprend place sur son crâne, à l'envers cette fois.

Je ne peux pas m'empêcher de penser : cet homme, c'est mon père. Il est plus âgé que la moyenne, parce qu'il a rencontré seulement sur le tard quelqu'un qui voulait des enfants de lui. Il travaille dans une banque, à faire des choses dont il ne parle jamais en détail et sur lesquelles on ne l'interroge pas, les gens partant du principe que si la personne elle-même n'aborde pas le sujet, c'est qu'il n'y a rien à raconter. Pour aller à ce travail, il doit prendre son vélo – même sous la pluie – jusqu'à l'arrêt où il montera dans le bus pour encore une demi-heure de trajet. Ces jours-là, il gagne juste de quoi faire vivre femme et enfants – qui ne lui posent pas de questions – et leur offrir un toit auquel il pourra suspendre les cadeaux qu'ils ont achetés avec son argent, mais sans son assentiment.

En tant que fille aînée de cet homme-là, je n'ai pas le droit de m'en tenir à un simple signe de tête, ni de répondre avant de connaître ses intentions exactes.

Je prends une expression un peu forcée. Ce n'est pas un sourire. Ce n'est pas de la pitié. De la compréhension, peut-être, même si j'ignore à quoi ça peut ressembler, traduit en langage grimacier.

"Tu crois sûrement comme ta mère qu'un vieux con comme moi ne fait jamais ce qu'il dit. Que le vieux con ici présent est trop dégonflé pour ça ?"

Papa dit toujours "ta mère" et maman fait exactement pareil : quand elle parle de lui, elle dit "ton père". Ce n'est pas tout à fait honnête. Quelque part, ils essaient de s'en tirer en faisant comme si c'était moi qui les avais choisis.

"Tu veux une démonstration ?"

Il attrape l'escabeau déglingué, le déploie au-dessous du nœud coulant et grimpe les échelons. À la troisième marche, l'escabeau commence à osciller dangereusement. Je m'approche et me poste sur le côté pour tenir les montants. Les pièces de monnaie s'enfoncent encore un peu, jusque sous la plante de mes pieds. Le flash de onze heures est terminé, une plage de publicité lui succède.

"Ne jetez pas votre argent par les fenêtres ! Si vous trouvez le même produit moins cher ailleurs, nous vous remboursons la différence."

Papa est arrivé en haut. Les deux pieds sur la dernière marche, il cherche son équilibre et finit par se retrouver juste sous le nœud coulant. La corde s'écarte de lui, revient, lui donne une pichenette à l'arrière du crâne. Il manque de perdre son aplomb. Moi, je tiens l'échelle d'une main ferme. Je peux seulement éviter qu'il tombe. Je ne peux pas éviter qu'il saute. Avec toute la force que je mets sur mes appuis, les pièces de monnaie me brûlent encore plus. La tête d'Albert II restera toute ma vie imprimée sous la plante de mes pieds.

Papa tire sur la corde d'un coup sec – elle est bien attachée. Il la passe autour de son cou. Jette un regard sur l'empire bleu qu'il domine à présent. Il fait un signe de tête. Ça ressemble beaucoup à de la satisfaction.

"Les gens qui se pendent s'arrachent souvent la peau du cou avec les ongles, poursuit-il. Par remords. Il ne faut pas avoir de remords."

J'opine du chef.

"Tu m'as entendu, Eva ?"

J'opine de nouveau.

"Eh bien, qu'est-ce que je viens de dire ?

— Qu'il ne faut jamais avoir de remords.

— Je ne t'entends pas.

— Il ne faut jamais avoir de remords", je répète, plus fort cette fois.

Ce n'est que maintenant qu'il regarde dans ma direction, qu'il me voit là, les doigts crispés sur l'échelle.

Il se tait un instant.

"Eva, tu devrais faire quelque chose à ta coiffure. C'est pas terrible."

Je trouve que mes cheveux sont de la bonne longueur : assez courts pour être détachés par temps froid, juste assez longs pour être noués quand il fait chaud. Il faut encore que papa s'y habitue. J'en ai coupé moi-même deux ou trois centimètres la semaine dernière, parce que les pointes fourchaient. J'ai fait ça devant la glace, au-dessus du meuble vieillot qui se trouve dans notre salle de bains pleine de moisissures, avec les ciseaux que ma mère utilise quelquefois pour le tissu.

"Merci d'avoir bien voulu tenir l'escabeau, Eva." Mon père a sorti sa tête du nœud coulant et se tient déjà deux marches plus bas.

"Tu es la seule à être au courant. Même ta mère ne le sait pas. Ne changeons rien." Il farfouille dans sa poche et, les reins appuyés contre les échelons du milieu, allume une autre cigarette. "Si je t'ai montré ça, c'est sans doute bon signe." Ses joues se creusent, aspirées entre les mâchoires. Il descend les dernières marches avec précaution. Arrivé en bas, il me tape si fort sur l'épaule que j'en perds l'équilibre, le genre de taloche que les pères donnent en principe à leurs fils.

Je lui dis : "C'est pas bon pour toi de fumer."

Dans la vitrine de L'Épicerie, il y a deux ou trois Raider étalés sur un tapis de gazon synthétique. En fait, ils ne s'appellent plus comme ça – la marque a été rebaptisée Twix –, mais personne n'ose le dire à Agnes. Au village, peu de gens se souviennent d'avoir vu quelqu'un d'autre exploiter ce petit magasin.

Dans cet espace en boyau, on trouve à peu près tout ce qu'un épicier de campagne doit avoir. Et pourtant, la plupart des clients ne viennent que pour acheter des choses qui ne peuvent pas s'abîmer, se friper ou se dessécher. Le cousin de Laurens a eu un jour le culot de rapporter un paquet de nouilles périmées.

"Ce n'est pas la date de péremption, gamin, mais le jour de fabrication du produit !" avait aboyé Agnes. Après de courtes négociations, les pâtes étaient troquées contre une boîte de marqueurs à l'alcool et, quelques heures plus tard, l'écriteau qui servait d'enseigne à la boutique était complété : POUR TOUS VOS ALIMENTS SECS *ET PRODUITS À FINIR*. Depuis, Agnes n'a jamais essayé d'effacer cet ajout. Au contraire, elle s'est spécialisée dans la manipulation des dates limites de vente. À l'aide d'un stylo à pointe fine, elle change un trois en huit ou en neuf et métamorphose le mois de janvier en juillet d'un simple trait horizontal. Elle sait que les villageois finiront par revenir : ceux qui font les difficiles doivent se coltiner dix minutes en voiture jusqu'au hameau le plus proche pour un paquet de farine. Il y a des bornes à tout principe. Même le cousin de Laurens serait repassé un jour acheter des nouilles.

J'entre. La journée a bien commencé, je lui dois encore des boules magiques. Ma présence éveille l'attention d'une sonnette, mais pas comme celle de la boucherie. Ici, c'est presque un cri perçant.

Les stores de la boutique sont à peine relevés, il fait sombre à l'intérieur. Une froide odeur de renfermé flotte entre les rayons pleins à craquer. Une odeur de matinée trop longtemps conservée. Je patiente en surveillant la porte du fond, celle qui donne chez Agnes. C'est là qu'elle se terre, qu'elle remplit ses photocopies de mots croisés. Il y a probablement une table et une chaise, une cuisine. Personne n'est capable de confirmer.

Je ne bouge pas, j'attends, car Agnes n'aime pas les clients qui commencent à fouiner en son absence. Je dénoue mes lacets, repêche les pièces de monnaie dans mes chaussettes. Je n'avais pas besoin de cacher l'argent ce matin. Après tout, maman ne m'a pas vue partir.

J'entends : "Tiens, Eva !" Je finis de renouer mon lacet et me redresse.

Agnes rejoint le comptoir à la hâte, elle marche un peu voûtée. Son dos s'est aplati en forme de tablette d'appoint. Un jour, Laurens a demandé pour rigoler combien de bibines elle pourrait porter entre ses omoplates sans en renverser. Aujourd'hui, je dirais huit. Il faut que je m'en souvienne, je pourrais peut-être lui raconter ça tout à l'heure.

Agnes me précède parmi les étagères grises où s'entassent éponges, cure-dents, serviettes hygiéniques et fleurs artificielles. Elle sait pourquoi je suis venue. Les confiseries se trouvent dans l'allée centrale.

"Ils sont où, les autres mousquetaires ? demande Agnes. Le garçon de ferme et le fils du boucher ?" Je hausse les épaules.

Depuis que son mari est parti avec un autre homme, depuis le nouveau slogan sur son panneau d'affichage, elle ne tolère pas que les clients se servent eux-mêmes en bonbons. Moi pas plus que les autres.

Je demande poliment vingt soucoupes volantes, cinq bandeaux acidulés et deux sachets de boules magiques. Elle verse les sucreries dans un cornet en papier.

"Tu le vois aujourd'hui, le frère de Jan ? Tu vas partager les bonbons avec lui ?"

J'approuve d'un air convaincu, même si je n'en suis pas sûre.

Elle me donne un peu de tout en plus.

Le sachet en main et à l'appui sur le guidon, je traverse le village. Je balaie du regard les rues désertes, dans l'espoir qu'à force Laurens et Pim surgiront de ces collages de vieux souvenirs. Au bout d'une heure, il n'y a plus un seul bonbon. L'intérieur de ma bouche brûle de tout cet acide. J'ai l'estomac lourd. J'aurais dû rester à la maison. Peut-être qu'ils ont essayé de m'appeler.

Je roule jusqu'à la boucherie.

Aujourd'hui, la bicyclette de Laurens n'est pas appuyée contre la façade. Il a peut-être de nouveaux copains ou de nouveaux passe-temps dont il ne m'a pas parlé, il est peut-être sorti. Ou alors il a tout simplement rangé son vélo dans le garage, ou bien il préfère regarder la télé plutôt qu'être avec moi, avec le temps qu'il fait.

Par la grande vitrine, j'observe l'intérieur du magasin. Le curé est en train de choisir. Il pointe du doigt la mortadelle. La mère de Laurens fait planer la pièce de charcuterie avec élégance et la pose sur la trancheuse. Par la porte entrouverte, j'entends la lame tournoyer lentement. Quand on coupe de la viande, ça ne produit pas un bruit de cassure, mais d'effilochage.

Laurens avait raison. "Une vache est faite d'un million de filaments." Il nous l'a dit un jour à l'école, pendant la pause de midi, tout en désagrégeant un bout de saucisson en de multiples brins de viande, qu'il posait ensuite un à un sur des boulettes modelées avec la mie de ses tartines. "Une fois que tu le sais, ça ne te gêne plus de tailler dedans." L'idée ne semblait pas venir de lui, mais le fait qu'il l'ait retenue m'impressionnait tout de même.

Quand je regarde la mère de Laurens, j'éprouve presque toujours une sensation de calme. En ce moment, sa façon de bouger les mains montre qu'elle parle du temps qui se gâte. Elle empile ensuite des tranches de salami sur le plateau de la balance.

À l'instant même, en voyant le curé satisfait qui règle son achat, je suis envahie d'une mélancolie longtemps disparue et que je croyais, que j'espérais peut-être partie pour de bon.

Je sais à présent que rien ne peut empêcher cette sensation, même quand je suis assise en cours, dans la bonne classe, dans une tenue que tout le monde a l'habitude de me voir porter, même quand je regarde de la viande, même quand je ne regarde pas de viande. Quelque chose me manque, tout me manque, comme si j'avais été un jour plus complète et que je me rappelais comment ça faisait.

J'ai la même sensation soudaine à chaque fois que je me lave debout dans la baignoire. Il y a quelque chose qui se met sur ma peau, m'enferme, se resserre autour de moi, me fait comprendre que je ne suis pas à la bonne place.

Je me suis dit l'autre jour que ça vient peut-être du fait que je suis née peu après des jumeaux, d'un utérus encore légèrement dilaté. Peut-être que les neuf premiers mois, maman flottait trop tout autour de mon corps.

La mère de Laurens n'a pas eu le temps de s'apercevoir que j'étais en train de la regarder, je disparais déjà de son champ de vision.

L'orage éclate avant que je sois rentrée chez moi. Les premières gouttes sont tièdes. C'était à prévoir : ces derniers jours, il est même sorti de l'eau chaude du robinet d'eau froide. Je cherche un arbre pour m'abriter, vais sous les conifères qui bordent notre jardin et observe le tumulte autour de moi. La pluie battante plie sous les bourrasques.

On n'aurait jamais dû offrir des outils à papa, et surtout pas un taille-haie. Voilà deux ans que l'engin est suspendu au plafond, inerte, ses deux poignées balourdement tournées vers le sol. Quand il y a du vent, il se balance. C'est peut-être comme ça que papa en a eu l'idée.

Au début, le couvert des arbres ne laisse rien passer, mais très vite, de grosses gouttes irrégulières suintent à travers les branches. Si je me fais mouiller, ce n'est pas grave.

## QUATRE OMBRES

Nous étions trois, mais nous avions quatre ombres. Jolan, mon frère aîné, aurait formé la moitié d'une paire de jumeaux en bonne santé si son cordon ombilical ne s'était pas enroulé autour du cou de sa sœur.

Leur naissance en 85 – quatre semaines avant terme – a fait l'objet de nombreuses photos, collées dans un album avec de l'adhésif double face. En légende : la date, l'heure exacte, le nom de plusieurs oncles que je ne connais pas, l'évocation de rêves fabuleux – accessibles dans la mesure où ils n'avaient pas à être réalisés dans leur totalité.

JOLAN DE WOLF ET TESS DE WOLF. Sur le faire-part de naissance, il y avait une petite croix derrière le deuxième nom, ce qui économisait un avis de décès.

Le temps que Jolan sorte de couveuse, nous disait papa en exagérant, j'avais déjà vu le jour.

La chose s'est produite vers le milieu de l'année 88, à minuit. J'étais une fille. Je m'appelais Eva. Moi aussi j'étais arrivée seule. Juste au moment où papa fumait une cigarette à l'extérieur.

Comparée au petit corps prématuré de Jolan, j'étais d'entrée de jeu bien bâtie. De ma première année d'existence, on a pris tout au plus une cinquantaine de clichés. L'heure n'était indiquée sous aucune de ces photos, les oncles et tantes anonymes n'ont pas fait le déplacement.

"Pattes d'hippopotame", a écrit papa en légende de l'image qui me montre pour la première fois sur le pot. Les autres commentaires semblent avoir été notés par la suite dans la mesure où ils font référence à quelque chose de provisoire, comme une évaluation ultérieure de la situation. "Eva, les cheveux encore platine". Ou "Janvier, du temps où elle savait rigoler".

Trois ans plus tard, en 91, c'est Tessie qui a débarqué. Papa n'a pris d'elle qu'une poignée de photos, dont pas une ne devait finir en album. Tessie a toujours été plus fragile et plus menue que nous. Elle avait une peau fine, aux veines entrelacées, et de légers cheveux blonds.

"Que voulez-vous ? Après deux enfants, on était à court de matériaux", avait – au dire de maman – plaisanté papa juste après l'accouchement. C'était peut-être de la fierté de sa part, ou bien il était envahi par l'émotion. Pourtant, ces paroles ont dû donner l'impression qu'il s'excusait devant les infirmières, comme le font certaines maîtresses de maison pour un plat qui n'est pas complètement réussi.

"Mon père aussi débitait ce genre de conneries, avait riposté maman. Et puis d'abord, t'as quatre enfants, pas trois." À la manière dont elle reparlait quelquefois de cette anecdote, en insistant sur le mot "conneries", je savais que pour elle tout avait commencé là. C'était son reproche originel.

Il leur a fallu longtemps avant de choisir un prénom : maman voulait "Tessie", papa tout autre chose, de préférence "Charlotte", à la rigueur "Lottie". En fin de compte, peut-être pour se faire pardonner, il s'est rangé à la proposition de maman. Tessie était un hommage.

À deux ans, elle a reçu le surnom de "crapoussin", un sobriquet que maman avait importé de sa région natale et qui désignait le petit dernier de la famille – elle-même était l'aînée d'une fratrie au père tyrannique. Le mot avait quelque chose de pitoyable, faisait penser à des pioupious qui vont souiller un coin de la cage à poules et dorment dans un autre. Nous savions très bien qu'il n'avait pas été inspiré par la nostalgie, mais par le remords d'avoir choisi le prénom Tessie, ce que maman refusait d'admettre devant papa. Et pourtant, nous nous sommes tous mis à en faire usage : la langue était le seul aspect de sa jeunesse que maman évoquait avec fierté.

L'arrivée de Tessie dans la famille m'a propulsée à la place du milieu, en situation de me tourner vers l'un ou l'autre camp lorsqu'il s'agissait de former un front, selon que je veuille faire partie des coalisés ou de l'opposition.

Avant la naissance de Jolan, papa et maman avaient quitté leur logement au centre d'un bourg voisin pour emménager à Bovenmeer dans une maison avec trois chambres.

C'était un de ces petits villages où, par souci d'équilibre entre l'offre et la demande, on ne faisait les choses qu'en un seul exemplaire ou pas du tout : une épicerie, un salon de coiffure, une boulangerie, une boucherie-charcuterie, pas de réparateur de vélos, une bibliothèque qui aurait pu se lire entièrement d'un trait, une école primaire.

Pendant des années, on allait désigner avec "le" ou "la" tout ce que le village avait à offrir, comme pour parler d'objets personnels que nous pouvions tenir entre le pouce et l'index. Comme si, après avoir longtemps guerroyé contre les grandes villes et les localités avoisinantes, nous avions fait main basse sur des prototypes de boucherie ou d'épicerie, pour ensuite les implanter solidement non loin de l'église et de la salle paroissiale, à deux pas de presque tout, à portée de chacun.

Les commerçants s'étaient mis dans le ton : par orgueil ou par facilité, ils n'avaient même pas tenté d'imaginer plus original pour leur affaire que La Boucherie ou L'Épicerie, abstraction faite de quelques mots inscrits sous l'enseigne, d'un nom de famille.

Il y avait de rares exceptions : Bovenmeer comptait deux cafés. Souvent, on voyait des hommes sortir de La Nuit, hésiter un moment, se rattraper aux montants de la porte et décider enfin de gagner Le Bel Accueil, qui recommençait à servir de la bière dès le petit matin.

Certains prénoms – Tim, Jan et Ann – étaient très courants au village. Pim et Laurens avaient tous les deux un frère appelé Jan, à une différence près, qui allait apparaître au cours de l'hiver 2001. À partir de là, Laurens pourrait dire qu'il avait encore ce frère, alors que Pim, lui, allait devoir en parler au passé.

Il y avait aussi un poulailler désaffecté que nous avions baptisé le Kosovo. Il se trouvait exactement à mi-chemin entre Le Bel Accueil et la salle paroissiale. Une famille de réfugiés albanais y avait habité pendant des mois. Depuis leur expulsion, il servait de débarras à différentes associations locales.

Je me suis longtemps demandé ce que papa et maman pensaient trouver à Bovenmeer. S'ils croyaient vraiment s'en sortir dans un village qui organise chaque année des fêtes paroissiales et où personne n'est surpris quand on envoie quelqu'un au Kosovo chercher des serviettes en papier.

# 9 H 30

Il y a six jours, deux semaines après avoir reçu l'invitation, je suis allée chez mon voisin avec un bac de rangement Curver pour lui demander si je pouvais congeler un grand volume d'eau chez lui. L'homme n'habite pas sur le même palier, mais à l'étage inférieur, ce qui fait qu'à strictement parler c'est mon voisin du dessous. Il a douze ans de plus que moi. Par hasard, nous sommes tous les deux profs : lui enseigne la géographie et les sciences naturelles à des lycéens francophones, moi les arts plastiques dans des établissements néerlandophones.

On vivait dans cet immeuble depuis déjà quatre ans l'un et l'autre quand nous nous sommes parlé pour la première fois. C'était l'année dernière, autour de la même date. Il portait un grand sac en plastique transparent, rempli de pièces de viande fraîche – un cœur, une entrecôte, du filet, de la langue, des côtelettes, du flanchet pour le pot-au-feu. Moi, je rentrais à la maison avec, sous le bras, des travaux laissés par des élèves à qui j'avais demandé de composer leur monde idéal à partir de vieux atlas découpés. Ils avaient pratiquement tous négligé le cutter et le polystyrène pour se contenter d'un petit collage sur papier A4. Beaucoup n'étaient même pas venus récupérer leur production à la fin de l'année scolaire.

Mon voisin m'avait fait remarquer que je serais bien avisée de leur apprendre à traiter les faits sérieusement, dans le respect de l'histoire.

J'avais réussi à lui faire croire que je ne parlais pas français. L'odeur qui s'échappait de son sac me donnait la nausée.

Comme il lui était difficile de me sermonner en néerlandais, il s'était mis à me raconter où il avait déniché cette grande quantité de chair crue : tous les ans, sa mère faisait abattre un bœuf entier dans un élevage bio et elle partageait la viande avec ses trois fils, qui pouvaient venir chez elle pour choisir les morceaux. C'était le seul moment de l'année où la famille était encore au complet.

Alors que je m'apprêtais à le laisser sur son palier pour monter chez moi, il avait encore ajouté que mes talons faisaient beaucoup de bruit sur le parquet de mon appartement, mais que je ne le dérangeais pas, non, parce que je marchais comme une personne qui savait ce qu'elle voulait.

J'en avais tiré deux conclusions : cet homme disposait d'un grand congélateur et il ne comprenait pas grand-chose à autrui, en particulier aux femmes.

Au bout de six mois, en plus de la conversation, il voulait aussi que je lui fasse des gâteries. Même si ça ne plaidait pas pour lui, je n'y voyais aucun inconvénient, à condition qu'il se lave d'abord et que je puisse rester habillée.

Durant les quinze jours qui ont suivi l'invitation, chaque soir, j'ai cuisiné pour mon voisin et pour moi un morceau de bœuf bio de son congélateur. Dès qu'il y a eu assez de place dans l'appareil, je suis descendue avec mon Curver et je l'ai rempli au robinet. Le bac rentrait tout juste.

Mon voisin m'a laissée faire et n'a pas posé de questions. Il s'est nettoyé le gland sous le jet de la douchette, avec le pouce et l'index, comme s'il en dévissait le couvercle. Une fois que je lui ai fait sa pipe, lui assis les fesses à l'air au bord de la baignoire, moi à genoux sur le tapis de bain, nous avons bu en silence du thé à la menthe. Comme d'habitude, j'y ai mis des pelletées de sucre.

Tout à l'heure, il m'a aidée à sortir le lourd bac de glace du congélateur et à le porter jusqu'à ma voiture. Le jour n'était pas encore levé. Juste avant d'atteindre le coffre, il s'est arrêté un instant et m'a demandé, dans son mauvais néerlandais, où je pensais aller. Il a fait courir son regard sur mes jambes lisses et bronzées par le collant, sur mes cheveux relevés, sur le mascara de mes cils. Je sentais qu'il me trouvait plus jolie que d'habitude, mais je ne savais pas si c'était parce que j'avais fait des frais, ou parce que j'étais sur le point de prendre la route sans laisser d'adresse, avec un bloc de glace dans le coffre.

“Je vais voir mes parents.

— Tes parents…” Il venait de comprendre que je n'étais pas née dans un chou.

“Ça va tenir combien de temps, tu crois, un bloc de glace pareil ?

— Ça dépend combien de chaud tu mets dans ta voiture et pourquoi tu vas t'en servir”, il a répondu.

Je n'ai pas corrigé sa faute de langue, ça m'évitait en plus de lui donner des précisions.

"Tu reviens ce soir pour le boire du thé ?

— Bien sûr."

J'ai regardé mon voisin rentrer chez lui à pas lents, ses jambes maigres, son dos. J'étais encore là, les yeux fixes, alors qu'il avait disparu depuis longtemps.

Avant de mettre le moteur en marche, j'ai appelé Tessie, mais j'ai raccroché sans même attendre la sonnerie, pour qu'elle ne puisse pas voir mon numéro. J'ai contrôlé en vitesse la page Facebook de l'événement. Elle avait été mise en ligne quelques jours après l'arrivée de l'invitation, par Pim. Je pouvais donc avoir la certitude qu'il avait tout organisé lui-même, et pas ses parents. Les horaires indiqués sur le site, contrairement à ceux de la carte, précisaient que nous n'étions pas attendus *à* quinze heures, mais *à partir de* quinze heures. C'était bien son style : empêcher les invités d'arriver pile à l'heure, se couvrir d'avance au cas où il n'y aurait pas encore de chips dans les ramequins.

L'écran d'accueil affichait la même photo de bébé que sur l'invitation. Les participants ont réagi tout de suite. Moi pas. J'ai attendu quelques jours et je me suis mise sur "peut-être".

La page a d'abord connu un bref moment d'effervescence grâce aux amis qui postaient des photos et des anecdotes. Je suivais toutes les actualisations. Jan lui-même n'avait jamais eu de profil sur un réseau social – il était déjà mort avant d'avoir obtenu la chance de pouvoir se présenter sous un meilleur jour qu'en réalité. C'est pourquoi d'autres le faisaient pour lui à présent. Leurs photos de Jan étaient toutes plus belles et plus joyeuses les unes que les autres, des photos dont je ne connaissais pas l'existence.

À mon avis, les participants ont très vite fait savoir qu'ils ne souhaitaient plus recevoir de notifications. La page est retombée dans l'oubli quelques jours à peine après son lancement. Toutes les photos utilisables avaient été partagées.

"Bonjour, je m'appelle Karin Peters, j'ai 39 ans et je viens de Belgique. La raison pour laquelle je vous raconte ceci est, parce que j'ai à vous proposer un produit. Dans l'état littéralement que je vous décrit !!!! merci de payer en direct. Donnez-moi vos coordonnées par e-mail et je vous envoie des photos !!" C'était le dernier message posté. Il est encore en tête de page. Cette nuit, j'ai voulu le signaler comme abusif, mais je ne suis pas allée au bout de la procédure, car il m'était impossible d'indiquer avec précision ce que je lui trouvais d'inapproprié.

Je suis maintenant à mi-chemin. La densité du trafic diminue peu à peu. Je vérifie régulièrement dans le rétroviseur où en est mon bloc de glace. Le froid qui s'en dégage fait considérablement baisser la température dans l'habitacle. Je ne roule pas trop vite et laisse le chauffage éteint pour ne pas accélérer le processus de dégel.

Sur mon portable, l'appli Facebook est encore ouverte sur l'événement. Quarante-cinq participants. Jolan aussi est invité, tout comme Tessie, mais aucun des deux n'a confirmé sa venue.

Je suis toujours l'unique "peut-être".

## 6 JUILLET 2002

Je soulève la couverture pour voir s'ils sont encore là, tous les deux. Mes seins auraient très bien pu me quitter pendant la nuit, en douce, à la recherche d'un corps plus adapté, plus crédible que le mien. Mon débardeur a tourné pendant que je dormais. Le bout de mes tétons dépasse à travers les emmanchures.

Ces seins me font penser à tonton Rudy, le frère de papa : en visite quelque part, il attend toujours debout, mal à l'aise, même si on l'invite à s'asseoir. Et quand il s'assoit, il ne s'appuie jamais contre le dossier – comme ça, il peut quand même disparaître sans prévenir, au beau milieu de la fête de famille.

Mes seins ne sont pas comme des ballons suspendus ; comparés à ceux d'autres filles, ils sont plutôt pointus et se redressent. Comment leur faire comprendre qu'ils ont tout à fait le droit de rester ?

Je remets mon débardeur en place et traîne au lit jusqu'à dix heures et demie. J'écoute les voisins qui rentrent de faire leurs courses, les tondeuses à gazon, les cloches de l'église, un avion, un ramasseur de ferraille qui hurle des annonces incompréhensibles dans son mégaphone et qui, à cause du larsen, ne remarque pas les trésors en vol à dix mille pieds au-dessus de sa tête.

En voyant le lit abandonné par Tessie, ses draps fins pliés symétriquement comme une enveloppe ouverte, je me sens indécise et sans forme.

Avant même d'entrer, je sais que mon père est dans la cuisine. Partout où il passe flotte une odeur de tabac.

J'ai lu il n'y a pas si longtemps qu'un fumeur pourrait se payer des vacances chaque année rien qu'avec l'argent dépensé en cigarettes. Personne ne cherche à savoir s'il y a aussi des gens qui fument pour ne pas avoir à partir en voyage avec leur famille.

Sur la table du petit-déjeuner, il reste deux ou trois choses. Pain, chocolat à tartiner, sirop de Liège à la poire…

“Ta mère est à la coopérative pour acheter de quoi manger au chien et Jolan est parti de bonne heure observer les oiseaux”, dit mon père. Il est assis à table, lit le journal. Il a un stylo-bille à la main. Aujourd'hui, rien ne mérite d'être souligné.

Je pourrais choisir de ne pas déjeuner, mais ça ne ferait aucune différence : papa ne reparlera plus de ce qui s'est passé hier, ce n'est pas dans ses habitudes, parler du passé dès le matin. Pour ça, il a besoin d'un petit coup de pouce.

Je m'assieds. Papa ne me regarde toujours pas. Près de lui, sur la table, il y a un mouchoir déplié à côté d'un peigne à épouiller vert fluo. Je vois des taches rouge foncé sur le mouchoir – des mini-cadavres écrasés, quelques cheveux raides arrachés avec leurs lentes collées dessus.

"Où est Tessie ?"

Papa joue avec son dentier, le déclipse, le reclipse. Marmonne un "par là" qui, dans sa bouche édentée, ressemble à "pas là".

Je prends une tranche de pain et j'y étale une bonne couche de poiret. Cette fois, pourtant, papa ne me demande pas si ce que je veux, c'est "une tartine avec un peu de sirop, ou du sirop avec un peu de tartine".

Il arrête de mâchouiller son dentier et inspecte mes cheveux, ma gorge. Je pose mon couteau et soulève la tartine, la mie de pain fléchit sous le poids du sirop. Le regard de papa descend un peu, se pose sur mes bras. Plus il insiste, plus ils deviennent lourds.

Même les jours de canicule, j'ai l'habitude de porter des manches longues. Laurens et Pim sont les seuls à ne jamais faire de réflexion là-dessus. La dernière fois que je me suis promenée les bras découverts, ça remonte à trois ans. Je n'avais pas l'impression d'être libre et légère, juste horriblement nue.

Les yeux de mon père continuent encore plus bas, jusqu'à ma taille, puis remontent vers son journal. Il boit une gorgée de thé refroidi.

"Avec ce pull, on voit bien que tu commences à avoir un peu de poitrine."

Je plie ma tartine en deux. La bouchée qui suit colle à mon palais et n'a pas goût de poiret. C'est seulement lorsque le téléphone se met à sonner que je me risque à déglutir.

Les trois secondes de silence m'annoncent que c'est Pim. Il a toujours fait comme ça et, à chaque fois, j'ai honte des choses personnelles que je lui ai un jour avouées. On peut se rappeler tout ce qu'on veut en trois secondes. Encore que ce silence pourrait très bien correspondre au temps qu'il faut pour que le son franchisse les kilomètres de fils électriques, d'un pylône à l'autre, entre nos deux maisons.

"Salut Pim, je dis, avant même qu'il ait ouvert la bouche.

— Laurens et moi, on va faire un tour à la petite école aujourd'hui."

Sa voix déraille. Je ne sais pas si c'est la mue ou l'émotion. "Une idée à lui. Mais tu peux venir avec nous, si tu veux.

— Quand ça ?

— Maintenant.

— Je passe te chercher ? Au fait, Laurens m'a dit que t'avais une mobylette, une Honda. C'est vrai ?"

Pim ne répond pas tout de suite.

"Elle est en panne. Et t'es pas obligée de passer par ici, mais t'as le droit."

Je fais le même crochet qu'il y a deux ans, par la ferme. Pim habite à l'opposé de notre ancienne école, de l'autre côté du village, en bordure lui aussi. Si on traçait une ligne entre nos deux maisons, on s'apercevrait qu'elle est perpendiculaire à l'axe qui relie la boucherie de Laurens à l'école primaire. Pourtant, le détour est plus facile et plus évident pour moi que pour Pim.

Avant, il m'arrivait d'emporter une gourde remplie d'eau en prévision de ces deux kilomètres. Maintenant que je m'en coltine vingt-quatre tous les jours à la force des mollets pour aller en classe et revenir, le village paraît ridiculement petit et la distance entre chez moi et mon ancienne école semble dérisoire.

En quittant le chemin du Breuil, je passe devant la pancarte fabriquée par mon père, où il a écrit URINER DÉFENDU.

Tout le monde voit bien que cette phrase est incorrecte, qu'il aurait fallu marquer DÉFENSE D'URINER – les gens ne sont pas bêtes, je sais, mais chaque fois que je passe devant notre pancarte, je me prends à espérer que les voisins aussi donneront aux pisseurs le bénéfice du doute.

Quand mes parents ont acheté ici, le Breuil était un petit chemin de terre qui longeait trois jardins et qui, par hasard, reliait aussi notre village à la bretelle d'accès de l'autoroute. Il passe juste entre notre haie et le pré des voisins. Il n'y a pas très longtemps, des employés communaux sont venus le goudronner avec ce qui restait de la rénovation de routes principales. Un mètre après l'autre, il s'est transformé en quelque chose de solide et d'immuable, un itinéraire bis pour automobilistes pressés. Il y a donc trois jardins le long de cette voie, mais c'est toujours notre haie qui sert de cible aux pisseurs.

Après le chemin du Breuil, je dois prendre une sorte de route provinciale, la plus fréquentée du village. C'est limité à soixante-dix, mais pratiquement personne ne s'y tient. Je suis maintenant capable d'estimer la vitesse des voitures du fond de mon lit. Pendant les vacances, les gens roulent moins vite.

Sur la chaussée, mon ombre me suit comme un fantôme accroché à mes basques et qui n'aurait plus la même silhouette que moi. Je m'en étais déjà vaguement aperçue pendant l'année scolaire. Les vêtements serrés, les hauts trop petits, les pantalons devenus difficiles à boutonner. Mes tétons se sont d'abord mis à rougir et à chauffer. En dessous, il y a eu comme des rondelles rigides qui ont fini par se décoller de mes côtes pour faire place à ce qui pourrait grandir dans l'espacement, à quelque chose de plus moelleux. Du jour au lendemain, j'ai senti ces deux trucs bouger et je me suis demandé s'ils étaient arrivés comme ça ou si c'est moi qui venais juste d'y faire attention.

Mais aujourd'hui, après la réflexion de papa, ils ne sont plus seulement à moi, ils marquent un changement important, irréversible.

J'approche de la ferme de Pim. La maison est en fort retrait de la rue, sur une allée longue d'une vingtaine de mètres qui mène à la plus grande étable et qui est assez large pour laisser passer la grosse artillerie : moissonneuses-batteuses, remorques à foin, troupeaux de vaches.

À moitié perdu dans ce rectangle d'asphalte, il y a un paillasson où est imprimé le mot BIENVENUE. Les lettres sont usées. Si j'arrive à les lire, c'est probablement parce que j'étais tout le temps fourrée ici autrefois.

Depuis l'enterrement de Jan, j'ai à peine eu l'occasion de voir Pim ou de lui parler. Il n'est pas venu à une seule fête paroissiale et on ne donne plus de goûters d'anniversaire. En promenant le chien, je me suis arrêtée devant la ferme à deux ou trois reprises, mais je n'ai pas eu l'audace de sonner. Chaque fois, je suis repartie en me disant que ce silence n'était pas forcément intentionnel. On ne pouvait pas parler de fin tant qu'il y avait encore un été à passer…

Je scrute l'allée sur toute sa longueur, à la recherche d'un signe de vie.

Pour la première fois, cette surface goudronnée ne couvre plus une distance, mais un vide. Pim n'attend pas dans le jardin de devant, le vélo à la main, comme les jours d'école où je venais le chercher. J'hésite à passer par la cour de la ferme, à l'arrière, alors je prends le chemin de dalles jusqu'à la porte d'entrée, dont je croyais jusqu'à l'été dernier qu'elle était purement décorative, qu'elle n'avait jamais été prévue pour s'ouvrir et qu'elle n'avait donc tout simplement pas de gonds. Les parterres sont envahis de fleurs mauves qui empestent l'urine. C'est cette odeur que je sentais déjà trois maisons plus haut. Les dalles entre la porte et la rue sont mal alignées, comme un gué que la nature elle-même aurait placé là.

Juste au moment où je sonne, Pim apparaît au coin de l'allée. D'abord sa roue avant, puis sa tête.

"La sonnette ne marche pas. Tu devrais le savoir, depuis le temps."

Il se hisse debout sur les pédales, avance doucement jusqu'à ce que je sois de nouveau en selle. Avant même que je puisse le rejoindre, il donne un grand coup de mollet et s'éloigne à toute vitesse par le Bout-du-Chemin.

La distance est exactement d'un kilomètre. C'est Mlle Ria qui nous l'a montré un jour, pendant la leçon de géographie. Équipée d'un mètre de drapier, elle était sortie avec nous dans la cour de récréation et nous avait fait retourner mille fois l'instrument de mesure jusqu'à ce qu'on se retrouve devant la ferme de Pim. L'expérience nous avait beaucoup impressionnés. Depuis, à chaque distance que je parcours, je compte le nombre de mètres de drapier qui pourraient y tenir et, au bout de chaque kilomètre, je me dis que j'aurais tout aussi bien pu être arrivée à la ferme.

Faire la route avec Pim va toujours plus vite qu'avec n'importe qui. Il ne roule jamais très loin devant moi, mais dès que j'essaie de le rattraper, il reprend du champ.

Ses petites boucles blondes flottent au vent. Pim a la coiffure que tout le monde voudrait. Difficile de savoir si c'est parce qu'on envie toujours les cheveux du voisin ou parce que les siens sont vraiment beaux.

Pim non plus n'a pas de sac à dos. Il s'arrange toujours pour que les autres apportent ce qu'il lui faut. À la petite école, déjà, il se servait de mes feuilles à carreaux et des feutres de Laurens. Ses chevilles osseuses moulinent de part et d'autre du pédalier, enfoncées dans ses chaussettes. Je m'aperçois tout juste qu'il les a mises à l'envers. Impossible de distinguer le motif : c'est un méli-mélo de fils rentrés. Il se pourrait bien que Pim porte ces chaussettes depuis déjà plusieurs jours. Qu'il les ait retournées pour ne pas avoir à les laver.

Son dos ne trahit rien de ce qu'il pense ou de ce qu'il ressent. Pim appuie sur les pédales et c'est tout. Peut-être trop décidé pour quelqu'un qui a perdu son frère il y a un peu plus de six mois.

J'essaie de le rattraper pendant deux ou trois minutes et puis je renonce.

De toute façon, il va falloir encore un peu de temps avant qu'on se soit réajustés l'un à l'autre. Ce n'est peut-être pas grave. On a encore tout l'été pour ça et au loin apparaît d'un coup Laurens, le sauveur, le trouble-fête. Il attend près de son vélo sur le parking de la boucherie, devant le panneau SPÉCIAL ÉTÉ : VIANDE BARBECUE – 2 PIÈCES ACHETÉES, 1 GRATUITE.

Les particularités physiques de Laurens se remarquent surtout de loin : dos large, grand nez, allure bovine. Il se déplace avec balourdise et nonchalance, comme un enfant de mauvaise volonté qui bâcle son ouvrage en espérant que sa mère finira le travail à sa place.

"Salut les gars !" Il porte des chaussettes avec le jour de la semaine brodé sur le côté. À droite, on est encore lundi, à gauche, déjà vendredi. Il enclenche ses vitesses à la recherche de la résistance la plus forte, la plus lourde.

Pim ne ralentit pas, alors Laurens démarre et nous rejoint à toute pompe. Entretemps, je suis moi aussi remontée au niveau de Pim, mais l'arrivée de Laurens nous oblige à changer de disposition. Nous ne tenons plus à trois de front dans cette rue étroite, bordée d'arbres aux branches tombantes. Nous sommes en nombre indivisible, l'un de nous doit se replier derrière les autres. Pim se fiche bien de savoir qui roule à côté de lui, il préfère même rouler seul, ça se voit, il faisait déjà comme ça avant et c'est justement pour ça qu'il se retrouvait toujours au milieu quand la rue était assez large. Le voilà qui accélère à nouveau pour nous devancer. Laurens l'accompagne. Je les suis.

Pim, à gauche, s'est mis sur la plus petite vitesse, Laurens, à droite, sur la plus grande. Comme ça, on dirait qu'ils communiquent quand même, sans avoir à se parler.

Chaque fois que Laurens tourne la tête pour regarder Pim, je vois l'égratignure sur son visage, au-dessous des narines, là où le tendeur de son vélo l'a frappé, il y a trois semaines, quand je suis rentrée sans lui après les examens.

La blessure se cicatrise bien. Sur le côté, la croûte est en train de se détacher, presque à l'équerre de son visage. Une ailette placée au mauvais endroit.

Pim slalome devant nous à travers la cour de récréation, les dalles en ciment descellées claquent sous ses pneus. Il essaie de ne pas rouler sur les lignes des marelles. Moi, j'évite la grille d'égout qui nous servait autrefois de prison bidimensionnelle.

Sans freiner, Pim s'immobilise sous le préau, la roue avant contre le mur en brique rouge de l'école.

En l'absence de ses élèves, ce n'est plus qu'une simple bâtisse. L'une des ailes est occupée par deux religieuses. Ce sont elles qui ont créé cet établissement, alors on leur a permis de rester vivre sur place. À part pour arroser les fleurs violettes dans les jardinières de la cour, elles ne servent pratiquement plus à rien.

Du temps de notre scolarité ici, il y avait encore une troisième sœur, ultrazélée. Elle préparait des tartines pour les enfants qui n'en avaient pas apporté. Rien que pour l'occuper utilement, on a tous un jour oublié notre gamelle à la maison, même Laurens, qui raffolait pourtant des casse-croûte variés de sa mère. Il avait toujours droit au triple de biscuits, sans doute pour qu'il les partage avec Pim et moi, mais il ne le faisait jamais.

En manœuvrant plus ou moins comme Pim, Laurens et moi venons nous garer de chaque côté de son vélo, devant la grande fenêtre de la façade principale. La vitre en verre dépoli donne sur la classe vide de la dernière année de primaire.

Les meubles ont été rangés séparément : à gauche, les tables ; à droite, les chaises empilées. Je reconnais mon ancien pupitre, celui au plateau usé, au bois un peu plus clair que les autres, blotti contre les pieds massifs et sombres, en comparaison, du bureau de Mlle Emma.

La pièce a le même aspect qu'à notre dernier jour de classe, quelqu'un s'est donné du mal pour en faire une piste de danse. C'est dur, parce que ça me rappelle d'un coup Mlle Emma quand elle nous avait parlé de notre fête d'adieu – "une occasion unique en l'honneur des trois mousquetaires qui allaient lui manquer" – et la manière dont j'ai réussi plus tard à bousiller sa vie.

Pim s'aperçoit très vite que la salle d'éducation physique n'est pas fermée à clef. Rien d'anormal en soi : à Bovenmeer, on dissuade généralement les voleurs par des signes d'hospitalité. Nous entrons dans l'école avec décontraction, sans nous cacher, sans rien forcer, sans savoir au juste ce que nous sommes venus faire ici.

Laurens traverse le gymnase à petits sauts, en levant bien haut les genoux comme pendant les cours de M. Joris – un vieux bonhomme en survêtement, très exigeant avec ses élèves, mais incapable de leur faire croire qu'il était encore en état d'accomplir ses propres exercices, moyennant quoi personne ne répondait à son attente de perfection.

Pim prend rapidement son élan, saute et vient percuter les gros matelas adossés au mur. Ils s'abattent sur le sol dans un fracas du tonnerre. La partie souple du milieu touche terre en premier ; les bords suivent quelques secondes après, comme un sourire en coin.

Nous construisons un circuit avec les appareils de gymnastique les plus dangereux que nous pouvons trouver, ceux que maître Joris ne nous permettait jamais d'utiliser.

Nous sautons sur le tremplin, par-dessus le cheval d'arçons, d'un trampoline à l'autre et terminons par un semblant de saut périlleux que le matelas épais amortit.

Je trouve ça sympa : "Pas mal, comme parcours d'éducation physique…

— Mais non ! C'est beaucoup mieux qu'un parcours d'éducation physique", dit Pim.

Brusquement, la sonnerie de l'école retentit. Une alarme stridente qui n'en finit pas de nous mettre en boîte. Les jours de classe, elle marquait le début de quinze minutes de récréation. Aujourd'hui, on pourrait continuer nos affaires tant qu'on voudrait, personne, pas même les sœurs, ne nous prendrait en faute.

Pim reste allongé sur le matelas. J'atterris à côté de lui après une roue pas très réussie. Il soulève son T-shirt mouillé de sueur en le pinçant entre le pouce et l'index, le laisse retomber, de l'air s'échappe lorsque le coton se pose de nouveau sur sa poitrine. J'aime l'odeur acide de sa transpiration. Jan sentait sûrement pareil après l'effort.

Je suis étendue sur le dos. Mon T-shirt aussi me colle à l'estomac. Je vois Pim observer les renflements sous le tissu, ce qui ne me déplaît pas en soi, contrairement au souvenir de leur description par mon père ce matin – "un peu de poitrine", mais pas "de la poitrine" – et je comprends au regard de Pim ce que papa voulait dire : en fait, je n'ai pas encore de vrais seins. Ceux-ci sont à moitié finis, quelque part entre en avoir et ne pas en avoir.

"Bon, qu'est-ce qu'on fait maintenant ?" Mes yeux sont braqués sur Laurens, mais ce n'est pas sa réponse à lui que j'espère.

"Il faut que je rentre, dit Pim. Je vais à Lierre.

— Qu'est-ce que tu vas faire à Lierre ? interroge Laurens.

— Voir maman chez ma tante.

— Comment elle va, ta maman ? je demande.

— Mal."

Personne n'ose réagir, même pas Laurens.

Pim se lève et sort sans rien dire prendre son vélo. Il part en sprint dans la cour de l'école. Laurens et moi le regardons s'en aller jusqu'au niveau du petit couvent, jusqu'à ce que son dos ait la grosseur d'un point et s'efface.

"On ne dirait pas, à le voir, remarque Laurens.

— Ben non. Tu t'attendais à quoi ?

— Rien, comme ça, tu sais bien…"

Le parcours de la salle de gym, qui paraissait méga-dangereux il y a encore une demi-heure, n'est plus qu'un tas de bric-à-brac.

Pendant un court instant, mais quand même assez longtemps, je réussis à lorgner en diagonale vers la blessure de Laurens, juste sous la croûte. Je jette un coup d'œil, en faisant attention, comme dans les endroits où je n'ai pas le droit d'aller normalement.

La peau s'est cicatrisée, elle brille, toute rose.

Nous repoussons le cheval d'arçons contre le mur et, finalement, tout retrouve sa place.

"Je vais y aller aussi", dit Laurens.

Depuis le banc de gymnastique, qui à l'instant était encore un toboggan accroché à l'espalier, je regarde Laurens traverser la cour en traînant des semelles, enfourcher son vélo et s'éloigner.

Je continue de l'observer jusqu'à ce que lui aussi ne soit plus qu'un point, simplement parce que ça serait bête qu'il s'aperçoive après coup, d'une façon ou d'une autre, que j'ai regardé Pim s'en aller mais pas lui.

Une fois que Laurens est parti pour de bon, je me promène à travers le gymnase rendu à son état d'origine. Cet après-midi aurait tout aussi bien pu ne pas avoir lieu. Le ciel au-dessus de la cour passe précipitamment, l'horloge de la salle poursuit sa ronde sans se lasser. La sonnerie de l'école retentit de nouveau. Je ne sais pas si c'est l'annonce d'un début ou d'une fin.

## TROIS MOUSQUETAIRES

C'était pendant l'été 1993 : Pim, Laurens et moi allions bientôt passer de la grande section de maternelle à la première année de primaire. Les enseignants de l'école élémentaire, de même que nos six parents, avaient été avertis par courrier qu'il y aurait sous peu une réunion où la présence de tous était requise.

La directrice de l'établissement, Mlle Béatrice, leur aurait alors fait part de ses observations : comment se pouvait-il que les enfants nés en 1988 ne soient qu'au nombre de trois ? Était-ce l'hiver rigoureux de l'année précédente, la grande chaleur estivale ou le lundi noir du mois d'octobre qui avait freiné les élans, empêché l'agrandissement des familles ? Avec une moyenne de dix enfants par classe, cette école était la plus petite de toute la Campine, ce qui en faisait pratiquement tout le charme, mais – j'imagine qu'à ce moment-là, la directrice a remonté ses lunettes pour signifier qu'elle ne tolérerait aucune objection – il ne fallait pas espérer quoi que ce soit pour moins d'une poignée d'élèves.

La seule solution était de mettre en place une "classe annexe" : trois pupitres supplémentaires au fond de la salle. Les enseignants feraient cours normalement, mais donneraient à ce trio d'élèves des exercices adaptés, d'un niveau soit plus difficile, soit plus facile que pour la classe à laquelle ils étaient rattachés.

"Ton père n'a pas su faire comprendre assez clairement qu'il était contre et, pendant ce temps, les parents de Laurens et de Pim ne trouvaient rien de mieux à proposer", m'a expliqué maman bien plus tard, j'avais onze ans. On faisait la vaisselle ensemble. Quand elle avait les mains dans l'eau chaude, elle allait parfois jusqu'à se confier, mais c'était le plus souvent pour se plaindre de choses que je ne pouvais pas avoir vécues, alors je me contentais d'écouter.

À sa façon de prononcer les mots "rien de mieux", fière et en même temps mal assurée, je savais qu'elle s'était sentie intimidée par la figure imposante de la mère de Laurens, et qu'elle avait décidé, à titre de protection, de ne jamais pouvoir s'entendre avec cette femme.

Il se peut que sa propre mère, elle aussi les mains plongées dans l'eau de vaisselle, lui ait un jour fait cette confidence : les gens que tu trouves sympathiques sont en général ceux qui finiront par te poignarder dans le dos.

Pour Pim, Laurens et moi, cette idée de classe annexe paraissait plutôt bonne. C'était ça ou changer d'école et avoir un trajet beaucoup plus long à faire chaque jour à vélo.

On nous donnait des choses plus faciles à apprendre qu'aux élèves assis devant nous. En entendant les grands soupirer à l'énoncé des devoirs et des interrogations écrites, nous avions toujours l'impression d'être passés entre les mailles du filet.

Les autres n'ont pas tardé à nous surnommer "les trois parasites", ce qui a conduit Pim à riposter l'année suivante avec le terme "trois mousquetaires". Nous ne savions pas trop ce qu'il voulait dire par là, mais le slogan "Un pour tous, tous pour un !" qu'il scandait avec force en entrant dans la cour de récré compensait largement. On s'est mis à l'utiliser à n'importe quelle occasion – une attaque ballon au pied, un bon ou un mauvais carnet de notes, l'ouverture d'une bouteille de Champomy –, jusqu'à croire qu'il n'existerait jamais rien de plus important que notre amitié, jusqu'à penser que c'étaient les livres d'histoire qui nous avaient pris pour modèles, et pas l'inverse.

Au foot, on jouait ensemble contre les garçons des autres classes et même eux ne faisaient pas de manières tant que je restais dans les buts et que je ne mettais pas moi-même la balle au fond du filet : si tu gagnes parce que ton adversaire a marqué contre son camp, c'est pareil qu'une défaite, mais c'est toujours deux fois moins grave que de perdre contre une fille.

Mon originalité par rapport aux autres gamines ne tenait pas à mes dribbles, mais à mon esprit de compétition et à mes tenues vestimentaires. De la première à la dernière année de primaire, j'ai porté des jeans bleu foncé avec un maillot de foot que Jolan ne mettait plus ou avec un pull Mickey Mouse vert.

Une fois, j'ai réussi à tacler en beauté un petit mec de l'équipe adverse qui m'accusait d'avoir voulu lui faire un "cloche-pied", et, à partir de là, j'ai été invitée non seulement aux anniversaires de Pim et de Laurens, mais aussi à ceux des autres garçons. J'allais à toutes leurs fêtes, jusqu'au jour où ils ont commencé à me regarder bizarrement parce que je ne voulais pas pisser debout avec eux.

Les filles ne m'ont pas acceptée aussi facilement. Je devais toujours commencer par leur montrer que je voulais faire partie du groupe. Elles formaient comme un mur, exigeaient un mot de passe qu'elles modifiaient tout le temps et que je ne pouvais pas deviner, posaient une question difficile ou une énigme à résoudre, et même quand j'y parvenais, ce qui me donnait le droit de jouer au mouchoir ou à la coiffeuse avec elles pendant les deux dernières minutes de pause, je leur restais redevable. Du coup, trois récréations plus tard, elles se permettaient encore de me piquer mes Pépito.

J'estimais que les filles plus jeunes que moi ne pouvaient pas me comprendre. Mais je ne voyais pas pourquoi les plus vieilles me déclaraient incapable de participer à leurs conversations.

Car pour "être une Spice Girl" comme elles, il fallait avoir un sens aigu du détail. Leurs critères de sélection n'arrêtaient pas de changer, et c'était de plus en plus subtil : tu devais mettre un chouchou assorti à tes lacets et puis finalement non ; Jimmy était le plus beau des Get Ready ! et puis finalement non ; tu ne pouvais pas venir en classe sans Polly Pocket dans ton cartable et puis finalement si. Comparées aux garçons, les filles avaient beaucoup plus de phases à traverser pour grandir.

Au début, je pensais que l'amitié solide qui me liait à Laurens et à Pim ne m'apportait que des avantages. Mais quand les filles commençaient à parader à travers la cour de récréation en se donnant le bras, j'avais juste le droit de les suivre, pas de marcher à leurs côtés. Je regardais les longues queues de cheval qui se balançaient d'une épaule à l'autre, les ongles sans crasse, les cuisses minces en dessous des jupes et j'étais sûre d'une chose : ces filles n'ont fait que côtoyer d'autres filles pendant toute leur vie. Elles sont comme des crayons finement taillés. Moi non. Je suis mal dégrossie.

## 10 H 00

Quand je suis venue habiter à Bruxelles, il y a neuf ans, tous les Arabes d'un certain âge me paraissaient identiques. Aujourd'hui, sur l'autoroute qui me ramène au village de mon enfance, les conducteurs à la peau blanche ressemblent tous à mon père.

Je ne tenais pas forcément à vivre dans la capitale, je voulais juste une ville que je ne connaissais pas. Dans tous les endroits que j'avais fréquentés avant, il se passait quelque chose d'anormal : je n'arrêtais pas de me voir d'en haut. Les centres commerciaux, les grands magasins, les bibliothèques… Vu du ciel, tout se confondait en un même type d'espace compartimenté où une couronne de cheveux châtains – moi – croisait des milliers d'individus sans jamais les toucher.

Finalement, à mon arrivée en ville, j'ai entamé des études d'architecture pour justement tirer parti de ce que j'avais considéré jusque-là comme une faiblesse. J'ai emménagé dans un logement étudiant où il n'y avait que des filles, avec une cuisine pour tout le monde, même la salle de bains était partagée. Les premiers mois se sont bien passés. Le mardi soir, je faisais des pâtes pour les autres. On ne se disait pas d'où on venait, où on était allé à l'école, quelle profession exerçaient nos parents. Ça n'était pas important. Ce qui comptait, c'était d'être là, ensemble, autour de la même table, le coin des lèvres barbouillé de pesto.

Je ne manquais pas un seul cours et je rentrais presque toujours directement après la fac. Mes colocataires retournaient tous les week-ends chez leurs parents, avec leur panier de linge sale, pendant que je travaillais dans ma chambre ou que je nettoyais les parties communes. J'étais la mieux notée de ma classe d'archi, j'avais l'impression que chaque projet, chaque maquette me permettait de créer du possible.

Mais ça n'a pas duré. Il y a eu de moins en moins de monde à rester manger le mardi, sans que personne ne prévienne pour s'excuser. Les autres filles préféraient sortir avec des copains qui faisaient les mêmes études qu'elles – médecine, droit, communication… Elles allaient boire un verre au café, danser au Fuse. C'est là que j'ai réalisé : si, au début, on avait montré aussi peu d'intérêt pour les antécédents de nos colocataires, ce n'était pas pour qu'elles aient une chance de faire table rase, mais tout simplement parce que ça n'en valait pas la peine. Nos échanges n'avaient servi qu'à passer une période transitoire.

Je découpais toujours plus de carton pour fabriquer des cloisons intérieures, je dessinais des plans, j'étudiais des matériaux, mais je n'arrivais plus à voir ce que je rendais possible, juste ce que je rendais impossible en le fixant dans la réalité.

La seule chose qui me plaisait encore à la fin de cette année d'études, c'était de parcourir le Web à la recherche de figurines pour mes maquettes. Je voulais des personnages miniatures dans différentes situations : en promenade, assis, nageant, sautant, bavardant, se penchant, roulant à bicyclette. Et des petits arbres, des petits avions, des petits vélos, des petits escaliers, des petites chaises, des petits parapluies, des petits sapins de Noël. Ça n'était pas donné – j'y ai laissé une bonne partie de ma bourse d'études. Certaines de ces figurines me faisaient penser à Tessie ou à Jolan. Alors je ne les mettais pas dans mes maquettes, mais sur ma table de nuit.

Parmi tous les projets exposés dans le grand hall de la fac, les miens se reconnaissaient justement à ça : une abondance de mini-humains disposés en petits groupes.

Ce n'est qu'en deuxième année, après avoir entendu un professeur en parler à un de ses collègues, que j'ai compris ce qu'ils voulaient dire, et pourquoi personne ne m'emmènerait jamais danser au Fuse.

Ensuite, il m'a quand même fallu plusieurs semaines pour renoncer à nettoyer les parties communes de l'appartement, et encore trois mois pour boucler ma valise.

À Bruxelles, il faisait moins froid qu'ici. La pluie tombait en filaments d'une extrême finesse, presque impalpables, elle s'immobilisait au ras du sol pour former un matelas de brume flottante. Autour de moi, les grandes plaines sont dénuées de brouillard et il n'est pas loin de geler.

Je n'ai pas d'anecdote à raconter sur Jan, je n'ai pas envoyé de photos à son frère, ni rien posté sur sa page Facebook, alors que je le connaissais peut-être mieux que tous les autres. Ils vont sûrement ressortir les mêmes clichés : qu'il avait vu le jour un peu trop tard pour être un bébé de Noël. Qu'il était gaucher et horriblement timide, qu'il s'occupait bien des vaches.

Avant, du temps où Jan vivait encore, sa mère lui donnait tous les ans un appareil photo jetable, à lui et aussi à Pim. Au début de l'automne, les films revenaient du développement, tirés en double. Ensuite, c'était le rituel, la revendication des souvenirs : Pim étalait toutes les photos sur la table de la cuisine, on buvait du River Cola et on mangeait des bonbons acidulés. Comme c'était la mère de Pim qui payait, son fils avait droit de toute façon à un exemplaire de chaque image alors que Laurens et moi, on devait se partager les doubles. Le choix se faisait à tour de rôle. Les photos de nous trois – prises par un passant ou par les parents de Pim – étaient toujours très rares.

Au début, on se battait pour avoir ces photos de groupe, mais plus on grandissait, plus celles qui nous montraient personnellement à notre avantage prenaient de la valeur à nos yeux. Quand je choisissais un portrait réussi de Laurens, je voyais bien à son haussement d'épaules que ça ne lui plaisait pas.

Dans le tas, il y avait toujours quelques photos prises un jour d'été où ni lui ni moi n'étions passés à la ferme, par exemple une qui montrait Jan un balai-brosse ou une fourche à la main, ou bien lui et Pim, mal cadrés, tenant l'appareil à bout de bras, ou encore les deux frères et leur mère pendant une excursion rarissime au zoo de Planckendael.

Ces photos-là, on les laissait sur la table. Laurens trouvait que ces affaires ne le regardaient pas ; moi, j'avais peur de ne pas y avoir droit.

Après ce qui est arrivé à Jan, sa mère n'a plus jamais acheté de jetable. Je devinais bien à son regard qu'elle s'attendait à voir revenir son fils, traversant la cour de la ferme pour aller nettoyer l'étable au balai-brosse, comme tous les matins. Voilà pourquoi il ne fallait rien fixer jusqu'à son retour. Autrement, les photos, ces images de l'entretemps où Jan était encore mort, ne correspondraient plus à la réalité par la suite.

À la fin de mes premières vacances d'été à Bruxelles, dans l'appartement déserté par mes colocataires, je regrettais surtout de ne pas avoir de photos étalées sur la table. J'ai compris à ce moment-là que, dès qu'on vit seul, il y a moins de bons moments à récupérer.

## 10 JUILLET 2002

“Tu demanderas si on peut monter la piscine ? Il faut que ça vienne aussi de toi, comme ça, on a plus de chances qu'ils nous laissent faire”, dit Tessie. Elle a une cicatrice autour des lèvres. En fait, c'est toute sa bouche qui est une cicatrice. À l'âge de trois ans, un soir d'été où il faisait lourd, elle avait essayé de nous rattraper, Jolan et moi, sur son petit vélo. Vêtue d'un simple maillot de bain, elle s'était lancée à notre poursuite, rue du Breuil, quand un caillou est venu bloquer sa roue avant. Tessie a fait la culbute par-dessus son guidon et a percuté le sol la tête la première, les lèvres en guise de train d'atterrissage. Elles lui pendaient au menton, rattachées par un mince ruban de chair.

Bien entendu, comme s'il existait des bons et des mauvais moments pour qu'un drame se produise, papa et maman se trouvaient justement sur le point de sortir. Ils avaient mis des vêtements neufs. Anne, la baby-sitter, n'était pas encore arrivée. C'est son père, notre voisin, qui a ramené Tessie à la maison, après lui avoir noué une cravate sous la mâchoire pour tout maintenir en place.

On lui a recousu la bouche aux urgences. Comme la chirurgienne – d'après la version de maman – était elle aussi attendue quelque part, elle avait fait au plus vite et la lèvre inférieure était restée légèrement oblique. Le genre d'oblique qu'on ne remarque pas si on n'est pas déjà au courant.

Tessie se redresse dans son lit, secoue la boule à neige posée sur sa table de nuit, se rallonge et attend que toutes les paillettes soient retombées.

Cette boule, c'est sa touche "réveil différé". Tous les matins, Tessie boucle sa période de sommeil par un nombre précis de tempêtes de neige.

Voilà déjà une heure que je suis assise dans la cuisine, sur la chaise de maman. Au fond du jardin vers la droite, Jolan s'attaque à l'exhumation de la tortue d'eau. Il y a des nuages, mais la chaleur est oppressante. On le remarque à la sueur qui perle sur le dos de mon frère. Il a mis le jean noir qu'il range, comme papa, sur une pile séparée dans l'armoire, avec ses autres vêtements pour le week-end. Ses gros gants de travail fluorescents lui donnent la peau blême.

La tortue d'eau, papa l'a enterrée il y a trois ans, en hiver, au pied du cerisier entre la remise à vélos et le poulailler. Il était persuadé que ça deviendrait une carcasse magnifique, une "pièce de collection" et, par-dessus, il a posé une des briques perforées qui lui restaient du muret de la salle de bains. "Maintenant, vous allez devoir attendre six ans pour la déterrer. Pas la peine de réclamer avant : plus vous insisterez, plus ça va durer.

Au début, on se languissait en silence du moment où les vers et les insectes auraient terminé leur petite besogne révoltante. Et puis l'herbe a repoussé sur la terre ameublie. Chaque fois qu'on passait devant le cerisier, on s'arrêtait un instant près de cette brique sous laquelle la carcasse se faisait grignoter lentement.

Mais plus on attendait, plus notre patience augmentait. Ces derniers mois, je n'ai pas pensé une seule fois à la tortue qui se décomposait sous terre. Jolan non plus, visiblement, jusqu'à aujourd'hui. Difficile d'expliquer ce soudain déploiement d'énergie. Quand je me suis levée, il avait déjà enfilé les gants de travail de papa et attrapé une pelle.

“Tu viens, Eva ?” Sa voix était pleine d'enthousiasme. “C'est le temps idéal pour faire des fouilles !”

Il est entré dans la cuisine, pelle toujours en main, pour se faire une tartine. Comme il n'y arrivait pas sans enlever ses gants, il a laissé Tessie s'en occuper. Quand il est retourné au jardin, la maison était pleine de terre sablonneuse. Tessie s'est empressée de le suivre avec la tartine. Elle voulait l'aider à ma place, mais Jolan l'a envoyée promener.

“L'archéologie, c'est pas pour les filles !

— Mais Eva aussi, c'est une fille, non ?”

Pour ne pas avoir à répondre, Jolan a enfourné la tartine dans sa bouche. Alors Tessie est allée creuser à l'autre bout du jardin et, du coup, il doit quand même partager ses outils avec elle.

Je les surveille tous les deux. C'est à qui avance le plus vite. Jolan a déjà un gros tas de sable à côté de lui. Tessie se sert d'une pelle dont le manche est plus épais que ses propres poignets ; elle s'arrête à tout bout de champ, recommence un peu plus loin, laisse derrière elle une flopée de taupinières.

Je pourrais me lever, aller dans le jardin et prêter main-forte à Jolan, ou aider Tessie à rattraper son retard. Personne ne m'en empêcherait. Mais ce serait dommage d'exhumer un squelette sans Pim et Laurens dans les parages, ça gâcherait l'aventure.

Je me mets debout, vais boire un verre d'eau et reviens m'asseoir.

L'ennui atteint son comble. Je ne suis plus composée d'un seul corps, mais de tout un groupe de personnes qui se sont éparpillées chacune de leur côté. Et cette table-ci n'aide en rien. À cause d'elle, ma chaise ne sert pas uniquement à s'asseoir, mais aussi à des activités plus importantes.

Je pourrais reculer jusqu'au centre de la pièce, comme ça je n'aurais plus l'air de devoir prendre une décision. Mais s'asseoir sur une chaise, en plein milieu, c'est pour ceux qui fêtent leur anniversaire, à qui on chante "hip hip hip ! hourra !". Si seulement quelqu'un fêtait son anniversaire aujourd'hui… J'étends les bras devant moi sur la table.

Il y a comme des soupirs qui viennent du salon. Je me représente parfaitement la scène. Maman est allongée dans son fauteuil, sur la table basse se trouve le minuteur en forme de poire que nous lui avons offert pour ses quarante ans.

Le bidule une fois déballé, elle l'avait pris en main et s'était indignée : "C'est pour des cadeaux comme ça qu'on a inventé la fête des Mères !"

Ce minuteur est réservé à son usage personnel. Elle le met sur la durée maximum, cinquante-cinq minutes, va s'installer dans le fauteuil et chaque fois qu'elle interrompt sa sieste, par exemple pour aller aux toilettes, elle remonte le mécanisme à fond. Il n'y a que le sommeil continu qui compte.

Juste devant moi, sur la terrasse, notre husky Nanook dort elle aussi. Maman l'a attachée à un pied de la table de jardin et la chienne a emmêlé sa laisse au point de ne plus pouvoir s'en dépêtrer. Elle est allongée, la tête sur les pattes avant. De temps en temps, elle laisse échapper un soupir qui fait voler du sable autour de sa truffe.

Depuis le jour où Jolan est rentré de l'école avec des phasmes qu'un copain de classe lui avait donnés, nous avons aussi des animaux domestiques qui ont le droit de passer la nuit à l'intérieur. Le terrarium se trouve dans un coin du salon. Au départ, les bestioles ne se portaient pas très bien, mais ça s'est arrangé quand on a enlevé le diffuseur d'insecticide à côté.

Quelque part, les phasmes me font penser à maman.

Nous ne pleurons pas lorsqu'ils meurent. Le constat de décès prend généralement quelques jours : il faut procéder à l'envers, par élimination, en écartant tout ce qui témoigne de la vie jusqu'à ce qu'il ne reste plus que la preuve du contraire. À leur mort, les phasmes se dessèchent. Ce ne sont pas des cadavres, mais des feuilles d'un jaune terreux, enroulées sur elles-mêmes. Pour peu que cet automne s'installe progressivement, personne n'en fait un drame.

Je me lève et sors dans le jardin. À chaque pas, deux aiguilles à tricoter me transpercent le bas du dos. Je vais m'asseoir sur un seau renversé, près du site archéologique de Jolan. Assez loin pour ne pas voir ce qu'il y a dans le trou. Il est déjà profond, à en juger par la montagne de sable qui s'est formée.

“Eva, la carcasse est bientôt dégagée. Après, j'enlève le sable au pinceau pour éviter de l'abîmer.”

Tessie nous a rejoints. Au-dessus de nos têtes, le ciel s'assombrit. Le paysage a l'air mort de soif. Je regarde s'approcher l'orage qui magouille à l'horizon, jusqu'à ce que les nuages s'amoncellent comme une ecchymose à rebours : gris clair, puis bleu marine, enfin des touches de parme ici et là. On n'est plus très loin du coup de poing, juste avant la prise d'élan.

Ma culotte me colle entre les jambes. Il faut que j'aille aux toilettes. C'est peut-être ça. Je me redresse pour entrer dans la maison.

“Tu veux bien rapporter un sac plastique ? demande Jolan sans lever les yeux. Et aussi un imper, un qui craint pas trop la crasse.” Il envoie balader sa pelle et continue au pinceau.

Dans les WC, il n'y a pas de fenêtre, mais on voit clairement que la première averse est en train de tomber à seaux. Dans ces cas-là, même les pièces aveugles changent d'ambiance et de couleur. Le grondement lointain du tonnerre vient se répandre avec fracas dans toute la maison, jusqu'au moindre recoin.

Je regarde le sang. Il y en a partout, dans ma culotte, à l'intérieur de mes cuisses écartées, sur la lunette des WC.

Mon vagin n'est plus un trou qui ne mène nulle part, une poche de chemise qu'on croyait simplement cousue, mais qui, après l'achat, se révèle fausse. J'ai un utérus, je ne suis pas différente des autres, Elisa dit n'importe quoi.

La lunette s'est réchauffée sous mes fesses. Je ne m'en aperçois qu'en changeant de position, au contact des surfaces encore froides. J'essaie de bouger le moins possible. Dès que je perçois la chaleur de mon propre corps, je suis prise de nausées.

Quelqu'un entre dans le couloir. La porte des toilettes n'a pas de poignée, ni de verrou. Il y a bien un système d'aération qui commence à bourdonner dès qu'on allume la lumière et qui indique à tout le monde que c'est occupé.

"Qui est aux toilettes ? demande maman.

— Moi.

— C'est qui, moi ?

— Eva.

— On t'appelle au téléphone.

— J'arrive."

"Elle arrive."

J'entends la voix de Pim retentir dans le combiné.

"C'est Pim, il veut savoir si tu as envie de venir te baigner chez lui, dit maman.

— Maintenant ?"

"Maintenant ?" répète maman dans le téléphone.

Je ne savais pas que Pim avait une piscine. C'est vraiment bizarre : quelqu'un qui a perdu son frère et qui soudain se retrouve avec une piscine à disposition… Quel échange inéquitable, personne ne devrait pouvoir signer ce type de contrat.

"Non, pas maintenant. Demain."

Maman retourne dans le salon et ferme la porte derrière elle. Je l'entends triturer la poignée, râler entre ses dents. J'espère qu'elle a déjà raccroché.

De toute façon, Pim a dû appeler Laurens. Peut-être qu'ils sont déjà en train de se baigner, sans moi. C'est vraiment top de faire trempette pendant un orage, quand les vibrations du tonnerre se propagent dans l'eau. J'aurais dû répondre moi-même au téléphone, comme ça, je serais de la partie à l'heure qu'il est.

D'une manière ou d'une autre, si je veux aller nager, il faut d'abord que je sache me mettre un tampon.

Au bout d'une demi-heure d'essais et de tripatouillages, je reviens dans la cuisine. Le tampon me fait mal et m'empêche de marcher normalement. En posant le doigt sur mon bas-ventre, je pourrais indiquer avec précision à quelle profondeur il se trouve.

Sur la table, il y a une boîte à chaussures sans couvercle. La carcasse boueuse d'une tortue, rongée avec appétit, repose à l'intérieur. Ça ressemble beaucoup à du bœuf en daube. La carapace est arrangée en diagonale sur le reste du squelette. Si c'était un repas, maman nous rendrait notre assiette en disant : "On n'est pas sortis de l'auberge." À côté de la boîte à chaussures, il y a un spray pour lunettes et une poignée de cotons-tiges. Deux pattes sont posées sur les pages ouvertes d'un journal. On voit tout de suite laquelle a été nettoyée par Tessie et laquelle par Jolan.

Le jardin est désert, les tas de sable ont maigri et se sont transformés en monticules vaseux. Le soir n'est toujours pas là. Brusquement, je me rends compte que Tessie n'a pas eu sa piscine.

Je me demande où tout le monde est passé. J'ouvre les fenêtres une à une, mais la puanteur ne veut pas s'en aller.

## WINDOWS 95

Pour simplifier, on pourrait dire qu'au village, on a connu deux périodes dans notre enfance : avant et après Windows 95. Dans toutes les familles à part nous, ce distinguo date de l'année 95 même et s'est manifesté par un engouement soudain pour les termes anglais.

*Games. Score. Levels. Winner.*

Ils faisaient tous de leur mieux. Mais il n'y avait que Jolan et moi pour noter que ces sonorités rondes cadraient mal dans leurs gosiers rugueux, déformés par le dialecte. À la maison, nous étions à peu près les seuls de Bovenmeer à ne pas avoir de télé ni de PC, et à ne pas dire "cornflakes", mais "céréales" ou même "Kwakies" comme les flocons au chocolat de chez Aldi.

Chez nous, la vraie ligne de partage a eu lieu quelques années plus tard, en décalé par rapport à l'essor de Windows, mais en même temps que l'apparition chez Tessie d'un comportement bizarre, qui, lui, correspondait bien à la mise en place d'un système d'exploitation.

Un soir de 97, après avoir réussi à jouer jusqu'au bout une partie de *Tomb Raider*, mais complètement déconnecté du temps, Laurens avait voulu me prévenir de sa victoire en téléphonant sur la ligne fixe à une heure réservée aux infarctus de grands-parents. Quelques jours plus tard, papa s'est dit qu'il était plus que temps, pour nous aussi, de passer à l'ère informatique.

Tessie dormait déjà, moi pas encore. Je faisais ce que j'avais à faire : servir de gardien de phare, mais sans lumière. Du haut de mon lit mezzanine, j'emmagasinais le moindre bruit et il ne fallait surtout pas que je m'arrête, parce qu'alors, si tout passait vraiment par moi, les choses allaient mal finir et papa ne reviendrait jamais.

Au bout d'un petit moment, j'ai entendu quelqu'un dans le couloir, des chaussures qui montaient l'escalier. Ce pas rapide, décidé, ne me disait rien. À la dernière marche, le bois a craqué.

Le palier avait été entièrement recouvert de carton découpé au millimètre et fixé à l'adhésif papier, jusque dans les derniers recoins. Même chose dans l'escalier. Sous le revêtement cartonné : un plancher clair, des marches de chêne… Tout ce bois était camouflé depuis si longtemps qu'il aurait aussi bien pu ne pas exister. Chaque matin, on posait le pied sur des nervures que papa et maman voulaient garder intactes. Cette pensée aurait dû nous rassurer – après tout, rien n'était en train de s'user – mais plus j'y réfléchissais, plus ça paraissait ridicule de conserver ce parquet pour une autre vie, pour des moments plus importants.

La lampe du palier s'est allumée. Je me suis retournée dans mon lit, le dos à la porte, qui s'est ouverte. Par l'entrebâillement, la lumière traçait une ligne de démarcation sur mon oreiller, me coupait le crâne en deux, le long des tempes. J'ai fermé les yeux et entrouvert la bouche, sans réagir à mon nom. Mais on m'a quand même tirée du lit. C'était tout l'intérêt des lits à étage : en faisant dormir les enfants à hauteur d'yeux, on hésitait moins à les réveiller la nuit à des heures impossibles.

J'ai suivi papa dans l'escalier. À chaque marche, sa tête descendait d'une quinzaine de centimètres.

Je pensais à cette fameuse nuit où il était venu me chercher parce que maman avait dit qu'elle allait "en finir". Avec quoi exactement ? La vie ? Leur mariage ? Les cerises abandonnées en attente de confiture ? Papa ne comprenait pas très bien non plus. On allait pourtant passer les petites heures de la nuit à vider la maison de tout ce qui pourrait aider maman à y arriver.

Il valait mieux ne prendre aucun risque.

"Crois-moi, quand on est vraiment décidé à en finir et qu'on a un tant soit peu d'imagination, même un presse-ail peut devenir dangereux", avait dit papa.

Nous avions tout regroupé dans une grande boîte en carton : compas, couteaux de table, cure-dents, stylos-plumes… Le lendemain au réveil, maman avait trouvé la maison dévalisée, ou tout comme, l'armoire à pharmacie débarrassée de son contenu, à part une boîte de pansements waterproof et une petite paire de ciseaux émoussés. Pendant trois jours, on allait devoir se contenter d'une fourchette et d'une cuiller pour manger. Et il n'y avait plus moyen de découper du papier.

Après coup, mes soucis ont empiré à l'idée qu'elle n'avait peut-être pas eu l'intention de se tuer et que, dans ce cas, c'étaient justement nos tiroirs vidés de leurs couteaux qui lui en avaient suggéré la nécessité.

Une fois en bas des marches, papa m'a précédée à travers le couloir, jusque dans le salon, et a refermé la porte derrière moi. Même en voyant la grosse boîte en carton vide au milieu de la pièce, j'ai continué à croire qu'il voulait me faire du mal.

"Regarde."

Il a éteint le plafonnier. L'obscurité permettait maintenant de distinguer, sur la petite table du coin à l'autre bout de la pièce, notre nouvel ordinateur, une occasion. L'écran diffusait une lueur blanche et froide.

"Voilà, Evie : nous avons enfin notre Windows 95", a dit papa d'un ton grave. On a passé au moins une minute les yeux rivés sur cette chose qui éclairait le salon par intermittence. Ensuite, papa a rallumé une lampe, il est allé dans la cuisine et il est revenu avec quatre bières, déjà décapsulées, dans un porte-bouteilles. "Je l'ai dégoté au bureau."

Il caressait du pouce le goulot de la première bouteille, comme s'il voulait la rassurer avant de la vider à grands traits.

"Windows 95. Un système d'exploitation très correct."

J'avais beau n'être qu'à un pas de l'écran blafard, du caisson bourdonnant, du clavier et de la souris sur son tapis, je ne voyais pas trop ce qu'il voulait dire par là. Je claquais des dents.

"Mets ta robe de chambre", a ordonné papa.

Après, j'ai eu le droit de rester debout à côté de sa chaise pour le regarder faire cinq parties de patience.

Pendant trois ans, notre nouvel ordinateur d'occasion n'allait pas bouger de l'endroit où papa l'avait posé ce soir-là, entre le mur et la cheminée en marbre, face à une belle chaise de salle à manger convertie en siège de bureau – une déchéance aux yeux de ma mère, mais pour mon père une promotion.

C'était le coin le plus fréquenté de la maison, ce qui nous permettait de surveiller les activités informatiques des uns et des autres. Il se trouvait dans l'axe qui reliait le couloir et la porte du jardin, le coin salle à manger et les toilettes, mais aussi exactement à mi-distance de la cuisine et de la porte de la cave, une ligne droite que maman parcourait régulièrement d'un bout à l'autre. Ces passages répétés avaient fini par déclencher un conflit larvé. Pour elle, on passait trop de temps devant l'ordinateur. Nous, on se disait qu'elle descendait vraiment très souvent à la cave avec la même boîte de tomates, y compris quand il n'y avait pas de spaghettis bolognaise ni de ratatouille au menu.

Après l'arrivée de Windows 95, il a fallu un certain temps pour qu'on se mette d'accord sur les moments où chacun pouvait se servir de l'ordinateur. Jolan a finalement décidé qu'on jouerait tous une heure le soir, dans l'ordre inverse de notre arrivée dans la famille. Tant que ça ne vous gênait pas, les autres avaient le droit de vous regarder faire.

Jolan et moi, on a découvert sur le bureau un dossier intitulé FUNSTUFF, avec deux clips à l'intérieur : *Buddy Holly* de Weezer et *Good Times* d'Edie Brickell. On les passait en boucle – pour nous, c'est ce qui se rapprochait encore le plus d'une émission sur MTV. *Good Times* est devenu la bande originale de l'année 97.

Dès qu'on en a eu marre d'entendre ces morceaux, on s'est choisi tous les trois une spécialité. Moi, j'ai commencé par Paint, mais je ratais mon dessin à chaque fois – la souris manquait tellement de souplesse qu'elle était difficile à manier ; Jolan, lui, s'est pris de passion pour Hover, il renversait des drapeaux sur fond de décor pixélisé tandis qu'une boussole s'affolait au tableau de bord de son aéroglisseur ; Tessie, qui n'avait que six ans, était fascinée par les économiseurs d'écran. Elle aimait surtout regarder Starfield. Après m'avoir demandé de régler le nombre d'étoiles au maximum et la vitesse de mouvement au minimum, elle s'est mise à explorer le temps pendant des heures. Le cannage de sa jolie chaise rendait visibles ces longs voyages spatiotemporels en imprimant des petits motifs quadrillés sur la peau rougie de ses fesses.

C'est seulement quelques mois plus tard – Tessie avait alors sept ans et elle commençait à bien se débrouiller au jeu du *Démineur* – que j'ai remarqué chez elle un comportement étrange : à chaque fois qu'un de ses clics faisait exploser une bombe, Tessie devait ensuite gagner deux parties d'affilée.

Il m'arrivait de la trouver en larmes quand je venais prendre la relève et qu'elle n'avait pas réussi à déminer le terrain autant de fois que prévu. Tant que le nombre d'explosions dépassait celui des désamorçages, tout ça ne servait à rien. Souvent, je lui cédais mon temps d'ordinateur et je m'asseyais à côté d'elle pour l'écouter cliquer nerveusement sur sa souris. C'est peut-être là, au contact de cette pulsion réprimée qui l'habitait, que je me suis mise à l'aimer avec encore plus d'intensité.

## 10 H 15

Le temps de décomposition exact d'une petite culotte n'était mentionné nulle part. Les seules infos que j'avais trouvées concernaient d'autres types de déchets : cartonnages, mégots, bouteilles en plastique, peaux de banane. D'après mes estimations, la durée nécessaire à une pièce de cotonnade, bordée de broderies bleu ciel, taille S, pour disparaître dans la nature se situait entre celle du papier journal et de la banane – au minimum un mois, trois ans tout au plus, suivant les conditions atmosphériques.

Aujourd'hui encore, le bas-côté de la route entre Bruxelles et Bovenmeer est couvert de détritus. Le genre d'objets dont on se demande comment quelqu'un a pu les perdre sans s'en apercevoir : une chaussure, un soutien-gorge, une porte de frigo, la moitié d'une table de ping-pong…

Les propriétaires ont tout de même dû remarquer qu'ils avaient perdu quelque chose, mais ils ne sont pas revenus chercher leur bien – peut-être aussi par honte, par culpabilité, ou justement par absence de ces sentiments.

Je n'avais pas l'intention de partir aussi tôt ce matin. Avant même le lever du soleil, j'étais déjà habillée, assise au bord de mon lit en attendant le réveil du voisin d'en dessous, le crachotement de sa machine à café, pour aller chercher le bloc de glace. Je n'allais pas insister, attendre de pouvoir officiellement me mettre à attendre, alors il valait mieux prendre la voiture, rester en mouvement jusqu'à ce qu'il soit quinze heures, ça me semblait moins pénible.

Les panneaux routiers n'indiquent pas encore Bovenmeer. Le village est coincé entre le canal Albert et l'autoroute, il n'a que deux voies d'accès. En toute logique, je devrais choisir le chemin le plus court, mais je ne le ferai pas. Je veux éviter de passer près des saules têtards.

C'est là, au pied de la rangée d'arbres, que j'ai perdu ma petite culotte pendant l'été 2002. Elle est tombée en contrebas de la piste cyclable, la seule route qui permettait aux jeunes du village de rejoindre l'école secondaire. On ne peut pas dire que ça se soit produit par inadvertance, mais pas non plus que j'en aie été entièrement consciente.

À la rentrée suivante, je n'avais pas d'autre choix que de prendre tous les jours le chemin des saules et de laisser mon regard se poser sur le triangle de tissu, avec une rosette cousue devant, qui m'attendait sans défense dans le fossé. Semaine après semaine, les camions qui passaient en trombe lui redonnaient vie. La pluie le repoussait vers le fond, deux ou trois mètres plus bas. Finalement, il est devenu sale et terne, comme un animal écrasé.

J'aurais pu descendre de vélo et le ramasser. Mais tant que je refusais d'admettre que ce slip m'appartenait, c'était comme si l'été d'avant n'avait jamais eu lieu.

## 11 JUILLET 2002

Je n'ai encore jamais réussi à arriver en retard. Pim si, et il a toujours une bonne excuse. Il fallait terminer de nettoyer l'étable, transvaser un trop-plein de lait dans des bouteilles en plastique, un veau s'était présenté par le siège… Aujourd'hui, en plus, il a Jan. On ne pose pas beaucoup de questions après un décès.

Mon vélo traverse des courants d'air tantôt froid, tantôt chaud. Si je n'étais pas en pleine rue, mais à la piscine, je soupçonnerais les autres d'avoir fait pipi dans l'eau.

Sous mes vêtements, je suis en maillot de bain. C'est un vieux modèle. Je l'ai depuis l'école primaire, il est trop petit maintenant. Les bretelles me scient les épaules. La tension me plierait en deux si je la laissais faire.

Plus je me tortille sur la selle, plus mon tampon part de travers. Je l'ai mis juste avant de partir. Il n'y avait plus de tampons avec applicateur, alors j'en ai pris un gros à bout arrondi, qu'on met directement. Je ne l'ai pas enfoncé très loin, vu que mon doigt est bien plus court que les tubes en carton auxquels je commençais à m'habituer. Le cordon, je l'ai tiré vers l'arrière et je l'ai coincé entre mes fesses, comme un marque-page.

La cloche de l'église sonne un coup. Seize heures est un drôle de moment pour se déplacer dans le village, en route vers quelque part. La plupart des gens sont déjà en train de rentrer, ça fait juste un peu trop tard pour commencer quelque chose. C'est pour cette raison que je suis quand même partie une demi-heure avant ce qu'avait dit Pim.

Je passe par le centre du village, devant le mur du cimetière, la salle paroissiale.

Les forains sont là. Au coin des rues, six gros camions arrivés en début de semaine se remettent de leur entrée laborieuse dans Bovenmeer en attendant d'ouvrir leur stand pour la kermesse. À défaut d'une place de village, ils ont bloqué les ruelles autour de l'église, barrées à toute circulation autre que locale – même s'il y a peu de choses ici qui ne soient pas locales.

Je les reconnais tous les six : le tir à la carabine, les autos tamponneuses, les chaises volantes, la pêche aux canards, la tombola… Bovenmeer est le seul village où la baraque à frites compte parmi les attractions.

Il ne reste plus qu'à patienter jusqu'à demain. On va gonfler les baudruches, garnir les pipettes du stand de tir, mettre les canards à l'eau, exposer les trophées, précuire les frites. À dix-huit heures précises, les phares des autos tamponneuses éclipseront la lumière du jour, le vendredi soir débutera au son de *No Limit*, avant que chacun des forains embraie sur son propre CD, dans une cacophonie de sirènes et de Technotronic à fond la caisse.

Arrivée chez Pim, je m'engage dans la cour de la ferme, les oies me suivent en sifflant jusqu'à ce que le grillage de leur enclos les empêche de me rattraper. Devant la laiterie, je tombe sur un vélo bleu. Laurens aussi est en avance aujourd'hui.

C'est ma première invitation ici depuis l'enterrement de Jan. Ces derniers mois, je suis bien venue voir, mais je n'ai fait qu'observer de loin.

Le père de Pim a entendu les oies, il apparaît à la porte de la laiterie. Son bleu de travail est trop grand ou bien son corps trop maigre. Ses bas de pantalon, effilochés sur ses sabots, lui couvrent les talons. Sans rien dire, il pointe du doigt le grenier à foin et retourne à l'intérieur.

Le père de Pim n'a jamais été un causeur. Des fois, j'aimerais savoir comment ça fonctionne au juste : est-ce que ce sont les taiseux qui deviennent paysans, ou les paysans des taiseux ? Ça m'aiderait à me faire une idée de ce qui nous attend avec Pim.

La grange où on entrepose le foin se trouve à gauche au bout de la cour, à côté d'un gros silo à fourrage. Un épandeur de lisier est garé devant. En m'approchant à pied, je repère d'emblée la nouvelle piscine. Elle est abritée par un auvent bricolé avec une bâche en plastique transparent. Le bassin de nage est bleu vif et fait cinq mètres de diamètre. Un petit escabeau blanc repose à califourchon sur le bord crénelé. Il y a un dauphin gonflable qui flotte au milieu. Des tuyaux partent du toit bitumé de la grange pour se raccorder au filtre de la piscine et l'alimenter en eau réchauffée. C'est le genre de choses que Pim apprend maintenant à l'école.

Ici, avant, il n'y avait rien à part cette grange entourée d'une aire en béton parfaitement lisse qui laissait aux tracteurs de la place pour manœuvrer. La piscine a tout enlaidi, comme une cicatrice.

Les lourdes portes en acier sont un peu écartées, ce qui me permet de me faufiler à l'intérieur de la grange sans avoir à les ouvrir plus grand. La Honda rouge stationne au fond, sans roue arrière et le moteur à nu.

J'escalade les barreaux étroits de l'échelle qui mène au grenier à foin. Une fois sur la plateforme, je reconnais tout de suite les rideaux presque moisis à l'entrée du camp que nous avons construit il y a deux ans avec des bottes de paille. On avait d'abord fait un plan détaillé : le camp serait en colimaçon, autour d'une caverne centrale. Il fallait construire trois galeries d'accès, dont deux en impasse. Et on accrocherait des serpentins tue-mouches pour piéger les intrus. Le chantier nous a pris plusieurs jours, cet été-là. Après, on n'a dormi qu'une seule fois dans notre cachette. C'est bon signe que Pim ne l'ait pas démolie.

Des murmures incompréhensibles me parviennent de derrière le tas de foin. Je me glisse à quatre pattes sous les rideaux. Cette galerie est plus sombre, plus humide et plus étroite que je le pensais, mais c'est peut-être simplement moi qui ai grandi. Je peux tout juste avancer. Plus je m'approche du noyau central, d'où viennent les voix, plus j'ai du mal à respirer. Quelques mètres avant l'arrivée, entre les bottes de paille qui me séparent encore de la caverne, il y a un large interstice. Une bande de lumière passe au travers. Tout à coup, j'entends Laurens parler haut et clair.

“Rita, elle est pas trop mal foutue. Par contre, elle a une tronche à faire peur. Alors que Kim, c'est l'inverse :

la tête, ça peut aller, mais entre nous, y a personne au balcon." Pim vient sans doute de lui proposer un choix très hypothétique entre deux filles.

"Tu sais que c'est salé, leur moule ? demande Pim.

— D'où tu sors ça, toi ?

— Compare-le à une gorgée d'eau de mer. Des fois c'est plutôt la Manche, des fois c'est l'Adriatique."

Pim n'a jamais pris un seul bain dans l'Adriatique, Laurens non plus. J'en suis sûre et certaine. Aucun de nous trois n'est allé plus loin que les Pays-Bas ou la France ; à un moment donné, on en était même heureux, de cette ignorance, parce que ça nous permettait d'utiliser l'ordinateur de la classe pour trouver des photos.

Un jour, en cinquième année de primaire, on a eu droit à une interro surprise de géographie. Comme je n'arrivais pas à localiser la Belgique sur la carte de l'Europe, je me suis pris un zéro. J'étais la seule de toute la classe à ne pas encore avoir la télé. La maîtresse m'a donné une deuxième chance : en deux semaines, je devais apprendre par cœur tous les pays d'Europe et leur capitale. Au début, je croyais que l'Europe, c'était tout sauf l'Amérique, alors j'ai aussi potassé l'Afrique, l'Asie, les mers et les océans. Grâce à ce retard de connaissances que j'avais sur les autres à l'époque, je suis encore la seule à savoir certaines choses, par exemple que la mer du Nord touche l'océan Atlantique et que c'est la même eau qui les remplit.

Je me rapproche de la fente pour regarder : Laurens et Pim sont assis côte à côte, en face de moi, le dos appuyé sur le mur de foin.

C'est donc ça que Laurens voulait dire par "entre garçons".

J'essaie de me faire la plus discrète possible. Je respire tout doucement, je ne veux pas perturber le spectacle.

Pim jette un coup d'œil autour de lui, se retourne, plonge la main entre deux balles de foin et en retire un sac plastique avec, à l'intérieur, une pile de magazines. Il les pose un à un sur les genoux de Laurens.

"Où est-ce que t'as trouvé ça ?" Laurens promène son regard sur le papier glacé, tourne les pages avec fébrilité, revient en arrière, comme il le faisait petit avec le catalogue de jouets à la fin de l'année.

"Qu'est-ce que ça peut faire ? Et toi, t'as pris ce que j'avais demandé ?"

On entend une sorte de bruissement affairé. Laurens fouille dans son sac à dos, posé à côté de lui. Il en sort un maillot de bain, une serviette de plage, une plaque de chocolat et, pour finir, un sachet d'emballage de la boucherie. Il ouvre le paquet avec précaution. Une tranche de pâté rose apparaît.

"Parfait." Pim attrape la mousse de foie, en prélève un morceau.

"Ferme les yeux et ouvre la bouche. Eva débarque à quatre heures. Faut pas traîner.

— T'étais vraiment obligé d'appeler Eva ?" Laurens soupire, les yeux fermés.

Mon estomac se contracte. Pim ne réagit pas.

"Ouvre ton bec, Lau."

Laurens plisse les yeux encore plus fort, rentre le cou, il s'attend à recevoir une gifle. Finalement, il ouvre grand la bouche. Pim lui dépose un morceau de pâté sur la langue, puis saisit le magazine en haut de la pile et le feuillette jusqu'à ce qu'il ait trouvé la bonne photo : une double page qu'il replie à l'envers et qu'il brandit sous le nez de Laurens.

"À quoi tu joues ?" Laurens articule avec peine, la bouche entrouverte.

Pim étouffe ces bredouillis en lui appuyant un peu plus la revue contre les lèvres. À présent, je ne vois plus rien du visage de Laurens.

"Tu laisses fondre le pâté ; après, tu ouvres les yeux et tu remues la langue."

Laurens obéit aux ordres, pas très à l'aise à en juger par sa posture. Il fait entendre des bruits sourds, des claquements de langue. Sa tête est toujours dissimulée par le magazine. La page repliée de ce côté-ci montre le prolongement de ce qu'il est en train de lécher. Une femme noire sur un canapé orange.

Pim se met à rire.

Le papier s'est détrempé sous la salive. Pim abaisse le bras qui tend la revue, choisit une nouvelle page. Laurens rentre la langue.

"On continue ?"

Laurens hausse les épaules.

"Bon, tiens-le toi-même alors." Pim prend un morceau de pâté, puis se cherche une photo dans un autre magazine. "Voilà, maintenant tu sais aussi quel goût ça a. Les femmes, c'est exactement pareil, sauf qu'y a pas de grains de poivre dedans.

— Mais comment tu sais tout ça ?" demande Laurens.

Pim n'a pas d'explication immédiate. Pas une à lui, en tout cas.

On entend un long silence, entrecoupé de bruits de déglutition. Il reste plus de la moitié du pâté. Je n'ai pas envie d'attendre aussi longtemps pour quitter mon observatoire. Toujours à quatre pattes, je franchis les derniers mètres jusqu'au coin de la caverne. Je salue les garçons avec l'enthousiasme de quelqu'un qui arrive à l'instant.

Laurens tressaute. Il avale d'un coup le gros morceau de pâté qu'il vient de se mettre sur la langue, referme le magazine posé sur ses genoux. Pim laisse le sien comme il est.

“T'es en avance, il me dit.

— Vous avez déjà vos maillots ?”

Je lance un coup d'œil à la demi-tranche de charcuterie. Qu'est-ce qui éveillerait le moins les soupçons : en parler ou faire comme si de rien n'était ? Cette absence de gêne à mon égard pourrait être un bon signe. Ou pas. Mais s'ils ne ressentent véritablement aucune gêne, alors pourquoi ne pas m'avoir invitée plus tôt ?

Je prends le reste de pâté et l'enfouis tout entier dans ma bouche. C'est un peu plus granuleux que d'habitude. Je me dépêche de tout avaler.

Je choisis un magazine, le feuillette. Je regarde bien chaque photo, mais pas trop longtemps, même si je n'ai encore jamais vu ce genre de choses de près. Tiens, voilà le canapé orange, tout baveux.

Je leur dis : “C'est pas pour rien qu'on appelle ça une moule. Si tu regardes à l'intérieur, ça perd tout son goût.”

Laurens veut récupérer la revue, mais d'abord, j'aplatis un coin de page écorné. Après, seulement, je la laisse tomber sur la pile.

“Bon, je vais me baigner.” Je retourne dans la galerie, sors du camp, redescends l’échelle.

Près des portes de la grange, je m’arrête pour écouter, le cœur battant. Est-ce qu’ils me suivent ?

Je me laisse flotter dans la piscine. C’est horriblement calme ici, pour une ferme laitière.

Quand il donnait à manger aux vaches dans l’étable, là-bas à droite, Jan faisait souvent des petites pauses, une main appuyée sur la pelle à ensilage, l’autre occupée à tripoter ses boutons d’acné. Je sentais son regard posé sur moi, ce qui me plaisait tout en me dérangeant, comme à chaque fois qu’on veut me prendre en photo. Je me demande alors ce que je peux bien avoir d’intéressant, s’il faut que je me mette autrement.

Un jour, Jan m’a dit : “Jamais j’aurais imaginé que tu tournerais si jolie.”

Je ne savais pas quoi répondre. C’était un compliment, mais de la part d’un mocheton en salopette, ça pouvait aussi passer pour une remarque désobligeante. Qu’est-ce qu’il y connaissait, à la beauté ?

Si seulement je lui avais donné un petit sourire, demandé quelle était sa vache préférée…

On me touche le bras. Je sursaute, avant de m’apercevoir que ce n’est pas Jan, mais juste le dauphin gonflable qui vient de poser son nez contre moi.

Les gars ont eu le temps de faire place nette sur la plateforme et redescendent l’échelle avec entrain. Ils rient, le maillot de bain enfoncé sur la tête. Ils partent chacun dans leur coin se changer derrière un tracteur.

Finalement, les choses ne vont peut-être pas si mal pour nous.

“J’ai inventé un jeu, lance Pim. Le rodéo-dauphin !” Il monte sur l’escabeau, trempe ses orteils dans la piscine, les laisse s’habituer à l’eau. Laurens trouve qu’il a passé l’âge des règles du jeu, alors on y va comme ça. À tour de rôle, on essaie de grimper sur le dauphin, qui dérive à la surface. C’est compliqué. L’animal n’arrête pas de basculer sur le flanc et, dès qu’on menace de le maîtriser un peu trop facilement, les autres envoient d’énormes vagues. L’eau déferle par-dessus bord. Je suis la dernière à relever le défi. En poussant sur mes jambes, je perds un peu mon tampon. Il se gorge d’eau instantanément, ce qui ne m’empêche pas de réussir à dompter le dauphin. Sûrement pas grâce à mon talent, mais parce que Pim et Laurens en ont déjà marre.

“C’est l’heure de rentrer.” Chez Laurens, on dîne plus tôt que chez Pim ou chez moi. Ça a toujours été comme ça. À l’école primaire, l’après-midi, il y avait deux catégories d’élèves : ceux qui allaient jouer chez des copains entre quatorze et dix-sept heures, et ceux qui avaient le droit de s’amuser une heure de plus.

Pim et moi, on avait permission jusqu’à dix-huit heures, alors que Laurens devait être rentré pour dix-sept heures trente : sa mère s’arrêtait de travailler à la boucherie, laissait son fils choisir un morceau de viande à l’étal et partait cuisiner le repas du soir.

La règle voulait qu’on aille jouer avec des enfants de la même catégorie – il fallait éviter de perdre un temps précieux. Mais pour Pim et moi, pas question de laisser tomber Laurens. On le raccompagnait généralement chez lui pour la dernière demi-heure. Avec un peu de chance, sa mère nous préparait aussi un bifteck.

Aujourd'hui, Pim n'a pas l'air décidé à passer encore trente minutes en compagnie de Laurens, qui, lui, n'ose évidemment rien demander. Moi non plus, alors je me sèche et je renfile mes vêtements, par-dessus mon maillot de bain. Pim reste dans l'eau. Les poils de son torse ne sont plus bouclés. Ils pointent droit vers le bas, comme si on les avait peignés au gel.

Laurens et moi repartons à vélo ensemble, comme d'habitude. Mes vêtements portent la marque du maillot de bain mouillé.

Des petits ruisseaux coulent sur ma selle, le long de mes cuisses. J'espère que c'est juste de l'eau, pas du sang – probablement, sinon Laurens m'aurait regardée de travers.

"Tu te rappelles quand on traversait la Fosse à la nage, avec Jan ?"

Je suis contente que ça soit Laurens qui en parle le premier. Pim n'a pas dit un mot sur son frère de toute la journée, c'est quand même bizarre.

Sûr que je me rappelle. La Fosse a été creusée il y a vingt ans à la sortie du village, pour le remblai de la nouvelle E313. Un trou profond, environ deux cents mètres de diamètre. La pluie l'avait rempli à ras bord, des arbres et des fougères avaient poussé tout autour. C'était l'endroit idéal pour se rafraîchir les jours de canicule.

La mère de Pim lui interdisait d'aller nager seul tant qu'il n'avait pas son brevet de mille cinq cents mètres. Elle envoyait Jan pour nous surveiller.

En troisième année de primaire, une fois qu'on avait tous eu notre diplôme des deux cents mètres, Laurens et Pim se sont mis en tête de traverser la Fosse à la nage. Je leur ai répété ce qu'avait dit la mère de Pim : "Il peut y avoir des remous qui vous entraînent vers le fond."

Ça ne les a pas fait changer d'idée, au contraire. Jan a plongé après eux. Je n'allais pas rester toute seule sur la berge. Les cent premiers mètres se sont bien passés, parfois même je nageais devant les autres.

"Officiellement, on est à l'endroit le plus profond, a dit Laurens au bout d'un moment. Y aurait de quoi construire un immeuble de quatre étages, ça tiendrait facile à mon avis, même le toit serait sous l'eau. Personne n'est encore descendu tout en bas."

Après deux grandes bouffées d'air, Jan a disparu sous la surface. Je me suis mise aussi à retenir mon souffle.

Pendant qu'on pédalait sur place, tous les trois, je comptais les secondes que Jan passait sous l'eau, les paliers qu'il avait à franchir : grenier, chambre, salle de séjour, cave.

À part les cercles autour des araignées d'eau et les éclaboussures qu'on faisait en barbotant, c'était le calme plat. Pim remuait les yeux dans tous les sens, l'air inquiet. Au loin, quelque chose a bougé.

Une tortue carnivore, d'après Pim.

Laurens est venu se placer entre nous deux.

Mes jambes devenaient lourdes. J'étais exactement à mi-course, au point où il serait aussi difficile d'abandonner que de continuer. Tout à coup, on a vu deux mains jaillir de l'eau. Et les cheveux bouclés de Jan, son front. Il a craché un nuage de gouttelettes en nous montrant la poignée de sable qu'il avait remontée. Son cœur battait fort, ça faisait tressaillir le bout de ses doigts.

J'étais tellement soulagée que j'en oubliais mes crampes.

"OK pour la suite de l'épreuve ?" a demandé Jan. Sa question s'adressait surtout à moi. Je n'ai pas répondu, histoire d'économiser mes forces.

Il s'est mis à nager devant nous, en essayant de maintenir le sable hors de l'eau. Les autres n'ont pas tardé à nous dépasser, d'abord moi et lui après. Plus vite j'essayais de nager vers la rive, plus elle s'éloignait. Les garçons me devançaient déjà d'une dizaine de mètres. Jan était toujours entre eux et moi. Je me concentrais sur mes brasses, sur le bon moment pour joindre et écarter les doigts. Les autres se trouvaient de plus en plus loin devant. Je n'aurais pas pu dire si l'eau était chaude ou froide. La nécessité de rester en mouvement se justifiait de moins en moins.

À cinquante mètres environ des premières branches d'arbre, tout s'est effacé autour de moi. Je n'entendais plus que le bruissement de l'eau, le clapotis, et j'ai pensé à tout ce que je laisserais derrière moi à la maison. La boîte à tartines qui était restée dans mon cartable depuis le début de l'été. Ma place à table. Mes slips dans la corbeille à linge. Lequel des garçons penserait à ramasser mes vêtements et ma serviette, tout à l'heure ? Je me suis étranglée en buvant la tasse. J'avais de l'eau plein les oreilles.

Soudain, quelque chose m'a tirée vers le bas. J'ai d'abord senti une résistance, puis une force qui m'a propulsée de plusieurs mètres. J'ai cru que j'avais été emportée dans un tourbillon, ou repérée par la grosse tortue carnivore. Où était passé Jan ? Je me débattais, quand finalement deux mains puissantes m'ont saisie par les chevilles et m'ont fait retrouver mon calme.

Jan s'était mis derrière moi et, tout en nageant, me donnait de légères impulsions. Sa peau était plus chaude que l'eau. Je le laissais faire.

Laurens et Pim, bien loin devant, ont piqué un dernier sprint. Lorsqu'il les a vus sortir de l'eau, Jan s'est dégagé pour me précéder jusqu'au rivage. Mais les autres ne nous regardaient pas. J'ai fini dernière et, pourtant, je n'avais rien perdu.

# LA MOULE

Contre toute attente, notre système de classe annexe avait fonctionné sans trop de problèmes pendant quatre ans. Les enseignants se débrouillaient pour faire cours aux deux groupes d'élèves en même temps. Le plus souvent, ils commençaient par mettre les grands au travail en survolant avec eux le sujet de la leçon et, ensuite, ils venaient nous voir au fond de la salle, Pim, Laurens et moi, pour nous expliquer ce qu'il fallait en retenir, ou bien ils nous donnaient des photocopies de textes et d'exercices supplémentaires.

On passait beaucoup de temps à poireauter, tous les trois, mais personne ne s'en plaignait jamais parce qu'au moins ça nous permettait de papoter. J'avais trouvé un slogan pour résumer : "Attendre en classe comme trois glandus, c'est rattraper le temps perdu." Malheureusement, cette formule n'arrivait pas à la hauteur de "un pour tous".

Et puis un jour, le fonctionnement de la classe annexe a connu son premier raté. C'était en quatrième année de primaire, un vendredi après-midi. En rentrant – tout doucement – de la récré, on avait pourtant retrouvé notre salle dans l'état normal d'après-pause : comme si quelque chose venait d'exploser sans faire de blessés. Partout, des craies, des trousses, des cartables grands ouverts, des emballages de biscuits, des cahiers entassés, des avions de papier pliés n'importe comment… Mais en regardant bien, on s'apercevait qu'à l'avant, près de la carte de la Belgique, le tableau noir prenait moins de place qu'à l'ordinaire. Sous les panneaux rabattus, le dos tourné au mur en plâtre, M. Rudy faisait le piquet. Il avait la figure toute rouge. En un rien de temps, la classe vibrait déjà de rumeurs.

Le maître a dit à tout le monde de s'asseoir et, contrairement à d'habitude, s'est adressé à nous, la classe annexe, en premier. Il nous a fait signe d'aller dans le coin lecture, derrière la bibliothèque. C'est là qu'on a dû s'installer, sans broncher, munis d'écouteurs et d'un livre de cours.

Les autres élèves attendaient, contrariés, que M. Rudy ait terminé de nous donner ses consignes. Pour une fois, le protocole était inversé. Du coup, on faisait semblant de ne pas comprendre le maître quand il essayait de nous expliquer la différence entre ne pas avoir à retenir quelque chose et ne pas y être autorisé. D'une voix forte, pour couvrir le chahut, il nous a répété trois fois ce qu'on devait faire.

"Écoutez l'histoire enregistrée sur la cassette et remplissez la grille de mots croisés qui correspond. Vous serez notés.

— Sur combien ?" voulait savoir Pim.

M. Rudy a jeté un regard à la feuille qu'il avait posée devant nous.

"Trente. Mais ces points n'entrent pas en compte dans la note globale.

— À quoi ça sert, alors ? a demandé Laurens.

— Faites en sorte de remplir correctement cette grille d'ici la fin du cours." Aussitôt, il a retraversé la salle en ordonnant aux autres élèves de se taire. Nous, sagement, on a mis les écouteurs sur nos oreilles, démarré la cassette et penché la tête sur nos mots croisés, mais sans jamais quitter des yeux le tableau noir.

Une fois revenu à l'avant de la classe, le maître a ouvert les deux pans latéraux d'un geste nonchalant. On a vu apparaître un dessin à la craie qui ressemblait vaguement à une moule. Il n'en fallait pas plus pour faire le silence complet dans la classe.

À travers nos écouteurs, on s'est tout de suite rendu compte que plus personne ne parlait derrière la voix qui nous racontait une histoire. Laurens et Pim ont arrêté de prendre des notes et se sont regardés.

"Si quelqu'un parmi vous croit savoir où se trouve l'urètre, également appelé canal urinaire, je l'invite à venir le situer sur ce dessin au tableau." M. Rudy a confié la craie à la première fille qui avait osé se manifester. Pim et Laurens ont décidé de baisser à fond le volume de leur radiocassette.

Sur la route du retour, après l'école, ils parlaient d'une voix aiguë, surexcitée.

"C'est pas parce qu'on a un an de moins qu'on est complètement niais."

Laurens était d'accord. "Mais qu'est-ce qu'elle s'imagine, Miss Rudy ? Qu'on sait pas à quoi sert un trou à pipi ?

— Ouais, toi au moins, t'as déjà mangé des moules." Soit dit en passant, Pim avait reçu à la ferme une éducation prude et venait juste d'apprendre que les femmes n'avaient pas de pis.

Pendant le reste du trajet, les gars ont continué à se moquer de Rudy. Il faut dire qu'après avoir demandé en classe qui d'entre nous avait déjà allumé un feu de camp avec des tampons, le maître s'était retrouvé seul à lever le doigt.

Même si je roulais toujours à leurs côtés, même si je suivais leur bavardage, je n'avais pas grand-chose à ajouter. L'organe de reproduction masculin n'était au programme que la semaine suivante.

Je me sentais sale. Ce que je gardais caché depuis des années venait de se faire toucher au moins vingt fois par le bâton de craie de M. Rudy.

## 10 H 30

La bretelle qui relie l'autoroute au village décrit une dangereuse courbe en épingle à cheveux, balisée de flèches rouges scintillantes. Avant la mise en place de ces réflecteurs, en 1998, il y avait des accidents à intervalles réguliers. Si régulièrement, même, que nos voisins de derrière, des colombophiles, profitaient des jours de verglas pour s'installer en bord de route sur leurs pliants de toile rayée, une thermos de café à portée de main, dans l'espoir d'assister pour la première fois depuis la guerre à quelque chose d'un peu tragique.

Au milieu du virage, le Curver dérape sur le côté du coffre. La poignée se fracasse et catapulte un petit morceau de plastique en plein dans mon pare-brise. Je n'ai pas le droit de partir en vrille, surtout pas aujourd'hui. Autrement, je suis bonne pour finir en gros titre dans les pages locales de la *Gazette d'Anvers*. "Elle transportait un bloc de glace : une jeune automobiliste de Bovenmeer tuée sur le coup."

Chez les petits commerçants, la clientèle aurait de quoi faire en attendant son tour à la caisse. Je les vois d'ici, ces gens, y aller de leurs petits commentaires, de leurs demi-vérités. J'aperçois les visages, j'entends les voix teintées de complaisance.

“Eva habite à Bruxelles depuis des années, mais elle est toujours restée une fille de chez nous.” “Sa sœur aussi était un peu bizarre.” “Avec l’argent que son frère lui envoyait tous les mois, elle aurait mieux fait de s’acheter des pneus neige.” “Ça faisait neuf ans qu’elle n’était pas revenue chez ses parents et là, juste avant les retrouvailles, boum !” Ou encore : “Paraît que le bloc de glace a tellement fait de dégâts en lui percutant le crâne qu’on a eu besoin de son passeport pour savoir qui c’était.”

Après ça, ils emporteraient chez eux leur portion individuelle et écraseraient de trois coups de fourchette le fromage de tête devenu écœurant.

En sortant du virage, saine et sauve, je pousse un soupir de soulagement. Le pont me mène d’abord au-dessus de l’autoroute que je viens de quitter, puis de l’autre côté du canal Albert.

Le village qui s’étend devant moi n’est au courant de rien. Par-ci par-là, on voit du linge à sécher, une cheminée d’où s’échappent des volutes de fumée. Dans plusieurs jardins, des guirlandes de Noël lumineuses décorent les haies. Mais les rues sont désertes, il n’y a personne, pas même un automobiliste en sens inverse. Peut-être que tout le monde est déjà arrivé à destination. Peut-être qu’ils sont chez le boulanger, à faire la queue pour les derniers pains girafes.

Il faut pourtant bien que quelqu’un soit témoin du fait que je suis de retour après neuf ans d’absence. Un passant, un spectateur invisible. Une fille qui vient de se prendre en selfie avec, derrière elle, là-bas dans le coin, par la fenêtre de sa chambre, en tout petit, ma voiture.

Ça suffirait. Elle n'aurait même pas besoin de savoir que c'est moi.

Je pourrais appeler Tessie, entendre sa voix. Ça lui donnerait l'occasion, en même temps que moi, de montrer enfin qu'elle existe.

J'entame le dernier kilomètre. Vue d'en haut, la scène paraît familière : ma voiture est un point minuscule qui progresse lentement, mais sûrement, vers son objectif. Entre la sortie de l'E313 et chez mes parents, la grand-route est surtout bordée de maisons anciennes. Elles ont beau dater de la première moitié du XX^e^ siècle, j'en arrive à me demander si elles étaient bien là pendant mon adolescence. Je ne faisais pratiquement jamais attention aux façades. C'était juste de la déco, des fioritures en béton sur le chemin qui me conduisait de la maison familiale aux lieux où je me sentais vraiment chez moi.

Derrière ces façades, il y a maintenant des familles, des parents bien organisés qui rachètent tous les ans de nouveaux après-ski à leur progéniture et qui enveloppent leurs jeunes plantations d'une toile plastique pour les protéger du gel.

## 12 JUILLET 2002

Laurens a téléphoné ce matin pour savoir si ça me disait de retourner avec lui à la ferme prendre un bain dans la piscine. “Faudra encore demander à Pim, mais tant qu'on est deux à trouver que c'est une bonne idée, on a des chances de le convaincre.”

J'ai enfilé mes vêtements par-dessus mon maillot. C'est le même une-pièce qu'hier, le vieux, qui est trop petit. Maintenant, j'ai les épaules qui me font mal au niveau des bretelles. Mes règles se sont arrêtées aussi brusquement qu'elles étaient venues.

Laurens et Pim ne sont pas dans la nouvelle piscine, mais du côté des étables, perchés sur l'un des grands tas couverts de plastique blanc. Je plisse les yeux pour les voir malgré la réverbération. Dans ce halo étrange, la butte a des airs de pièce montée. Avec Laurens et Pim en mariés miniatures.

Les parents de Pim nous permettaient de jouer où on voulait dans la ferme, en dehors de quatre zones défendues : la partie gauche de la plateforme à foin (on risquait de passer à travers la couche de paille, trop fine à cet endroit), le garage et sa fosse d'atelier (la trappe, vermoulue, pouvait céder sans prévenir), les grilles d'égouttage sur la fumière de la vieille étable (plus vraiment sûres) et les buttes blanches. Pour celles-là, ils n'ont jamais donné d'explication. On pouvait donc supposer qu'elles étaient interdites, même si rien d'autre à la ferme ne nous semblait plus inoffensif, ni plus attrayant.

Un jour, pendant un goûter d'anniversaire, Laurens était allé poser un pied sur la bâche en plastique. Pim l'avait jeté à terre en l'empoignant par la capuche de son coupe-vent. Sous le choc, les boutons-pression s'étaient détachés du col.

"Mais qu'est-ce qu'y a de si dangereux là-dessous ?" avait couiné Laurens après s'être raclé la gorge toute une minute pour retrouver son souffle.

Pim n'avait pas répondu. Il s'était retourné et il avait fichu le camp. Le reste de l'après-midi, lui et Laurens s'étaient comportés comme des chattes qui viennent de mettre bas.

Sur le chemin de l'école, avec Laurens, on avait échafaudé toutes sortes de théories : la bâche en plastique cachait des cadavres d'animaux, victimes de la maladie de la vache folle. Pire encore, de la drogue, cultivée à l'intérieur de la grange ou entre les bosquets dans le Bray de Bovenmeer. Conclusion : les parents de Pim avaient provoqué l'épidémie de vache folle dans les années 1990. C'étaient les maffieux de l'industrie agroalimentaire.

Je commence à grimper du côté le moins pentu. Avec précaution, je place le bout de mes ballerines dans la rainure des pneus, pour ne pas toucher les vaches contaminées qui pourraient se trouver en dessous. À chaque fois, je fais valser un fond d'eau de pluie tiède.

Mes chaussons de gymnastique sont mouillés quand j'arrive en haut. Pim et Laurens ont pris place dans la roue de tracteur posée en couronne, leurs jambes par-dessus le cercle de caoutchouc, comme dans une bouée. Ils ont les cheveux ébouriffés par le vent qui, même aujourd'hui, sous cette chaleur écrasante, se déchaîne à travers les demi-parois latérales de l'étable.

"Qu'est-ce que vous êtes en train de faire ?

— Rien, répond Laurens.

— Rien faire, c'est toujours faire", ajoute Pim.

J'ai une mèche de cheveux qui me colle au coin des lèvres. Elle diffuse un goût de produit chimique dans ma bouche. J'ai mis de la laque ce matin, j'espérais que ça me changerait, que ça donnerait du volume. Mais je me suis retrouvée avec des cheveux lourds, poisseux, qui pendeloquent de chaque côté du front. Je pensais pouvoir les rincer dans la piscine.

"Dis-nous, Eva. C'est toi qui décides."

Je m'éloigne de quelques pas pour m'asseoir dans un pneu de voiture. Il n'y a pas de place plus près. Pendant un moment, personne ne parle.

"Mais il était où, le danger, pendant tout ce temps ?" Je montre du doigt l'étendue de plastique brûlant qui nous entoure.

"C'est vrai, ça ! rebondit Laurens face à l'inertie de Pim. On n'a pas eu le droit de venir ici pendant des années, mais tout à coup, c'est permis ?"

Nos yeux sont braqués sur Pim. Il y a très certainement un rapport avec Jan. Mais peut-être que, pour nous, tout ce qui a changé à la ferme ces derniers temps est en rapport avec Jan.

“Sous cette bâche, y a du fourrage, explique enfin Pim. Quand l’herbe pousse vite, l’été, mais que les champs sont encore trop humides pour laisser le foin sur place, on passe le tout à la broyeuse et on en fait de l’ensilage. Des aliments pour les vaches, quoi… Une matière première essentielle à cette exploitation. En escaladant, on pourrait déchirer le plastique. Ça laisserait passer l’air et l’humidité. Le fourrage se mettrait à pourrir et alors, tout serait bon à jeter.”

On écoute son explication en hochant la tête. Toutes ces fois où on a téléphoné chez Pim pour demander s’il voulait aller nager avec nous à la Fosse… Toutes ces fois où sa mère a répondu que les garçons étaient partis aider aux champs, que ce serait pour un autre jour… Les heures qu’on a dû passer en tête à tête, Laurens et moi, à cause de ces deux gros tas de foin !

Bien sûr qu’on est capables de comprendre quelle valeur ils ont. Reste à savoir ce qui nous autorise aujourd’hui à mettre en péril tout ce travail.

Je répète la question de Laurens : “Alors maintenant, c’est permis ?

— Non. Mais tu vois quelqu’un qui essaie de nous empêcher ?”

Le silence se fait, un bref instant.

“Pourquoi vous êtes là, au juste ?” demande Pim. Sa froideur n’est pas réellement voulue, je crois.

“Piscine ?” Laurens jette un œil dans ma direction.

“OK”, je réponds.

Pim nous dévisage tous les deux, sans s’attarder sur l’un ou sur l’autre.

“Ou Action/Vérité ? C’est pareil”, lâche Laurens.

Pim lève le pouce. Un nuage passe devant le soleil. On sent tout de suite quelques degrés de moins.

Laurens me fusille du regard – *tout ça c'est de ta faute.*

“À toi de commencer.” Pim lui tape sur le genou.

“Vérité, dit Laurens d'un ton lugubre.

— Allez, une petite question pour s'échauffer : Laurens Torfs, quel a été le moment le plus gênant de toute ta vie ?”

Laurens réfléchit à fond, il fait entendre une sorte de grondement pour montrer qu'il se concentre. À mon avis, ça veut surtout dire qu'il essaie de ne pas penser au moment le plus gênant de sa vie. Sinon, il aurait répondu tout de suite. Plus quelqu'un a besoin de temps pour réfléchir, moins on peut en attendre de la sincérité. Laurens va sûrement donner un exemple pas trop embarrassant, mais encore juste assez pour lui faire honte.

Pim a le regard perdu dans le lointain, par-dessus les étables. Il imagine sans doute la réponse qu'il va donner quand ce sera son tour : au jeu d'Action/Vérité, les questions vous reviennent toujours à la figure, comme un boomerang.

“Une fois, dans le magasin, j'ai surpris mes parents en train de le faire, après la fermeture, dit Laurens.

— En train de faire quoi ?” je demande.

Il lève les yeux au ciel.

Pim sourit, pas très impressionné. C'est à lui de choisir, maintenant. “Action”. Il ne faudrait pas qu'on le prenne pour un petit joueur.

“Bois l'eau des pneus.” Laurens désigne la grosse roue de tracteur où croupit un peu de liquide vert.

Pim n'hésite pas une seconde. Il s'agenouille, plonge ses lèvres au creux du caoutchouc et aspire une grosse gorgée d'eau. Je vois s'enfuir une escadrille de têtards. Pim déglutit, laisse descendre. Ensuite, il tourne la tête dans ma direction.

"À toi.

— Vérité.

— Qu'est-ce qui t'est arrivé de plus grave dans la vie ?"

Comme Laurens, je n'essaie pas de trouver le pire, juste quelque chose qui soit suffisamment grave tout en restant racontable. Papa et maman face à face dans la cuisine, un couteau à la main, mais pas plus résolus l'un que l'autre à attaquer en premier.

"Après la soirée quiz, on a dû transporter maman dans une brouette pour la ramener chez nous."

Laurens ne dit rien. Mais comme Pim s'est mis à pouffer, il ne peut pas s'empêcher d'en faire autant et il éclate de rire. Je décide de ne plus raconter la fin de l'histoire. Ils se gondolent à en pleurer. Moi aussi, je m'essuie les yeux.

"Bon, très bien tout ça, se reprend Pim, mais j'ai idée que c'est surtout pour ta mère que ça a été le pire. Parle-nous de toi, plutôt."

Je réfléchis, mais la seule chose qui me vienne à l'esprit, c'est le chagrin des autres. Une souffrance dont j'ai été témoin, que j'ai continué d'observer jusqu'à ce que, finalement, elle soit aussi à moi. En la partageant, elle perdrait de son intensité ; à deux, elle serait plus supportable…

"Et toi, l'accident de Jan, c'est bien la pire chose qui te soit arrivée sans que t'aies besoin de mourir aussi, non ?"

Le silence qui suit est meublé par les bruits de la ferme : le cliquetis des mangeoires en métal, le ronron du système réfrigérant pour la cuve de la laiterie, le meuglement des vaches. On a toujours l'impression qu'elles ont mal, quand elles meuglent.

"C'est pas pareil, rétorque Pim. Et qui te dit que j'ai jamais rien connu de pire que la mort de Jan ?

— Pour lui, en tout cas, le problème est réglé", fait remarquer Laurens.

Je guette la réaction de Pim, mais rien. Des nuages blancs passent au-dessus de nos têtes, il n'y a que derrière lui que le ciel reste entièrement bleu.

"Bon, d'accord, pour de vrai cette fois." Je mens. "Le plus grave, personnellement, c'est quand on est allés chez mes grands-parents et qu'on est tombés dans un bouchon : ça a duré si longtemps que j'en ai fait dans ma culotte.

— Pipi ou caca ?" demande Laurens.

J'invente : "Les deux."

Gagné. J'ai droit à des signes de tête compatissants.

"Ça, c'est grave, Eva."

De là-haut, on a une vue exceptionnelle sur les arrières de la ferme et le paysage environnant. Si c'était un tableau, il se vendrait très cher. Sur ma droite, il y a des champs, à ma gauche, le toit des étables.

En fait, c'est peut-être à cause de la vue qu'on nous interdisait de monter ici, sur ces gros tas d'herbe. Parce que ça nous aurait permis de balayer du regard tout le terrain, de voir les dessus encrassés des bâtiments agricoles, de nous rendre compte que ça n'était rien d'autre, justement : une ferme crasseuse.

Le père de Pim s'affaire en bas dans la cour, refermé sur lui-même. Un court instant, il lève les yeux vers nous. Qu'est-ce qui le retient de venir nous interpeller, de nous dire qu'on est assis sur la réserve de fourrage, qu'on risque de gâcher tous ses efforts ? Il tente de capter mon regard, sans insister.

"À propos, t'en es à combien de bases ? demande Pim à Laurens. Dis-moi franchement.

— Qu'est-ce que t'appelles une base ?

— C'est comme ça qu'on dit avec les copains de l'école. En tout, y a six bases : embrasser, peloter, doigter, lécher… La cinquième, c'est la base « sexe », et pour finir, y a le *home-run*.

— Et c'est quoi, le *home-run* ?

— Quand on pose la question, c'est qu'on en est encore loin."

Laurens et Pim sont assis l'un en face de l'autre. Le vent s'engouffre dans leur bas de pantalon, ça leur fait de très gros mollets.

"Qu'est-ce qui te dit que j'ai choisi Vérité ?" demande Laurens à Pim.

Il y a un blanc de quelques secondes.

"Bon, allez, dis-le, s'entête Pim.

— J'en suis à la troisième base, affirme Laurens. Et toi ?

— Cinquième. Bientôt prêt pour le *home-run*." Pim tend cinq doigts écartés, serre le poing et frappe le creux de son autre main.

Voilà encore un nuage, le soleil se voile. Une ombre effleure le toit de l'étable.

"C'est quoi le pire que t'aies fait à quelqu'un d'autre ?" Je m'adresse à Pim, qui vient de choisir Vérité, et je précise : "L'accident de Jan, ça compte pas, bien sûr. T'y pouvais rien après tout."

Il ne met pas longtemps à réfléchir. La gratitude qui se lisait à l'instant dans ses yeux fait place à un sourire malin.

"Un jour, j'ai planté une balle de ping-pong dans le cul d'une vache.

— Et alors ? interroge Laurens.

— Alors quoi ?

— Est-ce que la balle est ressortie ?"

Pim fronce les sourcils avec le sérieux d'un comploteur.

"Pas de risque, je l'ai enfoncée bien profond.

— Mais quelle idée t'as eue de faire ça ? je demande.

— Et pourquoi pas ? Personne s'en est jamais aperçu."

Je regarde à nouveau dans le lointain. Le père de Pim a disparu. Cet homme, à l'œil tellement sûr qu'il peut reconnaître une bête aux taches de sa robe, devient aveugle dès qu'il s'agit de son propre fils.

"Eva, c'est ton tour", dit Pim.

Je choisis une fois de la plus la vérité.

Il me renvoie la question que je lui ai posée : "C'est quoi le pire que t'aies fait à quelqu'un d'autre ?"

Je réfléchis un temps. Ma réponse est pourtant la première qui me soit venue à l'esprit.

"J'ai tué le cheval d'Elisa."

Pim écarquille les yeux : "Comment t'as fait ?

— Je lui ai donné du sucre. À Twinkle. Apparemment, ça les fait mourir tout de suite.

— Qui est-ce qui t'a mis ça dans la tête ? C'est pas du sucre qui va tuer un animal ! Dans l'élevage intensif, on les dope avec bien pire. Tu l'as pas empoisonné, à la limite engraissé d'un kilo ou deux…" Laurens fait un clin d'œil comme son père. “Un fils de boucher sait ce genre de choses, je peux te le garantir.”

Est-ce qu'il essaie de me rassurer ou est-ce qu'il trouve encore une fois que ma réponse n'est pas satisfaisante ?

Le soleil réapparaît. La bâche en plastique blanc s'illumine. Les rayons semblent s'apercevoir en cours de route qu'ils vont se faire répercuter, alors ils obliquent en direction de ma nuque, sur mon seul petit bout de peau nue. Ça empeste le caoutchouc brûlé. J'essaie de me lever, mais le maillot de bain trop serré me force à rester assise. “Allez, Lolo, un peu d'action pour changer !

— OK. Action, alors.

— J'ai exactement ce qu'il te faut…” Pim s'arrête un instant, histoire de garder le suspense. “Je te dis quelle vache c'est, et tu retires la balle.”

Laurens secoue la tête.

“M'enfin, t'es fils de boucher ou pas ?”

Pim se redresse et sort du pneu de tracteur, le vent s'échappe des jambes de son pantalon. On dirait qu'il n'a jamais eu les fesses aussi minces.

Avant d'entrer dans l'étable, Laurens enfile l'une des paires de bottes qui sont posées près du portail. Moi, je prends les plus grandes. Elles me vont sans que j'aie besoin d'enlever mes ballerines. Le bâtiment est en béton, avec un toit de tôle ondulée. Il n'y a pas de courant d'air par ici. Au fur et à mesure qu'on avance au milieu des stalles, les vaches retirent leur museau baveux d'entre les barres en fer. Leur tête cogne contre le métal. C'est de là que vient ce bruit de machine infernale qui résonne en permanence dans toute la ferme.

On escalade la barrière et on se faufile parmi les bêtes. Nos bottes écrasent les excréments, ça sent l'herbe en décomposition et la terre humide. Plus on s'approche, plus la taille des vaches augmente. À l'instant, Laurens marchait encore d'un pas décidé derrière Pim, mais là, il ralentit. La bête qui nous intéresse est occupée à se frotter contre une grande brosse d'étable. Elle fouette sa croupe de la queue pour chasser les mouches. Les os pointent sous la peau de ses hanches. Pim va se placer derrière l'animal, muni d'un manche à balai. Les autres vaches se carapatent, leurs pis ballottent à chaque foulée. Pim fait signe à Laurens.

"Celle-là, c'est une génisse. Quelque part entre la fille et la mère. Autrement dit : un beau morceau."

La génisse, nerveuse, donne des coups de tête à droite et à gauche. En s'aidant du balai, Pim la dirige vers le côté, dans le coin normalement réservé aux vaches pleines. La bête avance avec hésitation, l'air agité, elle fait porter tout son poids sur l'une des pattes arrière, puis sur l'autre. Ses mamelles plates oscillent comme un pendule.

Pim s'éloigne d'un pas en arrière. Un court instant, Laurens regarde autour de lui, désemparé. Il ne sait pas quoi faire. Finalement, il se ressaisit et s'approche de la génisse. Il s'arrête à trente centimètres. Elle a l'anus qui dépasse.

"C'est le trou du haut ! prévient Pim. Avec l'autre, t'arrives dans l'utérus."

Laurens remonte sa manche droite jusqu'à l'épaule, se frotte les mains. La bête commence à s'agiter, balance de plus en plus vite d'une patte sur l'autre, on est trop loin pour qu'elle nous atteigne de la queue. Elle sait ce qui l'attend. Plusieurs vaches viennent se grouper contre la barrière, l'une d'elles meugle des encouragements.

"Tu ferais pas mieux d'y aller avec le bras gauche ? lui demande Pim. Ça va puer pendant un bout de temps."

Laurens m'interroge du regard. Je ne dis rien. Pim montre un flacon posé sur un tabouret. "Frotte-toi la main avec ça."

Je lui demande : "T'es sûr qu'il est obligé de le faire ?"

"Tiens." Pim vaporise un peu de liquide visqueux sur le trou. Ensuite, il attrape le poignet de Laurens, qui se laisse faire, et lui pousse le bout des doigts à cinq millimètres de profondeur. C'est difficile. La main flasque de Laurens pendouille au cul de la vache. Il n'ose pas appuyer.

"Tu serres pas le poing, tu fais comme ça." Pim, le bras en l'air, exécute un crawl au ralenti. "Et vas-y franco."

Doucement, par petits mouvements de torsion, Laurens enfonce toute sa main dans le trou. Puis la paume, puis l'avant-bras.

"Tu vois bien que ça marche ! dit Pim. La balle est là quand t'arrives à l'épaule."

Il me fait un clin d'œil, termine son crawl imaginaire, mais des deux bras cette fois. Je comprends tout de suite : il n'y a rien au fond de ce trou. Au début, je n'osais pas croire que Pim ait été capable d'une chose aussi cruelle. Mais là, cette façon de manipuler un copain, c'est tout aussi grave.

Laurens a le bras enfoncé presque jusqu'au cou. Il doit maintenant se mettre sur la pointe des pieds pour pouvoir continuer à se frayer un chemin.

"Ça y est, je l'ai ! Je crois que je sens quelque chose." La génisse gonfle le ventre, ses pis bringuebalent. Il suffirait qu'elle pète à l'envers pour absorber Laurens dans ses intestins.

Pim reste immobile, un vague sourire aux lèvres.

Je lui dis tout bas : "Y a jamais eu de balle de ping-pong."

Il me donne des bourrades dans le bras. Mais tout à coup, il se fige. Son regard est pointé sur mes pieds. Il relève les yeux vers moi, puis baisse de nouveau la tête. À sa façon de se diriger vers la sortie, tout s'éclaire : j'ai mis les bottes de Jan.

Je voudrais le suivre, mais Laurens, à mi-corps dans la vache, ne s'est aperçu de rien.

"Y a jamais eu de balle de ping-pong !" J'ai une voix de crécelle.

Laurens met quelques secondes à capter le message. Il entreprend de dégager son bras. Je me demande ce qu'il trouve de pire : la balle de ping-pong imaginaire ou le fait que Pim ne le regarde plus ?

La bête contracte les fesses, puis les relâche. En récupérant son bras, Laurens fait sortir un flot de bouse. Le plus gros atterrit entre ses jambes, une éclaboussure l'atteint sous le genou et coule à l'intérieur de sa botte. La vache continue de se balancer nerveusement. Son trou du cul expire une bulle de glaire.

J'essaie de déchausser les bottes mais elles ne veulent pas s'en aller : mes ballerines restent coincées dedans.

Laurens aussi a du mal à se dépatouiller. À bout de nerfs, il tente de s'essuyer le bras au premier bouchon de paille qu'il trouve. Je lui passe une serviette suspendue un peu plus loin à une barrière. Il regarde les bottes que j'ai à la main, et les pieds dans mes socquettes. Je libère mes chaussons de danse.

"Je savais pas qu'elles étaient à Jan."

La colère de Laurens se transforme en inquiétude.

"Où est Pim ?"

Il prend la direction que je lui indique, vers l'extérieur. Dans le contre-jour, je le vois avancer en écartant le bras. Sa peau a une drôle de couleur orangée, comme les gens qui ont mis de l'autobronzant avant d'avoir lu le mode d'emploi.

Je replace les bottes de Jan près de la porte de l'étable, dans la position exacte où je les ai trouvées, l'une appuyée contre l'autre. Au loin, j'aperçois Laurens qui a rejoint Pim au pied de la butte et qui s'est assis comme lui sur un pneu calé à la verticale.

Qu'est-ce que Pim peut bien lui raconter ? Des choses sur Jan ? Est-ce qu'il déballe enfin ce qu'il a sur le cœur ? Je me rapproche.

"OK. La der des ders, alors, dit Pim. Action."

Je n'entends pas ce que Laurens lui commande de faire. Pim se met debout. Il se tapote les cuisses, même s'il n'y a pas de saletés ni de poussière sur son pantalon. C'est un geste que je fais souvent moi aussi, un réflexe hérité de nos après-midis à quatre pattes dans le foin.

Il grimpe sur le tas d'ensilage. À quelques mètres de hauteur, il s'arrête, regarde un instant dans le lointain, du côté où, tout à l'heure, j'ai vu son père aller et venir au volant du tracteur, suivi par une traînée de fumier.

“Vas-y ! Qu’est-ce que t’attends ?” Laurens se tient maintenant à côté de moi.

Pim nous regarde droit dans les yeux. Il se baisse, plante un doigt dans le plastique et passe à travers.

## ELISA

Elisa est arrivée directement en cinquième année de primaire, la classe qu'on parasitait à l'époque. Les grandes vacances venaient de se terminer. Avant même sa présentation au groupe, on l'a vue qui marchait dans le couloir, derrière la directrice. À chaque pas, comme un battement de métronome, le bout de sa queue de cheval dépassait un instant de l'autre côté de la vitre. Mlle Béatrice est entrée sans frapper, une main fièrement posée sur l'épaule de la nouvelle.

"Je vous présente Elisa. Elle a suivi l'école à domicile pendant un temps, car son père était représentant à l'étranger. Aujourd'hui, il n'a plus besoin de voyager pour son travail. Ils habitent à Hoogstraten, mais Elisa sera scolarisée ici, à vingt-six virgule neuf kilomètres de chez elle." À l'évidence, la directrice en faisait un peu trop – sans doute aussi pour souligner ses qualités de chef d'établissement. "Votre nouvelle camarade loge maintenant chez sa grand-mère, rue des Grives. Pour commencer, nous allons voir où en est Elisa sur le plan des connaissances et il se peut encore qu'elle passe en sixième année dans les prochains mois."

Elisa était plutôt laide, mais on voyait bien que ça finirait par s'arranger, à condition qu'elle s'occupe de ses sourcils. Ils lui barraient le visage comme deux gros traits d'encre et donnaient à chacune de ses paroles un côté malveillant ou calculateur. Elle avait la peau bronzée, ses longues jambes fines étaient serrées dans un pantalon noir hypermoulant, porté sur des chaussures de sport blanches. Par-dessus son T-shirt, elle mettait un gilet noir matelassé qui s'arrêtait à la taille et accentuait ses hanches étroites. Elle avait remonté sa fermeture éclair juste au-dessous des seins, qui, du coup, rappelaient vaguement deux marrons chauds à moitié sortis de leur coque.

Elisa était de 86, elle avait un an de plus que le reste de sa classe et deux ans de plus que Pim, Laurens ou moi. Elle écoutait ce que Mlle Béatrice disait à son sujet, tout en gardant les yeux baissés avec modestie sur la pointe de ses chaussures.

“Qui d'entre vous est déjà allé à Hoogstraten ?” a demandé M. Rudy pour nous sensibiliser à l'idée d'une nouvelle recrue. Tant que la directrice était là, il s'efforçait de ne pas poser son regard sur les marrons grillés.

Personne ne levait le doigt.

La mère d'Elisa n'avait pas du tout été mentionnée. Avant même la pause de midi, le bruit courait déjà parmi les élèves : elle était morte pendant l'accouchement, quand il avait fallu sortir les deux longues jambes et le gilet matelassé d'Elisa. Quelqu'un a même illustré ce moment sur un bout de papier. Au début de l'après-midi, après la récré, le dessin a circulé en classe. Et pour une fois, les grands nous en ont aussi fait profiter, Pim, Laurens et moi.

Elisa n'allait pas quitter sa doudoune de toute la journée, les jours suivants non plus. En fait, elle la garderait toujours sur elle. Sans doute parce qu'elle s'était habituée à l'idée de devoir partir en catastrophe à tout moment. Pour comble de malchance, elle allait faire l'erreur, tout comme moi, de reconnaître que même si on la laissait choisir, elle ne sortirait avec aucun des garçons de Get Ready ! – après quoi personne n'a plus jamais voulu s'afficher avec elle dans la cour de récré.

Tous les midis, Elisa partait en trottinant vers la maison de sa grand-mère, pas loin de l'école, où elle prenait un repas chaud avant de passer voir Twinkle, sa jument, dans un pré juste en face de chez moi, chemin du Breuil. Ce cheval, ils étaient venus le livrer quelques semaines avant l'arrivée d'Elisa, en pleine nuit. L'animal avait poussé des hennissements plaintifs jusqu'au petit matin.

Chaque fois qu'elle revenait à l'école après le déjeuner, elle avait des pépins entre les dents.

Dans les jours qui ont suivi l'arrivée d'Elisa, on est allés au préventorium de Pulderbos pour notre cours de natation. Un autocar Verhoeven est venu nous chercher devant le portail. Il avait trois fois la route à faire entre l'école et la piscine pour que toutes les classes puissent aller nager ce jour-là.

C'est pendant le trajet que j'ai eu ma première conversation avec Elisa. Pim et Laurens s'étaient assis l'un à côté de l'autre, alors que c'était mon tour de ne pas faire le voyage toute seule. Elle occupait la place devant moi. Dès que le bus a démarré, elle s'est retournée et a posé le menton sur le dossier de son siège.

"Tu sais quoi ?" Elle a marqué un long silence qui ne pouvait que forcer ma curiosité.

“Non, raconte.
— Ma mémé s’appelle comme toi.”

Son sac de natation, qu’elle avait suspendu à un crochet près de son siège, balançait dans les virages abrupts à la sortie de Bovenmeer. Il était cousu de paillettes et de breloques en strass qui voltigeaient dans tous les sens, comme d’ailleurs les mini-tétines en plastique fluo attachées aux fermoirs. Est-ce que c’était moche ? Pas forcément. Plutôt qu’une affaire de goût (et ça valait aussi pour la doudoune satinée), c’était une question d’habitude. On n’avait encore jamais vu ce genre de choses au village.

“Ma grand-mère, moi, je l’appelle mamie. Pas mémé.
— C’est pareil.
— Bien sûr que non.” Je me suis lancée dans l’explication des principales différences et j’ai continué à développer jusqu’à ce qu’on soit pratiquement à Pulderbos. De temps en temps, je tournais mon regard vers l’extérieur, vers le paysage d’automne, pour chercher de nouveaux arguments. Elisa me fixait, le menton toujours posé sur le siège devant moi. Son attention ininterrompue me faisait rosir de bien-être : j’existais aux yeux d’une fille de Hoogstraten.

Quand le bus est arrivé sur l’immense parking tout gris du centre de rééducation, Elisa a retiré son menton du dossier. “Si je comprends bien, « mémé », ça fait penser à un ragoût archicuit. Mais d’après moi, un ragoût archicuit, c’est toujours mieux qu’une mamie qu’on va voir seulement deux fois par an parce qu’il faut se farcir la route jusqu’en Flandre-Occidentale.” Ensuite, elle s’est remise comme avant, le menton appuyé sur le dossier, et elle a actionné la manette latérale pour incliner son siège vers l'arrière, ce qui a fait que son visage s'est retrouvé juste en face du mien. Elle a arrondi les lèvres, puis elle a ri. Je pouvais sentir la chaleur inodore de son haleine.

Pim et Laurens, assis deux rangées plus loin, nous surveillaient sans rien dire. Je ne les avais pas entendus s'esclaffer une seule fois de tout le trajet.

“On peut savoir ce qu'il y a de si drôle ? a demandé Pim.

— Un truc de filles”, a répondu Elisa.

Le préventorium sentait l'eau de Javel. Dans cette atmosphère humide et poisseuse, je prenais de grandes respirations pour trouver un peu d'oxygène. Les vestiaires individuels étaient trop peu nombreux pour tous les élèves, garçons et filles n'avaient pas le droit de se changer ensemble. Il fallait vite se mettre en binôme avec quelqu'un du même sexe et prendre aussitôt une cabine, autrement, on était bon pour aller dans le vestiaire familial, avec les gosses et les mamans accompagnatrices.

Elisa m'a tout de suite entraînée par le bras dans une cabine de bain.

Ça ne m'était encore jamais arrivé. Avant, j'allais toujours me terrer dans le vestiaire familial. Là-bas, personne ne vous reluquait. Les petits enfants tout nus n'étaient pas critiques ni exigeants sur le corps des autres. Ils se cramponnaient simplement aux cuisses des mamans volontaires, qui étaient des femmes non épilées, aux angles obtus. Avant le cours de natation, elles se rassemblaient dans le petit bassin comme un troupeau d'hippopotames, à quatre pattes, les yeux à peine hors de l'eau, pour assister aux premières tentatives de brasse et aux plongeons canards de leurs marmots.

Je n'ai jamais eu d'accompagnatrice pour me regarder. Je n'ai jamais appris à plonger en canard.

Elisa s'est assise sur le banc repliable qui sert aussi à bloquer les portes. Elle a enlevé ses chaussures, puis sa doudoune.

"Toi d'abord."

Je ne l'avais encore jamais vue sans sa doudoune. Elle avait l'air encore plus maigre. Pour une fois, Elisa ne tenait plus compte du fait qu'elle devrait peut-être repartir en vitesse.

Au lieu d'inspecter les parois de la cabine, à la recherche d'un miroir ou d'un profil de garçon indiscret, elle me regardait, curieuse de ce que j'allais bien pouvoir lui montrer. J'ai retiré mon débardeur et mon pantalon, mais dessous, j'étais déjà en maillot de bain. On ne connaissait pas encore cette astuce, à Hoogstraten…

Ensuite, j'ai monté la garde pendant qu'Elisa se changeait. Contrairement à elle, j'ai veillé à bien contrôler le bas des cloisons, même s'il n'y avait aucun risque de voir apparaître la trombine d'un mateur – personne n'aurait eu l'idée de nous espionner.

Du coin de l'œil, je pouvais voir Elisa remuer. Je pouvais compter ses côtes, au moins quatre de chaque côté. Sa moule faisait penser aux rideaux des cars Verhoeven : les bords écartés, ourlés de festons gris et rose. Sur le dos, elle avait une verrue marron, de la taille d'un petit grain de raisin. Son maillot nageur parvenait tout juste à le dissimuler.

Sans qu'on ait dit le moindre mot, Elisa m'avait déjà révélé la totalité de ses secrets.

La semaine d'après, pendant la pause de midi, elle m'a emmenée pour la première fois chez mémé. Sa maison se trouvait au début de la rue des Grives, près d'un grand châtaignier. Elle comptait parmi les rares personnes au village dont on ne savait pas grand-chose, à part de quelle couleur était sa façade, qu'elle avait une sonnette en forme de tête de lion et qu'elle faisait elle-même sa confiture avec les mûres du jardin.

Sur mon vélo, je suivais Elisa, qui marchait à toute allure. Les tututes en plastique sautillaient gaiement sur son sac à dos.

En arrivant chez mémé, j'ai essayé de me faire une idée de sa personnalité à partir du jardin de devant. Il n'était pas tiré au cordeau. Il n'y avait pas de gazon patiemment tondu en spirale comme un chien qui fait ses besoins. La boîte aux lettres contenait plusieurs cartes postales.

À l'évidence, mémé ne trouvait pas le temps de jardiner. Par contre, elle avait une vie sociale et des amies qui lui envoyaient des cartes postales pendant leurs croisières exotiques – elle ne pouvait donc pas être complètement insupportable.

L'intérieur de la maison était plutôt sympa. La moquette n'envahissait pas tout, ça ne sentait pas les animaux en décomposition, il y avait encore des bulles dans le Coca, mémé ne s'habillait pas avec des sacs à patates – à chaque nouvelle preuve que sa grand-mère ne correspondait pas à la "mémé" que j'avais décrite pendant notre premier voyage en car, Elisa me lançait un regard triomphant.

Là où je pensais au début avoir raison, c'était sur le mobilier : il était totalement dépareillé.

"Les personnes qui meurent dans la famille, ça ne se décide pas, et on ne peut pas refuser un meuble en héritage."

Après ça, je n'osais plus relever les yeux de mon assiette.

Mémé avait fait du gratin au jambon. Les endives étaient encore bien croquantes.

"C'est mangeable ?"

J'ai fait oui de la tête. Les endives, c'était justement la spécialité de ma mère. Mais celles-ci étaient encore mieux cuisinées. J'ai décidé de ne pas en parler à la maison.

Pendant le repas, je regardais Elisa engloutir à toute allure ses filaments de légumes. Après avoir terminé, elle m'a fait signe de me presser moi aussi. J'ai accéléré mes coups de fourchette, mais en prenant le temps qu'il fallait pour avaler chaque bouchée.

"Je fais pipi et on part", a dit Elisa, avant de disparaître aux toilettes.

C'est à ce moment-là que j'ai compris le secret pour bien s'entendre avec une fille : ne pas courir après.

J'ai reposé mes couverts sur la table.

"Elisa raffole des chevaux. Fais attention à toi", m'a dit mémé à voix basse en balançant à la poubelle ce que je n'avais pas pu terminer.

## 11 H 00

Si la neige d'aujourd'hui était en option, comme la clim' dans une voiture neuve, je pense que personne ne pourrait se la payer.

Les premiers flocons se jouent de la pesanteur, disparaissent dès qu'on les touche. Mais il se met vite à neiger plus fort, en petites pluches résolues et carrées. Elles s'étalent sur la chaussée, sur l'herbe aplatie de l'espace vert entre les maisons, sur les poteaux des clôtures, sur les horribles pères Noël éclairés qui font semblant de s'introduire par la fenêtre, sur la boîte aux lettres asphyxiée par les dépliants publicitaires, devant la maison abandonnée.

Le toit de chez mes parents, couvert d'ardoises moussues, se voit à cent mètres, plus haut que les arbres.

Je gare la voiture sur le bas-côté, près des grands conifères qui tentent de protéger notre jardin des regards extérieurs. Ils sont plus dégarnis en bas qu'au sommet. À travers, j'aperçois la terrasse. Un aquarium fêlé, avec un peu d'eau verdâtre au fond, quelques bassines en zinc, un gros tas de sable qu'on avait promu au rang de plage, un tronc d'arbre abattu, un alignement de sapins de Noël replantés : rien n'a bougé d'un millimètre depuis neuf ans. Sur le côté de la maison, appuyé au mur, je vois le seau en plastique fendu dans lequel on avait provisoirement relogé notre tortue d'eau.

Maman avait reçu la bestiole en cadeau pour la naissance de Tessie, en même temps que l'aquarium. Le verre s'est fissuré huit ans plus tard, en 1999, pendant qu'on changeait l'eau. La tortue a été transvasée dans le seau orange. C'est là qu'elle a survécu tout un été et tout un automne, au coin de la terrasse, juste en dehors de notre champ de vision.

L'hiver venu, au matin du premier jour de froid, j'ai aperçu le plastique orange se détacher sur le duvet de gelée blanche qui recouvrait le jardin.

Je suis sortie en sachant qu'il n'y avait plus d'espoir pour l'animal. Le seau était fendillé lui aussi, le peu d'eau qui restait à l'intérieur avait fui, mais n'était pas allé très loin.

Sans regarder dedans, j'ai retourné le seau d'un seul geste. Après une petite tape sur le fond, la glace s'est décollée, puis a glissé jusqu'à terre. J'ai soulevé le seau avec précaution, comme le moule d'un gâteau sur le point de s'effondrer. La tortue se trouvait prise à l'envers sous la surface du bloc gelé, pareille à une tranche de pomme.

Selon moi, il n'y a rien de plus terrible pour finir ses jours que de se noyer ou d'être enterré vivant. Notre tortue avait réussi les deux à la fois. Dans le même style, la mort de Jan n'était pas mal non plus.

Maintenant que je suis garée, les flocons tiennent plus longtemps. Je retire la clé du contact, descends de la voiture, jette un coup d'œil dans le coffre. Pour rejoindre notre jardin, je dois passer par le chemin du Breuil. À ma droite, il y a le pré de mémé, celui qui servait de pâture au cheval. Le cheval n'est plus là, et le pré n'appartient plus à mémé, il a été vendu en lotissement.

Je continue d'avancer sur la route, jusqu'au début de notre allée.

Le jardin de derrière paraît vide comparé à d'habitude. En dehors du congélateur défectueux, il n'y a plus que la niche du chien, avec sa porte de guingois.

Ah oui, c'est vrai. Nanook est morte.

L'annonce est arrivée par e-mail, il y a environ dix mois, depuis le compte que papa avait créé pour tous les membres de la famille, relié à un domaine dont il voulait au départ se servir pour poster chaque semaine les résultats de ses recherches généalogiques.

Papa s'y connaissait pour nous abreuver d'informations véridiques, mais absolument inutiles. L'histoire de la paella, glanée sur Wikipédia, ou ces liens vers des articles de presse qui ne nous auraient de toute façon pas échappé, même sans son aide. Ce qu'il tenait à nous faire savoir, ce n'est pas forcément qu'il y avait eu un séisme à Haïti, mais que lui-même était au courant.

Son dernier message remonte à presque un an et porte en objet la mention "Père décédé". Cet e-mail confirmait officiellement la mort de papi, le père de maman : date et lieu de naissance, chronologie de quelques accomplissements, comme si, encore une fois, tout provenait d'une page de Wikipédia. En bas, il y avait quelques mots en PS : "La chienne pisse souvent à l'intérieur ces derniers temps – si ça vous va, on la fait piquer."

Mi-question, mi-affirmation. Sa manière de se couvrir en cas de non-réponse.

D'après l'heure d'envoi, d'après le fait qu'il ait aussi envoyé le message à ma mère (alors que c'est sans aucun doute par elle qu'il avait appris le décès de son beau-père), d'après les descriptions mal orthographiées et néanmoins exhaustives, on pouvait en déduire que papa se trouvait dans le même état d'ébriété que lorsqu'il répondait à ses propres posts sur le blog familial.

Je n'ai jamais réagi à cet e-mail, parce que Jolan et Tessie ne l'avaient pas fait non plus. Une réponse impliquait d'assister à l'enterrement de papi.

C'est à mon avis la dernière fois que j'ai eu des nouvelles de mes parents.

Dans mon dos, la voiture disparaît lentement sous la neige. Je pourrais rentrer à Bruxelles tant que les routes sont encore praticables. Pourtant, je continue d'avancer dans l'allée, vers la porte de derrière.

Sur le côté de la maison, il y a des draps qui sèchent. Un pour deux personnes et trois pour une personne – celui de Jolan, avec les voitures, le mien, à l'imprimé Babar, et celui de Tessie, sur le thème de Barbie. Ou bien maman lave régulièrement nos draps inutilisés, ou bien papa et elle ne dorment plus dans le même lit, mais passent la nuit chacun leur tour dans l'un des nôtres. En si peu de temps, le linge a ramassé une formidable quantité de neige.

La porte du jardin n'est pas fermée à clé. J'ai beau me transformer peu à peu en bonhomme de neige, j'attends un instant avant d'entrer. La main sur la poignée, je lève les yeux, vers la façade arrière.

Cette maison est beaucoup trop grande pour ce qui reste de notre famille.

## 15 JUILLET 2002

Pour une fois, j'espère entendre parler avant Laurens ou Pim d'une chose relativement atroce, arrivée à une de nos connaissances communes et cependant éloignées, pour avoir une histoire à raconter qui mériterait toute leur attention.

Une histoire analogue à celle de la touriste qui, après une fête bien arrosée au Joyeux Pullenaer, était allée pisser dans le cimetière tout proche et qui, en s'agrippant à une stèle branlante pour se relever, s'était fait écraser par "Josepha Louis, 1856-1924" – un homicide probablement involontaire. Ou le drame de cet agent de la police locale qui avait été appelé pour la mort de sa propre femme. Ou bien l'anecdote sur cet homme qui, vêtu d'un pantalon d'escalade et armé d'une tronçonneuse, était monté dans un arbre pour l'élaguer, mais qui, déstabilisé par un retour de branche, s'était décapité lui-même avant d'être découvert au bout de quelques jours par un postier.

Le besoin de participer à la propagation de ce type de nouvelles est plus fort que moi, un peu comme l'envie de faire pipi : je peux me retenir, mais pas m'en débarrasser. Dans ce village, pour être remarqué, il faut avoir quelque chose de remarquable à raconter.

La kermesse se trouve exactement dans la situation où on l'a laissée hier soir, repliée sur elle-même au centre du village. Il a plu cette nuit, pas longtemps, mais très fort. Les barquettes en carton vidées de leurs frites sont maintenant des bateaux ramollis.

On est là nous aussi, à la demande de Pim. Il m'a appelée ce matin au téléphone. Après les trois secondes de silence habituelles, il m'a dit de venir ici. Il n'a pas expliqué pourquoi. Quelque chose de solennel dans sa voix laissait supposer qu'on allait avoir une sorte de réunion.

On s'est trouvé la meilleure place à prendre en ce moment dans tout le village : le banc public adossé au petit mur du cimetière, en plein cœur de la kermesse. C'est là qu'il faut être.

Demain mardi, très tôt, les forains remballeront avant de continuer leur route vers le village suivant. Comme tout ce qu'on attend avec impatience, le démontage des stands ira plus vite que leur installation. La nuit prochaine, le vrombissement des avions du manège résonnera une dernière fois jusqu'à ma chambre. Je les entendrai passer un à un en rase-mottes. Et si le vent est favorable, j'entendrai aussi les ballons éclater sous le feu des carabines. Alors je me demanderai pourquoi je ne suis pas née à Lierre, ou à Zandhoven, des patelins où il y a plus de trois boulangeries, au moins quinze stands à la kermesse et un grand marché deux fois par an, où on apprend dès l'enfance qu'il est impossible d'être partout à la fois. Contrairement à nous, les gamins de Lierre et de Zandhoven sont habitués à choisir et à perdre.

Je me suis assise entre les deux garçons, sur le muret, à un mètre du sol. Ils n'arrêtent pas d'échanger des coups d'œil par-dessus ma tête. En arrivant, Pim a attrapé le bras de Laurens et l'a reniflé une seconde avant de se prendre une bourrade dans l'estomac, rien de plus. On a les pieds sur la planche de bois qui est faite normalement pour poser les fesses.

"Qu'est-ce que vous regardez ?" Laurens remonte la manche avec laquelle il vient d'essuyer le banc mouillé. Pas facile d'y arriver d'une seule main. Je me lève, me mets face à lui et l'aide à rouler le tissu. Il se laisse faire. Je replie la manche avec lenteur, pour que ça dure plus longtemps.

"Laurens et moi, on a un plan", avoue Pim. Il ne voit pas le regard de Laurens, qui essaie de le faire taire.

"Ah oui ? Et quand est-ce que vous l'avez imaginé, ce plan ?

— Qu'est-ce que ça peut bien faire ?" demande Pim.

Je hausse les épaules.

"C'est un plan du tonnerre, dit Laurens. Mais on a besoin que tu nous trouves une énigme, une bonne.

— Quel genre d'énigme ?" Je vais me rasseoir entre eux deux.

"Une énigme impossible à résoudre.

— Et pourquoi vous en avez besoin ?

— On te racontera ça plus tard. Commence déjà par y penser. Pendant ce temps, Laurens et moi, on va discuter du reste. Hein, Laurens ?" Pim fait ça de plus en plus souvent ces derniers temps. Demander son avis à Laurens. Ou lui résumer ce qu'il vient de me dire, histoire de souligner qu'entre garçons, on parle un langage qui n'a pas besoin d'autant de syllabes.

“OK, Laurens, première étape : une bonne grille de notation.” Pim ramasse un morceau de calcaire, se redresse et descend côté cimetière, entre les tombes des soldats inconnus. À main levée, il trace des lignes sur l’enduit du muret jusqu’à ce qu’une grille bancale apparaisse. Laurens se laisse à son tour glisser au sol et prend position à côté de Pim.

Je fais ce que je peux pour avoir l’air de cogiter sur mon énigme, tout en dressant l’oreille.

“D’abord tes meufs, Laurens.”

Il y a comme un silence de réflexion.

D’où je suis, j’entrevois le pré en face de notre jardin. Entre les deux, dans le chemin du Breuil, il y a une jeep garée avec un van en remorque. Les feux stop sont allumés. Mais juste au moment où je me mets à bien regarder, tout s’éteint et la voiture repart. Elle s’engage dans la pâture, le van cahote derrière elle. Et puis, au milieu du terrain, les véhicules s’arrêtent. Le chauffeur descend et abaisse la rampe d’accès de la remorque. Un grand cheval, couleur marron foncé, se précipite dehors. Ce n’est pas Twinkle. On l’a abattue. D’après moi, c’est un étalon. Il gambade à travers le pré, quelque chose pendouille sous sa silhouette brune.

“Melissa, Ann, Indira…” énumère Laurens. Dans la liste, il n’y a pas que des anciennes de l’école, des filles de nos classes parasitées. “… Eveline.”

L’homme qui vient de sortir de la voiture pourrait être le père d’Elisa. Et la fille qui le rejoint a une longue queue de cheval. Ils font demi-tour, inspectent le terrain, vérifient les barbelés. J’en suis sûre maintenant : Elisa est revenue.

Après cette sortie de classe en automne, il y a quatre ans, après ce moment passé ensemble dans la cabine de bain, nous avions été les meilleures amies du monde pendant quatre mois. Je l'écoutais parler chevaux à n'en plus finir. J'aurais bien voulu savoir si elle parlait aussi de moi à sa jument.

Tous les jours, sauf le mercredi, j'allais déjeuner chez mémé. Maman croyait que je mangeais à l'école. Le matin, à la maison, je préparais mes tartines, mais elles finissaient dans une poubelle de la cour de récré.

Elisa me forçait à manger de plus en plus vite pour prolonger sa visite à Twinkle, mais ça ne me gênait pas, vu le plaisir qu'elle avait à partager son cheval avec moi. Des fois, elle faisait quelques tours de pré, à cru. Je voyais ses cheveux lui fouetter les épaules en cadence, au même rythme que l'animal se frappait les flancs avec la queue.

Souvent, je ne focalisais pas mon regard sur elle, mais je le portais au-delà, vers la maison, vers la cuisine où Jolan et Tessie étaient en train de manger, un beurrier posé au milieu de la table, maman affalée sur sa chaise, trois sortes de garniture pour les tartines – saucisse fumée, tranches de fromage et "tête de singe" –, en me demandant si j'apercevais réellement la scène ou si je voyais tous ces détails parce que je savais qu'ils étaient là.

Un jour, Elisa s'est mise à parler de sa mère.

"Ça t'arrive jamais qu'un animal te fasse penser à quelqu'un qui n'est plus là ? Et que tu lui parles comme à cette personne ?"

J'ai répondu oui de la tête, même si je n'avais encore jamais perdu quelqu'un et que, pour moi, c'était plutôt le contraire : les gens me faisaient parfois penser à des bêtes.

“Est-ce que Twinkle ressemble à ta maman ?

— Mais non, manquerait plus que ça.” Elisa prenait un air dégoûté. “La pauvre.

— Pauvre qui ?

— Pauvre Twinkle.”

Ce midi-là, sans raison précise, elle a quand même fini par me raconter la vérité. Sa mère était partie juste après lui avoir donné naissance. Elle tenait un hôtel quelque part en Irlande. Comme Elisa n'avait jamais connu sa maman, elle ne lui manquait pas. En disant ça, elle a enroulé ses bras au cou de la jument.

Ensuite, elle est retournée faire encore un peu de dressage. Je suivais des yeux le balancement synchrone des queues de cheval. Pour la première fois, Elisa commençait à me décevoir. J'en savais plus sur elle que tout ce qu'elle voudrait jamais connaître de moi.

Quelques jours plus tard, quatre mois après son arrivée dans notre école, elle est passée d'un coup dans la classe au-dessus en raison de résultats exceptionnels au premier trimestre. Les filles de sixième année l'ont aussitôt accueillie à bras ouverts, se sont mises à tartiner leurs lèvres de gloss à paillettes, à mettre des doudounes sans manches, à porter autour du cou une longue chaîne avec tétine en plastique au bout, à accentuer leurs sourcils au crayon. Les garçons de Get Ready ! se sont finalement tous révélés être gays. Il n'y avait qu'Elisa à s'en être toujours doutée.

Je suis encore allée une ou deux fois chez mémé le midi, mais on ne parlait pratiquement plus pendant le repas. J'étais la croûte sur la plaie, je devais tomber sans avoir à être écorchée.

Elisa n'a pas tardé à vouloir rester manger à l'école.

“Mémé m'a donné du pain et de la confiture maison, dans un petit pot, pour ne pas détremper mes tartines.” Quand elle m'a dit ça, le jour même, je m'étais déjà débarrassée de mes sandwiches, peut-être dans l'espoir que ce geste contribuerait à forcer le destin, qu'Elisa se laisserait encore influencer par un fait accompli.

Pour être admise à la table des filles, dans le réfectoire, il fallait répondre à cette question : “Par qui tu préférerais te faire doigter, Leonardo DiCaprio ou Tom Cruise ?”

Comme je ne connaissais ni Tom Cruise ni DiCaprio, elles ne m'ont pas demandé par qui je voulais me faire toucher, mais comment. Elisa a ouvert le pot de confiture, avant de le pousser vers moi.

“D'abord une démonstration. Après, tu peux t'asseoir ici.”

Je ne l'ai découvert que plus tard, mais aucune des filles ne savait comment ça se pratiquait exactement. Il aurait suffi que j'ose.

Ce jour-là, le destin nous avait réunies sans prévenir, Twinkle et moi. Elisa n'irait plus voir sa jument après l'école. Elle avait fort à faire, entre les goûters d'anniversaires et ses nouvelles amies qui réussissaient toujours à la convaincre de les laisser lui cranter les cheveux au fer à friser. Moi, avant de rentrer à la maison, je m'arrêtais dans le pré de Twinkle pour lui donner les friandises qui me restaient.

Un midi, pendant la pause, Jolan m'a vue. Il a dit que je ferais mieux d'arrêter, parce que, d'après ce qu'on lui avait appris en classe, le sucre était mauvais pour les animaux, ça les rendait malades.

En souriant vaguement, il a ajouté : “Faut pas prendre Elisa au sérieux. Elle est pas si intéressante que ça.” Mais sa voix témoignait du contraire.

Le même jour, après la classe, je suis allée à l'Épicerie et j'ai dépensé tout mon argent de poche en balles magiques et en gommes acidulées. Agnes m'a même fait un prix parce que c'était bientôt mon anniversaire. Twinkle et moi, on s'est régalées et on a bâfré jusqu'à ce que les crampes me fassent trop mal.

“Qu'est-ce que ça veut dire quand un cheval est couché par terre avec les dents qui moussent ?” a demandé Tessie, le soir à table. J'ai failli ne pas pouvoir avaler ma boulette de viande.

“C'est juste qu'il fait la sieste”, a répondu Jolan.

Ces deux dernières années, Elisa n'a pratiquement pas remis les pieds à Bovenmeer. Les quatre mois qu'a duré notre fréquentation intensive s'éloignent de plus en plus, mais le souvenir que j'en garde ne fait que se raviver.

Pim et Laurens sont tellement pris par leur inventaire de prénoms qu'ils n'ont pas remarqué le van.

Pendant la période de mon amitié avec Elisa, ils étaient accros à Lara Croft et amoureux de l'héroïne, qu'ils devaient conduire à travers la Vallée Perdue. Ils n'ont pas connu Elisa aussi bien que moi. C'est peut-être à ce moment-là, quand je les voyais moins souvent, qu'ils ont commencé à m'exclure.

“Je prends Eveline, Heleen, Elke, Roxy et puis Elisa”, dit Pim. La pierre tendre avec laquelle il écrit sur le mur est devenue tellement petite qu'il doit la bloquer entre ses ongles pour ne pas se labourer le bout des doigts.

"C'est qui, Elke ? demande Laurens.

— Une fille de l'école. Qui s'y connaît en découpe au laser. Lesbienne, mais elle s'en est pas encore aperçue.

— Pourquoi tu l'inscris, alors ?

— Elle a des super gros nichons."

Un nuage gris se déroule sur le village. Des diagonales de lumière hachurent le vide entre la couche nuageuse et le sol.

Je quitte Elisa des yeux et pose mon regard sur le cimetière.

"Eva, comme t'es en train de nous écouter de toute façon : t'aurais pas des noms de filles que tu trouves bien ?"

Je fais comme si je n'avais rien entendu.

"OK, Eva ne trouve personne bien", conclut Pim. Il donne l'impression de vouloir noter ça aussi au tableau.

"Qu'est-ce que tu veux dire par « bien » ? Y a différentes catégories." Je le regarde en face.

"Imagine que t'organises une fête. Quelles filles t'inviterais ? Et est-ce qu'elles viendraient ?"

Je prends mon temps pour réfléchir, même si je n'ai pas trop le choix. "Tessie. Et Elisa.

— Non, dit Pim. Ta famille, ça compte pas."

Je ne peux tout de même pas inviter la mère de Laurens.

"OK. Elisa, alors.

— Juste elle ? s'inquiète Laurens. Pim l'a déjà. Ça fait pas grand monde à la fête."

Je ne dis rien d'Elisa qui va et vient là-bas dans le pré, mais je ne sais pas exactement pourquoi. Qui est-ce que j'ai envie de partager, et avec qui ?

"T'as déjà une énigme ?" demande Laurens.

Je fais signe que non. La seule chose à laquelle je pense, c'est que je dois penser à une énigme.

"Autrement, on se met tout de suite à noter, dit Pim à l'intention de Laurens. Pas besoin de ton énigme pour ça."

Ce classement par points, ils s'en servent depuis des années. Ça a commencé pendant les nuits qu'on passait tous les trois sous la tente, dans le jardin de Laurens. Les filles étaient notées sur dix, selon leurs particularités physiques. On me faisait participer moi aussi, pas pour distribuer les points, mais pour vérifier que Pim et Laurens étaient suffisamment objectifs et qu'ils ne pouvaient pas être accusés d'avoir le béguin. Ils utilisaient le même système d'évaluation que tout le monde à Bovenmeer et bien au-delà, mais eux seuls consignaient les scores, noir sur blanc.

J'étais secrétaire. Je me taisais et je notais tout minutieusement.

Avant ça, on avait fixé les valeurs limites de l'échelle en décidant de la plus belle et de la plus moche du village. Toutes celles qui se trouvaient dans l'intervalle recevaient une note comprise entre un demi et neuf et demi. Au départ, chaque fille avait un score de zéro. On ajoutait ensuite un multiple de demi-point par caractéristique intéressante.

Avec ce système, Laurens et Pim essayaient surtout de calculer leur propre cote. Ils n'en parlaient jamais entre eux et ne pouvaient que se faire une vague idée de leur score personnel ou de celui du copain, en fonction des filles auxquelles ils osaient se mesurer.

Deux étés durant, en 1999 et 2000, ils avaient jaugé la plupart de celles qui entraient en ligne de compte. Il y avait deux groupes hors catégorie : la tranche supérieure – celles qui étaient trop vieilles – et la tranche inférieure – celles qui étaient trop jeunes. Mais les filles de la tranche médiane, majoritaires, étaient passées au crible sans distinction, jolies ou laides, tant qu'elles correspondaient au critère d'âge.

Je ne sais plus quand Pim et Laurens ont fait leur dernière évaluation. Les tranches hors catégorie n'arrêtent pas de rétrécir. Plus ils vieillissent, plus il y a de filles qui entrent pour eux en ligne de compte. L'âge les oblige aussi à procéder autrement. Aujourd'hui, ils ont laissé tomber l'étalonnage. Les filles ne commencent plus à zéro, mais à dix : on n'ajoute plus de point pour un avantage physique, on en retire dès que quelque chose déplaît. Je me demande si c'est plus généreux, ou justement pas.

Un nom après l'autre, Pim et Laurens passent en revue la liste qu'ils viennent d'inscrire sur le mur du cimetière. Taches de naissance, dents mal rangées, absence de courbes à l'avant et à l'arrière : rien ne leur échappe. Leur limite, c'est un point, ils ne descendent pas en dessous. Du moment qu'on a une moule, on vaut bien ça.

Je regarde du côté d'Elisa, la distance entre nous doit pouvoir s'exprimer en mètres réels – à peu près trois cents pas – mais maintenant que je suis là, sans bouger, elle semble devenir infranchissable.

Curieusement, à entendre Pim et Laurens, Elisa n'a que des qualités.

J'essaie de nuancer. "Une fille ne peut quand même pas être parfaite ?"

Laurens et Pim échangent un regard et haussent les épaules.

Ça va faire trois ans qu'elle est partie, sans prévenir qui que ce soit dans le village, sans rien devoir à personne. Sa disparition surprise est ce qui la rend si belle aujourd'hui.

"Elisa ne parle que de son cheval. J'hésiterais pas à enlever des points pour ça.

— Possible, Eva, mais ce qui nous intéresse, là, c'est la beauté physique." Pim ramasse un éclat de brique. Il donne à chaque fille un numéro de classement d'après le score inscrit à la suite du prénom.

Elisa n'obtient finalement pas un dix, mais la meilleure note possible : neuf et demi. Un demi-point au-dessous de la perfection, à tout hasard, parce qu'ils ont tout de même voulu me faire plaisir.

"Maintenant, on a juste besoin d'une bonne énigme", dit Laurens.

"Allez, Eva… T'es dans le coup, à la fin ?"

Plus je fais d'efforts, moins je réussis à me concentrer. Au loin, Elisa et son père s'apprêtent à repartir.

"Je pourrais pas avoir une nuit pour y penser ?"

Laurens pousse un profond soupir. Il regarde son copain.

"Ça va pour moi", dit Pim.

L'église sonne midi. Il n'y a personne à la terrasse du Bel Accueil, à part deux petits vieux qui attendent de pouvoir commander leur première pinte. Ils s'observent comme si chacun occupait la place de l'autre.

Petit à petit, la kermesse reprend son activité. Au signal du départ, pour le premier tour à vide, deux silhouettes s'approchent des manèges. Un grand-père et son petit-fils. Ce ne sont pas des habitants du village, autrement je les reconnaîtrais. Ils s'installent dans une auto tamponneuse et roulent en huit, seuls sur la piste abandonnée. C'est beau de les voir, je trouve : toujours les mêmes boucles, personne pour leur faire obstacle.

Avec précaution, Laurens extrait de sa poche deux billets de cinquante. Je n'ai pas d'argent sur moi. Pim sort cent euros.

"Qui va s'occuper de la trésorerie ?"

Laurens et lui marquent une pause, qui semble calculée.

"Toi, Eva ?" Les deux ont parlé en même temps.

Ils rassemblent les billets, me les remettent.

"Par quelle attraction vous voulez commencer ?

— C'est pas un budget kermesse, répond Laurens. C'est un investissement.

— Un investissement pour quoi ?

— Tu verras ça demain", dit Pim.

On reste encore assis un moment. La kermesse se remplit peu à peu. Moi, on ne m'a pas donné d'argent à la maison.

Comme d'habitude, je compte sur les garçons pour qu'ils m'invitent à partager leurs distractions.

"Je rentre, dit Pim. La seule chose que t'aies à faire, c'est te pointer demain avec l'argent et avec ton énigme. On se charge du reste.

— Rendez-vous chez moi, deux heures moins le quart, ajoute Laurens. Au fait, Eva, si t'as pas trouvé d'énigme, appelle-moi avant de venir."

Ils partent chacun de leur côté. Je les regarde s'éloigner l'un et l'autre jusqu'à ce que je m'aperçoive que je suis là, toute seule, à faire non de la tête.

# LES VENDEURS DE VENT

J'ai découvert que Tessie n'allait pas bien en 1999, le jour où les vendeurs sont passés. J'avais déjà de vagues soupçons : en dehors de son besoin obsessif de gagner au *Démineur*, elle mettait de plus en plus de temps à revenir de l'école. Moi, pour ranger mon vélo et retirer mes chaussures, il ne me fallait jamais plus de deux minutes.

Un peu après quatre heures, il y a eu un coup de sonnette. J'ai ouvert la porte de devant et je me suis retrouvée face à deux messieurs en costume. À première vue, pas grand-chose ne cadrait chez eux. L'un était costaud, mais court sur pattes, avec une grosse tête. L'autre était grand, maigrichon et avait une petite tête. De ces types qui viennent toujours en duo et les seuls pour qui, dans les villages comme Bovenmeer, la sonnette a encore son utilité.

Petite-Tête essayait de lorgner à l'intérieur, par-dessus mon épaule. Il n'y avait personne dans le couloir, juste un buffet rempli de bazar. Grosse-Tête transportait un chevalet de présentation qui lui arrivait bien au-dessus des oreilles, il avait du mal à en soulever le trépied dans sa marche. Un paquet de feutres effaçables dépassait de sa poche de poitrine.

"Nous nous appelons Rob et Steven." Son langage corporel ne donnait pas plus de détails.

"Il y a quelqu'un à la maison ?" a demandé l'homme qui ressemblait le plus à un Steven. Son visage était couvert de taches de rousseur en forme de grains de riz et sa chemise avait un imprimé à motifs ovales. Tout dans son anatomie semblait s'étirer au-delà du raisonnable, il faisait penser à un boudin de pâte à modeler qu'on aurait roulé d'une main trop énergique.

"Y a moi." Jolan venait de partir en expédition dans les champs, équipé d'une loupe et d'une pincette, après nous avoir dit de ne pas l'attendre pour le dîner. Tessie l'avait suivi en clopinant dans des bottes bien trop grandes pour elle, maman était allée voir pour la troisième fois aujourd'hui si les poules avaient pondu.

Je n'aurais eu aucun problème à laisser les visiteurs sur le seuil. Nos voisins pouvaient bien s'y coller, pour une fois. Déjà, quelques semaines plus tôt, j'avais fait entrer l'homme qui passe tous les ans avec un gros album plein de vues estivales prises d'hélicoptère, une pour chaque maison du village – non par curiosité, mais parce qu'il pleuvait. Je m'étais efforcée de ne pas accorder plus qu'un regard superficiel à la photo de notre terrain, sinon il m'aurait obligée à l'acheter, je le pressentais. Ce coup d'œil furtif m'avait montré que, même en vue zénithale, notre propriété se résumait à une collection de projets plus ou moins réalisés. La tache blanche dans le jardin de derrière n'était pas une piscine, mais un congélateur en panne. Personne dans la famille ne le remarquait, moi pas plus que les autres, sauf comme ça, vu du ciel.

À Bovenmeer, beaucoup d'habitants avaient une de ces photographies accrochée dans leur hall, à côté de la porte, souvent pour la même raison qu'ils laissent depuis des années l'autocollant de la Croix-Rouge bien en vue sur leur tableau de bord, dans le but de dissuader les bénévoles postés aux carrefours. Il n'y avait qu'à la boucherie que les vues aériennes trônaient, dans leur cadre, au-dessus du comptoir : le père de Laurens était persuadé que cette perspective inhabituelle sur le magasin augmenterait la confiance des clients à leur égard. La famille n'avait rien à cacher.

"Je regrette, il est impossible d'acheter les images d'une autre propriété que la sienne", avait répondu l'homme à ma question de savoir combien coûterait une vue de la ferme de Pim. Il était reparti à grandes enjambées vers la route, en déchirant nos photos. Mais juste avant de traverser, il était revenu pour ramasser un morceau tombé à terre. Comme si j'étais du genre à pouvoir en tirer quelque chose…

Cette fois, le tableau de présentation coincé dans les bras du petit rondouillard m'avait convaincue de les laisser entrer, ne serait-ce que pour voir ce qu'il allait dessiner, et si c'était lui qui s'appelait Rob.

"Ma mère est sortie dans le jardin, elle peut rentrer d'un moment à l'autre." La phrase sonnait faux. Effectivement, c'était un mensonge, mais pas le mien.

À la maison, on avait cinq poules. De toute évidence, maman aussi était au courant du fait que les poules ne pondent qu'un œuf par jour, tôt le matin. Pourtant, plusieurs fois dans la journée, elle retournait voir s'il y avait eu de nouvelles pontes et revenait systématiquement avec un œuf de plus, un seul. Les douzaines qu'elle avait achetées en secret devaient être camouflées quelque part dans le poulailler, près de la caisse de vin.

J'ai ouvert plus grand la porte. Les deux hommes sont entrés avec l'air froid du dehors et se sont frayé un passage entre le mur et le buffet, en marchant de côté et en pinçant les plis de leur pantalon pour que le tissu ne s'accroche pas derrière.

On est allés faire le poireau dans la véranda. Ce n'était pas vraiment une véranda, mais une pièce que papa s'était mis à appeler comme ça parce que maman avait toujours voulu en avoir une.

Grosse-Tête, probablement Rob, a déployé le tableau de présentation en attendant.

D'où on était, on avait vue sur le petit sentier qui allait de la porte de derrière jusqu'au fond du jardin. Il n'avait jamais été pavé, mais c'était le plus court chemin entre les deux points, une piste rudimentaire creusée dans la pelouse. Le jardin lui-même faisait à peu près cent mètres de long et avait la même forme tarabiscotée que la Belgique, mais avec quatre bosses au lieu de trois. Dans chacune de ces boursouflures poussait un arbre fruitier différent, planté à l'occasion de notre naissance. Depuis, ils avaient grandi d'environ deux mètres. Sauf dans la quatrième bosse où il n'y avait pas d'arbre, mais un arbuste à baies.

Maman allait bientôt arriver, un œuf à la main. J'ai montré d'un geste la porte du poulailler, un petit château de cartes en plaques bitumées qui avait abrité nos vélos jusqu'à ce que la visite d'un renard ou d'une fouine se fasse plus probable que celle d'un voleur de bicyclettes. Ce jour-là, les poules ont eu toute la place pour elles.

Au lieu de maman, c'est Tessie qui a fait son apparition devant mon index. Perdue dans ses pensées, elle marchait vers la porte de derrière. On l'a vue s'arrêter sur le seuil, le visage de profil, et appuyer sur la poignée, sans ouvrir la porte. Le geste s'est répété plusieurs fois.

Tout à coup, elle a craché sur la poignée, l'a essuyée avec sa manche et s'est mise à chanter. À travers la vitre, j'arrivais à distinguer certains mots. C'était la liste de tout ce qu'elle avait fait ce jour-là.

Grosse-Tête a laissé échapper un toussotement nerveux.

Là-dessus, Tessie s'est tournée vers nous. À la vue des deux hommes en costume qui se tenaient à côté de moi derrière la fenêtre, elle s'est figée un instant, et puis elle est repartie au bout du jardin, en direction du clapier de son lapin.

Je me suis soudain rappelé quelque chose de semblable : un jour, au moment où j'allais sortir dans le jardin avec des sachets de thé dégoulinants à jeter sur le tas de compost, j'avais vu la poignée de la porte s'agiter, sans que personne n'entre. En me précipitant pour ouvrir, je m'étais retrouvée nez à nez avec Tessie, qui avait préparé un petit réservoir de salive dans sa mâchoire inférieure.

"Qui veut un verre d'eau ?" J'espérais que l'attention des deux hommes se détournerait de Tessie et de son comportement bizarre. Ils m'ont suivie dans la cuisine.

J'ai soufflé dans les verres pour en chasser les poils de chien avant de les remplir au robinet. Ces types n'en boiraient pas une goutte, mais ça les aiderait à se donner une contenance. Steven vérifiait la qualité de l'eau. Le petit bonhomme regardait les chaussures entassées près de la porte.

C'est peut-être pour cette raison précise que j'avais laissé les vendeurs entrer chez nous. Pour lire la réprobation sur leur visage, avoir la preuve que quelque chose clochait sérieusement dans notre famille. Tous ces messieurs en costume donnaient l'impression qu'ils étaient envoyés par un organisme reconnu, qu'ils avaient le pouvoir d'apporter du changement, que leurs tableaux de présentation et leurs photos aériennes en étaient les outils indispensables.

"Vous êtes combien dans cette maison ?" a demandé Grosse-Tête, alors que d'après moi c'était plutôt une question pour Steven, qui avait sans doute l'habitude, vu sa taille, d'imposer son autorité.

"On est cinq.

— Tu as d'autres frères et sœurs ?

— Oui, un frère.

— Et vous avez quel âge, tous ?

— Quatorze, onze et huit ans."

L'homme a hoché la tête. Il avait l'air de vouloir noter ça quelque part, mais la politesse l'empêchait de sortir son carnet de sa poche.

J'ai demandé : "Qu'est-ce que vous vendez, au fait ?"

Il y a eu un silence. Les hommes ont échangé un regard.

"Tu es sûre que ta mère est à la maison ?" a voulu savoir celui qui ressemblait à un Steven.

J'ai fait oui de la tête.

Jusqu'à l'âge de neuf ans, j'ai cru qu'il y avait dans le jardin une trappe secrète qui menait à l'autre famille de maman. Je me demandais ce qu'elle pouvait bien leur raconter quand elle venait nous voir, si elle prétendait aussi qu'elle allait chercher des œufs. Est-ce qu'elle leur disait du mal de nous ? Est-ce qu'elle faisait plus d'efforts avec eux ? Est-ce qu'elle appréhendait de nous retrouver ?

La porte de derrière s'est ouverte. On a pivoté tous les trois. Tessie venait enfin d'entrer dans la maison. Sagement, elle a posé ses grandes bottes près du radiateur. La droite et la gauche étaient inversées, mais elle s'en est aperçue tout de suite et les a remises en place.

Je lui ai demandé : "Alors, ces insectes, y en avait des rares dans le tas ?

— Jolan ne m'a pas laissée approcher, il disait que le bruit de mes bottes leur faisait peur, a répondu Tessie.

— Et maman, qu'est-ce qu'elle trafique ?

— Elle arrive.

— À propos, quelle heure est-il ? a demandé Petite-Tête à Grosse-Tête.

— Quatre heures et quart." J'indiquais l'horloge du micro-ondes qui se trouvait juste devant lui.

"Il est seize heures quatorze", a reformulé Grosse-Tête. Il tenait sa montre rutilante sous le nez de Steven. À sa façon de laisser retomber sa manche sur les aiguilles du cadran, j'ai compris que ces hommes n'étaient pas là pour nous aider. Presque tous les vendeurs avaient une montre analogique. Leur temps était minuté, il valait plus que le nôtre.

À quatre heures seize, maman est arrivée. Elle avait des gratterons collés dans les cheveux.

“Bonjour, madame. Pourrions-nous vous poser quelques questions ?”

Grosse-Tête lui a tendu la main. En essayant de faire pareil, maman a lâché l’œuf qu’elle tenait entre les doigts et qui est allé se briser à terre. Le blanc a éclaté, mais le jaune, toujours intact, est parti s’immobiliser à distance de la coquille et de la glaire. Tout le monde avait les yeux braqués vers le sol, vers ce gros point orange sur les dalles noires.

“Laisse ça”, m’a dit maman lorsque j’ai voulu me baisser. Et quand Tessie a essayé de lui enlever ses gratterons, elle l’a repoussée d’une tape sur la main.

“Allez donc vous amuser plus loin”, nous a dit Petite-Tête.

On lui a obéi, parce qu’on ne le connaissait pas, et on a battu en retraite dans le couloir. Mais “s’amuser”, c’est comme faire éclater un œuf avec grâce : ça ne réussit jamais sur commande.

On écoutait les voix derrière la porte de la véranda. Les silhouettes étaient déformées par le verre cathédrale, mais leurs étranges proportions restaient identiques. Le petit homme a rapproché le tableau, le grand s’est lancé dans un exposé en dessinant des tas de choses sur l’ardoise blanche. Comme toujours chez les vendeurs au porte-à-porte, il y en avait un qui prenait la parole d’une voix ferme et l’autre qui se contentait d’approuver de la tête, ou de répéter un mot par-ci par-là, mais plus doucement.

On n’entendait pas de voiture passer sur la grand-route. Finalement, j’ai trouvé la force de demander à

Tessie ce qu'elle avait fait quelques instants plus tôt en rentrant à la maison.

"Ça ne regarde que moi et la porte d'entrée."

Au bout d'un quart d'heure, les ombres ont replié leur tableau. Personne ne parlait plus. La porte s'est ouverte, Grosse-Tête est entré le premier dans le couloir. L'un derrière l'autre, les deux hommes ont de nouveau longé le gros buffet plein de bazar.

"Je mémorise toujours par où je suis entré, m'a dit Steven avec un clin d'œil. Comme ça, je sais comment repartir." Cette fois, il avait oublié de tirer sur les plis de son pantalon, mais les pointes qui dépassaient du buffet n'avaient pas fait de trous dans son costume chatoyant.

"Vous êtes venus pour vendre quoi, déjà ?

— Du vent."

Quand ils se sont éloignés, j'ai compris à leur allure que maman avait promis d'acheter quelque chose pour se débarrasser d'eux.

Depuis le seuil, Tessie et moi, on les a regardés s'arrêter devant la maison des voisins, effacer au moyen d'un mouchoir les signes tracés au tableau, se donner une petite tape sur l'épaule et entrer dans le jardin de devant. On a continué à les observer jusqu'à ce qu'il ne soit plus nécessaire d'intervertir leurs têtes pour que tout rentre dans l'ordre. Tessie a laissé la porte se refermer avec un claquement lourd. Une fois de plus, personne ne nous était venu en aide.

## 11 H 15

J'avance à pas de loup dans la maison déserte. D'une pièce à l'autre, comme avant, lorsque je me levais tôt le matin – un flic arrivé le premier sur les lieux du crime après l'appel d'urgence.

Je traverse le petit hall qui sert à entreposer les chaussures, la cuisine, le coin salle à manger, la véranda.

Personne. Mes parents sont sans doute encore au lit, ce qui ne me surprend pas. Il faut avoir une raison pour se lever. Personne ne les a conviés à la fête posthume de Jan, autrement, la carte d'invitation occuperait la place d'honneur sur le panneau en liège, comme un trophée.

Les restes de ce qui a dû être une soirée ordinaire sont éparpillés sur les tables d'appoint : un sachet de cacahuètes nettoyé de l'intérieur, des bouteilles de bière décapsulées, et, contre la fenêtre, un cubi de vin recouvert d'un torchon.

Le couloir central est plongé dans l'obscurité. Il n'y a qu'un endroit où le jour pourrait passer, la porte de devant, mais la vitre est encrassée et la lumière hivernale trop faible. En tâtonnant à moitié, je trouve l'interrupteur, puis l'entrée de la cave et la poignée de porte de la salle de bains.

Je toque sur la surface en bois verni. Pas de réponse. Je compte jusqu'à trois avant d'ouvrir.

Pendant ce temps, j'essaie d'imaginer, tout comme avant, ce qui pourrait être arrivé de pire, quelque chose que la réalité serait forcément incapable d'égaler. Maman : pliée en deux sur sa chaise parmi les emballages de comprimés, entre une bombe vidée de son antiseptique et un flacon de dissolvant à moitié bu, la tête posée sur les genoux, de l'écume aux lèvres, le nez en sang, et, du fond de sa gorge, le pétillement des pastilles effervescentes qu'elle aurait, dans sa boulimie, tenté d'avaler à la dernière minute. Papa : plongé dans une eau froide où de fines plaquettes de sang coagulé flottent comme sur un vieux bol de thé noir, et l'entrejambe semblable à une île déserte qui émerge à peine, marronnasse. Près de lui, sur le rebord de la baignoire, des coupe-ongles et des limes dans leur étui. Son avant-bras est ouvert sur toute la longueur depuis le poignet, la pointe des ciseaux encore plantée dans l'artère.

Trois secondes après, je pousse la porte. La baignoire est vide. La pièce paraît abandonnée. Face à moi, sur l'étagère, j'aperçois le dissolvant à côté des flacons de vernis à ongles. Le dossier de la chaise porte la chemise de papa, épaules levées. Plus haut, sur le mur blanc, il y a toujours cette grosse tache de moisissure dont Jolan prétendait à l'époque qu'elle avait la même forme que l'Union européenne. Depuis, l'une et l'autre se sont élargies.

J'ouvre la porte un peu plus grand. Elle résiste.

Ça pourrait encore être papa, derrière, dans ce coin de la salle de bains, pendu à la ceinture de sa robe de chambre. Le cœur battant, je passe la tête par l'ouverture. Le barrage consiste en une accumulation de peignoirs et de pyjamas sales, accrochés à deux patères. Une odeur de sommeil flotte partout dans le rez-de-chaussée, sauf à certains endroits où le revêtement textile sent à jamais le vieux chien mouillé.

Avant, plus je patrouillais dans cette maison, plus je me sentais chez moi ailleurs. À la boucherie des parents de Laurens, il avait beau y avoir des couteaux pointus, des seaux remplis d'entrailles et des carcasses pendues à des crochets, je n'avais jamais besoin d'être sur mes gardes. Même s'il s'était passé quelque chose de grave, on n'aurait pas pu me le reprocher puisque ce n'était pas à moi d'éviter que ça arrive.

Mes parents dorment toujours et c'est peut-être mieux, pour eux aussi. À mesure que je m'imprègne de tout ce qui n'a pas changé ici, meuble après meuble, il devient évident que je n'ai rien à leur dire, rien à leur pardonner.

Je m'approche de la fenêtre au store baissé, je le relève. Entre les lamelles, de petits jours au milieu des joints forcent la lumière pâlichonne de l'hiver à danser d'un bout à l'autre de la salle de bains, sur le panier à linge, sur le muret en brique mal fini où sont fichées deux brosses à dents, sur le meuble à serviettes placé dans l'encoignure.

C'est sur cette commode que se passe mon premier souvenir avec ma mère : j'ai la fièvre, elle me met un "bonbon-la-fesse" dans le popotin. Sa main froide couvre mon derrière, pour empêcher que le jour, en y entrant, aide le suppositoire à retrouver le chemin de la sortie.

La commode a très longtemps fait office d'étal pour les trousses de toilette de toute la famille. On les bourrait d'affaires qui ne rentraient plus dans les tiroirs, dont on ne voulait pas que les autres se servent. Petite, déjà, ça me rendait triste de voir toutes ces trousses : chacun de nous avait son savon, son dentifrice, sa brosse à cheveux… On s'apprêtait doucement à partir, chacun vers une destination différente.

Il faut vraiment que j'entende la voix de Tessie. D'une main, j'attrape mon portable dans la poche de mon manteau pour le remettre aussitôt de l'autre main.

J'ouvre ce qui était à l'époque mon tiroir. Dedans, il y a une boîte à chaussures contenant toutes les choses que je n'ai jamais voulu jeter. Un petit flacon en plastique avec un reste de jus de citron que j'appliquais chaque jour sur mon visage, contre l'acné. Deux bouts de papier pliés que je relisais tous les soirs : "bisous Elisa" et "HAHAHA" – c'étaient des réponses à deux petits mots de ma part et je les gardais, parce que dans la réalité, Elisa ne riait pas souvent de mes blagues. Un brin de paille du grenier de Pim. Des vis du porte-bagages de Laurens. Une pile de soutiens-gorges, à petits et grands bonnets, que je portais l'un sur l'autre. Une carte Chance : ALLEZ DIRECTEMENT EN PRISON. NE PASSEZ PAS PAR LA CASE DÉPART. NE TOUCHEZ PAS 4 000 F.

Derrière la boîte à chaussures, je trouve un vieux pyjama froissé qui a conservé la forme de mon corps d'avant. Il y a une croûte de muesli attachée sur le col. Je n'ose pas y toucher, par crainte de sortir quelque chose de son sommeil. Si je réveille quoi que ce soit, je ne pourrai plus l'abandonner ici.

Je retraverse la maison jusqu'à la cuisine. Là, je m'installe à la table en verre, d'où j'ai vue sur le jardin devenu blanc. Il fait froid dans toutes les pièces, même si le chauffage est allumé.

J'avale quelques gorgées du verre d'eau que je viens de remplir, me rince la bouche. Il faut que je reste ici au moins quelques minutes encore. Comme ça, mes parents ne pourront pas dire que je suis revenue au village sans passer les voir. Ils n'ont qu'à se réveiller, maintenant.

Sur le mur bleu du coin salle à manger, près de la table, il y a deux dessins d'enfant qui représentent la maison et le jardin. Celui de droite est à moi, celui de gauche à Tessie. On les a faits par une matinée ensoleillée. Pour mon anniversaire, j'avais reçu une grande boîte de crayons de couleur et j'avais finalement promis à Tessie de m'en servir avec elle. On a transporté la table de la terrasse au fond du jardin, où c'était plus ombragé, ce qui nous permettait de voir la maison en entier. J'ai soulevé le couvercle de la boîte toute neuve, en bloquant les coins avec deux crayons – des piquets de tente – pour l'empêcher de se refermer, et je me suis aussitôt mise à l'œuvre. Avec ma règle, j'ai pris les proportions du toit, de la niche du chien, et j'ai fait de mon mieux pour les reporter sur le papier. J'appuyais fort, il ne fallait pas que j'oublie un seul détail. Tessie voulait les mêmes couleurs que moi. Elle récupérait les crayons que je venais tout juste de reposer sur la table et s'occupait des pointes cassées, en les taillant avec beaucoup de soin. Elle-même appuyait à peine sur ses dessins, elle tenait à utiliser le moins de couleur possible. Son ciel faisait penser à un voilage, sa toiture n'était pas hors d'eau. Ce n'est qu'après avoir fini, quand on a posé nos travaux l'un à côté de l'autre, que je me suis rendu compte des différences. Chez Tessie, le fil électrique, les oiseaux, les pots de fleurs près de l'entrée, la poignée de porte et le chien avaient disparu, non pas qu'elle soit passée à côté, mais parce qu'à force de tailler ses crayons il ne lui était pas resté beaucoup de temps pour dessiner. Ça ne la gênait pas. L'important, c'était d'être avec moi.

Lorsqu'on a remis les dessins à papa, il ne s'est pas vraiment fatigué à nier que le mien était meilleur et plus abouti. Il n'aurait sûrement pas affiché celui de Tessie au mur si maman ne lui avait donné que quatre punaises au lieu de huit.

À chaque repas qu'on prenait face à ces deux dessins, je regrettais de m'être autant appliquée.

## 17 JUILLET 2002

Ce n'est pas la rengaine de fin de soirée, entendue ce week-end à la kermesse du village, qui me trotte dans la tête, mais l'énigme que je vais devoir présenter tout à l'heure. Laurens et Pim ont tellement insisté là-dessus que j'ai peur de l'oublier et d'être privée d'accès à la remise.

En général, je retiens très facilement une blague ou une énigme, du moment que je garde à l'esprit la personne qui me l'a racontée – le visage, le ton, la manière de parler, les pauses destinées à ménager le suspense, les mouvements de langue à l'intérieur de la bouche ou, peut-être, les filaments de salive blanchâtre qui se sont formés après consommation d'un verre de lait.

Cette énigme-ci m'est venue tout à coup, sans voix ni visage, sans les instants de silence, sans fil de lait. C'est justement ça qui m'inquiète. Toute énigme a un point faible : sa provenance. Si ça se trouve, c'est Pim ou Laurens lui-même qui me l'a racontée, ou bien je l'ai lue quelque part. À partir du moment où une énigme paraît dans le bulletin municipal, elle devient inexploitable pendant des années.

Je traverse le village en pédalant à toute allure. Les quatre billets de cinquante euros sont dans la poche de mon jean bleu ciel. C'est la première fois de ma vie que j'ai autant d'argent sur moi, la première fois que je vais arriver en retard à un rendez-vous.

Les deux cents euros n'ont rien à voir avec ça, mais si Pim et Laurens me posent la question, je vais leur dire que j'avais oublié l'argent et que j'ai dû rebrousser chemin à mi-parcours pour aller le chercher. En fait, j'ai une autre excuse tout aussi valable, mais elle est impossible à utiliser, je ne peux la raconter à personne : aujourd'hui, Tessie a encore mis plus d'une heure à prendre sa douche. Peut-être parce qu'elle n'arrêtait pas de se tromper, parce qu'elle est entrée dans la baignoire du mauvais pied, parce qu'elle n'a pas étalé le shampooing précisément comme il fallait. Elle a dû se relaver une bonne dizaine de fois avant que ça finisse par être correct, vu qu'en sortant elle avait la peau toute rouge sur la nuque et sur les bras. Évidemment, je n'étais pas forcée d'attendre que la salle de bains soit libre pour me laver les dents, mais je voulais m'assurer que Tessie termine sa toilette.

La mère de Laurens lève les yeux vers moi au moment où je gare mon vélo sur le parking de la boucherie. Ça fait un bout de temps que je n'étais pas venue ici.

Elle sourit et m'indique, par-dessus l'épaule de son client, le côté de la maison. Je ne suis pas obligée de passer par la porte d'entrée ou de traverser le magasin, j'ai encore le droit de prendre par l'extérieur.

Elle sourit presque toujours en me voyant. Mais ce n'est pas le bref sourire de gratitude qu'elle accorde à Pim, au curé ou aux autres clients, parce qu'ils se trouvent fréquenter son fils ou acheter sa viande. Non, avec moi, l'expression est plus lente à venir, moins contrôlable et un brin triste, en petits plis sur son visage, comme si ses lèvres n'étaient pas prévues pour ça.

Je sais très bien comment j'en suis arrivée à mériter ce précieux sourire.

C'est elle-même qui me l'a raconté – ou plutôt confessé – dans le jardin, à la fête des dix ans de Laurens. En réalité, on avait tous passé l'âge des châteaux gonflables, mais sa mère voulait une fois encore nous traiter comme des petits. Elle avait loué le plus grand modèle.

J'étais assise sur le bord pour me reposer quelques minutes et observer Pim, qui enchaînait les sauts périlleux avec agilité. La mère de Laurens s'est approchée de moi.

"Ça va ?" J'ai répondu oui parce que je ne savais pas de quoi elle parlait exactement.

Je lui ai demandé : "Vous ne voulez pas faire du trampoline, vous aussi ?

— Quelle idée ! Tu m'as vue ?

— Oui."

Un court instant, on aurait dit que je l'avais vexée.

"C'est pas pour moi non plus, avec mes pattes d'hippopotame." J'ai appuyé mon doigt sur l'un des trous dans la toile plastique, là où la couture était défaite et où de l'air s'échappait.

"Mais tu n'as pas du tout des pattes d'hippopotame !"

J'ai haussé les épaules.

Elle s'est affalée à côté de moi et ses fesses ont disparu à mi-hauteur du coussin d'air flasque. J'ai basculé en diagonale, mon bras s'est retrouvé contre son flanc droit. Elle n'a même pas frétillé pour se débarrasser de moi.

Et puis subitement, comme ça au touche à touche, elle s'est mise à parler.

“Tu sais, Eva, quand Laurens et toi vous alliez à la maternelle, on bavardait un peu avec ta maman à la sortie de l'école. Un jour, je la regardais s'en aller après notre causette et, brusquement, elle a chuté, vélo et tout. Vous étiez encore petites avec ta sœur. Tessie se trouvait dans le siège enfant accroché au guidon, bien sanglée, les jambes vers l'avant. Elle n'a rien eu. Mais toi, tu étais derrière, à califourchon sur les sacoches.”

À chaque fois que les garçons faisaient une pirouette, on sautait en l'air, puis on retombait en se cognant légèrement l'une à l'autre.

“J'ai couru aider ta maman, mais elle m'a repoussée. Elle était totalement perturbée, me disait de m'occuper de mes affaires. Jolan, qui roulait devant sur son BMX, a remis ta mère debout, avec le vélo, et il a calmé Tessie. Toi, Eva, tu ne bronchais pas. Tu restais assise, cramponnée à la selle.”

La maman de Laurens a pris un air pincé, comme elle le faisait pour vérifier la fraîcheur d'une salade charcutière. Près de nous, Laurens bondissait, plein d'audace. Après avoir attendu quelques secondes que son fils ait atterri sain et sauf, elle a poursuivi son histoire.

“Ce soir-là, Eva, je n'ai rien pu avaler, crois-moi. Je n'arrêtais pas de revoir Jolan aider ta mère à repartir, et ce vélo qui s'éloignait, avec tes jambes de chaque côté du porte-bagages. Ton pied droit faisait un angle bizarre.”

Elle m'a regardée dans les yeux et, pour la première fois, m'a donné ce sourire bienveillant, mais entremêlé de regrets. Ensuite, elle a pris ma cheville droite dans ses mains et m'a frotté la jambe, plus longtemps que nécessaire, comme je le faisais quelquefois avec les chats errants, en les caressant bien fort, dans l'espoir que je les rechargerais de joie et qu'ils continueraient de ronronner longtemps après mon départ.

"Ce sont des choses qui arrivent." Je le pensais sincèrement, c'était bien que maman soit tombée de vélo, parce que ça m'avait rapporté une chose : ce sourire auquel personne d'autre n'avait droit, qui devait venir de loin.

Laurens nous a jeté un regard interrogateur, mais n'est pas intervenu, car tant que sa mère ne bougeait pas de là où elle était assise, le château gonflable restait bien tendu partout : de quoi faire de splendides sauts périlleux !

Je ne pense pas que la mère de Laurens soit au courant de ce qui s'est passé entre son fils et moi, il y a trois semaines, au dernier jour d'école. Elle n'a sans doute pas posé de questions lorsqu'il est rentré avec une égratignure au visage, ou bien il n'a pas osé lui raconter la vérité.

Je longe la vitrine, j'ouvre le portail sur le côté du bâtiment et je passe devant le laboratoire. C'est le domaine du père de Laurens, un endroit où on n'avait théoriquement pas le droit de mettre les pieds. La mère de Laurens prétendait que les couteaux étaient si affûtés qu'on pouvait s'entailler les yeux rien qu'en les regardant. Nous, on savait bien que c'était peu probable, mais quand même, on ne les fixait jamais plus de quelques secondes.

J'entre dans la cour. Sous l'auvent, il y a plusieurs portes : celle de l'ancienne cuisine, celle du laboratoire et celle de l'énorme chambre froide qu'ils ont fait construire pendant la première rénovation.

La cour est pleine d'objets inutilisés, mais qui pourraient resservir, donc pas seulement des vieux trucs : vaisselle plastique, boîtes en polystyrène, piques à cocktail, un barbecue. Ça nous arrivait parfois de faire des parties de cache-cache ici. Le joueur qui devait chercher comptait jusqu'à cent, la tête appuyée contre le capot ronflant du groupe électrogène.

La dernière fois, c'était à moi de chercher, et pendant que je comptais, Pim s'est planqué dans la chambre froide. La porte s'est refermée derrière lui en faisant tomber la clenche. Il a fallu un bout de temps avant que j'ose aller voir parmi les carcasses pendues aux crochets. Je l'ai trouvé dans un coin. Ses lèvres étaient déjà bleues, son visage blanc comme un linceul. Il a pué la mort toute la journée.

Le fond de la cour donne sur un jardin tout en longueur où se trouvent un portique en bois et une vieille remise. C'est dans ce local qu'on cuisait autrefois le jambon et qu'on mettait le salami à sécher. Il y avait aussi un appareil pour mettre la viande sous vide. D'où l'appellation "remise à vide". Plus grand monde n'y vient, mais aujourd'hui, c'est là qu'on s'est donné rendez-vous.

La porte est déjà ouverte. Laurens attend derrière un bureau qui n'a que trois pieds – et qui s'appuie sans doute sur quelque chose d'impossible à voir dans cette obscurité. Le local est garni de meubles au rebut, on pourrait sans problème y installer toute une famille de Kosovars. Il y a de vieilles armoires, une chaise longue avec une paire de lunettes posée dessus, une lessiveuse, une télévision, un vieux radiateur soufflant. On crève de chaud ici.

Des saucisses d'un rouge profond, piquetées de taches, pendent à des fils à linge au-dessus de Laurens. Si ce n'était pas de la viande, ça aurait quelque chose de festif.

"Il est pas encore là, Pim ?

— Tu le vois quelque part ?" Laurens promène un regard théâtral autour de lui. À sa gauche, un rectangle sombre se détache sur le sol. C'est là qu'était le four, avant.

Je n'ose plus poser de questions. Je vais m'asseoir sur une chaise de bureau et me déplace en roulant à travers la pièce.

Laurens ouvre et referme les tiroirs d'un geste nerveux. Je ne lui en veux pas de rester muet, vu que moi non plus je n'ai rien à dire. On surveille tous les deux la porte de la remise.

Ça fait un moment que Pim n'est pas venu ici. Peut-être que Laurens se demande s'il va vraiment se pointer, ou s'il connaît encore la route.

Je lui dis : "Allez, raconte : c'est quoi votre plan ?" Laurens braque de nouveau son regard sur la porte. Il soupire.

"Pim ne vient pas tout seul. Il amène une fille. Tu vas lui raconter ton énigme, elle essaiera de la résoudre. Sinon, ben…" Il fronce et défronce trois fois les sourcils.

"On en fait de la chair à saucisse ?" Je termine sa phrase tout en posant les yeux sur une boîte de farine. Laurens paraît on ne peut plus sérieux.

"T'as vraiment trop d'imagination." Il a pris un ton aussi indigné que possible.

Dehors, le portail fait entendre un bruit métallique. Laurens bondit de son siège. Pim entre, suivi d'une fille que je connais : Ann-Buffalo.

Il y a deux Ann à Bovenmeer. Et aussi ma voisine Anne – notre ancienne baby-sitter. Cette Ann-ci a gagné son surnom le jour où elle est venue chaussée de Buffalo à un cross interscolaire, persuadée que le poids des semelles compensées donnerait plus d'élan à ses jambes. Avant même le début de la course, dans la bousculade de la ligne de départ, elle s'était tordu les deux chevilles. Ça ne l'a pas empêchée de porter les mêmes chaussures jusqu'à aujourd'hui.

Ann a un an de moins que nous, mais ses vêtements sont censés faire oublier la différence : à part ses Buffalo, elle porte une minijupe noire, un T-shirt jaune et un tour de cou en plastique effet tatouage, qui ressemble fort à un filet pour emballer les citrons. Les couleurs jaune et noir n'ont pas été choisies au hasard, son père est le chef des supporteurs du SK Lierre.

Elle avance d'un pas vif et s'arrête à côté de Laurens pour ne plus s'écarter de lui. Dans le temps, elle était amoureuse de Pim, mais lorsqu'elle a compris qu'il était hors de sa portée, elle s'est contentée de devenir une admiratrice de Laurens.

"Chers amis", commence Pim en grimpant sur une boîte de chapelure. Il domine à présent tout le monde d'une tête. Laurens regarde fléchir le couvercle en métal, mais ne dit rien.

"J'ai déjà expliqué les règles du jeu à Ann pendant le trajet. Pas vrai, Ann ?"

Elle confirme d'un air enthousiaste.

"Tu pourrais nous les rappeler ?

— Y a une énigme. Et deux cents euros à gagner. Je peux faire autant d'essais que je veux, mais je dois enlever un vêtement à chaque fois." Ann sort trois chewing-gums de sa poche, les malaxe entre ses incisives. J'observe la matière blanche dépasser de sa bouche ouverte à chaque mouvement de mâchoire, sous une forme toujours différente.

"Encore des questions ?" lui demande Laurens.

Elle répond "non" en claquant la langue.

"Alors à toi, Eva, dit Pim. T'as qu'à raconter ton énigme, Ann va te poser des questions. Si c'est bon, tu fais oui de la tête, ou alors non si elle a faux.

— T'entends, Ann ? s'assure Laurens. Eva est la seule ici à connaître la vérité."

Je me racle la gorge et donne l'énigme sans regarder les garçons. Pendant que je parle, Ann écrase son chewing-gum contre ses dents et le laisse ressortir un instant, ciment-joint entre les deux maxillaires.

"Mais comment je peux savoir ce qui lui est arrivé, à ce type ?" Le chewing-gum se décolle.

"C'est justement ça, l'énigme, dit Laurens. Pose les bonnes questions, style oui ou non, et tu trouveras." Son regard prouve bien que lui-même ne saurait pas par où commencer.

"T'as le droit de proposer autant de réponses que tu veux, précise Pim. Mais tu sais ce que ça va te coûter…

— Ouais, ouais, dit Ann. Laissez-moi réfléchir." Elle tire sur son collier en plastique, il se détend, indication supplémentaire que ce n'est pas un vrai tatouage.

Il y a un tel silence qu'on entend jusqu'à la sonnette du magasin. J'essaie d'imaginer comment ce bruit a réussi à nous parvenir depuis la vitrine et tout ce qu'il a dû atteindre ou éviter sur sa route.

“Vous voulez que je change d’énigme ?”

Pim me fait signe de la boucler.

“La flaque, là, c’est parce que l’homme a pissé ?” suggère Ann.

Pim et Laurens me regardent. C’est aussi la question qu’ils auraient posée. Je laisse planer un peu de suspense. Et secoue la tête.

“Il n’a pas fait pipi.”

Ann pousse un soupir, grandiose. D’un geste, elle enlève son tour de cou.

“Ça compte pas, s’empresse de dire Pim. Tu vois bien que c’est pas un vêtement !”

Sans sourciller, Ann va fourrager sous sa jupette moulante et retire son slip. C’est un tout petit string. Elle le replie en carré et l’enfouit dans sa poche. Elle pense peut-être que ça n’ira pas plus loin. Mais qu’elle commence ou non par le slip, il ne lui reste que quatre essais. Elle n’a pas l’air de s’en rendre compte.

“Est-ce qu’il y avait une chaise ou une échelle dans la pièce ?

— On l’a dit dès le départ, ça faisait partie des données.” Et je résume : “La pièce est vide.”

Ann a déjà croisé les bras sur ses hanches, ses mains attrapent le bas de son T-shirt jaune et le relèvent. On voit apparaître un ventre pâle et un soutien-gorge de sport. Elle jette son maillot à terre.

“Tu peux t’arrêter”, je lui dis.

Ann mastique son chewing-gum à plein régime.

“Est-ce qu’il est tombé à travers le plafond ?” Elle a parlé très vite dans l’espoir de ne perdre qu’un demi-vêtement cette fois-ci. Son regard est rivé sur Pim. Ce qui est en jeu, là, ce ne sont pas les deux cents euros.

Je fais signe que non.

Ann met les mains derrière son dos, déclipse le soutien-gorge, fait tomber les bretelles d'un coup d'épaule. Le soutien-gorge atterrit près du T-shirt. Elle a des petits seins ordinaires. Exactement comme on pouvait s'y attendre.

Face à elle, Laurens et Pim restent de marbre. Ils semblent eux-mêmes ne pas croire qu'ils ont réussi à obtenir autant de quelqu'un. Leurs yeux sont braqués sur le nombril d'Ann. Laurens ne sait pas quoi faire de ses mains. Il voudrait les mettre dans ses poches, mais comme son pantalon n'en a pas, il les coince à la ceinture.

Sous les guirlandes de saucisses, uniquement vêtue de ses Buffalo et d'une jupette, Ann la grande bringue est soudain pataude et vulnérable, comme un veau qui vient de naître avec des sabots démesurés. Pim fait un pas en avant.

"T'as encore deux tentatives. Les chaussures valent pour une."

Ann est subitement gênée. D'un bras, elle se couvre le buste. C'est seulement à l'idée de devoir enlever ses chaussures qu'elle a l'impression d'être nue.

"J'arrête.

— Bon, OK, les chaussures comptent pour deux, essaie Laurens.

— Non." Ann serre les genoux et se penche en avant. Elle empoigne son petit tas de chiffons. Il n'y a presque rien de plus triste que de voir à terre un vêtement tout juste retiré. Ann renfile son T-shirt en vitesse.

“Dommage”, dit Pim.

Elle récupère le slip au fond de sa poche, le déplie et vérifie où est le devant. Elle passe les pieds dans les ouvertures. L’un des talons compensés reste pris dans le tissu, elle trébuche. Laurens doit la rattraper.

Personne ne prononce un mot.

Je ne sais pas non plus quoi ajouter, à part que ça me fait de la peine, mais je n’ai pas le droit de le dire, je suis dans le camp des garçons.

Avant même qu’Ann ait franchi le portail de la cour, Pim et Laurens se claquent la main.

“Pas mal pour un cinq de moyenne, dit Pim.

— Par contre, elle vaut sûrement pas six”, estime Laurens. Il jette un coup d’œil à sa montre.

“Jusque-là, notre système fonctionne.

— On change rien sur le mur du cimetière, alors… Ann-Buffalo. Cinq sur dix ?” Pim approuve de la tête.

Je me rassieds sur ma chaise de bureau et roule jusqu’à eux. Ils ne semblent se rappeler ma présence que maintenant.

“T’as trouvé la meilleure énigme *de tous les temps*, dit Pim.

— Qu’est-ce que t’en as pensé ? me demande Laurens. Tu peux te remettre à parler, tu sais.”

Je hausse les épaules, regarde si j’ai encore l’argent sur moi. Je le sors de ma poche avec précaution.

“Non, garde-le, dit Laurens. C’est pour toi. Enfin, pas vraiment pour toi, mais pour la banque. T’es le secrétaire.

— Et pourquoi c’est moi, le secrétaire ?

— Il en faut un pour ce genre de sondages." Pim remonte sur la boîte de chapelure. "C'est ça que tu dois comprendre. Pendant des années, on a noté les filles au pifomètre, mais maintenant, on va vérifier si tout ça, c'était pas n'importe quoi. Pour être valable, un sondage doit s'effectuer correctement." Au mot "sondage", il mouille de salive le bout de son index, puis l'enfonce dans le cercle formé par deux doigts de son autre main.

Laurens fait de son mieux pour éclater de rire. Il s'arrête en apercevant mon regard préoccupé. "On a besoin de toi ! Sans la banque, personne ne joue. C'est comme au loto, tu vois : le tirage n'est pas valide sans l'huissier." Il farfouille au-dessus de lui parmi les saucisses, en arrache une de sa guirlande et la fait craquer en deux. Un morceau de gras lui tombe sur le menton.

# CONSCIENCE

En quatrième année de primaire, j'ai donné un nom et un visage à ma conscience. Mlle Emma était gauchère et portait un chignon serré qu'on pouvait scruter pendant des heures sans deviner le secret de son parfait maintien. Lorsqu'elle était soucieuse, son front se barrait de trois rides identiques. Elle faisait penser à une carte du Memory qu'on avait à la maison, sur le thème de Miffy : il suffisait de quelques lignes pour la dessiner.

Mlle Emma n'était pas mariée. Quand elle ne faisait pas classe aux écoliers, elle travaillait comme soignante bénévole pour la Croix Jaune et Blanche, ou donnait des formations aux premiers secours dans des associations locales. Les élèves pouvaient aller la voir en cas de bobo un peu gênant, comme une fermeture éclair prise dans la peau du menton, pour les filles, ou dans le prépuce, pour les garçons. Ses mains étaient petites et douces. Au besoin, elle pratiquait aussi la réanimation.

En troisième année (on était tous dans notre période Roald Dahl), je me suis aperçue que Mlle Emma avait perdu le bout de son auriculaire droit. Mon regard insistant ne pouvait pas lui échapper.

"Oui, ça aussi, je l'ai essayé : faire repousser mon doigt en le fixant des yeux. Mais jusqu'à présent, ça n'a pas fonctionné."

C'était le "jusqu'à présent" qui me laissait encore un tout petit peu d'espoir. Pendant la pause de midi, alors que les autres sortaient des *schnockombres* de leur boîte à tartines et aspiraient leur *frambouille* avec une paille tout en lâchant des *crépitages*, je me suis mise à pratiquer moi aussi la méthode Matilda : je regardais Mlle Emma patrouiller dans la cour de l'école et me concentrais sur son moignon pour le faire repousser. Au bout d'un moment, j'ai arrêté, parce que je n'étais plus très sûre, au fond, de ce que j'essayais d'obtenir comme ça. Est-ce que c'était pour être adoptée par Mlle Emma que je voulais reconstituer son doigt ? Ça me faisait de la peine pour mes parents : ils n'avaient absolument rien à voir avec ceux du livre, étaient mieux intentionnés, n'escroquaient pas les gens.

D'un point de vue pratique, je ne sais toujours pas comment Mlle Emma a pris la place de ma conscience. Je me rappelle seulement quand ça s'est passé : en quatrième année, un jeudi après-midi, pendant la leçon de travaux manuels. Normalement, elle ne prenait que les élèves de sixième année, mais comme les enseignants avaient permuté ce jour-là, elle s'était retrouvée pour quelques heures avec notre classe.

Mlle Emma nous avait donné à tous les trois le même exercice qu'aux autres, sans rien changer. Il fallait écouter une histoire enregistrée sur cassette qui ne dépasserait jamais la face A, vu que la leçon de travaux manuels ne durait que quarante minutes et qu'après la récré on avait encore une heure d'instruction religieuse. Pendant que tout le monde se consacrait à sa tâche, la maîtresse passait entre les rangs. C'est derrière moi qu'elle s'est arrêtée le plus longtemps.

À ma connaissance, je n'avais rien fabriqué d'inquiétant. C'était d'ailleurs impossible avec cet exercice : on devait colorier au feutre l'intérieur de chemises en plastique et, après, il fallait saupoudrer du sel dedans. Les grains absorbaient l'encre et en prenaient la couleur. Ensuite, en secouant la chemise plastique avec précaution, on reversait le sel teinté dans un bocal. C'est comme ça que se formait, couche après couche, un ouvrage qui n'exigeait pas de talent particulier, juste deux mains, de la patience et une maman facile à contenter.

Pim ne s'était pas foulé : il avait apporté un minuscule pot de verre dans lequel on vend les câpres. Comme il a eu vite fait de terminer, Mlle Emma lui a dit d'aller aider les autres. Laurens, lui, était arrivé en classe avec un gigantesque bocal donné par sa mère. L'étiquette "Cornichons aigres-doux" avait en partie résisté au trempage. Laurens travaillait moins soigneusement pour la bonne raison qu'il avait un kilo de sel à colorer. Au bout de deux cents grammes, ses feutres étaient déjà tout secs et il s'est mis à taper dans les miens. Il remplissait trop sa pochette à chaque fois. Les grains ne devenaient pas rouges, mais roses.

On voulait tous bien faire les choses, parce qu'à la fin de cette journée, on allait sortir de l'école avec nos œuvres d'art, face aux parents qui attendaient leurs gamins près du portail. Certains élèves défileraient comme à la procession, en tendant leur bocal devant eux. D'autres, dont moi, battraient en retraite, leur ouvrage planqué au fond du cartable.

Laurens s'est penché en avant pour chiper le petit pot de Pim et le secouer, les couches se sont mélangées, le sel a viré au brun. Mlle Emma n'a pas réagi. Elle restait là, debout derrière ma chaise, à me regarder faire. Sa présence me rendait nerveuse. La pochette plastique s'est mise à trembler entre mes mains.

Juste avant la pause (tout le monde était déjà prêt à se précipiter dehors au premier coup de cloche), elle m'a demandé si je voulais bien attendre un peu avant de sortir.

La récréation a sonné.

"Ça y est, on va pouvoir taper dans le ballon", a dit Pim.

La salle se vidait, la cour de l'école s'animait, tous les élèves avaient laissé sur leur bureau un bocal rempli de couches de sel coloré, sauf nous, les parasites au fond de la classe. Trois pupitres, trois ouvrages : un petit flacon à couvercle noir, un grand pot de cornichons à moitié plein de dégoulinures beigeasses, et mon travail – une fiole à l'encolure gracieuse, garnie de grains de sel jaunes et bleus qui, là où ils étaient en contact, avaient tourné au vert. Il y a encore un instant, elle semblait presque gaie, en tout cas plus jolie que le ratage sableux de Laurens, mais d'ici, avec un peu de recul, je n'en voyais plus que la forme : celle d'une bouteille de vin.

Je sentais dans ma gorge une boule qui tentait de remonter. Je l'ai ravalée.

“Est-ce qu’il y aurait quelque chose dont tu voudrais parler ?” m’a demandé Mlle Emma. Elle est allée s’asseoir sur le coin de son bureau.

Dire ce que je ressentais, ce qu’elle voulait entendre, j’en étais incapable. Si les choses qui me pesaient sur le cœur avaient pu s’en aller, elles ne me seraient pas arrivées du tout.

Par deux fois, Mlle Emma a commencé une phrase. On aurait dit qu’elle aussi voulait révéler un secret quand j’aurais eu fini de raconter le mien. Je retirais un à un les raisins secs de ma barre de céréales pour les manger aussitôt. J’essayais de ne pas regarder le petit doigt de la maîtresse et je me concentrais sur les miettes éparpillées entre mes pieds. Quelques minutes avant la sonnerie de fin de récré, elle m’a dit que ce n’était pas grave de ne pas pouvoir en parler. J’avais le temps de sortir jouer encore un peu au football.

Au moment où j’allais ouvrir la porte, elle a levé sa main au doigt tronqué en disant : “Je n’ai jamais raconté à personne comment ça m’est arrivé.

— Vous voulez m’en parler ?

— Mais ça reste entre nous, d’accord ?

— Bien sûr.”

Sur son bureau, Mlle Emma s’est décalé les fesses à la recherche d’une position plus confortable.

“Je suis née comme ça. Le cordon ombilical s’était enroulé autour de certaines parties de mon corps, ce qui avait coupé l’arrivée du sang. J’ai grandi, le cordon a laissé des traces.”

Elle s’est baissée, a remonté une jambe de son pantalon. La chair était creusée jusqu’à l’os par une longue crevasse, une cicatrice ridée, on aurait juré qu'une ligne invisible la ligotait toujours.

Une fois partie pour la cour de récré, dans le couloir désert où personne ne pouvait me voir, j'ai eu tout à coup envie de vomir. Je me suis regardée dans la vitre en me demandant si mon attitude laissait deviner quelque chose. J'ai secoué les épaules et j'ai essayé de courir comme Laurens, ensuite comme Pim, et après comme toutes sortes de gens dont je supposais qu'ils n'avaient rien de lourd sur le cœur.

Au foot, je me suis lâchée comme une brute, dans l'espoir qu'un des garçons me ferait tomber et que je retournerais voir Mlle Emma pour être soignée.

Rien n'est tombé, à part des buts adverses.

Cette journée de classe s'est terminée pour moi par quelque chose d'étrange. Après avoir passé le portail de l'école sans tambour ni trompette, je suis rentrée à la maison avec Mlle Emma qui planait derrière moi. Je la distinguais nettement – pas en entier, juste la tête et une partie du cou. Pendant tout le trajet, son visage flottait dans le ciel bleu, ballotté au gré du vent, à l'altitude d'un ballon d'hélium attaché par une ficelle à mon poignet. Elle me regardait d'en haut, un talent que je ne reconnaissais qu'à saint Nicolas. Ça n'avait rien d'effrayant. Je ne lui avais pas tranché la tête, simplement, je me la représentais sans corps ; tout ce qu'il me fallait, c'était ses yeux.

Je n'ai pas eu besoin de dire à Mlle Emma où j'habitais, dans quelle chambre je dormais. Elle m'a suivie toute la soirée, jusqu'à ce que je me couche. Au moment où j'allais fermer les paupières, son visage lévitait encore au pied de mon lit. Le lendemain matin, avant même d'ouvrir les yeux, j'ai de nouveau senti son regard.

Mlle Emma est restée avec moi pendant des semaines, des mois, des années. Je savais qu'elle n'existait pas pour de vrai et pourtant, elle ne me quittait pas une seconde des yeux. Elle pouvait voir à travers les plafonds, les murs, les toitures, à travers l'acier, le bois, à travers plusieurs étages à la fois et, si nécessaire, elle allait même jusqu'à faire cent kilomètres pour m'accompagner à une fête de famille en Flandre-Occidentale.

Je ne lui imposais que deux restrictions : son regard ne pouvait traverser ni les couvertures ni les vêtements, et, à l'école, tant que la véritable Mlle Emma était là en chair et en os, il lui était impossible de donner son visage à ma conscience.

Du fait de sa compagnie, j'étais rarement seule. Je me sentais pourtant plus isolée que jamais, faute de pouvoir parler de ce grand secret à Pim et à Laurens, pas seulement parce que j'avais peur qu'ils se moquent de moi, mais aussi au cas où ils demanderaient à Mlle Emma de veiller sur eux en plus.

Ça s'est compliqué au bout de quelques mois. Laurens et Pim n'avaient maintenant personne pour les surveiller. Plus le temps passait, plus ils me paraissaient libres et décomplexés. De mon côté, je ne pouvais rien faire sans me sentir obligée de vérifier à quoi ça ressemblait d'en haut. Je me suivais partout : à vélo dans les rues, en pleine traversée de la Fosse à la nage, assise sur ma chaise de cuisine, penchée au-dessus d'un livre, étendue dans mon lit – la fille aux pattes d'hippopotame, toujours en mouvement.

Le jour où la maîtresse m'a grondée dans la cour de l'école, c'est devenu encore plus difficile. Il a fallu me faire pardonner une fois rentrée à la maison. Je ne tentais rien qui puisse mettre Mlle Emma en colère, de crainte qu'elle refuse de continuer à veiller sur moi. Je m'efforçais d'être exemplaire, j'aidais à la vaisselle, je ne me jetais plus sur le chocolat, je me forçais à ne pas utiliser en douce la précieuse crème antirides de maman, je ne pétais plus et, au cas où elle aurait pu lire dans mes pensées, je n'osais plus souhaiter du mal aux autres ni fantasmer sur des gens tout nus. Ça l'aurait dégoûtée. Aux toilettes, je me tordais dans tous les sens pour m'essuyer les fesses sans qu'elle me voie, je ne prenais plus de bains tout allongée, je ne me décrottais plus le nez, je ne regardais plus les seins dans les pages lingerie du catalogue des 3 Suisses. Et je dormais de moins en moins bien. En classe, pendant les interrogations, je ne pouvais pas m'empêcher de me regarder d'en haut, comme elle. Tout ce que ça me rapportait, c'était des mauvaises notes.

À l'évidence, il ne servait à rien de vouloir se cacher de quelqu'un qui voit à travers les murs et les plafonds.

Dans les mois qui ont suivi, j'ai évité autant que possible de regarder Mlle Emma, j'ai essayé de ne plus suivre ses rondes à la récré, je me contentais de noter à quels élèves elle parlait et qui elle soignait. Chaque fois que mes yeux se posaient sur elle, j'avais peur que son visage me poursuive de nouveau après l'école et, en même temps, je tremblais à l'idée qu'il puisse disparaître à jamais.

## 12 H 30

Le ciel est complètement gris. Pas l'ombre d'une frange par où la couche nuageuse pourrait se déchirer, se détacher de l'atmosphère et laisser passer le soleil. Des flocons fraîchement tombés recouvrent le nichoir, les pots de fleurs, le toit des maisons voisines. Tous les véhicules qui passent sur la route semblent s'être perdus.

J'ai posé les mains sur la table de la cuisine, doigts écartés. Dehors, il y a un chat qui va et vient sur le seuil de la porte coulissante. Je le vois essayer en vain de se faufiler à l'intérieur. La bestiole s'arrête, me regarde d'un air hésitant. C'est qui celle-là, qu'est-ce qu'elle fait ici, et pourquoi elle m'a pris ma place ? Je me demande la même chose.

Quand j'étais en colocation étudiante, chacune d'entre nous avait aussi sa place à table. Je ne sais pas très bien comment la répartition s'était faite ni qui avait décidé que je ne pouvais pas m'asseoir au bout.

En partant, j'ai emménagé pour quelques mois dans un studio à Schaerbeek. C'était la première fois que j'habitais seule. Jamais je n'ai pris place au bout de la table vide.

Sans diplôme, je ne pouvais pas travailler comme architecte, alors, pour occuper mes soirées, j'ai pris des cours de dessin académique aux Beaux-Arts.

Le corps aussi est une sorte de construction. Chaque semaine, je me présentais à la séance, jusqu'à ce que le professeur me demande pourquoi mes dessins ne montraient pas les modèles comme en réalité : nus. "On travaille bien d'après nature, ici ?"

Je ne pouvais pas lui dire qu'une fois rentrée chez moi j'accrochais mes croquis sur le mur en face de la table et que c'était difficile de manger en tête à tête avec des sexes mous.

Après cette remarque, je suis allée de moins en moins souvent à ses cours, mes murs étaient de plus en plus dépouillés. Je n'ai gardé qu'un seul dessin, parce que le modèle m'avait fait penser à Tessie : les tempes sillonnées de veines, les cheveux courts en bataille, les pommettes saillantes. Je l'avais représentée exactement comme la Tessie qui m'était familière, vêtue de son éternel pull en laine rouge. Ce dessin est le seul à m'avoir suivie dans mon appartement actuel. Je l'ai fait encadrer, il est maintenant dans ma chambre.

Voilà déjà une demi-heure que je suis sur cette chaise, sans l'avoir quittée une seule fois. Dès que je me lève, je pars d'ici. Mais il est encore trop tôt pour débarquer chez Pim.

Je regarde l'écran de mon téléphone. Pas de mails, pas de messages, pas d'appels en absence. Je mets l'appareil en mode avion, puis de nouveau en normal, dans l'espoir que ça provoque quelque chose : une notification, un tag sur Facebook, une demande déguisée, à la limite une facture, ou une pub de ma banque.

Rien. Je m'en doutais. On ne récolte pas ce qu'on n'a pas semé. J'ai refusé de donner mon numéro de téléphone au voisin. Je n'ai pas répondu aux derniers mails du cours de dessin académique.

Je m'envoie un SMS : "TEST".

Un signal retentit, fort. Je baisse aussitôt le volume. Ce serait idiot que papa ou maman se réveille à cause de moi. Le message apparaît. Il se range dans le dossier qui porte mon numéro d'appel. Je m'aperçois maintenant que la fonction dictionnaire a transformé le mot en "TESSIE". Son prénom va rejoindre tous les autres tests laissés sans réponse.

Je la rappelle. Ce coup-ci, je laisse le téléphone sonner. Trois fois. Au moment où la boîte vocale va se déclencher, je raccroche.

Je reste assise, à l'endroit précis où maman se mettait toujours. Elle pouvait regarder des heures devant elle sans réellement voir ce qui se passait dans le jardin. Les gens qui fixent le vide feraient mieux de tourner les yeux vers l'intérieur de leur crâne. Sur cette chaise, maman avait trouvé l'emplacement tout indiqué pour passer en revue ce qui n'avait pas eu lieu : le bac à sable qui ne s'était jamais concrétisé, les couches qui n'avaient jamais atteint le fil à linge, les jumeaux qu'elle n'avait jamais conduits à l'école par le chemin du Breuil, la mère qu'elle n'était pas devenue.

## 18 JUILLET 2002

"Aujourd'hui, c'est le tour de Melissa. On prendra la même énigme", m'annonce Pim au téléphone sur le ton de quelqu'un qui commande une pizza.

"Quelle Melissa ?

— T'en connais plusieurs, peut-être ?

— Quand même pas la nièce de Nancy Le Savon ?

— On la voit à deux heures dans la remise à vide."

Nancy Le Savon, veuve et propriétaire de six chiens, nettoie toutes les semaines la salle paroissiale à la serpillière, mais ne passe jamais derrière avec un chiffon sec, ce qui laisse à chaque fois sur le sol une pellicule poisseuse, comme si on l'avait arrosé à la limonade. "Nancy Fanta" ne serait pas mal non plus, mais personne n'ose : ça ne se fait pas de critiquer les gens sur leurs activités bénévoles.

Après le lessivage de la salle paroissiale, il ne lui reste plus beaucoup d'énergie pour faire encore le ménage chez elle. Nancy habite presque en face du presbytère, rue de l'Église, dans une petite maison aux volets roulants très souvent baissés. La dernière fois qu'elle les avait relevés et que j'ai voulu regarder à l'intérieur, je n'ai rien pu voir tellement les carreaux étaient encrassés.

Pendant les grandes vacances, Nancy Le Savon s'occupe d'une de ses nièces, Melissa, qui vient principalement pour caresser les chiens et les promener. Quand je vois Melissa passer dans le chemin du Breuil avec sa demi-douzaine de sachets à crottes, l'envie me prend de me laver les mains.

"OK, deux heures. Je prends un gant de toilette mouillé avec moi."

Pim rit de ma grossièreté. "Ah oui, au fait, il va faire chaud : elle aura sûrement pas grand-chose sur le dos. Ça sera fini en moins de rien et si t'as de la chance, on pourra encore aller se baigner."

Je n'ai pas raccroché qu'un gros nuage vient s'interposer entre Bovenmeer et le soleil. Tout se colore d'une nuance gris sale.

En partant à vélo pour la boucherie, j'aperçois Elisa sur son étalon, en plein dressage. Sa queue de cheval sautille en huit à l'arrière du crâne. Elle fait slalomer sa monture entre des obstacles disposés dans l'herbe – les horribles chaises de cuisine en bois massif de mémé. J'ai juste le temps de quitter le chemin du Breuil avant qu'Elisa n'engage l'animal à faire volte-face et à reprendre le parcours en sens inverse.

À la veille de son passage en sixième année, elle avait cherché pendant trois semaines à se rapprocher de Pim et de Laurens. La première fois, c'était dans le car, à l'occasion d'une sortie scolaire. Les garçons étaient assis derrière nous. Comme je n'avais plus envie de discuter des sabots et de la crinière de Twinkle, je ne posais pas de questions. Après un silence de quelques instants, Elisa s'est retournée vers Pim et Laurens, et elle a mis le menton sur son dossier. C'est comme ça qu'elle m'avait parlé trois mois et demi plus tôt. Elle leur a dit : "Vous voulez savoir une chose ?

— Non", a répondu Pim.

Elle a quand même continué. "Si vous me donnez un stylo-bille et du papier, je peux vous prédire l'avenir."

Malgré les sourcils repoussants, Pim se sentait plutôt flatté par cette proposition.

"Eva, t'aurais un stylo et du papier ?"

Par-dessus le dossier de mon siège, je lui ai tendu un Bic et un bloc-notes, qu'il a aussitôt passés à Elisa devant lui.

"J'ai besoin de quelqu'un pour noter", a dit Elisa, et elle m'a refilé le tout.

"Tu fais six tableaux, en numérotant les lignes de 1 à 6, dans l'ordre que tu veux. On n'a pas le droit de regarder." À voix basse, elle a précisé : "Pour le premier tableau, tu écris au-dessus « prénoms de garçon », pour le deuxième « prénoms de fille », pour le troisième « nombre d'enfants », pour le quatrième « voyage de noces », pour le cinquième « métier » et pour le sixième « cause de décès »."

J'ai éloigné le papier pour qu'Elisa ne voie rien et j'ai fait ce qu'elle me demandait.

"Maintenant, je vais te donner six noms de garçon. Tu les notes à la suite les uns des autres dans le premier tableau."

Elle a énuméré six prénoms qui lui passaient par la tête, sans distinction, dont ceux de Pim et de Laurens.

"OK. Maintenant, Pim, tu dois me donner six noms de fille. Ça peut être des filles qui d'après toi ont du potentiel, ou bien des cageots que tu ne te ferais pas pour tout l'or du monde."

Dans les prénoms choisis par Pim, il y avait celui d'Elisa et le mien.

"Non, pas Eva. C'est l'animatrice. Elle pourrait tourner les choses à son avantage. Ça gêne la neutralité."

Mon nom a été remplacé par "Melissa Le Savon".

"Bon, ensuite : le nombre d'enfants, les destinations, les métiers, les causes de décès." Chaque fois qu'elle mentionnait une catégorie, Elisa tendait six doigts.

J'inscrivais les données au fur et à mesure, dans l'ordre indiqué.

"Ça y est", a dit Elisa quand j'ai fini par lever mon stylo. "Eva peut maintenant prédire l'avenir. Tu nous lis d'abord toutes les lignes numérotées « un », après, toutes les « deux », et ainsi de suite."

Elle a penché son siège en arrière et, du coup, son visage s'est rapproché de celui de Pim.

J'ai commencé : "Laurens se marie avec Elisa, part en voyage de noces en Amérique, ils font dix-huit enfants, ils ouvrent une boîte de strip-tease et meurent dans un accident d'avion."

Elisa s'est mise à rire au nez de Laurens.

Pim allait épouser Melissa Le Savon, passer sa lune de miel à Walibi, avoir deux enfants, vivre sur une péniche, faire de la vente au porte-à-porte et mourir en s'étouffant avec une boule acidulée. Elisa trouvait ça drôle au-delà du possible. J'aurais voulu qu'elle ait mauvaise haleine.

Après ça, Laurens et Pim ont voulu profiter de chaque trajet en car, de chaque moment creux pendant la récré pour connaître leur avenir. Ils me désignaient toujours comme animatrice. Au début, ça ne me gênait pas, j'étais fière : ma fantaisie décidait de leur destin. Jusqu'à ce qu'Elisa propose de prendre le relais. Pim a tout de suite rué dans les brancards. C'est là que j'ai compris : Elisa était devenue l'enjeu de ce tirage au sort. Sans la possibilité de l'avoir pour compagne, il n'y avait plus beaucoup de perspectives d'avenir. Si Pim et Laurens persistaient à me proposer comme animatrice, ce n'était pas parce qu'ils me trouvaient honnête et consciencieuse à la tâche, mais parce que jamais, au grand jamais, ils ne voudraient me faire dix-huit enfants.

Peu de temps après, Elisa est passée en sixième année de primaire et il y a eu la scène où j'ai refusé de mettre mon doigt dans le pot de confiture. On n'allait plus à la piscine en même temps, il n'y avait plus à prédire l'avenir.

Bien sûr que c'était regrettable – toutes ces fois où j'étais allée manger chez elle à midi, tous les secrets qu'elle m'avait racontés… Mais quand, à la récré, je voyais Pim lui jeter un coup d'œil après chaque but, histoire de vérifier qu'elle l'avait remarqué alors qu'en fait elle s'en fichait totalement, je me disais que le transfert d'Elisa était sans doute pour nous, les mousquetaires, la meilleure chose qui ait pu nous arriver.

Lorsque j'arrive à la boucherie, le vélo de Melissa est déjà garé dans l'allée. Je ne suis pas en avance, parce que j'ai voulu m'arrêter devant le mur du cimetière pour regarder le classement. Tant qu'il ne pleut pas trop fort, les noms et les scores resteront lisibles.

Je vais directement à la remise, sans que la mère de Laurens m'indique le chemin – elle est trop occupée à remuer la salade russe : au bout de quelques heures, les morceaux du dessus se décolorent et il faut régulièrement les camoufler dans la masse.

Pim verrouille la porte derrière moi.

D'après le score inscrit sur le mur, Melissa est une six-points. Je vois tout de suite ce qui lui en a coûté quatre. Son visage terne, marqué de cicatrices, me fait penser au vieux pull Mickey dont j'avais essayé de rentrer les fils avec une aiguille à tricoter. Elle a les épaules tellement larges que ses aisselles forment une ligne horizontale dès qu'elle baisse les bras. Le petit haut qu'elle porte près du corps est tissé de fil métallisé. Par rapport à la largeur de ses épaules, ses seins sont menus et bien trop écartés, comme si leur présence n'était que provisoire.

Avec tout ça, je trouve étonnant qu'elle mérite encore six points. Il y a quelque chose qui ne va pas dans le nouveau système de notation. En partant du principe que chaque fille commence avec un capital beauté de dix points, à réduire en fonction de son degré de laideur, on se fait peut-être plus avoir qu'en démarrant à zéro et en ajoutant un point par avantage physique.

“Où est-ce que tu habites déjà, Melissa ?” Je me suis éloignée d'elle au maximum.

Laurens pose un doigt sur ses lèvres : il est quatorze heures, on joue, le secrétaire doit garder le silence.

“Est-ce que tu restes dormir chez ta tante ? demande Pim. Et tes parents, ils habitent où, au fait ?

— Pourquoi tu veux le savoir ?” Melissa se tient entre les deux garçons.

“C'est pas moi, c'est notre secrétaire qui voudrait le savoir, répond Laurens.

— Mes parents tiennent une maison de la presse à Kessel, pas loin de l'église. Je viens chez tata Nancy pour les chiens." Elle attrape un paquet de cigarettes dans la poche de son pantalon. C'est un jogging qui normalement ne devrait pas la serrer. Il est couvert de poils de chien au niveau des jambes. Elle nous tend les clopes. Pim en prend une. Melissa replonge le paquet dans sa poche.

Tous les trois, on regarde Pim allumer sa cigarette. Ce n'est pas la première fois qu'il le fait. Il tire dessus profondément, sans tousser. La fumée vient se répandre entre nous, elle flotte en figures indéfinissables. Il passe la cigarette à Laurens, qui inhale tout aussi fort. Sa toux produit trois cercles parfaits, qu'il affecte ensuite d'avoir sciemment calculés.

"Elle te paie combien, ta tante ?

— Un euro par chien et par heure. Mais je pourrais le faire gratos. Elles sont gentilles, ces bêtes."

Pim va droit au but : "Y a deux cents euros à gagner. Autrement dit, pareil que promener deux cents chiens pendant une heure. La seule chose que t'aies à faire, c'est résoudre une énigme et retirer un vêtement à chaque mauvaise réponse. Qu'est-ce que t'en penses ?

— Ouais, ça va. Mais je vais pas laisser tomber les chiens.

— On te demande pas de les laisser tomber ! C'est juste quelque chose en plus."

Pim me regarde. Il est temps d'apporter ma quote-part, ma seule contribution à cet après-midi, avant que Melissa ne se ravise.

Je raconte l'énigme sans me dépêcher, en articulant. Je ne me rappelle toujours pas où je l'ai entendue et si j'ai dû moi-même poser beaucoup de questions avant de la résoudre. Je n'ai pas eu besoin d'y laisser des vêtements, ça me serait resté en mémoire. Peut-être que quelqu'un m'a donné la réponse comme ça, en même temps que l'énigme.

“Ce qu'Eva te demande, dit Pim, c'est : qu'est-ce qui est arrivé à cet homme et comment ça s'est passé ?

— Il s'est brisé la nuque”, propose Melissa presque dans la foulée.

“Ben tiens, c'est logique pour une pendaison”, dit Pim. Il me lance tout de même un coup d'œil : formellement, il faudrait que je confirme.

“On peut aussi mourir asphyxié, petit à petit, sans se briser la nuque.

— Eva ! Elle est bonne ou pas, sa réponse ?

— C'est pas faux. Mais pas non plus assez précis.

— Enlève quelque chose, Melissa.”

Contrairement à Ann, Melissa choisit d'abord de se déchausser.

“Au fait, les deux chaussures comptent pour un seul essai”, se dépêche d'ajouter Pim. Melissa ne tente même pas de négocier et se retrouve pieds nus. Ensuite, elle donne à peu près les mêmes réponses qu'Ann-Buffalo.

“Est-ce qu'il a fait pipi ? C'est un nageur ?”

Je me borne à faire non de la tête.

Le petit pull s'échoue à nos pieds. Melissa se frotte les mains l'une contre l'autre. La graisse laissée sur sa peau par le poil des chiens se détache comme des petits copeaux blêmes, qui tourbillonnent lentement vers le sol couvert de sable et de saletés diverses.

Au troisième essai, elle baisse son pantalon jusqu'aux chevilles. C'est Laurens qui a choisi Melissa. Pim clignote sacrément des yeux. Ce n'est pas du tout ce qu'il voudrait voir.

Je comprends pourquoi il fallait commencer par les filles les moins performantes. On n'a pas eu la même éducation que nos parents, avec leur "c'est toujours ça que les petits cochons ne mangeront pas". Nous, on garde le meilleur pour la fin et on avale d'abord ce qui a un sale goût, "parce qu'il n'est sauce que d'appétit". Pourtant, même avec une faim de loup, il y a des choses qu'on ne se mettrait sous la dent pour rien au monde.

Qu'est-ce que Pim espérait ? Que Melissa se révèle d'une plus grande beauté ? Qu'une fille pareille devienne plus jolie à mesure qu'on la regarde ?

Ça fait déjà un moment que Laurens a les yeux fixés sur ces cuisses nues, mais il n'en a pas l'air plus enjoué. Je ne ressens aucune pitié, même pas pour le petit tas de vêtements abandonnés devant nous. On aurait pu aller se baigner.

"Laurens ?" La voix vient du jardin. C'est son père.

On entend frapper à la porte de la remise. Une ombre apparaît devant la petite fenêtre occultée. Melissa se rhabille à toute allure.

Pim éteint sa cigarette. Laurens agite le T-shirt qu'il vient de ramasser en vitesse, mais la fumée ne bouge pas.

Il attend que Melissa ait remis tous ses vêtements pour entrouvrir la porte. Son père entre. Il a un tablier blanc couvert de sang séché, un filet lui enveloppe la tête. Son regard nous scrute un à un.

En le voyant, on devine déjà parfaitement de quoi Laurens aura l'air plus tard.

“Qu'est-ce que vous trafiquez ?

— Rien.

— Vous étiez en train de fumer ?

— Non, assure Pim.

— Je pense que tes amis feraient mieux de rentrer chez eux”, dit le père de Laurens avec sa politesse habituelle.

Laurens nous regarde d'un air désolé.

En sortant de la remise après nous, il passe devant son père, qui l'attrape par l'oreille. On continue d'avancer tous les trois sans rien dire, sans avoir l'audace d'échanger un regard. Melissa a enfilé son pull à l'envers.

Juste avant de quitter la cour, je me retourne. Le père de Laurens, la main encore agrippée à l'oreille de son fils, l'entraîne à travers le jardin, sans doute auprès de sa mère.

Les oreilles sont mieux attachées à la tête qu'on ne pourrait le croire.

## LE CAMPING

Avant même la fin des vacances, je savais que ces mois d'été laisseraient dans ma mémoire les traces les plus nettes. Le soleil brillait davantage sur nos mouvements, les souvenirs que j'allais en avoir pourraient se développer avec plus de précision.

En 98, une nouvelle tendance est apparue à Bovenmeer, surtout chez les garçons au seuil de l'adolescence : dormir sous la tente avec les copains et se relever au milieu de la nuit pour faire les quatre cents coups dans le village. Ça pouvait consister à gratter au couteau des lettres sur les tombes pour former des mots obscènes, à couvrir de craie les trottoirs et les façades, à pisser dans les boîtes aux lettres extérieures ou à faire bisquer les religieuses de l'école.

Les parents de Laurens lui avaient interdit d'aller camper chez qui que ce soit.

“Notre fils ronfle, il vous empêcherait de dormir”, nous a dit sa mère le jour où on lui a présenté notre projet de bivouac.

Elle était d'avis qu'il nous voyait déjà assez dans la journée, entre deux et cinq heures. À moins d'une tempête de neige ou d'un conflit armé, Laurens devait tout simplement rentrer à la maison en fin d'après-midi.

“Mais on ne va pas faire pipi dans les boîtes aux lettres !” lui a juré Pim en dernier recours.

“Si vos parents à vous sont d'accord pour vous laisser camper, vous n'avez qu'à monter la tente chez l'un ou chez l'autre et vous amuser tous les deux.”

Elle n'avait rien compris, c'était clair. Il suffisait qu'elle interdise quelque chose à son fils pour que les parents de Pim fassent machine arrière eux aussi. Les mousquetaires ne pouvaient pas être plus aventureux que leur maillon faible.

Pendant la journée la plus longue et la plus chaude de 98, on a passé tout l'après-midi à faire du “brainstorming” pour décrocher l'autorisation de camper. Pim était dispensé d'aider à la ferme et Laurens à la boucherie, vu que Frank Deboosere avait dit dans son bulletin météo qu'il y aurait un fort risque de déshydratation. On s'était assis sur le portique de jeu chez Laurens, à l'ombre d'un des grands chênes de la propriété voisine.

Pim avait pris place tout en haut de l'échelle à grimper, il jetait des petits cailloux sur un pigeon qui essayait de nous piquer notre ombre. Laurens se curait les narines et essuyait ses crottes de nez à la corde du trapèze sur lequel il se balançait. Moi, j'étais dans l'herbe, en tailleur, et je buvais de temps en temps une gorgée d'eau à la bouteille de deux litres que la mère de Laurens nous avait dit de partager.

Laurens menait la discussion. Normal, c'étaient ses parents.

“On peut pas leur redemander trente-six fois. Ils sont déjà près de s'énerver, je le sens.” Dès qu'il se fourrait l'index dans une narine, sa voix prenait un ton nasillard.

Après une longue délibération, c'est moi qui ai dû aller voir la mère de Laurens et tenter une bonne fois pour toutes de la convaincre en lui parlant "de femme à femme". Notre remue-méninges ne m'avait pas beaucoup éclairée sur ce qu'une femme pourrait bien dire dans ce type de situation.

Le magasin avait fermé entre midi et deux, comme d'habitude, mais il venait de rouvrir. Pourtant, il n'y avait pas de clients. Laurens disait qu'ils n'arrivaient jamais avant six heures environ, juste au moment où on avait rempli un seau d'eau pour faire tremper les couteaux, les pinces et les cuillers. Avancer l'opération à trois heures ne faisait pas venir les gens plus vite, selon lui.

Sa mère tournait le dos au store baissé, je la voyais de profil. Son ventre gonflé avalait une partie du plan de travail en marbre contre lequel elle était appuyée. Elle procédait par gestes rapides, routiniers. Plaçait de grosses boules de viande fraîchement hachée sur des ovales en papier vert. Les mettait dans un appareil muni d'un grand levier qu'elle rabattait d'un coup. Ensuite, elle disposait les steaks hachés en deux piles sur un plat en plastique noir. Beaucoup étaient déjà prêts à l'emploi, mais il restait encore toute une caissette de boules de viande.

J'ai repris un argument dont Pim s'était servi à la séance de brainstorming. Ma voix tremblait plus que je l'aurais voulu.

"Camper avec ses amis, ça fait tout de même partie des droits fondamentaux, on ne peut pas en priver les enfants."

Sans cesser d'appuyer sur la presse à levier, la mère de Laurens m'a regardée droit dans les yeux. Elle n'était pas du tout impressionnée.

“Qu’est-ce qu’il y a donc d’aussi extraordinaire que vous ne pouvez faire que la nuit et pas dans la journée ? Il faut que tu m’expliques, Eva.”

Plus elle me regardait, plus j’avais la gorge serrée. Au bout d’un moment, elle a arrêté son activité machinale : il n’y avait plus de viande en attente. L’ennui, c’est que les deux piles n’étaient pas de la même hauteur. Ça faisait bizarre. Elle aussi trouvait ça déplaisant, alors elle a prélevé un steak sur l’un des deux tas et l’a posé sur l’autre, ce qui n’a fait que déplacer le problème.

“Tu as déjà fabriqué des steaks hachés ?” Sa voix était moins sévère que son visage ne le laissait supposer.

Elle m’a laissé sa place devant le plan de travail. Je me suis mise entre elle et l’appareil et j’ai aplati les boules de viande qu’elle me tendait pour en faire de beaux steaks ovales. J’ai continué jusqu’à ce que je me dise qu’elle ne m’en voulait plus. On avait beau ne pas échanger une seule parole, on se comprenait de nouveau.

J’ai fait quarante-trois steaks hachés. La mère de Laurens les rangeait sur le plateau. Parfois, j’entendais l’étoffe de son tablier frotter contre moi et je me reculais légèrement pour sentir son corps massif à travers le tissu. Un quart d’heure plus tard, le deuxième stock de viande était lui aussi épuisé, mais il y avait toujours une différence de hauteur entre les piles de steaks. En soupirant, la mère de Laurens a enlevé celui qui dépassait et l’a jeté à la poubelle. Puis elle a mis le plateau dans la vitrine avant de passer une lavette sur le plan de travail. Tout à coup, elle s’est arrêtée à mi-geste et m’a regardée en disant : “Eva, ma grande, s’il y a quelque chose à la maison, tu es la bienvenue chez nous, ta sœur aussi.

Mais camper ? Le père de Laurens vient d'une famille très croyante. Il aura du mal à accepter que deux garçons et une fille dorment sous la même tente. Et moi, je ne supporte pas l'idée que Laurens et Pim fassent du camping sans toi. Ça aussi, ce serait bizarre."

Elle s'est approchée de l'entrée du magasin pour voir si la pancarte "Fermé" se trouvait du bon côté. C'était le cas depuis tout à l'heure. Elle a ouvert la porte en grand.

Je lui ai dit : "Il fait encore trop chaud pour penser au barbecue. Les gens vont venir après leur sieste."

Ça l'a fait sourire.

Je me suis lavé les mains dans le laboratoire à l'arrière de la boutique avant de retourner dans le jardin. Sur le portique de jeu, Laurens et Pim ne s'étaient pas déplacés d'un millimètre depuis mon départ, seul le pigeon avait disparu. Leur gestuelle enthousiaste montrait qu'ils avaient déjà commencé à concocter tout un programme de mauvaises blagues maintenant que le camping, en toute probabilité, allait être autorisé.

J'ai fait en sorte qu'ils me voient de loin remuer la tête en signe de dépit, histoire que leur déception s'atténue le temps que j'arrive jusqu'à eux et qu'ils ne m'obligent pas à répondre à trop de questions d'où il ressortirait que, si je n'avais pas été là, le camping aurait pu avoir lieu.

À quelques mètres du portique, j'ai levé les paumes vers le ciel, coudes le long du corps, comme les footballeurs à la télé quand ils veulent montrer leur innocence et échapper au carton jaune. Rien ne m'obligeait à leur raconter ce que m'avait dit la mère de Laurens. J'ai continué à faire non de la tête jusqu'à ce que je sois pile devant eux.

“Arrête de secouer la tronche, a dit Laurens. On avait compris que c’était foutu.

— Qu’est-ce qu’elle t’a répondu exactement ? a demandé Pim.

— Pas grand-chose.

— Je vous avais prévenus, a soupiré Laurens.

— Si elle a pas dit grand-chose, pourquoi t’es restée aussi longtemps ?” Pim a ramassé un caillou et l’a lancé vers moi. Il m’est passé juste au-dessus du crâne, en courbe molle.

“Elle t’a fait bosser, hein ? voulait savoir Laurens. Est-ce que t’as dû faire des steaks hachés, casser des œufs ?” J’ai haussé les épaules.

“On rentre chacun chez soi préparer son baluchon, a décidé Pim. Rendez-vous dans une demi-heure devant l’église et, de là, on part pour la Fosse.

— Ça me va. Qui prend de quoi faire du feu et qui apporte à manger ? a demandé Laurens.

— Eva, tu t’occupes de la bouffe et toi, du feu”, nous a commandé Pim. Il avait la voix ferme, riche de promesses.

On a fait oui de la tête.

“Et en supposant qu’ils viennent nous chercher dans le bois, on se montre pas, même s’ils font une battue avec des chiens. Faut encore quelque chose, à part du feu et de la nourriture ?”

J’ai répondu : “Des couteaux, de la corde, une bâche. Et une pelle.

— Une pelle ? a demandé Laurens.

— Faudra bien faire un campement ? Et creuser un trou pour tu-sais-quoi.

— Personne n'a une tente ?

— Si : toi, a embrayé Pim. Vous dormez où sinon, quand vous allez au camping dans le Midi de la France ?

— Jamais ils voudront nous la prêter… *No way.*"

Nous aussi, à la maison, on avait une tente. En fait, c'était celle de Jolan, mais depuis qu'il y avait une déchirure dedans, elle était à toute la famille. Bien sûr, une tente déchirée valait mieux que rien du tout. Pourtant, je n'en ai pas parlé. En la proposant, je me privais de la sympathie manifestée par la mère de Laurens. J'aurais bêtement perdu au change.

Il y a eu un moment de silence.

"À la belle étoile : ça, c'est du camping", a dit Pim. Sa voix était un peu moins riche de promesses.

Sur le coup de cinq heures, Laurens avait déjà fait tout un inventaire des plats délicieux qu'on pouvait préparer dans une casserole sur un simple réchaud à gaz, mais personne ne savait encore vraiment qui allait apporter la bâche et qui se chargerait de la pelle. On commençait à avoir faim.

"Vous pouvez peut-être rester manger ici ?" a suggéré Laurens.

"Au moins, on aura bien rempli notre après-midi avec du brainstorming." Pim se levait pour rentrer chez lui. La cuisine de maman sera toujours la meilleure.

"Eva, tu viens ou pas ?"

J'y suis allée, en faisant un détour pour le raccompagner à la ferme. Je pensais lui demander quand même de venir camper avec moi dans la tente déchirée – tant qu'on n'impliquait pas Laurens dans cette histoire, je pouvais garder la confiance de sa mère.

Plus on approchait, plus la tente se chiffonnait dans ma mémoire, plus mon idée me semblait ridicule. Pourtant, au moment où il allait s'engager dans l'allée, j'ai posé la question. Mais pas très fort.

"Tu sens cette odeur ? Des macaronis jambon-fromage !" a répondu Pim. Le nez en l'air, il est descendu de son vélo. J'essayais de me persuader qu'il n'avait tout simplement pas entendu ma question, mais pour moi, ça ne sentait pas les macaronis. Juste la bouse de vache.

Ce n'est qu'en 99 – on avait terminé notre cinquième année de primaire – que les circonstances, associées à Aldi, ont enfin tourné en notre faveur : le père de Laurens était parti pour le week-end à un salon professionnel où il comptait acheter une nouvelle machine, et la chaîne de supermarchés allemande venait de proposer, dans son dépliant publicitaire, une tente trois places pour presque rien. Les parents de Pim et de Jan leur en avaient offert une au début des vacances d'été, en récompense d'un tas de choses : ils avaient de leurs propres mains aidé un veau à naître, ils avaient ramassé le foin pendant une semaine sans rechigner, Jan avait terminé l'année scolaire avec un bon bulletin et son frère avait évité d'en avoir un mauvais.

Pim est arrivé, la tente accrochée au guidon. Une photo sur l'emballage la présentait en situation : une demi-sphère un peu pointue au milieu d'une pelouse pas plus grande que le jardin de Laurens, avec, à côté, un barbecue, un enfant derrière son ballon de foot, un fauteuil de camping et un couple radieux.

Chez Aldi, les cornflakes semblaient toujours moins bons sur la boîte qu'en réalité. Alors pour cette petite tente, ça promettait.

Maintenant qu'on avait en jeu quelque chose de concret, nos efforts pour convaincre la mère de Laurens allaient redoubler. On a laissé libre cours à nos idées, cette fois, tout en nous empressant de monter la tente, hors de sa vue. La toile était en camouflage, comme sur la photo. On s'est allongés à l'intérieur tout de suite après avoir fini. Ça sentait le neuf. Et les saucisses – mais là, ça venait sans doute de la porte de la remise à vide, qui était ouverte.

"Je crois que je sais comment on va faire, a dit Laurens tout à coup. Incroyable que je vous en aie pas parlé avant !"

On s'est tournés vers lui.

"Ma mère déteste ses genoux. Si on lui demande quelque chose tout en les regardant, elle met moins longtemps à céder."

Dans le magasin, on a pris place derrière les clients qui faisaient la queue au comptoir et on a attendu notre tour, en espérant qu'elle aurait autant de patience avec nous.

"Madame, messieurs, vous désirez ?" La mère de Laurens cognait un rouleau de monnaie sur le bord de la vitrine pour ouvrir le tube cartonné. Ensuite, elle a réparti l'argent dans les compartiments du tiroir-caisse.

"Regarde, maman." Laurens a pris le sac de tente que Pim tenait à la main et l'a agité devant sa mère, qui a quitté sa place derrière le comptoir pour regarder l'objet de plus près. Elle portait un chemisier blanc marqué du logo de la boucherie et, en bas, un bermuda à fleurs. Exactement ce qu'il nous fallait.

"Pim a reçu cette tente en cadeau. Ce serait dommage de ne pas l'utiliser…

— Je ne vois pas de tente, juste un sac vide.”

Son regard s’est relevé pour se poser sur nous, puis glisser par la fenêtre, vers l’horizon où s’accumulaient des nuages gris. On fixait tous les trois ses gros genoux blancs couverts de piqûres d’insectes.

“Des moustiques dans la chambre à coucher ?” a demandé Pim sans sourciller.

C’était la première fois que je voyais la mère de Laurens se ratatiner. Elle en devenait d’un coup encore plus potelée.

Le timbre aigu de la sonnette l’a fait se ressaisir. L’aumônier des jeunes venait d’entrer dans le magasin.

“Bon, d’accord, mais vous restez ici dans le jardin. Et à minuit, tout le monde éteint sa lampe de poche. Et ne faites pas trop de bruit. Et papa ne doit rien savoir.” Ces instructions ne s’adressaient qu’à Laurens. Elle n’osait plus nous regarder, Pim et moi.

On est sortis de la boucherie par la porte de derrière. Laurens et Pim se tapaient la main, ravis. Moi, je ne ressentais que de la douleur au ventre. On a couru jusqu’au fond du jardin pour fixer les sardines et les haubans. Il fallait que le machin soit bien ancré au sol avant qu’elle ne change d’avis.

La tente pour trois personnes de chez Aldi ne pouvait abriter que deux matelas gonflables. Pim a eu droit à la place du milieu. Pas parce que la tente lui appartenait, mais parce que c’était Pim.

Juste avant qu’on se couche, la mère de Laurens est venue dans le jardin nous souhaiter bonne nuit. Je ne l’avais encore jamais vue en robe de chambre, les cheveux défaits. Elle nous avait apporté des biscuits Dinosaurus et un stick de gel antimoustiques.

“Vous pouvez toujours venir à la maison si quelque chose ne va pas. Le lit est fait dans la chambre d’amis et comme papa n’est pas là, Eva peut dormir avec moi.”

Elle est repartie dans l’obscurité du jardin, vers la grande maison aux chambres vides et aux lits faits. Pim lui dessinait dans le dos des cercles lumineux avec sa lampe de poche. Soudain, elle a trébuché sur une motte de gazon. J’ai pris la lampe des mains de Pim.

Laurens ne s’intéressait pas à la déroute de sa mère, il se battait dans le noir avec son paquet de gâteaux.

“Dites, ce soir, on file doux. Pas de sortie dans le village et même pas de sortie du tout. On doit faire bonne impression. Juste une nuit, ça suffira pour la rassurer. Pareil qu’au magasin : quand une promo marche bien, elle la laisse affichée pendant des mois.”

Un court instant, j’ai été tentée de leur dire la vérité. Que ça ne dépendait pas de la mère de Laurens, mais de son père. Sauf que Pim, le nez sur l’étiquette accrochée à l’intérieur du double toit, avait déjà commencé à lire les consignes de sécurité, en allemand, avec son plus bel accent.

Lorsque les ombres des dinosaures en pâte sablée en ont eu assez de s’accoupler sur la toile de tente, on s’est attelés à l’application de l’antimoustiques. Pour ça, il fallait augmenter la lumière, ce qui a fait venir encore plus de moustiques. Je n’ai pas osé demander à Pim ou à Laurens de m’aider à étaler le gel entre mes omoplates.

Ils ont passé le reste de la nuit à détailler tout ce qu’ils allaient pouvoir faire dans le village, les ténèbres leur offraient des milliers de possibilités supplémentaires. Je pensais à tous ces lits sans occupants. Je me représentais la place vide à côté de la mère de Laurens. Mon lit superposé dans la chambre de Tessie. Je me suis demandé si elles dormaient déjà. Ou si elles pensaient à moi.

Les moustiques zonzonnaient de partout. J'ai enfoncé le plus possible mes épaules dans le matelas gonflable. Au bout d'une éternité, le jour est revenu au-dehors.

## 12 H 45

Je suis toujours assise à la table de la cuisine. Devant moi, parallèle à la haie qui borde le jardin et pratiquement perpendiculaire à ma ligne de visée, il y a un rang de sapins. Les plus grands à gauche et les plus petits à droite, prêts à exécuter un quart de tour en s'arrachant du sol gelé pour se diriger – une, deux, une, deux – vers les champs couverts de neige.

Cet alignement existe parce qu'à un moment donné on s'est mis à acheter tous les ans un nouveau sapin de Noël à la jardinerie. Les arbres avec racines étaient un peu plus chers que les modèles coupés sur socle, mais maman voulait bien payer la différence : on irait le replanter dans le jardin après les fêtes pour le récupérer l'année suivante. Finalement, papa n'a jamais voulu s'embêter à déterrer un arbre sain, il trouvait ça ridicule. Il s'est servi du projet de maman comme prétexte pour choisir à chaque fois un exemplaire en pot.

L'épicéa bleu tout à gauche est là depuis vingt-cinq ans. Il ne déparerait pas dans le grand hall d'un centre commercial, mais si Jolan a raison quand il dit que les racines d'un arbre peuvent être aussi longues que le tronc, ce n'est même pas la peine de penser à le déplanter. Seul le sapin de droite, le plus petit, pourrait encore tenir dans un pot, vu qu'il a très mal supporté son retour en pleine terre et qu'il n'a pas pris un centimètre depuis.

Ces arbres de Noël ont été plantés dans l'ordre des fêtes auxquelles ils correspondent et dont je me souviens encore avec exactitude. Je n'ai pas besoin de trop me creuser la tête : c'était toujours la même fondue bourguignonne, la même nappe à pois dorés, la même détermination de la part de maman, qui s'activait dès l'aube pour que la maison soit parfaite : elle pliait les serviettes, astiquait les couverts, évidait les tomates, liait les sauces, accumulait des attentes qu'on se savait bien incapables de satisfaire.

Vers cinq heures, la nuit tombait, les voisins se retiraient chez eux, autour de leur sapin de Noël, et maman commençait à soupirer – elle aurait tellement voulu ne pas nous avoir pour seule compagnie… En larmes, elle mettait alors la dernière main aux préparatifs, remplissait de crevettes les tomates creuses et faisait encore un petit effort pour servir les autres plats dans un état plus ou moins présentable.

Une fois qu'elle avait remué la salade, qu'une pomme de terre en robe de chambre avait été posée sur l'assiette de chacun et qu'on s'était mis d'accord sur la couleur de nos fourchettes à fondue, elle essayait de rattraper son retard sur papa. La seule méthode qu'ils avaient pour ne pas s'envoyer des reproches après coup, c'était d'être aussi saouls l'un que l'autre pendant toute la soirée.

Maman consommait dans deux verres à la fois. À côté de son assiette, il y en avait un que papa remplissait copieusement ; l'autre se trouvait dans la cuisine, où elle retournait à petits pas dès qu'une corbeille ou un plat était vide. Elle rapportait toujours des quantités minimales de pain et de viande.

En tolérant son manège, on lui donnait notre accord. Jolan s'était proclamé surveillant chef de la fondue : si on laissait son morceau de viande se noyer dans le caquelon d'huile brûlante, on devait faire la vaisselle le lendemain. Tessie ne mangeait pas beaucoup, elle était préoccupée par les couleurs des aliments dans son assiette et par le fait qu'il n'y aurait pas de neige à Noël. Ils comptaient tous les deux sur moi pour reprendre les commandes à papa et à maman vers le milieu de la soirée.

Entre la fondue et le dessert, on allait à la messe de minuit. Contrairement à ce que son nom pouvait laisser penser, elle n'avait pas du tout lieu à minuit, mais à vingt et une heures. L'église était un endroit sûr, paisible – d'une année à l'autre, on retrouvait le même spectacle de la Nativité, le sermon, les chants de Noël et les veuves qui se rassemblaient pour la prière parce qu'ensuite on servirait du chocolat et du vin chaud.

Les parents de Laurens, eux aussi, venaient toujours assister à l'office et recevoir les compliments de paroissiens au col éclaboussé de graisse, ébahis par la qualité de leur viande à pierrade. Après les cantiques et le spectacle, indépendamment du fait que je sois près ou loin, déguisée en ange, en berger ou pas du tout, la mère de Laurens me cherchait du regard tout en présentant ses vœux de paix.

Je consulte mon portable. On est presque l'après-midi. Encore trop tôt pour arriver chez Pim, mais il faut quand même que je parte. J'ai donné à papa et à maman assez d'occasions de se réveiller.

Il y a du mouvement dans le jardin. Un oiseau se pose sur le sapin de droite, exactement là où on mettrait l'étoile. Ça ne m'étonne pas que cet arbre ait dépéri. Papa ne s'est décidé à le replanter que des mois plus tard, au milieu de l'été. C'est un vestige de notre dernier vrai Noël, celui de 2001. Pour la deuxième année de suite, on avait fait une pierrade et, à chaque fois qu'un nouveau stock de viande arrivait sur la plaque, papa versait dans le verre de maman une quantité de vin qu'elle ne pourrait pas supporter. En un rien de temps, elle avait pris une avance irrattrapable sur papa, mais aussi sur nous, sur la salle à manger… Finalement, elle s'est mise à couper à côté de son filet de dinde.

"Quand on ne sait pas se servir de ses couverts, on part dîner avec le chien", a dit papa en la transportant, elle et son assiette, vers le panier planqué dans un coin de la cuisine. Tout comme il l'aurait fait avec la gamelle, il a laissé tomber la pièce de porcelaine à quelques millimètres du sol. L'assiette a résonné sur le carrelage. Nanook est partie en vitesse.

Revenu à sa place, papa s'en est envoyé un derrière la cravate. Mais son verre était déjà vide. Il l'a reposé en le faisant claquer sur la table. Une petite cloque s'est formée au centre du ramequin de sauce fraîche, comme une bestiole invisible qui viendrait chercher de l'air à la surface.

"Beaucoup trop liquide, cette sauce", a jugé papa.

Les morceaux de viande laissés par maman se consumaient sur la plaque. On n'osait pas les retirer.

“C’est fini ! Je ne me donnerai plus jamais de mal pour vous !” Elle sanglotait au fond de la cuisine.

“Allons donc ! lui a lancé papa. Ce ne sont pas des larmes, ça : c’est le trop-plein de pinard qui ressort.” Lui aussi avait l’œil trouble. Il regardait tour à tour Jolan et Tessie. Moi, il n’osait pas.

Pour une fois, on est allés se coucher sans assister à la messe de minuit. La fête de Noël donnait une impression d’inachevé – je n’avais pas été un ange ni un berger, je n’avais pas reçu les vœux de paix de la mère de Laurens.

On a su après que Pim, son frère et ses parents ne s’étaient pas non plus présentés à l’église – il fallait aider deux vaches à mettre bas. Rétrospectivement, l’idée a germé que cette absence à l’office désignait les familles qui ne s’en tireraient pas.

Au milieu de la nuit, papa est apparu au pied de mon lit en quête d’une couverture pour dormir sur le canapé. Je suis allée lui chercher un duvet et un seau. C’est la seule fois où je suis descendue dans l’escalier derrière lui en me disant : une petite tape dans le dos et il en a fini avec tout ça.

## 19 JUILLET 2002

À part Tessie, il n'y a personne à la maison. Papa est parti travailler, Jolan a encore disparu dans les champs et il ne reste de maman que ce qu'elle ne peut pas effacer à coups de somnifères. Les arbres du jardin sont immobiles, mais dans l'ouverture de la porte coulissante, les lanières multicolores censées faire barrière aux mouches remuent. Quelqu'un a dû leur dire de continuer à danser, qu'il vente ou non.

Tessie joue au Monopoly sur la terrasse. Deux des chaises ont été glissées sous la table en plastique vert, les trois autres sont toujours appuyées contre le bord, en équilibre sur les pieds avant, pour laisser l'eau s'écouler en cas de pluie. Tessie a installé la banque dans le couvercle renversé de la boîte de jeu. De chaque côté de la table sont disposés des biens immobiliers. Coincées sous le plateau de jeu, il y a des liasses de billets, alignées par format décroissant. C'est une vieille édition, encore en francs belges.

Tessie ne voit pas que je suis en train de la regarder. Elle se lève, change de place et dépose deux mille francs au centre de la table. Puis elle revient s'asseoir sur sa chaise pour encaisser la somme au nom de l'autre joueur.

S'il y a bien une personne capable de jouer au Monopoly contre elle-même, c'est Tessie. Récemment, je l'ai entendue dire qu'elle comptait ses pas sur certains trajets.

"Il ne faut pas qu'un pied se pose plus de fois que l'autre."

J'ai voulu essayer pour voir. En allant à l'Épicerie, j'ai compté les pas de chaque pied séparément, mais il me manquait plusieurs moitiés de cerveau pour tout retenir. J'ai trébuché. Tessie, par contre, c'est quelque chose qui l'apaise. Là, elle n'a toujours pas remarqué ma présence. Elle lance les dés, avance un pion du nombre correct de cases, tire une carte Caisse de Communauté. Elle la déchiffre en silence.

Le lit de Tessie est celui qui se trouve le plus près de la porte. Avant, lorsqu'on faisait les folles parce qu'on ne pouvait pas ou ne voulait pas dormir, papa déboulait dans notre chambre, soulevait sans ménagement la chemise de nuit de Tessie, baissait sa culotte et lui collait une fessée magistrale du plat de la main. Une fois qu'il avait éteint la lampe du palier et qu'il était redescendu, elle allumait la veilleuse et se postait à côté, en tendant le derrière pour voir combien de temps la main rouge feu aux cinq doigts écartés mettait à s'effacer. On savait toutes les deux que si c'était mon lit qui avait été le plus près de la porte, papa aurait franchi ces quelques mètres supplémentaires rien que pour la frapper, elle.

Je me rapproche de la porte-fenêtre coulissante, curieuse de voir quelle est la stratégie de Tessie. Est-ce qu'elle ne favoriserait pas l'un des deux joueurs ? Les rues conquises sont disposées de part et d'autre du plateau de jeu, bien rangées par couleur. À première vue,

Tessie n'a pas choisi la facilité : chaque joueur possède les rues qui manquent à l'autre. Celui de gauche mise sur les gares, la centrale électrique, la station d'épuration et les quartiers pas chers, celui de droite sur les rues de Gand et de Bruxelles.

Les cheveux de Tessie mesurent environ trois centimètres. Entre les pointes courtes, on aperçoit une peau rougie et pelliculeuse à force d'avoir été lavée.

Jolan s'est renseigné sur le sujet. La lenteur de la repousse pourrait s'expliquer par le fait qu'elle mange aussi peu, qu'elle n'avale généralement que des aliments verts et qu'elle s'oblige à tout mâcher un certain nombre de fois. Seize fois. Je pense être la seule à compter en même temps qu'elle à l'occasion.

Son visage m'indique que cette carte-ci lui apporte une mauvaise nouvelle. Elle compte ses maisons, met dans le pot l'argent à payer. Elle change de place. Je suis toujours invisible à ses yeux. Elle lance un dé, serre le poing, avance son pion d'un air triomphant jusqu'à la Gare du Midi. Qu'elle achète. Quatre mille francs, quatre billets gris dans le pot.

"Les gares et les impôts sur les propriétés doivent être payés à la banque."

Tessie sursaute au son de ma voix. La chienne aussi vient juste de remarquer ma présence. Elle se hisse sur ses pattes, traverse la terrasse en se traînant. Sa chaîne est trop courte. Elle s'arrête avant d'arriver jusqu'à moi, retourne s'allonger sous la table du jardin, appuie sa truffe humide contre la jambe de Tessie.

"Tu viens jouer ? Dans ce cas, on reprend depuis le début.

— J'ai rendez-vous avec les mousquetaires.

— Qu'est-ce que vous allez faire ?"

Je n'ai aucune idée de ce qu'il faut répondre. Laurens m'a appelée ce matin en disant qu'on ne se retrouverait pas à la remise à vide, mais chez Pim, dans le grenier à foin. Je ne peux pas raconter à Tessie ce qui va se passer là-bas – moi-même je ne le sais pas vraiment et je ne veux pas non plus lui donner l'impression qu'il existe quelque part un endroit où c'est mieux qu'ici, dans ce jardin, où c'est plus amusant que de jouer au Monopoly, parce qu'il est clair qu'elle va devoir y rester tout l'après-midi.

"Rien de spécial, on se retrouve chez Pim, c'est tout." Je hausse les épaules.

"Est-ce que vous allez nager à la Fosse ? Ou jouer dans le grenier à foin ?

— Non.

— Et si tu restais faire une partie de Monopoly avec moi ?"

Je ne dis pas non tout de suite. Elle se raccroche à ce silence.

"Laurens et Pim peuvent venir aussi, non ?"

Je secoue la tête.

"Ou à n'importe quel autre jeu, Eva, si tu préfères.

— Ce soir, promis." Il faut que je m'en aille maintenant, sinon, je ne pourrai pas faire autrement que de rester. Ma gorge se verrouille. Chaque fois que je pars en laissant Tessie toute seule à la maison, je m'en veux de ne pas lui avoir vraiment dit au revoir parce que, si ça se trouve, elle aura disparu à mon retour. Ces cheveux effilés, cette maigreur qui crève les yeux, ces douches répétées… Elle est en train de s'effacer lentement. Comme une tache sur le plan de travail : on laisse tremper, puis on racle.

J'avance à grands coups de pédales. Ce soir, j'en parlerai à maman ou bien à Jolan. Mais si je prends cette résolution maintenant, est-ce que ce n'est pas simplement parce que, vu d'ici, j'arrive à cacher toute la maison derrière mon petit doigt ?

En arrivant à la ferme, j'aperçois les vélos des garçons. Je gare le mien entre les deux, le plus près possible de celui de Pim. Devant la porte de la grange, je m'arrête un instant. Impossible de me rappeler quand je l'ai vue fermée pour la dernière fois.

Je la pousse de côté dans un énorme vacarme, comme le père de Pim, avec le moins de précautions possible. En espérant que le grincement fasse peur aux garçons et qu'ils cessent leurs petites affaires parce qu'ils croient que c'est lui.

J'escalade l'échelle de la plateforme. Laurens et Pim sont là-haut à m'attendre, assis sur une balle de paille devant l'entrée du camp, les mains sur les genoux. Pas de cigarettes. Pas de moustaches en pâté. Pas de revues pornos. Laurens porte un pantalon bleu, une chemise de la même couleur et des chaussures assorties. On pourrait les prendre pour les gamins qu'ils étaient autrefois si le soin mis à choisir leurs vêtements ne sautait pas tant aux yeux.

“T'as l'argent ?” me demande Pim avant même que j'aie posé les deux pieds sur la plateforme.

“Ben oui, tiens…

— Désolé, dit Laurens, mais on pouvait vraiment pas faire ça chez moi.” Il arrange ses lacets tout en parlant.

"Va falloir trouver un système de roulement, une fois chez l'un, une fois chez l'autre, pour éviter de se faire remarquer. Vous connaissez pas mon père : j'ai eu les oreilles en feu toute la nuit."

Je me retiens de dire que moi aussi, en m'endormant, je pouvais encore sentir ses oreilles chauffer.

Pim secoue la tête d'un air décidé. "Mon père aussi nous tient à l'œil.

— Mais c'est chez toi qu'y a le plus de cachettes, fait remarquer Laurens. Tu peux t'estimer heureux qu'on se donne pas toujours rendez-vous ici.

— Y a aussi une remise chez Eva, rétorque Pim.

— C'est pas une remise, juste un poulailler…

— Tu vas pas y échapper seulement parce que t'as des poules, me dit Laurens. Voilà ce qu'on va faire : ça sera chacun son tour, dans le sens des aiguilles d'une montre.

— Et elles sont où, dans le village, ces aiguilles de montre ? lui demande Pim.

— Ma maison, c'est le douze. On a commencé chez moi. La tienne, c'est cinq heures et celle d'Eva, c'est neuf heures, donc on est dans le bon sens. La prochaine fois, ça sera chez Eva.

— Comment tu peux dire que ta maison, c'est le douze ?" Pim lève un bras pour définir les points cardinaux. "Elle est pas du tout en haut du village…

— Mais si, ça dépend comment tu regardes.

— On attend qui, aujourd'hui, au fait ?" Je connais déjà la réponse, je sais même qui viendra chez moi la prochaine fois, dans le poulailler – j'ai mémorisé le classement sur le mur du cimetière comme la table de deux.

"Eveline, annonce Pim. Une fille à moi."

Laurens se fige. “Une fille *à toi* ?

— Melissa, l’autre jour, c’était bien *la tienne* ou pas ?”

Laurens relève le menton. Pim lui donne une grande claque sur le genou du plat de la main. Je regarde les traces de doigts s’estomper.

Je demande : “C’est quoi son score ?

— Elle a sept, répond Pim à toute vitesse. On a déjà terminé les six-points, heureusement. Celles-là, c’était pour s’entraîner, pour s’échauffer. On se faisait pas trop d’illusions. À partir de maintenant, c’est du sérieux. On va forcément dans le bon sens.

— Elle était pas *à moi*, Melissa, insiste Laurens.

— Comme tu veux. T’auras même le droit de mater les seins d’Eveline.” Pim ricane.

“Si ça tenait qu’à moi, on irait plutôt se baigner.” Pim me regarde, impassible.

“Bon plan, Eva !” Il est déjà debout. “Je marche.”

Laurens hésite, finit lui aussi par décoller ses fesses de la botte de paille.

Je fais demi-tour et redescends l’échelle. À mi-hauteur, je me rends compte qu’ils ne cherchent pas du tout à me suivre. Je continue quand même, un barreau après l’autre, jusqu’à toucher terre. La tête de Laurens apparaît au bord de la plateforme.

“Si tu retournes chez toi, rends-nous d’abord l’argent.

— Et la solution de l’énigme, chuchote Pim.

— Et la solution !” amplifie Laurens.

Je sors de la grange au pas de charge. Le verrou de tout à l’heure, en travers de ma gorge, se bloque. J’aurai beau m’éloigner tant que je veux de ces garçons, tout le monde croira que ce sont eux qui m’ont laissé tomber.

Arrivée au bord de la piscine, je passe la main dans l'eau trouble et tiède. Le système de filtration est arrêté. De toute façon, je n'ai pas mon maillot de bain. À côté de moi, le dauphin gonflable est allongé sur le sol, tout sourire.

Je pourrais rentrer, jouer une partie avec Tessie. Au lieu de ça, je retourne dans la grange et j'en reviens avec une fourche. Je la pose sur le ventre de l'animal en plastique. Il se creuse, mais ne crève pas, vu que la pression est répartie entre les trois pointes. Qu'est-ce que j'attends ? Ce n'est pas faute d'avoir vu Jan ou son père éclater une souris d'un coup de trident : quelques secondes à peine et il n'y a plus un souffle de vie.

Une très forte odeur de lisier vient masquer le chlore de la piscine. Le père de Pim traverse la cour au volant de son tracteur, une remorque d'épandage derrière lui. Des paquets de purin se détachent de la buse à chaque inégalité sur le sol. Il me salue, le bras levé, et s'éloigne avec la grande citerne.

Lorsque je lâche ma fourche d'une main pour lui renvoyer son bonjour, le poids exercé sur l'outil se redistribue, la pointe de droite perfore lentement le plastique. Ça ne fait pas un bruit de crevaison, mais je sens quelque chose souffler contre ma jambe de pantalon. L'air qui s'échappe a la même odeur qu'au réveil sous la tente, à côté de Pim, dans une chaleur irrespirable. Le sourire du dauphin meurt peu à peu.

Tant que les dents de la fourche n'ont pas touché le sol et que le véhicule n'a pas disparu, je continue d'agiter joyeusement la main. Mais pourquoi les tracteurs sont aussi lents, pourquoi les fermiers ont si peu d'intuition ?

Je remonte l'échelle et vais m'asseoir, la tête haute, près de Pim et de Laurens. Je sors de ma poche les quatre billets de cinquante euros, les aplatis de la main, les pose sur mes genoux.

"L'eau est trop sale pour se baigner."

Pim prend l'argent, me le redonne. Il tapote gentiment mon genou et laisse sa main posée dessus. À travers mon jean, je sens les pulsations au bout de ses doigts. Trois battements. Trois fois pardon.

Des voix se font soudain entendre dans la cour et il retire sa main. D'un bond, je me remets debout et regarde au-dehors à travers une ouverture dans le toit. Deux filles sont en train de garer leur vélo à côté des nôtres. Je reconnais Eveline, qui était une classe en dessous à l'école primaire. Depuis deux ans, je n'ai eu de ses nouvelles que par ce que les autres m'en ont raconté. On murmure qu'elle souffrirait d'un trouble alimentaire – d'où l'odeur aigrelette qui flotterait en permanence autour d'elle. N'empêche qu'à l'école, les filles se pressaient autour d'elle, comme aimantées. Elles voulaient toutes la fréquenter, au cas où l'anorexie serait une maladie contagieuse.

Il paraît qu'elle s'est fait soigner à Lierre, mais ça pourrait être une exagération parce qu'aujourd'hui, de mon point de vue, elle ne ressemble pas à quelqu'un qui a suivi le moindre traitement.

Les deux ombres avancent d'un pas hésitant près des grands tas sous bâche. Elles s'arrêtent un moment, peut-être pour repérer l'endroit où Jan a perdu la vie. Ce n'est pas évident. Le ruban de sécurité, les fleurs, les bougies : tout a été enlevé pratiquement aussitôt par la mère de Pim.

Les portes de la grange ne tardent pas à s'ouvrir, leurs roulettes crient sous le poids du métal.

"Pim ?" appelle une voix de fille.

"On est là-haut ! Dans le grenier à foin !"

Laurens et lui ont les yeux fixés, pleins d'espoir, sur le dernier barreau de l'échelle.

Deux petites mains apparaissent, puis un visage. Pas celui d'Eveline. Cette fille-ci est courte et dodue, elle a une tête ronde, des yeux bleus bridés, un large sourire. Sur son dos, elle porte un petit sac de piscine, les cordelettes lui rentrent dans les épaules. Elle escalade le dernier échelon et pose les pieds sur le plancher. L'imprimé à effet optique de son legging moulant fait penser à un économiseur d'écran. Il s'est un peu affaissé pendant qu'elle montait. L'enfourchure lui arrive maintenant à mi-cuisse. Elle écarte les jambes, tire son pantalon le plus haut possible. Ça lui fait une patte de chameau sur le devant. Laurens et Pim échangent un regard. La fille continue de sourire.

C'est au tour d'Eveline d'arriver en haut de l'échelle. Vue de près, elle est aussi frêle que de loin. Elle porte un blouson en jean et des rangers dont les lacets défaits retombent sur ses chevilles minces.

"C'est ma cousine Nele, dit Eveline. Je fais garderie aujourd'hui. Elle aime bien nager. Paraît que t'as une piscine maintenant, Pim ? C'est ce qu'on m'a dit."

Nele est bien plus vieille que nous. Ça ne m'étonnerait pas qu'elle approche déjà de la trentaine.

"Je travaille au Mivas de Lierre, je m'occupe de mes trois chats, je raffole de la piscine." Elle a une voix rauque et change d'intonation à chaque "je", comme s'il s'agissait de trois personnes différentes.

“Le Mivas, c’est un centre d’aide par le travail”, précise Eveline.

“Je remplis les paquets de Lu, dit Nele. Comme les Dinosaurus. Y en a souvent qui sont ratés dans le tas. Je peux vous avoir tout un sac de biscuits pour deux euros.”

Pim se fend d’un demi-sourire. Puis il s’adresse à Eveline.

“On voulait jouer à un jeu. Vous êtes d’accord ?

— T’es d’accord, Nele ?” demande Eveline.

Nele acquiesce.

Pim donne enfin des explications. Il énumère les principales règles du jeu, sans regarder Nele, dans l’espoir qu’elles ne la concerneront pas.

Eveline écoute en silence. Elle pose la main sur l’épaule de Nele.

“T’as entendu, cousine ? Deux cents euros. Avec ça, on peut aller à Walibi et s’acheter plein de pop-corn.” Elle enlève sa veste en jean, se la noue autour de la taille. Les pans du blouson flottent le long de ses hanches.

“Ou même une piscine, ajoute Pim.

— On a le droit de faire équipe ?” demande Eveline.

Laurens interroge Pim du regard et attend sa réponse.

“Y a que deux cents euros à gagner, pas plus. Vous pouvez faire équipe, mais faudra de toute façon vous partager l’argent.”

Je compte leurs couches de vêtements. Ça fait au moins dix à elles deux. Personne n’a eu autant de chances de gagner jusqu’ici.

Je raconte l’énigme.

Qu’est-ce qui m’empêchait de choisir quelque chose de moins sérieux, de plus simple, quelque chose du style “c’est vert et ça descend de la montagne” ou “ça fait blanc-noir-blanc-noir-blanc-noir-boum” ? Un skiwi, une bonne sœur qui dégringole dans l’escalier… Ces solutions ne sont pas introuvables. Comme ça, les filles auraient au moins eu leur chance.

“Voilà. Vous pouvez poser des questions pour essayer de résoudre l’énigme.

— OK. Est-ce que l’homme a glissé sur quelque chose ?” Eveline renoue les manches autour de sa taille, mais en plus serré.

— “Non.

— *Damned.*” Elle fait signe à Nele de retirer un vêtement. Lui indique ses chaussures. Nele se baisse et les enlève. Eveline ne lui laisse pas le temps de poser à son tour une question.

“Est-ce qu’il y avait quelqu’un d’autre dans la pièce ?

— Non.”

Eveline aide Nele à se débarrasser de sa veste.

“Est-ce qu’il s’est noyé ?

— Non.”

Nele peut maintenant quitter son pull. Dessous, elle porte un ample T-shirt gris.

“Est-ce que c’est de sa faute à lui s’il est mort ?

— Oui.”

Pim s’enfonce avec impatience les ongles dans la paume de la main. Eveline montre à Nele quel vêtement elle doit enlever – le pantalon. Nele fait ce qu’on lui demande, sans protester, et descend son legging en souriant. Elle est sans doute habituée à ce qu’Eveline sache ce qui est bon pour elle. Il ne lui reste plus que son T-shirt, le fin duvet qui recouvre ses cuisses se redresse.

"Est-ce que l'eau sur le sol a quelque chose à voir avec sa mort ?

— Oui."

Lorsque le T-shirt de Nele tombe, on comprend soudain comment elle est faite. Le haut de son corps est bien plus étroit que le bas. Et pourtant, les deux se raccordent harmonieusement au niveau des reins.

Nele pose les mains sur ses hanches et se dandine comme dans une publicité pour gel douche.

"Elle serait pas mal en cadavre exquis", note Pim. Nele relâche les bras. Ça ne fait pas rire Eveline.

"Viens, Nele, y en a marre, on rentre." Elle défait son blouson, le déploie devant sa cousine, comme un écran.

"Et la piscine alors ?" proteste Nele. Elle enlève sa culotte et la jette par-dessus l'épaule d'Eveline. "Tiens, comme ça tu peux recommencer une fois."

Laurens essaie de ne pas regarder le morceau de tissu fleuri qui vient d'atterrir entre nous.

"Rhabille-toi, faut que j'aille faire pipi." Eveline colle le tas de fripes dans les mains de sa cousine. Nele baisse les yeux et remet ses vêtements à la hâte, à part le slip, qu'elle n'ose pas ramasser. Elle enfile son legging à l'envers. L'étoffe, qui avait pris à l'arrière la forme de ses fesses, pendouille maintenant à hauteur du bas-ventre.

"De toute manière, on n'aurait jamais deviné, hein ?" Eveline vient se placer près de moi. Elle ne regarde personne d'autre. Je perçois un instant l'acidité de Tessie.

"Mais vous avez encore cinq chances ! s'écrie Pim. C'est pas le moment de laisser tomber !"

Je fais non de la tête.

"Salut Eva", dit Eveline.

Elle récupère le slip en vitesse, le fourre dans sa poche de blouson et se met à descendre l'échelle devant sa cousine. Une fois que le crâne de Nele a disparu, Pim s'assoit, furieux, sur une botte de foin. Il en arrache deux ou trois fétus et les jette dans le vide. Les brins tombent en tourbillonnant sur le sol de la grange, quelques mètres plus bas.

"Y a un truc qui cloche dans ces règles du jeu", dit Laurens. Il prend place à côté de Pim, se racle la gorge et envoie son crachat derrière le tas de paille.

"Comment ça se fait que les mongols sont tous coiffés à la Jeanne d'Arc ?" Pim louche et retrousse les lèvres sur des dents de lapin. "On pourrait pas les rendre encore plus moches, tant qu'on y est ? À propos, je mangerai plus jamais de Dinosaurus."

La résolution que j'avais prise en entrant dans le secondaire me revient soudain très précisément : dans cette nouvelle école, je deviendrais quelqu'un de neuf, de meilleur, une autre Eva. Et Pim ? Qu'est-ce qu'il s'était promis de faire à partir du moment où il n'aurait plus Laurens et moi à se coltiner tous les jours ? À qui devait ressembler le nouveau Pim ?

"Nele, Eveline, attendez !" Au son de ma voix, Nele s'immobilise dans l'ouverture de la porte, à une dizaine de mètres de l'échelle.

Je me lève, sors l'argent de ma poche de pantalon.

"Eva ! Non !" Pim vient s'interposer entre moi et le bord de la plateforme. Il me regarde plier menu les quatre billets. "OK, OK. Elle peut en avoir un de cinquante. Ça lui fera plus qu'assez."

Je laisse tomber la liasse sur le sol de la grange.

“Mais qu’est-ce que tu fous ?” hurle Pim. Il me pousse, je m’effondre sur le côté, une botte de paille amortit ma chute. Laurens se penche dangereusement au-dessus du vide.

“Lau ! Fais quelque chose au lieu de rester planté là !”

À le voir fouler la paille sans précipitation jusqu’à l’échelle, on devine que Nele a déjà empoché l’argent depuis longtemps. Il n’est pas encore arrivé au barreau du bas que les deux cousines ont déjà quitté la cour.

“Tu leur devais rien ! C’est tout ce qui nous restait !” Les rugissements de Pim projettent une pluie de postillons.

“Pourquoi t’as fait ça ?” Il me bouscule encore une fois, mais je suis déjà assise. Je n’ai rien à répondre.

Laurens donne un coup de pied à moitié indigné contre une botte de foin. La poussière nous fait tousser tous les trois.

Lorsque j’arrive à la maison, Tessie a déjà terminé sa partie de Monopoly. Je ne lui demande pas qui a gagné.

## LE BOGUE DU MILLÉNAIRE

Le bogue du millénaire s'annonçait, tout le monde avait été prévenu. Chez Laurens, à la boucherie, ils avaient même affiché "Pour cause de millénaire PAS DE PAIEMENT PAR CARTE !!" de peur que chaque centime disparaisse dans le néant.

"Un homme averti en vaut deux." J'ai entendu la mère de Laurens dire cette phrase à des clients qui sortaient du magasin, les poches pleines de petite monnaie. Moi, elle ne m'a pas avertie. Peut-être pour éviter que je me sente doubler de valeur – après tout, une fois rentrée à la maison, je ne pourrais plus compter que sur moi-même.

À table, le soir de la Saint-Sylvestre, Jolan nous a enfin expliqué de façon intelligible ce qu'était un "bogue". L'intelligibilité résidait surtout dans le fait qu'entre deux questions il prenait le temps de retourner ses morceaux de viande sur la pierrade.

"Après l'invention de l'informatique, dans les années 1960 et 1970, les ordinateurs étaient beaucoup plus lents qu'aujourd'hui et ils avaient moins de mémoire. D'accord ?"

Tessie et moi, on a marmonné un acquiescement, mais Jolan continuait quand même à chercher le regard de papa.

“Il n’y avait donc pas beaucoup de place pour stocker les données. Alors, par souci d’économie, toutes les dates ont été ramenées à trois fois deux chiffres. Mais on s’est aperçu plus tard que c’était stupide.

— Ah oui ? j’ai demandé. Et pourquoi ?

— Parce que c’est là qu’est née la possibilité d’un bogue. Ce soir, à minuit, quand on va entrer dans le XXIe siècle, les ordinateurs vont penser qu’on repasse à 1900. Pigé ?”

Tessie a jeté un coup d’œil inquiet vers le coin où se trouvait l’ordinateur.

Papa, qui jusque-là n’avait pas semblé accorder la moindre attention à ce que Jolan racontait, s’est mis à intervenir dans la conversation d’une voix sonore.

“À minuit pile, tout se déréglera : les centrales atomiques vont exploser, des nuages de gaz mortels vont s’échapper des usines, des missiles nucléaires vont s’élancer tout seuls dans notre direction – ceux du bloc de l’Est sont justement pointés vers nous. Les thermostats vont se bloquer, les avions de ligne vont tomber du ciel, les machines respiratoires et toutes sortes d’appareils médicaux vont s’arrêter de fonctionner, bref, un pour cent des entreprises feront faillite.” On aurait dit un ministre qui lisait son communiqué.

Ensuite, il a pris une gorgée de vin. “Eva, tu peux me passer les petits oignons ?”

Tessie, après avoir reposé sa fourchette, lui a tendu le bocal puisqu’elle était plus près. Jolan a soigneusement retiré de la plaque ses morceaux de viande cuits et en a proposé un à papa, qui l’a refusé.

“Et notre ordinateur, alors ?” a demandé Tessie d’une voix faible. Maman voulait à son tour se servir en petits oignons, mais elle n'arrêtait pas de piquer sa mini-fourchette à côté, dans le vinaigre. Le blanc jaunâtre de ses yeux brillait. Je suis venue à son aide et j'ai posé trois oignons grelots sur le bord de son assiette.

"On va bien voir", a dit papa. Il ne remplissait que son verre à lui.

J'ai demandé : "Encore combien de temps, Jolan ?"

Mon frère ne quittait pas des yeux sa nouvelle Casio G-Shock. La montre étanche trempait dans un verre d'eau qu'il avait posé devant lui.

"Plus que trente-cinq minutes et treize secondes. Douze secondes. Onze."

Jolan répétait depuis plusieurs jours qu'il ne mangerait pas en notre compagnie le soir de la Saint-Sylvestre. Maman n'avait rien dit jusqu'à ce que, le matin du réveillon, elle rentre du supermarché avec les principes de quelqu'un d'autre.

"Les enfants ne passent pas la nuit du Nouvel An dans la baignoire, même quand ils ont une montre étanche et des lunettes de plongée. Ça reste une fête de famille."

Jolan avait encore essayé de défendre son point de vue. Ce serait la seule occasion dans sa vie de changer de millénaire sous la surface de l'eau avec sa G-Shock, il ne devait pas rater ça, elle pouvait bien le comprendre, non ?

"C'est moi qui t'ai offert cette montre, alors je décide", avait répondu maman.

Jolan avait ouvert la bouche, mais était reparti sans prononcer une parole.

Je savais bien quelle remarque il aurait voulu faire : quelqu'un qui prétendait encore la veille au soir que les poules pondaient jusqu'à trois œufs par jour n'avait pas son mot à dire.

Heureusement que Jolan était capable de gérer les déceptions. À la mi-journée, il avait déjà élaboré un nouveau plan. Ensuite, il allait passer des heures à régler sa montre à la seconde près sur l'horloge universelle et à chronométrer le parcours entre la table et la porte du jardin, ce qui lui permettrait de nous indiquer le moment exact pour sortir et voir les premiers feux d'artifice éclater, ou les premiers avions s'écraser.

Ce n'est qu'en fin de soirée, à onze heures, qu'il a soigneusement déposé sa G-Shock dans le verre, histoire que le compte à rebours puisse quand même se dérouler sous l'eau.

Après le discours de papa sur le bogue du millénaire, Tessie n'avait plus touché à son assiette. Elle gardait les yeux braqués sur l'ordinateur dans le coin du salon.

Personne n'en disait rien, mais on savait tous ce qui se passait : elle avait pris l'engin en affection. Enfin, le mot "affection" ne convenait peut-être pas tout à fait, c'était plus morbide que ça. Dans les mois qui avaient suivi la visite des vendeurs de vent, l'étrange rituel devant la porte du jardin s'était généralisé.

L'accès à chaque pièce de la maison supposait maintenant une courte cérémonie, un geste anodin et presque imperceptible : donner une chiquenaude au culbuto métallique sur le meuble du couloir, retourner la savonnette de la salle de bains…

Dans le séjour, lieu de passage le plus important de la maison, ce rituel impliquait l'ordinateur. Avant d'aller plus loin, Tessie devait taper quelque chose sur le clavier.

Deux ou trois frappes courtes, parfois plus. Elle le faisait à chaque fois, que l'appareil soit allumé ou non. Le matin, lorsqu'il n'y avait personne, ça ne posait pas vraiment de problèmes, elle pouvait agir avec discrétion comme si de rien n'était. Mais après l'école, c'était la bousculade devant l'ordinateur et Tessie évitait le salon en faisant un détour par la véranda.

Quelques semaines avant le réveillon du millénaire, un matin, j'avais fermé à clé la porte entre le couloir et la véranda, avant de m'installer au PC pour monter la garde. Je ne voulais pas coincer Tessie, j'espérais juste la comprendre. Si elle persistait dans son rituel, elle ne pourrait pas aller à la cuisine avant d'avoir d'abord tapé sur le clavier.

J'en étais à ma treizième partie de *Démineur* quand Tessie est enfin descendue au rez-de-chaussée. Arrivée à l'entrée du séjour, elle m'a vue et a fait demi-tour sans poser le pied dans la pièce. Elle a refermé derrière elle en douceur. Ensuite, je l'ai entendue s'acharner sur la poignée de la porte de la véranda. Elle est revenue quelques instants plus tard et s'est mise à attendre dans un coin du salon.

"Tu saurais pas où est la clé du couloir ?

— Non."

La honte d'admettre qu'elle avait besoin du clavier était plus forte que son impatience. Après avoir perdu encore une fois, j'ai ouvert une nouvelle grille de vingt cases sur vingt, avec seulement trois mines, et vu que je ne connaissais pas les règles, j'ai cliqué à l'aveuglette comme si c'était un jeu de hasard.

"T'as bientôt fini, Eva ?

— J'aimerais bien gagner au moins une partie."

Tessie s'est approchée de quelques pas pour voir l'écran. "Le chiffre sur les cases, c'est pour te dire combien il y a de mines à côté."

Elle s'est emparée de la souris, a cliqué trois fois. Ça a déclenché une réaction en chaîne, une zone de sécurité est apparue. Tessie semblait satisfaite.

J'observais sa main fine, la peau était du même gris que la souris de l'ordinateur. "Là, comme ça. Tu pourrais essayer avec des drapeaux. Au début, ça aide." Elle s'est ensuite retirée dans un coin de la pièce en attendant que je m'en aille.

Je lui ai demandé : "Tu as besoin du PC ?

— Non, vas-y d'abord."

Au bout de quelques minutes, sa présence s'est faite plus insistante : elle se raclait la gorge, reniflait, commençait à ne plus tenir en place. Je me suis levée pour aller aux toilettes et, quand je suis revenue, le clavier était bien centré sur la table de l'ordinateur et Tessie avait disparu vers la cuisine.

Les jours d'après, j'ai continué à ouvrir grand les yeux et les oreilles, je me cachais dans l'espoir de déchiffrer le code qu'elle tapait sur le clavier quand personne ne regardait. Le nombre de frappes n'arrêtait pas d'augmenter, il y en avait plus que de lettres à Tessie, mais pas assez pour une phrase complète. Je ne lui posais pas de questions. C'était sans doute comme avec la poignée de porte : dès qu'elle se sentait épiée, elle devait tout reprendre de zéro.

"On peut commencer le compte à rebours, a dit Jolan. Il reste cinq minutes et trente secondes pour sortir dans le jardin, donc si quelqu'un doit encore faire pipi, c'est le moment.

— À quoi ça sert d'aller faire pipi quand il y a des missiles nucléaires qui arrivent ?" a bredouillé maman.

Elle s'est levée en se retenant au dossier de sa chaise.

Jolan a consulté sa montre. "En Russie, il est déjà pratiquement une heure du matin. Les missiles seraient arrivés depuis longtemps."

Tessie a quitté la table, s'est précipitée vers l'ordinateur dans le coin de la pièce et a débranché l'appareil : comme ça, il ne saurait jamais rien du changement de millénaire. Elle est sortie devant nous dans le jardin.

Pendant qu'on attendait que Jolan démarre le compte à rebours, de dix à zéro, et que les pétards éclatent, j'ai repensé au temps où Tessie et moi, on avait encore l'âge de s'échanger des petits mots. J'écrivais à l'effaceur sur des post-it que j'affichais à la porte de notre chambre. Elle encrait tout le billet au stylo-plume pour décrypter mes notes.

Ce pianotage sur les touches de l'ordinateur représentait peut-être aux yeux de Tessie une nouvelle version, plus évoluée, des post-it. Et si c'était pour que j'essaie à mon tour de déchiffrer son langage secret ?

À minuit moins une, le compte à rebours hurlé par un petit groupe de voisins a couvert sans pitié l'alarme de la G-Shock plongée dans son verre d'eau. Comme à chaque fois qu'une catastrophe est annoncée longtemps à l'avance avec tambours et trompettes, le douzième coup de minuit n'a rien déclenché du tout. L'explosion de quelques fusées, sans plus.

Derrière moi, maman lâchait ses petits rots habituels. Papa s'est allumé une cigarette.

Je tenais Tessie par le bras, sentais la chaleur de sa peau contre la mienne, on n'avait pas mis de pull ni de manteau vu qu'à l'instant, dans la maison, il faisait encore chaud à cause de la pierrade.

Après le feu d'artifice, maman est rentrée la première, suivie de papa.

"On vit encore, a dit Jolan. Y a pas eu de catastrophe nucléaire.

— C'est vrai, j'ai ajouté. Heureusement."

Tessie restait muette. J'ai vu Jolan la regarder, puis détourner les yeux avant de les braquer à nouveau sur elle. J'ai d'abord remarqué qu'il n'était pas à l'aise, ensuite seulement la raison de son embarras : une larme coulait sur la joue de Tessie.

J'ai dit : "L'ordinateur s'en est tiré.

— Je sais bien", a répondu ma sœur.

Je ne comprenais pas pourquoi elle pleurait. Elle avait probablement raison d'être déçue. On allait bientôt se coucher et, au réveil, tout reprendrait comme d'habitude.

Jolan a repêché sa montre dans le verre d'eau, l'a essuyée avec sa chemise, avant de l'accrocher autour du poignet de Tessie. Même réglé sur le premier cran, le bracelet restait beaucoup trop lâche. Le cadran affichait toujours minuit trois.

"C'est pas une vraie G-Shock, a dit Tessie. Maman l'a achetée chez Aldi et elle a jeté l'emballage."

# 13 H 00

Je ne suis pas venue pour rien. Des bruits confus résonnent juste au-dessus de moi, à travers le plancher de la chambre parentale. C'est le côté où dort papa. Il va sûrement s'asseoir sur le bord du matelas, chercher du bout des orteils ses pantoufles garées sous le sommier à lattes, et attendre un instant que la raideur matinale soit partie avant de se relever en agrippant le montant du lit.

Le trajet pour rejoindre la table de la cuisine lui prendra environ six minutes : il va quitter son lit, descendre l'escalier en se tenant à la rambarde, rester assis sur la lunette des WC jusqu'à ce que la sensation de tournis ait disparu, lâcher un filet d'urine amère, s'égoutter à moitié, traverser le couloir dans son pantalon taché d'éclaboussures, cracher ses poumons au-dessus du lavabo de la salle de bains, tenter d'évacuer les glaviots brunâtres sous le jet du robinet, aller fumer sa première cigarette dans l'atelier via la salle à manger, puis par la cuisine, où il attrapera en route un panier à remplir de bouteilles de bière.

J'ai six minutes pour me décider. Est-ce ce que je veux voir papa ou m'en aller avant ? Et si je pars, est-ce qu'il faut lui laisser un indice ou lui faire croire que je ne suis jamais passée ?

Derrière la rangée de sapins et la haie broussailleuse, le lourd nuage gris se replie sur lui-même et la couverture de neige s'illumine sous l'effet du soleil. Le jardin tout blanc ressemble à une feuille A4.

Avant, il m'arrivait de venir dessiner ici, sur cette table en verre. C'était un support idéal, la pointe du crayon ne perçait jamais le papier. Quand personne ne regardait, au lieu de me servir des feuilles de brouillon obligatoires, j'allais en prendre des toutes neuves dans le tiroir de l'imprimante, même si c'était interdit.

Un jour, papa est rentré du travail plus tôt que d'habitude et m'a surprise le crayon levé au-dessus de son coûteux papier d'impression.

Il m'a dit “Dessine-moi”, comme si ça pouvait encore sauver la feuille, et s'est assis de l'autre côté de la table.

Sa proposition me dérangeait, me donnait presque envie de vomir. Pas de doute : cet homme était malheureux. Je ne voulais pas fixer mon regard là-dessus, je ne voulais pas en reproduire l'image.

Avec précaution, j'ai observé sa figure, ces détails que je ne remarquais plus depuis longtemps : son T-shirt à col rond, les poils rebelles qui s'échappaient de l'épaisseur de ses sourcils, ses cheveux blancs qui lui faisaient raconter à peu près une fois par semaine la même histoire drôle pour devancer les moqueurs – celle d'un type qu'on avait oublié de colorier.

Au bout de trente secondes, je ne voyais plus les détails, juste les rumeurs, les anecdotes qui circulaient sur lui dans le village. On disait par exemple que le soir après le travail, au lieu d'enfourcher son vélo à l'arrêt de bus, il faisait le trajet à pied pour retarder son arrivée à la maison. J'étais allée vérifier par moi-même et oui, j'avais vu la mèche de cheveux blancs s'approcher dans le lointain. Papa descendait le pont tout doucement, le vélo à la main, le dos courbé comme face à un vent fort. À ce moment-là, avec la distance, j'en étais venue à espérer de tout cœur que lui aussi avait dans le jardin une trappe qui cachait sa deuxième famille, et que sa vie ne se limitait pas aux choses dont j'étais au courant.

Mon crayon s'est arrêté. Sur la feuille, il ne restait plus que la pitié, une ligne ovale qui ne se refermait pas très bien en haut. J'ai donné le portait à papa. Il l'a pris, l'a regardé, n'a rien dit.

Un peu plus tard, je l'ai entendu remettre le papier dans le tiroir de l'imprimante.

Il est une heure trois. Sur le mur derrière la table, punaisée à côté des deux dessins de la maison, il y a une esquisse que j'ai faite du compotier posé juste en dessous. Les fruits sont pratiquement les mêmes : une poire appuyée contre deux pommes blettes, une banane brunie, quelques mandarines. C'est le dessin qui sert maintenant de modèle.

Une heure quatre. La cuisine est encore au complet, même les appareils électriques ont résisté aux années. Sur l'horloge du micro-ondes, les deux points entre les heures et les minutes clignotent toutes les deux secondes. Ils disparaissent trente fois de suite et soudain, il y a une minute de plus. Avant, ils me faisaient penser à des yeux. Tant qu'ils restaient éveillés, rien ne changeait. Mais dès que ça clignotait, quand le temps fermait l'œil, alors on se mettait à vieillir, alors on se faisait ronger.

## 21 JUILLET 2002

Il est déjà plus de deux heures et toujours pas d'appel de Pim ou de Laurens. Ni pour s'assurer qu'ils peuvent encore venir me retrouver dans le poulailler, ni pour me demander ce que je suis en train de faire. Je propose à Jolan de l'aider à retourner la terre dans le jardin. Tant que je me rends utile, je donne l'impression d'être moi-même à l'origine de ce silence radio.

"D'accord, mais tu râles pas, dit Jolan. À moins d'avoir des ampoules de sang."

Son regard s'arrête un court instant au niveau de mes côtes. Il note la différence – ce matin, j'ai superposé deux soutiens-gorges à coques pour que mes seins aient l'air plus gros. Il fallait que ça soit aujourd'hui, que j'aie le temps de m'habituer à ces deux bosses qui se déplacent avec moi, au bas de mon champ de vision. Je vais retrouver Pim et Laurens tout à l'heure, je n'ai pas le droit de leur montrer que je doute encore de ma nouvelle poitrine.

"Donne-moi aussi quelque chose à faire", demande Tessie, qui vient de sortir de la maison. Elle ne voit pas que ma taille de bonnet a changé, mais ça ne veut rien dire – c'est juste qu'elle ne sait pas sur quoi porter son attention.

“On n’a que deux pelles”, répond Jolan. Dans une main, il tient la lourde bêche, dans l’autre ce que papa appelle “la truelle” ou “la jovelle” – un outil repliable, à manche en bois et tête métallique, acheté dans un surplus américain. Le personnel de caisse ne savait sans doute pas prononcer le mot *shovel.*

Jolan me flanque la pelle américaine entre les mains.

“Tessie, tu t’occupes des vers de terre. Si t’en trouves qui sont entiers, tu les gardes pour le compost : les lombrics vivants, ça aère le sol.

— Et ceux qui sont morts ?

— Tu les remets dedans.”

Tessie acquiesce. Elle attrape la soucoupe d’un pot de fleurs au contenu flétri et va s’asseoir en tailleur dans le sable.

Les activités de ce genre lui font du bien. La dernière fois qu’on a bêché dans le jardin, c’était il y a cinq ans et, à l’époque, Tessie se comportait encore tout à fait normalement. Depuis, elle n’a pas eu l’occasion de s’inventer de drôles de manies pour la collecte des vers de terre.

Ces derniers mois, le nombre de rituels reste le même, mais leur fréquence n’arrête pas d’augmenter.

En général, je croise Tessie devant Windows 95, en train de taper sur le clavier. L’ordinateur a atterri l’an dernier sur le buffet du couloir à cause d’un verre de limonade renversé par Jolan. Les touches ont refusé de fonctionner pendant des jours et des jours, jusqu’à ce qu’il n’y ait plus que la lettre A hors service. À part le crapoussin, personne ne voyait l’intérêt d’acheter un nouveau clavier pour un système aussi obsolète, alors papa nous a déniché, dans une entreprise de reconditionnement informatique, un portable d'occasion équipé de Windows 98, ce qui nous a permis de balancer le 95 dans un coin du jardin. Mais Tessie ne s'est pas résignée à cette mise au rebut. Elle a insisté pour que le vieux machin ronflant puisse d'abord passer un ou deux mois dans un endroit sûr où "prendre sa retraite" avant d'être jeté à la poubelle.

On ne pouvait pas lui faire changer d'avis : elle menaçait d'aller dormir dehors près de l'ordinateur, de ne plus rien manger.

"Bon, d'accord, en attendant", a dit maman. Tessie était déjà beaucoup trop maigre.

Faute de mieux, Jolan et moi, on a transporté l'engin de la salle de séjour jusque dans le couloir, sur le buffet au pied de l'escalier. Ce meuble de famille servait depuis des années à stocker des babioles décoratives, offertes par des petits vieux qui devaient d'abord mourir pour qu'on puisse refourguer la marchandise à d'autres.

Il est arrivé ce qu'on redoutait : les codes dont Tessie avait besoin pour accéder aux différentes pièces ont gardé leur validité. Elle a simplement retiré le culbuto en métal qui était sur le buffet et l'a posé sur la table où avait trôné l'ordinateur. Mais comme le couloir communiquait à peu près avec tout le rez-de-chaussée, je la surprenais plusieurs fois par jour penchée au-dessus du clavier. En me voyant, elle se figeait comme un animal nocturne dans les phares d'une voiture et faisait comme si elle n'était pas du tout en train de taper sur les touches, mais cherchait simplement quelque chose.

Il y a deux ou trois jours, je me suis décidée à lui demander des explications. En allant aux toilettes, je l'ai trouvée encore une fois devant l'ordinateur, dans la même position que d'habitude. J'ai fait semblant de ne pas la remarquer, je suis entrée dans les WC, j'ai abaissé le couvercle avec précaution et me suis assise dessus, à l'écoute des frappes sur le clavier. Tessie tapait très vite en n'utilisant que le pouce, l'index et le majeur, comme elle l'avait appris par elle-même.

Est-ce que c'était une confession ? Et à qui, dans ce cas ? À qui s'adressait sa demande de pardon ? Combien de phrases dactylographiées pendant tous ces mois étaient restées lettre morte ? Les mots qu'on tape sur des touches hors d'usage ne valent pas mieux qu'une blague racontée quand personne ne prend la peine de faire attention.

"Tess ?"

Je l'ai tout de suite entendue décoller ses doigts du clavier. Voilà : j'en avais parlé, on ne pouvait plus faire comme si tout allait bien.

"Oui ?" Sa voix provenait de l'autre bout du couloir, elle avait donc quitté l'ordinateur. Je pouvais parier qu'elle rattraperait plus tard cet épisode interrompu en recommençant l'opération encore et encore et encore, au moyen de phrases encore plus longues, de frappes encore plus rapides.

"Qu'est-ce que t'écris, au juste ?" J'ai déchiré quelques feuilles de papier toilette et les ai enroulées autour de mon doigt. Son silence obstiné confirmait qu'elle avait bien entendu ma question.

J'ai redemandé : "Tess ? Qu'est-ce que tu écris ? Tu racontes une histoire ?"

Toujours pas de réaction.

“Je ne bouge pas d’ici avant que t’aies répondu.

— Fais gaffe, a prévenu Tessie. Y a plein de maisons de retraite où les vieux attendent tellement avant que l’infirmière arrive pour leur essuyer les fesses qu’ils finissent par chier tous leurs boyaux.

— Je suis pas en train de faire. J’ai fermé le couvercle des toilettes.”

C’est là que je l’ai entendue s’esquiver.

Au pied du cerisier, Jolan trace un carré avec sa bêche dans la terre sablonneuse, le divise en petites cases. Dix sur dix.

“Si on avance tous les deux à la même vitesse, on se rejoint exactement au milieu et ça nous fait cinquante cases chacun.”

Nous nous mettons à retourner le sol à partir d’angles opposés, l’un vers l’autre, en silence.

Chaque fois que je plie les genoux pour appuyer sur le petit manche de la pelle, je pense à mes deux copains, à ce qu’ils sont peut-être en train de faire, je me demande s’ils se sont donné rendez-vous au grenier à foin ou dans la remise à vide.

Je voudrais savoir s’ils s’amusent plus que moi, s’ils sont encore fâchés à propos de l’argent, si ça leur demande autant d’efforts de m’ignorer que ça me fait de mal à moi.

D’après leur programme, c’est Elke qui doit venir aujourd’hui. Elle est l’une des rares filles à fréquenter l’école de Pim, et la seule à réussir les découpes au laser, ce qui, selon lui, “a fait grimper sa cote jusqu’à neuf” au cours de l’année scolaire.

“Mais l’été, c’est différent. En juillet-août, les filles sont censées pouvoir faire autre chose que manier le découpeur laser. Du coup, maintenant, elle vaut pas plus que sept et demi.”

Pim a raison. Les filles les mieux notées ne sont pas forcément les plus belles : ce sont les moins disponibles. Ann-Buffalo, par exemple, n’est pas plus moche qu’une fille à huit points, mais elle a été amoureuse de Pim et c’est ça qui la rend trop facile.

La mère de Laurens m’a un jour expliqué comment ça marchait. “Le pâté de foie aux pommes ne se vend pas tant qu’on met le bloc entier dans la vitrine. Ce qu’il faut, c’est un petit nombre de tranches, pas assez pour laisser croire que personne n’en veut, trop pour avoir l’air de restes immangeables.”

En une demi-heure à pousser sur nos bêches et à creuser sans presque dire un mot, on a retourné une trentaine de cases chacun. Jolan écorche une grosse cloque violacée au creux de sa main, l’essuie sur son pantalon. Il lève le bras pour me faire voir le bout de peau qui bat au vent. Moi, je n’ai toujours pas d’ampoule. Par contre, mes règles reviennent d’un coup. Tout le sang dont je n’ai pas besoin ruisselle dans mon slip. Au début, c’est fluide et chaud, ensuite, ça devient de plus en plus poisseux au fur et à mesure que je bouge. En séchant, ça commence même à m’irriter l’intérieur des cuisses.

“Je pense que vous feriez mieux d’arrêter”, nous dit soudain Tessie. Elle a déjà une belle quantité de lombrics dans sa soucoupe. À gauche, un tas de bestioles grouillantes et, à droite, des segments de vers morts.

“La terre que vous remontez, elle est pleine de racines. Vous les coupez, ces racines, mais c’est grâce à elles que les arbres aspirent l’eau du sol.” Elle est au bord des larmes.

“Les arbres finissent par avoir des racines aussi longues que leur tronc, explique Jolan. C’est pour ça qu’on ne doit pas les planter trop près les uns des autres, ni trop près des maisons. Il y a de grandes chances que ces racines-là ne viennent pas de notre cerisier, mais de chez les voisins.

— Et alors ? Les arbres des voisins, c’est toujours des arbres vivants, non ?” réplique Tessie. Elle continue à trier ses lombrics, certains ont déjà rampé vers le mauvais côté de la soucoupe.

J’observe ma pelletée de terre sablonneuse : noyaux de cerise en décomposition, mini-racines par milliers, aussi fines que des vaisseaux sanguins.

“Est-ce qu’elles se recherchent dans le sol ?” Tessie ramasse deux racines sectionnées, puis les joint par leurs extrémités.

“Allez, ça suffit, on arrête de bêcher”, réagit Jolan alors qu’il n’est qu’à mi-chemin de sa dernière rangée. Son bilan est de cinquante-cinq cases, le mien de trente-sept. Au centre de nos labours émerge un îlot de terre intacte, garni de touffes d’herbe, sur lequel repose la soucoupe aux vers. “On peut commencer les plantations. Tessie, tu veux bien aller chercher les graines ? demande Jolan en lui montrant ses mains sales. Elles sont dans la buanderie.

— J’ai encore du travail avec ces vers de terre.” Chargée de la soucoupe, elle traverse le jardin en direction du tas de compost.

Je regarde Jolan. Il met du temps à saisir ce que j'essaie de lui faire comprendre : tant qu'on aura les yeux posés sur elle, Tessie ne rentrera pas dans la maison par la porte de derrière.

Je m'éloigne un peu, m'essuie les mains sur la pelouse. Puis je vais chercher les graines dans la buanderie. Avant de retourner au jardin, je passe en vitesse par l'atelier, sans regarder en haut du côté de la charpente, et j'en ressors avec du matériel : une petite fourche et un outil pointu en métal pour faire des trous profonds dans la terre.

Jolan coordonne les semis. Il tend une ficelle juste au-dessus du sol pour guider quand on creusera les trous. Il lit les instructions sur la distance à respecter. La semelle de ses chaussures lui sert à mesurer les intervalles.

"On va planter un peu de tout", dit-il.

Tessie obtient le droit de manier l'outil pointu en métal, vu que c'est elle qui lui a trouvé un nom : "le perce-trou". Jolan lui indique les emplacements, elle creuse, et moi, je laisse tomber les graines dedans. Tournesols, radis, betteraves, carottes. Il y a une force incroyable dans les poignets fins de Tessie, je peux à peine tenir la cadence. Jolan jette des poignées de terreau pour remplir les trous. Il sort un carnet de sa poche de pantalon et dessine un plan du jardin, en notant quelles espèces ont été plantées, à quel endroit, et à quel moment on pourra les récolter.

Entretemps, maman s'est réveillée, elle nous regarde à la fenêtre de la véranda tout en téléphonant. D'une main, elle presse le combiné contre son oreille, l'autre main est enfouie avec nonchalance dans une poche de pantalon. Je vois d'ici qu'elle parle avec mamie, en ouest-flamand.

Même si elle est capable de passer sans problème du néerlandais standard au dialecte, on l'entend rarement nous parler dans sa langue maternelle. Ça nous révèle un aspect de son caractère auquel on n'a pas accès, une certaine force, un optimisme inhabituel.

Elle ne reste pas longtemps au téléphone, mais se tient droite et sourit pendant toute la conversation – c'est la fille qu'aucune mère ne regretterait d'avoir eue. Dès qu'elle a raccroché, ses épaules se rabaissent, sa main sort de la poche, elle redevient la maman aux regrets.

Ce soir, je vais me coucher tôt pour que la journée se termine plus vite. J'ai trop creusé, trop réfléchi. Tous les muscles de mon corps me font mal, chacune de mes pensées résonne dans ma tête, je ne suis plus faite que de vides. J'ai la même sensation que pendant cette partie de cache-cache à l'école primaire, quand j'étais restée toute la récré derrière les poubelles à côté du garage à vélos, pour finalement me rendre compte que les autres s'étaient arrêtés de jouer et qu'ils avaient commencé un match de foot – personne n'était venu me chercher.

Qu'est-ce que Pim et Laurens ont choisi comme énigme aujourd'hui ? La mienne, tout simplement, sachant qu'ils n'auront jamais à se faire confirmer la solution, ou bien est-ce qu'ils sont allés voir dans des bouquins pour trouver autre chose ? Je me demande s'ils ont prononcé mon nom, s'ils ont pensé à moi, s'ils se sont mis d'accord sur celui des deux qui allait m'appeler demain, ce qu'ils vont dire pour se faire pardonner.

Juste au moment où j'arrive dans le couloir pour grimper l'escalier avec mes mollets en béton, je tombe de nouveau sur Tessie, penchée au-dessus de son clavier. La nuit n'est pas encore tombée, mais presque, il fait à moitié noir. Je me sens prise sur le fait tout autant qu'elle. Mais cette fois, c'est elle qui réagit autrement : elle ne se fige pas.

"Je peux pas m'arrêter." Elle frappe un grand coup sur la touche retour et, une fraction de seconde, me regarde droit dans les yeux. "Je voudrais, mais je peux vraiment pas."

Je m'assieds sur une marche. C'est la première fois que Tessie continue de pianoter sur le clavier en ma présence. Les touches du vieil ordinateur sont encrassées et dures à enfoncer. La forte pression fait ressortir les muscles et les tendons autour de ses poignets – on dirait un très vieux chat qui s'apprête vaillamment à chasser les souris. De nouvelles taches de rousseur sont apparues aujourd'hui sur son visage. Elle a les paupières qui tremblent. Après avoir terminé, elle pose ses doigts décharnés en éventail sur le clavier. Les mains capitulent, le reste se défend. J'ai envie de la serrer dans mes bras.

Pour nous, c'est clair : Tessie a chargé son corps d'assurer le secrétariat de ses émotions. Plus elle est mal, plus elle fait d'heures supplémentaires. De là où je suis, assise sur la troisième marche, je peux sentir qu'elle a faim.

"Allez, viens te coucher.

— Je suis pas encore prête, répond Tessie.

— Tu peux encore lire un *Gaston Lagaffe* au lit."

J'attends. Elle finit ce qu'elle était en train de taper. Je la laisse monter devant moi, je compte ses pas. Elle semble ne pas avoir de courbatures. Ses pieds suivent chacun une ligne très précise sur le carton ondulé qui recouvre l'escalier. Elle pose deux pieds sur les marches paires et seulement la moitié d'un sur les impaires. J'essaie de l'imiter, jusqu'à ce qu'elle s'en rende compte.

"Non, ça va pas. Faut qu'on retourne.

— Et qu'est-ce qui va se passer si on le fait pas ?

— Je peux pas te le dire, sinon ça va forcément nous arriver."

Nous redescendons l'escalier lentement, à reculons.

## HIRONDELLE

“J’ai une idée”, nous a dit Pim sur le ton qu’il prenait en général pour annoncer un de ses plans foireux. C’était le tout premier soir d’été du XXIe siècle, à dix heures précises. De l’autre côté de la fine toile de tente, les cloches sonnaient plus fort que lorsque je les entendais chez moi, dans mon lit, même si la maison se trouvait plus près de l’église que le jardin de Laurens.

J’ai demandé : “Ça veut dire la fin de neuf heures ou le début de dix heures ?

— C’te question, a répondu Pim. Y a aucune différence.”

La soirée avait officiellement débuté sur le coup de sept heures, quand Laurens et Pim étaient allés au fond du jardin se compter les poils du pubis. Ensuite, ils étaient revenus sous la tente, les abdominaux douloureux, avant de se chamailler sur l’endroit précis où commencent les testicules et où finit le derrière, dans l’espoir de minimiser les performances de l’autre.

Cet été-là serait déterminant, on le savait tous les trois. La période juillet-août marquait la fin de la petite école et l’entrée dans le secondaire ; tout ce qui nous était familier, y compris nous-mêmes, allait bientôt changer.

C'était toujours la même petite tente, celle qui nous avait servi à convaincre la mère de Laurens qu'on pourrait camper sans forcément faire les sales gosses. Depuis, il ne restait plus grand-chose de cette promesse, ce qui valait d'ailleurs aussi pour la tente : le double toit était usé, avait perdu son camouflage, mais du coup, il se fondait d'autant mieux dans la nature.

Un peu après minuit, les lumières de la maison se sont éteintes et on a enfin eu le niveau d'obscurité qu'il nous fallait.

Pim, donc, avait un plan : faire caca dans la boîte aux lettres de la grand-mère d'Elisa. Ce n'était pas un modèle sur pied, mais une fente ménagée dans la porte de devant, ce qui, d'après Pim, rendrait notre action "plus percutante que celle du pisseur en boîte aux lettres moyen".

"Mémé nous a pourtant jamais fait de mal ?" Je marchais derrière eux le plus lentement possible en espérant qu'ils s'arrêteraient avant qu'on soit rue des Grives. "Elle est quand même pas la seule à avoir une boîte en fente ? Alors pourquoi on la choisit comme cible ?

— Elisa n'avait qu'à pas rentrer à Hoogstraten, a lâché Pim.

— Mais si c'est Elisa qu'est visée, pourquoi on cherche pas l'adresse de son père ?

— Mémé lui passera le message." Pim et Laurens ont rejoint la porte d'entrée en coupant tout droit à travers les plates-bandes. Je suis restée faire le guet dans la rue. Pim, qui s'éclairait à la lampe de poche, a coincé son T-shirt dans sa bouche pour étouffer un éclat de rire. L'ombre surdimensionnée de Laurens est apparue dans la lumière de la torche, elle couvrait tout le jardin de devant et révélait une opération pas aussi pratique à mettre en œuvre que prévu : la boîte aux lettres était installée assez bas et ouvrait vers le dehors. Laurens avait une diarrhée couleur épinard dont il s'était vanté toute la journée, mais qui ne représentait pas vraiment un avantage dans le cas d'un clapet extérieur. Il a ramassé un vieux dépliant publicitaire pour servir d'entonnoir.

Moi, je me tenais à distance de cette odeur acide. Je regardais quand même du coin de l'œil pour ne rien rater du merdouillage en cours, mais aussi pour pouvoir dire après que je n'y avais pas vraiment assisté.

Il se trouve que deux jours plus tard, à la boucherie, l'aumônier des jeunes en personne en a parlé à la mère de Laurens. Il ne savait pas qui étaient les coupables, mais a mentionné le petit mot que mémé avait affiché sur sa porte : "Prière d'employer à l'avenir une enveloppe adéquate." Cette note d'humour lui aura permis, devant tous les clients, de traiter notre exploit de simple facétie.

"Les facéties, c'est pour les gamins qui enregistrent *Fais un vœu* au magnétoscope", a dit Pim après avoir entendu Laurens nous raconter la scène. Il n'a plus jamais voulu en reparler.

Au dernier soir de l'été, Pim est arrivé dans le jardin de Laurens avec un énorme projecteur de chantier. Ça faisait deux mois qu'on laissait la tente en l'état pour ne pas avoir à la démonter et à la remonter toutes les fois.

“Si papa se rend compte que j’ai pris cette lampe, ça va barder.” Pim agitait sa main libre devant son oreille.

“Et comment il pourrait s’en apercevoir ? demande Laurens.

— Suffit qu’une vache décide de mettre bas cette nuit et il va en avoir besoin. Alors là, on est mal.”

Pim ne nous a pas tout de suite dévoilé ses intentions par rapport au projecteur. On s’est d’abord mis à revoir les scores – quelles filles avaient maintenant de la poitrine et donc un point en plus ? Ensuite, j’ai dû dessiner différents types de seins et les gars ont inscrit des prénoms en dessous dans les colonnes correspondantes. Ça se limitait à de la spéculation.

Juste après minuit, je suis allée faire pipi dans le jardin, assez loin pour qu’ils ne puissent pas me voir, mais en gardant tout de même la tente à l’intérieur de mon champ de vision. J’ai fléchi les genoux, relevé ma nuisette et observé la bulle fortement éclairée où se découpaient deux profils d’une parfaite netteté. Ils étaient en train de feuilleter mon carnet de notes, ce que je leur avais toujours interdit de faire. Pas seulement pour les empêcher de voir que je trafiquais la cote des plus belles filles, mais aussi parce que leur confiance aveugle était la seule chose que j’en retirais puisque, entre nous, il ne serait jamais question de mon propre score.

Je me suis pressée de revenir. L’herbe était humide sous mes pieds. Juste au moment où j’arrivais près de la tente, le zip de la porte en toile s’est ouvert. Laurens et Pim sont sortis à quatre pattes. Comme ils m’éblouissaient avec la lampe, j’ai mis un peu de temps à me réhabituer ensuite à l’obscurité.

Derrière moi, Pim est monté sur le portique de jeu pour installer le projecteur, en orientant le faisceau vers la remise à vide. La lumière était si forte qu'à l'arrière du terrain les criquets ont cru que le soleil se levait – ils se sont arrêtés tout net de chanter.

Au-delà de la zone éclairée, la nuit semblait plus profonde qu'avant et donnait au visage de Pim un petit air menaçant. Ses orbites étaient devenues des soucoupes noires.

Je me suis assise dans l'herbe mouillée, à bonne distance de là où j'avais fait pipi.

Laurens et Pim ont escaladé le portique en même temps et se sont mis à jouer de leurs mains en ombres chinoises. Sur le grand mur lisse de la remise à vide sont apparus deux loups qui ont fini par s'entre-dévorer. Ensuite, il y a eu des papillons, puis des oiseaux à deux têtes.

J'applaudissais brièvement chaque animal jusqu'à ce que tout d'un coup surgisse un éléphant. Je regardais le mur, pas le portique. J'avais idée que si je me concentrais sur ces ombres, je ne devrais rien aux garçons. Finalement, je me suis quand même retournée, je ne sais pas pourquoi – peut-être que j'espérais une explication. Et en effet, Pim était là, perché sur le portique, le pantalon de pyjama descendu aux chevilles. Il avait plié ses bourses autour de sa verge pour former deux oreilles. En silhouette, c'était plutôt crédible.

Laurens s'est déculotté lui aussi et a commencé à balancer son engin d'un côté à l'autre. Ses poils étaient plus épais, mais moins fournis et, dans l'ombre agrandie, j'arrivais même à distinguer les particules de crasse qui s'étaient collées dessus.

Mais il n'y avait pas autant de possibilités qu'avec les mains. Après un petit combat d'éléphants, Pim et Laurens ont rangé leur trompe.

Je n'applaudissais plus. Pim a sauté à terre et s'est approché de moi. "À ton tour, Eva. Fais-nous quelque chose d'original."

Il est allé dans la tente, a pris mon duvet, l'a étendu dans l'herbe et s'est assis dessus.

Je me suis relevée lentement, j'ai rejoint Laurens en haut de l'échelle à grimper. Il avait remis son pantalon de pyjama. Avec les mains, j'ai composé l'image de trois ou quatre animaux, mais je ne trouvais rien qui n'ait déjà été fait. Il n'y a pas eu d'applaudissements.

Au bout de quelques minutes, Pim a lancé : "Une moule, ça doit pas être compliqué.

— Ou une hirondelle ! a renchéri Laurens. T'as ce qu'il faut pour." Il est descendu et a pris place à côté de Pim sur le duvet.

Voilà donc où avaient mené toutes ces nuits à dormir ensemble sous la tente. Je possédais quelque chose qu'ils n'avaient pas. Pour un philatéliste, c'était sans doute un gros avantage, mais dans mon cas, ça ne posait que des problèmes.

Là-haut sur le portique, je réfléchissais à des moyens de m'en sortir, de ne pas avoir à me déshabiller. Je pouvais sauter à terre, rater ma réception et me casser quelque chose. Par exemple la cheville, que je m'étais déjà fracturée une fois et qui accepterait peut-être de collaborer.

"Je sais pas à quoi ça ressemble, une hirondelle.

— Des grandes ailes. Une petite tête. Ça doit le faire." Pim se met dans une position plus confortable. "Y a personne pour te voir, de toute manière.

— Vous deux, c'est pas personne.

— Faut bien que quelqu'un regarde. Autrement, c'est comme si ça s'était jamais passé." Cette phrase, j'aurais très bien pu la prononcer moi-même. Je n'étais pas beaucoup plus avancée.

"OK. Mais vous regardez seulement le mur." Je me suis mise devant le faisceau du projecteur.

"Promis."

J'ai attendu qu'ils aient tourné la tête. Accroupie au-dessus de la lampe, j'ai relevé ma chemise de nuit et baissé mon slip. Sur le mur près de la porte de la remise, l'ombre que j'essayais de former en modelant ma vulve pouvait rappeler une sorte d'animal.

En pensée, j'étais dans le couloir de mémé. Je revivais cette nuit-là, au début de l'été, quand on avait souillé l'entrée de la maison. Laurens et Pim ne pouvaient pas imaginer comment c'était à l'intérieur. Moi si. Je savais précisément ce qui se cachait derrière la fente de la boîte aux lettres : un espace étriqué, un paillasson, un cactus posé sur un tabouret, des piles d'enveloppes encore fermées, les souliers du dimanche que mémé enfilait toujours avec un chausse-pied et qu'elle cirait une fois par mois.

C'est bien parce que je savais comment ces chaussures étaient disposées, talons appuyés avec soin contre le mur, que j'étais la seule à culpabiliser vraiment pour les déjections de Laurens.

Le projecteur, brûlant, m'envoyait une chaleur agréable entre les jambes. Je regardais le mur, l'ombre de mes doigts qui remuaient. J'avais beau m'acharner, les lèvres étaient trop serrées, trop près de mon corps. Ça ne donnait sûrement pas un oiseau, encore moins un mammifère, tout au plus une raie ou un poisson plat.

Je me suis arrêtée. Au loin, j'apercevais les toits de maisons qui abritaient des familles endormies.

"C'est quoi comme animal ? Un pigeon écrasé ?" Pim s'est mis à glousser lourdement. Laurens aussi avait le fou rire.

Bien entendu, leurs yeux n'étaient plus tournés vers le mur. J'ai tout de suite abaissé ma chemise de nuit et me suis précipitée pour redescendre du portique, mais en oubliant que j'avais encore la culotte sur les chevilles : j'ai trébuché dès le premier barreau de l'échelle inclinée avant de dégringoler d'une traite. Mon dos se cognait aux rondins de bois. Quand j'ai atterri sur mes pieds, j'avais la chemise de nuit roulée autour du cou. Je ne sentais plus que mon échine à vif.

Pendant un moment, je ne savais plus qui j'étais ni où je me trouvais. Ça me paraissait la meilleure solution : n'être personne, nulle part. Jusqu'à ce que la douleur arrive.

"Eva, tu n'as rien ?" La voix de Laurens semblait venir de loin, comme s'il parlait du fond d'un sac. Alors qu'il était toujours assis dans l'herbe à côté de Pim.

Derrière la maison, dans la cour, traînait un vieux fauteuil en cuir. C'est là que s'affalait le père de Laurens quand il avait passé des heures à désosser de la viande. En m'asseyant, j'ai vu que j'avais une grosse écharde sous l'avant-bras. Ça n'a même pas saigné quand je l'ai retirée.

Laurens et Pim m'ont demandé si je voulais aller dormir moi aussi, mais comme je n'ai pas répondu, ils n'ont plus osé me poser de questions. Ils se sont glissés sous la tente sans un mot, en emportant le projecteur. Par contre, ils ont laissé mon duvet dehors. J'ai vu leurs silhouettes tomber presque comme une masse sur leur matelas gonflable. Ils ne comprenaient peut-être pas vraiment ce qu'ils avaient fait de mal. La lampe était toujours allumée, pour me guider au cas où je voudrais rentrer.

Je n'avais pas l'intention de retourner sous la tente. Il n'était pas non plus question que je reparte chez moi. Papa laissait toujours la clé dans la serrure de la porte du jardin et je ne voulais pas réveiller Tessie.

Tout à coup, j'ai entendu quelque chose derrière moi, à l'étage : une toux nerveuse, des murmures agacés. Les parents de Laurens ne dormaient pas encore. Leur chambre à coucher donnait côté cour, ils avaient vue de leur lit sur la remise à vide. Une lampe s'est allumée, un éclat jaune a découpé le jardin, quelqu'un a fermé d'un coup la fenêtre, puis tiré les rideaux, la lumière s'est éteinte.

Est-ce qu'ils avaient assisté à mon théâtre d'ombres, tout comme j'avais regardé Pim et Laurens chez mémé – avec l'envie de fermer les yeux, mais en les tenant ouverts quand même, rien que pour voir jusqu'où ça irait ? Les garçons avaient assuré le spectacle à deux. Ils s'en sortiraient par l'impossibilité de leur attribuer avec certitude l'un ou l'autre éléphant. Moi, j'étais la seule à avoir un poisson plat.

Mon dos éraflé me cuisait moins fort que la honte.

J'ai attendu que les heures passent. La nuit s'effaçait, gommée couche après couche. Au loin, les cloches de l'église veillaient, les aiguilles avançaient sur le cadran. J'aurais pourtant été incapable de dire à quel moment précis le jour s'est levé.

Quelque part, c'était une consolation. Plus que dix-huit heures environ et il referait nuit : là encore, couche après couche, le monde repasserait au noir. À force, le moment présent finirait par se retrouver loin derrière nous, caché par d'innombrables couches d'obscurité, jusqu'à ce que la mère de Laurens ne se rappelle plus très bien ce qu'elle avait vu cette nuit-là.

Dans la lumière de l'aube, le jardin se matérialisait peu à peu : les feuillages frissonnants, les têtes de pissenlits et les coquelicots qui dépassaient dans l'herbe ici et là, les premières abeilles de la journée. Bien sûr, il y en avait autant que la veille, mais maintenant, c'était comme si ça faisait trop.

Ma chemise de nuit, humide, me collait à la peau. Ce n'était pas le chagrin, ni la pluie. J'étais restée si longtemps immobile, raidie de honte et de remords, que le matin m'avait prise pour une plante ou un arbuste, pour un élément du jardin, et il m'avait moi aussi couverte de rosée.

Juste après six heures, j'ai entendu des bruits dans la maison – les parents de Laurens se levaient toujours tôt pour préparer le magasin. La fenêtre de la chambre s'est de nouveau entrebâillée. Deux minutes plus tard, les volets roulants de l'extension arrière ont commencé à se relever.

La mère de Laurens est apparue par étapes : d'abord les sandales, ensuite le pantacourt, les genoux gonflés, la gorge. Plus elle se révélait, plus je me recroquevillais.

Ça ne servait à rien de me concentrer sur ses genoux, ils seraient toujours moins lâches et moins vilains que moi. J'ai tourné la tête avant que nos yeux se rencontrent. Autrement, j'allais perdre son sourire.

Elle est sortie, s'est assise près de moi, cette fois sans me toucher l'épaule. "Comment se fait-il que tu sois déjà réveillée ?

— Je ne pouvais pas dormir.

— Ça peut arriver." Après avoir jeté un coup d'œil à la coupole camouflée au fond du jardin, elle est retournée dans la maison en me laissant toute seule. La moustiquaire de porte s'est refermée dans un claquement.

Pendant un instant, je me suis dit : elle ne m'a pas vue cette nuit, elle a refermé la fenêtre depuis son lit, elle n'a rien remarqué du théâtre d'ombres.

La mère de Laurens allait passer la matinée à s'affairer dans la maison. Elle n'est pas ressortie, n'a pas dit un mot, n'a rien apporté pour le petit-déjeuner – ni bols, ni cuillers, ni lait, ni muesli, ni tartines de confiture recouvertes d'une corbeille pour tenir les mouches à distance… Chaque chose qu'elle ne venait pas servir me confirmait qu'elle m'avait bel et bien vue jouer avec mon ombre.

Lorsque j'ai entendu, à l'intérieur, des couverts qui crissaient sur les assiettes (les parents de Laurens étaient eux-mêmes en train de prendre leur petit-déjeuner), j'ai pensé à ce qu'elle m'avait dit un jour après un reportage au journal télévisé sur un fou du volant qui avait causé un accident mortel et qui, dans sa fuite, s'était emplafonné contre un arbre : "Dieu punit sur-le-champ ou, sinon, quinze jours plus tard."

Cette phrase me courait dans la tête. Je suis retournée dans le jardin, pieds nus à travers le gazon mouillé. Laurens et Pim dormaient encore, la toile de tente ne bougeait pas. Dedans, la chaleur était insupportable, ça puait la sueur et l'haleine douteuse. La lampe avait roussi une partie du toit intérieur. Pim reposait à moitié sur mon matelas gonflable. J'ai juste pris mes vêtements, les ai enfilés au milieu du jardin, par-dessus ma nuisette. La mère de Laurens était à la fenêtre du premier étage. Elle me regardait d'en haut.

Je me suis résolue à ne pas revenir avant quinze jours, à disparaître de sa vue. J'attendrais que les éraflures de mon dos soient guéries. Deux semaines, ça devait pouvoir se faire.

## 13 H 45

La neige s'est arrêtée. Vu de la porte de derrière, le jardin a l'air paisible, ou plutôt, frappé d'apathie. Comme si on venait d'y parler de choses qui, maintenant que je suis là, exigent d'être passées sous silence.

Avant de quitter la maison, je vais faire un tour dans l'atelier. Je soulève le loquet, pousse la porte. J'attends quelques secondes pour m'imprégner de l'ambiance. La pièce paraît petite. À ma droite se trouve l'échelle, près d'un grand meuble à étagères où s'alignent des bocaux à confiture remplis de vis et de rondelles.

Ces dernières années, je me suis plus souvent inquiétée de maman que de papa. Quand je pense à lui, je ne me pose qu'une seule question : est-ce que la corde est encore là ? Alors qu'il mériterait lui aussi une attention moins simpliste.

Je voudrais lever les yeux vers la charpente, en quête d'une réponse à ma question, mais je me contente d'inspecter le sol, le matériel de jardinage.

Il n'y a que la truelle américaine qui ait changé de place, papa a dû s'en servir l'autre jour quand il a enterré le chien.

Je traverse le jardin à grands pas pour laisser le moins de traces possible. J'aperçois trop tard les branches alourdies du cerisier : une masse de neige s'engouffre dans le col de mon manteau. Tout se liquéfie au contact de ma peau.

Plus haut dans l'arbre, au cœur des branchages, un T-shirt en lambeaux et un vieux transistor sont attachés par des tendeurs orange et bleu pour effrayer les corbeaux. La radio a perdu son antenne. Le fil d'alimentation pend à quelques mètres du sol, dans l'attente d'une rallonge.

On n'a jamais eu autant de cerises que pendant l'été 97.

Cette année-là, le printemps avait réuni toutes les conditions pour une bonne récolte. Chaud, mais pas trop sec. Début juin, l'arbre ployait déjà sous des kilos de fruits.

CERISES GRATUITES, ÉCHELLE À DISPOSITION, avait écrit papa sur une pancarte avant de la planter dans le gazon côté rue.

Il buvait du petit-lait face au brusque intérêt de nos voisins, qui se bousculaient pour la cueillette. Tout l'été, après la promenade du chien, des parents rentraient chez eux l'oreille parée de cerises doubles et, à chaque fois, leurs enfants devaient réentendre la même blague à propos de nouvelles breloques.

Maman était la seule à rouspéter contre cette échelle collée à l'arbre et contre ces cueilleurs étrangers qui débarquaient sans prévenir. Elle trouvait que c'était gênant, que ce fichu cerisier avait toujours été dans le passage. Quand elle voyait arriver des gens qu'elle connaissait, elle partait se cacher à l'intérieur.

Peut-être que l'arbre l'a entendue se plaindre, ou alors, c'est le voisin qui est seul responsable puisqu'en déracinant ses mûriers, il a envoyé les oiseaux de ce côté-ci.

En tout cas, les années suivantes, la récolte n'a fait que diminuer.

De plus en plus de corbeaux se rassemblaient dans le jardin pour becqueter nos cerises. Ils descendaient en piqué, tapaient dans le tas, réussissaient parfois à en arracher une, mais la laissaient tomber de toute façon quelques secondes plus tard. Dans l'arbre, les fruits abîmés se desséchaient sous le soleil de l'été. Après une tempête, il y en avait partout sur le sol.

Maman détestait prendre ces chemins de pourriture acide lorsqu'elle rejoignait, en sandales, le poulailler au fond du jardin. Pas forcément à cause de la sensation bizarre des cerises qui éclataient sous ses pieds, mais parce que les traces de semelles sanglantes sur le carrelage de la cuisine trahissaient la fréquence de ces trajets.

L'année du millénaire, au début de l'été, Jolan et Tessie ont manigancé un plan. Jolan était, disons, le cerveau alors que Tessie ne s'occupait que de l'exécution. Moi, j'étais partie en vadrouille avec Pim et Laurens. Si j'avais été là, j'aurais sans doute empêché l'opération.

Jolan a écrasé une cerise dans l'oreille de Tessie. Il lui a dit de s'allonger sur le ventre au milieu des fruits en décomposition, au pied de l'arbre, en travers du sentier qui reliait la porte de derrière et le poulailler. Elle portait une petite jupe d'été en toile beige.

C'était sûrement très crédible, comme si elle venait de tomber la tête la première du haut du cerisier. Ça aurait pu arriver : Tessie grimpait souvent dans l'arbre pour donner à Jolan un chiffon qu'il accrochait ensuite au bout d'une branche, en espérant qu'avec le vent ça ferait peur aux oiseaux.

Je me rappelle simplement que ce jour-là, je suis rentrée juste à l'heure pour le dîner et qu'un vieux T-shirt de papa pendait au cerisier. Le coton était trop lourd, il n'y avait pas un souffle de vent, le tissu ne remuait pas. Maman était introuvable, ni dans la cuisine, ni dans son fauteuil. Sur le plan de travail, il n'y avait rien pour le repas du soir, seulement un groin de cochon congelé pour le chien.

J'ai découvert maman couchée dans le hamac gris au bout du jardin, en suspension entre deux sapins de Noël qui avaient déjà bien poussé. Elle avait replié à l'intérieur les bordures à franges, qu'elle tenait serrées contre elle. L'ensemble avait la forme d'un grain de riz et semblait presque aussi impénétrable. Sous le hamac, posées sur les sandales, ses lunettes avaient les branches repliées.

"Maman ?

— Non."

Plus tard, j'ai entendu Jolan raconter toute l'histoire : il s'était caché derrière le cerisier en attendant que maman aille voir les poules. Ce qui se produisait une fois l'heure, quoi qu'il arrive.

Elle était sortie, avait tout de suite vu son crapoussin étendu à terre sous la plus haute branche de l'arbre, en position biscornue, les oreilles remplies de sang. Tessie n'avait pas bronché, malgré le hurlement de son nom, la main passée sur son dos, les doigts qui lui soulevaient la tête. Ce n'est pas pour rien qu'on lui avait décerné à l'école le titre de championne au jeu du "poisson mort" : un jour, elle était restée inerte sur le sol pendant tout le cours de gym alors que les autres l'avaient depuis longtemps déclarée gagnante, même après des chatouilles contraires au règlement.

Là encore, Tessie a tenu son rôle de morte d'un bout à l'autre, jusqu'à ce que la sirène de l'ambulance se fasse entendre au loin et que maman ait rassemblé son courage pour appeler papa au travail. C'est à ce moment-là que Jolan a pris conscience de la gravité de sa blague. Il a poussé des cris de chouette et Tessie s'est remise debout. Maman les a vus s'enfuir dans le champ de maïs pour le reste de la journée. Une fois tout le monde reparti, elle est montée dans le hamac. Il lui a servi de refuge pendant trois jours – elle ne faisait plus à manger, ne lavait plus le linge, elle allait juste promener le chien matin et soir et y passait encore plus de temps que d'habitude.

C'est resté sa meilleure tentative de désintoxication. La seule aussi.

Je retourne à ma voiture par le chemin du Breuil. À travers la haie, j'aperçois la maison. Aucune lampe ne s'allume. Papa n'est peut-être plus d'avis que tout est toujours mal éclairé. Ça lui fait quel âge maintenant – dans les soixante-dix ? L'âge où la logique s'affaiblit sans aller jusqu'à disparaître – il faut réfléchir avant de nouer sa cravate, consulter les modes d'emploi, chercher le bouton marche/arrêt sur les appareils ménagers… L'âge où vous ne pouvez plus dissuader vos proches de vivre, étant donné que vous êtes vous-même pratiquement au bout et que ça semblerait tout aussi improbable qu'un éleveur laitier ne consommant rien d'autre que du pasteurisé.

Je suis sûre que si papa était dans la cuisine à cet instant précis et qu'il regardait par la fenêtre, il n'oserait pas espérer que cette forme, au loin, c'est moi. Il faut le voir pour le croire. Lui, en vieillissant, il voyait de moins en moins.

Je déverrouille les portières à distance. Le bloc de glace n'a pas rétréci d'un pouce. Il y a tout au plus quelques millimètres d'eau froide au fond du Curver. Je m'assieds au volant.

Dans mon rétroviseur, la cime du grand sapin dépasse du toit de la maison.

## 22 JUILLET 2002

Ce n'est pas souvent que Laurens et Pim entrent dans la maison quand ils viennent me voir. Aujourd'hui encore, ils attendent poliment sur le pas de la porte que j'aie fini de mettre mes chaussures, comme s'ils avaient peur d'être contaminés ou engloutis par quelque chose à l'intérieur.

J'ai appelé Laurens à la boucherie ce matin. C'est sa mère qui a répondu, elle semblait pressée. Elle a posé le combiné, a glapi "Laurens, téléphone !" et elle est tout de suite retournée à petits pas vers sa clientèle. L'appareil, mural, est accroché sous les photos aériennes et au-dessus d'un distributeur d'essuie-tout. À l'autre bout de la ligne, j'écoutais les bruits du magasin, l'effilochage de la viande, le murmure d'un client, la clochette pimpante de la caisse enregistreuse. En fermant les yeux, je me retrouvais aussitôt là-bas, je participais.

"Pim et moi, on est furieux." Laurens parlait d'une voix sèche, pas inamicale mais pas non plus comme si je lui avais manqué hier. "Qu'est-ce que tu veux ?

— Ça s'est passé comment avec Elke ?

— Elle est lesbienne", a répondu Laurens, mais sans donner plus de précisions. Il y a eu un court silence, aux bruits du magasin près.

"Tu reviens dans l'équipe, aujourd'hui ?"

J'ai fait oui de la tête, mais ça, Laurens ne pouvait pas le voir. "C'est quoi le programme ?" On entendait bien que j'étais folle de joie.

"Ça doit se faire chez toi cette fois-ci, tu peux pas y couper. Personne n'est au-dessus des lois.

— OK. Venez tout à l'heure."

Je me penche pour nouer mes lacets. La double armature de mes soutiens-gorge m'appuie sur l'estomac. Laurens et Pim n'ont pas encore remarqué mes nouveaux bonnets, leurs yeux ne se sont même pas arrêtés à cet endroit. Il faut dire que j'ai mis un grand T-shirt. C'est prévu comme ça : pendant quelques semaines, je vais porter des vêtements loin du corps et puis, vlan, à la fin de l'été, je sortirai en petit haut serré sur deux exemplaires plus présentables.

"Ils sont où, tes parents ? demande Laurens.

— Ils viennent de partir chez Top Interieur."

Pim jette un regard éloquent sur les joints délabrés du mur en brique de la façade arrière, sur l'évier encombré de vaisselle sale, sur les rideaux tachés qui servent de porte aux placards.

C'est vrai, ça. Qu'est-ce que mes parents peuvent bien aller faire dans un showroom où les cuisines étincellent, où les robinets sont tellement sophistiqués qu'on ne sait jamais à quel endroit va sortir l'eau du bain et où les tables basses reposent sur des pattes de cabris ? Chez Top Interieur, les gens qui n'ont pas l'intention d'acheter quelque chose mais qui viennent chercher de l'inspiration pour une vie peut-être meilleure se repèrent très facilement. Ceux-là, on ne leur offre pas d'espresso, ni d'échantillons.

Je précède Laurens et Pim dans le jardin, en direction du poulailler, le long de la parcelle bêchée hier. Des mottes de gazon sont en train de se dessécher au soleil de l'après-midi. Il n'y a pas l'ombre d'une seule pousse, c'est encore trop tôt.

Aujourd'hui, on voit Leslie. Huit points. Vu que les gars sont ici tous les deux en terrain neutre, ils vont sûrement se comporter pire que ces derniers jours. C'est toujours comme ça : avant, il n'y avait qu'aux anniversaires des autres qu'on osait faire les cochons avec la saucisse d'un hot-dog – pas chez nous, on était surveillés.

"Les parents de Leslie sont en plein divorce, explique la voix de Pim dans mon dos. Tant mieux : les filles pareilles, ça manque d'une base solide. Tu peux leur faire faire pratiquement tout ce qui te plaît et, en plus, elles t'en voudront même pas après."

Ils s'arrêtent un instant au milieu de la pelouse, pas pour le paysage, mais pour ce qu'ils espèrent y voir : Elisa sur son cheval. D'habitude, elle monte en culotte d'équitation noire moulante avec deux liserés en satin qui vont des chevilles jusqu'à l'intérieur des cuisses.

Seulement, Elisa n'est pas là. L'étalon aux muscles saillants se frotte les naseaux contre la mangeoire. L'intérêt de Laurens et de Pim se dissipe aussitôt.

J'essaie de ranger le poulailler en vitesse avant qu'ils arrivent : je pousse la botte de paille contre le mur, referme le bac à granulés, arrange les bûches dans le baril rouillé.

"Attention la tête !" Je n'interviens qu'après avoir entendu le front de Laurens buter contre le bâti surbaissé de la porte. Il frotte l'endroit meurtri avec ses poings. Ensuite, les deux garçons s'assoient sur une botte de paille.

Moi, je reste debout. Il va de nouveau falloir que je raconte l'énigme, avec la même intonation, les mêmes pauses respiratoires. Plus je la réciterai, plus je me sentirai sale.

Tant que Laurens et Pim ne connaîtront pas la solution, ils auront besoin de moi et je ne les trahirai pas. C'est pour ça qu'ils ne me l'ont jamais demandée.

"Viens donc t'asseoir, Eva." Pim tapote à côté de lui sur la paille.

Et voilà. Je n'aurais jamais dû balancer les deux cents euros. Maintenant, il n'y a plus d'argent à gérer. J'ai perdu mon rôle de banque, ils vont me réclamer la réponse. Ensuite, je serai renvoyée, ou bien c'est eux qui s'en iront et ils ne me rappelleront plus jamais. Je reste là où je suis.

Puis, très vite, je demande : "Comment ça s'est passé au juste avec Elke ?

— Elle était lesbienne, répond lui aussi Pim.

— Et la réponse à l'énigme, elle l'a trouvée ?

— Non. Elle voulait d'abord voir les deux cents euros.

— Alors ?

— Ben, on avait pas d'argent, tiens, continue Laurens. Du coup, on lui a dit : « Pas non plus besoin de voir tes seins pour savoir si c'est des vrais. »

— C'est moi qu'ai dit ça.

— C'est Pim qui l'a dit."

Je demande : "Et après ?

— Elke s'est pas démontée : elle nous a montré ses nichons, raconte Pim.

— Finalement, les nénés d'une lesbienne, c'est pas beaucoup mieux que ceux d'un mec.

— Par contre, elle avait apporté de la bière.

— Ouais, ça, c'était pas mal.

— On a fait au mieux avec ce qu'on avait, conclut Pim.

— Exact. On a fait avec ce qu'on avait", répète Laurens.

Ils haussent les épaules en même temps. À les voir assis là sans un mot, je me sens coupable de ce que je leur ai souhaité toute la journée d'hier : qu'ils se cassent le nez.

"Écoute, Eva, me dit Pim d'une voix ferme, nos règles du jeu, là, ça foire un peu, surtout depuis que l'argent est parti. Mais tu peux quand même continuer avec nous. Laurens et moi, on a changé deux ou trois paramètres après le départ d'Elke. Ça reste à peu près la même chose – tu donnes toujours ton énigme – sauf que maintenant les filles ont droit à huit questions. Si elles trouvent pas la réponse, elles doivent faire un truc qu'on leur dira. Si elles arrivent à deviner en huit fois, elles peuvent nous donner un gage à chacun.

— C'est plus pour l'argent, alors ?

— Négatif.

— Et elles n'ont plus à se déshabiller ?

— Non, confirme Laurens. C'est du genre Action/Vérité : si tu réponds à côté, tu dois faire quelque chose."

J'acquiesce. Huit essais. Jusque-là, pas une des filles ne s'est pointée avec plus de huit vêtements sur le dos, même en comptant les chaussures pour deux fois.

D'une certaine manière, Leslie devrait me remercier, le défaut d'argent augmente justement ses chances de gagner.

“Et si y en a une qui gagne et qui vous dit d’avaler de la fiente de poule ?”

Ma question n’impressionne pas vraiment Laurens et Pim, ils échangent un bref coup d’œil.

“Tant que tu nous garantis une super énigme, ça risque pas d’aller jusque-là”, lâche Pim en cognant le poing contre celui de Laurens.

Facile à dire. Ce ne sont pas eux qui ont trouvé cette énigme, ils ne se sentent coupables de rien. Moi, je sers d’appât, je ne participe pas en tant qu’Eva, mais parce que je suis une fille et que ma présence rassure les autres filles.

Il fait chaud sous le toit en bitume du poulailler. Avec la transpiration, les élastiques de ma culotte me démangent à l’aine, mais je ne veux pas me gratter devant les garçons.

Je m’assieds sur la botte de paille. On attend.

À côté de nous, il y a une poule maigrichonne qui refuse de sortir. Avec ses yeux en boutons de bottine, elle ne quitte pas Laurens et Pim du regard. On aperçoit ici et là de la chair entre ses plumes.

Je me lève, me dirige vers le réservoir à grains, plonge les mains dedans. À l’endroit le plus frais, je tombe sur le goulot d’une bouteille de vin. J’enfonce un peu plus mes doigts dans les granulés, en agrippe une poignée et les lance à l’animal sur le sol couvert de paille.

La poule s’affole, commence à picorer à tout va. Pim attrape un bâton et emboutit l’aile esquintée, après quoi la bête se décide à rejoindre le reste du groupe, dont elle pensait justement pouvoir se cacher il y a un instant.

"Les poules n'ont aucune sensibilité, elles sont cannibales."

Je laisse passer l'explication.

"T'aurais pas quelque chose à boire ? demande Laurens.

— Jus de pomme ou fruits exotiques ?" C'est maintenant que je prends conscience de ma propre soif. Les bouteilles sont dans la cave. Là où il fait toujours frais.

"Y a rien d'autre ? De la bière ? Un demi ?" Pim lève le petit doigt.

Les bières ne manquent pas dans cette maison, mais celles qui sont au frigo doivent encore servir à papa.

Sinon, il y a du vin, à peu près partout même, sauf que ce n'est pas officiel. Maman va remarquer que j'ai touché à son stock. Le fait qu'on l'ait entamé ne lui posera aucun problème, ce qui va la gêner, c'est de ne pas pouvoir nier que je suis au courant.

Impossible de ne rien leur offrir. Je retourne aux granulés à poules, soulève de nouveau le couvercle du bac et en retire, comme d'un minibar, une miraculeuse bouteille de blanc frais.

"Regardez-moi ça la bonne fifille", réagit Pim avec une sorte de fierté.

Il dévisse le bouchon et porte à ses lèvres le vin allemand bas de gamme. J'observe les secousses de sa pomme d'Adam. Laurens, à son tour, avale de grandes lampées comme si c'était de la limonade. Il en laisse tout de même largement assez pour moi. Je me rassieds sur la botte de paille.

"Eva, bon sang, t'es mousquetaire ou pas ?" Laurens me tend la bouteille.

Je ne suis pas mousquetaire, mais arbitre. Il faut que je reste neutre. Je ne prends pas plus de deux ou trois petites gorgées. Le vin est sur comme un jus de pomme éventé.

Laurens et Pim se partagent la fin de la bouteille.

Même si je n'ai pas bu grand-chose, je me sens tout de suite devenir floue. Dehors, on entend des perles de roues de vélo qui cliquettent sur les rayons.

"Vous êtes sûrs de pas vouloir faire comme si ? vérifie Laurens.

— Comme si quoi ?

— Comme si t'avais pas été assez conne pour refiler tout notre argent à une débile ! Laisse tomber, va." Pim se lève et sort du poulailler.

Quelques secondes plus tard, il revient accompagné de Leslie. Sur sa peau bronzée, elle porte un petit pull jaune à manches trois quarts.

"C'est pas mon vélo, il est à ma sœur." Elle rentre le ventre. Ses sandales à hauts talons la forcent à se déhancher comme un canard, le bassin en avant. C'est dans cette posture qu'elle attend que Pim ait expliqué la suite. Elle fait autant d'efforts pour garder sa contenance que pour écouter.

"Alors, en huit fois, c'est fastoche de deviner, conclut Pim. Dis donc, Eva, t'aurais aussi du vin pour Leslie ?"

Je fais oui de la tête avant de savoir s'il y a encore une réserve que je peux entamer. Un bref instant, avec tous ces regards braqués sur moi et cette brume qui envahit à moitié mon esprit, je ne vois pas d'autre cachette que le réservoir à grains.

Le temps de m'en rendre compte, je suis déjà au milieu du jardin, près du cerisier, en route pour la cave. Les gonds de la porte couinent exactement pareil qu'avec maman.

Je descends l'escalier, embarque le cubi planqué à l'arrière du rayonnage, me demande ce que je vais bien pouvoir prendre à grignoter.

Je remonte en vitesse avec une boîte de Kinder Surprise, referme la porte, sors dans le jardin, retourne au poulailler. Si je me dépêche, ce n'est pas pour ne rien rater, mais pour éviter de leur montrer trop longtemps à quel point ils peuvent se passer de moi. Il n'y a que trois œufs en chocolat dans l'emballage.

Leslie a fini par s'asseoir et réfléchit aux questions qu'elle va poser pour résoudre l'énigme. On n'entend pas un bruit, la poule est revenue et nous observe attentivement.

"Je lui ai raconté l'histoire en attendant, prévient Pim. Mais tu peux toujours lui dire si elle a bon ou pas."

Laurens ouvre immédiatement la boîte de Kinder Surprise. Il ne prend même pas la peine d'assembler le personnage en plastique, un fantôme fluorescent avec un petit chapeau sur la tête.

L'œuf de Leslie contient une mini-voiture, Pim récolte la Schtroumpfette sur un skateboard.

Il dégage la poche du cubi en carton et tire le vin directement dans la bouche de Leslie pour rincer le chocolat. Ensuite, il passe à Laurens, puis à moi. Des petits ruisseaux me coulent sur le menton. Pim continue de verser, je ne peux pas faire autrement que d'avaler.

Leslie commence aussitôt à poser ses questions. Je réponds à chaque fois par oui ou par non. Comme il n'y a pas de vêtements en jeu, elle raisonne différemment.

Je promène la Kindermobile d'une main sur l'autre en réfléchissant à la meilleure façon de m'y prendre tout à l'heure : je pourrais remettre la bouteille vide et le cubi sans vin à leur place d'origine, ou porter le verre au conteneur de recyclage et faire comme si je ne savais rien. Je pourrais aussi prendre mon argent de poche, aller au magasin d'Agnes et la persuader de me vendre un nouveau cubi, que je transvaserai en partie dans la bouteille avant de la cacher sous les granulés et de ranger le reste à la cave.

"Est-ce que dans la pièce il y avait une grenouille qui s'est tout d'un coup transformée en homme ?" C'est la huitième tentative de Leslie.

"Non. Faux.

— Et on fait quoi maintenant ?"

Dehors, il se met à pleuvoir. Les gouttes d'eau tambourinent sur la toiture en tôle ondulée. Je me lève, regarde le jardin. La moitié du terrain est encore au sec. L'autre est piquée de hallebardes.

"Venez voir !" Le temps qu'ils réagissent à mon appel et se rassemblent dans l'ouverture de la porte, l'averse s'est étendue et hachure à présent la totalité du jardin.

"Quoi ?" demande Laurens.

Pim tend la main à l'extérieur, recueille un peu d'eau de pluie et en éclabousse Leslie. Elle pousse un cri aigu et manque de trébucher du haut de ses talons.

"On va te donner un défi, lui répond Pim.

— Et c'est à qui de décider ?" veut savoir Leslie. De toute façon, avec ce temps de chien, elle ne va pas s'en aller.

"T'as le droit de choisir.

— Je veux que ça soit Eva qui décide.

— OK. À toi, Eva", dit Pim.

Je réfléchis. Il faut que je trouve un truc qui plaise à Pim et à Laurens, mais aussi que je fasse ce que les filles sont censées faire : s'entraider.

"Pim et Laurens peuvent te toucher trois secondes chacun.

— D'accord." Elle soupire. De soulagement ou de dépit ? Difficile à dire : elle paraît surtout bien cuite et j'espère que je n'ai pas l'air aussi dans les vapes qu'elle.

C'est à Laurens de commencer. Il se plante face à Leslie, pose ses mains en haut du petit pull jaune, avec précaution, là où, d'après lui, se trouvent les seins. Il referme les doigts, mais il est un tout petit peu trop loin, ce qui donne à son mouvement quelque chose de très balourd et d'attentionné à la fois, comme Tessie quand elle essaie de voir si un fruit est mûr.

Je compte lentement jusqu'à trois.

"OK, ça suffit comme ça", lâche Pim. Une fois que Laurens a fait un pas de côté, il prend sa place et toise Leslie des pieds à la tête.

Je compte.

D'un seul geste, il soulève la courte jupe de Leslie tout en écartant l'élastique de sa petite culotte. Il tend l'autre main, le majeur en l'air, et le tient à contre-jour, comme un docteur qui veut chasser les bulles d'une seringue, avant de le mouiller de salive. Puis il le porte à l'entrejambe de Leslie, l'introduit dans le bas-ventre, vers le haut, suivant l'inclinaison du corps. Leslie ouvre un peu plus les jambes et perd l'équilibre. Je remarque à l'avant-bras de Pim qu'il la retient de tomber, les muscles de son poignet se raidissent. Elle est embrochée sur son doigt.

“Là, ça compte, dit Pim. C’est maintenant que je la touche vraiment.”

Laurens est éperdu d’admiration. Il regrette de ne pas avoir eu cette idée lui-même.

J’énumère les secondes à toute vitesse.

À trois, Pim exécute encore un rapide mouvement de va-et-vient. Lorsqu’il retire sa main de la petite culotte, l’élastique se décale et glisse dans la fente de Leslie. Elle le réajuste. Pim se renifle le doigt et le met sous le nez de Laurens.

“Et voilà ! C’est meilleur que tous les pâtés de votre boucherie. Tu peux goûter, si tu veux.”

Laurens hésite. Il se décide tant bien que mal à lécher le doigt tendu, surtout parce que Leslie le regarde.

Pim attend qu’elle soit repartie en titubant sous la pluie pour lancer : “Ça, les gars, c’est ce qu’on appelle un *doigté majeur*.” Leslie est toujours à portée de voix : on entend encore les perles de rayon sur les roues du vélo.

Pim fait craquer ses phalanges, offre une dernière tournée de cubi. Son sourire est encore plus large que d’habitude.

Je me demande depuis quand il se croit bon à ce jeu-là. Et est-ce que c’était avant ou après le moment où il l’est devenu ?

Une heure plus tard, chez nous, toute la famille s’apprête à manger. Maman arrive la dernière, flanque la cocotte en fonte au centre de la table, sans bien calculer la distance. Jolan vérifie que ça n’a pas fait de fissures dans la surface en verre.

J'ai la chair et la peau qui chauffent. D'après moi, le vin n'a pas encore totalement disparu de mon organisme. J'appuie sur tous mes gestes : en passant les pommes de terre, en soulevant ma fourchette pour la transférer de l'assiette à ma bouche…

La surface de ma peau ne transmet pas de sensations nettes, mais vagues, comme une ombre. Mes mouvements restent collés à mon corps, mes bras semblent être en éponge. Maman, pourtant assise à côté de moi, ne se rend compte de rien. On a toutes les deux l'air de photos voilées, prises entre chien et loup.

Tessie a remarqué. Elle suit avec attention les déplacements de ma fourchette. Dommage qu'on ait des petits pois à manger.

## BOULE DE GRAISSE

Le shampooing-mayonnaise. Maman avait entendu dire que ça marchait contre les poux. Comme elle ne voulait pas envoyer Tessie à l'école avec les cheveux gras, elle avait attendu les vacances de Pâques. Mais ça tombait un 1er avril, alors elle avait repoussé l'opération au lendemain pour ne pas faire croire à une blague.

"Dans le pire des cas, je prends la tondeuse." Elle a retourné le pot de Devos & Lemmens 1 100 ml au citron et lui a tapé sur le fond pour faciliter le dévissage du couvercle. Jolan et moi, on avait installé le Mastermind sur la table, quelques mètres plus loin, histoire de continuer à suivre ce qui se passait dans la cuisine. Le traitement à la mayonnaise ne nous semblait pas une bonne idée. Mais comme on n'avait rien de mieux à proposer, on a tenu notre langue.

Avec des pieds de plomb, Tessie est allée se mettre au milieu de la pièce. Elle portait sa chemise de nuit préférée, une tunique Barbie à volants roses devenue trop petite pour elle. Les fanfreluches lui arrivaient maintenant au niveau des tétons. J'avais eu la même, offerte par une tante qui nous en avait aussi donné la version miniature pour nos poupées. Tessie restait la seule à croire que tant qu'elle leur servirait de modèle, elle aussi ressemblerait à une Barbie.

Maman lui a posé une serviette de bain sur les épaules, a retiré l'élastique de ses cheveux raides avant de lui passer deux ou trois coups de peigne en vitesse.

Jolan et moi, on était nerveux, on comprenait bien qu'il valait mieux ne pas éclater de rire. Nous aussi, on avait eu des poux, mais on avait fini par s'en débarrasser, contrairement au crapoussin chez qui tout sévissait plus fort et plus longtemps.

"Je veux pas que Jolan regarde", a exigé Tessie. Son crâne s'inclinait à chaque passage du peigne, comme un perce-neige bousculé par le vent.

"Tu as entendu, Jolan. Retourne-toi", a dit maman.

J'avais la chance d'être assise du bon côté de la table, je pouvais voir ce qui se passait dans la cuisine sans être obligée de pivoter. Et pourtant, j'ai détourné les yeux.

Le noyer de la terrasse était plein de chatons verts. D'autres arbres fleurissaient aussi et un arbuste avait commencé à produire ses minuscules baies acides. Même la rhubarbe était déjà bien développée. Au fond du jardin, un oiseau est venu se poser sur le siège de la balançoire. Jolan s'est approché du plan de travail pour prendre les jumelles.

"*Erithacus rubecula*. Rouge-gorge." Tous les jours, il apprenait par cœur un ou deux noms latins supplémentaires.

"Tu pourrais nous raconter n'importe quoi, on s'en rendrait même pas compte", a remarqué Tessie.

On regardait l'oiseau picorer la boule de graisse pendant que maman touillait dans le pot de mayonnaise.

Ça faisait le même bruit pâteux que le jour où elle avait préparé de la colle à papier peint.

Avec soin, elle s'est mise à déposer de la sauce à la racine des cheveux avant de la répartir jusqu'aux pointes. Les mèches une fois enduites étaient plaquées de l'autre côté de la tête, où elles restaient fixées.

Après avoir tartiné les trois quarts de la chevelure, maman s'est interrompue, le temps de cueillir un pou qui vagabondait sur l'épaule de Tessie, toujours plantée comme un piquet. Pour ma sœur, ça commençait à faire long. Elle s'est appuyée sur un pied, a remué l'autre cheville, ce qui l'a privée un instant de son équilibre.

"C'est très bien, ça, qu'ils tombent de tes cheveux. Ça montre qu'ils abandonnent", a dit maman. Elle s'est vite débarrassée du pou en l'essuyant dans un mouchoir étalé sur la table.

Jolan a dirigé les jumelles vers la petite tache noire.

Maman s'est saisie de la cuiller rouge à long manche et a largué une belle dose de mayonnaise sur la tête de Tessie. Avec le côté plat, elle a étalé la sauce en mouvements circulaires.

Ça dégoulinait le long des tempes. En tâtonnant, Tessie a essayé d'attraper le coin de la serviette posée sur ses épaules, pour s'essuyer.

"Pas touche ! a prévenu maman. Ce que tu sens, là, ce sont les bestioles qui paniquent. Leurs derniers spasmes."

Il a fini par être six heures. Tessie avait assez de mayonnaise sur le crâne pour garnir les hamburgers de toute une fête d'école. On ne voyait plus d'ombres portées dans le jardin. En ce soir de printemps, ça ne voulait dire qu'une chose : il était l'heure de passer à table. Jolan a remis le Mastermind à sa place. Il n'avait même pas cherché à connaître ma combinaison de couleurs.

"C'est quoi, la suite ?" Il a allumé la lumière.

Tessie se balançait d'un pied sur l'autre. Elle était fatiguée. Maman a regardé l'étiquette du pot de mayonnaise. La réponse à la question de Jolan n'était pas indiquée dessus, seulement les ingrédients.

"Il faut laisser agir un certain temps. Toute la nuit, en principe.

— Mais comment je vais faire pour dormir ? a pleurniché Tessie, les mains pressées entre ses genoux.

— Debout. Comme les vaches", a répondu papa, qui venait d'entrer dans la cuisine et attendait qu'on se décide à mettre le couvert.

Il est passé à l'action. A sorti du placard un rouleau de film alimentaire, l'a dévidé autour de la tête de Tessie, puis sous le menton, en étirant bien. Cette cagoule ne devait pas bouger. Seul le visage restait à découvert.

"Tu serres trop ! J'étouffe !" a crié Tessie. Elle essayait de glisser ses doigts sous la pellicule plastique pour qu'il lui laisse un peu d'espace.

"Bas les pattes ! Personne n'étouffe aussi facilement", a dit papa. Et il s'est mis à tirer encore plus fort. On apercevait le cou de Tessie se rider sous la pression du film transparent.

J'ai tourné la tête pour qu'elle ne puisse pas lire sur ma figure à quel point c'était pénible à voir.

Ce soir-là, on a mangé une baguette réchauffée sur le radiateur, mais qui ne croustillait pas vu que le thermostat s'était remis tout seul en position été.

Après avoir avalé une première tartine, papa s'est levé pour aller chercher le pot de mayonnaise que Jolan avait fait exprès de ne pas poser sur la table. D'un geste énergique, il a balancé la sauce sur le pain, exactement comme il faisait gicler du concentré Maggi dans sa soupe – en trois coups. Chaque fois que Tessie tournait la tête pour regarder, le bonnet de plastique craquait.

Papa s'est jeté sur son sandwich avec appétit. La sauce coulait sur le côté. Il a pris sa deuxième bouchée moins vite et plus posément, parce que tout le monde le regardait. Du bout du doigt, il a essuyé les dégoulinures tombées dans son assiette. Puis, tout à coup, il s'est mis à tousser comme un malade.

"Tu vois bien, Tessie, la mayo, c'est vraiment du poison ! a commenté Jolan. Les poux vont avoir leur compte, là." Il a lancé un signe de tête à papa – ça pouvait s'arrêter maintenant, le message était passé. Mais papa s'est levé d'un bond en moulinant des bras. Ça n'était pas une plaisanterie. Je lui ai tapé dans le dos jusqu'à ce que le morceau de croûte soit expulsé de sa gorge.

Tessie et moi, nous sommes allées nous coucher tôt. Maman nous avait donné quatre sacs poubelles découpés pour servir de protège-matelas.

"Tu dors ?" m'a demandé Tessie en plein milieu de la nuit. La chambre était remplie d'une odeur persistante, sucrée avec une pointe de citron.

“Oui, je dors.” Normalement, la blague aurait dû la faire rire, mais cette fois, pas de réaction. “Et si on allait te faire un shampooing, Tessie ? À mon avis, t’as mariné assez longtemps comme ça.

— Maintenant que c’est mis, autant laisser agir complètement.”

Le bonnet de plastique avait bougé au contact du sac poubelle et, à cause de ça, la bouche de Tessie était plus en travers que d’habitude.

“Tu veux monter ici te coucher ? C’est sympa, sous la pente. Moi, j’irai dormir dans ton lit.

— Non, pas la peine”, a répondu Tessie.

Quelques minutes plus tard, elle avait changé d’avis.

“Peut-être que je vais mieux dormir là-haut.”

On a fait l’échange. Son lit se composait de quatre meubles bas, juxtaposés les uns aux autres et recouverts d’un matelas. Faute de ventilation, des moisissures se développaient sous les bords. “Ça va aller”, a dit Tessie quand j’ai voulu l’aider à monter l’échelle.

Depuis le lit en contrebas, je la regardais grimper avec sa cagoule en film étirable et ses sacs poubelles dépliés. Soigneusement, elle a étendu le plastique sur mon matelas, en prenant plus de précautions encore que sur son propre lit quelques heures avant. Ensuite, elle s’est allongée. Chacun de ses mouvements faisait comme un froufrou.

“Tu peux commencer les souhaits de bonne nuit.” Elle m’a soufflé un à un les noms à prononcer.

“Bonne nuit, Dieu. Bonne nuit, Tess.

— Bonne nuit, Eva”, a terminé Tessie.

Avant même qu'il fasse jour, j'ai été réveillée par une envie de vomir. Avec la chaleur ambiante, la mayonnaise avait tourné pendant la nuit, de l'huile brillait sur les tempes de Tessie, ses cheveux formaient des cordons épais. Il y avait de la sauce partout : dans ses oreilles, sur mon coussin... Son cou était barré de stries, le bonnet de film alimentaire avait un peu relâché sa pression. Elle reposait sur les sacs poubelles, raide et immobile.

Je l'ai emmenée dans la salle de bains, lui ai demandé de se pencher au-dessus de la baignoire et j'ai commencé à rincer. L'eau perlait sur ses cheveux gras. Je lui ai savonné deux fois la tête au liquide vaisselle. Tessie donnait ses instructions : les deux côtés du crâne devaient être massés en même temps et de la même façon. Après ça, elle a refait un shampooing, pour se laver de mon lavage.

Deux jours plus tard, c'était Pâques. Les cloches étaient revenues de Rome avec sensiblement plus d'œufs en chocolat que les autres années. Tessie avait toujours les cheveux en rubans de graisse. Quand on les peignait, ils se limitaient à changer de répartition. Les mèches courtes, celles qui se cassaient toujours avant de pouvoir arriver jusqu'à sa queue de cheval, faisaient briller son front. Entre les rubans, on apercevait sa peau et, dessus, les petites bestioles noires qui grouillaient.

Au premier jour d'après les vacances, Tessie est retournée en classe le cartable plein d'œufs de Pâques, à distribuer dans la cour de récré. Elle avait mis une vieille casquette de papa sur son crâne rasé.

## 14 H 00

Les essuie-glaces remuent parfois comme des bras, parfois comme des jambes. J'ignore complètement à quoi ça tient : au type de voiture, à la fréquence des battements ou à l'humeur que j'ai quand je m'installe au volant.

Il y a eu un temps où, chaque fois qu'il pleuvait fort, je pensais à Jan en voyant l'agitation frénétique des balais en caoutchouc, incapables de repousser toute cette eau. Je me demandais si Pim avait la même image en tête lorsqu'il roulait en voiture ou en tracteur sous la pluie battante. Et si lui aussi se garait sur le bas-côté pour arrêter les essuie-glaces.

Je lance un énième coup d'œil à l'invitation posée sur le siège passager. Nous ne sommes toujours attendus qu'à trois heures.

Je pourrais aussi rentrer à Bruxelles, me faire une tartine au fromage, terminer un dessin, entendre les enfants d'à côté jouer à travers le mur. Au moindre bruit sur le palier, je me prendrais à espérer que c'est le voisin du dessous qui vient comme d'habitude frapper à ma porte et je ne verrais plus en lui un homme sur qui on peut compter, mais juste quelqu'un de prévisible. Demain, au courrier, il y aurait encore une enveloppe de Jolan que je glisserais dans la boîte à chaussures avec toutes celles que je conserve jusqu'à ce que ça fasse trop d'argent à garder chez soi et que je doive prendre une décision : m'en séparer ou pas.

Je n'aurais pas dû partir si tôt ce matin. La ferme est à trois minutes d'ici en voiture, cinq au maximum, à cause de la neige. Même si je roulais à dix kilomètres-heure et que je faisais le plus grand détour possible dans ce village, en prenant toutes les ruelles transversales dans les deux sens et en me garant sur toutes les places libres, je serais encore largement en avance pour la fête. Seuls les invités qui veulent être sûrs d'avoir assez à grignoter, des gens comme Laurens, arrivent avant l'heure.

Pas question d'attendre devant la maison de mes parents. Je choisis le trajet le plus logique et m'engage dans la rue qui mène à l'église. Cette route, je l'ai prise un nombre incalculable de fois. Je ne pense pas qu'il y ait à Bruxelles un trajet que j'aie parcouru aussi souvent, ni de mon immeuble à l'école où j'enseigne, ni de la porte d'entrée au supermarché du coin, ni jusqu'à la salle de sport de la rue Rossini où je rame une heure très tôt tous les matins, ni jusqu'à l'Académie des beaux-arts, ni même pour faire les vingt mètres qui séparent mon appartement de celui du voisin. En fait, c'est ici que j'ai été le plus souvent et tant que ça restera le cas, je serai plus ici chez moi qu'à Bruxelles.

Ça devrait pouvoir se quantifier précisément – combien de fois je suis passée à vélo devant l'église, combien de fois j'ai regardé la mère de Laurens à travers la vitrine, combien de morceaux de charcuterie elle m'a tendus par-dessus le comptoir parce qu'elle me trouvait un peu pâlotte, combien de fois je suis repartie avec un goût de gros pâté dans la bouche, en espérant que tout s'arrête, sauf les enfants, censés s'installer à terme dans la maison la plus proche, sans protester puisque la famille n'était qu'un système de transmission.

Chaque vie se résume à une simple somme algébrique, mais peu de gens s'y prennent à temps pour faire le compte depuis le début. Ceux qui tentent le coup en deviennent malades ou dérangés, ils fixent à l'avance un nombre précis de mastications pour que ça soit clair dès le départ et en défalquent tout mouvement de mâchoire. Leur existence à eux n'est pas une addition, mais une différence. Ils se remettent à zéro.

Je roule à petite vitesse dans le centre-bourg et laisse les endroits que je veux éviter m'indiquer le chemin. La maison de Mlle Emma, par exemple : je n'ai pas envie de passer par là, mais il le faut. Je le lui dois. Depuis cette boum de fin d'année en classe, je lui suis redevable de tout.

La fête en question avait eu lieu par temps de pluie, non pas le dernier jour de l'année scolaire, mais le seul où la classe annexe, c'est-à-dire nous, pouvait s'emparer des lieux : les élèves de la quatrième et de la cinquième de primaire étaient partis en excursion. On avait poussé tous les bureaux et toutes les chaises sur le côté. Mlle Emma avait invité sa sœur pour occuper la piste de danse. Tout le monde la connaissait à l'école. Avec ses formes ramassées, ses bouclettes et ses seins microscopiques, c'est à elle qu'on demandait tous les ans de jouer le père Fouettard à la Saint-Nicolas.

Vers le milieu de la fête, je suis allée dans le local technique chercher des craies neuves et un effaceur à tableau, vu que la danse avait fini par tourner au concours de rébus. En allumant dans le cagibi, j'ai trouvé Mlle Emma et sa sœur, étroitement enlacées. Mlle Emma a sursauté, mais pas jusqu'à lâcher sa sœur.

"Eva. Ce n'est pas ma sœur. C'est ma fiancée." Elle a posé la main droite sur mon dos et la gauche sur le dos de cette femme, à propos de qui, pendant un instant, il n'existait plus aucune certitude. "Ça doit rester entre nous. Promis ?"

Elle avait les mains chaudes. Je ne sentais pas le bout de ses doigts, juste la phalange disparue. En acquiesçant de la tête, j'ai mimé le geste qui permet au père Fouettard de réduire au silence tout un gymnase de bambins extasiés : on se verrouille la bouche à l'aide d'une clé imaginaire, on avale la clé.

Je m'étais vraiment juré de ne rien dire à personne, mais mes lèvres se sont descellées sur le chemin de la maison. Il me fallait quelque chose à raconter à Pim.

"Vous savez quoi ?" nous a demandé Jolan à table, quelques jours plus tard, même s'il espérait surtout une réaction de papa.

Personne ne montrait beaucoup d'intérêt, on s'attendait tous à quelque chose sur la distinction entre les plantes bilobées et unilobées.

"OK. Raconte." J'ai eu droit à un demi-sourire de sa part.

"Mlle Emma est lesbienne. Quelqu'un l'a vue de ses propres yeux." Je me suis sentie comme piquée par une guêpe. La chaleur se répandait dans toute ma poitrine.

Papa n'a pas réagi. Comme lui, je suis restée penchée sur mon assiette, à pêcher des petits lardons roses dans les macaronis luisants.

Jolan ne faisait pas partie de ceux à qui on racontait ce genre de potins, à moins de vouloir son aide en maths ou en physique. Si même lui en avait entendu parler, c'est que Pim avait mis tout Bovenmeer au courant, ou presque.

"Lesbienne, a insisté Jolan. C'est fou, non ? Paraît qu'elles étaient en train de se léchouiller dans le placard à balais." Il a de nouveau levé les yeux vers papa, pour voir si ça lui faisait quelque chose cette fois-ci.

"Occupe-toi donc de léchouiller ton assiette", a tranché maman.

Jolan s'est remis à manger en silence.

J'avais du mal à ne pas intervenir, à ne pas montrer que ce qu'il avait dit était important, correspondait à la vérité. Mais pour la première fois, je n'étais pas en mesure d'apporter mon soutien.

La rumeur du léchouillage dans le local technique, après s'être propagée dans le bourg comme une traînée de poudre, a fini par arriver aux oreilles de l'association des parents d'élèves. Certains ont exigé des éclaircissements.

Deux semaines plus tard, l'école annonçait le départ de Mlle Emma. Officiellement pour d'autres raisons.

Tout l'automne de cette année-là, en l'an 2000, je suis revenue chaque jour me poster ici, à l'endroit exact où je suis en train de garer ma voiture : derrière le tilleul. De ma cachette, je pouvais voir la maison de Mlle Emma sans me faire repérer. Non, elle n'était plus ma conscience depuis longtemps. La garde avait été relevée.

Je l'observais tailler sa haie, dépendre avec difficulté les sacs de courses accrochés à son guidon – les anses restaient tout le temps coincées dans la sonnette. Un jour, elle s'est acharnée dessus et l'a fait tinter trois fois de suite. J'étais la seule à pouvoir l'entendre. C'était comme une question à laquelle personne ne voulait répondre.

Prête à révéler ma position, j'ai actionné la sonnette de mon vélo, trois fois aussi, en respectant exactement les mêmes intervalles.

Mlle Emma s'est retournée, m'a regardée droit dans les yeux, est entrée dans la maison en traînant ses cabas et a claqué la porte derrière elle.

Avant même le début de l'hiver, le logement était mis en vente.

Elle est revenue deux fois à Bovenmeer : en 2001, pour l'enterrement de Jan, et en 2004, pour être la première lesbienne à se marier au village. À ce qui avait été dit, seules les personnes ayant publiquement soutenu sa relation seraient invitées à la cérémonie. Mais tout le monde pouvait aller lancer du riz à la sortie de la maison communale.

J'ai surveillé la boîte aux lettres pendant sept jours de suite. Pim était le seul des mousquetaires à être invité. La mort de Jan lui valait une infinité de privilèges.

Finalement, il n'y est pas allé. Je n'ai pas été surprise. Quand je lui avais raconté ce qui était à ce moment-là encore un secret, il m'avait répondu : “C'est pas qu'elle a une autre nature, elle est juste dénaturée.”

Au départ, je n'avais pas non plus l'intention d'assister au lancer de riz. L'été 2002 avait déjà eu lieu, Tessie ne vivait plus à la maison, j'avais cessé de faire des projets et j'évitais surtout de croiser Pim et Laurens.

Le jour même, je suis pourtant allée regarder, mais à distance. Une foule de curieux s'attroupait devant la maison communale. Ils voulaient tous savoir si ça passait, quand deux robes blanches se jurent fidélité pour la vie devant le bourgmestre.

Moi, ce qui m'intéressait, c'est de voir si Mlle Emma paraissait heureuse. Si son renvoi de l'école avait changé sa vie en mieux. Si ça l'avait rendue encore plus mémorable.

Il n'y a pas eu de lâcher de ballons ou de tourterelles.

Mlle Emma, les cheveux serrés en chignon, portait un tailleur blanc très décolleté. Sa jeune mariée était vêtue d'un complet en lin beige, avec pantalon droit et pochette mauve. Elles sont sorties lentement par le grand porche. Plusieurs personnes, dont la mère de Laurens, qui n'avait même pas pris la peine d'enlever son tablier, leur ont jeté des poignées de gros riz en pleine face.

## 24 JUILLET 2002

Je débarque chez Laurens comme autrefois, sans téléphoner d'abord, en espérant le convaincre d'arrêter les "sondages". Mes arguments sont prêts et j'ai tout juste assez d'argent au fond de ma chaussette pour acheter quelques rondelles de saucisson, histoire de ne pas rentrer les mains vides au cas où il ne serait pas intéressé par ma demande.

Derrière la vitre du magasin, il y a une affichette : EN CONGÉ JUSQU'À MERCREDI PROCHAIN. L'étal est vide, à part un chapelet de saucisses sèches. Un torchon déplié protège les quelques produits alimentaires qui ne s'abîmeront certainement pas en sept jours.

Le père de Laurens, presque méconnaissable derrière ses lunettes de soleil et sans son tablier de boucher, s'occupe de ranger les dernières affaires dans le coffre de la voiture, à l'intérieur du garage.

Tous les ans, c'est la même chose. Au début, ils ne prévoient pas de vacances et puis, un jour, ils partent sans crier gare. Ils vont chaque fois dans le même camping du Sud de la France, en bord de mer, près d'une plage naturiste.

Laurens est déjà sur le siège arrière, en train de lire une BD, la main dans le grand bocal de bonbons réservé au trajet. Il ouvre sa vitre.

“Indira va devoir attendre une semaine pour ton énigme.” Laurens parle à toute vitesse alors qu’ils ne sont même pas près de partir : sa mère arrose tranquillement les plantes sur le rebord des fenêtres. Par la portière, il me passe une Têtes Brûlées. Lui-même se choisit un bonbon moins acidulé que ça.

“Évidemment qu’on va t’attendre pour Indira.”

La vitre remonte.

Cinq minutes plus tard, la mère de Laurens ferme la maison.

Depuis l’incident de l’hirondelle pendant l’été 2000, je n’ai plus droit à un double de clé. Avant, trois personnes avaient accès au magasin pendant les vacances : le frère du père de Laurens, une amie de sa mère et moi. J’acceptais toujours la clé, avec gratitude, mais sans m’imaginer à quoi ça pourrait bien être utile. Il n’y avait pas d’animaux vivants à l’intérieur, la maison était équipée d’une alarme incendie, je ne connaissais rien au fonctionnement du générateur à côté de la chambre froide. Cette clé, je ne la laissais pas dans ma poche, non, je la rangeais dans la boîte à chaussettes en bas de mon armoire. Pas seulement de peur de la perdre, mais aussi parce que ce petit objet en métal me rappelait, à chacun de mes mouvements, combien j’avais espéré qu’on me demande d’en être la gardienne.

La langue brûlée par les picotements, je vais jusqu’au cimetière m’asseoir sur le muret, pour regarder la voiture familiale chargée à bloc sortir du village.

Laurens sait très bien que je n’irai pas retrouver Pim en son absence. Au ras du sol, la BMW bleue passe devant l’église. J’ai beau m’être résolue à ne pas insister sur le fait que c'est moi qui reste ici, je me mets quand même à agiter le bras tous azimuts, car Laurens ne voit pas ce que je vois : au milieu des affaires de camping entassées sur la banquette arrière, sa tête apparaît plus petite et plus dérisoire que d'habitude. C'est dur de ne pas avoir pitié.

J'essaie de me représenter les vacances qui, depuis des années, correspondent à ces bagages. Ce n'est pas trop difficile. Les trois glacières, par exemple, contiennent des invendus que les parents de Laurens grilleront ce soir au barbecue et qu'ils distribueront gratuitement autour d'eux, ce qui leur permettra d'emprunter du matériel aux autres campeurs jusqu'à la fin des vacances, sans scrupule. Le grand réservoir à eau, lui, devrait leur prendre pas loin d'une journée à remplir et à transporter. Et les bâtons de marche nordique en resteront au stade de la bonne résolution.

Je peux à chaque fois m'imaginer précisément la situation – y compris pour le matelas gonflable et les jeux de société – sauf dans un cas : la mère de Laurens nue sur une plage naturiste. Ici, à Bovenmeer, elle est la personne la plus prévisible que je connaisse. À tout moment de la journée, je sais où elle se trouve, ce qu'elle est en train de faire et comment elle le fait, quelle viande elle coupe, avec quel couteau.

On dirait qu'elle n'a pas peur d'exposer son corps sur une plage française alors que, devant nous, elle le garde couvert – c'est curieux, mais aussi vexant, je trouve. Elle se sent visiblement plus à l'aise avec des étrangers. Quelque part, ce village trop familier ne répond pas à son attente.

La voiture disparaît, j'arrête de saluer dans le vide et je lève les yeux vers le clocher. L'horloge n'a pas d'aiguille pour les secondes et ça vaut mieux. Il n'est pas encore midi.

Pendant les vacances, les mercredis sont les jours les plus longs, des jeux à somme nulle. Cet après-midi, on n'aurait pas eu classe de toute façon.

Il y a bientôt deux semaines que les baraques des forains sont parties. Ça fait plus longtemps que la durée de la kermesse elle-même, et pourtant, ils laissent encore un vide. Tout comme les grands-parents postés au bord du manège, qui encourageaient leurs petits-enfants à décrocher la floche – bon pour un tour gratuit. Comme l'exploitant, qui faisait valser le pompon tout juste hors d'atteinte des petites mains crochues. Et comme ce gamin pas très motivé qui avait quand même réussi à saisir le trophée, pas en compensation du fait qu'il n'avait manifestement aucune chance, mais parce qu'il était accompagné de frères, de sœurs, de cousines et de cousins qui voudraient tous monter sur le manège au tour d'après, en payant leur ticket.

La voiture est à peine sortie de mon champ de vision qu'autre chose a pris sa place : mémé, en route vers le distributeur automatique de pain qui se trouve devant la salle paroissiale. À mesure qu'elle approche, les détails se précisent – sabots, lunettes, pantalon corsaire porté sur un maillot de bain une pièce – et je la vois hésiter en m'apercevant. Elle va d'abord acheter son pain, puis se décide à venir vers moi, le sac en papier coincé sous le bras. Elle ressemble de plus en plus à une grand-mère.

"Elisa loge à la maison cet été."

Elle me regarde droit dans les yeux. Je n'ose pas sourire.

“Oui, je l’ai vue monter à cheval, l’autre jour.

— D’après moi, elle s’ennuie”, dit mémé. Elle sort un quignon de pain du sachet et me le donne. Du temps où j’allais déjeuner chez elle, je mangeais toujours les croûtons parce qu’elle m’avait affirmé que ça faisait pousser les seins, ce que je voulais bien croire en voyant Elisa.

“Elle va comment ?” J’ai parlé la bouche pleine.

“Si tu viens avec nous aux Monts de Lille cet après-midi, tu pourras le lui demander toi-même. Ou as-tu déjà quelque chose de prévu ?”

Je me faufile à quatre pattes sous les barbelés. Je reste près de la clôture, mes yeux suivent Elisa qui fait des tours de pré sur son nouveau cheval, en se levant de sa selle un temps sur deux avec pas mal d’exagération.

Le week-end de la kermesse, à son arrivée au village, je n’ai pas osé lui parler parce que je ne voyais aucune raison à ça. Maintenant que mémé m’invite à la convaincre de nous accompagner aux Monts de Lille, c’est différent. Cette fois, je me présente à la demande de quelqu’un d’autre.

Je viens de passer chez moi me mettre en maillot. Il m’a fallu quelque temps pour trouver comment garder mes seins. Devant le miroir de la salle de bains, j’ai enfilé un de mes deux soutiens-gorge rembourrés, les bretelles restaient bien en place sous celles du maillot. Ça ne vaut pas les rondeurs d’Elisa, mais c’est mieux que rien.

Quelques minutes s’écoulent avant qu’elle m’aperçoive. Elle arrête de se trémousser sur sa selle, pose les mains sur l’encolure et se redresse. En clappant de la langue avec bruit, elle dirige le cheval de mon côté. Il est plus grand que Twinkle et a une tache blanche autour de l'œil gauche.

Si c'était une vache, ce serait une groningue. Jan m'a dit un jour que les groningues noires à tête blanche étaient ses vaches préférées.

Elisa met pied à terre. Elle fait toujours une tête de plus que moi. La première chose que je remarque, ce sont ses sourcils. Deux arcs bien nets. Je pense qu'elle ne les a pas épilés elle-même. À Hoogstraten, ils doivent avoir un salon de beauté pour ça.

L'étalon souffle avec impatience. Elisa redonne un clappement de langue et s'éloigne devant moi vers le grand abreuvoir à l'extérieur du box.

"Mémé voudrait savoir si tu vas aux Monts de Lille avec elle. Elle a demandé si moi aussi j'avais envie de venir." Elisa fronce la courbe fine de ses sourcils.

"Et si je dis non, vous y allez à deux ?"

Elle conduit son cheval dans le box, puis enlève la selle. Elle prend tout son temps, appuie sur chacun de ses gestes.

Le dos d'Elisa m'énerve. Le voir devant moi, c'est ne pas être vue d'elle. J'ai exactement l'inverse avec la plupart des gens, comme mon père. Son dos est le seul endroit du corps que j'ose regarder, auquel je ne reproche rien – c'est son angle mort.

Elle met une heure à se préparer. Ce n'est que dans la voiture, une fois qu'elle s'est assise à côté de moi et qu'elle me montre le bikini jaune fluo sous sa tenue d'été, que je sais qu'elle va vraiment venir avec nous.

"Pardon pour le temps que ça a pris, me dit mémé.

— Pas grave.” Ça fait toujours un moment de passé.

J’essaie de me détendre. Maintenant que Laurens est parti pour une plage où il va rentrer le ventre dès qu’il croisera des petites Hollandaises, je n’ai pas besoin de me demander si lui et Pim sont en train de s’amuser plus que moi.

Une demi-heure après, on arrive aux Monts de Lille.

Pour une base de loisirs perdue en pleine Campine, dans un patelin aussi petit que Lille, le nom est super bien trouvé du point de vue commercial : chaque année, des centaines de touristes en chaussures d’escalade ou munis d’une carte de France viennent s’échouer ici, au bord du plan d’eau aménagé. En général, ce sont eux qui louent les pédalos, histoire de ne pas avoir fait tous ces kilomètres pour rien.

On va poser nos serviettes à une certaine distance de mémé, en les mettant dans l’autre sens, comme ça, les garçons allongés tout près ne se douteront pas qu’elle est avec nous.

“T’es pas si grosse que ça, finalement.” C’est la première chose que me dit Elisa une fois qu’on a toutes les deux enlevé nos vêtements et qu’on se retrouve en maillot. Elle dépose au creux de ma main le double de la quantité de crème solaire qu’elle estime suffire à la superficie de son corps à elle.

Après m’être enduite, je vais me coucher sur le ventre et détourne la tête. Elisa prend une revue dans son sac, commence à lire. J’aurais dû apporter une BD.

La dernière fois que je me suis penchée sur un livre avec elle, c’était en quatrième année de primaire, la veille d’un test de compétence grammaticale. J’étais la meilleure en analyse de phrases, mais j'avais besoin d'une excuse valable pour aller frapper chez mémé aussi tard le soir. J'ai dit que j'avais oublié comment on reconnaissait une subordonnée.

"D'abord, il faut trouver le sujet de la principale, a répondu Elisa en articulant comme une institutrice. Par exemple, dans la phrase : « Elisa explique la règle à Eva, qui l'écoute. » Qui fait l'action ? Elisa. C'est elle qui explique, elle est le sujet. À qui est-ce qu'elle explique ? À Eva. Eva écoute, elle est donc le complément d'objet de la subordonnée introduite par qui."

J'ai déduit de ces explications qu'elle en savait encore moins que moi, mais je ne l'ai pas corrigée. Au contraire. Le lendemain, je l'ai laissée rater son interro. Parce qu'en fin de compte elle avait raison : tant qu'on serait toutes les deux dans la même phrase, je resterais sa subordonnée.

C'est seulement vers quatre heures, quand le soleil commence à baisser, qu'Elisa propose d'aller à l'eau. Elle se lève de son drap de bain, fait des petits sauts sur le sable pour relâcher ses muscles. La ligne qui descend de sa nuque au coccyx est hérissée de vertèbres pointues, comme les dinosaures que gribouillent les enfants. Une simple lanière jaune fluo nouée derrière son cou retient le poids de ses seins. Elle et moi, on a plus ou moins autant de graisse sur le corps, sauf que chez elle, c'est placé là où il faut.

Son ventre plat est barré d'une ligne profonde juste au-dessous du nombril, comme sur un pantalon à pinces – quand elle s'assied, ça ne plie qu'à cet endroit et nulle part ailleurs.

J'avais remarqué ça dès le premier jour, à la piscine. Je le savais déjà : les détails que j'admirais chez elle seraient ceux que je détesterais plus tard. À l'inverse, je trouve maintenant que sa verrue est ce qu'elle a de plus beau, surtout qu'elle réussit chaque fois à l'escamoter parfaitement sous son haut de bikini. Elle a dû en essayer, des maillots, avant de trouver le bon modèle…

"Je veux pas me baigner." Elisa reste sourde à mes paroles, alors je me lève quand même et la suis à petits pas dans l'étang.

"D'accord, mais j'irai pas plus loin que la taille." Autrement, le rembourrage de mon soutien-gorge va se remplir d'eau. Et tout le monde sait que les tricheuses se reconnaissent à ça : deux cercles restés humides sur un maillot de bain sec.

Elisa pique une tête. Quelques secondes plus tard, elle m'attrape par les chevilles, me fait perdre l'équilibre. Je tombe de tout mon long dans la petite hauteur d'eau.

En me relevant les narines pleines de flotte et même après, pendant qu'on crapahute toutes les deux dans le sable jusqu'à nos draps de bain, je me demande comment ça se fait que je la trouve sympa depuis tant d'années, pourquoi je suis venue ici avec elle. Ça s'est sûrement passé de la même façon que pour le sable de mer : au départ, les grains constituaient ensemble un rocher qui n'avait pas l'intention de s'effriter, mais au bout du compte, le temps et l'eau en ont décidé autrement.

On se rallonge sur nos serviettes. Elisa se sèche par étapes en changeant régulièrement de côté, moi je reste sur le ventre pour que les taches de mouillé sur ma poitrine ne se remarquent pas trop.

Le slip de bain d'Elisa est un modèle à cordelettes qu'on noue sur les côtés. Elle capte l'attention du petit groupe de garçons assis derrière nous en rentrant le ventre et en basculant le bassin vers l'avant, ce qui tend sa culotte de bikini comme un pont suspendu entre ses hanches. J'ai moi aussi une vue imprenable : sa toison pubienne forme une grosse boucle noire, humide et résolue.

Elle attend que tous les garçons, l'un après l'autre, se soient mis à plat ventre pour dissimuler leur excitation et, alors seulement, elle redresse le bassin.

“Est-ce que t'es encore vierge ? me demande Elisa, assez fort pour qu'ils puissent l'entendre.

— Et toi ?” C'est exactement ça qu'elle veut – répondre à ses propres questions.

“Bien sûr que non. Mais tu le connais pas. Un gars de Hoogstraten. Il était plutôt gentil, j'ai pas eu mal. Toi oui ?

— Non, moi non plus.”

On ne dit plus rien pendant quelques instants. Les garçons se lèvent pour une partie de football. En passant à côté de nous, ils palpent du regard le corps allongé d'Elisa.

Je pense à Tessie, que j'ai laissée tout à l'heure à la maison. Ce matin, à peine levée, elle avait déjà commencé par enfiler son maillot, dans l'espoir que ça persuaderait l'un d'entre nous d'aller nager avec elle. J'aurais pu l'emmener à la Fosse. J'aurais pu me décider à installer la piscine, ça aurait empêché papa d'utiliser cette promesse pour faire faire à Tessie toutes sortes de corvées.

Mémé apparaît sur la bande de sable entre nos deux serviettes.

“Je vais chercher des glaces. Qu’est-ce que vous prenez ?”

Elisa secoue la tête. “On n’a pas faim.”

Nos yeux suivent mémé qui s’en va vers le marchand de glaces en contournant les pommes de pin tombées sur le sable comme si c’étaient des mines antipersonnelles.

“Ça m’est déjà arrivé de jouir sur mon cheval”, dit tout à coup Elisa lorsque mémé n’est plus à portée de voix.

C’est la première fois qu’elle parle de chevaux depuis le début de l’après-midi.

“Sur ma selle, y a une petite bosse, juste au bon endroit. Tu vois ce que je veux dire.” Elle prononce chaque mot avec lenteur, comme si elle voulait que je prenne des notes. “Après la mort de Twinkle, j’ai remplacé tout l’équipement, sauf la selle.”

Mémé revient à la hâte avec une boule de glace vanille et deux Calippo. Elle jette les tubes de sorbet entre nous et retourne s’asseoir sur son drap de bain pour déguster son petit pot de crème glacée.

Je pourrais clouer le bec à Elisa en lui rappelant la vérité : c’est de sa propre faute si elle a les lèvres d’en bas aussi grises et aussi avachies, ça vient de tous ces frottements contre la selle en cuir. Je prends un Calippo et retire la languette de protection.

“Tu veux que je t’apprenne à monter ?” me demande Elisa. Je hausse les épaules.

Elle attrape l’autre tube, le coince entre ses cuisses et l’entoure de ses mains pour le réchauffer, en montant et en descendant jusqu’à ce que le sorbet surgisse de l'emballage cartonné. Ensuite, elle met dans sa bouche le morceau qui dépasse et le lèche en aspirant les filets de sirop poisseux.

Les garçons, trop occupés à jouer, ne remarquent pas les gestes d'Elisa. Sauf le gardien : au deuxième coup de langue, il laisse passer un but.

Vers six heures, l'air commence à se rafraîchir d'un coup, il y a une forte odeur de viande noircie alors que je ne vois pas un seul barbecue allumé. Elisa ne rentre plus le ventre, les garçons de tout à l'heure sont partis. Les serviettes mouillées ont laissé des empreintes partout sur la plage. “On va bientôt lever le camp !” nous crie mémé. Elle est dans l'eau jusqu'à la taille, pas très loin d'enfants qui s'ébattent.

“Je te parie qu'elle est en train de pisser”, dit Elisa.

J'enfile mon T-shirt, me remets debout. On suit des yeux un pédalo qui a dérivé au milieu de l'étang avec deux petits garçons à bord – un sauveteur à moitié nu doit leur venir en aide. On a beau regarder la même chose, Elisa et moi, on verra toujours des trucs différents. Dans une heure, je l'aurai de nouveau perdue, on ne se parlera plus avant longtemps. Elle vient s'asseoir à côté de moi pour se dessabler les pieds avec sa serviette.

J'ai envie de lui donner quelque chose en souvenir, des mots qui resteront entre nous, une confidence, mais je ne peux pas lui raconter ce qu'on est en train de fabriquer cet été avec Pim et Laurens, ni leur programme, ni leur classement, qu'elle domine de ses neuf points et demi – elle ne le verrait pas comme un secret, mais comme un compliment.

“J’ai une énigme à te raconter. Elle peut avoir de l’importance, cette énigme…

— Allez, vas-y”, dit Elisa.

Je lui raconte l’énigme, tout en claquant des dents. Elisa écoute avec attention. Sa peau brûle contre la mienne. Un bref instant, j’ai l’impression qu’elle connaît déjà cette histoire, que c’est elle qui me l’a racontée un jour, qu’elle est cette personne dont j’ai oublié les silences et l’intonation. Mais non, elle me regarde, légèrement soucieuse, et dit : “Aucune idée. Dépêche-toi pour la réponse parce que j’aime pas trop jouer aux devinettes.”

Je lui donne la solution sans hésiter une seconde.

“Oui, une fois qu’on le sait, ça paraît logique.”

Elle se lève, dénoue les lanières de son slip de bain, un côté après l’autre, et les resserre. Elle tire ensuite un peu sur le tissu pour le détendre et faire disparaître l’empreinte de ses lèvres.

Un quart d’heure plus tard, on est de retour à la voiture, entre les rangées de pins. Mémé nous propose de nous mettre à l’arrière pour bavarder, mais Elisa s’installe sur le siège passager. Elle baisse la vitre. Son dos est bien bronzé, les boucles de sa queue de cheval commencent à voler dans tous les sens dès qu’on prend de la vitesse. Je sens encore sa peau qui chauffe contre la mienne.

## *ENCARTA 97*

Je n'ai jamais vraiment demandé la paix dans le monde. Un chapelet non plus et pourtant, c'est ce que m'a offert papi à ma première communion, au lieu de l'enveloppe traditionnelle pour un vélo de grand. Il m'a tendu un étui en cuir avec, à l'intérieur, un collier à cinquante-cinq perles – entre les dizaines, il y avait des boules blanches, sauf une qui était bleue.

Pour papi, dire le rosaire allait de soi. C'est pour ça qu'il ne m'a jamais expliqué comment l'utiliser. D'un autre côté, il ne m'imposait pas non plus de contraintes…

J'ai commencé le matin dans la salle de bains, les genoux à même le sol. Je passais les perles une à une entre mes doigts, comme j'avais vu papi le faire. À chaque boule blanche, je prononçais le même vœu : gagner le cross interscolaire de cette année-là. Arrivée à la boule bleue, qui était un peu plus lourde en main et qui donnait l'impression de ne pas devoir être utilisée à des fins personnelles, je demandais la paix dans le monde.

Je ne savais pas ce que ça supposait en pratique, mais c'était sans doute un sacré boulot et j'espérais que Dieu, par fainéantise ou seulement par pitié, choisirait l'option la plus simple et la plus rentable : une victoire à l'épreuve nationale de cross-country.

En quatrième année de primaire, j'ai arrêté de dire mon chapelet. Il y avait eu quatre rencontres interscolaires et je n'en avais gagné aucune – mes jambes n'allaient plus se mettre à grandir.

À Noël, sous le sapin, on n'a pas trouvé de téléviseur, mais *Encarta 97*.

Jolan avait un surnom pour ce CD-ROM éducatif : "kit de survie en cas d'exposé". Cette année-là, il avait eu un microscope pour son anniversaire ; il était encore en plein dans la phase où il n'admettait un fait qu'après l'avoir vérifié scientifiquement lui-même. Pendant qu'il déterrait des insectes dans le jardin pour les examiner entre deux lamelles de verre fournies avec l'appareil, on mettait une deuxième chaise devant l'ordinateur, Tessie et moi, et on partait en exploration sur *Encarta 97*. On parcourait des dizaines d'articles, on répondait au quiz où il fallait relier des instruments de musique à leur culture d'origine et au son qu'ils faisaient, on visionnait des mini-documentaires… Celui qu'on regardait le plus souvent était une vidéo sur le tremblement de terre à Kobé, au Japon. Il montrait un viaduc de plusieurs kilomètres en train de basculer sur le côté, mais donnait aussi des instructions à suivre en cas de séisme : se mettre dans un encadrement de porte ou s'abriter sous un bureau.

Je pouvais enfin me faire une idée concrète de ce monde pour lequel, pendant des années, je n'avais pas demandé la paix. Une médaille d'or au huit cents mètres n'avait jamais semblé aussi futile.

Le soir même, au lieu de recommencer à dire mon rosaire, j'ai ouvert en grand la fenêtre de la chambre et je me suis allongée sur ma couette, bras et jambes écartés. J'essayais par-là d'attraper le maximum du froid qui entrait, pour me sensibiliser aux conditions de vie dans certains pays, pour me mettre à la place des gens touchés par les tremblements de terre, des enfants qui n'avaient pas de flûte à bec et qui devaient se débrouiller avec un tronc d'arbre creux.

Ma première action de solidarité a duré cinq minutes. Le froid ne m'a gênée qu'aux extrémités, au niveau des orteils et sur le bout du nez.

Tessie a très vite voulu participer. J'ai essayé de l'en empêcher, mais elle ne m'a pas obéi, elle a repoussé sa couette au pied du lit et s'est mise dans la même position que moi.

Du coup, on était deux pour partager la misère, alors j'ai prolongé notre action de solidarité jusqu'à dix minutes. Tessie n'avait pas de radio-réveil, sa notion du temps dépendait de moi. Elle ne remontait son édredon qu'au moment où je lui disais de le faire.

Il y avait une astuce : ne pas rouler la couette en boule à ses pieds, mais s'allonger par-dessus – le corps, tout comme un chat qui vient dormir à côté de vous sur le lit, réchauffe la couverture sous lui. Au bout d'une demi-heure, on peut se recoucher bien au chaud.

Je n'ai rien dit. Je savais déjà que Tessie préférerait écarter sa couette pour que l'épreuve soit la plus rude possible.

L'endurance au froid est devenue un rituel qu'on pratiquait deux fois par semaine, le mardi et le jeudi. On se concertait d'abord sur la culture pour laquelle on voulait souffrir, sur la photo ou la vidéo qui allait recueillir notre solidarité.

"Ça fait toujours pas dix minutes ?" demandait Tessie au bout de cinq. Son lit à elle était plus près de la fenêtre ouverte et elle avait moins de graisse sur le corps. Le froid ne l'atteignait sans doute pas qu'aux extrémités, mais s'infiltrait tout de suite au plus profond d'elle-même.

Souvent, je mentais. Tout simplement parce que j'en avais la possibilité. C'était bien de pouvoir nous punir toutes les deux, mais je voulais aussi savoir ce que ça faisait de manipuler le temps, de le retenir.

Parfois, on restait plus d'une demi-heure à grelotter sur nos couvertures. Tessie claquait des dents plus fort que moi. À mon avis, elle savait très bien que je faisais durer les choses et pourtant, elle ne protestait pas – elle pensait sûrement qu'on l'avait mérité.

Quand j'ai vu ses petites fesses pâles et ses veines qui tournaient au violet, j'ai compris que j'étais en train de la briser.

Je lui ai dit qu'on devait arrêter, mais il était déjà trop tard. Les vendeurs de vent allaient passer chez nous un ou deux mois après. Tessie menait déjà ses propres actions de solidarité.

Elle énervait tout le monde, mais surtout Jolan – qui voulait pouvoir calculer à tout moment combien de jours il lui restait jusqu'à son prochain anniversaire – en n'allant plus jamais aux WC sans remettre le calendrier mural à la page de février.

Ces calendriers, c'était une initiative de maman, elle les achetait pour soutenir une organisation humanitaire. Ils revenaient cher, mais contenaient des photos professionnelles, très colorées, de pays en voie de développement. Elle ne les plaçait jamais deux années de suite au même endroit dans la maison, comme ça, les anciennes éditions pouvaient rester affichées, rien que pour les portraits de caractère, pour ces gens qui gardent le sourire malgré les privations.

C'est dans nos minuscules WC, juste devant la cuvette, que se trouvait le plus ancien, un exemplaire de 98. En s'asseyant sur le trône, on n'était qu'à trente centimètres d'un coin de Tiers Monde.

Tessie allait de plus en plus souvent faire pipi. Au point que maman a commencé à m'expliquer les symptômes de la cystite et m'a demandé de chercher à savoir si c'était bien le cas.

Des fois, j'entendais Tessie chuchoter derrière la porte. Impossible de comprendre ce qu'elle disait.

"Tu parles toute seule ?" J'avais attendu qu'elle ait fini pour lui poser la question.

"Je suis pas toute seule." Elle semblait vexée. Je voyais bien pourquoi elle prenait ce ton défensif : c'était une question vexante. Maman aussi se parlait comme ça quelquefois.

Il a fallu que Tessie ouvre la porte des toilettes et que je voie le calendrier à nouveau retourné pour que mes soupçons se confirment. Le mois de février avait le visage d'une femme noire assise devant une bassine, les doigts resserrés sur une boulette de riz et des mouches collées sur ses lèvres.

“Tu parles au calendrier !”

Je me suis mise dans l’embrasure, les mains posées sur les montants, pour barrer le passage à Tessie. Elle n’a pas bougé.

Et puis, avec hésitation, elle m’a expliqué comment les choses en étaient arrivées là. Sur la photo de janvier, il y avait un bœuf devant de grandes étendues sauvages, et un homme qui regardait l’objectif d’un air hostile. Jusqu’à la fin du mois, Tessie s’était assise en travers de la lunette pour que cet homme ne puisse pas voir entre ses jambes.

Heureusement, février était arrivé. Le regard de la mangeuse de riz avait tout de suite rassuré Tessie. Devant cette femme, elle ne ressentait pas de gêne. Elle lui avait raconté deux ou trois choses personnelles. Ça avait été un bon mois. Elles étaient devenues amies.

Mais on était passé à mars. Quelqu’un avait tourné la page du calendrier, la femme n’était plus là et Tessie trouvait ça grave : il n’y avait plus personne pour la regarder, pour l’écouter.

“C’est comme si on nous avait scotché du carton sur nos fenêtres et qu’il fallait attendre notre tour avant de revoir dehors. Tu crois qu’on aurait envie de passer onze mois de l’année dans le noir, toi ?”

Je comprenais Tessie mieux qu’elle pouvait se l’imaginer. J’aurais pu lui raconter à qui ressemblait ma conscience. J’ai déchiré pour elle la page de février. On l’a punaisée dans la chambre, sur le mur au pied de son lit.

## 14 H 15

Il faut que je trouve une allée de garage assez grande pour faire demi-tour, alors je pousse un peu plus loin, rue de la Viorne. Là aussi, il y a deux sortes de maisons : les verticales et les horizontales.

Moi, j'ai grandi dans un exemplaire en hauteur, une construction un peu plus imposante qu'un logement ouvrier. Chez Pim, le corps de ferme aux murs couverts de chaux était couché devant les étables comme un chat près d'un poêle ronflant. La boucherie de Laurens, un bâtiment tout en largeur avec des fenêtres panoramiques au rez-de-chaussée comme à l'étage, semblait vouloir revenir en permanence à la station debout.

Depuis que j'ai repéré ces deux catégories, je ne peux plus chasser de moi l'idée qu'un village est surtout fait de structures allongées, alors qu'une ville se compose d'immeubles hauts, et que l'expression “une cité qui ne dort jamais” ne se rapporte pas forcément aux habitants.

L'ancienne maison de Mlle Emma est du type vertical. Juste à côté se trouve le “bois du bois” avec, à l'arrière, des prés qui appartiennent aux parents de Pim et, encore un peu plus loin, une grande zone naturelle.

Si ce bois s'appelle comme ça, c'est qu'au départ, à Bovenmeer, il y en avait deux et qu'on a donc eu besoin de noms différents pour les distinguer. D'une part, notre bois à nous, en bordure de la Fosse, avec ses bancs publics, ses poubelles et ses pontons bricolés par les villageois eux-mêmes, et d'autre part ce bois-ci, un terrain privé qu'on ne s'est mis à explorer que beaucoup plus tard à cause du gros ruisseau marécageux qui l'entourait. À cet endroit, les arbres n'étaient pas garnis de clous pour suspendre les hamacs, leurs branches ne servaient pas de support à des cabanes, les orties et les grandes berces proliféraient. Le bois du bois était resté nature.

Pendant l'hiver qui a suivi la mort de Jan, j'allais souvent promener le chien le long du ruisseau. Pas seulement parce que c'était interdit aux voitures et qu'il y avait rarement du monde, mais aussi parce que le bois donnait sur les terres des parents de Pim. Je m'arrêtais pour inspecter les pâturages, évaluer à l'état du bétail comment la famille se portait. Les vaches étaient quasiment privées de soins, personne ne les rentrait le soir, personne ne les brossait. Elles sont restées au pré tout l'hiver, agglutinées les unes contre les autres pour se protéger de la neige, d'abord, et plus tard de la pluie, en ne s'abreuvant que d'eau gelée ou verdâtre.

Chaque fois que je passais, elles me lançaient des meuglements plaintifs, la panse creuse et la robe pleine de nœuds. Comme tout le reste du village, je n'osais pas leur répondre, je fuyais leur regard.

Ce n'est qu'à la fin mars que l'administration communale a reçu une plainte pour maltraitance aux animaux. Elle avait été déposée par un ornithologue amateur venu observer les oiseaux de la zone naturelle – il n'était pas du village, il ignorait tout. Le père de Pim n'avait pas encore le cœur à pardonner, ce que les élus comprenaient bien. La plainte a été classée sans suite.

J'ai déjà roulé cinq cents mètres. Toujours pas d'allée où faire ma manœuvre. Je connais chacune de ces maisons et leurs occupants, ou du moins ceux qui habitaient là il y a neuf ans. Je sais si, à l'époque, ils triaient leurs déchets, à quelle fréquence ils tondaient leur pelouse, comment ils recevaient la communion, s'ils avaient enseigné à l'école primaire. Chez certains, je reconnais même la décoration de Noël.

Je veux éviter qu'ils se rendent compte de ma présence, qu'un chien m'aboie dessus ou que des rideaux se soulèvent pour laisser passer le regard méfiant de ceux qui n'attendaient pas de visite aujourd'hui, jusqu'à ce qu'ils me reconnaissent. Je ne veux pas qu'ils sortent bavarder avec moi, qu'ils expédient quelques banalités sur le mauvais temps avant de me demander comment va Tessie, avant d'essayer de voir ce que j'ai dans mon coffre.

Alors je continue. Dans un peu moins d'un kilomètre, cette rue va rejoindre la grand-route et je pourrai tourner à gauche. Il faut d'abord que je passe devant la boucherie, mais bon, c'est comme ça.

J'oblique légèrement.

La maison de Laurens apparaît au loin. Il y a du crépi couleur orange brûlée sur la façade. C'est nouveau.

Je rapproche la voiture pour regarder par la vitrine, mais les stores sont baissés. Une affichette a été posée dessus. FERMETURE EXCEPTIONNELLE LE 30/12/15.

COMMANDES ENCORE POSSIBLES PAR TÉLÉPHONE : 03 475 64 32. C'est écrit en grosses lettres, à la main, sur deux pages.

Une nouvelle enseigne, perchée sur deux poteaux, surplombe le jardin de devant. Des spots directionnels l'éclairent à perte. Sous le portrait stylisé de porcelets rieurs, on peut lire BOUCHERIE-CHARCUTERIE "AUX TROIS PETITS COCHONS".

Je savais déjà que la boutique avait changé de nom. C'était en 2004, j'habitais encore chez mes parents et un bar à hôtesses venait d'ouvrir pas très loin de là, juste de l'autre côté du canal. L'exploitant était un Néerlandais qui roulait en Mercedes blanche. Même si le village ne comptait aucun autre club privé de ce genre, ce qui rendait impossible toute confusion, il n'avait pas appelé son affaire Le Bar à Hôtesses, mais Le Bonheur, par analogie avec La Nuit et Le Bel Accueil, dans l'espoir de s'imposer comme valeur sûre parmi les habitants. Pour les deux cafés de Bovenmeer, mais aussi pour La Boulangerie, La Boucherie, L'Épicerie et les autres petits commerçants, c'était inadmissible. Mais vu qu'aucun d'entre eux ne voulait aller frapper aux portes pour faire signer la pétition "Non au bar à hôtesses" ou "Non au Bonheur", tout le monde – y compris les parents de Laurens – avait suivi son exemple et cherché une raison sociale appropriée.

À la boucherie, d'après ce que j'ai entendu dire par la suite, on avait longtemps hésité sur la nouvelle appellation. L'idée des trois petits cochons était sans doute venue de Laurens, parce qu'à mon avis sa mère aurait quand même été capable de trouver mieux. La Fosse elle aussi avait eu droit à une grande pancarte toute neuve : LA MINE AUX POISSONS.

C'était peut-être surtout un geste pour les pères de famille. Ça leur permettait enfin de dire concrètement où ils allaient. "Passer aux Trois Petits Cochons" ou "faire quelques brasses à la Mine aux Poissons" ne pouvait pas laisser place à des doubles sens involontaires comme "aller chercher de la viande fraîche" ou "se tremper dans la Fosse".

Sans la lumière des spots qui éclairent la nouvelle enseigne, je n'aurais pas vu qu'il a recommencé à neiger. Je serre au plus près du parking, relis le message griffonné sur l'affichette – c'est l'écriture de Laurens.

Je me représente parfaitement ce qui se passe derrière ces stores, l'activité qui règne dans le magasin pour la préparation des commandes. Avec Pim, on a aidé plus d'une fois les parents de Laurens à garnir les plateaux en aluminium. Il y en avait partout au rez-de-chaussée, sur les bahuts, le comptoir, les chaises, les appuis de fenêtre et il ne restait plus la moindre surface de libre – à part l'abattant des WC.

Le père de Laurens nous remettait une à une des barquettes remplies de morceaux de viande tout juste découpés, qu'on allait répartir équitablement sur les plateaux – les bons clients avaient droit à une côtelette d'agneau supplémentaire, les moins bons se retrouvaient avec des blancs de poulet pleins de gras sur les bords.

C'est la mère de Laurens qui faisait la première tournée, en dressant des lits de feuilles de laitue, et qui assurait aussi l'avant-dernière pour voir si tout était correctement présenté. Au besoin, elle ajoutait ici et là une branche de persil ou une poignée d'oignons émincés. Après, on se rangeait sur le côté pour regarder le père de Laurens conclure l'opération en piquant un petit drapeau belge sur chacun des plateaux.

Toute la soirée se déroulait dans une ambiance joyeuse que je n'avais jamais connue chez moi, et avec une efficacité dont mes parents n'auraient certainement pas été capables.

Une fois, à la fin de la journée de travail, le père de Laurens avait levé sa main barbouillée de hachis vers moi, peut-être pour tenter un *high five*, et j'avais compris à sa façon de refermer ses gros doigts sur mon poing glacé que ça ne lui aurait pas déplu si j'avais été sa fille.

Pour ne pas être aperçue, je me gare quelques mètres plus loin, devant l'allée des voisins de Laurens, qui sont sans aucun doute partis aux sports d'hiver – tous les volets roulants sont fermés. D'ici, j'ai une vue imprenable sur la porte de la boucherie et sur l'enseigne aux trois têtes de cochon. Le panneau indique l'heure qu'il est, mais aussi la température extérieure. À quatorze heures seize, il fait exactement moins deux degrés.

J'ai encore au minimum quarante-cinq minutes devant moi.

J'appelle Tessie. Je laisse sonner. À cette heure-ci, je ne vois pas trop ce qu'elle peut avoir à faire. Qu'est-ce qui l'empêche de décrocher ?

Trois bips. Juste avant le quatrième, je raccroche. Je ne veux pas laisser de message. Les messages, on les écoute toujours au mauvais moment, une fois qu'ils ne sont plus d'actualité.

## 31 JUILLET 2002

“Le raffut dans le jardin, là, c’est une chatte qui crie”, me dit papa d’un ton rassurant lorsque je redescends au bout d’une heure voir si ça va, lui et maman.

“Les matous ont un pénis couvert de crochets.” Il ouvre lentement le poing pour former comme une griffe acérée. “Toi aussi, tu piaulerais.”

Une fois recouchée, je réconforte à mon tour Tessie en lui certifiant que les cris aigus qui résonnent depuis maintenant trois quarts d’heure dans le jardin ne viennent pas de maman.

Elle comprend. “Les chats doivent défendre leur territoire.

— Absolument, Tessie.”

Il est vingt-trois heures deux. Je me suis presque habituée à l’idée que Laurens est loin d’ici, en France. Peut-être parce que je sais qu’il revient déjà cette nuit.

Comme d’habitude, Tessie commence à souhaiter la bonne nuit à tout l’univers. À l’armoire-penderie, aux enfants du Tiers Monde, aux objets dans la chambre, aux instituteurs qu’elle trouve sympathiques, à Nancy Le Savon, à Agnes de L’Épicerie, à Nanook, aux étoiles et aux planètes les plus près de nous, à Pan-Pan son lapin.

Ça dure environ une minute et demie. Elle terminera par Dieu et par moi. Voilà bientôt deux ans que c'est comme ça, tous les soirs, sans exception. Elle récite ses vœux à la manière d'une comptine. Avant, de nouveaux noms venaient parfois s'ajouter à la liste, mais depuis, ses paroles d'adieu ont pris un tour définitif.

Je jette un coup d'œil à mon radio-réveil. Il ne décompte pas le temps, mais additionne chaque minute passée comme si elle nous restait due.

"…bonne nuit, Dieu, bonne nuit, Eva", conclut Tessie à vingt-trois heures quatre.

C'est mon tour. Je suis censée attendre exactement deux secondes.

"Dans ta tête, tu comptes deux crocodiles, m'avait un jour conseillé Tessie. Il faut pile une seconde pour prononcer le mot."

C'est donc après les crocodiles que je dois enfin répondre "bonne nuit, Tess" au nom de tout l'univers, en espérant qu'un avion ne se mette pas à nous survoler, un chien à aboyer, une chatte à gémir et que je ne fasse pas non plus l'erreur de dire "Tessie", "Tessoune" ou "sœurette" au lieu de "Tess", parce qu'alors elle pousserait un soupir furibond et reprendrait tout de zéro en chantonnant de nouveau ses "bonne nuit", strictement dans le même ordre.

Un crocodile. Deux crocodiles.

"Bonne nuit, Tess."

Pendant un moment, tout est silencieux, dans la chambre comme dans le jardin.

Est-ce que papa lui a montré la corde ? Est-ce qu'il lui a déconseillé la vie, à elle aussi ?

Les cris recommencent, en plus stridents. Ils viennent du fond du jardin. Bien sûr que Tessie a entendu. Le blanc de ses yeux brille dans la pénombre. Au creux de sa main, celle qui dépasse du drap, elle tient une balle de jonglage, qu'elle masse avec régularité : trente pressions, deux secondes de pause. Je m'attends à ce qu'elle renouvelle ses vœux de bonne nuit, mais un peu plus tard, à vingt-trois heures quatorze, j'entends le "pouf" de la balle remplie de graines sur le revêtement PVC qui protège le parquet de la chambre. C'est précisément le but du jeu. J'ai trouvé l'astuce de la balle de jonglage au début de l'hiver, Tessie avait déjà du mal à s'endormir.

Le truc est tout simple : on se met dans un coin de la tête une mission presque insignifiante, une chose à faire qui soit plus ennuyeuse que s'endormir, comme tenir une balle de jonglage. On laisse le poignet pendre au bord du lit. On ferme les yeux. Peu à peu, le sommeil filtre à travers la tâche à accomplir jusqu'à ce que, très loin, l'idée de prise en main s'évanouisse, que les muscles se relâchent, que la balle tombe. La mission devient obligation, le sommeil un droit. Et quand un corps est allongé, il a tendance à choisir ce qui lui est permis plutôt que la contrainte.

Chez Tessie, au début, ça fonctionnait très naturellement et la chute de la balle antistress se faisait entendre assez vite après les souhaits de bonne nuit. C'était aussi le coup d'envoi du tête-à-tête avec moi-même.

Ces derniers temps, elle pétrit la balle de façon plus énergique et plus rythmée, comme si elle pratiquait un massage cardiaque. Le moment où elle lâche prise arrive de plus en plus tard. Mais maintenant, tout ce que j'éprouve en entendant ce "pouf", c'est une sensation de soulagement – un souci de moins. Je peux à nouveau éternuer, tousser, bouger sans que ça porte à conséquence.

Il fait chaud, ce soir. Je pose ma propre balle de jonglage à côté de moi. Le drap me colle aux jambes et aux bras, alourdit ma peau. Je le repousse jusqu'à la taille. Comme une grenouille prête à bondir, je plie les genoux vers l'extérieur et les pose à découvert sur le matelas. Ça doit faire drôle, vu d'en haut : le linge semble être une couche-culotte passée autour de mes hanches.

Sous mon oreiller, il y a un crayon de couleur qui me pique l'épaule. Il est là parce que j'ai menti à Elisa. Je dois annuler ce mensonge. Il faut que je m'en occupe avant le retour de Pim et de Laurens. Plus j'attends, plus ce sera difficile de nier que je suis encore vierge.

Normalement, je laisse mes crayons dans leur boîte de métal. Il y a plusieurs nuances de chaque couleur et sur le couvercle, c'est écrit BRUYNZEEL en doré.

Jeudi dernier, le lendemain de l'excursion aux Monts de Lille, j'ai ressorti la boîte de mon cartable. Je l'ai emportée en douce dans ma chambre, une discrétion inutile puisque personne ne regardait, et même si quelqu'un m'avait vue, ça ne lui aurait pas semblé suspect que je monte avec des crayons – il m'arrive souvent de dessiner ici, à mon bureau.

Je n'ai choisi la couleur qu'hier, un rouge tirant sur le marron, une teinte que personne ne risque de m'emprunter à l'école parce qu'elle est trop moche – c'est d'ailleurs pour ça que sa mine est restée aussi pointue qu'à l'origine.

Je sors le crayon de sous mon oreiller, enferme la pointe dans mes doigts resserrés, fais glisser l'autre bout le long de mon nombril, sous le drap froissé, jusqu'entre mes cuisses.

Il y a du bruit à l'étage en dessous, ça doit être papa.

J'arrête de bouger. Papa sort pour engueuler maman depuis le jardin. Elle lui répond en criant elle aussi. Les graves semblent ne se déplacer qu'à l'extérieur, sous notre fenêtre ouverte. Les aigus viennent de la maison et passent à travers la porte de la chambre. C'est dans cette pièce-ci que les deux voix se croisent, exactement à mi-chemin.

J'attends un peu, le crayon posé contre ma cuisse. Je ne veux pas avoir l'impression tout à l'heure qu'un de mes parents a assisté à la scène.

Tessie ne se réveille toujours pas. Les voitures qui passent balaient de leurs phares l'ensemble de la chambre, les cheveux effilés, la page de calendrier punaisée sur le mur. Puis le silence et l'obscurité reviennent.

J'enfonce le bout plat du crayon à l'intérieur de moi.

Rouge brique. Ça fait quand même plus normal que vert ou jaune.

Je ne pense pas à un garçon, je me mets dans la peau de la première fille venue en imaginant que mon vagin n'est pas à moi. C'est important. Si ce corps n'est pas le mien, la honte ne l'est pas non plus.

Je pousse lentement le crayon, en longeant les endroits que M. Rudy avait pointés de sa craie sur la moule dessinée au tableau et que toute la classe devait nommer en chœur. Grandes lèvres. Petites lèvres. À quelques centimètres de profondeur, ça coince. Je sens une douleur se diffuser quand j'appuie sur l'autre extrémité, qui me pique le creux de la main. Ça pourrait bien être l'hymen. Il faut que je passe en force.

Je retourne le crayon, la mine en premier. Je donne un grand coup du plat de la main. La voie est dégagée, le bout pointu s'enfonce brusquement. Peu à peu, la douleur s'efface.

Ça y est. Le mensonge que j'ai raconté n'en est plus un. Je pourrais m'arrêter là.

Pourtant, je continue d'appuyer sur le crayon, pour voir jusqu'où il peut aller. Il est bien trop fin, je le sens à peine, juste la pointe qui me pique.

Alors, c'est tout ? Un crayon qui flotte au milieu d'une cavité souple ? Et moi qui voulais justement que ça me remplisse à bloc, qu'il y ait à peine la place, que ça rentre avec difficulté. J'y vais par saccades, mais là encore, ça ne me fait pas grand-chose.

Ce n'est pas pour rien que les quéquettes sont plus grosses et moins en pointe. Elles font quelle taille en moyenne ? Six ou sept crayons de couleur, je dirais.

Je retire le mien de là-dessous. Le bois est aussi chaud qu'après coloriage de tout une A4. Il ne sent rien, il n'est pas couvert de sang. Je l'essuie avec la couverture, le remets sous mon oreiller. Puis je me penche du lit mezzanine pour rapprocher la trousse qui est sur mon bureau. C'est presque réussi – j'ai attrapé un des coins – lorsque la balle de jonglage qui reposait à l'instant près de moi s'aplatit sur le sol dans un grand bruit sourd.

Pendue à mon lit, je m'efforce de rester immobile. Tessie remue sous ses draps, tourne le visage dans ma direction.

“Tessie ?”

Elle cligne des yeux, mais ne m'a pas entendue. Change de côté, se rendort.

Je reprends le fil de l'opération, vide le contenu de ma trousse sur le matelas.

Le Pritt est lisse et doux au toucher. Il entre facilement, mais reste toujours plus fin que les doigts de Jan qui me poussaient dans le dos pendant la traversée de la Fosse. J'ai encore assez de place pour le double décimètre. Il avance bien plus loin, jusqu'à heurter le fond de mon utérus. Je remue vite et fort. Un court instant, j'imagine que je suis Elisa, que j'ai une longue queue de cheval qui balance entre mes épaules et que je galope sur un étalon, mais ça va tout de même mieux quand je pense à Jan.

Je fais des huit, colle ma main contre l'entrejambe. Je peux encore mettre un doigt.

Avec le va-et-vient, il y a comme des petits bruits de ventouse. Je me sèche les doigts sur la couverture.

Tout d'un coup, Tessie se redresse dans son lit.

Elle me regarde bizarrement. J'arrête de me trémousser, remonte le drap et serre les jambes.

"Qu'est-ce qu'il y a ?" La panique s'entend à ma voix.

"Faut que je fasse pipi", dit Tessie.

Je reste étendue sans bouger. Elle sort de son lit, va dans le couloir. La lumière du palier qui envahit notre chambre me rappelle de nouveau à quel point je suis gourde, petite et moche.

J'ai un utérus griffonné de traits rouges. Jamais on ne pourra les gommer.

Tessie prend plus de temps que pour un simple pipi. Elle a encore été taper sur le clavier… Tout en traînant des pieds, elle remonte, éteint la lumière, se couche, vérifie si le drap déborde autant de chaque côté du lit.

Après, elle se met à déclamer ses souhaits de bonne nuit.

Je n'ose toujours pas remuer. Demain, le crayon rouge brique va se retrouver à la poubelle, en même temps que la règle et le bâton de colle. Après ces vacances, de toute façon, je ne pourrai plus aller en classe avec.

Tessie se mettrait en colère si elle découvrait ce que j'ai fait de mon matériel de dessin. Ça lui serait insupportable de savoir qu'un crayon de couleur a été séparé de ses copains et que, pour mon seul plaisir, j'ai laissé un trou dans ma splendide boîte de Bruynzeel.

Je regarde mon réveil. Minuit deux. On est passé à mercredi. Laurens dort sans doute à l'arrière de la voiture, sur le chemin du retour, lui et ses parents s'arrêteront dans un restoroute au petit matin pour des croissants tout juste réchauffés.

*Un crocodile – deux crocodiles.*

"Bonne nuit, Tessie." Au son de ma voix, je me rends compte que je ne suis pas loin de vomir.

"Eva, t'es pas drôle !

— Quoi ?

— Tu viens de dire Tes-sie."

Les muscles de mon bas-ventre sont resserrés. Je ne sais pas si c'est mon vagin qui se rétracte ou le double décimètre qui gonfle à cause de l'humidité.

"Non. Pas vrai.

— Si."

Elle recommence aussitôt ses vœux de bonne nuit, sur un ton encore plus insistant que tout à l'heure. Ce n'est plus une énumération, juste un long reproche.

À minuit six, elle prononce ses deux derniers souhaits, à Dieu et à moi. Je compte les crocodiles et fais attention à ne pas me tromper cette fois-ci.

Je tourne la tête le plus loin possible de moi-même, la joue enfouie dans le matelas. Mon drap sent la sueur.

Ce n'est qu'en voyant Tessie enfin rendormie que je me décide à ressortir la règle et le Pritt de mon entre-jambe. Ça fait mal, comme un élastique qu'on a porté toute une journée au poignet.

Je cache les fournitures de bureau sous mon oreiller.

Quelque chose semble s'être perdu pendant ces heures d'éveil. Je ne corresponds pas à l'image que Tessie se fait de moi. Je suis encore plus menteuse qu'avant. Je ne mérite certainement pas qu'on me garde pour la fin d'une énumération.

# CONFIRMATION

La communion solennelle se faisait au cours de la sixième année de primaire. En soi, elle n'avait rien de plus solennel que la première communion, c'était juste une occasion supplémentaire de glaner des contributions – cette fois pas pour une petite bicyclette, mais pour un vélo d'adulte, adapté aux trajets d'un élève du secondaire.

Dans le village, il y avait toujours des mamans qui trouvaient n'importe quel prétexte pour aller au presbytère se consacrer à des travaux créatifs, qui se portaient volontaires à la préparation de la cérémonie religieuse. Pim, Laurens et moi, on les rejoignait là-bas un mardi sur deux et, avec elles, on faisait de la poterie, on calligraphiait nos prénoms, on fabriquait des croix de bois, on coulait des cierges, ronds ou carrés, peu importait du moment qu'on gardait à l'esprit "ce que ça voulait dire, recevoir la confirmation".

Les deux derniers mois, on a enclenché la vitesse supérieure en travaillant notre maintien, en répétant les textes à lire. On a eu droit à une piqûre de rappel sur la bonne façon de prendre l'hostie : quelle main mettre en coupelle pour la recueillir, avec laquelle faire le signe de croix, dire "amen" au lieu de "merci bien"…

Pour que les élèves de cinquième année, avec qui on partageait notre classe, ne perdent pas de temps, on s'exerçait surtout pendant la pause de midi. Odette, une habitante de Bovenmeer très investie dans la vie paroissiale et qui avait une voix suraiguë, venait nous apprendre les chants. Toutes les semaines, on allait s'isoler avec elle dans la salle de gym, d'où on avait une vue panoramique sur la cour de l'école et sur le terrain de football attenant.

"Je ne te dis pas jusqu'à sept fois / Mais soixante-dix-sept fois sept fois / Car pardonner de tout son cœur / C'est pardonner jusque-là." On chantait le plus vite possible, dans l'espoir de grappiller quelques minutes de récré.

"Cinq cent trente-neuf chances de pardon, ça paraît beaucoup, mais ils vont y arriver plus vite que prévu", faisait remarquer Pim par la suite à chaque but manqué.

Comme on ne savait pas chanter à plusieurs voix, il a fallu choisir un instrument dans la caisse à musique. Laurens et moi, on a pris deux moitiés de noix de coco chacun, Pim s'est octroyé un cylindre de papier-toilette rempli de grains de riz, Odette a opté pour le triangle.

"Tous les regards seront tournés vers vous, alors n'allez pas communier en marchant comme des mannequins à un défilé de mode. Et avalez l'hostie dès que vous l'aurez en bouche : c'est le corps du Christ, on ne joue pas avec", nous a dit Mlle Béatrice, venue à la répétition générale après avoir entendu le claquement des noix de coco, qui évoquait selon elle une horde de chevaux sauvages. Comme toujours, la directrice portait un imprimé léopard. Elle croyait comme ça pouvoir préserver sa place dans la hiérarchie.

Tous ces préparatifs n'ont pas suffi à remplir l'église le jour de la communion solennelle, même après plusieurs tentatives de redistribution des places entre nos trois familles.

Je portais une petite robe cousue par maman dans un tissu qu'on avait été choisir ensemble. À la mercerie, au milieu de tous ces rouleaux d'imprimés multicolores et de velours côtelés, elle avait insisté pour que je mette enfin quelque chose qui fasse fille. Toute la journée, je me suis sentie nue dans ce chiffon que le vent risquait de soulever à chaque instant.

À cause du grand volume intérieur de l'église, du crucifix monumental et des confessionnaux en chêne, le bruit des noix de coco ne faisait plus penser à un troupeau de canassons comme dans la salle de gym, mais au pas fébrile de deux veaux juste après la naissance. On avait beau cogner, secouer nos instruments à tour de bras, ils restaient à peine audibles et nous, inaperçus. Jusqu'à ce que Pim, à force d'agiter son carton de papier-toilette, le fasse éclater à un bout et qu'une gerbe de grains de riz s'élance dans les airs, aussi loin que le confessionnal.

Pour tenter de sauver la cérémonie, Odette s'est mise à chanter si haut que je me suis sentie mal à l'aise, comme à la vue de ces filles qui, à la récré, veulent prouver leur supériorité en danse classique par un concours de grand écart.

La messe a pris fin plus tôt que prévu.

Sur le parking, un photographe s'apprêtait à faire poser les communiants aux côtés de leur famille. Je voulais sortir la première pour ne pas que les autres nous voient être pris en photo, mais comme mon nom, sans l'article "De", arrivait dernier dans l'ordre alphabétique, j'ai dû m'afficher en petite robe sous les regards de tout le monde. Le photographe s'efforçait de nous avoir tous à notre avantage, Jolan, papa, maman, Tessie et moi.

"Allez, un petit sourire." Il nous l'a répété trois fois. Juste avant d'être aveuglée par le flash, j'ai aperçu Laurens, derrière notre directrice, ouvrir la bouche en grand pour montrer à Pim "son accident dans le tunnel" – il n'avait toujours pas avalé l'hostie.

Laurens ne deviendrait jamais adulte. Ça, au moins, c'était confirmé.

Comme Jolan prétendait que les gens donnaient plus quand ils savaient à quoi l'argent allait servir (ça devenait un investissement et non plus un cadeau), j'avais bricolé une tirelire dans une boîte en carton et collé dessus l'image découpée d'un vélo noir pour femme.

Sans les ouvrir, j'ai glissé par la fente les cartes et les enveloppes reçues pendant la fête, toutes sauf une : celle que la mère de Laurens m'avait donnée à la sortie de la messe. Cet argent, je l'ai mis au fond de ma penderie dès le retour à la maison, avant même de regarder quelle somme c'était, pour ne pas savoir combien je représentais à ses yeux. Je voulais garder ce cadeau, mais en même temps, j'en avais honte – mes parents, eux, n'avaient rien donné du tout à Laurens.

Le lendemain, j'ai retiré les billets de la boîte à chaussures et je les ai posés sur la table de la cuisine. Il y en avait une belle pile. Difficile de croire qu'on ne pouvait acheter qu'un seul vélo avec.

Le marchand de cycles avait autrefois tenu boutique dans le village, à côté de la station-service – elle aussi fermée depuis – qui n'avait qu'une pompe. Peut-être qu'il est devenu riche grâce à toutes ces communions solennelles. Il a finalement déménagé à Nedermeer pour y ouvrir un magasin avec salle d'exposition.

Sur ses conseils, j'ai choisi le vélo qui avait la selle la moins dure : 22 000 francs.

"Ce n'est pas juste un vélo que tu achètes, c'est une Gazelle", m'a dit le marchand de cycles en recomptant ma liasse de billets pour la deuxième fois.

Parce qu'il aurait été bizarre d'emporter la Gazelle dans le coffre de la voiture, on m'a permis de rentrer directement à vélo. Je suis partie, toute seule, perchée sur mes deux grandes roues.

Jusqu'à la sortie de Nedermeer, ça a été un vrai plaisir. Quelle sensation inouïe de puissance, comme au cours de natation quand je mettais les palmes, qui amplifiaient chacun de mes mouvements…

Je me suis dit que l'effet n'allait pas durer, que je ne sentirais plus la différence au bout de quelques minutes. Il fallait que j'attende en quelque sorte de retirer les palmes pour comprendre à quel point mes pieds se réduisaient à des choses minuscules, pointues et pas du tout efficaces.

Mais il n'y a pas eu d'accoutumance. Arrivée à Bovenmeer, en passant devant les maisons que je longeais tous les jours, je ne me sentais plus ni puissante ni minuscule, mais seulement étrange, mal à l'aise : mes mains parvenaient à peine à se refermer sur les grosses poignées, mon regard plongeait dans les jardins des autres par-dessus les haies de conifères, d'ifs et de buis, plus rien ne pouvait échapper à ma vue, ni le désordre, ni les piles de linge à repasser dans les cuisines, ni les cages à hamsters sur les plans de travail, ni les femmes qui maniaient l'aspirateur à grands gestes énergiques. Cet environnement que je connaissais depuis toujours se présentait d'un coup sous un nouvel angle. Je ne rentrais plus dedans. J'étais un bonhomme Duplo dans une maison en Lego.

Après avoir acheté le vélo, j'ai pu choisir – tout comme Laurens et Pim – entre deux options : ou bien pédaler douze kilomètres tous les matins jusqu'à l'établissement de secondaire général à Vorselaar, ou aller à l'école professionnelle de Nijlen, à même pas trois kilomètres de Bovenmeer.

On aurait dit une bonne blague, Laurens et moi obligés de nous taper ces douze kilomètres vent dans le nez, moi pour étudier les langues et lui l'économie, alors que Pim, qui voulait faire quelque chose de manuel, avec des tournevis et de l'huile de coude, pouvait aller pratiquement à pied à l'école, tout en apprenant dès la première année à gonfler un moteur de mobylette.

Pour nous entraîner à ce long trajet avant le début de l'année scolaire, on a fait la route une première fois avec le frère de Laurens, Jan Torfs, surnommé "Torfs" tout court, puisqu'il existait encore un autre Jan à l'époque.

Torfs avait lui-même fréquenté l'école de Vorselaar quelques années plus tôt, mais il était maintenant militaire et ne rentrait à la maison que s'il ne pouvait pas faire autrement, toujours en tenue de camouflage. Il allait nous montrer les meilleurs raccourcis.

En Laurens et en moi, il voyait une version inachevée de lui-même. Il a rempli nos cartables de pavés, l'équivalent selon lui des livres qu'on aurait à trimbaler. Pendant deux kilomètres, il nous a défendu de nous asseoir, et si on osait prétendre que la selle servait justement à ça, on devait pour la peine augmenter d'une vitesse. À la fin de la journée, le corps puant de sueur et les mollets en béton, on connaissait par cœur l'ordre des villages traversés, dans un sens et dans l'autre, et aussi leur code postal.

Torfs nous a montré deux itinéraires. La route de la digue, le long du canal, toujours contre le vent, assez pratique le matin quand on n'avait pas envie de réfléchir et qu'on était encore un peu endormi.

L'autre route, qui passait au milieu des champs, était surtout faite de creux et de courbes, mais dans les lignes droites, on était protégé des intempéries par une succession de villas pseudo-espagnoles.

"Si votre intention est d'avoir souvent un pneu à plat, le mieux est de prendre la route de campagne, nous a dit Torfs. Comme ça, vous pourrez toujours sonner à une des villas."

Laurens et moi nous sommes mis d'accord sur l'endroit où on se donnerait rendez-vous le matin, à sept heures trente précises. C'était exactement à égale distance de nos deux maisons, sous le pont de l'E313. On allait devoir faire ce trajet pendant six ans, tous les jours, en passant devant les mêmes villas. C'est pourquoi, sur les conseils de Torfs, on a défini des règles strictes. En cas de maladie, il fallait prévenir par téléphone à sept heures et quart. Sinon, l'autre attendrait cinq minutes maximum.

Finalement, on n'avait pas trop de mal à enchaîner les kilomètres.

Sauf les jours où le vent de face était trop fort, où la pluie nous tapait sur le front comme de la grenaille, où mes cheveux n'arrêtaient pas de venir se coller dans ma bouche. Ces jours-là, Laurens et moi, on n'hésitait plus à trouver que c'était Pim la poule mouillée.

"Je suis sûre que plus tard, quand on aura notre diplôme, on habitera une de ces grandes villas avec piscine.

— Et on appellera Pim pour qu'il vienne déboucher nos canalisations sous la pluie."

En réalité, le trajet qu'on se coltinait ensemble tous les matins ne faisait pas douze kilomètres. C'était une exagération de nos prédécesseurs – d'anciens élèves de Vorselaar – qu'on avait tout simplement reprise.

Je préférais en principe dire la vérité, mais je répondais parfois "vingt-huit kilomètres – quatorze à l'aller, quatorze au retour" quand le réparateur de vélos, pendant une visite d'entretien, me demandait avec admiration si j'avais loin à faire tous les jours entre chez moi et l'école.

Je mentais, tout en restant honnête : chaque mètre parcouru avec Laurens à mes côtés durait plus longtemps que lorsque je roulais seule.

Ça s'est encore aggravé pendant la deuxième année de secondaire. Les raccourcis ne m'apportaient aucun soulagement puisque ce n'était pas le paysage monotone que je trouvais de plus en plus agaçant, mais Laurens lui-même, qui avançait près de moi en synchronisé, comme une mouche sur le pare-brise d'une voiture. Il parlait souvent de sa mère, de l'humeur insupportable qu'elle avait quand elle était au régime. Ses pédales étaient rouillées. La droite coinçait à chaque rotation et faisait entendre un craquement dès qu'il insistait.

Petit à petit, on a commencé à se taire, signe d'un aveu : ce qui importait, dans ce trajet commun avant la classe, ce n'était pas nous, mais les deux mois d'été pendant lesquels l'établissement fermait ses portes, sans que nos nouveaux copains se décident à faire la route jusqu'à Bovenmeer pour venir nous voir. On devait alors se rabattre sur notre village, sur les trois mousquetaires, sur l'autre. Notre amitié ne servait qu'à appâter Pim.

Après la mort de Jan, on a soudain perdu toute gêne à parler de Pim en abondance, à l'admirer. On tombait dans la surenchère : c'était à qui pouvait mieux le comprendre, recueillir ses confidences, dire comment il avait pris ce qui était arrivé à son frère, comment évoluait sa vie loin de la nôtre, qui étaient ses nouveaux amis, s'ils avaient plus de qualités que nous.

Laurens prétendait que son frère s'était senti personnellement très concerné par l'accident de Jan.

“C'est plus dur de perdre un homonyme que, disons, un simple concitoyen.” Il pensait qu'avoir un frère au prénom identique lui donnait, plus qu'à moi, le droit d'éprouver du chagrin.

Je n'ai rien dit et je me suis fait une raison. Bien sûr que je ne pouvais pas lui dire ce que je savais de Jan. Tant que Laurens ne connaîtrait pas la vérité, il resterait en situation d'infériorité par rapport à Pim et à moi.

“Pim a une mobylette ! Une Honda rouge !” a crié Laurens en me voyant m’approcher de notre point de ralliement, l’avant-dernier jour de l’année scolaire 2002. J’allais passer mes examens d’allemand et de sciences naturelles. Sur ma main étaient inscrites les déclinaisons que je voulais réviser en chemin.

Pour la première fois, la vue de Laurens, qui m’attendait au loin sous le pont, me remplissait de dégoût. Parce que je savais qu’il était venu là des centaines de fois et qu’il allait continuer pendant quatre ans. J’aurais voulu l’effacer d’un trait de gomme.

Une mobylette. Les chances que Pim veuille encore bien passer du temps avec nous pendant les vacances d’été se réduisaient à vue d’œil. Jusque-là, aucun de ses nouveaux copains à l’école professionnelle n’avait trouvé utile de s’aventurer dans un trou perdu comme Bovenmeer, mais si Laurens disait la vérité, les petites rues désertes et les pâtures des environs deviendraient attrayantes, si bien que les bécanes s’aligneraient bientôt dans la cour de la ferme.

“Je ne l’ai encore jamais vu conduire une Honda.” Comme si je savais à quoi ressemblait une Honda et puis, de toute manière, ça faisait un bout de temps que je n’avais pas croisé Pim…

“Elle est rouge. Une PS50, a précisé Laurens. Ça me connaît, ces choses-là. Des trucs de garçon.”

“Et si on jouait à Mots interdits ?” La piste cyclable avait retrouvé sa largeur habituelle. On aurait pu rouler facilement côte à côte, mais on restait en diagonale. J’ai entrepris de revoir mes déclinaisons.

“D’accord. Donne-moi un thème.” Ça ne m’inquiétait pas de savoir que Laurens était bon à ce jeu, au contraire, c'était rassurant – il pouvait parler sans avoir besoin de réfléchir.

"Le thème, c'est carnaval, et t'as pas le droit de dire Pim."

Laurens s'est mis à évoquer l'année où le défilé n'avait pas eu lieu à cause de la pluie, la fois où Pim avait fait exploser une bombe à confettis en pleine classe.

J'écoutais d'une oreille, en notant tout de même que peu de phrases-clés comportaient mon nom, que ma présence à la fête de carnaval était encore plus floue dans ce récit que dans la réalité telle que je l'avais vécue ce jour-là. C'est moi, et non Pim, qui avais fait exploser les confettis.

Tout à coup, j'ai su pourquoi : Laurens décidait lui-même sur qui concentrer son regard pour donner forme à ses futurs souvenirs. Il s'était toujours focalisé sur Pim. S'il avait fait le point sur moi dès le départ, je ne me serais peut-être pas comportée de plus en plus en fonction de ce manque de netteté.

J'ai ralenti, Laurens continuait de parler. Il avait du mal à rester en arrière, mais ne m'a pas dépassée une seule fois.

Les examens avaient lieu dans le pavillon Solstice, un bloc de classes en préfabriqué qui aurait dû être détruit cinq ans plus tôt pour faire place à un bâtiment neuf. Sur la droite se trouvait la grande cour vide qui se remplissait en un rien de temps dès que la récréation sonnait.

La biologie, c'était à l'oral. On m'a interrogée sur l'hypophyse.

Tout en expliquant comment elle contrôlait le corps par la production d'hormones, j'ai pris une décision :

tout de suite après, je rentrerais directement à Bovenmeer, sans m'occuper de Laurens. J'allais frapper net, pour qu'il ne puisse pas ignorer mon action ni l'oublier comme ça.

Une fois répondu à toutes les questions, je me suis précipitée dehors. Laurens m'attendait près du garage à vélos. Dans sa main, il avait un gobelet de chocolat chaud pris au distributeur.

"C'était superfastoche. Mais je t'ai quand même attendue."

Au village, nos chemins se sont séparés un tout petit peu plus tôt que strictement nécessaire, devant l'hôtel-crématorium pour chiens. La propriétaire était en train de dresser un de ses pensionnaires préférés. Elle a mis la main en visière face au soleil éclatant pour nous regarder prendre de la distance, comme si elle se rendait compte que quelque chose avait changé entre nous.

Le jour du dernier examen, je suis partie ridiculement tôt de chez moi, vers sept heures et quelques. Quand je suis passée sous l'autoroute, le pont avait l'air désolé, négligé. Rien ne laissait supposer que c'était un point de rendez-vous.

Mes bras et mes jambes se sont ramollis, mais j'ai quand même accéléré sur la bande étroite de la piste cyclable qui marquait le début du chemin de l'école.

En redescendant de l'autre côté du canal, je croyais toujours que c'était la bonne chose à faire, que je devais me déconnecter de Laurens.

J'ai jeté un coup d'œil par-dessus mon épaule, dans l'espoir qu'il allait surgir derrière moi, tout en m'énervant à l'idée que ça puisse vraiment arriver. Mais il ne s'est pas montré. J'ai laissé le canal, le village disparaître lentement à ma vue. Laurens ne se doutait pas que j'étais partie, il devait encore être à la maison en train de manger ses tartines du petit-déjeuner, des tartines à la mortadelle.

J'ai pensé au téléphone mural de la boucherie et je me suis demandé s'il fallait que j'aille sonner à la porte d'une villa espagnole pour le mettre au courant.

À chaque coup de pédale, ça devenait de plus en plus évident qu'il était trop tard.

Ma montre indiquait sept heures trente. Je savais que Laurens était arrivé au pont, sous les camions et les voitures qui passaient à toute vitesse, et qu'il m'attendait les épaules voûtées, le regard fixé sur un horizon où je n'allais finalement pas apparaître.

Je me suis souvenue du carnaval de l'école, du costume de Panthère rose que Laurens portait chaque année. Un jour, Pim en avait arraché la queue. Laurens, les larmes aux yeux, avait dit qu'il la ferait recoudre par sa grand-mère et l'avait suspendue au portemanteau, où elle était restée jusqu'au soir. L'année suivante, il est venu déguisé en boucher.

Je repensais aux craquements de sa pédale droite.

C'était comme si je ne me sentais pas coupable envers Laurens en tant que personne, mais envers chacun de ces détails qui faisaient de lui un tout.

En arrivant à l'école, j'avais les jambes dans le même état que le jour où Torfs nous avait surchargés de cailloux.

Je n'étais pas soulagée, mais je savais que le pire était passé. Laurens devait lui aussi s'être mis en route. J'ai essayé de trouver une explication valable, je suis allée garer ma bicyclette et je l'ai attendu.

La cloche a sonné. Les examens ont débuté. Aucun signe de Laurens.

J'ai rendu ma copie le plus vite possible, après en avoir fait juste assez pour atteindre la moyenne. Ce n'est qu'à la fin de la journée que j'ai vu Laurens sortir du Solstice. Je l'ai suivi jusqu'au garage à vélos.

Sans dire un mot, il a posé son cartable sur le porte-bagages. Les vacances avaient commencé. D'habitude, on aurait fêté ça en nous gavant de bonbons, en bâfrant des Têtes Brûlées jusqu'à nous en incendier la mâchoire.

Le tendeur dont Laurens se servait pour arrimer son cartable s'est détaché et lui a sauté en pleine figure. Ça l'a fait vaciller. Il s'est couvert la joue d'une main, a fermé les yeux pendant un instant, sans bouger. Je me suis forcée à regarder. Il n'y avait pas de sang sous la petite calotte de peau déchirée, juste un liquide trouble. Laurens ne pleurait pas. Ça ne voulait rien dire.

Je suis rentrée à vélo derrière lui, en gardant à peu près huit cents mètres d'écart. Il ne m'a pas remarquée. Ou peut-être que si, mais il n'a rien dit. La pédale craquait à une cadence plus élevée que d'ordinaire.

J'ai compris alors que Laurens était le meilleur ami que j'aurais jamais eu.

## 15 H 00

Je ferme les yeux quelques minutes. Aucun risque de m'endormir. Voilà une bonne demi-heure que j'essaie de me réchauffer les doigts, posés sur mes genoux. Mes moufles sont restées à Bruxelles, chacune piquée sur une patère du portemanteau, en train de faire coucou à l'appartement désert et sans doute étouffant. J'ai oublié de couper le chauffage ce matin.

Dans le rétroviseur, j'inspecte mes lèvres. Elles saignent par endroits. J'ai toujours ça quand je suis anxieuse : je me ronge la lèvre inférieure jusqu'à ce qu'il y ait des petits bouts de peau qui se soulèvent et que j'arrache ensuite pour faire apparaître dessous, comme maintenant, des plaques de chair luisante. Avec le froid, c'est moins sensible, seules les croûtes des vieilles écorchures me tirent. La peau des lèvres se reforme plus vite quand on évite de sourire en grand.

Avant même que je relance les essuie-glaces pour évacuer la neige du pare-brise, le volet roulant des Trois Petits Cochons commence à bouger. Il n'est pas encore tout à fait relevé que quelqu'un sort par-dessous. En ouvrant ma vitre, je vois un peu mieux. C'est Laurens. D'un tour de clé, il réenclenche la fermeture du volet.

Qu'est-ce qu'il a grossi… Voilà ce qui arrive quand on fait des canards dans son Earl Grey pour ensuite poser ses lèvres contre le morceau de sucre et aspirer le liquide tiède, comme si ça ne laissait entrer que le goût, pas les calories.

Je le reconnais surtout à sa démarche, à ses jambes qui préféreraient ne plus avancer, mais qui, à chaque pas, se résignent à atterrir, puisque de toute façon elles sont déjà levées. Ses chaussures de ville étincelantes s'écrasent mollement dans la neige.

Plus jeune, Laurens n'arrêtait pas de répéter que jamais, au grand jamais, il ne deviendrait boucher, transformateur de viande comme son père. Après son cursus dans le secondaire, terminé ailleurs qu'à Vorselaar, il a tenté des études d'ingénieur. C'est ce que j'ai déduit des photos postées sur sa page Facebook. Il fréquentait l'université de Louvain, partageait un logement avec d'autres étudiants.

Quand son père est mort, il y a deux ans, il est tout de même revenu aider sa mère à la boucherie. Papa nous a envoyé un mail à propos du décès : l'homme s'était effondré pendant une livraison, près de sa camionnette réfrigérée. Rupture de l'aorte. Le message de papa renvoyait aussi vers un article en ligne qui dénonçait les effets de la viande rouge sur le taux de cholestérol.

Une autre personne arrive maintenant par le portillon latéral : la mère de Laurens. Elle porte un sac en plastique transparent marqué du logo de la boucherie et rempli de petites portions d'invendus, en barquette. Les poignées sont trop longues, le sac touche le sol enneigé. Elle se déplace avec prudence, en maintenant le plus droit possible ses larges épaules. Le moindre geste brusque et son manteau d'hiver se déchirera aux emmanchures.

Elle n'a pas tellement vieilli, on dirait juste qu'elle a pris un peu de ventre, mais ça pourrait être le manque d'éclairage.

Laurens et sa mère avancent lentement sur le parking. Ils discutent. Désignent la route, le ciel, la voiture. Je comprends à leur attitude qu'ils s'interrogent sur le meilleur moyen de parcourir cette courte distance par le temps qu'il fait.

Soudain, j'ai un coup au cœur. Et s'ils n'allaient pas à la fête de Pim, mais ailleurs, à une réunion de famille ? Et si je me trouvais la seule à être assez folle pour venir célébrer la mémoire de Jan aujourd'hui ? J'ai besoin que Laurens soit là aussi.

Il se met à gratter le givre du pare-brise. Sa mère s'installe dans la voiture en attendant. Elle pose le sac sur ses genoux.

Moins de deux minutes plus tard, leur BMW quitte le parking de la boucherie en laissant derrière elle des marques de pneus et un rectangle dépourvu de neige. Je les suis à petite vitesse. C'est la bonne direction pour aller à la ferme.

Je regarde à peine la route, mes yeux sont dirigés vers la plage arrière de leur voiture, vers les deux crânes qui dépassent tout juste des sièges. La place de droite sur la banquette vide a un jour été la mienne. Quand la mère de Laurens nous conduisait quelque part, j'aimais poser le menton sur le dossier côté passager pour observer ses mains qui tenaient le volant sans trembler. Elle ne franchissait jamais la ligne du milieu.

Tout au long du trajet, je veille à maintenir la distance entre nos deux voitures. J'adapte ma vitesse au rythme de leurs feux stop. Allumage. Extinction. Je n'ai aucune envie de patiner sur leurs traces de pneus. Cette filature ne doit pas se terminer sur une petite collision. Si je leur rentrais dedans, ce serait à toute allure.

Face au portail de l'église, près du cimetière, au niveau des bacs de recyclage de verre, on prend à droite dans le Bout-du-Chemin. S'il pouvait encore y avoir un doute à l'instant, ça n'est vraiment plus possible : Laurens et sa mère ne peuvent aller qu'à la ferme de Pim, là où cette route prend fin. C'est notre destination.

Les feux stop se rallument. Laurens oblique devant moi et entre dans la cour. Sa voiture s'arrête à côté de l'ancien enclos des oies, toujours séparé de l'allée par des piquets. Moi, je continue un peu plus loin. Je choisis un lieu discret, mais qui permet de voir les gens arriver : sous les branches d'un conifère aux grandes aiguilles vert foncé. L'endroit où l'ombre est la plus dense en été doit aussi pouvoir fournir une protection contre les froids de l'hiver.

Laurens descend. Il jette un coup d'œil derrière lui, à la recherche de la voiture qui le suivait il y a une minute encore. De là où il est, je ne suis pas visible. Le sac en plastique garni de préparations charcutières ballotte entre lui et sa mère tandis qu'ils se dirigent vers les étables au fond de la cour. C'est là qu'est organisée la fête. Par moments, deux ou trois spots rouges et bleus laissent échapper de vagues faisceaux de lumière, comme l'ombre de quelqu'un qui revient sans cesse sur ses pas.

Je vais rester ici jusqu'à ce que tous les participants soient arrivés. Y compris ceux qui auront un retard encore acceptable.

Durant la première demi-heure, les invités se présentent au compte-gouttes. Je sens mon cœur s'accélérer en voyant apparaître ici et là une silhouette aux formes familières. *Elisa !* Mais les ombres finissent par se matérialiser en d'autres femmes qui n'ont que sa morphologie.

Je regarde trois fois mon portable pour voir quelle heure il est, même si la voiture dispose d'une montre de bord réglée avec précision.

Il est largement trois heures passées. Elisa ne viendra plus.

Ça peut vouloir dire trois choses : ou elle était déjà entrée quand j'ai pris place sous cet arbre, ou elle n'a pas reçu d'invitation et ne sera pas de la fête, ou alors elle a bien été invitée, mais s'est aperçue qu'elle n'avait finalement rien à faire ici.

Voilà déjà quelques minutes que plus personne ne s'est présenté. Ni vieilles connaissances, ni apparitions.

Je sors de la voiture pour observer l'autre côté de la cour, par-dessus la haie. Au fond, près des étables, se trouve le grand tas d'ensilage couvert de pneus, exactement comme je l'espérais.

Tout à coup, il arrive encore quelqu'un, à la hâte. Je m'aplatis, mon genou se cogne contre le pare-chocs. La douleur m'oblige à me redresser brusquement. L'autre me remarque, se tourne vers moi. C'est Anne, mon ancienne baby-sitter.

"Bonjour, Anne."

Anne me répond d'un signe de tête courtois, trop courtois, elle ne me reconnaît pas. Elle s'éloigne en grelottant sur ses escarpins. Je me souviens de l'époque où elle était passée des baskets à ce type de talons aiguilles, associés à des minijupes sous lesquelles, d'après Jolan, elle ne portait pas toujours de culotte. Il ne fallait déjà plus lui dire "baby-sitter", mais "kid-sitter".

La dernière fois qu'elle avait fait du kid-sitting chez nous, elle était arrivée avec un doryphore empalé sur le talon. Chacun de ses pas laissait une traînée de sang brunâtre derrière elle. Jolan l'avait aidée à retirer la bestiole.

Un autre soir, avant l'heure du coucher, elle avait voulu nous montrer ce qu'elle faisait avec son petit copain quand ses parents à elle étaient de sortie. On venait de se brosser les dents, mais elle avait tenu à ce qu'on s'assoie près d'elle sur le canapé pour boire encore "un verre de lait demi-écrémé". C'était amer.

Elle avait déshabillé Ken et Barbie, était allée chercher des accessoires dans le sac de sport où on rangeait les affaires de poupée. Sur le carrelage, elle avait disposé le salon de coiffure, la voiture de Barbie, le séjour, la cuisine et quelques meubles dépareillés, comme une maquette de sa propre vie. Après, elle nous avait fait voir toutes sortes de positions, en forçant les mannequins à se désarticuler.

"Y en a un qui fait le six, l'autre qui fait le neuf… Le but du jeu, c'est d'arriver à un numéro."

Elle avait joué avec les chiffres jusqu'à ce qu'une tête se détache et roule sur le sol de la cuisine avant de s'immobiliser contre un pied de table.

"Plus tard, vous verrez : c'est encore mieux en vrai. Et maintenant, au lit."

J'avais suivi Tessie en ligne droite jusqu'à notre chambre. Jolan était resté avec Anne pour lui montrer son album de coléoptères.

Aujourd'hui, elle porte un maximanteau camel, qui lui recouvre le dos comme une carapace. Elle plante ses talons dans la neige pour grimper l'allée en pente douce, rejoint sans déraper l'entrée de l'étable et le petit auvent sous lequel s'abritent quelques hommes accrochés à leur cigarette. La fumée devient tantôt bleue, tantôt rouge.

Je continue d'épier le groupe, cette fois bien cachée derrière ma voiture. Partout flotte l'odeur d'avant, un mélange de foin et de lisier. J'inspire à fond. Ça me donne la nausée en même temps qu'un surcroît de détermination.

Les cigarettes s'éteignent soudain l'une après l'autre. C'est le début de la visite guidée. Le robot de traite va faire son show. Cette nuit, j'ai encore regardé plusieurs vidéos, je peux m'imaginer ce qui va se passer à l'intérieur, ce que la machine va faire exactement. Je n'ai pas besoin de me frayer une place au premier rang pour savoir que le spectacle ne vaut pas grand-chose.

La porte de l'étable se referme. À moi de jouer. Il faut que je me dépêche.

## 1<sup>ER</sup> AOÛT 2002

Le matin de son retour, Laurens m'appelle. Je ligote mon index dans le fil du téléphone et décide de le laisser comme ça jusqu'à ce que Laurens me demande comment j'ai passé la semaine.

Il démarre sans même me dire bonjour : "Pas de chance pour Indira. Je viens de passer devant chez elle, les volets sont fermés. On fera sans. Ça sera pas possible de l'attendre, elle doit être en Asie avec son père jusqu'à la fin du mois."

Il y a une courte pause.

"Dommage. Des jolis yeux bridés comme ça..." ajoute Laurens.

J'approuve de la tête. Il me demande : "T'es encore là ?

— Oui. C'est dommage."

Laurens a raison. Les filles comme Indira, c'est un peu le melon de la salade de fruits : il n'y en a jamais assez dans les patelins du style Bovenmeer. Elle n'a personne d'autre que son père, venu s'installer ici quand elle était bébé. Il avait fait construire une maison en bois, un gros cube hissé sur quatre pilotis, presque en face de l'école. Elle n'aurait eu que la rue à traverser pour aller en classe et pourtant, son père l'a scolarisée ailleurs, près de son travail à lui. Ça aussi, c'était dommage.

Quand on campait, l'été, il est arrivé plusieurs fois que Pim et Laurens aillent pisser sur un des pilotis. D'après eux, c'était un investissement dans l'avenir : au bout de dix ans, le bois aurait pourri, le cube s'écroulerait, Indira se retrouverait en pyjama dans la rue au beau milieu de la nuit, désemparée. On aurait dit de la vengeance, même si je ne voyais pas ce qu'ils pouvaient lui reprocher, à part sa couleur de peau.

“Et en France, c'était comment ?” Le bout de mon doigt vire au pourpre.

“On a eu du soleil et ils avaient rénové la piscine. À part ça : des vacances à la con. Je me suis arrangé pour ne plus avoir à retourner là-bas l'an prochain.

— Sympa.

— Non, pas sympa.

— Je veux dire : sympa, pour la piscine.”

Le temps se gâte. À l'extérieur, de l'autre côté de la vitre que maman a masquée à l'aide d'un voilage et de quatre punaises, le ciel progresse comme une coulée de béton frais, entraîné dans ses propres rouleaux. Des voitures passent en faisant vibrer le clapet de la boîte aux lettres, puis le voilage. Leurs pneus rebondissent sur les bandes goudronnées entre les plaques de ciment.

“Eva, t'es là ?

— Oui.

— Tu viens demain à la remise à vide ?

— À quelle heure ?

— Quatorze heures. Non, attends…”

Dans le silence qui suit, j'entends quelqu'un gesticuler à l'autre bout de la ligne.

"Deux heures et demie, c'est mieux.

— Et pourquoi pas aujourd'hui ?

— Je dois encore défaire ma valise."

J'entends comme un emballage qui craque en fond sonore. Pourtant, Laurens n'est pas en train de parler la bouche pleine.

"Qu'est-ce que tu manges ?

— Des chips.

— À quoi ?

— Au paprika." Je suis certaine que Pim est à côté de lui. Pim adore le paprika.

"Bon appétit, alors. À demain, Laurens." Je raccroche, me décide enfin à desserrer le fil du téléphone. Le sang se retire aussitôt de mon bout de doigt enflé.

Au lieu de prendre mon vélo, je pars à pied. La selle me ferait mal. J'ai encore la sensation du Pritt entre les jambes. Mon vagin tire un peu quand je marche, comme des chaussures toutes neuves auxquelles on doit encore se faire.

À chaque coin de rue, j'inspecte les alentours pour voir si Pim ne rentrerait pas chez lui en vitesse. À la boucherie, c'est calme, il n'y a pas de voiture ni de vélo sur le parking. Les voisins sont pratiquement tous en vacances, ou ne savent pas encore que la famille Torfs est rentrée de France.

Le père de Laurens a lui aussi besoin d'un peu de temps pour retrouver son rôle. L'étal n'est pas encore tout à fait réapprovisionné, mais il y a du changement : devant le portillon latéral qui mène au jardin, un grand costaud décharge des carcasses en laissant tourner le moteur de son camion frigorifique.

D'un signe, la mère de Laurens m'invite à passer par l'intérieur du magasin. Au moment où je la croise, elle me tend une cuillerée de hors-d'œuvre, par-dessus le comptoir.

“Une nouveauté. Qu'est-ce que tu en penses ?”

La bouchée se compose d'une masse filandreuse – viande ou poisson – dans une sauce gluante et salée.

“Très bon.” J'avale sans vraiment goûter.

“Tu trouveras les garçons à l'arrière, dans la remise.

— Vos vacances se sont bien passées ?

— Ah, le camping, c'est formidable ! Laurens te racontera tout ça en détail.

— Oui.

— Au fait, tu veux bien me rendre un service ?” Elle me présente une autre cuillerée de rillettes marines.

“S'ils se mettent à fumer, tu viens m'avertir ? Je peux compter sur toi, non ?”

Elle rapproche la cuiller de ma bouche. Je n'en laisse pas une miette. L'ombre de la sole est une affaire classée.

Dans la remise à saucisses, il ne se passe pas grand-chose, à part un paquet de chips qui craque. La fenêtre, juste un peu trop petite, m'empêche de voir où sont Pim et Laurens, ce qu'ils font et s'il y a quelqu'un avec eux. Ils doivent se trouver dans un angle.

J'attends à l'extérieur, réfléchis à la nouvelle ou à l'anecdote que je vais pouvoir leur raconter en entrant.

“Non, Lau, on ferme pas les yeux !” ordonne Pim tout à coup.

Je prends ça comme une invitation.

J'ouvre doucement la porte et me faufile dans la remise. À cause des nuages, l'endroit est plus sombre que les fois précédentes. Dans le coin, un petit écran dégage une lumière chaude.

Devant se tiennent Laurens et Pim, déculottés jusqu'aux genoux. La couleur de leur fessier se confond avec celle des corps visibles à l'image. Laurens a la peau bien trop bronzée, sauf entre les contours de son maillot de bain, Pim est aussi pâle que d'habitude.

Le rythme de leurs mouvements est en harmonie avec la percussion des hanches noires contre les deux fesses blanches à l'écran. Ils se tiennent à une trentaine de centimètres l'un de l'autre, séparés par une table basse sur laquelle est posé un grand bol rempli à ras bord d'un panaché de chips, au sel et au paprika. Chacun tient l'emballage vide devant lui.

Ils n'ont pas remarqué ma présence. Je recule de quelques pas, me laisse glisser au sol, dos contre le mur, près d'un vieux fauteuil. Je veux savoir ce que ces deux loustics font quand je ne suis pas là. Tous les actes qu'ils pensent accomplir sans moi, je dois être capable de les imiter.

Ils n'auraient qu'à faire volte-face pour m'apercevoir. À en juger par la nature de cette vidéo, les probabilités sont faibles.

Pim est le premier à jouir, je le devine aux palpitations de ses fesses, qui frémissent comme les narines d'un cheval au galop.

"Non !" C'est bizarre, il y a comme de la déception dans son hurlement une fois que tout est terminé… Il tape sur l'épaule de Laurens et, en enlevant sa main, étire un long fil baveux qui se casse lorsque la distance entre eux s'est rétablie.

Il prend une poignée de chips et s'assied sur la table basse, le slip toujours sur les genoux, en continuant de fixer l'écran, pas Laurens.

Je veux qu'il me remarque, que ce jeu s'arrête pour m'éviter de voir Laurens jouir dans son paquet de chips, mais je n'ose pas intervenir.

Laurens regarde sa montre, sans cesser de se branler. Il remue autrement que Pim, à la fois énergique et patient, comme quelqu'un qui n'arrive pas à trouver l'amorce d'un rouleau adhésif.

"Fourteen minutes and still counting." Du vrai-faux anglais, la spécialité des Néerlandais en vacances…

Il éjacule avec l'enthousiasme d'un joueur de foot qui marque un penalty à la toute dernière minute. Sans attendre, il remonte son pantalon, s'essuie le zizi sur l'envers d'une poche et finit de se rhabiller. Il brandit son sac de chips sous le nez de Pim.

"Regarde combien il me restait ! Moi, au moins, j'ai pas triché en me faisant une petite branlette avant de venir."

Pim s'empare de la pièce à conviction, tend les deux sachets devant lui, entre le pouce et l'index, et les soupèse. Il fait nettement pencher la balance en faveur de son propre sperme.

"Y a plus de semence dans le mien. Toi, c'est que de l'air et du jus.

— Mauvais perdant." Laurens lui fait un doigt d'honneur.

En arrière-plan, les fesses noires sont passées à une série de battements circulaires, de plus en plus vite et de plus en plus fort. L'homme retourne ensuite sa partenaire, comme on bat des blancs en neige – en espérant que ça soit bientôt fini.

"L'important, c'est pas combien de temps tu fais durer, c'est comment." Pim s'approche de l'écran et le touche de sa queue ramollie, entre les seins de l'actrice. Ça le redurcit aussitôt. "On fait le plein de sel et on y retourne ?"

Laurens plonge la main dans le bol et sélectionne les chips les plus salées.

"Je ferais bien une pause.

— Je peux te demander un truc, Lau ? Entre mecs. Comment tu t'y prends, toi ? À qui tu penses, ou à quoi, quand t'essaies de pas jouir ?"

J'enfouis mon visage dans le tissu du fauteuil. Ça sent le moisi, le chien mouillé. Je me cramponne, à l'exemple de la dame sur l'image en face de moi.

"Vaut mieux pas savoir, répond Laurens.

— Mais si, allez !

— Toi d'abord.

— Non.

— Est-ce que tu penses à ma mère, des fois ? demande Laurens, à la limite de la question rhétorique.

— Beurk !" Pim attrape le sac de chips, le porte à ses lèvres, le gonfle à bloc et le maintient bien serré dans son poing. Ensuite, le pantalon sur les genoux, il essaie de s'approcher de Laurens. Une fois tout près, il fait exploser le sachet d'un grand coup de paume. Le sperme vole dans tous les sens, une grosse éclaboussure atterrit à mes pieds.

Les regards sont brusquement dirigés vers moi.

"Eva ? Qu'est-ce que tu fais là ?" Pim remonte son pantalon. Dans sa voix, il y a plus de surprise que de honte.

En vérité, ça fait longtemps que je sais à quoi ressemble leur zizi. J'ai un souvenir très précis des jours de piscine où les vestiaires étaient fermés pour rénovation et où on devait se changer ensemble au bord du bassin. La verge de Pim était ferme et longiligne, comme ses mains. Celle de Laurens, couleur taupe, avait déjà toutes les caractéristiques d'un mini-Bâton de Berger.

"Rien." C'est la seule réponse qui me vienne à l'esprit.

"T'es quand même un peu en avance, me dit Pim.

— Un peu ? Toute une journée !" rectifie Laurens.

Un ange passe.

"Qu'est-ce que vous mangez comme chips ?

— Des Pirato." Pim me tend le sachet qui n'a pas explosé. Je refuse de mettre la main dedans.

"Prends pas ça trop au sérieux, dit Laurens.

— On se prépare pour le mois qui vient, ajoute Pim.

— Faudrait pas décevoir Elisa."

Je fais un signe de tête. Mes préparatifs à moi seront passés sous silence.

"Il vient d'où, ce film ?" Je jette un coup d'œil au boîtier, qui joue les napperons sous le bol de chips. L'étiquette est encore dessus. Dix-neuf euros.

"Je l'ai acheté hier dans une station-service en France, discrétos, quand mes parents se sont arrêtés pour faire un somme", dit Laurens.

Je note : "Y en a pour soixante-seize Têtes Brûlées. Ou trois cents bouteilles de Bubblizz." Il n'avait pas pensé à ça, dans la station-service, entre les films et les revues…

Laurens et Pim me dévisagent d'un air bête.

Je rentre à la maison. Pim, sur son vélo, me précède de quelques mètres, à petite allure. Il attend que je lui dise de ne plus tenir compte de moi. Comme je suis à pied, je ne fais pas le détour habituel par chez lui.

On se tait. La sensation ne doit pas être agréable, dans son slip. Poisseux.

Je repense à la nuit où papa s'est essayé à m'expliquer la différence entre les hommes et les femmes. Après m'avoir fait sortir de mon lit, il m'a servi un Coca parce que j'avais des petits yeux. Les siens étaient encore plus petits, mais pour lui, ça n'était pas une raison de boire du soda.

Il a attendu que j'aie terminé mon verre, a pris sa canette vide et en a tracé les contours au crayon sur une feuille de papier. Deux ronds identiques. J'ai d'abord cru que c'étaient des seins.

Jusqu'à ce qu'il dessine une croix sous le premier cercle et, sur l'autre, une flèche qui partait vers le haut.

“Tu sais ce que ça veut dire ?”

Il était deux heures deux.

D'une certaine manière, sur le moment, il m'a semblé plus important de retenir ce détail-là.

## LE QUIZ DES ASSOCIATIONS

À quelques jours du bogue annoncé pour le millénaire, on nous a laissé choisir : accompagner les parents au quiz, ou rester à la maison. Moi, je voulais y aller. Jolan et Tessie préféraient ne pas sortir. Pour la première fois, on se passerait de baby-sitter.

“Vous commencez à être assez grands pour vous débrouiller tout seuls, non ?” a fait remarquer maman. Elle est descendue à la cave pour en rapporter non pas sa boîte de tomates habituelle ni une bouteille d’eau pétillante, mais un grand sac de biscuits ABC.

En général, maman avait l’air de quelqu’un qui aurait passé un certain temps coincé au fond d’un trou, mais ce soir-là, elle semblait sortir du bon emballage. Maquillée, coiffée. Elle portait ses lunettes à verres carrés. Le claquement de ses talons sur les dalles de la cuisine donnait à chacun de ses pas le caractère d’un acte délibéré.

Elle a lâché le sac de petits-beurre sur le plan de travail et a pris au passage les serre-manches suspendus au-dessus de l’évier.

“Ne mangez pas tout”, a dit papa juste avant de partir.

L'édition millénaire du quiz, organisée comme tous les ans par et au profit des associations de Bovenmeer, avait lieu dans la salle paroissiale en face de l'église.

"Tu vas tenir ta langue, hein, parce qu'on ne t'a pas inscrite", m'a prévenue papa.

Maman avait mis son manteau. Papa non.

"Le temps est vraiment doux pour une fin décembre."

Dans la commune, on pouvait généralement tout faire à pied, d'où la définition donnée aux activités villageoises "éloignées", c'est-à-dire "auxquelles il valait mieux ne pas se rendre sans avoir d'abord passé une petite laine". Ça ne disait rien sur la véritable distance à parcourir, mais plutôt sur la capacité de chacun à résister au froid.

La salle était encore pratiquement déserte. Les tables, regroupées par deux, formaient dix carrés où huit personnes à la fois pouvaient prendre place.

Sur toutes les tables, exactement au milieu, se trouvait la même assiette garnie de la même quantité de cubes de fromage, d'où s'élevait un drapeau fixé à une brochette en bois. Quand on avait soif, il fallait agiter ce drapeau en l'air pour attirer l'attention d'une des serveuses qui circulaient dans la salle, équipées d'un plateau et d'un calepin.

Je ne voyais qu'un seul autre enfant : Mathias, le gringalet adopté en Inde, était assis près de son père à une table encore vide et piquait à toute vitesse le drapeau entre ses doigts écartés. Cette fois, en plus du fromage, il y avait aussi des rondelles de salami sponsorisé. L'autre nouveauté, c'était qu'on n'avait pas protégé la pointe des piques à cocktail avec du scotch. Quelqu'un aurait pu se blesser.

Ce jour-là, à l'école, j'avais demandé à Pim et à Laurens s'ils comptaient aller au quiz. Ils m'avaient dit qu'ils trouvaient ça idiot, qu'ils n'avaient pas envie, j'avais approuvé d'un signe de tête.

Il se pouvait très bien qu'ils aient menti comme moi et qu'ils débarquent quand même.

Mes parents jouaient pour deux associations différentes. Je suis allée m'asseoir à la table de maman. Devant mes yeux, la salle se remplissait de voisins. Ils avaient presque tous l'air de s'être retrouvés par hasard dans cette foule alors qu'ils voulaient juste sortir les poubelles. Seuls quelques-uns avaient, comme maman, pris la peine de s'endimancher.

Le drapeau de la soif au centre de notre table portait le logo de l'Action catholique rurale féminine. La mère de Laurens s'est jointe à nous parmi les premières. Son mari était resté chez eux. Il n'aimait pas les associations, sauf entre professionnels indépendants du même secteur que lui. Il allait regarder un téléfilm à la maison avec Laurens en grignotant des chips.

Petit à petit, d'autres rurales de l'ACRF sont venues s'asseoir près de nous, elles ne se ressemblaient pas dans la forme, mais portaient toutes les mêmes serre-manches. C'était précisément là qu'était leur ruralité, dans ces brassards qu'elles avaient décidé d'arborer à la manière d'un accessoire de mode. Ceux de la mère de Laurens ne montaient pas très haut, ils avaient atteint leur extension maximale au milieu de ses avant-bras.

Maman avait beau être équipée comme il fallait, elle faisait tache. Les serre-manches, un cadeau de papa, ne lui avaient encore jamais servi à la vaisselle. Ce n'étaient pas les accessoires eux-mêmes qui lui allaient mal, mais son besoin de faire partie du groupe. Elle devait s'en être plus ou moins rendu compte. Au début, alors qu'elle était encore seule à table et qu'elle sirotait son premier verre, les yeux remplis d'espoir, on la voyait se recroqueviller à chaque fois que quelqu'un passait devant elle sans la remarquer tout à fait, en oubliant de la saluer convenablement. Et puis, à un moment donné, il y a eu du monde dans la salle, elle s'est commandé une autre bière et elle a basculé dans un comportement qui m'était familier : se recroqueviller justement parce qu'on nous voit.

Le quiz devait commencer à huit heures précises.

Pim et Laurens ont tenu parole en ne venant pas. Les quelques enfants présents, Mathias compris, se sont retirés dans le petit bar à l'arrière pour regarder des dessins animés sur le téléviseur préparé à leur intention.

Il y avait huit séries de questions au programme, d'environ un quart d'heure chacune.

Pendant toute la première moitié du quiz, je me suis demandé s'il n'aurait pas mieux valu rester à la maison comme Laurens et Pim. J'essayais de me représenter la soirée là-bas, mais tout ce que j'arrivais à faire, c'était me voir en train d'imaginer le déroulement du jeu, d'évaluer la probabilité que maman soit assise à côté de la mère de Laurens.

Au fond de la salle, il y avait deux portes battantes, des grands rectangles verts au milieu d'un mur blanc. Les autres murs blancs étaient percés de fenêtres et entièrement cachés sous des rideaux beiges. Le tissu, figé dans des plis peu naturels, empêchait la fumée des cigarettes de s'échapper par les vitres entrebâillées. Il faisait de plus en plus chaud, mais je ne voulais pas retirer mon pull à manches longues, ça aurait attiré l'attention sur mes bras grassouillets.

Entre neuf et dix heures, maman a levé trois fois la brochette au drapeau.

Pendant le jeu lui-même, elle fermait parfois les yeux quelques secondes. Les autres participants, comme la mère de Laurens, pouvaient encore penser qu'elle réfléchissait tout simplement à la bonne réponse. Moi, je savais bien qu'elle ne se demandait pas qui était l'inventeur du zeppelin. Il y avait de fortes chances pour qu'elle ne se demande rien du tout.

Tant qu'elle avait les yeux fermés, je la regardais. Je lui devais bien ça, il fallait que quelqu'un le fasse, enregistre son apparence dans les moments où elle ne pouvait pas deviner à quoi elle ressemblait.

À onze heures, on nous a lu une question à laquelle je connaissais déjà pratiquement la réponse avant même qu'elle ait été posée : "Qu'est-ce que l'année 1988 a eu d'exceptionnel pour Bovenmeer ?"

Dans les équipes, on réfléchissait tout haut. Maman s'est penchée en avant et a pris la parole.

"Cette année-là, il y a eu une énorme tempête. Un déluge. Quarante centimètres d'eau. On a perdu des tuiles. Je me souviens avoir envoyé Karel vérifier la toiture."

C'était sa première contribution au jeu. Dans le silence, des regards s'échangeaient. La mère de Laurens, qui tenait le stylo, n'osait pas non plus intervenir. La réponse de maman s'est retrouvée inscrite dans la case prévue à cet effet.

Au club de théâtre, l'équipe de mon père, on pensait que la question avait un rapport avec les gens du château, près de la brasserie. Les deux frères, tout le monde le savait, possédaient tellement de terres qu'ils pouvaient aller à pied jusqu'aux Pays-Bas sans quitter leur domaine. Toutes les vieilles fermes de Campine septentrionale leur appartenaient, ou presque. Célibataires, ils étaient restés vivre au château, chacun dans une aile. Ils n'avaient pas l'électricité, ni le chauffage central, se lavaient dans une bassine d'eau, patrouillaient dans la propriété avec leur fusil de chasse.

"Les fameuses élections communales, c'était pas en 88 ?" a demandé quelqu'un dans l'équipe de papa.

À l'époque, le frère aîné des châtelains avait fondé un parti à lui tout seul pour essayer de réformer le système d'enlèvement des déchets ménagers. Comme sa liste n'avait reçu qu'une voix, il s'était rendu compte que même son cadet n'avait pas voté pour lui.

"Il a voulu lui tirer une balle dans la tête ! C'était quoi déjà, son nom ?" a claironné papa.

Les bonnes réponses n'étaient lues qu'à la fin de chaque tour.

"Question numéro neuf : qu'est-ce que l'année 1988 a eu d'exceptionnel pour Bovenmeer ?" Dans le micro, la voix du maître de cérémonie semblait parfois très lointaine, parfois dangereusement proche. "Vous avez tous été chercher midi à quatorze heures. Nous ne pouvons malheureusement pas vous accorder ces trois points."

À minuit, le quiz était parvenu à son terme et il ne restait plus que le tirage de la tombola. Le gros lot, un téléviseur couleur, attendait depuis le début de la soirée sur un socle drapé d'une toile blanche. Il serait attribué après tous les autres prix.

Les jeunes enfants, accompagnés du curé, revenaient du bar pour aider à la tombola. Certains avaient les yeux mouillés de sommeil, d'autres de chagrin – Pocahontas venait d'être séparée de son amoureux.

"On avait faux pour la question sur ton année de naissance", m'a dit maman. Elle a reculé sa chaise et s'est levée, en avalant le reste de sa triple pour que personne n'emporte le verre en son absence. Elle avait à peine remonté les serre-manches qu'ils glissaient de nouveau vers ses poignets.

"Eva n'y peut rien si nous avons eu faux, a dit la mère de Laurens à ses coéquipières. On aurait dû faire un peu plus d'enfants, c'est tout."

Il y a eu des rires. Sous la table, elle a posé sa main sur mon genou et l'a massé légèrement.

Les petits trottinaient d'un bout à l'autre de la salle pour apporter les prix aux gagnants. Les premiers lots distribués avaient le moins de valeur – ballons de baudruche, stylos à bille, cactus… L'avant-dernier prix était une corbeille de bières.

Elle a traversé la salle entre les mains de la fille d'un membre du jury. J'ai vu maman regarder son ticket. L'enfant est passée derrière elle et a remis le panier de bières à la mère de Laurens, qui s'est empressée de l'échanger contre des produits Tupperware proposés par un voisin.

Maman s'est saisie du drapeau, a commandé une autre Westmalle triple à la serveuse la plus proche et m'a donné de la monnaie pour payer.

Après, en titubant, elle a suivi la première personne qui lui semblait aussi se diriger vers les toilettes. Au sortir de la salle, la porte battante lui est revenue en plein visage, juste au moment où on allait attribuer le gros lot.

J'ai tout vu. Et pourtant, après le choc et le silence qui l'a suivi, il m'a fallu un moment pour comprendre à quel point maman avait dû avoir mal. La porte avait fait un bruit sourd, le son d'une pomme qui se cabosse en tombant du haut de l'arbre.

Plusieurs personnes se sont retournées. Maman a vacillé, puis s'est effondrée en arrière, sur le carrelage. Elle est restée comme ça quelques instants, incapable de porter la main là où la douleur était la plus forte. Tant bien que mal, elle s'est remise debout. Ses lunettes avaient voltigé quelques mètres derrière elle, hors de sa vue. Son visage n'avait rien. Pas de sang, pas d'égratignures.

Mais moi, je savais comment ça faisait, après tous les tirs de penalty que j'avais reçus dans la figure : on sent son nez qui enfle, qui devient gros comme une patate, mais les gens tout autour disent que ça ne se voit pas.

Maman paraissait ne plus se rappeler pourquoi elle avait quitté sa chaise, ce qu'elle était venue faire devant cette porte, ou peut-être que ça n'avait plus d'importance pour elle. Pendant à peu près dix secondes, elle n'a pas bougé. Je croyais qu'elle allait faire pipi dans sa culotte, ça lui était déjà arrivé, je savais comment ça se présenterait. Et les taches sombres qui grandiraient à l'intérieur de ses jambes de pantalon… Mais il ne s'est rien passé.

Sa paralysie a duré encore trois secondes. Elle a commencé à faire quelques pas, mal assurée, en cherchant son équilibre, et s'est tournée vers la salle. C'est à cet instant-là seulement qu'elle a laissé jaillir le vomi. Avec une belle courbe.

Les gens étaient tous médusés, même ceux qui, à cause de leurs enfants, avaient feint d'ignorer l'incident de la porte.

Quelqu'un dans l'assemblée s'est mis à applaudir, trois fois. Des mains de femme. Sans doute une épouse qui profitait de l'occasion pour rappeler à l'ordre son propre soûlot de mari. Avant même que je puisse voir qui c'était, les applaudissements se sont arrêtés.

En réaction, maman avait un peu rouvert les yeux, ses gestes étaient déjà plus maîtrisés. Là encore, ça s'expliquait : le sentiment de honte avait déclenché une poussée d'adrénaline. Mais elle n'avait pas repris le contrôle de son estomac. Après un demi-tour, le nez au mur, elle a recommencé à dégobiller. Cette fois-ci, contre la surface blanche, on voyait bien la différence entre les caillots de sang et les dépôts de levure de bière.

Personne n'a bougé, personne ne lui a porté secours. Même Nancy Le Savon n'est pas venue apporter un seau d'eau.

Moi non plus, pour une fois, je n'ai pas eu le réflexe de me lever, d'aller l'aider. Jamais je n'avais vu maman aussi empotée. Je n'osais pas regarder la mère de Laurens. Finalement, c'est papa qui s'est approché et qui m'a donné une petite tape sur le dos.

"Va donc chercher la brouette." Il tenait le ticket gagnant à la main.

Lorsque je suis sortie, les cloches de l'église ne sonnaient pas, et pourtant il était exactement minuit et demi, l'heure de pointe pour les criminels, mais ce qui m'effrayait le plus n'avait rien à voir avec l'obscurité.

Je me suis mise à courir, pas pour être revenue plus vite, mais pour ne plus entendre le brouhaha dans la salle. J'ai filé le long des boîtes aux lettres de la rue de l'Église. Là-haut dans le ciel, la pleine lune éclairait les plates-bandes d'une lueur pâlichonne, comme une ampoule à économie d'énergie en phase de démarrage.

Je suis repartie de la maison sous la même lune, devant les mêmes parterres, mais plus lentement, hors d'haleine. C'est seulement après avoir quitté le chemin du Breuil que j'ai aperçu les ombres.

Papa et maman venaient d'entamer le trajet du retour. Elle avançait à quatre pattes sur le trottoir, il portait le téléviseur couleur. Le carton était lourd, juste un peu trop grand pour tenir dans ses bras.

Plus je m'approchais, plus j'accélérais.

Maman ne voulait pas qu'on l'aide.

"Laisse-moi ! J'y arriverai toute seule !" Elle serrait dans une main sa paire de lunettes aux verres fissurés, et chaque fois qu'elle prenait appui dessus, les branches pliaient sous son poids. Elle avait les genoux écorchés. J'ai essayé de tourner la brouette de telle sorte qu'elle n'ait plus qu'à se laisser tomber en arrière pour retrouver la bonne position. Elle s'est écartée de moi en rampant, jusque sur la chaussée.

Papa a posé la télévision par terre. Il a attrapé maman sous les aisselles, l'a flanquée dans la caisse de la brouette. En s'affalant, elle s'est cogné l'arrière du crâne contre le rebord. Les lunettes sont tombées. Je les ai ramassées. Papa a mis le carton sur maman. Elle n'a pas bronché.

“Ça va, tu supportes ?” Maman ne m’a pas fait signe que oui, mais n’a pas non plus secoué la tête.

Un peu instable, papa a soulevé les poignées de la brouette à la force des bras et a commencé à la faire avancer. Il a fallu un moment pour qu’il s’habitue à la répartition inégale de sa charge.

“Ce genre de télévision, c’est plus lourd qu’on ne le pense.” Il avait sans doute trop bu lui aussi, mais il était plus corpulent et ça changeait quelque chose à la dilution de la bière.

On entendait encore quelqu’un parler au micro dans la salle paroissiale. Le discours de remerciement aux sponsors avait pris fin. Le bourgmestre, tout juste devenu grand-père, offrait “une dernière tournée générale”. Ça applaudissait. Des mains d’homme. Des mains de femme.

Il n’y avait pas plus de quatre cents mètres à faire jusqu’à la maison, toujours tout droit. Je ne pouvais pas aider beaucoup au transport, une main crispée autour des lunettes de maman, l’autre posée sur le rebord de la caisse : papa hurlait dès que je tentais de corriger le cap ou quand j’avais l’air de vouloir lâcher la brouette.

Ce n’était pas le poids qu’on se partageait, mais la honte.

Maman avait passé les bras autour de la télévision. Elle ne réagissait pas à ce qui se disait.

“Le congélateur, là, il nous a bien servi.” Elle était encore en train de grommeler quand on a franchi les derniers mètres du chemin du Breuil pour entrer dans le jardin rempli de bazar.

Papa s'est dirigé vers l'arrière de la maison, près du grand noyer, où il a posé la brouette. Ensuite, il est rentré chez nous en emportant le téléviseur. Sans maman.

"Si elle est capable de se changer toute seule et de monter l'escalier, elle peut venir au lit", a dit papa avant de repousser la porte derrière lui. Maman avait les yeux fermés. Sur son pantalon, à l'intérieur des cuisses, j'ai remarqué deux taches sombres et puis, tout à coup, il y a eu l'odeur.

J'ai suivi papa jusqu'à la cuisine. Il n'y avait pas de bruit ni de lumière, à part celle de la hotte aspirante. Tessie et Jolan étaient déjà partis se coucher, peut-être même bien à l'heure. J'en ai trouvé la preuve sur le plan de travail : le sac d'ABC encore intact.

Comme je devais de toute façon attendre que papa ait terminé dans la salle de bains, je suis restée devant la fenêtre de la cuisine à regarder dehors. Je tenais toujours les lunettes de maman. Elle n'allait pas pouvoir se débrouiller sans, devrait monter dans sa chambre à tâtons.

Je n'osais pas retourner la voir tout de suite.

À l'entrée de la niche, le chien a commencé à aboyer. Le spot extérieur s'est remis en marche. J'ai ouvert la porte et je suis allée près de maman pour lui retirer ses chaussures et l'abriter sous la première couverture que j'avais pu trouver à l'intérieur. J'ai posé ses beaux escarpins à côté d'elle, avec, par-dessus, les lunettes aux branches bien repliées, exactement comme elle l'aurait fait elle-même.

Dans l'escalier, à mi-étage, je me suis arrêtée sur le palier pour observer le jardin de derrière. Maman était toujours allongée dans sa brouette. Je savais qu'elle vomissait parfois du sang, mais je n'en avais encore jamais vu sur un mur blanc. Tant que je continuerais de faire attention aux détails, je n'aurais rien à quoi m'habituer.

Péniblement, j'ai grimpé l'échelle de mon lit mezzanine. Je me sentais courbatue alors que je n'avais presque pas eu à pousser la brouette. Tessie s'est redressée sur son matelas. Elle m'avait attendue.

"Est-ce qu'ils ont remarqué le sac d'ABC ?"

Dehors, la chienne s'était remise à aboyer comme une malade. Les projecteurs allaient s'allumer encore une fois.

"Évidemment.

— Et qui c'est qu'a gagné le quiz ?

— Personne.

— Y avait égalité ?

— Non.

— Faut quand même un premier ?

— On a gagné une télé."

Tessie s'est levée d'un bond. C'est seulement après avoir allumé la grande lampe pour voir si j'étais sérieuse qu'elle a compris : le sac et tout son contenu de biscuits en forme de lettres de l'alphabet étaient passés inaperçus.

On a fait le guet à la fenêtre du palier pendant tout le reste de la nuit. Pour voir si maman s'en sortirait. On espérait pouvoir provoquer un changement par la force de notre regard.

"Comme ça, sans ses lunettes, on dirait pas du tout que c'est maman", a dit Tessie.

Je me suis tue. Jusque-là, je n'avais jamais vraiment montré d'intérêt pour la brouette. J'aurais été incapable de la repérer entre dix. Cette fois, je connaissais le moindre de ses détails. Les poignées rouges, la petite roue au pneu à moitié gonflé… On l'a surveillée jusqu'au petit matin, jusqu'à être capables de la distinguer parmi des milliers d'autres brouettes.

De temps en temps, je voyais Tessie écarquiller les yeux pour ne pas s'endormir, pour forcer le soleil à entrer en scène.

“Eva, qu'est-ce que tu trouverais le plus grave ?” Le chien venait d'arrêter ses allées et venues inquiètes, maman restait enfouie dans l'obscurité. “Que Nanook meure, ou bien papa ?”

À sa façon de demander, je savais ce qu'elle-même aurait répondu.

Même si j'avais de la peine pour le chien, qui, comme nous, avait fait de son mieux pour supporter maman, j'ai quand même dit “papa”. De cette manière, j'étais sûre qu'au moins il aurait encore une voix.

On n'échangeait pas un mot sur ce qui, dehors, dans le jour naissant, devenait de plus en plus manifeste et pathétique.

Même quand le soleil a pris le relais, on n'a pas quitté notre poste. Ce n'est qu'après avoir vu maman se retourner dans sa brouette pour protéger ses yeux des premiers rayons du matin qu'on a regagné notre lit. Il fallait lui laisser cette possibilité de se relever tant bien que mal sans qu'on la voie, de retourner dans la maison pieds nus, de traverser les pièces qu'elle avait quittées en escarpins la veille, à la recherche d'un slip sec, de sa paire de lunettes ordinaires. La possibilité, à la table du petit-déjeuner, de prétendre qu'il ne s'était rien passé. Il lui resterait au moins cette dignité. Et le téléviseur couleur.

## 16 H 30

Le soir tombe déjà. À mi-allée, en face de l'enclos des oies, se trouve la cage du chien. Elle porte un nouvel écriteau, accroché aux barreaux par du fil de fer. JE MONTE LA GARDE. Sous cet avertissement, on voit le portrait d'un dogue agressif aux babines retroussées. Ça m'avait échappé tout à l'heure. Allongé par terre, sous la photo, un labrador tranquille me regarde passer sans soulever la tête, du même air nonchalant qui, à Bruxelles, distingue les concierges logés gratuitement à titre d'unique salaire.

Plusieurs voitures sont garées dans la cour, à côté d'un grand tracteur jaune. Au bout de l'allée, juste avant d'arriver aux étables, des bougies placées dans des verres de Nutella balisent le chemin. Les flammes ont du mal à tenir par cette température. Je soulage de leurs souffrances les photophores encore allumés.

Le dernier verre de Nutella est posé à moins de dix mètres de la porte de l'étable. Je pourrais très bien entrer. Dire bonjour, serrer des mains, raconter aux gens ce qu'ils veulent entendre, par exemple à quel point leurs enfants leur ressemblent.

“Mais pourquoi tu fais ça ?”

Derrière moi surgit un petit garçon d'à peu près cinq ans, emmitouflé jusqu'aux oreilles, avec des gants beaucoup trop grands pour lui. J'aimerais bien savoir depuis combien de temps il me surveille. Le traîneau qu'il tirait derrière lui à l'aide d'une longue corde épaisse continue sur sa lancée et vient lui percuter les mollets, ce qui le déstabilise et l'envoie s'agenouiller sur le fin tapis de neige. Un fanion de sécurité fluorescent, fixé au traîneau, s'agite dans le vent.

Je me demande d'où vient ce petit bonhomme. Les enfants, c'est comme les souris : pas besoin de beaucoup d'espace pour les laisser passer.

Je l'attrape par la capuche et le remets debout.

"Pourquoi t'as pas de pantalon ?" Au début, j'ai du mal à comprendre ce qu'il veut dire, jusqu'à ce que je prenne conscience de son angle de vue. Ma minijupe est cachée par mon grand manteau d'hiver.

"Je porte un collant." Entre le pouce et l'index, je soulève le nylon couleur chair pour le lui montrer. L'enfant s'approche, il veut toucher le collant lui aussi. Je le laisse faire. Les doigts mous et creux de son gant caressent ma cuisse.

À part le traîneau, tout ce qui définit ce gamin peut s'exprimer par un diminutif. D'une certaine manière, ça donne à ce contact physique un côté sympa.

On reste un instant sans bouger.

"Tu n'as pas envie de voir le robot ?"

Il fait non de la tête. "C'est même pas un robot qui parle ! Celui-là, il sait que traire…

— Comment tu t'appelles ?"

Avant même que le gamin ait ouvert la bouche pour me dire son nom, un sifflement suraigu s'échappe de l'étable. Quelqu'un doit tenir le microphone trop près des enceintes. Des animaux nerveux se font alors entendre dans toute la ferme : passages de langues râpeuses sur les blocs de sel, claquements de sabots contre les grilles, cliquetis d'abreuvoirs.

"Y a la fête qui commence." Il agite sa petite main.

"Vas-y, je te rejoins tout à l'heure."

L'enfant abandonne son traîneau sur place, repart vers l'étable, vers le brouhaha.

Je contourne le tracteur en vitesse et longe l'étable jusqu'au grand tas d'ensilage, un peu plus loin. Il faut que je l'escalade sans percer la bâche en plastique. C'est laborieux. Le froid m'a raccourci les muscles, sauf ceux de la jambe qui vient d'être effleurée.

Une fois en haut, je scrute l'intérieur de l'étable à travers les ouvertures aménagées sous le toit pour apporter de l'air frais aux vaches. De là, j'ai une belle vue d'ensemble sur la fête. Le dessus des crânes. Un chauffage soufflant. Une petite discothèque mobile. Un plat de toasts apéritifs et des ramequins de chips présentés sur une table. Quelqu'un se dirige d'un pas décidé vers les amuse-gueules, fait demi-tour presque aussitôt. Peut-être que les toasts sont déjà ramollis. Un sac en plastique est posé à côté, c'est celui qui était encore tout à l'heure dans la main de Laurens. Sa mère ne parle à personne. Elle est plantée là, les bras plaqués contre sa taille dilatée, comme un enfant sur le point de sauter dans la piscine avec sa bouée.

Plus je fais attention, plus il est clair à mes yeux que cette fête bat son plein et que personne ne se demande où je suis. Ma présence ne changerait absolument rien.

Je continue mon observation et finis par apercevoir Pim. Il a l'air joyeux. Ça pourrait aussi venir du contraste avec le sérieux de sa chemise bleu foncé. Ses épaules ne sont pas développées, mais étroites et sèches. L'exemple type de l'agriculteur robotisé.

Je regarde le plus loin possible du coin de l'œil, jusqu'au bout du bras de Pim, dans le prolongement de sa main où s'accroche quelque chose : le petit garçon de tout à l'heure. L'enfant essaie de dormir, appuyé contre sa jambe, maintenu d'aplomb par cette seule poigne vigoureuse.

Deux têtes aux cheveux bouclés tout pareils. Alors comme ça, Pim a un fils et personne, pas même papa, ne m'a avertie ? Difficile de deviner qui est la mère.

Comme un peu plus tôt, devant Laurens, je comprends que je m'attendais là encore à retrouver le garçon de quatorze ans, celui avec qui j'ai des comptes à régler, l'ado qui portait ses chaussettes à l'envers, et pas cet homme aux épaules tombantes qui tient son petit garçon par la main.

Je crapahute sur les pneus de voiture jusqu'à l'autre pente. De là aussi, je jette un coup d'œil dans l'étable, vois enfin ce que les invités sont en train de regarder. Un vidéoprojecteur fait défiler sur le mur du fond les photos que Pim a collectées. Elles s'enchaînent avec des effets de transition ringards, en inondant d'une lueur chaude la salle et ses occupants.

Ce sont surtout des photos de vacances, prises à l'appareil jetable, des images qui ont été scannées, travaillées, avant d'être présentées ici dans l'ordre chronologique : Pim le jour de son anniversaire aux côtés de Jan, Laurens et moi – quatre gamins en rang d'oignons, tous coiffés d'une écharpe rouge à pois blancs. La scène se fractionne ensuite en bandelettes, remplacées par les bandelettes d'une autre photo où, cette fois, je ne suis pas là : Pim et Jan dans le jardin, des gants de toilette suspendus à la taille, devant et derrière, par une ceinture de peignoir. Petits Indiens près d'un tipi de draps et de couvertures.

L'image s'efface au bout de quelques secondes, fondue dans une photo de Pim en premier communiant. Il se tient entre nous – Jan, Laurens et moi. On a tous un crucifix en bois autour du cou, je porte une tenue colorée, les autres sont en beige. Jan a posé les bras sur les épaules de Pim et sur les miennes. Laurens ouvre la bouche en grand, une hostie préservée avec soin lui colle au palais. La fierté se lit sur nos visages : on vient juste d'accueillir le Seigneur dans notre vie. Je me souviens tout d'un coup que Jan avait réellement posé sa main sur ma nuque.

Je n'ai pas eu le temps de bien regarder la photo qu'elle se divise déjà en zigzags pour laisser apparaître une autre image : le concours de play-back à la fête paroissiale. Jan est sur scène, de profil. Ses jambes fléchies, son pouce accroché à la ceinture et son chapeau noir me suggèrent qu'il est en train de mimer *Smooth Criminal*. Il participait tous les ans à la compétition avec un titre de Michael Jackson. Pour lui comme pour son père, ce concours représentait la seule occasion de descendre au village, mais jamais il n'a gagné le premier prix.

Mon attention se concentre sur les deux petites têtes en bas de l'image : Tessie et moi, assises au milieu du public, en train de nous partager un paquet de chips.

Le spectacle nous intéresse moins que ce qu'on grignote. Tessie porte une robe chasuble. Moi, je suis la fille en col roulé avec le visage tout rouge, la seule personne de toute l'assemblée à avoir des manches longues. On semble être plutôt heureuses même si, sur cette photo, les choses couvent déjà.

Je regarde autour de moi, à la recherche d'un endroit où prendre position tout à l'heure. Les bâtiments de la ferme n'ont pas changé, tout est encore là. Je lance un dernier coup d'œil au diaporama avant que l'image ne laisse place à une autre. Tessie et moi. Elle vient d'enfourner une poignée de chips, je tiens le sachet. Si je pouvais, là, tout de suite, je me ferais unidimensionnelle pour remonter le temps, me glisser dans cette photo, infiltrer ce moment, prévenir Tessie de ce qui l'attend, lui chuchoter : "Sauve-toi…" À Jan, je crierais : "T'en fais pas, t'es le meilleur Michael Jackson que je connaisse !"

Je pourrais leur dire ça, mais ça n'avancerait à rien. Si une version trentenaire de moi-même s'était matérialisée sous mes yeux il y a vingt ans et m'avait dit "je sais ce qui va se passer, sauve-toi", je n'aurais pas bougé d'un pouce. Tessie et moi, on serait restées à notre place, pas du tout parce qu'on se croyait heureuses, mais parce qu'il faut d'abord que les choses arrivent avant qu'on puisse les regretter, et aussi parce que le sachet de pickles n'était pas encore vide.

## 2 AOÛT 2002

La tondeuse des voisins bourdonne au-dehors. Pourtant, la première chose à laquelle je pense en me réveillant, c'est l'image des fesses nues de Pim et de Laurens qui se contractent devant des scènes de sexe filmées en gros plan. Le lit de Tessie est vide, en désordre. Ça aussi, c'est inquiétant. Je dévale l'escalier. L'air se rafraîchit légèrement à chaque marche.

Arrivée en bas, je tombe sur Tessie, les mains posées au milieu du clavier. Elle se tient pieds nus face au buffet. Son pyjama préféré, celui aux volants roses, fait un drôle d'effet maintenant qu'elle n'a plus ses longs cheveux blonds. Son regard ne dévie pas.

Je me souviens qu'on avait une Barbie au crâne rasé, elle ne servait qu'à jouer les ennemis ou les malades du cancer.

"Si tu vas encore aux toilettes pour m'espionner, c'est pas la peine, Eva."

Il faut vraiment que je fasse pipi, mais je me retiens.

Pim est dans la cour de la ferme, juste à côté de Laurens, il cache quelque chose sous son T-shirt.

"Qu'est-ce que c'est ?" Je pose la question avant même d'avoir garé mon vélo.

Il regarde d'abord autour de lui d'un air précautionneux. Aucune trace de son père. La cour est vide, les vaches à la pâture. Pim sort une cassette vidéo de sous ses vêtements. "Dans ce film-là, ça doit sucer, d'après moi."

Laurens vient lui aussi tout juste d'arriver, il a encore une main sur le guidon. Je ne l'ai pas vu dans le Bout-du-Chemin, ce qui laisserait penser qu'il a pris une autre route que d'habitude.

Je lance un rapide coup d'œil à leurs shorts, à leurs mollets duveteux. Je n'ai pas dû faire attention quand les poils ont poussé, parce qu'au début des vacances ça ne m'avait pas encore frappée.

"Je l'ai trouvé dans la chambre de Jan." Pim baisse la voix en prononçant le nom de son frère.

Seulement, c'est moi, pas lui, qui ai découvert cette vidéo, un jour, pendant une partie de cache-cache. J'avais à peine regardé la photo sur le boîtier avant de vite remettre la cassette à sa place pour que personne ne voie que j'avais été dans la chambre. Mais je ne peux pas dire ça aux garçons maintenant. Je ne peux pas non plus leur dire que j'ai revu cette cassette le jour de l'enterrement de Jan, à l'endroit exact où je l'avais laissée deux ans avant.

"Je croyais que ta maman et toi, vous vous étiez mis d'accord pour pas toucher à sa chambre ?

— Jan me remercierait d'avoir enlevé un truc aussi compromettant. Plus que quelques jours et maman revient habiter ici. Ils vont vider la chambre, tout mettre dans des cartons. Tu veux quand même pas que ma mère voie ça ? Encore moins mon père…"

Je demande : "Et pourquoi ils veulent vider sa chambre ?

— Ta mère va revenir, alors ?" dit Laurens.

Pim ne répond pas. Il nous précède dans le corps de ferme, verrouille la porte de derrière pour que son père ne nous dérange pas. À l'intérieur, c'est drôlement bien tenu pour une maison habitée par deux hommes seuls. Dans le salon, côté cour, il y a une grande armoire rustique et deux sièges aux coussins recouverts de cuir, avec accoudoirs en bois.

Laurens et Pim s'assoient sur le canapé trois places, chacun à une extrémité. Moi, je m'affale en silence sur le fauteuil. Il est disposé bizarrement dans la pièce, pas tourné vers la télévision, mais collé en biais contre l'autre siège.

Une fois installée, je m'aperçois qu'une photo aérienne de la ferme est accrochée au mur en face de moi. C'est ici que s'asseyait la mère de Pim. À cette place, elle tricotait des écharpes et des chaussettes, pas au cas où quelqu'un voudrait les porter, mais pour avoir l'occasion d'admirer sa jolie petite famille de téléspectateurs.

Il se trouve que je ne m'étais encore jamais assise dans ce fauteuil. Ce n'est bien sûr pas la première fois qu'on regarde la télévision ici, mais avant, on tenait à trois sur le canapé.

"Je me prends celui-là. Et toi, tu veux être qui ?" Pim montre à Laurens, sur le boîtier, la photo des trois acteurs et de la starlette à forte poitrine, en costume d'infirmière délurée. Pim touche du doigt l'homme qui est tout à gauche, le plus noir de peau et le plus musclé. Puis il retire la cassette du boîtier, l'insère dans le magnétoscope.

Laurens choisit l'un des personnages qui restent. "Celui-là."

Pim retourne s'asseoir et fait claquer sa main dans celle de Laurens.

À moi, on ne demande rien.

C'est Rossy qui doit venir aujourd'hui, mais plus tard, nous a dit Laurens. Elle doit d'abord passer chez le dentiste, ce qui va prendre au moins une heure avec une dentition comme la sienne.

Rossy avait été à l'école en même temps que Jan et Jolan, mais comme elle avait dû redoubler deux fois sa cinquième année de primaire, elle s'était retrouvée dans la classe qu'on parasitait. Elle est la seule fille du tourneur sur bois, la plus jeune de ses sept enfants. D'après ce qu'on dit, ses parents n'avaient pas voulu s'arrêter au sixième – un de plus ou de moins, ça n'avait pas d'importance. Ils supposaient que ce serait encore un garçon, qu'il aurait Albert II pour parrain comme le veut l'usage en cas de naissance d'un septième fils à la suite, que la reine leur offrirait le traditionnel plat d'argent gravé de ses initiales.

Même s'ils ne se sont pas montrés déçus quand elle est née, ils l'ont ensuite toujours habillée en garçon, peut-être pour la punir ou tout simplement parce que c'était pratique. Rossy avait un visage fin et des frisettes rousses, qui reposaient en général sur ses épaules comme un écheveau de laine passé entre les griffes d'un chat.

Elle portait un prénom inhabituel pour quelqu'un de Bovenmeer et on avait beau l'appeler Roxy (c'était plus facile à retenir, rapport au petit renard du dessin animé), elle est longtemps restée la machin-chose qui ne se faisait presque jamais remarquer.

Tout a changé le jour où, à un goûter d'anniversaire, sans avoir encore dit un seul mot, elle a posé sa fourchette et son couteau avant de monter sur sa chaise pour annoncer haut et fort : "Je m'en vais poser une bûche !" On venait juste de découper le gâteau, les tantes et les grands-parents étaient là, un oncle prenait des photos. L'appareil a immortalisé cet instant : au premier plan, la maîtresse de maison sidérée qui manque de se couper la main et, à l'arrière, une vague fillette aux boucles rousses, hissée sur sa chaise, les doigts sur le bas-ventre.

Après avoir été aux toilettes et s'être lavé les mains sous le robinet de la cuisine, Rossy est revenue à table et a savouré sa part de gâteau à petites bouchées.

L'expression "poser une bûche" a fini par désigner le rejet d'une grosse crotte, du genre qui demande à être poussée très fort. Les enfants des villages voisins se disputaient la trouvaille. Tous prétendaient que la fille très timide en question était une copine à eux, que ça s'était passé à leur anniversaire. On les laissait dire, mais on n'en pensait pas moins.

Avec cette histoire, Rossy était devenue très populaire. On l'invitait à toutes sortes d'occasions dans l'espoir qu'elle oserait répéter ses propos, ou mieux encore : qu'elle sortirait d'autres formules délirantes qui, en passant à la postérité, rendraient cette fête inoubliable. Seulement, Rossy ne disait plus rien. Elle se contentait de grignoter les bouts de gâteau qu'on lui offrait, ne laissait plus rien voir du fond de sa pensée. Mais à partir de là, les garçons se sont intéressés à elle. Ils la découvraient finalement sous son vrai jour, se rendaient compte de l'incroyable beauté des frisettes rousses.

Depuis mon fauteuil, j'observe Pim et Laurens qui, à leur tour, regardent la vidéo. Pim cherche la télécommande en tâtonnant et augmente le volume. Les bruits de succion couvrent les échos de la ferme et le souffle haletant de Laurens.

Je lis sur leur visage ce qui se passe à l'écran. Le blanc de leurs yeux reflète l'image des corps en action, leurs pupilles suggèrent le mouvement. À la tension de leurs muscles, je devine quand le personnage qu'ils ont choisi a pris le relais.

Les "sondages" arrivent enfin à leur terme, on a dépassé la moitié du nombre de filles. Après Rossy, il n'y en a plus que deux et on n'est même pas à mi-parcours des vacances. Dans les derniers jours de l'été, il nous restera du temps pour se retrouver juste tous les trois, comme avant.

Dehors, le chien et les oies donnent l'alerte. Pim, attrapé sur le fait, baisse le son de la télé.

"C'est déjà ton père qui rentre ? lui demande Laurens.

— Qu'est-ce que j'en sais, moi ?" Pim profite du tumulte pour raplatir son entrejambe. "Va donc voir, Eva."

Je me lève, tourne la clé dans la serrure pour rouvrir la porte de derrière et pars vérifier qui arrive dans la cour.

C'est Roxy, elle est en avance. Elle passe lentement devant les étables vides. Son regard balaie les alentours.

Je pourrais aller à sa rencontre, lui dire de rentrer chez elle, qu'il n'y a rien à faire ici. Je pourrais la mettre en garde, partir nager avec elle à la Fosse, ou même plus loin, dans un autre village.

Je me prépare à bouger quand je la vois grimper sur la petite échelle du tracteur pour se regarder dans le rétro. Elle remet ses cheveux en place.

Ça ne correspond pas à la théorie de Pim. Il soutient que les filles les plus jolies n'ont pas conscience de leur propre beauté, qu'elles acceptent moins vite de se déshabiller, ce qui justement les rend si belles.

"Roxy est prête, les gars !" J'appuie sur la sonnette pour capter l'attention de tous, comme un arbitre qui annonce le prochain round.

Je m'approche de Roxy.

Elle m'embrasse sur la joue. Une odeur aseptisée se dégage d'elle. Dentifrice.

"Les garçons arrivent."

Elle est beaucoup plus nette que sur la dernière photo de classe, avec son nez droit et ses yeux à fleur de peau.

On regarde toutes les deux Laurens et Pim s'avancer. Ils marchent d'une façon bizarre que je ne leur connais pas. Pim tient les bras loin du corps, comme si on l'avait un peu trop rempli d'air.

La suite de l'après-midi ressemble à un film qu'on laisse en fond sonore, vu que tout le monde connaît déjà la fin.

Pim et Laurens montrent plus d'efficacité, mais aussi plus d'agitation que d'habitude. Les choses vont vite. Roxy est d'accord pour huit questions. Je raconte mon énigme. Elle fait de son mieux. Elle ne trouve pas la réponse.

"Ton gage, maintenant." Pim fait craquer ses doigts. "Enlève tes vêtements.

— Je suis indisposée, dit Roxy. Pas question que je me déshabille.

— Et faudrait qu'on te croie ?

— Demande à Eva de contrôler.

— Eva, regarde si c'est vrai." Laurens ne sait pas trop quoi faire de ses mains. Il n'a pas encore de poils sur le visage. Son bonhomme dans le film se serait maintenant trituré la moustache.

"Mais pas ici devant tout le monde."

On disparaît toutes les deux derrière un tas de foin pour ne pas leur gâcher l'appétit. Roxy ne me montre rien. Elle se borne à sourire gentiment, comme le font les filles entre elles. Il lui reste un peu de dentifrice sur la lèvre du haut. Je la crois tout de suite.

À notre retour, Laurens et Pim ont déjà trouvé une solution de rechange, je le vois à leur attitude.

Pim est de nouveau gonflé à bloc. "Même les filles indisposées peuvent servir à quelque chose. Y a qu'à voir dans les films. Tu vas pas me dire que les actrices prennent une semaine de congé tous les mois ?"

Je nuance : "Peut-être pas une semaine, mais au moins quatre jours."

Roxy m'interroge du regard, écarte les boucles rousses de son visage. Je ne vois pas où les garçons veulent en venir.

Elle, si. "Un *blow job*, alors… OK, je vous fais ça en vitesse." Elle s'agenouille dans la paille.

Je donne une dernière précision : “Vous avez dix secondes, pas plus.”

Cette fois-ci, Laurens veut passer en deuxième, sans doute pour voir d’abord comment fait Pim, en tout cas pour ne pas avoir l’air moins bon. Il se tripote les boules en attendant son tour.

Je commence à compter. Pas trop vite, mais pas trop lentement non plus.

Pim abaisse son pantalon, tire trois fois son prépuce en arrière, comme un cow-boy qui charge un pistolet. Dès que la peau s’est rétractée, il enfouit son nœud dans la bouche de Roxy.

Elle aspire une ou deux fois, son visage fin s’amincit encore plus.

“Dix. Pourquoi ça s’appelle un *blow job*, d’ailleurs, on n’aurait quand même pas idée de souffler là-dedans ?”

Laurens va prendre son tour, il ne veut pas répondre à ma question.

Son zizi, pas encore complètement raide, me fait penser aux saucisses bas de gamme vendues à la boucherie, celles qui contiennent beaucoup plus de graisse que de viande et qui, du coup, plissent quand on les pose à la verticale. Elles ne sont pas appétissantes, mais on peut s’en servir pour taper fort sur quelqu’un sans lui faire vraiment mal. Roxy essaie de tirer le meilleur parti de ses dix secondes.

“Terminé.” Laurens commençait juste à s’exciter. “Je suis arrivée à dix.

— Bon, ben, vaut mieux pas que j’en parle à mes frangins”, dit Roxy.

Je reçois de nouveau un baiser sur la joue, comme tout à l'heure. Les garçons, elle ne les frôle même pas. On sent l'odeur écœurante de leur quéquette.

“Au fait, c'est quoi la solution de l'énigme ? demande Roxy.

— Elle a pas le droit d'en parler, répond Pim presque aussitôt. Y a d'autres filles qui vont venir. Une fois qu'elles seront passées, on dira tout.”

Il a rentré son zizi dans son slip. La peau fripée du prépuce, coincé sous l'élastique, dépasse un peu. Juste à côté, on voit une traînée poisseuse, comme derrière une limace en fin de course.

L'idée me vient de taper dessus, d'imiter le père de Pim quand il fait sortir les taupes de leur trou pour ensuite les achever d'un coup de pelle sur la tête.

Je pars en même temps que Roxy. Les gars restent au grenier.

Elle ne dit presque rien jusqu'à la sortie de l'allée, bifurque tout de suite dans l'autre direction. On pourrait faire un peu plus de route ensemble, mais je la comprends, j'aurais au moins dû lui donner la solution de l'énigme. Ses frisettes s'agitent dans le vent.

Quelques minutes plus tard, un hélicoptère vient survoler la zone. Je ne peux rien faire d'autre que de pédaler en espérant qu'il n'y ait pas de photo aérienne de ce moment. Que personne n'immortalise ce paysage pour en décorer une salle de séjour, avec deux petites taches de rien du tout – moi et Roxy – qui s'éloignent l'une de l'autre.

# LE RESTAURANT À DEUX PLACES

Jan a disparu deux jours avant son dix-septième anniversaire, le 28 décembre 2001, dernier samedi de l'année – Laurens venait de me demander quel superpouvoir j'aurais voulu posséder.

Les vacances de Noël touchaient à leur fin. Laurens et moi, on attendait dans son jardin, sur l'échelle inclinée du portique de jeu. Lui s'était assis un rondin en dessous. Ses cheveux avaient poussé. Je voyais en plein sur le sommet de son crâne. D'habitude, ses mèches retombaient de manière plus ou moins spontanée pour former une raie au milieu, mais, en s'allongeant et en s'alourdissant, elles avaient fini par élargir la séparation. Cette ligne le rendait vulnérable, elle m'indiquait par où je pourrais le briser en deux. Ça faisait plusieurs jours qu'on ne quittait pratiquement pas l'échelle de rondins. Dans les salles de séjour, des arbres de Noël se dégarnissaient sous leurs bardées de pompons et de loupiotes.

Pour une fois, les parents de Laurens avaient plus de commandes que de voisins. Ils en étaient très fiers. Les clients venaient de partout, le parking devant la boucherie n'était plus assez spacieux.

“Moi, ça serait la téléportation”, a dit Laurens en réponse à sa propre question, vu que je mettais trop de temps pour réfléchir.

“Et t’irais où, alors ?

— Sur une île.

— Laquelle ?

— Ça m’est égal.”

Les gens qui veulent partir n’importe où ne cherchent pas forcément à se retrouver ailleurs, ils veulent juste ne pas rester là où ils sont.

La cloche de l’église a sonné trois coups.

“J’ai les crocs”, s’est plaint Laurens.

Chaque fois que la sonnette du magasin retentissait, il regardait vers la cour au cas où Pim apparaîtrait. On avait prévu de remettre sur pied notre restaurant.

Le jeu du “restaurant à deux places” était une invention de Laurens, qui lui permettait de réunir ses passe-temps favoris : la nourriture et les compétitions. Ça impliquait deux chaises de cuisine, disposées au centre du salon, sur lesquelles on devait s’asseoir, Pim et moi, les yeux bandés. Laurens, pour commencer, jouait le chef cuistot. Son rôle était de préparer une bouchée originale, une composition encore inconnue, et de la présenter aux deux autres dans une cuiller à café. Le premier qui en devinait les ingrédients devenait chef à son tour et prenait la place de Laurens pour imaginer la recette suivante. Notre restaurant s’était retrouvé en faillite le jour où Pim nous avait servi un rognon de lapin cru au poivre de cayenne sur fond de chocolat à tartiner.

À présent, les yeux fixés sur sa raie au milieu, j’étais de nouveau désolée pour Laurens.

En détectant le goût du sang, j'avais tout recraché aussitôt.

"C'est un rognon", avait reconnu Laurens, mais Pim voulait savoir de quel animal. Malgré de longs efforts pour mastiquer à fond le rein froid, pour le hacher menu, Laurens n'avait pas réussi à identifier la viande.

"Du lapin ?" C'était moi la gagnante.

À trois heures et quart, Laurens s'est levé. "Allez, viens, on appelle Pim." Il est entré dans la maison, je me suis mise à côté du téléphone pour assister à la conversation.

"T'es où ?" a demandé Laurens en se détournant de moi. Son visage s'est renfrogné quand il a entendu la réponse. "Tu veux qu'on t'aide à chercher ? Ou est-ce que t'as besoin d'un coup de main pour les vaches ?"

Après un soupir, il a raccroché.

"Jan est parti ce matin sans avoir trait les vaches et, maintenant, Pim doit le faire à sa place, mais aussi participer aux recherches. Il refuse qu'on l'aide."

Je n'étais pas sûre que Pim ait dit les choses comme les avait résumées Laurens, que le fait de devoir reprendre le travail de Jan l'inquiétait plus que la disparition de son frère.

On a repris la direction du jardin et, cette fois, je me suis assise en bas de l'échelle inclinée. Ça me manquait de ne plus voir Laurens comme tout à l'heure, du dessus.

"Tu trouves pas ça injuste ? Le seul à ne pas venir, c'est celui qui sait ce qu'on doit faire."

J'ai approuvé de la tête. "À ton avis, il est où, Jan ?

— J'en sais rien, a répondu Laurens. J'ai l'estomac qui gargouille."

De la pointe de sa chaussure, il m'a touché le crâne. Est-ce qu'il fallait lui dire que moi aussi j'avais faim pour qu'il me propose de jouer au restaurant à une seule place ?

"Mange quelque chose, alors."

Laurens a poussé un soupir, s'est mis debout et a retraversé le jardin en traînant des pieds. Sa silhouette s'est rétrécie peu à peu, jusqu'à se faire engloutir par l'ouverture de la porte de derrière. C'était aussi simple que ça, disparaître. Il suffisait parfois d'une fringale. J'avais lu dans le journal une histoire qui racontait exactement ça : un homme parti chercher des frites avait été retrouvé des années plus tard en Suède, dans un parc de loisirs où il travaillait comme jardinier. Il portait de fausses lunettes.

"Maman ! Qu'est-ce qu'on mange ce soir ?" a crié Laurens d'une voix qui s'entendait de l'autre bout du jardin. Je savais que sa mère aimait répondre à cette question. Mais vu que là elle avait fort à faire, elle allait sûrement dire quelque chose comme "du caca en croûte" ou "des cailloux à la sauce dégueulis". Laurens n'avait jamais compris la valeur d'une mère douée du sens de l'humour.

Il est revenu armé d'un sachet de *krupuk* et d'un saint Nicolas miniature en chocolat. Le paquet de chips aux crevettes a fini sur ses genoux, la figurine sur les miens.

J'ai directement croqué la tête du saint homme, histoire d'abréger ses souffrances – c'est comme ça que faisait Tessie : "Ceux qui commencent par les pieds, on voit tout de suite que c'est des sadiques."

Le *krupuk* se recroquevillait en craquant sur la langue de Laurens.

À quatre heures et demie, sa mère est venue nous voir dans le jardin. Le paquet de chips était presque vide. Laurens l'a planqué en vitesse dans la capuche de mon manteau. Sa mère sortait de l'arrière-boutique, une grande entrecôte plate posée sur le bras. Elle avait le visage presque aussi blanc que la couche de graisse qui bordait la tranche de bœuf. Son souffle chaud, saccadé, qui en cette saison aurait dû prendre la forme de petits nuages rebondis, mais qui, là, n'aboutissait à rien, détonnait avec l'incertitude de son corps.

Elle s'est approchée, a voulu nous prendre dans ses bras, s'est rendu compte qu'elle avait encore les mains prises. Elle a vite repéré sur le portique une barre fixe où elle a posé l'entrecôte, puis elle a saisi les genoux de Laurens et lui a étreint les jambes. En me voyant, elle a mis ses bras autour de mon cou et elle a collé ma tête contre sa poitrine, c'était la première fois qu'elle refaisait ce geste d'affection après la nuit où elle m'avait découverte en train de mimer une ombre de poisson plat. J'ai inhalé l'odeur aigre de son tablier. Le sac de chips à moitié vide craquait dans ma capuche. Elle n'a pas relevé.

“Oh ! Mes pauvres petits… On a retrouvé Jan.”

J'ai tout de suite compris ce que ça voulait dire. J'aurais dû me choisir un superpouvoir, un peu plus tôt, quand Laurens me l'avait demandé.

“Il est décédé.” On ne réagissait pas. “Mort.” Comme si cesser de vivre pouvait se faire d'une manière plus spécifique que d'autres.

“Ça s'est passé comment ?” La question de Laurens exprimait mot à mot ce que je voulais savoir.

“Le curé ne m’a pas donné de détails. Sans doute un accident.”

On entendait une sonnerie insistante à l’entrée du magasin. La mère de Laurens est restée encore un peu avec nous.

Ce n’étaient pas forcément les paroles que je n’arrivais pas à imprimer, qui faisaient mal, mais tout le reste : les choses existantes, toutes ces futilités qui allaient devoir reprendre leur cours normal, en parallèle.

“Pim a besoin de notre aide”, a conclu Laurens. Il était déjà debout.

“À votre place, je le laisserais tranquille pour l’instant, a conseillé sa mère. On pourra encore l’appeler tout à l’heure. Vous venez ? Je mets du lait à chauffer.”

Elle a ensuite retraversé le jardin, d’un pas plus résolu qu’à l’aller. Elle ne nous préparerait pas de lait chaud. Il fallait d’abord qu’elle participe à la diffusion de la nouvelle, c’est ce qu’elle devait faire en priorité – il restait tant de gens à informer.

Je me suis demandé à qui elle allait téléphoner en premier. Ce genre d’événement avait pour effet de mettre en lumière les liens de communication entre les villageois, de révéler la structure des rapports sociaux, un peu comme après une grosse tempête, quand on découvre le réseau souterrain qui avait permis à un arbre de se maintenir en place jusque-là. Qui allait donc appeler mes parents pour les avertir ? Est-ce que quelqu’un, au moins, les mettrait au courant ?

Je me suis levée. L’entrecôte faisait toujours de la barre fixe. J’ai pris place sur la balançoire pour que Laurens ne voie pas mes larmes. Lui s’en tenait à bouder, mais peut-être que c'était déjà beaucoup pour lui, en tout cas plus que suffisant.

J'ai regardé mes pieds, puis de nouveau le portique et la tranche de viande qui oscillait à chacun de nos mouvements. Laurens est venu me rejoindre. Il a extrait le paquet de chips de ma capuche, a pris un *krupuk*, est allé s'asseoir sur la pelouse. J'étais incapable de parler. La figurine me fondait dans la main. Je lui ai mangé les pieds. Saint Nicolas se trouvait bloqué lui aussi.

"Qu'est-ce qu'on va faire ?" Laurens s'est affalé dans l'herbe.

Mon estomac n'a pas voulu des pieds en chocolat. Ils sont remontés dans ma bouche, juste une gorgée, piquante et amère. J'ai tout ravalé aussitôt. Je n'avais pas le droit de vomir. D'autres que Jan disparaîtraient, des gens que je connaissais mieux que lui, que je voyais tous les jours, et alors là, j'allais devoir être encore plus triste. Il fallait que je laisse une marge, pour Jolan, pour Tessie.

"Un Monopoly ?" a proposé Laurens.

J'ai accepté parce que je voulais m'en aller de ce jardin, de l'entrecôte.

On est retournés à l'intérieur, pas dans le magasin, mais à l'étage. Ça faisait un moment que je n'étais pas montée là et, en d'autres circonstances, j'aurais adoré me blottir au creux du canapé, à côté de la mère de Laurens, devant la télé.

Cette fois, je ne pouvais rien faire d'autre que penser à Jan, même si je ne savais pas précisément vers quoi diriger mon esprit, à quels détails m'attacher. Comment l'accident était survenu, qui avait découvert le corps, où on l'avait trouvé…

Je me demandais aussi pour qui ça me faisait le plus de peine. Jan lui-même ? Il n'en souffrait pas, du moins plus maintenant. Les gens qui l'avaient trouvé ? C'étaient sûrement ses parents, qui étaient du genre à refuser toute aide, y compris ce jour-là peut-être, et ils avaient sans doute mené seuls les recherches.

Laurens a déplié le plateau de jeu entre nous, moi, je ne faisais que de la figuration. Il a tout déballé : les pions, les cartes Chance, les billets… Il comptait vite et pas très bien.

Est-ce qu'on avait le droit de jouer, là ? On n'était pas plutôt censés faire autre chose ? Rien de plus respectueux ne me venait à l'esprit, alors j'ai continué à lancer les dés.

Le salon se trouvait juste au-dessus de la boucherie. Toutes les deux minutes, entre les sonneries de la porte d'entrée, on entendait la mère de Laurens annoncer la nouvelle aux clients, leurs exclamations incrédules, le bruit du tiroir-caisse.

Il était fort probable que Jan soit mort pendant qu'on attendait sur l'échelle inclinée, Laurens et moi, pendant que la caisse enregistreuse carillonnait dans le magasin. À ce moment-là, on n'avait peut-être pas les moyens d'empêcher l'accident, mais au moins, on aurait pu faire autre chose que glander sur le portique de jeu.

J'ai lancé trois doubles six de suite. Laurens a pris mon pion et l'a jeté en prison. Je me suis renversée sur ma chaise. Dans ma tête, je revoyais les meubles de la chambre de Jan.

J'avais moins de mal à me rappeler l'intérieur de la pièce que les traits de son visage. Depuis que je savais qu'il me trouvait jolie, je ne l'avais plus vraiment regardé en face. Un jour, en jouant à cache-cache, je m'étais couchée dans son lit. Pendant une demi-heure, allongée entre deux mouchoirs durcis, j'étais restée immobile sous sa housse de couette enfantine à motif de tracteurs. Sur une chaise, il y avait une pile de chandails repassés, et une bougie neuve sur la table de nuit. Je n'avais encore jamais été aussi près d'un garçon qui disait me trouver belle. Je m'étais enfoui le visage dans son oreiller, avais sorti la langue et laissé un baiser pour lui.

Au bout de quelques tours, Laurens a libéré mon pion emprisonné.

Qu'est-ce qui allait changer à présent ? Les trucs les plus bêtes, d'abord, comme ces chiffons éparpillés dans toute la ferme, en majorité des vieilles chemises à Jan qu'on avait découpées pour se décrasser les mains ou pour essuyer du lait répandu sur le sol. Ces loques avaient servi pendant des années sans rien valoir – je me souviens en avoir rapporté une à la maison pour le renifler – mais cette fois, elles méritaient d'être chéries.

À partir de ce jour-là, tous ces trucs bêtes qui restaient de lui, les photos ratées, les mouchoirs durcis sous sa couette, tout ça prendrait de l'importance.

On en était au sixième tour et je ne pouvais déjà plus régler le loyer de la rue Neuve.

"Prouve-le-moi", a exigé Laurens. Il s'éventait avec ses billets de cinq cents alors que la température était tout à fait supportable.

Est-ce que ça tenait aux gens comme lui que les gens comme moi, dans des moments pareils, quand l'un et l'autre avaient autant de raisons d'éprouver de la peine, se sentaient obligés de tout ressentir pour deux ?

Ce soir-là, chez nous, on ne s'est assis à table qu'à huit heures. Ça n'avait rien à voir avec la mort de Jan, mais avec la viande qui avait mis un temps fou à se décongeler.

Je n'étais pas sûre que la nouvelle soit parvenue jusqu'à mes parents. Je supposais que non : à mon retour, maman ne m'avait pas semblé plus saoule que d'ordinaire à la même heure. La lune était petite et haut perchée. Dans la cuisine, le verre de la baie coulissante nous renvoyait un reflet net, la viande avait fini par dégeler au micro-ondes, était devenue coriace – depuis le réveillon terminé en compagnie du chien, maman ne se foulait plus trop dans la préparation des repas.

Le silence de Jolan et de Tessie, leur façon de tenir les couverts m'ont fait comprendre qu'eux, ils savaient. C'était gênant de commencer à manger. Il fallait d'abord que quelqu'un le dise.

“Un peu de neige, ça ne ferait pas de mal”, a soupiré maman. Derrière elle clignotaient les guirlandes de notre tout dernier sapin de Noël.

Je mastiquais ma viande avec une extrême lenteur. La bouchée n'en finissait pas.

Après l'avoir avalée, j'ai dit : “Jan s'est noyé dans la fosse à purin.”

Sur le plan de travail, à ma droite, il y avait une rangée de saints Nicolas miniatures en chocolat auxquels Tessie n'avait pas touché. Tous les quatre faisaient face au mur. Et pourtant, j'avais l'impression qu'eux aussi me fixaient du regard.

## 17 H 00

Je repère tout de suite Jolan, même s'il s'est caché le visage derrière le col de son manteau pour s'abriter du vent froid, qui souffle en bourrasques entre les deux étables. Les frères et sœurs, on les reconnaît directement, qu'on le veuille ou non, parce qu'on s'identifie toujours à eux, quelque part.

Il avance au pied du tas sur lequel je me trouve, s'attarde devant la grande porte en métal, comme il est le seul à pouvoir le faire, de préférence les yeux fermés – c'est lui qui, pour un instant, est l'insecte à analyser. Il pivote sur lui-même, jette un coup d'œil au chemin qu'il vient de parcourir, vers sa Range Rover flambant neuve garée dans la cour. Puis finit par se reprendre, arrange sa cravate, passe la main sur sa veste et entre dans l'étable.

La dernière fois que j'ai passé un Noël avec Jolan remonte à 2013, il y a deux ans. Ça faisait plusieurs années qu'on fêtait ça tous les trois, Tessie, Jolan et moi, non pas le 25 décembre, mais un peu plus tard vu que le jour même elle restait dans sa famille d'accueil et que lui avait une copine, une employée du labo, dont il avait piqué la bicyclette et à qui, pour sauver sa peau, il avait joué la comédie du grand romantique.

Jolan passait d'abord prendre Tessie en voiture et ils venaient tous les deux me chercher à Bruxelles. On allait au centre-ville, dans un restaurant où j'avais réservé, en faisant un grand détour par l'Atomium parce que Jolan conduisait volontiers, que Tessie aimait avoir une visite guidée de la capitale et que, comme ça, je pouvais lui montrer les quartiers que je trouvais sympas. Je choisissais toujours le même établissement, un endroit où je savais que beaucoup de personnes seules venaient manger. Ça nous permettait de nous sentir plus au complet.

L'année dernière, et cette année aussi, on a fêté Noël chacun de notre côté. Tessie nous avait annoncé qu'elle ne se sentait plus capable de participer. "Plutôt rien du tout qu'une fête dans le dos des parents." Elle disait que ça lui faisait de la peine de les imaginer chaque fois seuls à la maison, probablement sans aucune intention de fêter quoi que ce soit.

Le jour même, j'ai reçu un texto d'elle : "Joyeux Noël, Eva." Jolan, lui, m'avait envoyé une carte de vœux en ligne, animée par deux rennes chanteurs. C'est seulement après que les sommes d'argent sous enveloppe ont commencé à arriver.

J'en ai maintenant plus d'une trentaine. Aucune – à part la première – n'était accompagnée d'un mot d'explication. Pas de message, pas de commentaire, la raison de ce geste devait être évidente. Par contre, il y avait toujours un post-it collé à cheval sur les billets du dessus et du dessous de la liasse. "200 euros." Ou : "100 euros."

Au tout premier envoi, Jolan avait écrit : "Fais-en bon usage, sauf exception. Tu n'as pas à me rembourser." Ce qu'il entendait par "bon usage" et "sauf exception" ne m'a jamais paru clair. Je ne sais pas non plus comment définir tout ça. Une donation, un cadeau, une contribution, un dédommagement... J'ai décidé de ne rien dépenser tant que je n'aurais pas d'idée précise à ce sujet.

On se donne quelquefois des nouvelles par WhatsApp. L'autre jour, j'ai remonté la conversation pour voir qui d'entre nous avait le plus souvent pris l'initiative. Je me suis aperçue qu'en l'espace d'une année, j'avais débuté au moins sept fois par exactement la même question.

"Comment ça va chez vous ? Et les sauterelles ?" "Chez vous", c'était pour Tessie, sa nouvelle maison, sa nouvelle sœur, sa nouvelle mère ; "les sauterelles", ça s'adressait à Jolan – il dirige un laboratoire où on étudie des trucs en rapport avec le système digestif des insectes. Ils me répondaient parfois tous les deux, parfois c'était seulement l'un ou l'autre.

J'ai aussitôt regretté ne pas avoir plus souvent varié la formule, de ne pas m'être montrée plus originale.

J'ai vu qu'il leur arrivait aussi de m'interroger. "Comment ça va à Bruxelles ?" "Comment ça se passe dans ton appart ?" Ils s'y prenaient de la même façon que moi en posant des questions liées à un endroit déterminé, sans jamais me demander comment j'allais moi, rien que moi, parce qu'ils avaient peur que, du coup, j'ose leur dire la vérité.

Je ne savais pas que Jolan viendrait aujourd'hui. Il n'a pas confirmé sa présence sur la page Facebook.

Au fond, c'est normal qu'on l'ait invité : il connaissait Jan mieux que moi. Ils avaient été en classe ensemble et Jolan faisait partie des rares à ne pas bouder ses goûters d'anniversaire. Tous deux étaient fascinés par les animaux. Lorsque Jan se faisait embêter à l'école, Jolan était le seul à se tenir à l'écart des harceleurs. Mais bon, il n'avait pas vraiment de mérite, vu qu'il se tenait en général à l'écart de tout ce qui avait moins de quatre pattes, et encore, même avec ses amies les bêtes, il n'était pas toujours très délicat. À la mort d'un de nos phasmes, il s'est mis à fumer l'insecte, qu'il avait coincé entre l'index et le majeur, comme un cigarillo.

À travers les baies d'aération, je le vois circuler dans l'étable parmi les autres invités. Il ne parle à personne, prend une pincée de chips, se frotte les cheveux, rassemble quelques mèches pour camoufler son début de calvitie.

Avec Jolan, je n'ai jamais eu les mêmes rapports qu'avec Tessie, peut-être parce qu'on n'a jamais partagé la même chambre. Il l'a parfois payé cher, comme après l'accident du vase-caniche.

Papa nous avait convoqués tous les trois dans le salon.

"Qui a fait ça ?" Il montrait le bahut fabriqué de ses propres mains, sur lequel se trouvait l'horrible petit vase, couché sur le côté, en plusieurs morceaux. C'était un objet d'une couleur indéfinissable, quelque part entre le marron et le bleu, mais pas kaki. Il n'avait pas été prévu pour contenir des fleurs. Il se terminait par une encolure à bord retourné, ultramince.

Cette chose était une variante ratée de la catégorie "vase", tout comme le caniche est une variante de la catégorie "chien". C'était une création d'un ami de mes parents, qu'ils avaient perdu de vue depuis. L'œuvre n'en était devenue que plus fragile encore. Et maintenant, c'était à nous de payer pour cette amitié disparue.

“Non mais, j’y crois pas : vous me faites sortir du bain juste pour cette babiole”, a protesté Jolan en grelottant, une simple serviette nouée autour de la taille. Il s’est pris une tape sur la tête. Sous le choc, des gouttes d’eau se sont détachées de son oreille pour aller s’écraser contre le mur. En pénétrant la surface blanche de l’enduit, qui n’avait encore jamais été peint, elles se sont transformées en taches gris clair.

“La vérité finit toujours par ressortir”, a dit papa.

Maman n’a eu aucune réaction, même pas un signe de tête. C’était l’une des rares fois où mes parents n’essayaient pas de saper l’autorité de l’autre.

“Vous resterez ici tant que vous n’avez pas trouvé qui a fait ça.” Et elle est partie sans se retourner.

“C’était pas moi, je le jure, a murmuré Tessie.

— Moi non plus, a dit Jolan.

— Mais moi non plus, j’ai rien fait !” C’était la seule chose dont j’étais sûre.

Le chat est venu se mettre dans nos jambes, se frotter contre nous. Jolan séchait peu à peu. On n’osait pas se regarder, par crainte de s’attirer les soupçons.

Vers six heures, des gémissements nous sont parvenus de la cuisine : Nanook mendiait auprès de maman, qui avait commencé à préparer le repas – sans doute de l’agneau, décongelé pour l’occasion. Un peu plus tard, on a entendu les couverts s’entrechoquer dans les assiettes des parents. La chienne, de l’autre côté de la porte du salon, vidait sa gamelle avec tellement d’appétit qu’elle la déplaçait toujours plus loin devant elle.

Pour la première fois depuis des mois, maman s’est mise à rire.

“Tu devrais casser un vase plus souvent”, a dit Jolan à Tessie.

Elle s’est mordu les doigts et lui a montré l’empreinte de ses dents.

“C’était pas moi. Promis.”

Ne pas faire pareil aurait été un aveu. On s’est mordu les doigts comme Tessie.

À huit heures, le mystère restait entier, alors même qu’on nous avait envoyés au lit sans manger.

“La nuit porte conseil. Si demain personne de vous trois n’a encore d’idée, c’est corvée de pelouse pour tout le monde.”

Par la fenêtre de notre chambre, on entendait les criquets.

“C’était vraiment pas moi, a recommencé Tessie. Vraiment.

— Faut bien que ça soit quelqu’un.

— Jolan, alors.

— Probable.”

“C’était le chat”, nous a certifié Jolan le lendemain, mais ça ne servait plus à rien : on venait de le dénoncer à maman de façon très persuasive. Après, on a eu beau l’aider à tondre la pelouse, jamais il ne nous pardonnerait cette trahison.

Mes mains sont gelées jusqu’aux os. Je ne sens plus le bas de mon corps. Je pourrais m’asseoir ou rester debout, ça ne ferait aucune différence. Le froid transperce ma culotte et m’entaille la peau des fesses. J’ai peur que mes jambes soient en train de se nécroser sans que je m’en rende compte. Il faut que je bouge. Pas seulement pour me protéger du vent, mais aussi pour cesser de regarder Jolan. Plus je le vois, moins j'ai le courage d'aller chercher le bloc de glace dans mon coffre.

Je descends avec prudence du tas d'ensilage, par l'arrière pour que personne ne me voie, et je retourne à la voiture. Le volume de glace est toujours à peu près le même. J'ai du mal à soulever le bac, il lui manque une poignée. Le moment où ça s'est passé me revient tout d'un coup en mémoire : c'était dans le virage serré à la sortie de l'autoroute. J'arrive tout juste à l'extraire du coffre, la pesanteur m'aide un peu. Je pense au voisin du dessous. À ses bras, à ses mains.

Dernièrement, il m'a saisi la tête pendant que je lui faisais une pipe. Le temps de comprendre pourquoi je serrais les dents autour de son nœud et il a m'a relâchée.

À côté de la voiture, je retourne le bac avec ménagement, donne une tape sur le fond. Le bloc se détache et glisse à terre.

Je retire doucement le moule en plastique.

L'eau glacée qu'il contenait s'écoule, inonde mes chaussures, fait fondre la neige tout autour.

Je remets le Curver à l'arrière de la voiture et ferme le coffre. La clé peut rester sur le contact, je ne verrouille pas les portes.

Le bloc de glace ne se laisse pas remuer comme ça. Je rouvre le coffre, attrape le plaid en écossais rouge, l'étale sur le sol, place l'énorme cube au milieu, réunis les quatre coins du tissu dans mes mains et entraîne le tout derrière moi comme un baluchon.

Ça glisse mieux dans les derniers mètres, grâce à la neige accumulée sous le plaid.

Arrivée à l'ancienne laiterie, je me retourne vers la grande marque sinueuse que j'ai laissée derrière moi. Ça pourrait très bien être la piste d'une bête malade, à l'agonie, la trace de ses derniers efforts sur la route enneigée.

## 5 AOÛT 2002

J'ai rarement vu Pim prendre un air aussi hésitant. Laurens et moi, on le rejoint à l'autre bout du grenier à foin et on colle nous aussi notre visage contre la fenêtre de toit pour voir ce qu'il est en train de regarder : deux formes étranges arrivent dans la cour en marchant comme des canards. La première doit être Heleen, huit points et demi sur le mur du cimetière. La deuxième ne nous dit rien.

À notre arrivée, tout à l'heure, Pim nous a tout de suite prévenus – on n'était même pas encore en haut de l'échelle – qu'Heleen viendrait avec quelqu'un. De là où j'étais, je voyais en plein dans ses narines. La morve était mouchetée de grains de poussière marronnasses.

J'ai demandé : "C'est une bonne ou une mauvaise nouvelle ?" Il n'y a pas eu de réponse.

Pim voulait qu'on laisse tomber le système de roulement pour aujourd'hui et qu'on se redonne rendez-vous sur la plateforme. Il n'a pas justifié sa décision, mais je suppose que si on se retrouve chez lui maintenant, il n'y a pas de raison que la prochaine fois se passe ailleurs que dans mon poulailler – à l'abri des regards, ce qui vaudra mieux, surtout avec Elisa.

On observe les filles entrer dans le hangar, s'engager sur l'échelle, avec difficulté, vu l'énorme quantité de vêtements qu'elles portent. On serait incapables de dire si la copine d'Heleen est bien de sa personne, mais ses yeux nous renseignent en tout cas sur un point : ce n'est pas une mongolienne comme l'autre fois.

"Ça marchera jamais !" Elle a les deux mains crispées sur l'échelle.

"Faites un effort, leur dit Pim. Vous êtes bien rembourrées, là. Aucun risque de vous casser un truc en tombant."

Quelqu'un du village a dû les mettre au parfum de ce qui les attend. C'est peut-être Ann ou Melissa – elles se connaissent toutes plutôt bien – qui leur a conseillé de mettre beaucoup de vêtements avant de venir, parce que c'était la seule façon de pouvoir résoudre l'énigme. Évidemment, les filles du début n'étaient pas au courant des nouvelles règles.

"Vous pouvez pas plutôt descendre ? demande la copine.

— Ah oui, au fait, je vous présente Avril", dit Heleen.

Je lance un coup d'œil à Pim. Il fait clairement non de la tête. Alors je me penche vers Avril : "OK, on arrive !"

À contrecœur, Pim nous emmène de l'autre côté de la cour, derrière la laiterie, dans un tout petit cabanon à toit plat bitumé qui sert à entreposer la sciure pour les veaux. Heleen titube dans ses cinq pantalons. Ici, il fait trois fois plus chaud qu'au grenier. C'est pour cette raison que Pim prend tout son temps pour expliquer les nouvelles règles du jeu.

“Tant pis pour vous : c’est huit questions, point final.

— Plutôt tant pis pour vous, alors, parce que nous, on joue pas.” Heleen s’apprête à repartir.

“Ben oui, au fait, pourquoi est-ce qu’on jouerait ? ajoute Avril.

— Parce que si vous gagnez, vous pourrez nous faire faire à chacun tout ce que vous voulez, répond Laurens.

— Donc je peux te dire de pisser dans la cuve de lait frais ? demande Heleen à Pim.

— Oui.

— Et toi, tu nous donneras de la viande pour rien chaque fois qu’on viendra à la boucherie ?” Elle défie Laurens. “Pendant toute une année si on veut ?

— Oui.

— C’est un vêtement par essai, ou rien du tout.” Avril croise les bras, mais pas complètement à cause des manches superposées.

Pim et Laurens échangent un signe de tête.

“OK”, tranche Pim.

Heleen plonge en vitesse les mains dans ses poches de pantalon et en retire une paire de moufles qu’elle enfile aussitôt.

Elles commencent par deux bonnes suggestions, mais vu le nombre de vêtements qu’elles portent et la température ambiante, ça ne joue pas vraiment en leur faveur. Plus l’heure avance, plus elles prennent chaud, plus elles cherchent à se débarrasser de leurs couches de textile et moins elles soignent leur tactique. Elles vont jusqu’à proposer deux fois pratiquement la même solution.

Les longs cheveux bouclés d’Heleen, qui en temps normal lui rapporteraient des points, restent collés sur son front en mèches dégoulinantes lorsqu'elle enlève son bonnet. La sueur perle sur les tempes d'Avril. Elles auraient peut-être mieux réfléchi avant de répondre si elles étaient venues en tongs et en maillot de bain et si elles avaient déjà eu deux essais chacune.

Maintenant presque nues à part leurs sous-vêtements, elles semblent plus soulagées qu'embarrassées. Deux gros tas de fripes s'élèvent à nos pieds dans la sciure.

Un instant, j'ai peur que ça ne soit qu'une diversion. Si ça se trouve, Ann et Melissa ne les ont pas seulement incitées à se couvrir au maximum, mais elles leur ont aussi raconté l'énigme et il ne suffisait plus qu'à chercher la solution sur Internet ou à la bibliothèque. Avril pourrait aussi très bien être une copine d'Elisa et avoir eu la réponse par elle, dans ce cas, on est en train de se faire mener en bateau.

Les deux filles s'interrogent du regard.

"On arrête, annonce Avril. Personne ne peut résoudre cette énigme."

Je respire.

"Bien sûr que si, dit Laurens, et puis vous pouvez pas vous arrêter maintenant, ça serait pareil que de commander un bifteck et d'en manger la moitié avant de passer à la caisse pour ce qui reste. Pas vrai, Eva ?" Il se tourne vers moi.

"J'ai encore jamais mangé un bifteck avant de l'acheter."

"T'es qui, au fait, toi ?" me lance Avril.

Personne ne réagit, alors moi non plus.

"Qu'est-ce que tu proposes, Eva ?" demande Pim.

Il s'adresse aux filles : "C'est toujours Eva qui décide de la marche à suivre. À elle de dire ce qu'on va faire de vous."

“C’est ça, on va jouer au mouchoir, alors.” Heleen montre le nounours imprimé sur mon T-shirt.

Pim éclate de rire.

“Vous préférez continuer ? Il vous reste encore des chances.” Je désigne leur slip et leur soutien-gorge.

“Vas-y, donne-nous ton gage, Eva, et on garde nos sous-vêtements. De toute façon, on la résoudra pas, ton énigme à la gomme.”

Je réplique aussitôt : “Très bien alors, ça sera deux branlettes à la suite.” Heleen se redresse d’un coup.

“Quoi ? Qu’est-ce que tu veux dire ?

— Deux fois chacune.” Avec un peu de chance, elles finiront par se laisser aller, et ça fera mal. Je me dépêche d’ajouter : “Faut que je vous montre, peut-être ?”

Le silence se fait, Laurens et Pim me regardent, soufflés.

“Comment on se répartit, alors ?” Heleen tire sur son soutien-gorge, ce qui soulève encore plus sa poitrine. “Je vais avec qui, moi ?”

Je réponds : “Vous réglez ça entre vous.” Le bord de ses tétons dépasse du balconnet.

Personne ne parle plus, les regards se croisent, chacun se demande avec qui former le couple le mieux assorti, évalue le score des autres. Un six ne peut pas aller avec un huit, Laurens et Pim ont posé ce principe il y a longtemps. Mais aucun des deux n’ose à présent le répéter tout haut.

“OK, Laurens : à mon avis, Heleen et Pim doivent être ensemble. Toi, tu vas mieux avec Avril.”

Laurens paraît frappé en pleine face. Il cherche d’abord appui auprès de Pim et d’Heleen, mais ces deux-là se contentent d'échanger un sourire satisfait. Alors il nous regarde tour à tour, Avril et moi.

"D'accord, je veux bien commencer avec Avril, mais on permute après ?"

Derrière Laurens, Pim secoue la tête sans ambiguïté.

"Non, je réponds. Les filles ne s'échangent pas."

Visiblement contrarié, Laurens donne un coup de pied dans les vêtements amoncelés sur le sol.

"Tu peux parler, Eva de Wolf. C'est pas pour rien que t'arrivais toujours la première à la course de brouettes."

Du bout du pied, Pim rassemble les vêtements éparpillés pour en faire un coussin de sol sur lequel les filles pourront s'agenouiller.

Je n'attends pas qu'ils aient fini. Je reprends mon vélo, rentre directement chez moi.

Le message de Laurens à propos de la brouette n'est que trop bien passé. Il évoquait les cours de sport à l'école primaire et l'exercice qui consistait, par groupes de deux, à traverser le gymnase dans un sens et dans l'autre en formant des "brouettes". Les filles se jetaient instinctivement au sol, puis se mettaient à avancer comme des points d'interrogation. Les garçons se bousculaient pour attraper la plus belle paire de mollets et la transporter à travers la salle.

Pim choisissait toujours mes jambes, comme ça, il n'avait pas à soulever Laurens, deux fois plus lourd que moi. Il ne me lâchait pas avant d'avoir fait l'aller-retour. On terminait chaque fois les premiers.

Au départ, je pensais que cette victoire n'était due qu'à la force musculaire de Pim et à mon aptitude à bouger les bras très vite tout en me raidissant comme une planche.

Sauf que j'ai finalement appris quel était le véritable enjeu de l'exercice : "la course de brouettes" donnait aux garçons la possibilité de lorgner dans les shorts des filles et, avec un peu de chance, d'apercevoir un bout de culotte.

Pim préférait fixer son regard devant lui sur le trajet à parcourir.

"Ça pue la sueur ici, dit papa. Je peux avoir les croquettes ?"

Contrairement à d'habitude, il a dû rentrer à vélo depuis l'arrêt de bus, parce que ça faisait un petit moment qu'on ne l'avait pas vu aussi tôt à la maison.

"C'est peut-être toi qui pues", répond maman.

Papa, le bras toujours tendu vers les croquettes, se colle le nez contre l'aisselle. Je soulève le plat pour lui.

"À mon avis, c'est Eva, commente papa, à l'intention de maman. Logique, avec des pattes d'hippopotame pareilles…"

J'ai du mal à tenir les croquettes pendant qu'il se sert, mais je me force, parce que c'est l'anniversaire de Jolan. Le fond du plat est recouvert de papier absorbant. À la place de maman, j'aurais pris une couleur plus festive.

Tessie va chercher un couteau. Elle coupe ses croquettes en deux dans le sens de la longueur et les vide de leur garniture, qu'elle écrase sur le bord de son assiette. C'est ce qu'elle fait généralement aussi avec le trop-plein de beurre, qui doit alors retourner dans son ravier.

Les six chaloupes sont maintenant alignées bord à bord. Elle réclame les petits pois pour déposer trois membres d'équipage sur chaque bateau, puis ajoute une cuillerée de sauce.

Personne ne lui demande en plus d'avaler cette œuvre d'art.

La nuit venue, impossible de dormir. Maintenant, Tessie met une heure avant de juger que la chambre est enfin prête. Elle lambine à côté de son lit, déplace les choses de quelques millimètres, repasse les draps du plat de la main. Son matelas redevient chaque soir une bête sauvage dont il faut gagner la confiance.

Je lui propose de monter dormir dans mon lit.

"On échange comme l'autre fois ? Ou est-ce que tu veux qu'on dorme ensemble ?

— C'est comme tu préfères."

Tessie fait un choix inattendu, grimpe à l'échelle de mon lit mezzanine, s'allonge près de moi en laissant juste assez d'espace pour éviter qu'on se touche. Elle commence à réciter ses vœux de bonne nuit. De temps en temps, ses paroles sont déformées par la boule qu'elle a dans la gorge.

"Bonne nuit, Tess." J'aimerais encore faire quelque chose après ces derniers mots, dire une gentillesse, poser une question, me blottir contre elle, mais je ne veux pas être celle qui rompt le silence et qui l'oblige à tout reprendre depuis le début.

Elle ne s'endort pas tout de suite, même si c'est déjà beaucoup qu'elle soit couchée.

Au matin, il apparaît quand même qu'on a fini toutes les deux par trouver le sommeil à un moment donné. C'est la première fois depuis des mois que je me réveille avant elle. Je me dégage avec précaution. Elle est allongée sur le dos, les bras étendus le long du corps par-dessus le drap, exactement comme le père de famille monté sur ressort du jeu de société Réveille pas Papa !, qui peut se redresser d'un coup au milieu de la partie, en éjectant son bonnet de nuit et en renvoyant les joueurs à la case départ.

Je descends l'escalier, il n'y a encore personne en bas. Le couloir est froid, humide et inhospitalier. L'écran et le clavier de l'ordinateur sont posés sur le buffet. Ça sent le sommeil, le moisi.

À part Tessie, aucun d'entre nous ne s'attarde jamais plus que nécessaire dans ce corridor. Et, tout bien réfléchi, elle non plus, puisque dans son esprit le pianotage est véritablement une nécessité.

Au lieu d'aller aux toilettes, je fais halte devant le buffet, place mes mains sur le clavier. Je commence par appuyer sur deux ou trois touches au hasard, puis je tape "Salut Tessie ! Comment tu vas ?" C'est vraiment ballot : ce que j'écris s'efface dans l'instant, personne ne va me répondre. Et puis, tout d'un coup, sans même avoir eu besoin de cogiter pendant des mois, j'ai un plan bien ficelé, prêt à l'emploi.

En faisant attention, j'écarte le buffet du mur avec effort. Ses pieds en pointe crissent sur le carrelage. J'attends un peu, aux aguets : j'ai peut-être réveillé quelqu'un. Rien ne bouge.

L'arrière du meuble est percé de gros trous. C'est papa qui les a faits – avant notre naissance, du temps où les finitions importaient encore – pour escamoter les fils de la chaîne stéréo. Depuis que notre vieil ordinateur est à la retraite, son unité centrale est rangée ici, dans le buffet, sur l'étagère du haut. Ça ne laissait plus assez de place à côté pour le moniteur ni pour le clavier. Je passe les fiches d'alimentation par les trous, les enfonce dans les prises électriques – ça se remarque à peine – avant de repousser le meuble contre le mur et d'allumer le PC. Il démarre à contrecœur comme un chien âgé, mais fidèle, qui se remet sur ses pattes en entendant son nom.

Comme le bruit de la ventilation passe à travers les parois du buffet, je pose une serviette-éponge sur l'unité centrale. Le souffle s'atténue. Pour le repérer à l'"oreille, il faudrait d'abord savoir à quoi faire attention. Je referme les portes. Le vieux moniteur s'"éclaire lentement.

Il n'y a rien sur le bureau. On a tout supprimé, les applications, les fichiers, les documents, sauf une ancienne version de Word, quelques jeux et le dossier FUNSTUFF.

Je bidouille les paramètres, désactive l'économiseur d'écran, sors du mode veille, ouvre un nouveau fichier Word et l'enregistre sous le nom TES.doc. Le curseur clignote en haut de la page vierge. J'éteins le moniteur, remonte l'escalier, jette un dernier regard au couloir de l'entrée : rien ne semble avoir changé. Seule l'ampoule basse consommation trahit la durée de mon séjour en bas, elle brille d'une intense lumière froide qui se dissout dans les premiers rayons du soleil d'été.

# EN FRICHE

Ça devait commencer à dix heures. Je n'étais encore jamais allée à un enterrement, mais j'en reconnaissais tous les clichés. Une foule de curieux attendait devant l'église alors qu'il y avait encore assez de places à l'intérieur. C'étaient des pères et des mères de famille qui préféraient rester dehors aux funérailles d'un adolescent, des gens venus de villages voisins après avoir appris la nouvelle et de simples passants qui ne trouvaient pas leur tenue assez stricte. La foule s'est fendue en deux à l'approche de l'automobile noire – compromis entre un véhicule militaire et un scarabée géant – qui arrivait au ralenti du bout de la rue. Pim et ses parents suivaient juste derrière, mais ils marchaient un petit peu trop vite et devaient s'arrêter de temps en temps pour laisser le corbillard reprendre de l'avance. La mère de Pim avait la main posée sur l'épaule du seul fils qu'il lui restait, sans qu'on sache si elle se cramponnait à lui ou si elle essayait de le retenir.

Tessie m'accompagnait. On avait fait le chemin côte à côte jusqu'à l'église, en traînant des pieds. À papa et maman, j'avais dit que les parents de Laurens ne se déplaceraient pas non plus. Ils n'ont fait aucune difficulté à s'en servir comme excuse.

On a rejoint Laurens sur un banc de la nef centrale, au troisième rang, pas loin d'une statue de la Vierge qui avait une drôle de tête : grand sourire, mais regard triste. Le sculpteur avait sans doute commencé par la bouche avant de se raviser en cours de route.

La mère de Laurens était assise à notre droite. Dans le dos, on avait toute une rangée de maîtresses d'école. Mlle Emma était revenue au village tout spécialement pour la cérémonie, mais avait pris place avec le père Fouettard dans l'un des bas-côtés, le plus loin possible des autres enseignants.

Jolan était là aussi, quelque part dans l'église. En dehors de lui, je ne voyais pas beaucoup d'anciens camarades de classe de Jan. Ceux qui étaient venus restaient sagement assis près de leurs parents, dans l'espoir que ça donnerait à leur présence une autre justification et qu'ils ne seraient plus là en tant que membres du groupe qui, quelques jours avant, avait décidé en bloc de ne pas aller à sa fête d'anniversaire.

Pim se trouvait devant, entre son père et sa mère. Pendant que les cloches carillonnaient, le cercueil de Jan a fait son entrée dans l'église, porté par quatre jeunes hommes. Ils précédaient une dame qui portait un ridicule petit chapeau noir, des gants noirs, un sobre tailleur noir et marchait d'un pas qui, sans être guilleret, disait manifestement : ce deuil n'est pas le mien.

Quelqu'un a toussé. Un vieux monsieur. L'idée que cette toux, comme le simple fait de bâiller, apporterait peut-être un peu de soulagement s'est répandue autour de lui et les gens se sont mis à faire pareil. Il a fallu du temps pour que le calme revienne.

Les jeunes employés des pompes funèbres ont déposé délicatement le cercueil sur le support prévu à cet effet, après quoi, leur patronne leur a fait signe de se retirer. Ils ont pris un air désolé, mais c'était clair qu'ils iraient fumer dehors en attendant qu'on les rappelle. J'aurais trouvé ça moins grave s'ils avaient été honnêtes là-dessus.

Le curé s'est levé de sa chaise et il est allé allumer les grands cierges à côté de l'autel. Tout le monde savait que c'étaient des faux. Il n'y avait en cire que la partie extérieure, qui contenait une lampe à huile à remplir régulièrement.

Le prêtre a attendu que le silence se fasse pour commencer l'office.

"Chers parents de Jan, chers paroissiens. Aujourd'hui, nous sommes réunis dans la maison du Seigneur pour commémorer avec Lui notre frère Jan, pour lui dire adieu. Cela fait chaud au cœur de voir que vous êtes venus en nombre." Il s'est brièvement raclé la gorge – un son amplifié, tout comme sa voix, par le micro. "Je crois que les êtres humains ne sont pas très différents des terres agricoles : de temps à autre, il leur faut se reposer, rester en friche, afin de pouvoir continuer par la suite."

Il avait fait de son mieux pour rendre palpable la notion de deuil à l'intention de la famille de Pim. Je me suis demandé s'il avait lui-même écrit ce texte ou si c'était les parents de Pim qui avaient choisi ces comparaisons bizarres, ces histoires de semailles et de récoltes. Ça ne l'inquiétait donc pas de laisser le peu qui leur restait – leur gagne-pain – se salir aussi ?

J'écoutais à peine ce qui se disait, je regardais Pim, deux rangées devant moi.

Avec sa chemise noire et son pantalon noir en tissu brillant, il avait l'air de quelqu'un qui a encore quelque chose à perdre. Son père, recroquevillé à côté de lui, portait un vieux costume qui lui faisait une carrure exagérée. Une mèche de cheveux rebelle se retroussait sur sa nuque.

C'était dans cette église qu'on avait reçu le baptême, communié pour la première fois, fait notre confirmation. Personne ne nous avait préparés à une cérémonie pareille, mais tout s'est bien passé. La première corbeille d'offrandes a commencé à circuler au bout d'à peu près un quart d'heure. Je n'avais pas de pièces de monnaie.

Il ne fallait pas que je pleure. Je savais que c'était tout à fait possible de contrôler mes larmes, que j'en étais capable.

Le curé a demandé à la mère de Pim de venir devant l'autel. Tout en marchant, elle a déplié un morceau de papier. Son pantalon noir, plus étroit aux chevilles, surplombait des chaussures à talons épais d'environ quatre centimètres de haut. Dans toute l'église, à part son feuillet, il n'y avait rien de blanc. Elle avançait à petits pas, ses talons lui servaient de cales.

Est-ce qu'il existait un mot pour exprimer ce qu'elle était devenue ? Un nom comme veuve ou orpheline, mais réservé aux mères ayant perdu un enfant ? Et le fait qu'il n'y en ait pas, est-ce que c'était une consolation ou au contraire une chose qui transformait le chagrin en un animal féroce et indomptable ?

Elle avait la voix rauque. Ses mains tremblaient. Avant même qu'elle entame sa lecture, je me suis mise à pleurer.

J'étais désolée pour Pim, pour son père aux épaules rembourrées sur lesquelles personne n'osait poser la main. Les membres de la famille devaient se débrouiller tout seuls et j'étais assise trop loin d'eux pour un geste de réconfort.

J'avais fréquenté leur ferme plus souvent que n'importe qui d'autre, je pouvais m'imaginer quel vide affreux ça laissait là-bas. Laurens ne s'en souciait probablement pas, alors j'ai pensé encore plus fort aux grands tas blancs, à l'étable où des vaches, entravées, attendaient de mettre bas, à la caméra reliée au petit écran vidéo dans la chambre des parents, qui leur permettait de surveiller depuis leur lit les mouvements des bêtes en gestation.

La mère de Pim lisait avec lenteur les phrases qu'elle avait préparées, ne s'en écartait pas.

J'ai repensé à la caméra qui, pendant qu'elle parlait, observait l'étable, à l'image qui s'affichait au même moment sur l'écran allumé dans la chambre déserte.

Tessie a commencé à pleurer elle aussi.

Ça ne m'étonnait pas. Elle avait accumulé pas mal de chagrin ces derniers jours – Noël était une période difficile.

La mère de Laurens lui a caressé l'avant-bras, pas le mien. Je ne voyais pas pourquoi Tessie versait des larmes pour Jan, elle le connaissait à peine, elle n'allait jamais à la ferme, ne lui avait jamais inspiré de compliments, n'avait jamais embrassé son oreiller.

Je ne l'ai pas regardée, je ne l'ai pas consolée non plus. La mère de Laurens en faisait déjà assez. Et peut-être que c'était mieux comme ça, que Tessie avait besoin de vider ses petits réservoirs.

La mère de Laurens nous a donné à chacun une pièce de monnaie pour la deuxième collecte. Son fils a pris l'argent, l'a glissé dans sa poche de poitrine.

J'avais peur d'éclater de rire. Finalement, il n'y a pas tant de différence entre les rires et les larmes. C'est comme s'en aller de chez soi par rapport à revenir – il suffit pour ça d'une maison.

L'enterrement a duré plus ou moins une heure. Pim n'avait pas lu de texte, pourtant, une feuille de papier pliée en quatre dépassait de sa poche de chemise. Il ne nous a jamais regardés, pas même quand le cercueil est ressorti – les quatre porteurs avaient changé de côté pour ne pas se retrouver avec des épaules asymétriques.

"Ouais ! Des sandwiches…" a chuchoté Laurens en arrivant dans la salle paroissiale à l'allure dépouillée.

J'ai souri, même si c'était plutôt déprimant, ces rangées de petits pains garnis. Il pourrait se passer n'importe quoi, les gens ne renonceraient jamais à manger.

On est allés s'asseoir sur le bord de l'estrade. De là, on pouvait observer toute la salle. En dehors des serviettes blanches, il n'y avait aucune décoration. Seulement les accessoires habituels, mis à disposition de tous les paroissiens et adaptés aussi bien aux mariages qu'aux quiz ou aux enterrements : corbeilles en osier, napperons, plats en inox, cendriers, extincteurs, fourchettes à dessert, tasses à café sponsorisées… Les tables se trouvaient toutes alignées le long d'un mur. Les chaises avaient été empilées de telle sorte qu'elles semblaient assises sur les genoux les unes des autres.

Sur les murs rose saumon, il y avait des paysages défraîchis, des étendards d'associations locales, quelques bibelots, un arc et une flèche du club de tir, et aussi des photos de baptêmes, de fêtes de communion, de soirées. Deux ou trois gamins traînaillaient dans la pièce – on leur avait défendu de trop s'amuser.

J'ai posé mon regard sur Pim. Des gens l'accostaient, certains lui serraient la main. D'où je me trouvais, on aurait dit qu'ils le félicitaient.

"Tu te rappelles la fois où les habits de Jan ont disparu de sa cabine de bain pendant le cours de natation ?" m'a demandé Laurens. Il venait de terminer son petit pain et avait gardé l'élastique en caoutchouc qui entourait le sandwich pour l'envoyer à travers la salle en espérant atteindre le dos de quelqu'un. Une feuille de cresson restait collée à ses dents de devant.

"Non." Je ne voulais plus penser à ça, à ce moment où Jan avait dû remonter pieds nus dans le car de Verhoeven, vêtu des habits de rechange beaucoup trop grands prêtés par le maître-nageur, la trace humide de son maillot de bain visible sur les fesses parce qu'il avait refusé le slip des objets trouvés. Il a fallu des semaines avant qu'on retrouve ses affaires dans la chasse d'eau des toilettes pour hommes.

"Je vais me rechercher un élastique", a dit Laurens. Il a pris son élan, s'est jeté du podium et a rejoint l'autre bout de la salle en se dandinant.

Laurens à peine parti, Pim est venu me voir.

"Eva, il m'a dit. Tu voudrais bien lire ça ?"

Il m'a donné la feuille A4 qui attendait depuis ce matin pliée dans sa poche de poitrine. Mes doigts étaient presque trop faibles pour ouvrir le papier. J'ai lu deux fois le texte. D'abord en vitesse, pour savoir à quoi m'en tenir. Ce n'était pas ce que j'avais espéré : ni un message de Jan pour moi, ni une déclaration d'amour trouvée dans sa chambre, ni un poème composé à partir de mon nom, rien. Juste l'écriture de Pim, quelques phrases courtes introduites par “Mon cher Jan”.

J'ai lu encore une fois la lettre de Pim à son frère.

Tout d'un coup, je me suis demandé si Jan, le jour où on avait traversé la Fosse à la nage, m'aurait aussi aidée à avancer si sa mère ne lui avait pas dit de nous ramener sains et saufs à la maison.

“Bien trouvé. Touchant.” Mes poumons prenaient en étau l'air que j'aspirais. Lentement mais sûrement, une boule grimpait dans mon larynx en s'appuyant sur des crampons acérés.

Pim a rangé la feuille dans sa poche.

Silencieux, on regardait Laurens. Il avait déjà laissé de côté trois sandwiches au fromage. Apparemment, il en cherchait un à la viande, tout en soutenant que la seule chose qui l'intéressait, c'était de se trouver des élastiques.

## 17 H 45

Les pendules n'ont pas le droit de s'arrêter comme ça. Ce sont elles qui commandent aux cœurs humains.

Un exemplaire détraqué à l'effigie de Mickey Mouse surmonte la porte de l'ancienne laiterie. Les heures et les minutes devraient se lire à la position des bras du personnage. Mais là, raide comme un piquet, la grande aiguille bloquée sur le onze et la petite sur le deux, il exécute une ovation pas très convaincante. Je laisse un instant le bloc de glace se débrouiller seul et donne une pichenette au verre de l'horloge, à la hauteur de l'aiguille des secondes. Aucun résultat.

Avant, toute l'activité de la ferme tournait autour de cette laiterie ; aujourd'hui, on n'y voit pas un chat, au propre comme au figuré. L'espace de stockage côté cour a été vidé de son équipement et de la grande cuve réfrigérante où, pendant des années, on a entreposé le lait frais en attendant le passage des camions-citernes. La collecte avait lieu tous les deux ou trois jours. Ils avaient un peu l'air de semi-remorques de la pub Coca-Cola au moment de Noël quand ils manœuvraient à travers les ruelles étroites du village, sous les yeux fascinés des petits enfants. En quelques minutes, tout était pompé, ou plutôt “pillé”, disaient les parents de Pim, vu que le prix du lait ne faisait que dégringoler. Une fois chargés, les camions-citernes repartaient à l’usine Inza, où le produit était pasteurisé, puis mis en bouteille avant de revenir, par le circuit des grossistes, sur les rayonnages de l’Épicerie à Bovenmeer. Un jour, Jolan a calculé qu’on avait autant de chances de boire le lait “de nos vaches” au petit-déjeuner que de retrouver une perle à repasser dans l’herbe du jardin.

Jan a souvent dû regarder cette pendule. Pour tenir la cadence, il fallait faire entrer quatre vaches en même temps dans la salle de traite, les placer côte à côte et leur mettre les gobelets, tout ça en dix minutes.

Le tank à lait se trouvait exactement à l’endroit où je positionne maintenant le bloc de glace, au centre de la pièce. Les trous percés dans le sol pour visser les six pieds du gigantesque réservoir sont encore visibles. Derrière la porte, à droite, il y avait une sorte de tranchée, profonde d’un mètre cinquante et large de quelques mètres, comparable à la fosse de visite des garagistes. Elle permettait à Jan et à son père d’installer les gobelets sur les trayons des vaches sans avoir à plier les genoux systématiquement.

Aujourd’hui, la tranchée contient six igloos. Dans cinq de ces hémisphères blancs, des veaux dorment sur une paillasse crottée, chacun sous une lampe à infrarouge. Les niches sont fermées à l’avant par des barreaux où pend un seau rempli de lait jaune et à la base duquel sort une tétine en caoutchouc qui ressemble moins à un pis de vache qu’à un phallus. J’attrape l’une des lampes inutilisées. Les veaux ne bronchent pas.

Je retourne dans la pièce de devant.

Avec précaution, je monte sur le bloc de glace, envoie le fil électrique voltiger par-dessus la poutre qui me surplombe, amène la lampe à quelques centimètres de la surface du bloc. Même chose avec la corde que j'ai détachée à l'instant de la luge. Je laisse juste assez de hauteur pour qu'elle soit accessible.

En ville, il y a plein d'outils qu'on n'achète plus parce qu'on n'en a presque jamais besoin, parce qu'on n'aurait pas souvent à les prêter aux voisins. Je savais que je trouverais ici le matériel nécessaire. Mais que cette corde me soit offerte par le fils de Pim, ça, c'était aussi improbable que de retrouver une perle dans un jardin.

La musique se tait dans l'étable à côté. Des voix me parviennent de la cour, à quelques mètres d'ici, ça remue, ça meugle, il y a des petits enfants qui veulent faire peur aux vaches, qui essaient de parler avec elles.

Est-ce que le fils de Pim est là aussi ? Et si les gamins débarquaient ici pour aller voir les veaux dans la salle à l'arrière ? Et s'ils tombaient sur moi ?

Quelqu'un remet de la musique, un morceau de country, sans doute choisi par la mère de Laurens ou par une autre adhérente de l'ACRF qui, vêtue d'une chemise de bûcheron, trimbale toutes les semaines son lecteur de CD portable jusqu'à la salle paroissiale pour s'exercer aux danses du Far West.

Je tire un petit coup sur la corde, le nœud est assez solide. Je passe un dernier appel à Tessie. Son téléphone sonne. Une fois, deux fois, trois fois.

Juste au moment où je vais raccrocher, le portable déjà décollé de l'oreille, une voix retentit dans l'écouteur

– pas celle de Tessie. C'est sûrement Nadine. J'appuie aussitôt sur *off*.

En apprenant que Tessie partait habiter chez une mère d'accueil prénommée Nadine, j'avais d'abord regardé sur Facebook pour voir si elle y était, si elle-même avait des enfants – et j'avais visionné toutes ses photos. C'est seulement après que j'ai cherché la définition exacte de "mère d'accueil". Je connaissais déjà les comités d'accueil, les écrans d'accueil et les halls d'accueil, mais les mères, c'était nouveau pour moi. Jusqu'à ce que je rencontre Nadine. Elle était plutôt gentille et serviable, tenait une boulangerie, rappelait un peu la mère de Laurens par ses rondeurs et son autonomie. Seulement, elle arrivait beaucoup trop tard avec son cœur sur la main.

C'est de sa propre initiative, avec notre accord à Jolan et à moi, que Tessie avait demandé à être placée dans la famille de Nadine. Je venais moi-même de déménager à Bruxelles, pas un jour ne s'était passé sans que je me fasse du souci pour elle, alors je me suis dit : je la confie à quelqu'un d'autre, elle ne s'étiolera plus dans ce foyer thérapeutique où elle a vécu deux ans après son hospitalisation, où elle ne restait que pour ne pas avoir à retourner chez papa et maman. À l'avenir, elle prendrait ses repas avec d'autres frères et sœurs, dans une famille normale. Cette idée m'avait d'abord tranquillisée, puisque j'arrivais moi-même dans une maison pleine d'étudiants : j'allais pouvoir m'occuper de ma vie, me faire des amis, être plus insouciante. La force qui me tiraillait avait disparu pour un temps. Je me disais que si je m'étais sentie invisible jusqu'alors, c'était à cause de Tessie, parce que je n'avais tenu à être là que pour elle.

Au bout d'un moment, comme j'avais de moins en moins de ses nouvelles, j'ai quand même essayé d'imaginer dans quelle sorte de lit elle dormait, avec qui elle partageait sa chambre, si la personne en question connaissait le truc des crocodiles et terminait le rituel du coucher par un "bonne nuit, Tess", comment on servait la nourriture dans cette maison, à quoi ressemblaient ses nouveaux amis, de quelle façon elle s'en sortait à l'école, si comme moi elle faisait tous les jours des kilomètres à vélo en binôme, si elle aussi allait finir par ne plus rien avoir à dire aux autres, par leur tourner le dos, si on lui inventait des astuces pour qu'elle s'endorme plus facilement et si le soir, sur le canapé, elle venait se blottir contre sa mère d'accueil.

Nadine m'avait dit que je serais toujours la bienvenue. Lorsque j'avais répondu que je ne voulais pas être la cinquième roue du carrosse, elle n'avait pas vraiment protesté, n'avait pas insisté. C'est pour ça que je ne suis plus jamais allée frapper à sa porte.

C'était surtout difficile pendant le week-end, quand mes colocataires rentraient chez elles. Je n'étais pas la cinquième roue, mais le pneu de secours dissimulé sous le plancher du coffre et qu'on espère ne jamais avoir à en ressortir. J'attendais que lundi vienne, que le temps passe, que la ville se remplisse à nouveau.

Dès que j'avais fini mes exercices pour la fac, je me mettais à dessiner des logements où je pourrais moi-même habiter. Avec une chambre réservée à Tessie, une autre pour recevoir Jolan, une cuisine spacieuse. Les finitions seraient tellement minimalistes qu'il y aurait à peine de quoi s'inventer des rituels.

J'ai pris la décision d'abandonner mes études d'architecture pratiquement au bout de la deuxième année, quelques semaines après un texto de papa.

Il avait essayé de me joindre sept fois pendant mon cours, mais sans laisser de message. Un simple SMS avait suivi une demi-heure plus tard : "RAPPELLE-MOI. URGENT. CORDIALEMENT, KAREL DE WOLF, CONSEILLER FINANCIER DEXIA, ANVERS."

En partant à la retraite, papa n'avait pas pris la peine de modifier la signature automatique à la fin de ses messages. Chaque e-mail, chaque SMS envoyé nous apportait la preuve qu'il avait bel et bien été utile ailleurs, que d'autres l'avaient apprécié, eux, et même qu'il avait fonctionné plutôt correctement.

Quand je l'ai rappelé, il m'a dit : "Eva. Nadia nous a téléphoné il y a déjà une heure. Tessie, ta gentille petite sœur, notre fille chérie, a tenté de mettre fin à ses jours."

En soulignant ces liens de parenté, il espérait se faire pardonner ses années d'indifférence.

"C'est qui, Nadia ?

— Je voulais dire Nadine, a rectifié papa. Elle a trouvé un bidon de déboucheur WC sous le lit de Tessie."

J'ai pensé à Tessie en train d'avaler le produit inflammable. Aux brûlures infligées par le contact du liquide avec ses lèvres, avec sa bouche. À la descente dans l'œsophage, à la dévastation. J'avais les entrailles en feu.

"Tu te rends compte des dégâts que ça aurait pu causer ? continue papa. Je ne vais quand même pas te faire un dessin ?

— Elle est dans quel état ?"

Il a gardé le silence une seconde, histoire de retarder encore un peu l'instant de vérité qui couperait court à la tragédie. J'entendais maman brailler derrière lui.

"Nadia est arrivée à temps."

J'ai inspiré un grand coup. Recraché l'air de mes poumons. Appuyé mon dos contre le mur du couloir de la fac. En sortant de la salle de cours, les autres étudiants passaient devant moi pour aller prendre un pot ensemble à la cafète.

"Maman est là ? Tu peux me la passer ?

— OK. La voilà." Il y avait une légère déception dans sa voix : mon attention lui échappait, je réclamais déjà maman. C'est justement cette désillusion qui le poussait tout le temps à faire primer son goût du drame sur le bien-être des autres, sur sa famille, sur la vérité.

Il a donné l'appareil à maman.

"Eva ?"

Elle avait la voix trouble. J'ai raccroché sans rien dire.

Je n'en ai jamais parlé à Tessie, parce que je ne savais pas s'il fallait croire papa et si elle avait vraiment caché une bouteille de déboucheur WC dans sa chambre, faute de quoi je ne tenais pas à lui en souffler l'idée.

La laiterie paraît vide, mais ça tient à l'obscurité qui se niche toujours dans les recoins d'une pièce, là où sont justement entreposées les choses qui ne servent pas – supports d'évier, bouts de tuyaux, placards démontés... Avec, en couverture sonore, l'infatigable musique country.

Est-ce que le PowerPoint est toujours en train de défiler ? Est-ce que les photos qui nous représentent, Pim, Laurens et moi, vont tourner en boucle toute la soirée, raconter à chaque fois une histoire qui n'a pas eu lieu, sans montrer comment notre amitié a réellement pris fin, ou est-ce qu'elles vont s'arrêter sur le dernier portrait de Jan, plus de six mois avant cet été 2002 ?

Je jette encore un coup d'œil à mon compte Facebook.

Jolan aussi est en ligne, depuis son mobile. Je repère tout de suite le gros point vert à côté de son nom. J'ai désactivé la discussion instantanée, sauf pour les gens dont je veux savoir à quels moments ils se connectent, des fois que ça me dirait comment ils vont, si eux aussi ressentent chaque jour le besoin de mener la vie de quelqu'un d'autre. Il y a trois heures que Laurens et Pim ne sont plus actifs sur leur compte. Ils refusent d'être ailleurs qu'à cette fête posthume. Tessie est en ligne, pas sur son portable, mais depuis un poste fixe.

On a tous les trois les yeux posés sur un écran. Tessie dans la grande villa blanche de Nadine, Jolan à vingt mètres de moi tout au plus. Il entend la même musique, pense probablement aux mêmes choses que moi, peut-être que lui aussi est passé tout à l'heure chez papa et maman.

Ils voient forcément que je suis en ligne. Pourquoi ils ne disent rien dans ce cas ?

Je rouvre une ancienne conversation.

"Salut Tessie. Salut Jolan." J'appuie sur "Retour". Ça ressemble à un adieu, alors que je voulais plutôt dire bonjour.

J'insère une nouvelle ligne et je tape un point d'exclamation.

## 7 AOÛT 2002

Voilà déjà deux jours que je me comporte comme ces pêcheurs qu'on apercevait au bord du canal, Laurens et moi, quand on traversait le pont en allant à l'école. Tant que leur ligne ne tirait pas, ils se retenaient de la sortir de l'eau pour regarder s'ils n'avaient quand même pas une prise. Il fallait éviter de faire peur à d'autres poissons, plus gros, qui nageaient dans les parages.

Ce ne sont pas les pêcheurs au ciré le plus cher ou au lancer le plus élégant qui sont les meilleurs, mais ceux qui ont le plus de patience. Devant le flotteur qui s'obstine à ne pas bouger, ils doivent se convaincre toutes les cinq minutes qu'un gros poisson va bientôt mordre, que ça vaut la peine d'attendre encore un peu. Leurs yeux ne voient plus que l'eau qui clapote contre la digue, le goulot de la bouteille de bière qu'ils appuient sur leurs lèvres.

C'est exactement ce que j'essaie de faire pour le moment : venir à bout de cette journée. En ne regardant pas l'heure, en n'affrontant pas l'extrême lenteur du temps qui passe, le calme plat. Je lis des bandes dessinées près de la fenêtre du jardin et chaque fois que Tessie va dans le couloir ou quand moi-même je rejoins les WC en passant devant l'ordinateur, je réussis à ne pas allumer l'écran pour vérifier s'il y a déjà des mots écrits sur la page blanche.

Pendant toute la journée d'hier, j'ai senti une drôle de tension dans le bas-ventre. C'est là que j'ai vraiment pris conscience de ce que j'avais fait tôt le matin. En créant ce fichier, j'avais transformé le plus fidèle ami de Tessie en appât, en agent double.

J'étais certaine qu'elle avait touché au clavier – c'était la première chose qu'elle faisait à son réveil, elle ne pouvait pas éviter l'ordinateur en descendant. Elle avait dû aussi faire une halte pour pianoter dessus en passant de la salle de bains à la cuisine, ou en allant aux toilettes, et elle avait mordu à l'hameçon.

J'ai esquivé Tessie jusqu'au soir. J'avais peur qu'elle s'aperçoive à mes gestes, à ma façon de la regarder, que j'avais monté ce piège. Je ne savais pas si le document était encore ouvert, si l'ordinateur n'avait pas rendu l'âme, si elle avait percé mes intentions et débranché le clavier.

Aujourd'hui encore, j'espère que le PC continue de tout enregistrer. Les moments où je croise Tessie dans le couloir sont encore plus pénibles que d'habitude. Je redoute peut-être que ces dernières heures soient justement celles de trop, que mon aide arrive juste un peu trop tard.

Mes pensées vont à Tessie, mais presque autant à Elisa. Il se peut que les garçons l'aient invitée aujourd'hui, qu'ils ne m'aient pas attendue pour mettre en place la grande finale de cet été, qu'ils n'aient plus besoin de moi pour donner l'énigme.

Est-ce qu'il serait possible qu'Elisa se souvienne alors de la solution, qu'elle commence par faire l'innocente avant de se rendre compte subitement à quel point l'histoire que je lui ai racontée aux Monts de Lille avait de la valeur ? Qu'elle m'appelle pour me remercier, que sa gratitude débouche sur autre chose, sur une amitié qui finirait par remplacer Pim et Laurens ?

Chaque fois que je pense à Elisa, aux chances qu'elle soit en ce moment avec Pim et Laurens, à sa beauté, je sens mon double soutien-gorge me comprimer le thorax. Je suis en train de gruger tout le monde.

Au début de l'après-midi, j'ai enfin l'occasion de jeter un coup d'œil à l'ordinateur : Tessie part au supermarché avec maman, qui espère que son crapoussin acceptera de manger pour peu qu'on lui laisse choisir ses aliments.

La voiture vient à peine de quitter l'allée que j'ai déjà ouvert le buffet et posé la main sur l'unité centrale, bouillante après tout ce temps passé sous le tissu-éponge. Elle tourne encore. J'allume l'écran. Le fichier est toujours ouvert. Il y a quelque chose d'écrit sur la page.

Je remonte le curseur à l'aide du bloc flèches. Je dois laisser mon doigt appuyé trente secondes pour arriver tout en haut. La barre d'état au pied du document indique "Page 26/28".

Je ne lis encore rien de ce qui est écrit, je vois juste les lettres défiler derrière le curseur en pleine ascension.

Tessie et maman ne vont pas tarder. Impossible de tout passer en revue à l'écran.

Je vais chercher l'imprimante. Il faut bidouiller un peu les fils électriques et chambouler deux trois trucs, mais je réussis à tirer sur papier l'ensemble du document. J'ai sélectionné l'impression recto verso. Ça reflète mieux ce qui s'est opéré dans la tête de Tessie. Des centaines de lignes, réparties sur deux hémisphères cérébraux.

Je remets les choses en ordre, sans laisser de traces, et je sors dans le jardin avec les feuilles imprimées. Là, je choisis un endroit où personne ne va me déranger : tout au fond, sous le poirier. C'est dans ce coin tranquille qu'avant, j'allais feuilleter le catalogue des 3 Suisses, cocher au crayon certaines photos – pas celles des vêtements qui me plaisaient, mais des femmes que je voulais être.

J'ai apporté quelques albums de BD pour cacher ma liasse de papiers. Le dos contre l'arbre, je me laisse tomber. Je regarde un moment le paysage devant moi, l'allée, les pâtures. L'étalon d'Elisa est occupé à brouter l'herbe, sans s'imaginer le moins du monde qu'il a existé autrefois un cheval mieux aimé que lui.

Les feuilles posées en paquet sur mes genoux réfléchissent la lumière du soleil. Je n'éprouve pas forcément le besoin de commencer à lire. Les lettres me repoussent et m'attirent.

Ces pages sont aux pensées de Tessie ce que l'électrocardiogramme est aux battements du cœur. En fait, je ne devrais pas y avoir accès, je ne suis pas médecin, je ne peux rien faire.

Et pourtant, je n'ai pas le choix, pas plus que quand je découvre un pigeon écrasé dans la rue et que je me sens obligée de fixer pendant dix secondes son crâne explosé, ses boyaux sinueux, parce que ce serait encore plus terrible si sa mort ne déclenchait aucun sentiment d'horreur.

Les premières pages sont en minuscules, Arial 12 – le format que j'ai prédéfini. Je prends mon temps pour les lire, pour m'en imprégner.

Mais je vois très vite que ça ne correspond à aucun langage connu, qu'il n'y a pas de texte, pas de discours. Les chiffres sont les seuls à avoir du sens ; ils vont quelquefois jusqu'à dix, tour à tour en suite paire et impaire.

Comme le clavier n'a jamais été réparé depuis que Jolan a renversé du Coca dessus, il arrive que le A reste coincé après utilisation. Au milieu de la première page, des chapelets de A viennent s'immiscer entre les autres caractères, de plus en plus nombreux et de plus en plus longs. Page 6, ils représentent environ un tiers des lettres imprimées. Le reste du document se lit comme un cri interminable…

Au bout de quinze pages, la touche VERR. MAJ. entre en action. À en juger par la place de ces caractères dans l'ensemble, ça s'est produit hier soir. Tessie ne s'en est pas aperçue – aucun voyant ne s'allume quand on passe en tout-capitales. Ce changement des petites lettres en grosses lettres marque une rupture évidente avec ce qui a été écrit le premier jour. Il n'y a toujours pas de contenu, pas de phrases concrètes, c'est dénué de message, de renseignements, il n'y a pas d'explication à son attitude bizarre.

Par contre, les majuscules donnent à ces lignes un ton étrange, plus fâché, plus intense. Je lève les yeux.

L'étalon est en train de pisser la queue en l'air. Si Elisa n'est pas auprès de son cheval, c'est qu'elle peut se trouver avec Pim et Laurens.

Je me remets debout, entre dans la maison, en reviens munie d'un surligneur et d'un calepin. Il faut que j'évalue l'ampleur des dégâts chez Tessie. Après tout, ce qui se cache en elle, j'aurais très bien pu l'avoir aussi – on a vécu les mêmes choses. Et pourtant, moi, je ne pianote pas tous les jours comme une malade sur un ordinateur débranché. J'en ai réchappé, mais je ne sais plus comment, par quelles issues de secours.

Je me mets à surligner toutes les lettres entre les séries de A, jusqu'à ce que ne ressortent que les caractères correspondant aux touches frappées délibérément. Je cherche des concepts, des noms. Dans mon calepin, je note un à un les mots identifiables. Quand ils reviennent plusieurs fois, j'ajoute un tiret en marge.

Ce sont surtout des pronoms, des termes courts qui sont peut-être simplement dus au hasard : cet, pile, mon, tucs, les, pain, sel…

Tout à coup, page 2, je repère trois lettres. Eva. Mon prénom revient régulièrement, plus souvent que toute autre combinaison de caractères. À chaque tiret que j'inscris dans la marge, un couteau me transperce le ventre. Vingt fois. Jolan n'est mentionné nulle part.

Peut-être que la manière dont le clavier a été conçu favorise l'emploi du V et du E par les gens qui appuient sur des touches au petit bonheur la chance, alors que le A est déjà très présent de toute façon. Pour écrire mon nom, il suffit de quelques lettres qui se succèdent dans le bon ordre. "Jolan" nécessite une plus grande dose de hasard.

Arrivée à la moitié de la pile, je vois maman et Tessie se garer dans l'allée. Elles entreprennent aussitôt de décharger les courses. Tessie empoigne une caisse de bières dans le coffre et va la poser devant la porte de l'atelier, à côté des caisses vides. Ses omoplates se dressent en pointe dans son dos, comme pour laisser entrer de l'air.

Maman commence par les cabas les moins lourds.

Tessie retourne à la voiture pour chercher la deuxième caisse. C'est maintenant qu'elle s'aperçoit de ma présence. Je glisse mon paquet de feuilles sous les bandes dessinées. Elle agite la main, je reste impassible – il ne faut pas qu'elle vienne par ici.

Le dos droit, elle transporte à nouveau les bières jusqu'à l'arrière de la maison. Son pantalon est trop grand, elle n'a pas les mains libres pour le remonter. À chaque pas, ses hanches se dénudent un peu plus, la raie de ses fesses apparaît.

Je ressors mes papiers. Il doit bien y avoir quelque chose à extraire de tout ça – un appel, un secret, un plan d'évacuation, un enchaînement de vœux comme elle en prononce tous les soirs.

Ce n'est pas à Windows que Tessie va rendre des comptes : elle en a fait son propre système d'exploitation.

Voilà une demi-journée que je suis assise ici, je m'en rends compte à l'instant, l'ombre frêle du poirier tombait à ma gauche et maintenant, elle est à droite.

Tessie s'approche. J'escamote les feuilles de papier entre les albums de BD.

“Regarde.” Elle ouvre la main. Il n'y a rien dedans.

“Zut ! Je venais d'attraper une sauterelle. Elle s'est sauvée.”

Tessie vient s'asseoir près de moi. On pose ensemble notre regard sur le pré. Et soudain, là-bas devant nous, une apparition : Elisa. Je la vois seller son étalon, l'enfourcher sans aucun effort. Il y a de grandes chances qu'elle ne soit pas encore passée voir Pim et Laurens.

"Tu sais ce que j'ai entendu dire ?" demande Tessie.

Elle me fixe droit dans les yeux. Ses paupières flottent au-dessus de gros cernes gris. On dirait que ces plis sont arrivés comme ça sur son visage et qu'ils ne repartiront plus, aussi longtemps qu'elle dorme.

"Raconte.

— C'est mémé qui aurait empoisonné Twinkle.

— Comment tu sais ça ?

— Parce qu'elle a acheté de la mort-aux-rats chez Agnes juste avant.

— Agnes vend de la mort-aux-rats ?

— À l'époque, en tout cas.

— Et pourquoi est-ce que mémé aurait fait ça ?

— Faudrait lui demander. Peut-être qu'il coûtait trop cher à entretenir pour un cheval qu'on ne montait pas ? Je sais juste qu'elle n'a pas autorisé le vétérinaire à faire une autopsie. Pas besoin d'en dire plus…

— J'ai l'impression qu'on va passer à table.

— J'arrive", promet Tessie pour que je parte sans l'attendre et qu'elle puisse tranquillement s'attaquer à la porte de derrière.

Elle est la dernière à s'asseoir, on est déjà en train de manger. Elle a profité du fait qu'on soit tous réunis à table pour pianoter encore un peu, histoire de rattraper son manque d'assiduité aujourd'hui.

Elle observe le plateau où est présenté tout ce qu'il faut pour garnir les tartines. Maman a disposé les tranches de fromage en écailles – ça doit les faire paraître de meilleure qualité – et agrémenté le tout de rondelles de concombre. Il y a aussi une assiette de maquereau fumé avec, par-dessus, de l'oignon émincé. Papa retire les arêtes du poisson qu'il a écrasé en couche généreuse sur son pain. Il les dépose l'une après l'autre au coin de son set de table – à chaque fois, c'est un point en moins pour maman.

"Qu'est-ce que tu prends, Tessie ?" demande Jolan.

Elle réfléchit longuement.

Papa entonne un compte à rebours, en commençant à "cinq". À "un", Tessie prend vite une tranche de concombre.

Autrefois, la menace favorite de papa était : "une bonne tannée cul nul devant tout le village". Il s'en servait souvent, à peu près chaque semaine, pour nous tenir tranquilles.

Je ne pouvais pas faire autrement qu'imaginer la scène en détail : moi, les fesses à l'air, pliée en deux par-dessus son genou fléchi sur les marches de l'église. Je me demandais qui pourrait venir nous regarder.

Un jour, papa est quasiment passé à l'acte. Tessie n'était pas encore trop grande pour qu'on la soulève. Elle avait fait une bêtise à table, je ne sais plus bien quoi, peut-être qu'elle avait renversé un verre de lait ou envoyé une remarque insolente. Papa s'était levé, lui avait baissé la culotte, l'avait jetée sur ses épaules et il était sorti comme ça.

"Ne bougez pas", nous avait lancé maman. Le chien gémissait, la truffe collée contre la baie coulissante.

On a obéi, les protestations de Tessie en pleurs nous parvenaient tandis que papa l'emportait dans le chemin du Breuil, vers le village – sa mèche de cheveux blancs et le postérieur nu de Tessie dépassaient de la haie à chacun de ses pas. On avait la certitude qu'il n'oserait jamais le faire pour de vrai, mais pas que Tessie le savait. C'est seulement au bout de la rue que les cris se sont arrêtés.

Ça s'était aussi passé un mardi. Et ce jour-là, on avait aussi mangé du maquereau.

"Je pourrais avoir le beurre ?" demande papa. Tessie lui passe le beurrier. À part la rondelle de concombre, son assiette est toujours vide. Rien de ce qu'elle a devant les yeux ne présente la bonne combinaison de couleurs. Depuis le temps, je connais certains de ses principes : le jaune ne doit jamais être associé à quelque chose de vert.

Je demande si on peut mettre le chocolat à tartiner sur la table. Je sais bien que c'est contraire aux règles : chez nous, le soir, on ne mange que du salé.

"Demain matin, je prendrai du fromage à la place. Ça reviendra au même. Et comme ça, Tessie va pouvoir manger quelque chose de sucré.

— Ce n'est pas la quantité de chocolat qui importe", répond papa.

C'est peut-être à ça qu'on les reconnaît, les familles où ce qui est le plus essentiel va de travers : pour compenser, elles inventent un tas de petites règles et de principes ridicules.

Je me lève, vais chercher la pâte à tartiner dans le placard. Je claque le pot sur la table. Jolan baisse les yeux. Papa et maman continuent de manger sans rien dire. Bien sûr, tant qu'ils n'ont pas dessoûlé, on dispose de contre-arguments plus solides.

Je vois Tessie hésiter. Elle voudrait faire honneur à mon acte de rébellion contre maman et papa, mais ne tient pas non plus à les froisser inutilement. Elle me regarde. Elle regarde maman. Je l'encourage d'un sourire.

Elle se tartine une fine couche de chocolat.

Pour la deuxième fois dans l'histoire familiale, papa ne demande pas si le but du jeu, c'est une tartine au chocolat ou du chocolat à la tartine.

## PATTE DE LAPIN

Dans la période qui a suivi le début de nos actions solidaires, Tessie a voulu que, tous les soirs, je lui raconte une histoire avant de dormir.

Je lui demandais à chaque fois : “Tu ne trouves pas que tu as passé l’âge, maintenant ?”

Et elle répondait : “Jamais de la vie.”

L’important pour elle n’était pas d’entendre des récits d’aventures, mais de savoir que, tant que je parlerais, que j’utiliserais des petits mots rassurants, le monde autour de nous ne compterait plus, les querelles bruyantes à l’étage au-dessous ne nous atteindraient pas. Mes histoires tournaient souvent autour du même thème : le personnage principal mène une petite vie tranquille et sûre, une catastrophe naturelle s’annonce, tout le monde s’en sort.

Je me souviens que le jour où Elisa est passée en sixième année de primaire, le jour où je n’ai pas osé doigter la confiture de mûre devant toute une bande de filles, j’ai eu froid en rentrant à la maison parce que j’avais prêté mes moufles à Elisa le matin même. Je me rappelle aussi que, le soir, on avait mangé de la soupe aux pois cassés. C’était ce que maman préparait toujours quand il faisait ce temps-là. Elle promettait d'en offrir un bol au facteur pendant sa tournée, mais finissait quand même par congeler tout ce qui restait.

À l'heure du coucher, Tessie a réclamé son histoire, mais les mots ne me venaient plus tout seuls.

Elle m'a laissé le choix : "Une petite histoire, ou bien deux."

J'avais toujours considéré Tessie comme une excellente négociatrice, mais là, il m'est apparu clairement que c'était moi qui avais manqué de fermeté dans mes refus.

J'ai inventé une histoire encore plus gnangnan que d'habitude, avec deux lapins, pour qu'elle me dise tout de suite : bon, ça va, laisse tomber... Et pourtant, elle est restée suspendue à mes lèvres.

"Les lapins gambadaient comme des petits fous, sans se douter de ce qui arrivait au loin."

J'ai marqué une pause en me redressant sur mon lit, pour accentuer l'aspect menaçant de l'horizon.

"C'était une vague énorme qui faisait des mètres et des mètres de hauteur, qui aurait dépassé notre maison..."

Deuxième pause.

"Enfin, bref : les lapins ont couru se mettre à l'abri dans leur terrier, mais le plus grand des deux s'est pris la patte dans le piège posé par un chasseur. Le petit a voulu l'aider, mais ça ne marchait pas, il n'y avait plus assez de temps. La patte du grand lapin était complètement bloquée, alors que le raz-de-marée s'approchait à toute vitesse.

« Arrache-moi la patte avec tes dents, vite ! » a crié le grand lapin, mais le petit n'osait pas. Il n'avait jamais croqué dans autre chose qu'une carotte. Le grand lapin continuait de le supplier, mais le petit lapin s'est enfui, juste à temps pour rentrer dans son trou et refermer la porte étanche derrière lui. Dehors, l'eau a tout emporté."

Il y a eu un long silence.

"Et après ? a demandé Tessie.

— Comment ça, et après ?

— Qu'est-ce qui est arrivé au grand lapin ?

— L'histoire s'arrête là.

— T'es vraiment sûre ?" Je devinais à sa voix que des larmes brûlantes inondaient les yeux de Tessie.

"Oui, j'ai dit. C'est fini.

— Fini, fini ?"

Elle a posé la question au moins deux fois.

"Oui, Tess. Fini, fini de chez fini."

Je l'ai entendue se frotter les orteils.

"Et s'il y avait eu un rapace qui serait passé par là ? Une grosse buse très affamée, qui aurait réussi à le libérer du piège en l'emportant dans son bec, et qui l'aurait laissé tomber un peu plus loin, par accident, là où la vague ne pouvait pas arriver ? Hein, Eva ? C'est possible, non ?" On aurait dit tout à coup qu'elle avait de nouveau six ans au lieu de neuf.

"Non, Tessie, ce n'est pas possible.

— Et le chasseur, il est où alors, le chasseur ? Est-ce qu'il ne pouvait pas venir à la dernière minute chercher le lapin, le mettre dans son sac ?" Plus elle imagine des solutions improbables, plus je m'emporte.

"Non. Réfléchis un peu. Le chasseur non plus n'aurait pas le temps de s'enfuir. Ça aussi, c'est exclu.

— Mais le petit lapin pouvait quand même couper la patte de l'autre avec ses dents ? Ronger une patte, c'est déjà bien assez grave, non ?"

Je réponds sèchement : "Non. Ça ne suffit pas, ronger une patte."

Elle n'a plus rien dit. Il lui a fallu ensuite plus d'une heure pour s'endormir. Peu à peu, la boule qui me serrait la gorge a fini par s'en aller aussi.

À partir de ce soir-là, Tessie n'a plus jamais marchandé pour avoir une histoire. Parfois, mais c'était rare, elle en demandait une "avec une belle fin". Je lui disais que je ne pouvais pas le lui promettre, dans son propre intérêt. Je pensais que ça l'endurcirait, que ça la préparerait à toute éventualité.

C'est comme ça que le rituel des vœux de bonne nuit a commencé, faute d'histoires, et que je me suis retrouvée en bout de liste, après Dieu.

Fin 2001, après la mauvaise nouvelle que la mère de Laurens était venue nous annoncer dans le jardin, à propos de Jan, on n'avait pas dormi de la nuit, Tessie et moi. Ma tête était remplie de parasites, aucune pensée ne pouvait se développer correctement.

"Tu veux que je te dise un truc sur Jan ?" a proposé Tessie.

## 18 H 30

Dans la laiterie, il doit faire à peu près aussi froid qu'à l'extérieur. Le coin du bloc de glace qui est situé sous le faisceau de la lampe fond à vue d'œil. Mes semelles aussi commencent à laisser des empreintes à la surface, un léger creux, comme dans un matelas où les mêmes corps ont dormi pendant des années.

Ça ne devrait plus durer très longtemps. L'eau glacée se répand le long des joints en ciment du sol dénivelé. Les petites rigoles vont jusqu'à la gouttière large et profonde aménagée sur le côté de la pièce, là où s'accumulait à l'époque le lait renversé pendant le pompage, pour le plus grand plaisir des chats et des mouches.

Je redonne un coup d'œil à la pendule. Combien de minutes se sont écoulées au juste, je n'en sais rien. Ce serait bien si le mécanisme pouvait se remettre en route, si les aiguilles faisaient mine de participer, si Mickey s'arrêtait d'exulter, s'il pouvait baisser les bras… Il va maintenant falloir que ça se passe entre le temps. Depuis que je suis là-haut, la sono dans l'étable a enchaîné dix-huit morceaux. Si on compte trois minutes par morceau en moyenne, ça en fait cinquante-quatre.

J'aurais déjà pu être rentrée à Bruxelles. À l'heure qu'il est, ou presque, je serais en train de frapper chez le voisin, de lui demander si par hasard il aurait envie de passer le réveillon ensemble.

Il répondrait : "Chez toi ou chez moi ?

— Ça m'est égal", je lui dirais, tout en espérant qu'on fête ça dans son appartement, parce qu'il n'y a rien là-bas qui me fasse penser à moi, pas même une brosse à dents.

On pourrait alors casser le bloc au marteau, garder la glace pilée dans son grand congélateur, s'en servir après pendant des années pour rafraîchir nos boissons.

Au minimum, j'aurai droit à une mention dans le quotidien régional. Je deviendrai une anecdote, ou un commérage.

Un commérage, parce que cette histoire aussi est celle de quelqu'un à qui il est arrivé quelque chose. De toutes les nouvelles impliquant une vague connaissance, c'est ce type de ragot que les villageois préfèrent relayer, parce que ça leur permet de se distinguer, de faire partie des gens qui ont échappé à quelque chose.

Les anecdotes, c'est différent. Ce sont des commérages intemporels. Des histoires qu'on peut propager sans aucun problème puisqu'on ne connaît pas personnellement les individus concernés. Des récits de poivrots qui poussent leur brouette sur la chaussée, percutent deux agents de police, doivent souffler dans le ballon et se retrouvent avec un permis de conduire suspendu pour dix jours.

Si je pouvais, je choisirais d'être à la fois l'un et l'autre.

De toute façon, ça ne va pas dégeler cette nuit. Il reste donc une possibilité que demain très tôt, à la lumière du jour, quelqu'un se pose des questions sur la piste tortueuse que je viens de laisser dans la cour.

Si le petit garçon de Pim est aussi curieux de nature que l'était Jolan au même âge, il voudra savoir quelle sorte d'animal se cache derrière ces traces. Il les suivra, d'abord dans le mauvais sens, en descendant l'allée, jusqu'à ce qu'elles s'arrêtent au bord de la route, près de ma voiture. Alors, il fera demi-tour, arrivera par ici, poussera la porte, apercevra l'eau de fonte.

C'est après seulement que les pièces du puzzle pourront être assemblées : l'automobile qu'on avait vue, phares allumés, pendant un long moment sur le parking de la boucherie, puis abandonnée dans la rue avec les clés sur le contact ; le voisin qui avait prêté son congélateur ; les enveloppes de billets dans la boîte à chaussures posée sur mon lit.

On se demandera ce qui s'est passé, comment les choses en sont arrivées là.

Et puis la mère de Laurens finira par causer, parce qu'elle ne pourra plus contribuer deux fois de suite à la propagation d'une fausse nouvelle.

Je suis certaine que, depuis l'été 2002, il lui arrive parfois de chercher à savoir comment je vais. Un jour, elle a *liké* par erreur une de mes photos sur Facebook, avant de rectifier aussitôt, mais j'avais déjà reçu la notification.

Elle est même allée jusqu'à aborder Jolan pour lui demander des nouvelles, de moi et de Tessie. Il m'a raconté ça il y a deux ans, à Noël.

Ce qui s'est passé à la fin de cet été-là n'a jamais pu devenir un ragot, ni une anecdote, pour la seule et unique raison qu'elle n'en a pas parlé autour d'elle. Je n'ai compris que trop tard que c'était elle, la plaque tournante de toutes les histoires qui circulaient dans le village, de tous les potins sur Tessie, sur Jan. Elle décidait de ce qui allait devenir la vérité, mais aussi, en fin de compte, du souvenir qu'on en aurait.

À la fin de l'été 2002, Laurens n'est plus sorti de chez lui pendant un moment, il aidait le plus souvent à la boucherie, sous la protection de sa mère. Lorsqu'un client voulait savoir d'où venait cette balafre au-dessus de son œil, elle répondait : "Il a heurté le coin du plan de travail en nettoyant la vitrine réfrigérante." Sur ces mots, elle montrait du doigt le plateau à l'arête la plus tranchante de tout le magasin, et les gens approuvaient en silence.

Elle avait même donné cette réponse à Jolan un jour où il était venu acheter de la viande à ma place, alors qu'il ne lui demandait pas d'explication. La ristourne qu'elle lui avait accordée prouvait qu'elle était en train de mentir, qu'elle savait très bien de quoi son fils avait été capable.

## 10 AOÛT 2002

Il doit faire une chaleur étouffante dehors, à en juger par l'attitude de Nanook. Elle ne bouge pas un cil devant l'oiseau qui se baigne tranquillement dans sa gamelle d'eau. Tessie et maman sont parties, elles ont rendez-vous chez le même docteur, un spécialiste des varices.

Je suis assise à la table de la cuisine, penchée sur mes notes. J'ai beau avoir passé beaucoup de temps à les regarder, je ne sais toujours pas ce que je cherche. Sans crayon ni marqueur à portée de main, j'ai l'impression d'avoir renoncé à vouloir comprendre Tessie. Mes yeux ne s'accrochent qu'aux multiples tirets ajoutés derrière mon prénom.

Eva. Ça commence et ça finit par les mêmes lettres qu'Elisa. Je vais chercher un crayon dans le pot qui est près de l'évier, écris son nom à côté du mien. "Elisa" demande beaucoup plus de travail, avec pratiquement le double de caractères. Mon prénom à moi n'est qu'un raccourci, une formule abrégée. Un mot qui n'a jamais été fini.

J'entends un petit coup métallique à la fenêtre, dans mon dos. Je cache les papiers en vitesse. Me retourne. Ce n'est pas un oiseau écrasé, c'est Laurens. Il essaie de capter mon attention. Le sachet plastique suspendu à son poignet cogne contre la vitre, il fait le même bruit qu'à l'instant.

Je glisse les notes dans la poche de mon pantalon. La porte de derrière est tout près, mais je m'avance vers la fenêtre. Je l'entrebâille. Pim est là aussi.

"On peut entrer ?" Laurens colle son visage dans l'interstice.

"Si c'était pour entrer, vous n'aviez qu'à frapper à la porte." Il est encore tôt, le soleil est bas. Je suis à contre-jour.

"Pardon pour la semaine dernière, Evie." Pim fait deux pas en avant.

C'est la première fois de toute ma vie qu'il m'appelle par le même petit nom que papa.

"Pardon de quoi ?" Je veux savoir si on parle de la même chose.

"Écoute, Evie, aujourd'hui c'est le tour d'Elisa, dit Laurens.

— Elle va venir ici, ajoute Pim.

— Elle vient pour ton énigme. La seule condition, c'était que ça se passe chez toi.

— Elisa est la dernière sur la liste." Par moments, le soleil se cache derrière la tête de Pim, pour revenir m'aveugler l'instant d'après.

"Enfin, bon, la première de la liste, pas la dernière, tu vois ce que je veux dire. Notre championne, quoi.

— Faut qu'on aille jusqu'au bout, Eva. Avec toi.

— T'es quand même capable de comprendre."

Ils me regardent en silence. La sueur perle sur leur front. Ils sont venus à vélo ensemble. Ce discours a été préparé. Le sac plastique enroulé autour du poignet de Laurens renferme des canettes. De Coca. Pas deux, mais trois.

Je referme la fenêtre, enfile les sabots que maman a rangés contre le mur, comme ça je n'aurai pas à marcher pieds nus sur les noyaux de cerise du jardin.

Pim et Laurens me précèdent en direction du poulailler. Ils marquent une pause à la hauteur du cerisier, pour regarder dans le pré d'Elisa. Le cheval est occupé à brouter. Sa crinière et sa queue sont tressées. Aucune trace d'Elisa. Ça pourrait vouloir dire qu'elle est en route.

Maintenant que Laurens s'est arrêté, ses canettes ballottent au fond du sac. Sa braguette est ouverte et laisse dépasser un bout de son slip. Une petite cloque blanche. Je ne le lui fais pas remarquer.

La température extérieure a beau être déjà élevée, j'ai un choc en entrant dans le poulailler. La cabane, couverte d'un toit plat en tôle ondulée noire, se trouve en plein soleil. Il fait si chaud que le poids de l'air se fait sentir, plus lourd à mesure qu'on reste immobile.

Pim et Laurens vont s'asseoir sur la balle de paille, chacun à une extrémité. Dans le coin, une poule est en train de couver.

“À ce train-là, c'est déjà un œuf dur.” Laurens ouvre la première canette de Coca. L'écume pétillante lui déborde sur les mains, il sursaute et laisse tomber la boîte. Qui atterrit dans la paille.

“Bravo ! s'écrie Pim.

— La prochaine fois, t'apporteras tes boissons”, répond Laurens.

Il laisse reposer les deux autres canettes pour le moment.

Pim porte un jean coupé à mi-cuisses. J'ai l'impression d'avoir un jour vu Jan avec. Mais je peux aussi me faire des idées. On a tous les trois les genoux écartés de la même façon. Notre chaleur corporelle, ça fait déjà trop.

Pim attrape le bas de son T-shirt en passant la main par l'encolure, fait une sorte de nœud avec le tissu, découvre son ventre. Laurens suit son exemple.

Je vais m'asseoir en face d'eux sur une grosse bûche. Les bourrelets de Laurens, les gouttes de sueur dans le nombril de Pim, tout ça les rend subitement un peu plus approchables. Je commence déjà à regretter ce qui les attend.

Par cette chaleur, j'ai plus de mal à garder le silence qu'à parler.

Laurens ouvre une nouvelle canette, la tend à Pim et se garde l'autre. Entre deux gorgées, ils pressent l'aluminium frais contre leur front. Il faut que je demande à chaque fois pour boire. Les canettes ne tardent pas à se vider.

"C'est vraiment infect, le Coca Light." Pim me donne le fond de soda tiédi avant même que j'aie tendu la main. "T'as l'impression de boire un truc qu'a déjà été avalé une fois et rendu après.

— Maman refait un régime, explique Laurens. Y a plus une goutte de Coca normal à la maison… Tout ce qui est sucré lui coûte des points. Elle note ses repas dans un carnet spécial. Mais ça l'empêche pas de manger tous les soirs des fruits en conserve et de boire le sirop, parce que les fruits, ça compte pas." Il se gonfle les joues.

Je demande : "C'est quoi comme régime ? Weight Watchers ?" Je la vois déjà, dans sa cuisine, en train de siphonner une boîte de conserve.

"Aucune idée.

— Ça revient toujours au même : plus c'est bon, plus ça vaut des points", conclut Pim avec un grand sourire.

Laurens l'imite d'un air forcé, puis se tourne vers moi. "Ça pue ici, Eva. Le caca de poule grillé.

— Lequel de vous deux a appelé Elisa ?"

Pim lève le doigt. "Elle a dit qu'elle viendrait.

— Sûr ?

— Oui." Pim renifle et hausse les épaules. Il se penche en arrière, ferme les yeux.

Je vois bien qu'il doute. Je le vois, parce que je suis passée par là. Elisa, je l'ai souvent invitée ici. Elle n'est jamais venue, pas une seule fois.

De son nid, la poule nous regarde nerveusement, tantôt vers la balle de paille où sont assis Pim et Laurens, tantôt vers moi. Sa tête fait presque un tour complet. Un bref instant, elle ne sait plus par quel côté revenir.

"On pourrait pas attendre dehors ? je demande.

— Non", décide Pim.

Il regarde sa montre. Prend différentes postures, incertain de l'image qu'il veut donner à Elisa lorsqu'elle arrivera. Il n'arrive pas à tenir la pose idéale plus de deux minutes, il doit s'interrompre pour s'éponger le front.

"Ça y est, c'est la fin." Laurens se penche en arrière, histoire que sa bedaine compte un bourrelet de moins. "Et demain, qu'est-ce qu'on fait ?"

Pim réfléchit, ouvre la bouche.

J'ai très envie de savoir ce qu'il va dire, mais juste au moment où il est sur le point de se prononcer, on entend frapper trois coups à la porte du poulailler. Au bruit que fait ce poing, décidé, autoritaire, je suis certaine que c'est Elisa et qu'elle a déjà passé des heures à faire du cheval ce matin.

La porte ne s'ouvre qu'à moitié, par le battant inférieur, qui percute le baril de graines à poules dans un "clac" sonore. La lumière du soleil nous éblouit.

Mes yeux s'habituent peu à peu. Elisa est encore en vêtements d'équitation. Ils accentuent ses formes. Le pourtour intérieur de ses cuisses s'incurve brusquement juste au-dessous de l'aine. Elle a beau être debout, les jambes serrées, il lui reste entre les deux un espace où on pourrait facilement passer la main. Elle porte sa culotte de cheval moulante, la noire avec les liserés en satin. Sa vulve, bien emballée, ne laisse rien deviner. Dans ce contre-jour, le bas de son corps à lui seul vaut l'intégralité des neuf points et demi.

Elisa ouvre à présent le vantail supérieur de la porte. C'est seulement maintenant que je peux voir son visage. Elle a noué ses longs cheveux en une queue de cheval si serrée que ça lui fait presque un lifting des paupières. En une semaine, ses sourcils semblent s'être encore affûtés. Ses seins, fermes et toniques, restent bien en place sur leur perchoir.

Laurens se lèche les babines.

"Pouah ! Ça empeste ici, commente Elisa.

— C'est ce que je leur ai dit." Pim dénoue son T-shirt à la va-vite.

"Y a pas d'autre coin pour s'asseoir ?"

Je m'apprête à répondre qu'on ne peut pas s'installer ailleurs comme ça, mais Elisa est déjà repartie et se dirige d'un pas résolu vers l'atelier. Pim et Laurens la suivent. Je récupère les canettes vides et les plonge dans le sac plastique. Juste avant de tirer la porte derrière moi, je vois la poule faire un clin d'œil en solitaire.

"Ton père a vraiment un matériel de malade", me dit Elisa quand j'arrive bonne dernière. Elle observe avec beaucoup d'étonnement la collection d'outils attachée à la charpente. Ici, il fait plus humide et plus frais.

"Oui. Merci." Je me demande tout de même si ce remerciement se justifie.

Le nœud coulant pendille juste au-dessus de la tête de Laurens. Pour qui ne serait pas au courant du projet, ça pourrait servir à accrocher un autre appareil. Papa lui-même a eu tout l'été pour joindre le geste à la parole. Aujourd'hui, la corde flasque paraît surtout jouer la comédie. Encore un boulot à finir.

"OK, dites-moi. Qu'est-ce que je fais ici ?" Elisa donne un tour de lame à la débroussailleuse pendue au mur. Pim se tient derrière elle, reluque le galon qui brille sur ses cuisses. Il bouge les mains devant lui comme pour guider une manœuvre – si c'était sur un parking, la voiture se garerait sans problème.

En échangeant des regards excités, Pim et Laurens décident de qui va prendre la parole. Ils cherchent à entrer en contact visuel avec Elisa, mais c'est vers moi qu'elle s'est tournée.

Le moment est venu, celui qu'ils préparent avec tant d'efforts depuis le début de l'été. Ils croient que tout à l'heure, sur leur vélo, ils rentreront chez eux en vrais hommes, en vainqueurs, l'air triomphant. Ça transpire déjà sur leur visage : ils vont se taper une neuf-points.

Le soleil éclaire le haut de mon crâne à travers le carreau brisé.

Pim explique la règle du jeu, qui a encore changé. On repasse à un vêtement par essai. C'est ce qui s'est montré le plus efficace.

"T'as autant de chances que de vêtements, donc. Une fois que t'es toute nue, c'est que t'as perdu. Alors on te donne un gage. Si tu trouves la solution, le gage est pour nous, on fera ce que tu veux. N'importe quel truc.

— Et si j'ai rien à vous faire faire ?

— Doit bien y avoir quelque chose..." Laurens se frotte le pouce et l'index sur la lèvre du haut. Il renifle sa propre sueur.

"Vous êtes prêts à venir nettoyer le box de mon cheval jusqu'à la fin des vacances ?

— Sûr !" Laurens et Pim répondent presque en même temps.

"Et c'est quoi, votre énigme ?

— On te le dira quand t'auras décidé si tu joues.

— C'est limite injuste, ça."

J'interviens : "On peut quand même lui dire, non ?"

Pim ne sait pas quoi penser, soupèse le pour et le contre.

Je profite de son indécision pour donner l'énigme. Comme ça, je suis certaine qu'Elisa va rester.

J'essaie de répéter l'histoire exactement comme je la lui ai racontée aux Monts de Lille.

“Un homme est retrouvé pendu dans une pièce vide, au-dessus d'une flaque d'eau. À part lui, la corde et l'eau, il n'y a rien d'autre. Pas de fenêtres, pas de meubles. L'énigme à résoudre est : que s'est-il passé ? Comment l'homme est-il mort ?”

Il y a un moment de silence.

Je me rends compte que ma représentation de ce pendu n'est plus une image arbitraire. Je le vois maintenant devant moi, à cinquante centimètres au-dessus de la flaque, deux jambes ballantes, un pantalon en jean qui poche aux genoux.

“C'est ça l'énigme ?” demande Elisa. Elle me regarde.

“Oui.”

Elle inspire un grand coup. C'est du cinéma. Elle ne laisse paraître aucun soulagement.

“Mission impossible : j'y arriverai pas.

— Mais si ! assurent Pim et Laurens, à l'unisson. Suffit de réfléchir.

— OK, je veux bien essayer.”

Pim enfouit la main dans son pantalon, remet quelque chose en place. Elisa me fixe droit dans les yeux et sourit à demi.

“Jure-le, lui dit Pim.

— Qu'est-ce que je dois jurer ?

— Que tu vas suivre les règles du jeu.

— Je le jure. Sur la tête de mon cheval.” Elisa lève l'index et le majeur avec conviction. “Mais alors tu jures aussi.

— Sur quoi tu veux que je jure ?

— Sur la tombe de Jan."

On échange un regard, Laurens et moi. C'est la première fois qu'un autre que nous laisse échapper le nom de Jan. Pim détourne les yeux, en direction des fourches, des bêches.

"Est-ce qu'il faut vraiment qu'on jure ? je demande. On pourrait pas juste se faire confiance ?"

Pim ne me laisse pas continuer : "Je le jure. Sur la tête de Jan.

— Et toi ?" Elisa s'adresse maintenant à Laurens. "Sur la tête de qui tu vas jurer ?"

Laurens jette des coups d'œil désespérés autour de lui. Il n'a rien d'aussi fort à mettre en jeu.

"Vas-y, choisis n'importe quoi, ta mère s'il le faut ! commande Pim.

— OK, alors, je le jure sur la tête de ma mère, dit Laurens.

— Bien. Et toi, Eva ?" Elisa me regarde, complice. Je lui rends son sourire avec hésitation.

"La première chose qui te vient fera l'affaire, Eva." La figure de Laurens est rouge de chaleur.

Je ne peux penser à rien.

"Bon, Eva, dis quelque chose ! insiste Pim à bout de patience.

— Je le jure sur la tête de Tessie." Le soleil se cache derrière un nuage. Il fait plus froid tout à coup. Un frisson me parcourt jusqu'au bas du dos.

Je me remets à douter quelques secondes. Est-ce que j'ai bien fait de donner la solution de l'énigme à Elisa ? Si j'avais suivi ce qui était prévu, est-ce que je ne me serais pas plus vengée de Laurens et de Pim ? Ils auraient pu constater à quel point sa vulve est hideuse, auraient découvert la grosse verrue qu'elle a dans le dos. Ils seraient maintenant obligés de se rendre à l'évidence : leurs efforts de l'été ne pouvaient aboutir qu'à une grande déception. Et que, pendant toutes ces années, ils s'étaient bien plantés avec leur système de points.

"T'as six vêtements, donc tu peux faire six essais."

Elisa réfléchit à fond avant de risquer une première réponse.

"Le liquide sur le sol, est-ce que c'est de l'urine ?" Toujours bien dans son rôle, elle donne à sa voix des accents d'hypothèse, de supposition.

"Non", dit Pim.

Il sait que ce n'est pas la bonne réponse, on l'a entendue tellement de fois…

"Enlève quelque chose."

Elisa se penche en avant, retire ses bottes d'équitation. Le pantalon est froissé au niveau des mollets.

"Est-ce que les chaussures comptent pour un ou pour deux ?"

C'est ce sens du détail, cet aplomb lorsqu'elle se déshabille qui me rassurent tout en m'angoissant : je ne soupçonnais pas qu'Elisa savait si bien mentir.

"Ça t'arrive, toi, de sortir avec une seule chaussure ? lui demande Pim. Ben non, c'est par paire…

— Puisque tu le dis, Pim." Elisa enlève l'autre botte, la place à côté de la première, au milieu de nous. Le cuir a gardé l'empreinte de ses mollets.

Elle se redresse, la poitrine aussi fière que tout à l'heure. En posant la question suivante, elle s'apprête déjà à retirer son pull en polaire, comme si c'était ça qu'elle voulait, perdre à ce jeu, se faire dominer par des petits péquenots. Je vois Pim serrer un poing dans son dos.

“Est-ce que l’homme a fait ça tout seul, ou avec l’aide de quelqu’un d’autre ?” Sa queue de cheval se gonfle d’électricité, les cheveux flottent dans tous les sens. Pim tend la main pour les lisser, mais elle s’en charge elle-même d’un seul geste.

Je rappelle : “On n’a droit de poser que des questions de type « oui ou non ».

— Est-ce qu’il était seul ? reformule Elisa.

— Oui.

— Est-ce qu’il serait tombé à travers le plafond de l’étage au-dessus ?”

Pim m’interroge du regard. Je secoue la tête.

“Pas du tout”, reprend Laurens d’une voix triomphante.

Elisa me regarde en face, enlève son T-shirt, dévoile son torse. Ses seins rebondis apparaissent d’un coup. La bordure inextensible de son balconnet en dentelle s’enfonce dans ses rondeurs. Elle me fait un clin d’œil.

Un court moment, elle reste là, muette, sans rien d’autre que son pantalon, ses chaussettes et son soutien-gorge. Elle laisse les regards affamés de Pim et de Laurens lui palper le corps. Je suis la seule à me demander s’il n’aurait pas été plus logique à sa place de sacrifier d’abord les chaussettes.

“OK. Je retente le coup. Est-ce que c’était accidentel ou préparé ?

— C’était pas un accident.”

Elisa se penche vers l’avant. La main posée sur le bord de ses chaussettes, elle se ravise, remonte les doigts vers l'agrafe de son soutien-gorge et la détache. En glissant sur le côté, ses cheveux révèlent un instant la grosse verrue en haut de son dos. Laurens et Pim ne font pas attention, ils surveillent les bretelles qui tombent de ses épaules. Même dans cette position, ses seins ne perdent pas leur forme bombée.

Elle se remet droite. Le grain de raisin disparaît à nouveau sous la queue de cheval.

Les seins d'Elisa sont les plus beaux qu'on ait eus jusqu'à présent. Depuis l'épisode de la cabine de bain, ils ont encore pris du volume.

Je n'ai pas le droit d'être jalouse. Elle fait ça pour nous – pour elle et pour moi. Plus elle allèche Pim et Laurens, plus leur déception sera forte en s'apercevant qu'ils ne pourront pas toucher à ces deux magnifiques exemplaires.

"Est-ce que ça peut être un autre liquide corporel que de l'urine ?

— Non." Elisa retire maintenant ses chaussettes, d'abord la droite, ensuite la gauche. Ses seins obliquent en suivant le mouvement. Elle chiffonne ses mi-bas et les enfonce dans ses bottes, toujours dressées au centre de l'atelier.

"Est-ce que la pièce était d'abord pleine d'eau, si bien que l'homme a passé sa tête dans le nœud de la corde, et ça s'est vidé ensuite ?"

Pim change de posture. Laurens croise les bras. C'est la première réponse qui s'approche un peu de la solution.

"C'est bon, Eva ?" Pim en couinerait presque.

"Non", je réponds.

Elisa ne peut pas faire autrement que d'enlever son pantalon. Elle doit tirer fort sur les pattes, tellement le stretch colle à sa peau. Ses cuisses sont blanches et légèrement duvetées. Elle porte un string bleu clair, coincé entre ses lèvres qui pendouillent comme les feuilles flétries d'un chou-fleur. Elle dégage vite fait son slip de la fente. On ne voit pratiquement plus rien.

"OK. Laissez-moi un peu de temps pour réfléchir."

Elle récapitule sans se presser tout ce qui a été dit. "Donc : pas de fluide corporel, pas d'escabeau, pas de personne extérieure, pas d'accident, pas de piscine."

Elle se gratte sous le sein droit, le masse un court instant. Laurens échange avec Pim un regard plein de fierté. C'est alors seulement qu'Elisa donne sa dernière réponse.

"Est-ce qu'il se pourrait que l'homme ait grimpé sur un bloc de glace, qu'il se soit mis la corde autour du cou et qu'il ait attendu après que la glace fonde ?"

Un lourd silence s'installe.

Laurens et Pim me regardent. Personne n'a encore jamais posé cette question. Dans le lointain, l'étalon hennit, probablement pour un cycliste qui passe.

"C'est bien ça ? demande Elisa.

— Eva, dis quelque chose !" L'excitation physique de Pim vire au désarroi. Laurens s'essuie le front, recommence à humer la sueur de ses doigts.

Je recule d'un pas. Pendant un tout petit moment, j'hésite.

Je peux encore lui dire qu'elle a faux. Après tout, c'est moi la gardienne de l'énigme. J'ai le droit d'affirmer ce que je veux.

"Eva !" Je suis devenue un juron dans la bouche de Pim. "T'as perdu ta langue ?"

Je me tourne vers lui, puis vers Laurens. Dans un coin de l'atelier, la grande bêche est appuyée face au mur, comme si on l'avait punie.

“C'est exact, je réponds. L'homme est monté sur un cube de glace.”

Les regards effarés de Laurens et de Pim vont et viennent entre Elisa et moi.

“Mais comment tu peux rester debout sur un bloc de glace ? piaille Laurens. C'est beaucoup trop glissant !

— Il avait pas de chaussures, cet homme ? T'aurais pu nous le dire d'abord !” me lance Pim.

Je réponds : “Il avait tout simplement beaucoup de patience.

— Quelle énigme à la gomme, Eva. C'est vraiment nul.” Pim renifle à grand bruit, fait vibrer ses narines sans même avoir de morve.

Elisa remet tranquillement son soutien-gorge. Pim et Laurens la regardent soulever un sein après l'autre et le laisser retomber dans la coque préformée. C'est tout ce qui leur reste : assister, impuissants, au rempaquetage du cadeau.

Une fois le soutien-gorge rattaché dans son dos, elle libère sa queue de cheval coincée dessous, la maintient en hauteur plus longtemps que nécessaire.

“Alors, si je comprends bien, ça veut dire que j'ai gagné ?” Elle se tortille pour rentrer les fesses dans son pantalon étroit, en balançant d'un pied sur l'autre.

Pim se tourne vers Laurens. Quand c'est juré, c'est juré. Il hausse les épaules et acquiesce. Si nettoyer l'écurie reste le seul moyen pour plaire à Elisa, alors faudra faire avec.

“Je sais déjà ce que je veux. Déshabillez-vous.” Laurens et Pim se redressent.

“Tous les trois ? demande Laurens.

— Non, seulement toi et Pim. Mettez-vous à poil”, ordonne Elisa.

Dès qu’ils se sont baissés pour délacer leurs chaussures, elle m’envoie un clin d’œil.

Je me détends du mieux que je peux. Ça y est. Je vais pouvoir humilier un tout petit peu Laurens et Pim, juste assez pour leur remettre les pieds sur terre, pour refaire d’eux les garçons qu’ils étaient avant.

“C’est pas réglo, ça”, rouspète Laurens. Pim lui fait signe de la boucler. Il imagine sans doute pouvoir encore s’amuser un peu, ses vêtements sont déjà par terre.

“C’est toi qui l’as voulu, lâche Elisa à Laurens. Alors te plains pas, maintenant.”

De mauvaise grâce, il se déshabille à son tour. C’est vite réglé, juste un bermuda et un grand T-shirt. Il jette un regard à Pim, pour savoir si le slip doit tomber aussi. C’est lui qui a le plus honte. En les voyant presque nus côte à côte, je comprends pourquoi.

“Tu préférerais pas que je te paie un abonnement aux UV ? demande Laurens avant de commencer à baisser son slip.

— Et qui va te donner les sous ? demande Pim, cinglant.

— Ma mère. Elle en a tout un tas de billets au noir sous le tiroir-caisse, elle les compte seulement une fois par semaine.

— Et pourquoi t’as rien dit quand on avait besoin d’argent ?”

Pim et Laurens se font face, en relevant de plus en plus le menton.

Elisa, pour réclamer leur attention, agite un pinceau qui traînait là. “Si je voulais de l’argent, j’aurais qu’à en demander à mon père. Vous enlevez tout. Le slip avec.” Elle balance le pinceau dans un coin.

Pim obéit et tire sur les jambes de son caleçon. Ses reins se dénudent, puis ses fesses, alors que devant l’étoffe s’accroche à son zizi, qui surgit brusquement, à moitié raidi.

Elisa lance un bref coup d’œil au petit robinet de Laurens, tout déconfit au creux de ses cuisses. Sur celui de Pim, elle s’attarde davantage. Plus son regard se fait insistant, plus le membre se durcit. Elle avance d’un pas, plante son index entre les pectoraux de Pim, puis dans la chair molle de Laurens.

La semaine dernière, ils se comportaient encore en hommes. Finalement, les hommes ne sont tous que des petits garçons, des vaincus.

Elisa recule de quelques mètres pour les observer de la tête aux pieds.

“Bon. Vous devez faire ce que je vous dis. Sans râler. C’était ça, le deal.”

Laurens a les poils des bras qui se hérissent. Je détourne le regard, vers les deux petits monceaux de vêtements sur le béton sale de l’atelier.

“Et elle, alors ? siffle Laurens. T’as pas de gage pour Eva ?

— Eva ne m’a rien fait de mal.

— Nous si, peut-être ?

— C’est vous qui avez inventé ce jeu. Pas Eva.

— Elle a trouvé l’énigme, dit Pim.

— Et après ? Qu'est-ce que ça lui rapporte ?

— On lui a appris des trucs. Elle peut nous dire merci."

Laurens approuve par un signe de tête à mon intention. "Tu peux nous dire merci."

Elisa éclate d'un grand rire forcé. "Mais qu'est-ce que vous y connaissez ? Vous avez déjà couché avec combien de filles, exactement ?"

Laurens fixe ses orteils. Très vite, une fraction de seconde, je repense à la veille des vacances. C'est la tête qu'il a dû faire quand il a enfin compris que je ne viendrais plus au point de rendez-vous.

"Eva ne t'a jamais avoué qu'elle avait empoisonné ton cheval, alors ?" demande Pim. Il regarde Elisa droit dans les yeux. Son zizi est complètement dressé à présent. Un python prêt à se jeter sur sa proie. À mon avis, si le machin avait des yeux, il serait en train de me viser.

Je secoue la tête. "C'est pas vrai, ça s'est pas passé comme ça !"

Elisa me fouille du regard. "Ah bon, t'es sûre ?"

J'essaie de continuer à nier avec conviction, mais tout à coup je ne sais plus si je dois pour ça faire "oui" ou "non" de la tête.

"Elle nous l'a dit au début des vacances pendant qu'on jouait à Action/Vérité. Elle lui a fait manger des bonbons. Pauvre Pickle.

— Twinkle, je corrige. C'est pas le sucre qui l'a tuée." Je les dévisage l'un après l'autre. "Je sais ce qui s'est vraiment passé..."

Pim ne me laisse même pas finir ma phrase. "Tu te rappelles, Elisa, le caca dans la boîte aux lettres de mémé ?" Il incline la tête de mon côté. "Une idée à elle !

— Pas vrai !” J’ai crié deux fois plus fort que lui. C’est ma parole contre la sienne.

Les sourcils d’Elisa sont maintenant relevés en deux barres horizontales. Elle pivote, nous tourne le dos. Je ne peux pas voir ce qu’elle est en train de penser. Elle porte la main à sa queue de cheval, enlève l’élastique, fait onduler ses cheveux.

Tout nier, ça devrait pouvoir suffire, vu que je fréquente Elisa depuis plus longtemps que les garçons et aussi parce que je les ai connus bien avant elle. Ça fait combien de fois que je leur ai prédit l’avenir, à ces trois-là, sans aucun intérêt personnel ? Je suis le trait d’union entre eux, ils ne peuvent pas l’ignorer.

“Un pour tous, tous pour un, Evie”, ironise Pim.

Les mousquetaires. Ça ne veut plus rien dire, ce n’est qu’un souvenir, un nom partagé à l’époque où on savait comment donner vie aux petits soldats dans le bac à sable.

J’explique : “L’idée venait de Pim et la merde de Laurens. J’étais juste là pour les accompagner.”

Elisa se refait exactement la même queue de cheval, mais en plus serré. Elle se retourne.

“Ça change pas grand-chose. T’es impliquée pareil. Déshabille-toi aussi, Eva.”

Je vais me placer le dos au mur, les pieds sur une vieille tache de peinture blanche. Elle a toujours été là, mais je ne prends conscience de sa forme que maintenant : on dirait un trèfle.

“D’accord, j’ai donné des bonbons à Twinkle, mais ça peut pas l’avoir tuée. Parfois, à long terme, le sucre rend aveugles les chiens et les chats, mais les chevaux peuvent supporter bien pire. Ce sont des animaux résistants.”

Je me tourne cette fois vers les garçons. “Vous avez déjà vu Twinkle de près ? Elle était gigantesque, pas du genre à se faire abattre comme ça. Jolan a vérifié sur Internet.

— Qu’est-ce qu’il en sait, Jolan ?” se moque Laurens. Je suis certaine que lui aussi a entendu parler de cette histoire de mort-aux-rats. Si Tessie est au courant, il ne peut que l’être – Agnes en a de toute façon discuté avec sa mère.

“Allez, Laurens, avoue-le : toi aussi, tu sais que c’est pas moi qui l’ai empoisonnée.

— Comment ça ?” demande Elisa.

Laurens aussi m’interroge d’un regard sincère, il ne répond pas à ma place. Je crois qu’effectivement il ne sait pas de quoi je parle.

“Fais pas l’innocente, Eva, me dit Elisa. Arrête de mentir.”

Et si je les mettais dehors ? Est-ce qu’ils reviendraient me voir un jour ? Je ne vais pas me déshabiller. C’est chez moi, ici. L’atelier de mon père. J’ai le droit de fixer les règles.

“Je peux quand même faire mon gage tout habillée ?

— Bien sûr : alors, je propose qu’on attende Tessie et qu’on lui fasse deviner l’énigme.” Elisa se récure un ongle et projette la crasse devant elle, pas vers les garçons, mais entre mes pieds.

Je regarde Pim, puis Laurens. C’est à eux d’intervenir. Ils savent bien que Tessie n’a plus rien à montrer, à part de la peau sur les os.

“Y a encore mieux : on lui raconte que sa grande sœur a pris au piège tout un tas de filles”, ajoute Pim. Elisa rit.

Privée de comparses, je suis au bout de mes arguments. Je me déshabille, sans savoir à qui j'essaie de faire le plus de concessions.

Je quitte mon gilet en secouant les bras, déboutonne mon pantalon, le tire vers le bas. Je ne suis pas sûre de ce qui vaut mieux, me dévêtir lentement comme Elisa tout à l'heure, ou bien à la va-vite, de la même façon qu'avec les cadeaux achetés chez Aldi, pour désamorcer l'attente.

Je garde ma culotte encore un instant. Rentre le ventre, fais passer mon T-shirt par-dessus la tête. Ce n'est qu'en sentant les regards curieux posés sur moi que je me rappelle : je porte deux soutiens-gorge superposés. C'est dire combien je me suis habituée à mes gros bonnets.

Je tente de défaire les deux fermetures en même temps, mais je n'y arrive pas, c'est laborieux, ça ne fait qu'attirer encore plus l'attention. Alors je les dégrafe très vite l'une après l'autre. Quand le premier soutien-gorge tombe, mes seins ont perdu la moitié de leur volume. Au deuxième, il n'en reste quasiment plus rien. J'enfouis les soutiens-gorges sous le tas de vêtements chiffonnés. Elisa regarde mes capsules de lait d'un air amusé, envoie ses obus en avant. Pim et Laurens tournent leurs yeux vers le T-shirt sous lequel je viens de cacher les deux soutiens-gorges, quatre bosses sur la dalle de béton, mes seins. Ils ne comprennent pas tout à fait ce qui est arrivé, ou pire : ils n'en ont rien à faire.

“Et ton slip”, dit Elisa.

Je reste le plus près possible du mur, sur le trèfle blanc, pour au moins être un peu à l'abri.

Ces trois-là sont mes amis et le jeu a dérapé, c'est tout.

De toute manière, mes lèvres d'en bas sont plus belles à voir que celles d'Elisa, j'ai un joli petit paquet bien serré. Je laisse glisser mon slip, le plie aussitôt et le fourre dans une jambe de mon pantalon fripé, en espérant camoufler mes pertes blanches. Avec les doigts, je peigne les poils de mon pubis, deux fois, histoire d'être sûre qu'ils ne restent pas agglutinés.

Je n'ai pas assez de mains pour couvrir toutes les parties de mon corps qui m'embarrassent. Comme Laurens et Pim, je laisse les bras pendouiller le long de mes hanches.

"Alors, Elisa, ça te suffit ? T'en as assez vu ?" demande Pim. Il prononce bizarrement son prénom. Des deux mains, il couvre sa verge, qui s'est ramollie depuis qu'il a dû me voir nue.

Dans les trois monticules placés entre nous, il y a les vêtements auxquels je reconnaissais Pim et Laurens de loin, avant. Tous les après-midis où ils ont porté ces T-shirts, les déchirures qui sont apparues. Maintenant qu'on s'est dépouillés de tout ça, qu'on a retiré nos masques, pourquoi respecter ce qu'on s'était juré, tenir nos promesses, en bons mousquetaires ?

Elisa explore l'atelier du regard, balaie le plafond de ses yeux plissés. Elle s'arrête sur l'étagère fixée au mur.

Je demande : "Vous savez combien de minutes seulement sert une perceuse, pendant toute la durée de sa vie ?

— Dix ? tente Laurens, le seul à réagir.

— Onze minutes."

Elisa hausse un sourcil, agacée. Elle porte son regard vers le coin de la pièce et attrape la pelle américaine appuyée contre le mur. La jovelle est encore pleine de terre séchée. Un ver coupé en deux est collé derrière.

“Voyons, qu’est-ce que Twinkle aurait fait à Eva si elle avait pu se venger elle-même ?” demande Elisa à Pim et à Laurens.

“Aucune idée, j’ai encore jamais parlé à un cheval”, répond Pim.

Ils me regardent tous les deux – c’est à Elisa de décider, ils n’ont rien à voir avec ça. Elle pose la pelle entre eux, sur la pointe, en cherchant le point d’équilibre.

“Eva est encore vierge.” Elle parle sans me regarder. “Ou bien vous arrangez ça, ou bien elle le fait toute seule.”

J’ai envie de dire que je ne suis plus vierge, que j’ai finalement réparé ce mensonge, mais elle ne m’en laisse pas l’occasion et lâche le manche de la jovelle.

Pendant une toute petite seconde, l’objet reste debout. Puis il s’incline du côté de Laurens, qui n’essaie même pas de le récupérer. Je sais très bien ce que veut Elisa, elle me laisse le soin de m’en occuper. Je fais un pas vers Laurens, ramasse la pelle, retourne à ma place. Les garçons reculent, ils se trouvent presque de l’autre côté de l’atelier, alignés comme pour un penalty : les mains devant l’entrejambe, les yeux baissés.

Je me mets sur la pointe des pieds. Le manche fait juste la hauteur entre le sol et mon bassin. Je le tiens d’une main en écartant de l’autre mes lèvres d’en bas. Je m’efforce de paraître aussi expérimentée que possible. Le bois est verni. Au moins, je n’aurai pas d’échardes.

En faisant attention, je plie les genoux. Ça ne marche pas tout de suite, le bout du manche est d’un diamètre encore plus grand qu’un Pritt et un double décimètre réunis. Ça ne rentre pas, c'est trop sec. Je crache sur ma paume, frotte le manche en mouvements circulaires, comme la dame dans le film avant de se mettre au travail. Je recrache, cette fois pour mon entrecuisse. J'essaie de nouveau avec le manche, en appuyant un peu plus. Il s'enfonce, à contrecœur.

Je regarde Elisa. C'est la seule chance que j'aurai. Pim et Laurens non plus, je n'ai pas le droit de les décevoir. C'est en fonction de ce moment qu'ils se souviendront de moi comme d'une femme ou d'une empotée.

Je passe la langue sur mes lèvres pour les mouiller.

C'est dur de garder le sourire quand je pense à toutes les tombes qu'on a creusées avec cette jovelle. Je peux sentir l'endroit où l'alliance de papa s'est cognée contre le bois, toutes les fois qu'il s'échinait à planter un arbre de Noël.

Je monte et je descends sur le manche, sans forcer. Je gémis, pas trop fort, pas trop doucement. J'essaie d'imiter les rebonds gracieux d'Elisa sur son cheval. Mais c'est clair, je n'aurai jamais l'élégance d'une amazone. Laurens et Pim détournent les yeux le plus loin possible, ne regardent qu'Elisa, en espérant qu'elle se dépêche de tout arrêter.

Je ne suis pas une femme, ni une fille, mais je ne fais pas non plus partie de leur groupe. Je suis le petit cheval de bois qui n'en finira jamais de se cabrer, en montée, en descente, par saccades, toujours à la même barre verticale, toujours sur la même piste de manège, à la même kermesse, pour les mêmes enfants.

Je compte les casquettes bleues de chez Maes, entassées dans un coin. Ça m'évite de noter le nombre de mes va-et-vient.

Elisa est la seule qui ait l'air de s'amuser à ma vue. Chez Pim et Laurens, je ne devine que de la honte par procuration.

Je n'ose pas regarder leur quéquette. C'est la partie la plus sincère de tout le corps – je pourrais déduire de leur tonicité ce que les garçons pensent réellement de moi, s'il y a une chance qu'un jour ils me trouvent belle, qu'ils me considèrent enfin comme une fille.

Pim a caché son zizi dans une chaussette qu'il vient de ramasser.

“Alors, tu vas jouir, Eva ? On peut commencer le compte à rebours ?” demande Elisa.

Je fais oui de la tête, même si je ne sens rien. Plus je bouge, plus c'est sec. Le bois absorbe mes humeurs, ça le fait gonfler, ses veines se dilatent. Elisa lève déjà la main, les doigts tendus.

“Encore cinq.” À chaque mouvement descendant, elle referme un doigt.

Au cinquième et dernier doigt, il en ressurgit deux autres, on dirait des faux cierges.

Elisa rit. Pim aussi. Laurens n'a pas l'air de vraiment choisir entre rire et pleurer.

J'entrevois un fragment de ce qui se cache derrière la chaussette de Pim, ses boules, elles ne sont pas complètement descendues, elles paraissent plus hautes et plus tendues que d'habitude. Ça pourrait vouloir dire qu'il n'est pas complètement relâché.

Je ne bouge pas deux fois de plus, mais cinq. Pour dépasser l'humiliation. Elisa baisse la main.

C'est seulement lorsque je ne sens plus rien que je me dégage de la jovelle. Mes genoux tremblent, mon ventre brûle, j'ai le tournis, mais je reste quand même debout.

La pelle atterrit entre nous quatre. Tous les regards sont braqués sur son extrémité. Le bois humide et sombre du manche laisse parfaitement voir à quelle profondeur il est allé.

Je me force à sourire. Me penche pour enrouler mes soutiens-gorge dans mon T-shirt, les ramasser.

Elisa envoie un coup de pied dans le reste des vêtements.

Je ne bouge pas. Le pire est forcément passé.

"OK. Maintenant, passons à nos deux amis, dit Elisa. Ils ne vont quand même pas s'en tirer comme ça." J'approuve de la tête.

"Qu'est-ce qu'on pourrait bien leur faire faire ?"

Elle regarde autour d'elle. Des taches bleutées vacillent devant mes yeux. C'est le vertige, associé au matériel publicitaire de chez Maes. J'ai froid. Les muscles de mes cuisses et de mes mollets se contractent. Je parviens à serrer les jambes et à m'asseoir sur une chaise. Ça aidera peut-être à surmonter la douleur, à calmer la sensation de brûlure.

Derrière l'escabeau, il y a un seau de colle à papier peint. Ça fait un bout de temps qu'il est là, depuis le jour où maman a voulu tapisser les toilettes, mais s'est finalement sentie trop fatiguée.

"Et ce truc-là, ça peut servir ?" Ma voix est très calme. Je montre le seau. De toute façon, la colle est pratiquement devenue inutilisable.

Elisa fait quelques pas en arrière, se met le dos à la porte.

“OK, Laurens et Pim, vous avez entendu ce qu’a dit Eva. On se sert de la colle à papier peint.”

Laurens et Pim se regardent, puis tournent les yeux vers le seau.

“Mais pour moi, c’est pas obligé”, je dis. Maman et Tessie vont bientôt revenir. “On pourrait rentrer chacun chez soi.”

Ça fait rire Elisa.

“Vous savez quoi ? Débrouillez-vous pour qu’Eva ait un orgasme. Elle le mérite bien, après tout le boulot qu’elle vient de se taper. Si vous me prouvez que vous en êtes capables, je vous laisse me baiser chacun votre tour.”

Pim bande déjà au mot “baiser”.

Elisa rassemble quelques objets qui traînent près de la porte, les jette aux pieds de Laurens et de Pim. Un rouleau de fil barbelé, une fourche, le perce-trou. En passant, elle effleure de la main le gland de Pim. Après ça, elle retourne devant la porte. “Vous pouvez aussi choisir d’y aller avec les doigts, bien sûr.”

Pim empoigne immédiatement l’objet métallique au bout pointu. Laurens cherche mon regard, essaie de repousser Pim, de lui faire entendre raison.

“Allez… Ça vaut pas le coup.” Il lui tape sur l’épaule, pas tout à fait assez fort. Pim ne se laisse pas réfréner.

“Mets-y du tien, Eva, comme ça t’es tranquille en moins de deux. Je sais ce que je fais.”

Est-ce que je dois quitter ma chaise, me placer entre eux, pour qu’on ne soit plus séparés physiquement ?

“T’as de la chance que ton père se soit jamais payé une hache”, blague Elisa. Il n’y a que Pim pour trouver ça drôle.

Je reste assise, c'est ce qui me paraît le plus sûr, j'accroche mes jambes autour des pieds de la chaise.

"Hé, Lau, tu me donnes un coup de main ou tu continues à faire ta chochotte ?" lance Pim.

Il s'approche de moi en brandissant le perce-trou. L'objet tient exactement dans sa main, ce qui n'était pas le cas avec Tessie, l'autre jour, quand on a planté le jardin potager. Son zizi raide rebondit à chaque pas contre son bas-ventre.

Les yeux de Laurens m'abandonnent, vagabondent quelque part entre Elisa et moi. Je le vois hésiter. Qu'est-ce qu'il veut, prendre ma défense ? Ou bien, sans doute pour la première fois dans sa vie d'adolescent, pouvoir baiser une neuf-points-et-demi ?

Elisa commence alors à se masser les seins devant lui, à travers son soutien-gorge. Elle dévoile son téton droit.

Je refuse de m'allonger.

Pim dirige les opérations. Il renverse ma chaise. Je lâche le dossier pour amortir la chute. Laurens me plaque les épaules au sol, se met de tout son poids à califourchon sur ma taille, le visage penché vers le mien. Il me bloque les poignets.

La gravité joue contre moi.

Pim m'écarte les jambes. Je rue et je remue, en espérant pouvoir l'atteindre à la tête, aux boules.

"Tu voudrais pas juste le faire à la main ? réessaie Laurens. Mets ça, au besoin." Il lui balance des gants de protection.

"Eh ! je laisse pas rentrer vos doigts sales, tout à l'heure, intervient Elisa. J'ai aucune envie de m'attraper un champignon ou un microbe de légume.

— Laisse-toi faire, Eva, ça ira plus vite", dit Pim. Il pose le perce-trou, enfile les gants, reprend l'outil bien en main.

Voilà, on a notre punition pour ce qu'ils ont fait cet été. Je suis leur punition.

Ce n'est pas non plus ce qu'ils attendaient, je suppose, ils auraient préféré utiliser quelqu'un d'autre. Je ne suis qu'un succédané. Le Coca Light des expériences sexuelles.

Elisa se saisit d'un niveau, fait osciller la bulle entre les deux traits. Ses mains tremblent. Elle pose l'objet sur ses seins, essaie de les aligner à l'horizontale. Pim s'immobilise, contemple la scène, mais une fois le niveau enlevé de son support, il redouble de rage et de brutalité. Laurens m'écrase les poignets.

J'arrête de me débattre, je ne veux pas aggraver les choses pour eux, pour moi. Plus je résiste, plus je mérite cette manière forte.

Laurens se met lui aussi à bander, son petit saucisson se dresse juste devant mon visage, le nœud luisant dirigé vers le haut.

Je pourrais l'arracher avec les dents tellement il est près.

"Je le fais, finalement, ou c'est toi ?" demande Pim à Laurens. Il tient le perce-trou en l'air.

"Vas-y, bon sang..." Laurens reste en position au-dessus de moi, même s'il n'a presque plus besoin de me maîtriser. Il ne veut pas se salir. Peut-être qu'il préfère garder ses forces pour tout à l'heure, pour Elisa.

Pim lâche un juron. Je ne vois pas ce qu'il fait, parce que Laurens est devant, mais je le sens : il essaie de m'enfoncer le perce-trou par le bas, tortille la pointe arrondie de l'objet contre mon entrejambe, mon derrière, comme certains chiens quand ils reniflent le sang menstruel avec leur truffe humide, cherchent d'où ça vient. Je me resserre, contracte mes muscles, comme quand j'étais petite et que maman voulait me mettre un suppositoire de force – ça ne sert à rien. Je ne peux pas lutter contre le bout pointu, qui se coule sans difficulté à l'intérieur de moi. Au début, je ne remarque presque rien, cet outil est beaucoup moins épais que le manche de tout à l'heure. Je ne sens que le sable qui pique, la pointe qui touche la paroi de mon ventre et la douleur qui s'ensuit, exactement la même que pendant mes règles, mais en plus fort.

"Alors, Eva, ça te plaît ?" demande Pim.

Je ne dis rien. Passe en revue tout ce qu'on a planté dans le potager, dans l'ordre. Carottes. Betteraves. Menthe. Mélange de fleurs sauvages. Deux ou trois coquelicots, pour faire plaisir à Tessie. Les semences attendaient dans la buanderie depuis déjà quelques années. Avec un peu de malchance, ça ne donnera rien.

"Tiens. À mon avis, c'est trop sec." Elisa pousse le seau de colle vers Pim.

Il hésite une seconde, trempe la pointe de l'objet dans le reste de pâte visqueuse.

Je me contracte, mais ça n'a plus aucun effet.

Laurens détourne les yeux. Un bref instant, je croise le regard de Pim, il est à genoux, concentré, il a la même expression qu'à l'enterrement. Il me fixe sans me voir. Elisa aussi est bizarre, indécise, la même excitation se lit sur leur visage.

Je n'avais encore jamais été allongée sur le dos dans cet atelier, alors que ça m'est arrivé dans presque toutes les autres pièces de la maison. La toiture se compose de tuiles moussues. Entre les champignons, il y a des toiles d'araignée. Une grosse tisseuse quitte sa cachette pour voir la cause de toutes ces trépidations, avant de retourner aussitôt à l'abri. Le taille-haie pend au-dessus de la tête de Laurens.

Entre mes jambes, ça fait un bruit de succion, comme une course à pied en bottes de caoutchouc mouillées.

J'espère que le taille-haie va se détacher de la poutre, tomber sur la tête de Pim, blesser Laurens mais sans gravité, mettre fin à tout ça.

Il y a peu de chances que ça se produise. Pas plus que d'être en ce moment sous le regard observateur de Mlle Emma. Il n'y a personne d'autre que nous ici. Et de nous, il en reste de moins en moins.

La colle se dessèche, devient granuleuse, irritante. Ça commence à brûler, mais aussi à me démanger.

"Tu sais pourquoi les cicatrices donnent souvent envie de se gratter ? Parce que c'est la sensation de la plus faible douleur possible", m'a dit Jolan un jour. Je ne sais pas si je dois encore le croire. Peut-être que la démangeaison, c'est pour quand on a dépassé le seuil maximal de douleur, comme une veilleuse en cas de coupure de courant.

Pim y va de plus en plus fort avec la pointe, regarde mon visage de temps en temps pour voir si j'aime ou pas quand ça se corse.

"Allez, fais un effort, Eva. T'as même le droit de geindre." Il retrempe le machin dans la colle, me l'enfonce par-derrière. Là, j'ai plus de muscles, ou bien je me contrôle mieux. Je serre les fesses de toutes les forces qu'il me reste. Pim fouille, vrille, essaie d'entrer le plus profond possible, pousse mon sphincter à l'étirement maximum. C'est d'abord froid, puis brûlant, puis les deux. Je hurle, donne des coups de pied en l'air. Le métal ne cède pas, implacable, tout comme Laurens. C'est une douleur inouïe, qui déclenche de nouveaux réflexes. Quelqu'un pose une main sur ma bouche. Je mords dedans.

Laurens pousse un cri. Pim retire le perce-trou, fourre à nouveau la pointe dans mon vagin. Je sens l'odeur de mon derrière.

"Eva, dépêche-toi…" Il murmure : "Imagine que je suis Jan s'il le faut."

Je ne comprends pas d'où il sort ça. Comment est-ce qu'il peut savoir que j'ai fantasmé sur Jan ? Qui l'a mis au courant ? Je voudrais dire quelque chose, mais les mots ne viennent pas, ma tête est vide, je peux à peine me rappeler à quoi ressemblait Jan, à quoi je ressemble moi-même, je peux à peine me rappeler comment on parle.

Je regarde le menton de Laurens, ses narines. Lui aussi devrait pouvoir la sentir, cette odeur de vieux excréments. Il a les yeux fermés. Des gouttes de sueur lui embuent le front, coulent sur mon visage, salées.

À quoi est-ce qu'il pense ? À Elisa ? À cette veille de Noël où on avait dû farcir soixante pintades, enfoncer des pruneaux dans le derrière de chacune, tasser le tout avec le fond d'un verre, ce qui nous avait permis durant des mois de faire des blagues du genre : "Qui veut une assiette de « pintade empapaoutée » ?"

Pim continue de ramoner. Mes lèvres d'en bas ont durci à force de sécher, elles rentrent en même temps que la pointe métallique. Ça fait comme si elles se déchiraient, se détachaient presque de mon corps. La douleur bat en alternance avec mon cœur, les deux enflent à chaque nouvelle cognée.

Qu'est-ce que je dois faire ? Je pourrais tenir bon. Je pourrais aussi faire semblant de jouir, pour qu'ils s'arrêtent. Même si je ne sais pas comment être crédible, quel bruit faire, combien de temps ça dure en général chez les filles. Mais comme ça, je laisserais Pim et Laurens avoir du plaisir avec Elisa.

Je voudrais fermer les yeux, pourtant, je ne peux pas. Si je renonce à enregistrer, je me retrouverai seule pour de bon. Alors, il n'y aura plus aucun témoin, seulement des coupables. Et sans témoignage crédible, tout ça aurait aussi bien pu ne pas avoir lieu.

J'entends claquer des portières de voiture. Pim aussi, il se fige brusquement, ordonne à Laurens de mettre sa main en bâillon sur ma bouche. Je sens l'odeur de sa transpiration.

Je n'avais pas du tout l'intention d'appeler au secours. Je ne veux pas que Tessie voie ça, et maman non plus.

Elles discutent, font le tour de la maison. Les chaussures de Tessie apparaissent dans l'interstice au bas de la porte de l'atelier, tout comme la caisse de bières qu'on dépose, les sacs de courses. Maman s'en va dans la cuisine. Tessie entame ses manipulations – on entend tapoter, cracher, psalmodier. Elisa et Pim échangent un regard condescendant. La porte arrière se ferme. Le silence revient. La voie est libre.

Pim se remet à éperonner, de plus en plus fort et de plus en plus vite. Si c'était un feu d'artifice, on arriverait maintenant au *bouquet final*, ce moment où, après une courte accalmie, les fusées les plus chères et les plus bruyantes sont mises en œuvre, dernier effort pour déchaîner les *oh !* et les *ah !*

Pim me supplie : "Allez, Eva, rends-nous service." Il fait passer l'outil dans sa main gauche, étire les doigts de la droite, me coince la jambe sous son aisselle pour avoir plus de force.

Laurens devient blême, il fixe les gestes de Pim, pétrifié.

Elisa prend de la distance. Je crie son nom, pour qu'elle me voie. Il faut qu'elle se rappelle cette image avec précision, tout à l'heure, quand elle montrera sa moule à Pim et à Laurens. Elle doit savoir que mes lèvres d'en bas ont un jour été plus belles que les siennes.

Mais pour l'instant, elle ne regarde plus que le bout de ses chaussures, ses joues ont pâli, le blanc fait ressortir les contours de sa bouche.

"Pim ! Stop ! rugit soudain Laurens. Ça suffit !"

Il se dégage de moi. Je comprends maintenant le pourquoi des visages blafards : Pim a plein de sang sur les mains, sur les poignets. Son ventre nu est aussi taché que le tablier du père de Laurens après une journée à découper de la viande. Pim recule, toujours à genoux, lâche la poignée en métal, qui ricoche en claquements sonores sur la chape de béton.

Je me relève en titubant. Sans le poids de Laurens, j'ai l'impression d'être légère, comme s'il ne restait que la moitié de mon corps d'origine. Des grumeaux poisseux me dégoulinent à l'intérieur des cuisses. Je laisse une traînée de colle rose derrière moi.

Je n'ose pas regarder en bas.

Pim se tourne vers Elisa. Il l'a mérité, maintenant, de tirer son coup ?

Elle redéboutonne son pantalon.

Mes mains s'emparent de la jovelle, qui traîne toujours au centre de l'atelier. Le manche a fini par sécher.

J'ai envie de frapper Pim à l'entrejambe, sauf que je ne peux pas, il est encore agenouillé, et puis, c'est toujours le frère de Jan, il a déjà assez perdu comme ça. Alors je prends mon élan et je vise entre les yeux de Laurens, exactement au milieu. Mais le fer se replie sous la puissance du mouvement, il n'y a que le plat de la pelle qui atteint son sourcil, pas tout à fait assez fort, dans un battement sourd.

Laurens tombe à genoux et porte la main à son œil. Puis il inspecte sa paume, ses doigts, pour voir à quel point ils sont couverts de sang, à quelle intensité il a le droit de crier.

La pelle a ouvert une plaie d'où rien ne sort dans un premier temps. J'aperçois l'os de l'orbite. La chair est rose et juteuse. Très vite, la blessure s'organise, fait affluer le sang, autant que nécessaire. Ça commence à suinter, deux petits ruisseaux, là où la plaie est la plus profonde, rouge vif.

Je lâche la jovelle.

Dans ma course vers la sortie, j'attrape quelques vêtements. D'abord mon pantalon, obligatoire. Mes notes sur Tessie sont encore dans la poche. Dehors, devant la porte de l'atelier, j'enfile en vitesse le peu que j'ai pris. Mon pantalon, donc, le T-shirt de Laurens, qui me sert en passant à essuyer mes larmes. Je laisse à l'intérieur mes deux soutiens-gorge et mon gilet.

Les gémissements de Laurens se sont transformés en jurons.

Je saute sur mon vélo. Il est posé contre la véranda.

Je fonce dans le chemin du Breuil. Et pour aller plus vite, je cramponne mes pieds nus aux pédales. Le fond de mon pantalon, trempé, colle à la selle. Ça me brûle. Pas grave, c'est juste du sable.

Mes pneus laissent des traces sur le goudron chauffé par le soleil. Je roule, sans savoir où aller. Je pédale et je pédale, sens quelque chose dans la jambe droite de mon pantalon. Ça fait comme une bosse à la hauteur du tibia. Mon slip, roulé en boule. Il descend un peu plus à chaque tour de pédalier. Deux ou trois cents mètres plus loin, en arrivant aux saules têtards, je le vois qui dépasse près de ma cheville. Il reste accroché à la pédale pendant deux rotations encore, pour tomber ensuite sur le bas-côté de la route. Je ne veux pas le laisser là, mais je ne peux pas non plus mettre pied à terre.

Il faut que je rentre chez moi, que j'aille me laver. Au Bray de Bovenmeer, là où le soleil persistant a fait baisser le niveau du canal, il n'y a pas moyen d'aller plus loin. Un pêcheur, sous l'ombre de son imperméable tendu entre des bambous, me fait signe de la main. Alors seulement je me rends compte : chez moi, c'est de là que je viens. Il n'y a plus dans le village un seul endroit où je puisse aller.

# LA FOSSE À PURIN

Jamais on n'avait vu, à Bovenmeer comme dans les environs, découper trois cents grammes de viande de cheval en tranches aussi fines que pendant la semaine qui a suivi l'enterrement de Jan.

“Les gens se mettent toujours à raconter leurs histoires pendant que je suis à la trancheuse”, répondait la mère de Laurens quand on lui demandait comment elle pouvait connaître autant de détails sur l'accident. Je savais qu'elle mentait, que ça fonctionnait dans l'autre sens. Tout doucement, d'un geste sûr, elle poussait son jambon contre la lame acérée en acier poli, juste pour que les clients dans la queue engagent la conversation avec elle ou continuent de l'écouter. C'était comme si elle avait avalé une cassette audio. Elle ne leur parlait plus que de ça, ils ne pouvaient choisir qu'entre passer la bande magnétique ou pas.

Contrairement à sa façon de vendre les produits (au gramme près, même s'il fallait pour ça enlever un morceau de croûte à un fromage ou couper les coins d'une tranche de pâté), les anecdotes qu'elle racontait sans aucun supplément de prix n'étaient pas vraiment des modèles d'exactitude. Du moment que les grandes lignes, les décennies, les noms de famille cadraient.

Si l'histoire de Jan s'est répandue en une vingtaine de versions différentes, chacune plus sensationnelle que la précédente, ce n'est pas seulement à cause de la mère de Laurens. Tous les villageois venus acheter de la saucisse sèche ou de la terrine à la boucherie pour entendre les derniers potins, moi comprise, en portent aussi la responsabilité.

Je n'avais pas osé demander à Pim à quoi ressemblait Jan lorsqu'il l'avait découvert et remonté à la surface, je savais qu'il ne ferait que répéter ce qu'en avait déjà dit le journal régional, le même compte rendu sommaire, dans l'espoir que ce serait aussi tout ce qu'il resterait de son propre traumatisme, trois petites phrases simples, imprimées sous le titre : "Un jeune fermier (17 ans) se noie dans la fosse à lisier".

Le 5 janvier 2002, premier samedi de l'année, j'ai débarqué à la boucherie juste après la fermeture. Il n'avait pas vraiment fait froid jusque-là, mais cette fois, l'hiver s'était bien installé, des petits nuages sinueux s'échappaient de presque toutes les cheminées. Officiellement, j'arrivais après l'heure, mais la mère de Laurens m'a quand même laissé entrer. Elle m'a tendu un morceau de fromage fort – une nouveauté dans leur modeste assortiment – après en avoir soigneusement coupé la croûte.

La journée avait été bonne. Il ne restait pas beaucoup d'invendus. Les histoires à propos de la famille de Pim faisaient encore effet – quand il est question de tragédie, de mort, les gens achètent plus facilement deux cents grammes supplémentaires, comme pour témoigner de leur gratitude parce qu'à la maison, la famille serait au complet pour dévorer tout ça.

Je savais que la mère de Laurens avait toujours la langue bien pendue lorsqu'elle nettoyait la vitrine réfrigérée. La version que j'entendrais d'elle serait truffée de mensonges, mais c'était exactement ce que je voulais – non pas avoir la vérité, mais écouter quelqu'un parler encore une fois de Jan avec passion, le porter aux nues, en supposant que tout ça n'ait été qu'un accident.

“Tu savais que Jan était passé ici le jour même de sa disparition, pour faire des achats ?”

Lui répondre “non” revenait à appuyer sur “PLAY”.

“Il avait tellement bonne mine à ce moment-là, si plein de vie. Je me suis même redemandé pourquoi il n'avait pas de copine, parce qu'en dehors de ses boutons d'acné, c'était un garçon plutôt gentil, bien élevé. Jamais je n'aurais imaginé qu'une heure après il ne serait plus en vie.”

Le gentil garçon lui avait acheté au total pour trente euros de comestibles : pâté de veau, fromage, crème de foie, museau, et même un peu de son délicieux confit d'oignons artisanal.

Dans les histoires qu'elle racontait, il y avait toujours de la publicité clandestine pour ses produits.

L'idée, ce matin-là, était sans doute de prendre le petit-déjeuner en famille, pause conviviale dans la foule des occupations journalières.

“D'ailleurs, a précisé la mère de Laurens, il faut savoir que les parents, au début, comptaient avoir une douzaine d'enfants, de préférence des garçons, même s'ils n'avaient rien non plus contre une fille. C'est pour ça que leur table de cuisine est aussi grande, ils l'ont achetée avant d'être avertis des complications : Pim venait à peine de naître que la pauvre femme s'est retrouvée avec des kystes aux ovaires et on a dû lui retirer l'utérus..."

Elle s'est interrompue un instant, a essoré sa lavette au-dessus du seau d'eau de rinçage.

Ces pauses respiratoires, elle allait en placer d'autres, de temps en temps. À force de raconter la même version de l'histoire, elle savait exactement où il fallait qu'elles tombent, qu'elles fassent réfléchir l'auditeur, à quel moment il y aurait un soupir, un sac à main passé sur l'autre bras. Comme je n'avais pas de sac à main, je grignotais un coin du fromage à chaque temps d'arrêt.

Pim et ses parents ne se doutaient encore de rien en se levant ce jour-là. Ils avaient trouvé sur la table des petits pains et de quoi les tartiner, alors ils s'étaient mis à manger en supposant que Jan les rejoindrait comme d'habitude après la traite des vaches.

Il n'était pas venu.

Sans l'attendre, ils avaient débarrassé la table, remis le fromage et la charcuterie au frigo.

Deux minutes après être sorti pour entamer ses activités quotidiennes, le père de Pim était déjà de retour dans la cuisine. "Les vaches n'ont pas été traites." Il y avait une légère inquiétude dans sa voix. La mère de Pim a voulu en avoir le cœur net. Tout en sachant que Jan était levé (son réveil avait sonné, il était passé à la boulangerie), ils sont quand même allés voir dans sa chambre.

"Ce lit défait, ça a dû être le point de départ, l'instant où on se dit, en tant que maman : il ne lui est quand même pas arrivé..." Elle avait prononcé la dernière partie de sa phrase d'une voix aiguë, si bien que ça ne ressemblait pas du tout à une citation de la mère de Pim.

Les bottes de Jan, par contre, n'étaient plus là. Du coup, ses parents en avaient conclu qu'il était simplement sorti faire un tour.

Au bout d'une heure ou deux, ils avaient été forcés d'abandonner aussi cet espoir. Leur fils était parti sans rien, ni vélo, ni voiture, ni argent, ni tracteur. Il aurait déjà dû être rentré.

"Quand on s'absente pour un moment, on pense à laisser un petit mot, n'est-ce pas ?" La mère de Laurens a prélevé une étiquette piquée dans un morceau de viande et l'a essuyée avant de la remettre exactement dans le même trou.

"C'est vrai", j'ai répondu. Le goût corsé du fromage envahissait ma bouche, comme si je n'avais pas avalé ma salive depuis au moins trois ans.

"Et Jan n'a jamais été du genre à fuguer, ni à réserver des surprises, bref, un petit gars normal, sans mystères, a ajouté la mère de Laurens.

— C'est vrai." Mon menton tremblait. Les dents serrées, je suivais les mouvements de sa lavette, de ses yeux.

"Tu le vois encore, hein, blond et maigre, avec ses bretelles et ses boutons d'acné ?

— Oui." J'essayais d'imaginer Jan ici, à ma place, de me rappeler sa voix. Je pensais à ses bottes, à la forme de son nez, à ses bras musclés, à tout.

"Si mon fils avait eu autant de boutons d'acné, je l'aurais envoyé chez le dermatologue. Le jus de citron ne sert à rien, c'est évident. Mais bon, entre nous soit dit, ils sont tous pareils, à la ferme, pas très fanas des produits de beauté. Ils pensent peut-être que ça coûte trop cher, mais il n'y a aucune raison : s'ils vendaient leurs terres, ils seraient les plus riches de tout le village."

J'ai vaguement approuvé de la tête.

La mère de Laurens prononçait "boutons d'acné" avec la plus grande précaution – comme si le mot lui-même était surmonté d'un point blanc prêt à éclater dans sa bouche, et elle distinguait chacune des consonnes, ce qui donnait l'impression que Jan avait beaucoup plus de boutons qu'en réalité.

J'aurais voulu pouvoir la contredire là-dessus.

"En quelques heures, les parents de Pim avaient exploré la ferme dans tous ses recoins – les étables, les silos à grain, le grenier, le tank à lait… C'est seulement après qu'au fond de la cour, ils ont remarqué une grille déplacée, juste au-dessus des égouts pour les déjections des bêtes – comment ça s'appelle déjà, il y a sûrement un nom… Ah, oui : la fosse à purin."

Le père de Pim avait plongé une perche dans le puisard, mais ça n'avait rien donné. Ils avaient aussitôt appelé une entreprise de pompage pour qu'elle vienne tout vider.

"Aujourd'hui, les prix commencent à cent cinquante euros, mais c'est souvent hors taxes et frais kilométriques, ce qui n'est bien sûr pas mentionné sur le site. Et ce n'était pas non plus indiqué qu'il fallait payer cash."

Le type envoyé par l'entreprise avait fait le déplacement depuis Brasschaat. Comme il voulait voir les billets d'abord, la mère de Pim avait pris la voiture pour faire un saut jusqu'au distributeur le plus proche, à Zandhoven.

Chaque fois que la mère de Laurens ajoutait un détail aux faits bruts, s'éloignait de la version d'origine, elle jetait un œil de mon côté. Elle s'est mise à parler de plus en plus vite, avec un débit de plus en plus saccadé.

Le père de Pim n'avait pas prévenu l'homme du camion-citerne qu'un corps d'adolescent pouvait se trouver dans la fosse. Il avait juste insisté pour qu'on se dépêche. Ils avaient descendu le bras de pompage dans le puisard, enclenché le système d'aspiration, le volume de lisier avait diminué, jusqu'au moment où la machine s'était bloquée.

“Ça a dû faire comme une chaussette ou un mouchoir qui se coince dans l'aspirateur, enfin, ce bruit-là, tu connais…

— Oui”, j'ai dit.

C'était une bêche. Elle avait disparu depuis un certain temps, mais personne ne se réjouissait de ces retrouvailles.

“En temps normal, le père de Pim était plutôt attaché à son matériel et il en prenait soin – c'est d'ailleurs une qualité commune à tous les indépendants.”

Ils s'étaient remis à pomper, le niveau avait encore baissé d'un mètre. À peu près à mi-fosse, la machine s'était de nouveau étranglée. Entretemps, la mère de Pim les avait rejoints, une petite liasse de billets à la main.

“C'est impossible : on n'avait perdu qu'une seule bêche.”

La mère de Laurens a ensuite pris sa respiration, s'est concentrée sur un point derrière moi, sur l'étagère chargée de compotes en bocaux.

“Ils ont d'abord repêché sa botte gauche. C'est là que le type du service de pompage a dû se rendre compte de ce qu'ils cherchaient vraiment. Il s'est écarté, avec l'intention d'appeler les secours, mais le père de Pim n'a pas voulu en entendre parler. Il a pris le tuyau en main, s'est mis à aspirer le plus de lisier possible, il devait s'arrêter régulièrement parce que les émanations peuvent être mortelles : on se ferait intoxiquer avant d'avoir eu le temps de dire ouf.

Deux minutes après, ils ont aperçu un corps tout au fond. Le père de Pim est descendu en pressant un chiffon sur sa bouche, ils ont sorti Jan du trou, Pim a remonté son propre frère à l'aide de crochets pour seau."

Sa mère leur avait dit de l'attraper par les vêtements, de ne pas toucher à la peau, il fallait la laisser intacte. Une fois hissé à la surface, Jan avait été transporté au jardin et allongé sur le dos, au bord de la pelouse. Son père, en toussant, s'était agenouillé près du corps et avait aussitôt commencé la réanimation, chaque pression un peu forte faisait bouillonner un flot de purin dans la gorge.

Sa mère était allée chercher un torchon, avait essuyé le visage de Jan pour être sûre que c'était bien son fils, ce grand dadais chevelu, avec ses longues jambes et ses longs pieds, puis elle s'était mise à crier, très fort, comme seules les mères en sont capables. Ensuite, un silence de mort avait envahi la ferme.

Ce silence, je me l'imaginais tout à fait, cet instant où même les oies se sont arrêtées de cracher. Je me représentais aussi très facilement le père de Pim, les genoux dans l'herbe, les lèvres cerclées de marron à cause du bouche-à-bouche. Les côtes de Jan qui craquaient sous ses gestes vigoureux.

D'après ce qu'en avait dit plus tard le gars du camion-citerne, Pim était resté plutôt calme. Comme s'il venait d'aider à la mise bas d'un veau mort-né. Après le constat du décès, il avait déchaussé Jan de son autre botte, nettoyé les deux au jet d'eau et posé la paire devant l'entrée de l'étable, exactement comme si Jan ne les avait pas enfilées ce matin-là.

La mère de Laurens est allée se poster devant le rouleau de papier alu, a tiré dessus d'un coup sec pour en dégager environ trois mètres. Ensuite, on a recouvert ensemble toutes les préparations en barquette exposées dans la vitrine. Sur le plan de travail, j'ai essuyé du doigt un petit tas de sauce aux griottes, juste pour m'enlever le goût piquant du fromage. En passant devant moi, elle m'a prise un instant par les épaules.

"Tu ne venais pas pour Laurens, au fait ?"

Je n'ai pas osé dire non.

"Il est chez sa grand-mère, mais on peut l'appeler si tu veux."

J'ai haussé les épaules. Au moment où j'allais repartir, la mère de Laurens a complété son histoire par un dernier détail.

"En fin de compte, l'homme de la société de pompage a quand même eu l'amabilité de refuser leur argent."

Elle voyait bien dans quel état j'étais. D'où cette conclusion positive.

Jan, sans vie, au milieu d'une grande fosse remplie de bouse, pendant que Laurens et moi, on s'occupait à ne rien faire sur un portique de jeu : cette pensée ne me quittait pas, prenait possession de tout mon corps. Bien sûr qu'il avait déjà perdu connaissance avant de mourir, ça, on le savait tous, les parents de Pim nous l'avaient assez répété : les gaz qui s'échappent du lisier suffisent à eux seuls à vous terrasser. Mais inconscient ou pas, le corps avait forcément coulé. La gadoue était rentrée par tous ses orifices, il avait touché le fond à la vitesse d'une théière dans l'eau de vaisselle. Poumons, œsophage, conduit auditif : la moindre cavité s'était complètement remplie.

Les jambes tremblantes, j'ai marché jusqu'aux prés qui séparent le Bray de Bovenmeer et le bois du bois, là où les vaches vont à la pâture.

Il y avait une vingtaine de bêtes, les unes contre les autres, elles avaient à peine de quoi brouter.

Alors que je les regardais, tout en restant à distance, j'en ai vu plusieurs lever la queue, vider leurs intestins. Elles laissaient tout gicler, sans s'apercevoir de ma présence, de mon incapacité, à moi et à beaucoup d'autres, de nous remettre comme ça du vide laissé par Jan.

Pendant toute une partie de leur vie, les parents de Pim avaient cultivé du maïs, de l'herbe et des céréales pour nourrir ces animaux. S'ils voulaient continuer à vendre du lait, il fallait qu'ils continuent aussi de s'occuper des vaches après la mort de Jan. Tant qu'ils les nourriraient, elles produiraient du lisier, mais en même temps, cet engrais était indispensable pour l'épandage des terres, pour faire pousser suffisamment de maïs, d'herbe et de céréales.

Les parents de Pim n'avaient pas le choix. Personnellement, j'aurais fait la même chose : ne donner à manger aux bêtes que le strict minimum, pas plus.

Quelques jours après ce premier samedi de janvier, j'ai reçu un coup de fil de Laurens, qui était rentré de chez sa grand-mère et qui avait des choses à raconter : la maman de Pim avait quitté la ferme, chargée d'une grande valise pleine de vêtements. D'après Laurens, elle allait habiter chez sa sœur, qui vivait à Lierre avec enfants et mari, dans une maison où il y avait depuis l'origine une chambre d'amis parfaitement adaptée à ce genre de situation.

C'était une bonne nouvelle pour la boucherie. L'accident survenu à Jan avait été raconté trop de fois, on avait besoin d'autres ragots.

Des fermiers qui divorcent : ça, c'était croustillant – qui allait faire tourner l'exploitation à présent ?

Une tante de Pim était passée au magasin. Elle avait acheté un peu de fromage et, au moment de payer, s'était fendue de quelques précisions, pour voir si elle pouvait décider elle-même de ce qui allait se dire au sujet de sa sœur.

"Il ne s'agit pas d'un divorce. La mère de Pim a vraiment besoin de changer de cadre pour faire son deuil. Elle n'a pas l'intention d'abandonner Pim, ni le père de Pim, elle veut juste être ailleurs quelque temps."

C'est seulement plus tard qu'on a eu vent des détails les plus savoureux : les parents de Pim s'étaient disputés au lit. Son père avait juré de ne jamais laisser tomber la ferme, ils en étaient redevables à Jan, leur fils avait toujours soigné les bêtes avec le plus grand dévouement, on ne pouvait quand même pas tout abandonner comme ça.

La mère de Pim s'était levée, avait quitté la chambre. Ce qui s'était passé ensuite, le père de Pim l'avait vu avec précision, en direct, depuis son lit, sur les images de surveillance. La mère de Pim était apparue à l'écran. Elle avait saisi la bêche, qui était restée tout ce temps appuyée contre le mur de l'étable, et l'avait plantée dans la panse de l'une des vaches prêtes à mettre bas.

## 19 H 00

J'ai regardé sur wikiHow. Il y avait un encadré informatif au-dessus de l'article : "À utiliser pour donner une touche effrayante à votre jardin pendant Halloween, ou pour améliorer votre expérience de pêcheur ou de navigateur. Si vous l'employez comme objet décoratif, renseignez-vous d'abord sur la législation : l'accrochage d'un nœud coulant à la porte est interdit dans certaines régions car il représente une menace. *En aucun cas* ne mettez de nœud autour de votre cou, même si c'est pour vous amuser."

Je ne l'ai pas testé point par point à la maison, ça me semblait insultant, même si je ne savais pas pour qui. J'ai lu les instructions à haute voix devant l'ordinateur, jusqu'à être certaine que je ne les oublierais plus.

Là, il est bien noué. Quand je me laisse pendre pour voir, ça me coupe aussitôt la respiration.

Il fait rudement sombre, alors que la nuit n'est même pas encore tombée. Les enfants qui jouaient à côté viennent de sortir, leurs petites voix me manquent. En fait, je suis étonnée par ce silence, total si on fait abstraction des échos de la fête dans l'étable voisine. Peut-être qu'après tant d'années en ville ça m'était sorti de la tête : les vaches fatiguent parfois aussi.

D'autres invités ont quitté la réception à l'instant. Plusieurs voitures se mettent en route, des voix s'effacent, le ronflement des moteurs s'atténue.

En faisant un petit effort pour me hisser sur la pointe des pieds, j'aperçois tout juste par la fenêtre les véhicules qui restent.

Laurens est encore là. Jolan est déjà parti. Je l'ai vu tout à l'heure marcher vers sa voiture. À sa façon d'ouvrir la portière, j'en ai déduit qu'il voulait filer sans se faire remarquer, sauf que la mère de Pim est venue l'aborder. Ils ont parlé un peu, je ne comprenais pas ce qui se disait. Jolan s'est assis au volant, a laissé le moteur tourner sur place. Je me suis dit : il va m'appeler maintenant, mon portable va se mettre à vibrer. La neige accumulée sur son pare-brise a fondu, lentement, et je l'ai vu, sous la lumière du plafonnier, déballer une gaufre avec difficulté. Et mordre dedans.

Je ne lui ai toujours pas demandé ce qu'il espère apprendre de ses recherches à Louvain, ça me paraît d'ailleurs impossible à expliquer en langage normal. Un jour, quand même, il m'a raconté que les sauterelles chiaient de peur sur ses gants lorsqu'il les sortait du terrarium, et qu'il leur coupait la tête aux ciseaux une fois l'expérience terminée.

Dès que je le vois, c'est systématique : je pense à un plan de travail couvert d'insectes décapités, en convulsion.

Je n'ai jamais dit à Jolan ce qui s'était passé à la fin de ce dernier été. Il n'y a pas eu de rumeurs là-dessus, donc ce n'est pas le bouche à oreille qui l'a mis au courant. Elisa, Laurens et Pim sont restés muets comme des tombes. Le seul potin qui ait circulé portait sur la manière dont Laurens s'était soi-disant fait son entaille au front. Ça a suffi pour expliquer les dégâts visibles.

À la rentrée, pendant les premières semaines, je partais de chez moi le plus tard possible, après Laurens, pour ne pas lui laisser une chance de me rattraper en roulant les mécaniques ou – pire encore – de rester à côté de moi jusqu'à l'école. Je savais qu'il me parlerait dans l'espoir de se faire pardonner, qu'il m'interrogerait sur l'hospitalisation de Tessie. Mais je n'avais plus rien à lui dire, et encore moins sur elle.

Tous les matins, je passais devant la petite pièce de tissu bleu avec le trait de pertes blanches à l'intérieur, qui se détériorait au bord de la route.

Les douze kilomètres suivants duraient une éternité. J'ai dépensé mes économies pour acheter un baladeur. Je m'engageais à être à l'école avant la fin du CD. Tant que j'y arrivais, la journée était réussie.

Bien sûr que j'aurais voulu demander à Pim pourquoi, pendant qu'il me défonçait au perce-trou, il avait fait allusion à Jan. Si ça n'avait été qu'une remarque en l'air, ou si Jan lui avait confié qu'il me trouvait embellie.

Et pourtant, après ce fameux jour d'été, je n'ai plus jamais reparlé à Pim ni à Laurens. Personne n'a vraiment posé de questions. Au village, ce n'était pas la première fois que de grandes amitiés se terminaient en sourdine. J'espérais qu'ils auraient un tant soit peu de mal à m'ignorer, mais je savais que je me racontais des histoires : en fait, on s'était perdus de vue avant même ce dernier été.

Je voyais bien Laurens tous les jours à l'école, quelque part, au loin, parmi les centaines d'autres élèves. Il avait un nouveau cartable, ne portait plus la raie au milieu. Le jour de la rentrée, un pansement lui barrait encore le front, mais très vite, il n'a plus pris la peine de cacher la croûte épaisse. Une fois, dans la cour, des élèves se sont attroupés autour de lui, en chahutant, pour le voir ressortir un long fil de réglisse de sa narine. Je me suis approchée moi aussi, parce que je voulais regarder sa cicatrice, vérifier combien elle était laide. Sa mère ne l'avait pas emmené aux urgences pour le faire recoudre, elle s'était contentée de refermer la plaie avec un peu de sparadrap. J'ai pris ça comme une faveur, comme un geste envers moi : elle avait vu le sang sur le sol de la boucherie, à l'endroit exact où j'étais tombée à genoux. Elle avait sans doute parfaitement compris la situation et voulait punir Laurens d'une manière ou d'une autre, en s'arrangeant pour que lui aussi en garde une trace indélébile.

Il m'arrivait de passer à vélo devant la boucherie, à quelque distance, pour la regarder servir ses clients, avec parfois l'aide de Laurens. J'étais souvent armée d'un caillou. J'avais le choix : lancer la pierre dans la vitrine du magasin ou m'éloigner peu à peu à l'arrière-plan de ses pensées.

Trois mois après la rentrée, la petite culotte a elle aussi disparu de l'accotement, avant même d'avoir atteint le délai de décomposition prévu.

Ça doit faire une heure et demie environ que je suis perchée ici. J'aurais pu occuper tout ce temps-là par bien d'autres activités ennuyeuses. Arroser les plantes de mon appartement. Répondre aux e-mails que papa m'a envoyés depuis trois ans. Réagir à ses commentaires sur le site familial. Faire quinze fois de suite une gâterie au voisin. Marcher de chez moi jusqu'aux Marolles, donner quelque chose à tous les SDF, prendre l'ascenseur du palais de justice, revenir à pied. Éliminer les moisissures dans les coins de ma salle de bains.

Mais je n'aurais rien fait de tout ça si je n'étais pas venue ici. C'est une illusion que je me donne. À cet instant, je serais tout simplement à ma fenêtre en train de regarder la neige, qui semble toujours mieux tenir sur le balcon des autres que sur le mien.

J'aurais peut-être dû aussi chercher sur wikiHow combien de temps il faut en moyenne pour faire fondre un bloc de glace. Je ne pouvais bien sûr pas savoir qu'aujourd'hui serait le jour le plus froid de l'année, que je n'aurais qu'une petite source de chaleur à ma disposition. Je sens la corde se tendre un peu plus autour de mon cou, mais c'est peut-être parce que mes jambes fatiguent à force de rester debout et que je commence à fléchir.

Je ne veux pas me voir d'en haut, m'imaginer d'après la perspective de Mlle Emma, mais c'est pourtant ce qui se produit. Me voilà donc : jeune femme en collants chair, grelottant sur un bloc de glace chauffé par une lampe infrarouge, dans l'espoir de se transformer une bonne fois pour toutes en énigme.

## 10 AOÛT 2002 (2)

Ça pourrait passer pour un acte audacieux ou symbolique : se présenter sans sous-vêtements devant la mère de Laurens, à la boucherie. En fait, c'est juste une succession de mouvements, provoquée par un manque d'alternative.

Quelque chose se déclenche qui me fait tout enregistrer avec précision sur ma route – pêcheurs, arbres, maisons, boîtes aux lettres, fils à linge, tourniquets d'arrosage – sans pour autant que ces pensées s'installent dans la durée. Mon cerveau refuse de fabriquer des souvenirs.

Il n'y a pas de clients dans le magasin. Je ne vois nulle part le vélo de Laurens. Je gare le mien juste devant l'étalage. La béquille s'enfonce dans un joint moussu entre les pavés. Le guidon s'effondre sur le sol avec fracas, en faisant tinter la sonnette. Je voudrais me pencher pour le remettre droit et le poser correctement, mais la douleur dans mon bas-ventre m'en empêche. Je le laisse où il est – Laurens jette toujours son vélo à terre.

Je me dirige à petits pas vers les boudins luisants exposés dans la devanture. Ils sont accrochés à une guirlande, par groupes de trois.

Je ne vais pas vite. Le sol s'est métamorphosé en éponge. La sonnerie du magasin dure plus longtemps que d'habitude. Dans le reflet de la vitre, je les aperçois, les taches de sang que j'ai entre les jambes.

Quand je franchis le seuil, la mère de Laurens a le dos tourné au comptoir.

“Bonjour.” Elle a attendu que la sonnerie s'arrête pour parler d'une voix neutre, adaptée à tous les âges, aussi indiquée pour les journées portes ouvertes que pour les enterrements.

En l'absence de réponse, elle lance un bref regard en arrière. Il faut qu'elle surveille le gros saucisson rose, enveloppé d'une peau en plastique rouge vif, qu'elle guide d'une main sur le disque tranchant.

“Ah ! C'est toi, Eva…” Son étonnement couvre les bruits de la machine et de la radio.

Est-ce qu'elle espérait voir quelqu'un d'autre à ma place ? Est-ce qu'elle est en train de se demander où ont bien pu passer mes seins ?

Sa main progresse, enfermée dans un gant bien trop petit en latex blanc. La masse de viande se réduit, la pile de tranches augmente.

Ce saucisson, on ne l'entend pas s'effilocher au découpage. C'est du bas de gamme, pas fait avec de la vraie viande, pas avec des milliers de fils.

Entre eux, dans le dos des clients, les parents de Laurens l'appellent autrement. Le nom m'échappe pour l'instant. Il n'a aucune importance, mais je le cherche quand même, ça rend mes pensées moins fugaces.

Je lis les étiquettes piquées dans les hors-d'œuvre. Filet américain sauce piquante, crudités rémoulade, salade russe. En barquettes de plastique noir, remplies de couleurs ternes. Ces noms aussi s'effacent de ma conscience au bout de quelques secondes. L'étiquette du saucisson bas de gamme est posée sur le comptoir.

J'aimerais savoir ce que c'est, mais je ne peux pas le lire.

L'air qui circule dans la vitrine réfrigérée, et qui s'échappe à l'avant par un petit interstice dans le verre, a l'odeur de tout ce qu'il a rencontré sur son passage. Galantines, ailes de poulet. Le souffle m'arrive droit entre les cuisses, traverse ma braguette, ne fait qu'attiser la sensation de brûlure. Mes lèvres d'en bas me lancent. La colle à papier peint se met à durcir. Mes poils pubiens sèchent en touffes compactes. Par endroits, ça me tire sur la peau.

"Pour toi, ma petite Eva."

Par-dessus le comptoir, la mère de Laurens me tend une tranche roulée de saucisson rouge. Je le sens d'ici, c'est aigre-doux. Des abats piquetés de morceaux de porc. Ma bouche se remplit de salive. Ça coule par les commissures. Je m'essuie avec le dos de la main. Je repose la tranche de saucisson sur le comptoir. Elle se déroule. La mère de Laurens pose les yeux dessus, légèrement surprise. Un bref instant, son regard glisse sur la vitrine, jusqu'à mon entrejambe. Elle se demande peut-être si ce sang m'appartient ou si c'est le reflet du chateaubriand.

Je n'ai presque pas eu de nourriture solide aujourd'hui, et pourtant, je n'ai pas faim. Le contenu non digéré de mon estomac se limite aux quelques gorgées de soda de cet après-midi. C'est ce Coca Light qui remonte en premier, tiède et granuleux – un lubrifiant pour la gorge.

Le reste du vomi doit s'extirper de beaucoup plus profond. Il a déjà obéi aux ordres de quitter mon corps par la sortie opposée, n'a pas eu le temps de retrouver l'état liquide. Étouffée par les hoquets, je dégobille en reculant de deux pas. Le vomi, serré, en forme de boudin, atterrit dans le prolongement de mon corps, tout comme chez les chats qui le ravalent aussitôt pour laisser les lieux propres.

Impossible de voir à quels aliments ça correspondait au départ.

La mère de Laurens s'interrompt dans sa tâche. La lame de la trancheuse s'immobilise. Seule la radio continue de se faire entendre, très loin derrière, dans le laboratoire.

"Eva ? Mais qu'est-ce que tu fais ?" À l'appel de mon nom, les haut-le-cœur me reprennent, je me penche vers l'avant, il ne me reste pratiquement plus rien à vomir. C'est maintenant qu'arrive la boule dans ma gorge. J'éclate en sanglots, pourtant, les larmes ne sortent pas non plus.

La mère de Laurens bondit de derrière le comptoir, ses gros genoux engoncés dans le pantacourt. Elle vient de ramasser un seau au fond duquel clapotent environ dix centimètres d'eau savonneuse. Elle me le met sous le visage, peut-être pour recueillir les larmes. Avec le chiffon qui nage dedans, elle m'éponge le front.

"Viens là, petite." Un éclat de coquille d'œuf se pose sur mon sourcil. Elle l'enlève entre ses ongles. Sans plus s'intéresser à la tranche de saucisson étalée sur le comptoir, elle me prend par l'épaule pour me conduire dehors. Mais je refuse de bouger. M'effondre à genoux. Resserre les jambes sous moi. Je veux sécher ici, engluée au sol par mon poisson plat écorché. La mère de Laurens ne doit pas savoir que je n'ai pas de culotte.

Elle s'approche de la devanture. Baisse à mi-hauteur les lamelles en bois du store. Je surveille l'allée du coin de l'œil, en espérant que Laurens n'ait pas perdu trop de sang. Sinon, quand il arrivera tantôt, il monopolisera sa mère. Et laissera des traces dans tout le village.

À côté du seau, elle récupère le vomi avec sa main gainée, puis, comme pour une crotte de chien qu'on ramasse dans la rue, elle retourne le gant et le ferme par un nœud au poignet. À défaut de poubelle à pédale, elle balance le tout dans l'eau savonneuse.

"Il y en aura encore ?" Elle montre l'espace entre moi et le seau.

"Non." Je me frotte les yeux.

Elle s'accroupit à côté de moi, me caresse la nuque, regarde le sang au creux de mon pantalon. Je ne savais pas qu'elle pouvait s'accroupir. Ses genoux repliés sont presque aussi larges que mes cuisses. Dans son corps, il y aurait la place pour deux comme moi. Elle me prend dans ses bras, me berce doucement. Elle doit le sentir, maintenant, que je ne porte pas de soutien-gorge… Elle doit quand même se poser des questions.

"C'est la première fois que tu as tes règles, peut-être ? Ne pleure pas. J'ai tout ce qu'il faut ici."

Elle me pose la main sur le front, arrête de me bercer et jette un regard au T-shirt que je porte. C'est maintenant qu'elle le reconnaît.

"Qu'est-ce que tu fais avec le T-shirt de Laurens ?"

Je ne réagis pas.

"Où est-il, au fait ? Il n'allait pas chez toi aujourd'hui ?"

Je continue de me taire. La blessure de Laurens pourrait bien être grave. Qui sait, il va falloir recoudre. Les nausées me reprennent. Je me penche en arrière, appuie la tête contre la vitre fraîche du comptoir.

La mère de Laurens est la seule à soupçonner à quel point la situation est dramatique chez nous, mais tant que mes parents seront en vie, elle n'interviendra jamais, par politesse. Si je lui parlais de cet été, de ces filles qu'on a humiliées avec Pim et Laurens, elle ne se ferait plus de soucis pour moi, mais pour toutes les autres filles.

"Il s'est passé quelque chose à la maison ? Tu veux bien me le dire ?" Elle laisse planer un silence après chacune des questions. Mais je me borne à secouer la tête.

"Certaines personnes ont du mal à parler de leurs sentiments, Eva. Mais ensemble, on va y arriver. Tu sais quoi ? On va faire comme ça : si la réponse est « oui », tu ne dis rien ; si c'est « non », tu me pinces le bras. Ça te semble une bonne idée ?"

Je lui pince le bras.

"Vous avez des problèmes à la maison ? Jolan ? Tessie ? Ou bien c'est ton père ?"

Au mot "père", le pincement est presque automatique.

"C'est lui qui t'a fait ça ?"

Impossible de faire un demi-pincement, alors je me racle la gorge. En une seule phrase à rallonge, je raconte qu'il y a chez nous une corde suspendue au-dessus d'un escabeau. J'en parle comme d'une broutille, c'est tout, d'ailleurs, ça n'est rien de plus pour moi, maintenant que mon vagin me brûle aussi horriblement.

"Un père qui fait ce genre de choses, Eva, il faut l'aider." Elle continue de me frotter le cou.

“Pas toi, ni moi, mais quelqu’un de professionnel.”

Je sens son cœur battre contre ma joue. Dans le seau, le produit de nettoyage embaume le citron. Il y a des petits bouts de viande hachée qui flottent. Ma peau se meurtrit sous ces frictions répétées.

On entend au loin le cliquetis d’une chaîne de bicyclette. Celle de Laurens. Je reconnais tout de suite les à-coups des pédales qui coincent. Il arrive dans l’allée, à fond la caisse. Son vélo se fracasse sur les pavés à côté du mien.

Pour l’instant, sa mère ne se rend compte de rien. Elle est tournée vers moi, le dos à la devanture. Plus mes épaules tombent, plus le va-et-vient de sa main se fait rapide.

Je pose la tête une dernière fois contre sa poitrine.

Laurens, découpé en bandes horizontales par le store, se fige en me voyant. Nos regards se croisent entre deux lamelles. Du sang coule sur sa tempe. Il porte le T-shirt de Pim et presse le mien, plein de taches, contre son sourcil. Autour de l’œil, c’est tout bleu et gonflé. Il boite, légèrement, mais quand même de façon exagérée.

Il frappe au carreau. Sa mère se retourne, aperçoit le T-shirt ensanglanté. Je sens sa main s’immobiliser dans ma nuque.

Tout ce qui lui reste, je le sais, ce sont les réflexes d’une mère normale. Elle me repousse et va vers Laurens. D’un coup, elle ouvre la porte du magasin, reste plantée entre lui et moi. La sonnerie perçante souligne son dilemme sans interruption.

“Laurens ? Mon chéri ? Qu’est-ce qui s’est passé ?”

Il entre dans le magasin, tend le doigt vers moi. Il maintient l'index pointé jusqu'à ce que sa mère aussi me regarde.

"Tout ce que t'a dit Eva n'est qu'un gros mensonge."

Son œil papillonne, fermé au coin par le sang coagulé.

"C'est elle qui a fait ça. Elle m'avait déjà laissé en plan à l'école au début de l'été, et aujourd'hui elle m'a tapé dessus avec une pelle. Pim était là. Tu peux lui demander."

Le regard de sa mère fait l'aller-retour entre le sang au creux de mes cuisses et le sang sur la tempe de Laurens, comme si elle jouait à "am stram gram". Mais elle n'est pas impartiale, ses yeux finiront toujours par s'arrêter sur Laurens. Je sens encore l'endroit précis où elle me caressait à l'instant. Elle avance d'un pas vers Laurens.

"C'est vrai, ça, Eva ?"

Je secoue la tête. Je ne sais pas ce que je pourrais faire d'autre pour qu'on me croie.

Agrippée au comptoir, je tente de me relever, pour qu'elle voie bien que je saigne aussi. Ça me fait encore plus mal que tout à l'heure, comme les muscles après l'effort qui se raidissent justement quand on les laisse se reposer. Peut-être que la colle à papier peint s'est durcie parce que je ne bougeais plus, peut-être que j'ai arraché quelque chose.

Le temps de me remettre debout en vacillant et en cherchant mon équilibre, tout me revient, à commencer par les choses qui sont définitivement révolues à présent.

Et tout d'un coup, je me rappelle aussi le nom du saucisson bas de gamme. Tête de singe.

C'est la seule chose qui ne va pas me manquer.

Laurens laisse retomber son index accusateur et s'essuie le nez, qui coule. Il ne me regarde pas. Son sang, mélangé à la morve et aux larmes, a la même teinte rose que la traînée de colle que j'ai laissée là-bas. Il s'adosse au comptoir.

On a tous les deux mal. Aucun de nous deux n'a eu Elisa. Aucun de nous deux n'a Pim. Peut-être que tout ça ne serait jamais arrivé si lui et moi, à un moment donné, on s'était simplement contenté l'un de l'autre.

La mère de Laurens lui dégage les cheveux, examine l'arcade sourcilière en chuchotant des sons qui apaisent.

"Ça va laisser une marque si on ne le fait pas soigner."

Elle embrasse Laurens juste au-dessous de la tempe abîmée. Il me regarde par-dessus l'épaule de sa mère, une petite crasse jaune collée dans l'angle interne de l'œil. Je prends le seau à côté de moi, même si je n'ai plus envie de vomir.

"Tête de singe". Je lui envoie l'eau sale en plein visage, mais avant même qu'elle ait atteint son but, il baisse les yeux et je me demande déjà en quoi cette action va arranger mes affaires. Le liquide éclabousse la vitrine réfrigérée, les sandales de sa mère. Le gant rempli de vomissure rebondit sur sa poitrine. La mère de Laurens contemple d'un air bête le seau vide entre mes mains. C'est si difficile à comprendre, pour elle, d'où viennent ces grandes eaux ? Elle se tourne vers Laurens. Le sang sur sa figure est parti, rincé. Il a de la viande hachée dans les cheveux. À ses pieds traîne le gant retourné.

Sa mère m'entraîne sans ménagement par le bras jusqu'à la sortie. Je tiens encore le seau.

Dans l'encadrement de la porte, je me débats, ce qui a pour effet de prolonger la sonnerie.

Le bruit s'arrête, notre empoignade est terminée. On reste encore un bref instant l'une en face de l'autre, de chaque côté du seuil. Je ne sens plus l'endroit où elle m'a caressée, juste l'empreinte de ses ongles dans mon bras.

“Ce seau est à nous. Tu le laisses ici.”

Je regarde autour de moi. La plupart des choses que je vois leur appartiennent, à moins de payer pour ça.

Je pose le seau devant elle, sur le pas de la porte. La sonnette vibre une toute dernière fois.

Et si Laurens avait raison ? Et si la viande se composait de fils qu'on n'a plus qu'à défaire ?

Je tourne les talons, récupère mon vélo. Le plus douloureux quand je me penche, à présent, ce n'est pas le frottement de mon entrejambe à nu contre la braguette, ni la colle qui tire les poils de mon pubis en séchant, mais le poids de leurs yeux sur mon dos, sur mes épaules.

Ils vont me regarder jusqu'à ce que je sois loin, que j'aie disparu. Alors seulement, ils vont retirer le seau du pas de la porte et fermer la boutique, soulagés. Avec ce tour de clé, c'est un peu de moi-même qu'on va me prendre, ce pour quoi j'avais économisé toute ma vie.

Je ne sais pas si je dois pédaler vite ou lentement pour que ça devienne moins grave.

## LA PINCE À SPAGHETTIS

La première fois qu'on a parlé de Tessie, maman et moi, la soirée avait de toute façon déjà mal commencé. C'était en janvier 2002. Au retour de l'école, la table de la cuisine avait été poussée contre le mur. Ça sautait aux yeux qu'on n'allait plus pouvoir y manger tous ensemble.

On n'était pas mercredi, mais le couvert mis en donnait l'impression. Une casserole de spaghettis décongelés chauffait sur la gazinière et, à part ça, il y avait une boîte de maïs et quatre assiettes creuses.

“Regardez, a dit maman en traversant la pièce de long en large, on peut atteindre la porte coulissante sans se cogner.” Elle appelait ça maintenant une porte coulissante, alors que jusque-là on ne s'en était servi que pour la vue, jamais comme passage. “J'ai envie de spaghettis depuis ce matin.”

Il y avait des mois qu'on ne l'avait pas entendue aussi gaie. Personne n'a osé lui demander comment ça se faisait, ni où papa allait s'asseoir tout à l'heure.

Moins d'une demi-heure plus tard, la pince à spaghettis s'est cassée en deux, exactement à l'endroit le plus fragile, là où les bras se rejoignent, comme chez les humains.

Jolan et moi venions de jouer avec. Du coup, on a posé les morceaux côte à côte pour déterminer qui de nous deux portait la plus lourde responsabilité.

Jolan a plaidé l'innocence, s'est dépêché de remettre sa moitié dans la passoire pleine de pâtes égouttées. J'ai fait pareil. On a attendu en silence que maman revienne avec le fromage fraîchement râpé.

Elle est réapparue, a tenté de servir une portion de spaghettis, mais la pince s'est disloquée entre ses doigts. Ça l'a fait sursauter. Elle a tout de suite cherché à localiser le point de rupture, a pressé au moins dix fois les bouts l'un contre l'autre. C'était son truc à elle : réessayer encore et encore, pas vraiment pour réparer les choses, mais pour regretter après que ça n'ait pas marché.

La pince n'était toujours pas ressoudée. Maman s'est affalée sur sa chaise.

"Quand je pense que je l'ai payée sept cent cinquante francs à l'époque… Il suffit que je touche quelque chose pour que ça se casse.

— Elle était déjà cassée avant que tu l'attrapes", j'ai dit.

Maman n'a même pas voulu savoir qui était responsable.

"Je me rembourserai sur votre argent de poche." Son regard faisait l'aller-retour entre nous et la boucle de son bracelet-montre, elle l'a desserré un peu.

"Même le mien ?" a demandé Tessie.

"C'est moi qui ai fait ça", a tout d'un coup affirmé Jolan. Il a sorti son portefeuille. On était tous surpris de voir la petite liasse de billets à l'intérieur. Il ne s'en séparait jamais depuis que de l'argent avait disparu de sa tirelire le jour où il avait fallu payer le plombier pour une intervention à domicile. “Tu peux arrondir au-dessus.”

Je l’ai contredit : “Non, c’était moi.”

Un cycliste passait dans le chemin du Breuil. Nos trois paires d’yeux trahissaient l’espoir que ce ne soit pas encore papa. Il était relativement tôt, le vélo s’est éloigné.

Jolan a pris sa fourchette et s’est efforcé de remuer le contenu de la passoire pour montrer qu’une pince à spaghettis n’apportait pas grand-chose de plus, mais il n’a réussi qu’à faire tourner en rond le bloc de pâtes, comme une toupie entêtée.

Maman est allée chercher une paire de ciseaux, s’est mise à couper grossièrement dans les spaghettis. Elle me rappelait l’ancienne coiffeuse du Salon Cels à Nedermeer, qui faisait exprès de tailler les franges et les carrés de travers pour être mise à la porte et toucher l’allocation-chômage.

Le premier morceau qu’elle est parvenue à détacher s’est retrouvé dans l’assiette de Tessie. À part un côté, il était parfaitement cubique.

“Encore des amateurs ?” a aboyé maman.

Jolan et moi, on n’osait pas refuser, mais ça ne nous semblait pas non plus mériter l’enthousiasme, alors on n’a rien dit. Elle nous a servi à chacun une toute petite portion, autant qu’à elle-même. Sauf que, dans son cas, ça ne serait que pour regarder.

La cuiller de la sauce aurait été bien pratique, mais maman a fait exprès de la laisser dans la casserole pour empoigner d’abord la boîte de maïs et la secouer n’importe comment au-dessus de nos assiettes.

Papa m'avait dit un jour qu'elle avait ça dans le caractère, cette façon de commencer une chose et de ne pas la finir. J'avais cru au départ qu'il faisait allusion à la jumelle de Jolan, mais il n'en avait pas dit un mot. C'est seulement à partir de là que je me suis mise à y faire attention : la collection de timbres en désordre, l'immense plaque de polystyrène avec à peine trois coléoptères épinglés dessus, les dizaines de bouquins de cuisine jamais ouverts, les boucles d'oreilles qu'elle achetait sans jamais les porter, les piles de tissu pour coudre des rideaux, Jolan, Tessie et moi autour de la table. Au début, elle avait eu pour nous les mêmes bonnes intentions, mais l'ennui, c'est qu'on ne pouvait pas nous décoller à la vapeur, nous faire sécher, nous plier en rectangle – il fallait chaque jour nous donner des vêtements propres et au moins trois repas. En fait, on était la collection qui mettait ses échecs le plus en évidence.

Elle nous a balancé à tous une cuillerée de sauce tomate. Comme Jolan était le plus loin, c'est lui qui s'est fait éclabousser le plus. La sauce a taché son nouveau T-shirt. Je l'ai vu lutter contre les larmes.

Depuis quelque temps, je ne mangeais plus de maïs. Depuis qu'à la récré les élèves de la classe de Jan avaient montré à tout un cercle de spectateurs, en s'aidant d'un épi de maïs, les meilleures techniques pour purger les boutons d'acné. Après ça, plusieurs d'entre eux avaient décidé de mettre, à chaque pause, des grains de maïs dans les poches du manteau de Jan.

J'essayais d'en poser le moins possible sur ma fourchette. Avec la langue, je triais chaque bouchée. J'avalais en une fois tout ce qui était croquant et arrondi, mâchais soigneusement le reste. À chaque grain qui éclatait dans ma bouche, j'étais prise de nausées.

J'ai dit à maman que je l'aiderais pour la vaisselle. Posées sur le plan de travail, il y avait les bouteilles d'eau habituelles, plate et gazeuse. Mais aussi une carafe en plastique opaque, que personne ne remplissait jamais.

Je n'osais pas regarder maman elle-même, juste son image reflétée dans la fenêtre de la cuisine.

À cause du double vitrage, on voyait l'un des contours flotter au-dessus de l'autre, à deux centimètres environ, comme dans les dessins animés quand le personnage meurt et que son âme – de même forme que le corps, mais en plus transparent – se dégage petit à petit.

C'est comme ça, les mains dans l'eau chaude, qu'elle en a parlé avec moi pour la première fois.

“Tu sais, Eva, a commencé maman, le dos courbé au-dessus de l'évier trop bas, tu avais une grande sœur, on te l'a dit. Il y a tout juste dix-sept ans aujourd'hui, on nous a annoncé que j'étais enceinte d'elle. C'est pour ça que je fête son anniversaire maintenant. Je ne veux pas qu'on se souvienne d'elle le même jour que Jolan.”

Je comprenais ce qu'elle voulait dire, mais je ne ressentais pas beaucoup d'empathie. On pouvait tout aussi bien discuter d'autre chose, de mes résultats scolaires, de Laurens et de Pim, de la raison pour laquelle tant de filles avaient déjà leurs règles et moi pas, ou au besoin, si vraiment il fallait parler de la mort, on pouvait discuter de Jan.

“Je ne le dis qu'à toi, parce que tu me ressembles. Ce qu'on a, nous deux, ce n'est pas un don, ni un talent, c'est une responsabilité qui nous a été imposée. Une antenne pour capter le chagrin des autres."

Il y a eu un court silence. Je l'ai regardée. C'était difficile d'imaginer qu'elle aussi avait un jour eu treize ans. Qu'elle aurait pu alors devenir qui elle voulait.

"On peut comparer ça à une caméra infrarouge. Sauf que nous, on ne cherche pas à repérer la chaleur des autres, mais le froid, le vide."

Je l'ai regardée à nouveau. Dans le reflet de la vitre en face de l'évier, on avait l'air de deux personnes tout à fait normales, contentes de leur vie. Les nuances avaient disparu. On ne voyait presque plus que maman fermait les yeux en nettoyant les couverts. Les contours précis de mes bras potelés s'estompaient eux aussi.

Dehors, dans la pénombre, le cerisier tendait ses branches crochues. Ce silence devenait trop long. C'était à moi de parler.

"Pourquoi vous n'avez pas appelé Tessie autrement ? Tessa, par exemple. Ou alors un nom totalement différent ?

— Non mais, c'est quoi cette question ?" J'ai haussé les épaules.

Si maman disait la vérité, si on avait la même antenne, elle devait savoir ce que je voulais dire.

Depuis quelques semaines, sur toutes ses interrogations écrites et dans son agenda, Tessie ne signait plus que "Tessa".

Donner un diminutif comme nom de baptême à quelqu'un, et qui plus est le diminutif d'un mort, c'est une façon implicite d'amenuiser cette personne, de la garder à moitié en vie. Peut-être qu'ils le voulaient inconsciemment : Tessie serait celle qu'on pourrait envoyer au tapis, moi le soutien sur lequel s'appuyer.

Maman se taisait.

“Et d'ailleurs, pourquoi tu bois ?” Le courage m'était venu comme ça. “C'est à cause de l'antenne, ou parce que tu t'en veux de me l'avoir imposée ?”

Cette fois, je n'osais même plus regarder mon reflet dans la vitre. Je fixais le bac à vaisselle. Maman a plongé la main dedans.

Je n'ai pas vu venir la lavette gorgée d'eau qui m'a claqué en pleine face. Mes épaules et mon cou dégoulinaient. Des segments de pâtes collaient à ma peau, à mes habits. L'eau n'était ni chaude ni froide. J'ai tout de suite reculé de plusieurs pas.

La chienne aussi avait eu peur. Elle est venue voir, a léché les morceaux de spaghettis tombés au sol. Ou bien elle avait faim, comme nous, ou alors elle voulait effacer tout de suite les traces laissées par maman – ces deux-là étaient souvent de mèche. Ma gorge brûlait. Une sorte de silex essayait de passer par cette ouverture bien trop étroite.

“Va-t'en. J'essuierai moi-même”, a dit maman.

J'ai séché mon visage avec le torchon à vaisselle, que j'ai laissé sur le plan de travail.

Je suis partie, en regrettant qu'elle et moi ne soyons pas plus stupides, ou moins sensibles, comme la plupart des voisins, comme les parents de Laurens. Parce que, comme ça, elle m'aurait frappée plus fort, avec une louche en métal par exemple, elle m'aurait fait assez mal pour que je la déteste, en tout cas pour que je pleure. Ou alors ce genre de choses ne nous toucherait carrément pas, et au moins on ne pourrait pas mettre des mots dessus.

Je suis partie dans le séjour, aussi loin de la cuisine que possible, et j'ai pris une BD. Je voulais attendre le retour de papa pour aller me coucher.

Il est rentré tard, mais maman n'avait toujours pas terminé la vaisselle – elle refusait de quitter la cuisine, elle voulait avoir les mains ridées et le dos courbatu pour chercher la bagarre. Ça faisait toute une journée qu'elle attendait cet instant.

Avant même de lui dire bonjour, papa a baissé tous les stores dans la cuisine et a pris son panier à bières pour aller le remplir. C'était une habitude chez lui, transformer les pièces de la maison en petites boîtes bien fermées.

“C'est vraiment nécessaire ? lui a lancé maman. On n'est quand même pas des souris…

— Comment s'est passée la journée ?” a demandé papa doucement.

Maman n'a pas répondu. Elle n'a rien dit de ce qui avait déraillé, ni de la pince à spaghettis. Elle attendait que papa revienne de l'atelier avec son panier chargé de bières, qu'il soit obligé de traverser le coin salle à manger, qu'il découvre la table repoussée contre le mur.

# 19 H 30

Le cerveau n'est pas très différent du système digestif. L'un et l'autre transforment presque tout, à quelques exceptions près. Ces traumatismes et ces corps étrangers sont en général détectés de manière inattendue, éventuellement par des spécialistes médicaux qui, en réalité, cherchaient autre chose. Un bout de fil de fer, un amour de jeunesse, une balle de ping-pong, une trahison – ça traîne parfois des années à l'intérieur…

Je ne pensais pas que la fête posthume de Jan durerait si longtemps. Autrefois, ses goûters d'anniversaire se terminaient toujours avant l'heure indiquée sur l'invitation parce qu'il préférait aller donner un coup de main pour traire les vaches. Je n'imaginais pas non plus que Laurens et sa mère seraient justement dans les derniers à partir. Il faut qu'ils rentrent chez eux. C'est seulement après avoir remonté le volet roulant de la boucherie, traversé l'arrière-boutique et le laboratoire pour rejoindre les chambres à l'étage qu'ils découvriront ce que j'ai trafiqué plus tôt cet après-midi, entre seize heures et seize heures trente. Ils donneront l'alerte. Sans cette agitation, ça pourrait durer des jours avant qu'on me retrouve ici, dans la laiterie abandonnée.

J'observe la cour par la fenêtre. Tout ce temps passé à regarder, ça n'a jamais provoqué de changement nulle part.

C'est finalement à peu près une demi-heure plus tard que Laurens et sa mère, bras dessus bras dessous, retournent à leur voiture. Elle a beaucoup trop bu, ce qui explique sa démarche étrange, chaloupée. Elle se cogne la tête en s'asseyant. Cette fois encore, Laurens prend le volant. Peut-être qu'il aurait voulu partir plus tôt, mais qu'elle n'avait pas envie de crapahuter seule jusqu'à la maison, alors, du coup, il est resté.

En rentrant, ils ne se douteront pas tout de suite de quelque chose, mes traces de pas sur le parking sont maintenant recouvertes de neige, tout comme le plan rectangulaire de ma voiture, que j'ai abandonnée une demi-heure, le moteur en marche, pendant que je m'affairais dans le magasin.

Laurens sort de l'allée à toute vitesse, malgré l'asphalte verglacé. Leurs feux arrière disparaissent dans la nuit. Ils vont parcourir exactement le même chemin que pour venir, la route que j'ai déjà prise trois fois aujourd'hui.

À quatre heures, je suis retournée à la boucherie, avec pour seule compagnie un puisot rempli de purin. Ce seau en cuivre, je l'avais trouvé près de la porte de la laiterie. Pour le descendre dans la fosse à lisier, il me fallait un long crochet que je n'ai pas eu besoin de chercher longtemps, je savais où regarder : dans le garage. C'est là aussi que j'ai déniché la pince coupante dont j'avais besoin pour sectionner les fils de fer attachés à la grille de protection.

Le bruit du métal tranché m'avait plutôt réjouie, tout comme ensuite les glouglous et les clapotis du puisot sur le siège passager. J'en avais presque oublié que j'étais seule dans la voiture.

Cette distance entre la ferme et la boucherie, je l'avais parcourue un nombre incalculable de fois pendant mon enfance, à vélo ou autrement à pied, et c'est pourquoi ça m'avait semblé si bizarre, tout à l'heure, de refaire ce petit kilomètre sur quatre roues. C'était comme de déplacer un grain de riz avec une pelleteuse.

Devant le magasin, j'ai garé la voiture au-dessus de l'empreinte laissée par la BMW de Laurens. Je suis descendue, j'ai fait le tour jusqu'à l'autre portière et j'ai pris le seau. C'est seulement après avoir respiré un court moment l'air frais de l'extérieur que j'ai senti à quel point ça puait dans l'habitacle.

Le portillon latéral était fermé. J'ai d'abord hissé le seau par-dessus, puis je suis passée dessous en rampant.

Deux secondes plus tard, j'arrivais dans la cour intérieure. Les portes de derrière, celles de la boucherie et de l'habitation, étaient verrouillées, mais sous l'auvent, il y avait une fenêtre ouverte. À la place d'un voleur, j'aurais été effrayée par la simplicité de ce cambriolage. Mais je n'avais aucune raison d'avoir peur, je ne venais pas voler quelque chose, au contraire.

Quand je me suis introduite dans le laboratoire par la fenêtre, une lampe s'est allumée automatiquement. Ça m'a fait sursauter, elle n'y était pas la dernière fois et j'ai cru un instant que le père de Laurens allait me surprendre, mais ça n'était bien sûr pas possible.

Partout dans la pièce, il y avait des plateaux jetables, chargés de viande et recouverts de papier alu. Un océan argenté, scintillant sous la lumière vive. Chaque feuille d'aluminium portait les coordonnées du client, son numéro de téléphone. Pour les patronymes très répandus, on avait ajouté un prénom ou un sobriquet. Nancy s'appelait toujours Le Savon. Un petit drapeau flamand, lion noir sur fond jaune, était piqué à côté.

J'ai lu le nom des maîtresses d'école, du curé. Les parents de Pim avaient commandé un autre plateau que lui-même et sa femme – Pim aussi fêtait maintenant le réveillon dans l'intimité d'une famille autonome.

La fenêtre n'était pas ouverte pour rien : ça faisait une réfrigération naturelle pour toute cette viande préparée. Dehors, il gelait.

Je les imaginais, Laurens et sa mère, se réjouissant à l'idée de pouvoir admirer une dernière fois le fruit de leur dur labeur au retour de la fête. Et de regarder en vitesse, comme avant, quels clients avaient encore une ardoise. Après ça, ils iraient se glisser sous la couette, satisfaits, prêts pour la journée la plus intense, la plus conviviale de l'année : les gens ne venaient pas seulement chercher leur commande, mais voulaient aussi un bon ragot, un savoureux conte de Noël à côté duquel leur propre misère semblerait fade.

Sur ce point, et à défaut de viande juteuse, ils seront dès demain généreusement servis grâce à moi.

J'ai posé le seau sur l'appui de la fenêtre, me suis faufilée en zigzaguant parmi les plateaux d'aluminium jusqu'à la porte battante qui ouvrait sur le magasin. Elle était percée d'un hublot. Je me suis mise sur la pointe des pieds pour voir de l'autre côté. C'était comme je le craignais, mais aussi comme je l'espérais : pas une feuille de salade n'avait changé de place dans la vitrine. Seule la caisse enregistreuse était différente. Pour la première fois aujourd'hui, j'ai vu mon reflet : une femme, les cheveux longs, anguleuse et décharnée. Jusqu'ici préposée aux hommes pas trop exigeants, à ceux qui auraient bien aimé viser plus haut mais que leurs propres limites ont forcés à être moins ambitieux, entre autres un vingtenaire grêlé, dans les toilettes de la fac, un modèle de nu académique atteint d'un bec-de-lièvre et un prof d'histoire-géo francophone dégarni.

À quoi ça me servait encore de me bichonner ? J'ai quand même arrangé mes cheveux vite fait.

Je ne savais pas combien de temps il me restait au juste. La fête chez Pim pouvait se terminer rapidement. La mère de Laurens pouvait avoir oublié quelque chose et repasser par ici.

J'ai déplanté un à un les petits drapeaux flamands et soulevé chaque feuille d'alu. Sur la viande à découvert, je versais une bonne quantité de purin et j'étalais bien le tout avec le dos de la louche. La merdouille jaunâtre se répandait entre les côtelettes, les escalopes et les filets mignons. Lorsqu'un nom m'évoquait un visage, j'essayais de me représenter la réaction du titulaire en apprenant qu'il n'y aurait pas de viande pour son appareil à pierrade, déjà installé sur la table.

Je n'ai pas fait grâce aux inconnus. Ils n'avaient qu'à ne pas commander chez Laurens.

Au bout d'une dizaine de plateaux, l'épandage ne me demandait plus aucune réflexion. Prendre une louchée, soulever l'alu, balancer le purin, de préférence sur le plus beau morceau, écraser un peu pour que ça ne se rince pas trop facilement. Dedans, il y avait des bouts de sciure et du fourrage non digéré.

Je n'ai interrompu ma gestuelle automatique qu'en arrivant à "De Wolf", suivi du numéro de portable de ma mère. Je tenais la louche suspendue au-dessus de la viande. En épargnant ma famille, en ne salissant pas mon nom, j'aurais de toute manière éveillé la méfiance : je n'avais pas le droit de ménager papa et maman, ça n'aurait fait qu'attirer les soupçons sur eux. Après avoir souillé leur plateau, donc, j'ai posé le seau à terre et je me suis dépêchée de sortir. À travers la fenêtre ouverte, j'ai jeté un dernier coup d'œil à la mer étincelante sur laquelle flottait une persistante odeur de fumier. J'ai refermé les battants pour ne pas que l'odeur se perde. Le secret de toute marinade : couvrir le récipient de façon hermétique.

J'ai sauté dans la voiture, suis sortie du parking en dérapant. C'est une fois au volant que j'ai remarqué à quel point mes mains tremblaient. J'aurais pu rentrer à la maison, mais je ne l'ai pas fait. L'épandage du lisier n'était que la première partie du plan.

Dans peu de temps, Pim va recevoir l'appel d'un Laurens furibard – le puisot et le lisier ne peuvent provenir que de ses vaches laitières, il n'y a pas d'autre ferme au village. Pim sera dessoûlé d'un coup, raccrochera violemment et se mettra à la recherche du seau disparu.

## 10 AOÛT 2002 (3)

Je ne sens plus mon entrejambe. Pour ne pas me déchirer autre chose ni recommencer à saigner, je rentre de la boucherie debout sur les pédales, et même si je suis maintenant hors de vue, les yeux de Laurens et de sa mère continuent de me piquer le dos.

Des bêtes de la ferme de Pim broutent dans le pré qui est presque en face de notre jardin, elles ne lèvent pas la tête pour me regarder passer. Les vaches ignorent le mal. Peut-être que Laurens dit vrai : elles ne sont rien de plus que des millions de fibres.

Mais est-ce que ça ne vaut pas aussi pour nous, les humains ? Et si le fond de chaque pore cachait un fil noué, comme un nombril ? Ça expliquerait pourquoi mes membres sont insensibles : à force de m'être débattue, d'avoir subi les manipulations brutales de Pim et de Laurens, mes fils se sont détachés.

Je freine en arrivant dans le chemin du Breuil, pour regarder par-dessus la haie si la voie est libre.

Aucune trace du vélo de Pim. L'herbe, sèche comme du foin, ondule sous le vent d'été. La balançoire oscille doucement. Seuls les sapins de Noël ont gardé leur vert intense d'arbre Playmobil. La chienne fait sa toilette, la laisse enrouleuse attachée au pied du parasol rabattu. Tessie est sur la terrasse, en plein soleil, assise à la table en plastique, le dos tourné vers moi. Elle vient d'ouvrir le plateau du Monopoly.

Je reste à la limite du jardin, les pieds de part et d'autre du cadre.

Tessie commence à compter l'argent avec soin. Elle empile les billets orange, les énumère en silence. Puis, à deux mains, elle saisit chaque paquet, le tasse sur le bord de la table jusqu'à ce que plus rien ne dépasse dans les coins et sur les côtés. Elle place la pile auprès des autres, bien alignées. Une fois que tout est compté, elle prélève un capital de départ pour deux joueurs, trente mille francs chacun.

Juste au moment où ces préparatifs sont terminés, elle retire sa main pour se gratter la tête. Un billet de dix mille s'envole. Tessie le voit atterrir dans l'herbe. Elle quitte sa chaise, va ramasser le morceau de papier violet et s'écroule. Comme ça, au milieu du jardin, elle a l'air d'un scarabée à l'envers sur sa carapace. La main qui tient le billet s'ouvre mollement, mais il n'y a plus un souffle, les dix mille francs restent là où ils sont. Pendant quelques secondes, Tessie paraît inconsciente.

Puis elle se relève, tant bien que mal. Revenue à sa place, elle boit une gorgée de son verre d'eau. Sans ciller, elle rebalance le capital de départ dans le couvercle en carton, qui fait office de banque, avec le reste de l'argent. Elle se met à tout recompter. Les mêmes petits paquets se forment : orange d'abord, puis bleu, puis beige. Elle les tasse à nouveau sur le bord de la table, au même rythme.

C'est peut-être justement ça qu'elle attendait, cette démangeaison, ce souffle d'air qui emporterait un billet. C'est peut-être ça le jeu, ce qu'on croit être des préparatifs pour une partie à jouer sur la table de jardin.

Le soleil me brûle la peau. Tant que je serai là pour voir ce que fait Tessie, les dégâts seront moins graves. Je suis le public qui justifie un minimum son comportement.

J'attends derrière la haie qu'elle ait fini de compter, mais il y a de nouveau un raté. Elle recommence de zéro. Plus je la regarde faire ces gestes répétitifs, moins ils me semblent réels. Est-ce qu'on est le même jour que ce matin ? Sous le même soleil ? Est-ce que je suis chez moi ici, auprès de cette sœur, dans ce jardin ? Tout reste inchangé, mais rien n'est plus pareil.

Je pose mon vélo contre le mur du garage, longe la terrasse pour entrer dans la maison par la porte coulissante.

Tessie me suit du regard sans arrêter de discipliner ses liasses de billets. À sa manière de bouger les yeux, je m'en rends compte moi aussi : ma démarche est bizarre. J'essaie de m'y prendre autrement, mais plus je m'applique, moins je vais droit.

Tessie cesse de compter jusqu'à ce que j'arrive devant le rideau à lanières.

"Qu'est-ce que tu fais dans le T-shirt de Laurens ?" Je franchis la porte sans répondre. Ses yeux descendent vers mon entrejambe.

Pour une fois, elle ne me demande pas si je veux jouer avec elle.

Maman dort dans son fauteuil. Je ne vois qu'une mèche de cheveux dépasser au-dessus du dossier. Le chat essaie de jouer avec.

Évidemment qu'une mère ne défendra jamais l'enfant de quelqu'un d'autre. C'est pour ça qu'elle est mère.

Je vais dans la salle de bains, remplis un gobelet d'eau et bois tout. Ça a un goût de dentifrice. Je me laisse tomber sur la chaise qui porte la chemise de papa, mes épaules appuient sur ses poches de poitrine. Chacune des deux contient un paquet de cigarettes. Maintenant que je suis assise, des piques de douleur me traversent le bas-ventre.

Sans retirer le T-shirt de Laurens, je lis ce qui est écrit dessus en grosses lettres noires : JAMAICA. À côté, il y a un palmier aux couleurs vives. Laurens a souvent porté ce T-shirt cet été : le week-end de la kermesse, le jour où il est parti en France…

La salive me remplit de nouveau la bouche. Maman nous a interdit de vomir dans la baignoire, parce que ça bloque le conduit d'évacuation. Je me penche au-dessus de l'émail, la mâchoire ouverte. Plus rien ne sort de toute façon, à part un peu d'eau, de bile et de larmes. En claquant des dents, j'enlève le T-shirt, m'essuie les lèvres avec et mets la chemise posée derrière moi sur mes épaules. Elle sent trop papa. Je la laisse glisser.

Tant que je ne sais pas ce que je vais faire, ça ne sert à rien de quitter cette chaise. Je ne peux pas aller voir un docteur. Qui sait si Laurens et sa mère ne sont pas déjà dans la salle d'attente, pour faire recoudre son front. Et même s'ils n'y étaient pas, j'aurais du mal à raconter ce qui s'est passé, parce qu'il faudrait que je confesse tous les événements de l'été. Si ça se trouve, le docteur va m'examiner avec sa lampe, essayer d'introduire un autre objet en moi, pour mesurer les dégâts.

Je mets le bouchon de la baignoire, ouvre le robinet.

Pour pouvoir écarter les jambes, je baisse mon pantalon autant que possible. Les taches de sang ont séché et sont devenues marron. Je ne peux voir les ravages qu'en partie, il me faudrait un miroir de poche. Des écailles roses de colle durcie tombent en neige sur le tapis de bain. J'attrape un gant de toilette, le passe sous l'eau, le presse délicatement contre moi.

Tout d'un coup, je suis prise d'une grande fatigue, trop grande pour me laver. La fatigue de trois personnes en même temps. Je ne peux pas fermer les yeux. Il ne faudrait pas que ce corps, ces bras, ces jambes soient abandonnés comme ça sur une chaise, à la disposition des autres.

J'entends du bruit dans le couloir. Avant même que je puisse réagir, Jolan débarque dans la salle de bains. Je sursaute. Il sursaute encore plus et lâche la poignée de la porte, jette un bref coup d'œil au gant de toilette mouillé dans le creux de mes cuisses, au sang sur le pantalon ouvert entre mes chevilles. Je remonte le tout en vitesse, couvre mon torse nu avec le T-shirt de Laurens.

Jolan hésite à repartir, mais puisque je suis rhabillée et qu'il a déjà lâché la poignée, ça ne ferait que renforcer notre gêne. Il termine ce qu'il avait commencé : le regard fixé sur le sol, il passe devant moi, ouvre son tiroir et en retire à la hâte une des paires de chaussettes pliées par maman.

Celle qui sert d'enveloppe est noire, tandis que l'autre, à l'intérieur, est blanche. Jolan pousse un soupir agacé. Il enfile tout de même les chaussettes dépareillées. Je suis des yeux ses mouvements rapides, presque routiniers ; si ça ne tenait qu'à moi, il pourrait ralentir, je regrette déjà qu'il doive s'en aller.

"Tout va bien ?" demande Jolan, toujours sans me regarder. Il referme le tiroir.

"J'ai des soucis avec mes règles."

Il hoche la tête en plissant le front d'un air douloureux, comme s'il savait exactement de quoi je parlais. "Tu veux un short à moi ?"

Je reste d'abord silencieuse, essore le gant de toilette qui était entre mes jambes et le remets sur le bord de la baignoire. Puis je fais signe que oui. Jolan me tend un short qu'il vient de sortir du placard où on met les vêtements pas encore assez sales pour passer à la machine. Celui-là dégage un parfum d'herbe.

Jolan ramasse mon pantalon ensanglanté, le pose sur la baignoire. L'eau a déjà dépassé les vingt centimètres, beaucoup plus que la hauteur généralement autorisée par papa. Jolan y ajoute un peu de gel douche et de shampooing.

"Comme ça, t'as plus besoin de te savonner. C'est ce que je fais tout le temps."

Il repart vers la porte.

"Attends", je lui dis.

Il s'arrête. "Qu'est-ce qu'il y a ?"

Je n'ouvre plus la bouche. Il va s'asseoir sur la baignoire.

"Tu veux que j'aille chercher maman ?

— Non. Ça va."

Quelqu'un entre dans le couloir. Des doigts se mettent à tapoter sur le clavier. On écoute en silence, Tessie pourrait nous entendre. Au lieu de parler, Jolan sort de sa poche arrière un calepin et un crayon Ikea. Il me donne le carnet. Je le feuillette. Chaque page porte un titre – “croquettes”, “porte de derrière”, “calendrier” – avec, dessous, un inventaire de gestes, de manipulations et, par-ci par-là, des lignes corrigées, des précisions horaires. Quelque part au milieu, je tombe sur un schéma raturé de notre potager, qui indique l’ordonnancement des plantes et leur période de floraison.

Tous ces rituels me sont familiers. Je fouille mon pantalon à la recherche de mes notes. Elles y sont encore. Je déplie la feuille, la tends à Jolan. Cette fois, il me regarde dans les yeux. Il lit, impassible. Peu à peu apparaissent les hochements de tête. Je n’ai bien sûr pas besoin de lui donner des explications.

Tessie ressort du couloir.

“Ça ne part pas dans le bon sens, dit Jolan.

— Non. Qu’est-ce qu’on va faire ?”

L’eau du bain arrive à son niveau maximum, le trop-plein s’écoule. Un gros gargouillis s’échappe du tuyau d’évacuation qui s’étrangle. Jolan ferme le robinet.

“Faut qu’elle voie un docteur. Aujourd’hui, de préférence. J’ai fait des recherches ces dernières semaines : on pourrait aller à Lierre, aux urgences. En plus, là, on n’a pas besoin de payer tout de suite.

— Aujourd’hui ?

— Prends d’abord ton bain tranquille. On n’est pas à une heure près. Dès que t’as fini, on part.”

J’approuve. Mes mains tremblent. Je m’assieds dessus. Tout d’un coup, je tressaille en pensant à l’eau chaude du bain moussant. Le gel douche et le shampooing vont piquer mes plaies à vif. La salle d'attente de l'hôpital reste la meilleure option, pour moi comme pour Tessie, c'est mieux en tout cas que d'attendre sur cette chaise que Pim ou Laurens m'appelle.

"On devrait pas plutôt réveiller maman ?

— Tu la vois prendre le volant dans cet état ? On ira plus vite à vélo.

— D'accord. Tu prépares quelques affaires pour Tessie ? Sa brosse à dents, des BD…"

Jolan attrape la brosse à dents fichée dans le muret, puis quitte la pièce.

Je me détache de la chaise, tire sur le bouchon de la baignoire. Dans l'armoire à pharmacie, je prends le flacon de Betadine et des compresses pour désinfecter les écorchures de mes lèvres d'en bas. Il ne faut pas que ça s'enflamme. Quand je bouge, j'ai surtout mal dans le bas-ventre, à environ dix centimètres de profondeur, pas facile à atteindre. J'enroule une compresse neuve imbibée de désinfectant autour de trois ou quatre cotons-tiges, l'enfonce tout doucement à l'entrée de mon vagin, sur quelques centimètres, je tamponne les parois, essaie d'enlever un peu de sable. Mieux vaut avoir mal tout de suite que risquer une infection purulente.

Je change de vêtements, mais ne mets pas de culotte, l'élastique me couperait. Pas une seule fois je ne regarde dans la glace.

Tessie lève les yeux à l'instant où on sort de la maison. Je porte le short de Jolan, qui me va très bien, même s'il a fallu que je noue une ceinture autour pour le faire tenir. Elle devine peut-être à notre façon de nous approcher d'elle que ça ne lui servira à rien de protester. Son sac à dos, qui contient une brosse à dents, un pyjama et deux *Gaston Lagaffe*, est suspendu aux épaules de Jolan. Il la rejoint, lui tend les chaussures et la gabardine qu'il a choisies pour elle.

"Tessie, mets ça et va chercher ton vélo.

— On va où ?

— Trouver de l'aide."

Sans poser d'autres questions, comme si on venait de lui proposer de participer à un jeu, elle se lève, enfile ses chaussures et se dirige vers le garage. Jolan et moi, on l'attend le vélo à la main, près du potager tiré au cordeau.

Tessie crache sur sa selle, frotte le cuir avec sa manche jusqu'à ce qu'il brille. Elle donne trois coups de sonnette. Ensuite, elle tourne son vélo dans le sens où on va partir, pose les pieds de chaque côté du cadre, joue des tibias et des mollets pour aligner les pédales, avec la précision d'un pâtissier qui mesure au gramme près tous les ingrédients de son gâteau.

Jolan confirme d'un signe de tête : tout ça figure en détail dans son calepin sous le titre "vélo".

"Prêts ?" Il peut donner le départ puisque les pédales de Tessie sont à égale distance du sol.

"Attends." À peine gênée, elle recommence tout son rituel devant la porte du garage. Elle sait qu'elle n'aura sans doute plus d'autre occasion de le faire sans qu'on la dérange.

Elle actionne de nouveau la sonnette, trois fois, réajuste les pédales.

Nanook, toujours attachée au socle en forme de cygne, a bondi sur ses pattes en entendant les coups de sonnette répétés. Elle tracte le volatile en béton sur les dalles de la terrasse, jusqu'à ce que l'herbe folle lui complique la manœuvre. Elle couine.

Ce n'est pas de sa faute si cette famille a fait d'elle son animal de compagnie.

Jolan s'efforce de la calmer. “Elle va finir par réveiller maman.”

La chienne s'arrête de geindre, tire encore plus fort. Sa laisse est tellement tendue qu'un oiseau en piqué pourrait s'y couper en deux.

On se met en route. Le parasol replié tangue derrière la haie.

Tessie force immédiatement l'allure. Avant même qu'on ait quitté le chemin du Breuil, elle est déjà loin. On n'essaie pas de la rattraper, on roule côte à côte en silence, Jolan assis, moi debout sur les pédales. On arrive sur la route aux saules têtards que j'ai prise tout à l'heure en allant à la boucherie. J'ai encore les mollets en béton, tous les muscles de mon corps sont raidis, mais je me concentre à fond sur Tessie, les mouvements que je fais me demandent moins d'efforts parce qu'ils sont pour elle.

Plus on approche du canal, plus le vent forcit contre nous. Les pans du manteau de Tessie se gonflent et, du coup, elle a l'air plus robuste qu'en réalité. Je vois déjà mon slip au loin. Le vent le fait tenir debout. Tessie passe devant la première, sans même le remarquer. Jolan, à son tour, manque de rouler dessus.

Je pourrais attirer son attention. Lui dire que c'est ma petite culotte, comment elle est arrivée là, mais je me décide à attendre le chemin du retour, une fois Tessie en bonnes mains.

Avant le pont qui traverse le canal, on descend une pente raide jusqu'au chemin de halage. Le vent est plus capricieux en bas. Ensuite, on peut rejoindre l'hôpital quasiment en ligne droite, sans plus avoir besoin de réfléchir.

Un orage se forme à l'horizon. Les nuages noirs envahissent le ciel bleu à la vitesse d'une goutte d'encre dans un verre d'eau. Difficile de dire s'il se déplace de notre côté ou pas. Pour une fois, l'idée que tous les villageois vont se partager la même pluie ne me rassure pas.

Jolan et Tessie accélèrent. Je suis en queue, maintenant.

J'essaie de ne pas me demander ce que Laurens et Pim sont en train de faire, ce qu'ils mangeront ce soir, si ça sera meilleur que ce qu'il y aura chez nous. Je ne cherche pas non plus à savoir si un docteur s'applique en ce moment à soigner Laurens, à poser délicatement des compresses antiseptiques sur son entaille.

Il commence bientôt à pleuvoir des cordes. Tant mieux, ça va effacer les scores et les noms du tableau sur le mur du cimetière. Elisa ne sera plus en tête de classement.

On s'arrête à l'abri sous le pont du canal Albert. Des bourrasques s'engouffrent entre les piliers, ça laisse à peine un endroit au sec.

"Vous voulez voir un truc ?" propose Jolan. Il gare son vélo, nous fait signe de l'imiter. D'un geste enveloppant, il accroche son antivol autour de nos trois cadres. Il nous emmène ensuite vers le contrefort du pont et se met à l'escalader, un pied après l'autre, dans ses chaussettes dépareillées.

La position accroupie me gêne pour monter, ça tire sur mes lèvres d'en bas. Je ne parviens pas à imaginer un mouvement qui ne ferait pas mal.

Là-haut, on se retrouve sur une corniche étroite aménagée dans le béton. Le pont est creux. On se faufile pour arriver à un espace de cinquante centimètres de haut entre la chaussée et le dessous de la plateforme.

Il fait sombre et ça sent le renfermé. L'air est plus dense ici qu'à l'extérieur, l'orage semble tout proche et en même temps à des kilomètres. C'est parce qu'on n'entend pas seulement le tonnerre, mais aussi les voitures qui roulent sur les joints entre les plaques de ciment, juste au-dessus de nos têtes. Les bruits enflent, on dirait qu'ils vont nous écraser, puis s'apaisent.

J'aperçois vaguement la silhouette de Jolan, sa chaussette blanche me sert de guide. Elle est la seule à ressortir dans l'obscurité.

Est-ce que c'est ici qu'il venait se réfugier dès l'âge de dix ans, quand il quittait le chemin du Breuil, baluchon sur l'épaule – en fait, un mouchoir attaché à une canne de bambou et garni de sous-vêtements, d'allumettes, d'une ficelle, de ciseaux et d'une briquette de jus de fruits – avec la ferme intention de ne plus revenir ? J'étais encore trop petite pour l'en empêcher, pour le suivre sur mon petit vélo. Par contre, j'allais compter ses slips et, comme il n'en manquait jamais plus de trois, je savais qu'il n'était pas parti pour longtemps. Chaque fois, il rentrait avant la tombée de la nuit et montait dans sa chambre, déçu que personne n'ait appelé la police.

On continue d'avancer, comme des canards. Des morceaux de verre crissent sous mes pieds. Il y a de la lumière au loin, c'est là qu'on va. Tessie vient se coller à moi, s'agrippe à ma capuche. Je fais la même chose avec Jolan. Accroupie comme ça, je sens moins la brûlure entre mes jambes, ou bien c'est la présence de Tessie et de Jolan qui étouffe la douleur. À quand remonte la dernière fois que je me suis trouvée aussi près d'eux ? Ça devait être pendant un jeu, sans doute le petit train.

Encore quelques mètres, on arrive au bord d'une ouverture pratiquée au milieu du pont et qui laisse passer le jour. Sous nos pieds s'étend l'eau agitée du canal.

Il n'y a qu'ici, entre deux voitures, qu'on entend parfaitement le tonnerre. Les éclairs se reflètent sur l'eau presque noire.

"C'est l'endroit idéal pour voir passer les bateaux, dit Jolan. Juste en dessous, regardez."

On s'approche du vide. Un peu plus tard, une large péniche apparaît. D'abord la proue, une partie du pont avant, ensuite la cale chargée d'un gros tas de sable, puis le poste de navigation, une automobile, un vélo, quelques pots de fleurs, un modeste logement-cabine. Derrière, deux grandes hélices génèrent des remous furieux. Jolan se penche encore plus, malgré le danger.

"Ils vont peut-être livrer en France. Ou à Dubaï. Ou en Turquie."

On approuve de la tête, sans quitter l'eau des yeux, qui continue de s'agiter longtemps après que la péniche a disparu.

"Et où est-ce qu'on va trouver de l'aide, au juste ?" Tessie laisse tomber un caillou dans le vide. Les vagues l'engloutissent.

“Au Sacré-Cœur.” La voix décidée de Jolan résonne dans le tunnel.

Tessie se recroqueville. “On pourrait aussi aller au bowling, ça me ferait du bien, et vous aussi, ça vous profiterait.

— Il sera toujours temps d'y aller après. D'abord le Sacré-Cœur.” Jolan se remet à crapahuter vers la sortie.

Je laisse d'abord passer Tessie et je leur emboîte le pas.

On dégroupe nos vélos sous le pont. Il fait plus frais qu'à notre arrivée, tout a pris une odeur humide et neuve.

Cette fois, je les précède. L'hôpital n'est plus très loin.

Jolan aussi accélère. Il me rejoint presque, laisse juste assez d'espace entre sa roue avant et ma roue arrière, pour bien montrer que c'est nous qui veillons sur Tessie, et pas l'inverse.

“C'est pas embêtant de rouler comme ça ?

— Comment ?

— Sans te servir de ta selle.”

Je m'assieds.

Ça brûle, je bouge dans un sens et dans l'autre, la douleur se calme presque lorsque j'appuie d'une certaine façon, en frottant avec le bout de la selle jusqu'à ce que l'étoffe de mon pantalon se coince. Ça empêche que les écorchures à l'intérieur de mes lèvres se touchent.

On s'engage dans le centre-ville. La rue commerçante, la piscine municipale, le bowling défilent. Tessie roule de moins en moins vite. Sans arrêter de pédaler.

En à peine cinq minutes, on est devant l'entrée principale de l'hôpital du Sacré-Cœur. On pose nos vélos contre une haie.

J'hésite à prendre la main de Tessie, mais juste au moment où je me dis que ce serait une bonne idée, on entre déjà dans la salle d'attente.

Je prends place à côté d'elle sur la rangée de chaises en plastique. Jolan s'adresse à la dame de l'accueil. Elle a une cigarette glissée derrière l'oreille, s'apprête à faire une pause. Les portes automatiques entre la salle d'attente et la réception se sont refermées derrière nous, on n'entend plus ce qu'ils disent. En tâtonnant dans la poche du short, je vérifie que j'ai encore nos cartes d'assurance-maladie et les vignettes jaunes de la mutuelle – elle va sûrement nous les demander.

Je vais à l'accueil, vide mes poches. Derrière moi, les portes se referment à nouveau.

"Pourquoi t'as pris aussi nos vignettes ? me demande Jolan.

— C'était dans le même tiroir." La dame ne garde que celle de Tessie. Je rempoche le reste. Tessie est seule dans la salle d'attente, près d'un gigantesque distributeur de boissons. Je retourne la voir.

"Tu as soif ? Tu veux boire quelque chose ?" Elle secoue la tête, ça tombe bien, je n'ai pas d'argent sur moi.

On traverse le service des urgences sur les pas d'une infirmière dotée de mollets qu'elle n'aurait sans doute jamais choisis elle-même si on lui avait demandé son avis. Elle nous fait entrer dans une petite chambre et déroule une épaisse bande de papier sur le chariot-brancard.

Une fois de plus, je me sens tout d'un coup très fatiguée, mais refuse de m'allonger.

Jolan propose la place à Tessie, puis à moi et décide finalement de s'asseoir au bout du matelas. Ça ferait bizarre qu'on reste tous les trois debout.

La porte n'arrête pas de s'ouvrir. Chaque fois, une tête passe par l'ouverture, à la recherche de quelqu'un qui s'avère ne pas être nous.

Je ne m'aperçois que maintenant à quel point Tessie a de petites oreilles. Ça vient peut-être de l'éclairage au néon.

"Ici, c'est juste un sas, je dis. Quelqu'un va venir nous aider."

Un crucifix en plâtre est accroché au-dessus de la porte. Jésus a perdu un pied, l'autre ne s'est pas désagrégé, mais le clou qui le transperce est bien trop grand pour lui. Avant, le Christ me faisait penser à Jan : une grosse tête, des côtes apparentes… Cette fois, la ressemblance a quelque chose de lugubre.

Il faut que je fasse pipi, je longe en vitesse le couloir stérile. Dans les WC, des barres d'appui sont fixées au mur de chaque côté de la cuvette. Je me pose délicatement. L'urine brûle. J'essaie de voir s'il n'y a pas une écharde quelque part, mais là encore, j'aurais besoin d'un miroir : mes fessiers sont tellement contractés que je peux à peine me pencher en avant.

En revenant, je laisse traîner mes yeux par l'entrebâillement des portes, l'espacement des rideaux. Je me promets de demander à la première doctoresse venue si elle est gynécologue ou si elle en connaît une, mais je ne croise que des femmes de ménage et des médecins hommes. Dans une poubelle, il y a une boîte de Dafalgan. Elle est vide.

À mi-distance entre les toilettes et la chambre-sas, je tombe sur Jolan, dans la salle d'attente.

“Le docteur est là.

— C’est un homme ou une femme ? je demande.

— Une doctoresse. Tessie voulait rester seule avec elle.

— C’est quel genre de personne ?

— Je sais pas. Quand elle est entrée, Tessie pleurait. Elle lui a demandé comment elle s’appelait et Tessie a répondu « onze ans », son âge, quoi. « D’accord, Ozan, a dit le docteur, qu’est-ce qui ne va pas ? » C’était la confusion totale.”

On réprime tous les deux un sourire.

“Tessie n’arrêtait pas de sangloter, elle disait juste un mot de temps en temps. Qu’elle ne voulait pas rentrer à la maison, ça, elle l’a bien répété deux fois. La doctoresse a affirmé que c’était normal : quand quelqu’un reconnaît enfin qu’il y a un problème depuis un bout de temps, ça peut déclencher des tas de trucs.”

J’approuve.

“Je n’aurais pas dû aller aux toilettes, là.” Dans la demi-heure qui suit, je le redis plusieurs fois, jusqu’à ce que Jolan me demande de ne plus en parler.

Chaque fois que les portes s’ouvrent, des voix s’infiltrent de partout dans la salle d’attente. On dirait que tous les gens qui se trouvent derrière une cloison sèche sont enrhumés.

Je me demande si Tessie va parler de moi. De son dessin raté au-dessus de la table de la cuisine, de mes histoires de lapins, de toutes les fois où je l’ai obligée à se coucher sur ses couvertures, dans le froid.

Je me demande s’il faut que je donne mes notes à la doctoresse, avec mon nom suivi de vingt tirets.

“Tu veux boire quelque chose ?” s’inquiète Jolan. Je sais qu’il n’a pas non plus d’argent sur lui, alors je dis “non”.

Dans la salle d’attente, il y a des magazines, des bandes dessinées, un Rubik’s Cube déjà résolu que personne ne veut redéfaire, pas plus que moi.

Une femme en blouse blanche vient nous chercher au bout d’une demi-heure. Elle ne tourne pas autour du pot et affirme presque d’emblée que Tessie va être prise en charge, à sa demande, mais que pour les mineurs il faut l’autorisation des parents.

“Où sont-ils, au fait ? Ou bien votre tuteur ?

— Papa travaille. Maman est à la maison.” Jolan essaie de se faire aussi grand que possible.

“Et ils sont au courant de sa présence ici ?”

Comme Jolan confirme de la tête, je fais pareil.

“L’hôpital les informera de toute manière. Vous pouvez attendre ici.”

On reste là, entre la doctoresse et la sortie, à hocher la tête.

Elle insiste : “Vous avez bien fait de l’amener ici. Il se pourrait qu’on la transfère dès demain à Kortenberg, ils ont des gens plus spécialisés que nous dans cette pathologie.

— Pathologie ? je demande.

— Troubles obsessionnels compulsifs, anorexie, troubles du sommeil. Nous avons un lit encore disponible en chambre double.”

Elle serre la main de Jolan, qui, du coup, se sent adulte. Puis la mienne. Je me cramponne à ses doigts. Tout doucement, elle se dégage.

“Je propose que vous voyiez vous aussi l’assistante sociale. Pas forcément aujourd’hui, vous pouvez d’abord en discuter avec Ozan et prendre ensuite un rendez-vous. Pour un entretien de ce type, l’autorisation de vos parents n’est pas nécessaire.”

Je la corrige : “Tessie. Elle s’appelle Tessie.

— Ah, c’est juste. Excusez-moi.”

Elle sort un stylo-bille de sa poche de poitrine et le remet pratiquement à la même place. “Vous voulez repasser lui dire au revoir ?”

J’entre en premier. Assise sur le brancard, Tessie tourne son dos maigre vers la porte. Elle se gratte les cheveux, d’abord à droite, puis à gauche, puis des deux côtés en même temps. Je me place derrière elle. Ses oreilles paraissent encore plus petites. À l’arrière, la peau est fripée, comme la couture bâclée d’un coussin après garnissage.

Tessie ne se retourne pas. Elle se tient droite et, pourtant, ses épaules tombent et son dos est arqué.

Je sors les notes de ma poche arrière. Dans la marge de gauche, il y a les mots, dans celle de droite, les tirets. Je pose le papier sur les genoux de Tessie. Elle y jette un coup d’œil.

Ça ne lui dit rien. Elle tourne la feuille, puis la retourne. Je lui laisse du temps pour qu’elle comprenne.

“C’est quoi, ça ?” Il y a une légère irritation dans sa voix. “Une liste de courses en langage codé ?”

Elle regarde encore une fois le texte, lit des mots et des chiffres au hasard, sans pouvoir en tirer quoi que ce soit.

“Non, rien, juste un jeu avec des mots cachés, mais c’est peut-être pas le bon moment.” Je range le papier soigneusement. De toute façon, ça n’aura pas été pour rien, on pourra toujours y revenir quand elle sera vraiment prête à se faire aider.

"Tu vas bien t'occuper de Pan-Pan ? me demande Tessie.

— Si tu me promets aussi de bien t'occuper de toi." Je la serre dans mes bras en faisant attention.

"Salut, Eva." Elle a parlé si doucement que ça ne compte presque pas.

Jolan prend la suite. Il reste plus longtemps que moi auprès d'elle.

Pour sortir, on doit passer par la même porte que pour entrer, mais le fléchage au sol prétend qu'il faut suivre un autre itinéraire. Arrivées, départs : à l'hôpital, la distinction doit être évidente. À peine à l'extérieur, on croise des femmes de ménage et des infirmières qui viennent prendre leur service. Elles sont toutes bien coiffées, la couleur de leur soutien-gorge transparaît sous leur blouse blanche.

Je pourrais demander à Jolan de quoi ils ont parlé à l'instant, si Tessie lui a encore dit quelque chose d'important, a donné des explications, mais je n'ose pas.

À travers un trou dans les nuages, les rayons solaires illuminent les flaques d'eau de pluie. C'est surtout en présence de l'eau qu'on sent la chaleur du soleil, qui redouble d'efforts pour composer une nouvelle équipe avant la prochaine averse orageuse.

On regarde tous les deux le bâtiment derrière nous. Il est gigantesque : chaque étage regroupe un certain type de défaillances, certaines dues au corps lui-même, d'autres à l'environnement de ce corps.

Le pôle psychiatrie. Derrière toutes ces fenêtres, il y a des fous qui attendent que d'autres fous viennent partager leur chambre. C'est dans l'une d'elles qu'on amène Tessie en ce moment.

Sur le trottoir, à côté de Jolan, je me surprends à penser : ça y est, enfin, on est dehors. Mais le sentiment ne dure pas.

Qui va occuper la chambre double avec Tessie ? Est-ce que cette personne finira par mieux la connaître que nous, maintenant qu'elle accepte enfin d'être aidée ?

"Regarde." Jolan, tout fier, me montre un ballot de ouate qu'il vient de sortir de sa poche et qu'il déplie avec précaution. Dedans, il y a un comme un petit paquet de chairs ensanglantées.

"J'ai repêché ça dans une poubelle, aux urgences. À mon avis, ça vient d'un lobe d'oreille ou d'un bout de doigt, il faut que je voie ça de plus près."

J'approuve de la tête. Il remballe le paquet, le serre très fort entre ses doigts. On traverse le parking pour récupérer nos vélos. Jolan propose de rapporter celui de Tessie à la maison. Il affirme qu'on ne peut pas le laisser ici trop longtemps et que ça ne lui pose pas de problème de conduire deux bicyclettes à la fois. Je trouve le projet dangereux, mais aussi cruel : faire exactement le même chemin en sens inverse avec un vélo privé de sa propriétaire, ce serait comme si notre sœur était tombée en route sans qu'on s'arrête de pédaler pour autant.

On gare la bicyclette de Tessie dans l'espace réservé, sur le parking, juste pour la forme vu que c'est nous qui avons la clé. Jolan attache son antivol autour du cadre, je fais pareil. Pas comme une précaution supplémentaire, mais parce que je veux aussi laisser quelque chose à moi.

Pendant le trajet du retour, Jolan roule en tête et moi, dans sa roue. On passe devant le bowling, la piscine municipale, la rue commerçante, pour arriver très vite au chemin de halage du canal Albert. À partir de là, la route redevient droite, ce qui nous permet de pédaler tranquillement côte à côte. L'air est plus frais par endroits.

Comme tout à l'heure, on prononce à peine quelques mots. Au lieu de parler, j'essaie de voir ce qui a changé depuis, ce qui a disparu en dehors de Tessie. La douleur physique est la même, il n'y a que l'asphalte qui ait gagné quelques limaces.

Je concentre mon regard sur le chemin, slalome entre les traînées de bave. De temps en temps, Jolan raconte une anecdote sur le comportement alimentaire ou reproductif des invertébrés. Je m'en fiche, mais comme l'écouter ne me demande aucun effort, je prête l'oreille.

Juste avant qu'on recroise ma petite culotte, je me jure de le lui dire – en totalité. Comme ça, il ira à la boucherie coller une baffe à Laurens, et à la ferme, coller une baffe à Pim.

Mais on finit par dépasser le slip et je dois bien constater que je suis en train de ne rien raconter, parce que je refuse d'avouer que je suis restée tout l'après-midi les fesses nues sous son short et parce que j'ai peur qu'il ne veuille pas recommencer tout ce trajet à vélo pour me faire soigner.

# DOMMAGES

J'ai découvert la vérité sur l'accident de Jan le jour de son enterrement. On avait quitté la réception tous les trois, à vélo, Pim sur mon porte-bagages. Laurens ne pouvait pas le prendre à l'arrière, il manquait une vis de fixation et lui-même tenait encore un petit pain jambon-mayonnaise à la main.

Avec Laurens, on avait promis à la mère de Pim de le raccompagner à la maison. On a tourné dans le Bout-du-Chemin. Ça fait presque une ligne droite entre la ferme et le cimetière. Les fossoyeurs nous ont regardés prendre de la distance, ils avaient arrêté leur mini-bulldozer et attendaient qu'on soit hors de vue.

Au début, Pim avait mis les bras autour de ma taille. À travers mon épais manteau d'hiver, j'ai senti son visage se poser un court instant entre mes épaules. Je pensais qu'il allait me souffler dans le dos pour me réchauffer, mais lorsque je me suis rapprochée de lui en reculant un peu, il m'a lâchée pour se tenir au porte-bagages.

Je l'ai entendu murmurer "*Fucking* Bout-du-Chemin". Après ça, personne n'a plus dit un mot. Il fallait encore que le vent chasse l'odeur de café qui imprégnait nos vêtements.

Je m'étais toujours demandé d'où venait ce nom, "Bout-du-Chemin". J'ai cru pendant un temps que c'était une question de géographie : la limite du village se situait juste derrière la ferme – pendant des années, on n'allait jamais plus loin que le bout du Bout-du-Chemin, c'était là que tout finissait, le bord du monde, après, on tomberait dans le vide. Mais ce jour-là, j'ai compris. La rue devait son nom à ce qui se trouvait à l'autre extrémité : le mur du cimetière, derrière lequel les vers et les insectes devaient maintenant commencer à grignoter aussi les joues de Jan.

On était presque à la ferme lorsque Pim s'est mouché dans ma capuche. Je n'ai pas relevé.

Laurens et moi, on a passé le reste de l'après-midi chez lui, le temps que ses parents en aient fini avec leurs obligations. On avait beau être pris d'une furieuse envie d'aller voir la grille, que des fils de fer maintenaient à nouveau solidement en place, et les rubans de balisage déployés par la police pour éloigner les curieux, on n'a pas quitté Pim d'une semelle : ces heures seraient un nouveau départ, le redémarrage de notre amitié.

Sur la table de la cuisine, on a fait une partie de Fou Volant, le jeu préféré de Pim jusqu'à ce qu'il se mette à prétendre le contraire. Laurens m'a bien donné trois coups de pied dans les tibias pour me faire comprendre de laisser gagner Pim, comme si je n'y avais pas pensé moi-même. La chatte que Jan prenait souvent sur ses genoux traînait à côté de ma chaise. Elle tournait sur elle-même en miaulant, se rasseyait un court instant, se grattait le flanc contre le pied de la table.

“Pauvre bête, j’ai dit.

— Elle est juste en chaleur”, a réagi Pim.

Un moment, il a disparu dans le couloir pour revenir avec une poignée de cotons-tiges. Il s’est penché sous la table et a fourré la boule duveteuse dans l’arrière-train de l’animal. Le bâton en plastique s’est enfoncé à mi-longueur. En ronronnant de satisfaction, la chatte s’est inclinée sur ses pattes de devant et a projeté ses fesses encore plus en l’air.

“C’est permis, ça ? j’ai demandé.

— Je vois pas qui pourrait l’interdire.” Pim s’est mis à ramoner toujours plus vite. La bête miaulait plaintivement, se tortillait sur le sol, ça devait être une sensation entre douleur et délivrance.

Pim la bloquait en la caressant. Un petit tas de poils détachés se formait au bas du dos, tout près de la queue.

“Jan faisait ça tous les jours. Il voulait pas qu’on la stérilise, justement pour ça, parce qu’il aimait ça, donner du plaisir aux chattes.” Pim a donné un dernier coup sur le coton-tige avant de libérer l’animal, qui a détalé par la chatière de la véranda en criant, le bâtonnet toujours fiché dans le derrière.

“Et comment elle va faire maintenant pour s’asseoir ? j’ai demandé.

— C’est son problème à elle, pas le nôtre.” Pim avait les yeux grands ouverts et la nuque irritée par le col de sa chemise.

On n’osait pas le contredire, Laurens et moi. Peut-être qu’on l’aurait fait si Pim n’avait pas gardé son costume d’enterrement.

Après avoir rangé la boîte de jeu en silence, on a mis un vieux Disney dans le magnétoscope. *Merlin l'Enchanteur*. Les garçons avaient les yeux rivés sur la télé, sans aucune expression. Il fallait que j'aille faire pipi, je me suis esquivée.

La chambre de Jan se trouvait sur le chemin des toilettes. Je me suis arrêtée devant la porte, j'hésitais à entrer. Dans ce cas, je ne vaudrais pas mieux que tous ces gens qui avaient serré la main de Pim aujourd'hui en se montrant plus touchés par l'absence de Jan qu'attentifs à sa présence du temps où il vivait encore.

Peut-être que moi aussi, j'aurais dû le regarder plus souvent pour le voir comme il était vraiment, dans tous ses détails. Là, c'était trop tard, il ne me resterait plus que ma représentation de lui, comme la fois où, dans cette chambre, ma langue contre son oreiller, je m'étais inventé son image.

J'ai poussé la porte. Le drap sur le lit était inerte, il y avait encore un creux dans l'oreiller, des traces de boutons écorchés. Les deux premières minutes, je ne savais plus très bien pourquoi Jan m'avait tant plu. Je ne voyais que le frère décrit par Pim, le garçon qui revenait de l'école au pas de course pour être auprès des bêtes, qui tripotait leurs pis, qui faisait des gâteries aux chats.

Je suis entrée dans sa chambre, j'ai déplacé quelques bibelots, décalé un bloc-notes, dérangé les pantalons repassés, bougé ses pantoufles, fouillé dans toutes ses affaires, remis un capuchon sur un stylo. Jan était de nouveau à moi.

J'ai feuilleté le sous-main calendrier qui protégeait son bureau, une date était cochée ici et là. Ça correspondait peut-être à des vêlages. Le mois de décembre était vide, à part trois croix – la dernière le 28, le jour de la mort de Jan. J'ai gribouillé mon nom sur le bloc-notes, en imitant l'écriture de Pim.

Dans la chambre remise en ordre, je me suis allongée sur le lit. J'ai enfoui mon visage dans l'oreiller. Ce n'est qu'en glissant mes mains par-dessous que j'ai trouvé la feuille de papier à carreaux. Elle provenait du bloc-notes posé sur le bureau. Les mains tremblantes, je l'ai dépliée.

Le message ne s'adressait pas à moi directement, mais pas non plus à quelqu'un d'autre.

Il n'y avait pas grand-chose : quelques mots, sans accent ni majuscule, qui auraient aussi bien pu avoir été griffonnés à la va-vite sur une carte d'anniversaire à la caisse d'un supermarché. "pardon." C'est ce que j'ai lu en premier. Mais pardon à qui ?

La suite : "me cherchez pas suis deja loin occupez vous bien de pim et des betes."

J'ai retourné la feuille. Le début du message était peut-être derrière.

Il n'y avait rien d'écrit de l'autre côté.

J'ai enfoncé la tête dans l'oreiller, traité ces nouvelles informations, modifié mon souvenir des derniers jours de Jan. Il avait peut-être forcé la grille de protection avec un tournevis. Ensuite, après un coup d'œil à la bourbe noire qui gargouillait à ses pieds, il a sauté sans réfléchir, avec l'assurance d'un chat qui part se promener dans la nuit et qui est libre de rentrer à l'heure qu'il veut. Peut-être que tout s'est passé sans un bruit, qu'il avait respiré le plus de gaz possible, que même les vaches n'avaient rien remarqué. Peut-être que les croix sur son calendrier ne correspondaient pas aux dates de mise bas, mais aux jours où il avait prévu de passer à l'acte et n'avait finalement pas osé.

À supposer que Jolan ait dit vrai ce matin-là, tandis que papa, qui venait de m'obliger à vider la maison de tous les objets pointus pour protéger maman d'elle-même, tartinait ostensiblement son pain avec une cuiller, si c'était exact que les gens comme ça ne veulent pas forcément mourir, mais tentent surtout d'échapper à leur vie, alors pourquoi est-ce que Jan ne m'avait pas appelée ? Il n'avait plus rien à perdre, de toute façon.

Je ne suis sortie du lit qu'en entendant les parents de Pim rentrer à la maison. Il y avait de fortes chances pour que sa mère vienne tout de suite voir dans la chambre. J'ai replongé la lettre sous l'oreiller, précisément comme je l'avais trouvée, rétabli tout ce que j'avais dérangé, rendu mon nom illisible sur le bloc-notes, dévissé le capuchon du stylo, remis les bibelots à leur place, tout comme les pantoufles, les pantalons. Juste avant de quitter la pièce, j'ai lancé un coup d'œil derrière moi. La seule chose à laquelle je n'avais pas pu rendre sa forme d'origine était le creux dans l'oreiller.

En partant, Laurens ne m'a pas demandé ce que j'étais allée faire pendant tout ce temps. Il devait sans doute être heureux d'avoir eu si longtemps Pim pour lui tout seul, ou bien il ne s'était même pas aperçu que je m'étais éclipsée.

"Lundi, alors, sept heures trente sous le pont ?" Nos chemins allaient se séparer. "Appelle-moi si t'es en retard." C'est ce qu'il faisait systématiquement à la fin des vacances : vérifier que nos arrangements tenaient toujours.

J'ai hoché la tête.

Des semaines durant, je me suis endormie tous les soirs et réveillée tous les matins avec une seule image à l'esprit : la mère de Jan en train de dorloter l'empreinte de quelqu'un d'autre dans l'oreiller.

## 20 H 00

Le délai de désagrégation des souvenirs, je l'avais cherché en même temps que celui des petites culottes, mais sans rien trouver. Ça ne pouvait pas durer plus longtemps que pour le verre, puisque les gens, porteurs de ces souvenirs, ne se conservent pas pendant des siècles comme les bouteilles de vin.

Je me rappelle que, ce jour d'été, chaque moment particulier comptait – ce qui se passait, comment ça se passait, minute par minute. Le fait que j'étais sur le dos, par terre dans l'atelier, et que je voyais le taille-haie se balancer au-dessus de moi, le fait qu'il y avait des cailloux sur la route de l'hôpital quand je l'ai parcourue à vélo avec Jolan et Tessie, et qu'on devait éviter les limaces au retour. Il me semblait important d'enregistrer tous ces détails pour ensuite pouvoir les oublier, ce qui effacerait petit à petit le souvenir lui-même.

Ça n'a marché qu'en arrivant à Bruxelles. Là, il y avait d'autres boucheries, d'autres rues, pas de saules têtards. Ce qui s'était dit, la couleur du T-shirt que portait Pim, les muscles qui m'avaient fait le plus mal et l'exacte sensation de brûlure du sable en moi, toutes ces données ont progressivement disparu à l'arrière-plan, mais savoir que ça s'était passé pour de vrai, que ça m'avait marquée, qu'on ne pouvait plus le nier, j'en ai gardé un goût plus amer chaque jour.

Laurens doit être rentré chez lui depuis longtemps. Il a sans doute déjà passé un coup de fil hargneux à Pim.

La poche de mon manteau vibre.

Je peux difficilement pencher la tête pour regarder, la corde autour de mon cou me serre trop fort. En tâtonnant, j'attrape le portable et le hisse à hauteur d'yeux, de façon à pouvoir lire sur l'écran. Mes doigts sont tellement gelés qu'ils pourraient tout aussi bien appartenir à quelqu'un d'autre.

Tessie. Un message. L'écran se remet tout de suite en mode veille. Il me faut trois tentatives pour trouver le bouton et rallumer.

“Tout va bien ? 16 appels de toi. A +, Tessa.”

Le texte est si court qu'il tient dans l'aperçu. Mon estomac vide est ballonné, m'appuie sur le diaphragme. Il est huit heures sept. Plus tard que je pensais.

Seize appels, c'est exagéré. La Tessie d'avant n'aurait jamais fait ça, exagérer. Elle était très attachée à l'exactitude, terminait toujours par un bisou, ou au moins par un salut.

Ça collait avec le reste. Changer de prénom. Se teindre les cheveux.

Au début, on ne savait pas trop si c'était dû à sa guérison ou à la puberté. Dans la plupart des cas, les deux veulent dire pratiquement la même chose : grandir, c'est se remettre de l'idée qu'on peut devenir qui on veut, choisir n'importe quel métier… Mais Tessie, non. Tous les ados ne se retrouvent pas dans une nouvelle famille. Aujourd'hui, à vingt-quatre ans, elle a fini de se passionner sans cesse pour autre chose. Nadine l'a convaincue il y a deux ans de suivre une formation en pâtisserie.

Je dois la rappeler. Lui dire que le compte n'est pas bon. Seize appels : c'est sûrement elle qui s'est trompée, ou son opérateur.

Si je lui téléphone maintenant, elle décrochera, son portable ne doit pas encore être bien loin.

J'ai du mal à déverrouiller l'écran avec mes doigts engourdis. Il faut à peine deux secondes avant que ça sonne, avant qu'une onde lumineuse traverse le village à une vitesse fulgurante pour nous connecter, comme veulent nous le faire croire les opérateurs téléphoniques dans leurs spots de publicité.

Première sonnerie. Je crois savoir où se trouve son portable. Quelque part dans la maison, chez Nadine. Dans sa poche de pantalon. Peut-être à côté d'elle, sur la banquette de la salle de bains où elle se vernit les ongles. Ou sur le lit, en attendant qu'elle ait fini de disposer dans sa chambre les cadeaux qu'elle a reçus à Noël.

Parce que je me représente tout ça en détail, sa chambre, le papier peint, ses petits ongles d'orteil, mais sans savoir exactement ce qui se passe à cet instant, Tessie me paraît plus loin que si je ne pouvais rien m'imaginer du tout. C'est comme quand on rate son train : quelqu'un qui voit le dernier wagon s'éloigner devant lui éprouve un sentiment de frustration plus fort que celui qui arrive sur le quai dix minutes après l'heure du départ.

Deuxième sonnerie.

C'est normal qu'elle n'ait pas encore décroché. Moi, quand je sens mon téléphone vibrer, j'ai toujours un sursaut, le temps de comprendre qu'un appel exige une réponse. C'est précisément ce qui se passe maintenant. Tessie doit refermer son flacon de vernis, attraper l'appareil malgré ses ongles fraîchement laqués, ou alors elle est en train de le repêcher entre ses draps défaits.

La dernière fois que je lui ai parlé un peu longtemps au téléphone, c'était l'an dernier, deux jours avant Noël, je venais de recevoir ses meilleurs vœux par SMS. Elle avait beau avoir prévenu que notre dîner à trois n'aurait pas lieu cette fois-là, et j'avais beau m'y être préparée en esprit, quand effectivement rien ne s'est passé le soir venu, je me suis dit que Tessie et Jolan étaient allés sans moi au restaurant, peut-être même avec papa et maman.

J'étais sortie, leur avais envoyé à tous les deux par WhatsApp une photo de l'endroit où on dînait ensemble chaque année : moi, seule à table, entre une bouteille de vin vide et une moitié de dinde, vers minuit. J'avais un peu ramé pour tout faire tenir dans le cadre. La bouteille était celle du client d'avant.

C'est Tessie qui avait rappelé en premier, parlé sans faire de pauses. Elle était restée au téléphone avec moi pendant toute une heure. Au départ, elle évoquait des souvenirs qu'on avait en commun, mais ils ont vite cédé la place à des choses qui ne m'étaient pas familières : le chien de Nadine, l'aménagement de sa nouvelle chambre à coucher, les cours de judo qu'elle allait suivre pour être capable de se défendre dans la rue, l'extrême précision qu'il fallait dans le dosage des ingrédients pour réussir une pâte à choux.

Sa voix n'avait pas changé. Ça m'étonnait d'ailleurs un peu, ça, que Nadine n'ait pas réussi à la faire parler autrement...

Pendant la conversation, j'entendais les bips des messages que Jolan avait laissés dans ma boîte vocale. Ça prouvait que Tessie et lui n'étaient pas dans la même pièce. Je n'en étais pas plus rassurée.

La semaine dernière, le soir du réveillon, je suis retournée manger là-bas. Cette fois, je n'ai envoyé de photo à personne.

On en est maintenant à trois sonneries.

Je me demande sous quel nom elle m'a enregistrée dans ses contacts. Qu'est-ce qui peut bien s'afficher en ce moment ? "Sœur : 17 appels en absence", ou "Eva", ou bien "Eva de Wolf" ?

Je ne sens plus que les os de ma main. Petits cailloux blancs et durs. Je baisse le bras, fais glisser l'appareil un peu plus haut dans ma paume pour terminer l'appel d'un mouvement du pouce. Sans le vouloir, je lâche le téléphone. Je ne sens pas qu'il m'échappe, je l'entends juste ricocher sur la glace. Il finit par atterrir cinquante centimètres plus loin, l'écran tourné vers le sol. Impossible de voir si le choc a coupé la connexion, si Tessie a décroché ou si le répondeur s'est mis en route.

J'envisage un instant de descendre du bloc, mais il ne suffit pas de vouloir, je suis déjà sur la pointe des pieds, la corde est tendue, le nœud est tellement serré que je ne peux pas l'agrandir comme ça pour dégager ma tête.

J'ai passé le point de non-retour. Je suis en train de dévaler une pente sans les freins.

Bien sûr, je pourrais simplement me taire et, peut-être, partager ce silence avec Tessie. Ça me ferait de la compagnie maintenant que le dégel s'accélère sous mes pieds.

Mais si je ne dis rien, Tessie ne restera pas à l'écoute, qu'elle ait pris l'appel ou que le répondeur se soit enclenché. Qui voudrait entendre quelqu'un se taire ? Elle pensera que c'est une erreur, une manipulation accidentelle.

"Coucou, Tessie !" J'ai crié avant même d'avoir déterminé si c'est la meilleure chose à faire, vu que la musique s'est tue dans l'étable voisine.

Il faut que je continue à dire Tessie. Elle ne s'est jamais vraiment remise de ce prénom. Tant que je l'appellerai Tessie, elle aura du mal à me raccrocher au nez.

Je pourrais lui décrire ma situation, lui dire que c'est bizarre, mes pieds anesthésiés par le froid sous les semelles, mais grillés par le chauffage infrarouge au-dessus, et les frissons que ça provoque dans tout mon corps. Je pourrais lui avouer que la glace fond plus lentement que prévu, mais quand même trop vite. Qu'à vingt centimètres du sol je ne me suis jamais trouvée au bord d'un si grand abîme.

Je pourrais aussi le prendre plus à la légère, lui parler du purin sur la viande, comme ça, si c'est elle au bout du fil et pas un répondeur, je l'entendrais éclater de rire.

"Tessie, c'est Eva."

Ma voix est rauque. Le nœud coulant appuie sur mes cordes vocales. J'essaie de les mouiller d'un peu de salive. La dernière fois que je me suis entendue parler, c'est avec le petit garçon de Pim. Mes pensées ont toujours une autre sonorité, plus résolue, et pas les intonations du langage standard qu'on m'a appris dans mon enfance, mais l'accent bruxellois du voisin.

Est-ce que je dois me dépêcher ? Les conversations avec un répondeur ne durent pas éternellement.

Si la boîte vocale est en train de m'enregistrer, il me reste à peu près deux minutes et demie. L'horloge en face de moi n'avance toujours pas, Mickey Mouse est imperturbable et ne m'aidera pas à chronométrer. Mais je peux très bien me passer de lui. Je l'ai fait des tas de fois ces dernières années, pendant mes nuits d'insomnie : lancer le chrono de mon portable, laisser courir et, au centième de seconde près, arrêter au bout de deux minutes. J'ai toujours su que ça me servirait un jour ou l'autre.

"Je t'appelle de la fête pour Jan. J'ai trouvé un coin tranquille, dans la laiterie."

Je me rends compte en m'entendant à quel point ce mot est ridicule. Laiterie. Comme tous les surnoms donnés aux lieux dans ce village, quand on y pense. La Fosse, le bois du bois, Kosovo.

Tessie ne sait bien sûr pas de quoi je parle, où je suis exactement. La laiterie est le vestige d'une histoire dont elle n'a jamais fait partie, l'endroit où battait le cœur de cette ferme.

"Jolan aussi était là. Il est déjà reparti. T'as le bonjour."

Ou peut-être qu'elle le sait. N'empêche qu'elle ne viendra pas. Après son hospitalisation, elle ne m'a jamais demandé ce que je faisais, si j'allais m'en sortir.

Elle ne sait pas que je me suis mise à dormir dans son lit. Que je donnais chaque jour à manger à Pan-Pan, que je le câlinais comme elle l'aurait fait elle-même, en répartissant les caresses équitablement sur les deux oreilles.

Que pendant les premières semaines qui ont suivi la rentrée, j'espérais entendre le téléphone sonner, Pim et Laurens présenter leurs excuses. J'ai attendu ça pendant quatre ans.

Après quelques jours passés au Sacré-Cœur pour reprendre des forces, Tessie avait été transférée à Kortenberg, dans ce foyer thérapeutique.

Le week-end, j'allais la voir pendant les heures de visite, parfois je prenais le bus, parfois quelqu'un nous conduisait là-bas, Jolan et moi. On dessinait, on se croquait le portrait, en prenant les proportions au crayon. Je m'arrangeais pour que ce soit Tessie qui fasse le plus beau dessin.

Papa et maman ne se déplaçaient que si elle le leur demandait – non par indifférence, mais par crainte de déranger. La première fois, ils avaient acheté un *Salut !* à la boutique de l'hôpital, parce que c'était l'un des rares produits à ne pas contenir de graisses ni de glucides. Les fois suivantes, ils commençaient par boire pour se donner du courage et débarquaient une demi-heure avant la fin des visites en disant : “Ne vous inquiétez pas, on ne reste pas longtemps.” Assis sur leur chaise dans un coin de la chambre, ils attendaient la permission de parler, de faire les mêmes remarques que n'importe quel parent dans cette situation, mais Tessie ne leur demandait rien. Parfois, on aurait dit qu'il ne leur restait sur les os que la peau et la honte, comme ces maisons totalement démolies à part la façade pour des raisons d'urbanisme. Leur visite terminée, ils regagnaient la sortie à travers les longs couloirs stériles, en laissant passer entre eux toutes les personnes qu'ils croisaient.

Quatre mois environ après avoir été hospitalisée, Tessie est revenue manger à la maison, le soir de Noël. Même là, sur leur terrain, papa et maman n'osaient plus hausser la voix. Ils avaient enlevé le clavier dans le couloir, débarrassé la salle de bains de tous les produits lavants. Il n'y avait pas de sapin, pas de clignotements colorés dans le séjour. Chacun faisait de son mieux, mais c'était peut-être justement ça qui rendait les choses plus pénibles, cette évidence que malgré tout on n'était pas une famille.

Tessie devait être rentrée dans son unité de soins avant minuit.

Tout le monde voulait la raccompagner. Elle a pris place sur la banquette arrière, entre Jolan et moi. Papa s'est évertué à rouler droit et du bon côté de la route.

Juste avant que Tessie descende de la voiture, il lui a dit : "Tu pouvais aussi rester dormir à la maison." Je l'ai regardée s'en aller, le sac à dos dans une main, vers la porte à tambour du grand bâtiment. Plus elle prenait de la distance, moins elle se dépêchait. Papa s'est attardé encore un peu sur le parking, jusqu'à minuit. Personne d'autre n'est venu déposer un enfant.

Au cours de l'année 2003, en présence d'un psychologue, Tessie a fait part de sa volonté de ne plus voir papa et maman s'ils avaient bu, alors ils ont renoncé à venir.

"C'est leur choix." Tessie n'a fait que ce simple commentaire, j'ai approuvé.

Un peu plus tard, il a commencé à être question d'une famille d'accueil. Au fur et à mesure des séances de portrait, je voyais dans les contours de Tessie se dérouler le processus de sa guérison : la forme de ses épaules évoluait lentement, prenait du volume. Je laissais les dessins dans sa chambre, pour qu'elle puisse disposer d'une documentation sur elle-même, sur moi, pendant toute cette période. Je me demandais parfois si ça lui était arrivé d'étaler ces portraits côte à côte, si elle s'était alors aperçue à qui elle devait ces progrès, que les kilos qu'elle prenait peu à peu disparaissaient chez moi au même rythme.

Jolan a quitté la maison en 2003 pour faire ses études. Papa et maman ne prenaient plus leurs repas à table que les week-ends où il rentrait. En attendant son retour et le couvert à nouveau dressé, j'occupais sa chambre, où j'avais aussi installé une télévision.

Je passais la plupart de mon temps là-haut. Je mangeais dans une pièce, dormais dans l'autre. Jolan a très vite cessé de rentrer le week-end. Quand je lui téléphonais, il se disait incroyablement occupé. Je regardais souvent ses photos sur Facebook, le voyais faire la fête, une bière dans une main, une fille dans l'autre. Le trajet Louvain-Kortenberg était faisable à vélo. Je le soupçonnais d'aller régulièrement rendre visite à Tessie, tout seul.

Je passe un doigt entre la corde et mon cou, brièvement, pour me soulager la gorge. J'expire en profondeur. Un rot s'échappe.

"Pardon, je dis. Au fait, Tessie, tu te souviens du jour où Jolan et moi, on t'a emmenée à l'hôpital ?" Je fais une pause. Trois secondes, trois crocodiles. Juste assez pour nous rappeler notre histoire.

En rentrant des urgences où on l'avait laissée, quelques mètres avant d'arriver à la maison, Jolan s'est soudain mis à parler.

“On va veiller l’un sur l’autre, nous deux. L’hôpital a déjà dû prévenir papa et maman. L’année prochaine, je vais étudier à Louvain et dès que j’aurais assez d’argent, je louerai un appartement pour deux, ou même pour trois au besoin.”

Je me suis demandé à qui correspondait ce “au besoin”, à Tessie ou à moi, mais en arrivant au bout de la rue, en vue de la maison, ça n’importait déjà plus. Manifestement, personne n’avait encore été mis au courant : les volets roulants du séjour étaient baissés, maman dormait dans son fauteuil et avait sans doute débranché le téléphone.

Le pré à côté de la maison était parsemé de taches de couleur. J’ai accéléré, parce que je savais ce que c’était : des billets de Monopoly dispersés par le vent et trempés par la pluie. La boîte en carton était toujours posée sur la table. Le plateau, les cartes Caisse de Communauté et quelques pions inutilisés avaient résisté aux bourrasques, mais pas à l’averse. Il ne restait qu’un seul billet – de cent francs – coincé sous le bord du couvercle.

Les autres pions étaient éparpillés sous la table, près de la chienne. Il en manquait un.

“Est-ce que je t’ai déjà dit que Nanook avait mangé l’Atomium ce jour-là ? C’était pas ton pion préféré, Tessie ?”

Il y avait un peu d’eau de pluie dans le couvercle. Du coup, en le soulevant, je l’ai déchiré. L’encre avait déteint sur le plastique blanc de la table : MONOPOLY en lettres inversées, d’après moi, elles y sont toujours.

“Je vais tout raconter à maman, ce qui s’est passé, ce qu’on a décidé. Ça ne peut plus continuer”, s’est écrié Jolan. Il a disparu dans la maison d’un pas déterminé.

Pendant ce temps-là, je me suis mise à quatre pattes pour faire le ménage dans le jardin, récupérer les billets envolés. Il y en avait sur l'écorce des arbres, contre les pots de fleurs, sous la haie, dans l'herbe. J'ai trouvé une carte Chance sur le pied du parasol. ALLEZ DIRECTEMENT EN PRISON. NE PASSEZ PAS PAR LA CASE DÉPART. NE TOUCHEZ PAS 4 000 F.

J'ai posé toutes les cartes au fond de la boîte mouillée. Ensuite, j'ai essayé de sauver la banque et c'est alors que je me suis rendu compte d'une chose : ce soir-là, je dormirais toute seule dans notre chambre, pour la première fois de ma vie. J'avais toujours été celle qui partait camper. Tessie ne logeait jamais chez une copine.

J'ai rassemblé l'argent et soulevé le plateau. C'est dessous que je l'ai trouvé : un carnet de scores, plutôt bien préservé par sa couverture plastifiée. Le tableau avait été soigneusement tracé avec un stylo et une règle. En haut à gauche, on pouvait lire "TES" et à droite, "EVA".

J'ai bien dû y regarder à trois fois, feuilleter les dizaines de pages, parcourir les résultats, encore et encore, avant de pouvoir comprendre : toutes les parties que Tessie avait jouées à cette table ne l'avaient pas opposée à elle-même, mais à moi.

Elle m'avait fait perdre systématiquement.

Le carnet à la main, je suis entrée dans la maison. Il faisait sombre, c'était le silence total. Maman dormait toujours dans son fauteuil. À travers le plafond, j'ai entendu Jolan qui s'était retiré dans sa chambre. Les roulettes de sa chaise de bureau allaient et venaient sur le plancher. Un bruit que je connaissais par cœur : Jolan s'affairait au microscope, il était en train d'examiner son butin du jour.

"Tessie ? Je suis encore là. En fait, j'appelais pour te dire que je suis passée à la maison aujourd'hui. Papa et maman ont gardé le panier de Nanook, même s'ils n'ont plus qu'un chat, maintenant. Je ne leur ai pas parlé, mais je pense que ça va, enfin, pas pire que d'habitude. J'ai laissé un message pour eux."

Je ne mens pas. C'est ce qui s'est passé. Le vacarme que j'avais cru entendre n'était qu'une fausse alerte, peut-être un chat coincé quelque part. Je suis restée des heures sur cette chaise de cuisine. Et puis, il y a eu comme un bruit de déchirure. C'étaient mes fesses qui se détachaient du skaï. Tout doucement, sur mes gardes comme un flic en patrouille dans un autre secteur que le sien, je suis montée à l'étage. J'ai trouvé maman et papa dans la chambre principale. Ils étaient tous les deux allongés sur le ventre, seule leur tête dépassait de l'édredon. Leurs visages étaient tournés l'un vers l'autre, à moitié enfouis dans l'oreiller. La chambre sentait la pâte en train de lever. Un instant, j'ai pensé qu'ils avaient cessé de vivre, qu'ils s'étaient éteints en paix, mais ils respiraient lentement. À les voir si près l'un de l'autre, ça paraissait plus facile de les quitter.

Je suis repartie à la hâte vers la porte de derrière. L'horloge du micro-ondes clignotait, papillonnait des yeux. Avant de m'en aller sous la neige, j'ai fait demi-tour et j'ai arraché mon dessin du mur, mon croquis détaillé de la maison, celui aux nuages bleu vif, au soleil jaune pétant et aux neuf petits oiseaux sur le fil électrique. J'ai laissé le dessin raté de Tessie. À bien y réfléchir, c'est elle qui avait bon depuis le départ.

Maman l'aura sans doute remarqué tout de suite, ce dessin disparu. Finalement, c'était sa devise, l'esprit qu'elle nous avait inculqué : être là juste pour ne pas faire défaut.

Je dois surveiller le temps.

Il est arrivé plusieurs fois dans le passé que papa me laisse un message interminable sur le répondeur, qui en général arrêtait l'enregistrement tout seul. Au bout de trois minutes, la voix se taisait, parfois coupée au milieu d'une phrase, sans pitié. Je n'écoutais pas forcément jusque-là, moins à cause de l'absence d'intérêt du message ou des cris de maman, qui lui disait, en arrière-plan, de me laisser tranquille, que pour ne pas entendre ce point de rupture, cet instant où même le standard téléphonique le laissait tomber.

“Tu sais, Tessie, c'est pas grave que tu m'aies fait perdre toutes ces fois. Faut bien qu'il y ait un vainqueur. Ça n'avance à rien de toujours gagner. C'est un peu comme habiter dans une maison magnifique et avoir vue sur un immeuble en ruine.”

Ça fait bizarre de ne pas pouvoir raccrocher d'un geste, de ne pas balayer l'écran pour terminer. Les trois minutes sont presque écoulées.

“Non, Tessie, attends, une dernière chose : j'ai mis un peu d'argent de côté. À mon avis, il y a de quoi rénover la salle de bains chez papa et maman. Qu'est-ce que t'en penses ? C'est sous mon lit à ne rien faire, dans une boîte à chaussures. Faut pas choisir les robinets premier prix, hein, ils vont fuir au bout de trois mois. D'accord ? Salut Tessie.”

En fait, je n'ai plus qu'à attendre. Le reste devrait aller tout seul.

Et puis ce sera la même chose qu'après le jour où Jan est mort. Au début, mes parents, Tessie, tous les autres essaieront de connaître les détails pratiques, de comprendre mes motivations. Mais ça finira par ne plus avoir d'importance. On ne se demandera plus si je suis repartie de chez papa et maman à onze heures ou à midi, à quel moment précis j'ai escaladé ce bloc de glace, combien de temps j'ai attendu, quels vêtements je portais, comment j'ai étalé le purin sur les plateaux de viande, pourquoi j'avais un dessin de la maison dans ma poche, quel degré de patience il m'a fallu exactement, si je souhaitais qu'on me découvre avant. La seule chose qui comptera encore, c'est que je me suis trouvée ici le premier jour vraiment froid d'un hiver par ailleurs assez doux.

REMERCIEMENTS

Remerciements affectueux à Marscha, Daniël, Toine, Bregje, Lotte, Saskia, Ellen, Suus, Jeanette, Linde, Mariska, Maartje, Walter, Samuel, Mama, Papa, Thomas, Marieke et Ruth.

OUVRAGE RÉALISÉ
PAR L'ATELIER GRAPHIQUE ACTES SUD
REPRODUIT ET ACHEVÉ D'IMPRIMER
EN JUILLET 2021
PAR NORMANDIE ROTO IMPRESSION S.A.S.
À LONRAI
POUR LE COMPTE DES ÉDITIONS
ACTES SUD
LE MÉJAN
PLACE NINA-BERBEROVA
13200 ARLES

DÉPÔT LÉGAL
1re ÉDITION : FÉVRIER 2020